辻 邦生全集

1

ŒUVRES
COMPLÈTES
DE
KUNIO TSUJI

新潮社

辻 邦生全集 *1* 目次

辻 邦生全集 1

装幀　新潮社装幀室

廻廊にて

然《され》ばわが望《のぞみ》はいずくにかある、我望《わがのぞみ》は誰《たれ》かこれを見《み》る者《もの》あらん。

——約百《ヨブ》記——

序詞

……私達ガ過シテキタアノ暗イ年月ノ間、まーしゃハタダ私ノ娘トイウダケデハアリマセンデシタ。アノ子ハ、イワバ私ノ心ノ支柱ニマデナッテイテ、まーしゃノ身体ヲ自分ノ傍ニ感ジルダケデ、乏シイソノ日ソノ日ヲ生キヌク勇気ヲ与エラレテイタノデシタ。

私達ガ、最モ不幸ダッタ時代――ソレハどれすでんニイタ時代デシタガ、ソノ頃ノ私ハ、ホトンド生キル希望モナクナッテ、タダ惰性デ、無感覚ニ、日々ヲ送ッテイタニ過ギマセンデシタ。シカシ後ニナッテミルト、トニモカクニモ私ガ生キテコラレタノハ、空腹ト寒サノ中デ、親タチヲ怨ムコトモセズ、眼バカリ大キクナッタまーしゃニ、マルデ取リスガルヨウニシテ、抱キアウコトガデキ、慰メアウコトガデキタタメダトイウコトガ、ヨク判ッテクルノデシタ。

まーしゃハ勿論町ヲ転々ト浮草ノヨウニ移ッテユク生活ノ中デハ、遊ビ友達モデキナイウエ、言葉ニモ慣レズ、イツモ一人デ家ニ引キコモッテイルコトガ多カッタノハ当然デシタ。デモ、アノ子ハ決シテ引ッコミ思案ナ性格デハナク、タトエバ私達ガ半年ナリ一年ナリ腰ヲ落チツケラレルヨウナトキ、イツノ間ニカ上手ニソノ土地ノ言葉――ソレハぽーらんど語ダッタリ、どいつ語ダッタリシタノデスガ――ヲ呑ミコンデ、近所ノ子供タチノ仲間ニナッテイルノデシタ。マタ子供タチノ方モ、アノ子ニドコカ親シミヲ感ジルセイカ仲間ハズレニシタリ、喧嘩ナドシタリスルコトハ、滅多ニアリマセンデシタ。

どれすでんニイタ時代トハ、ソレマデ私達ト一緒ニ辛ウジテ亡命シテキタ最愛ノ良人ガ亡クナッテ一年ホドタッタ頃ノコトデシタ。技師ヲシテイタ良人ハ、ろしあヲ離レテカラモ、亡命先デ何トカ仕事ヲ見ツケルコトガデキマシタシ、戦後ノどいつノ恐シイ生活ノ中デモ、カツカツニ、生活スルコトハデキタノデシタ。ソノタメ良人ニ先立タレルトイウコトニナルト、私ハ気持ノ緊張カラ悲シミニ浸ル余裕サエナカッタノデシタ。デモ、日一日ト知ラヌ間ニ、身体ノ深部ニ拡ガリ鋭クナッテユク別種ノ悲シミヲ防グコトハ、私達ニハ不可能ナヨウデス。ソレハ、イワバ黒イ不吉ナ悲哀トモイウベキモノデアリ、人カラ、アラユル明ルサ、見通シ、希望ヲ奪ッテシマウ化物ナノデシタ。

どれすでんデ迎エタ最初ノ厳シイ冬ハ、コウシタ悲哀ノ衣裳デ、文字通リ、私ノ魂ヲモ身体ヲモ包ンデシマッタノデシタ。

私達ノ住ンデイタノハ、五階ヲ上リツメタ屋根裏部屋デ、細イ廊下ト腐ッタ臭気ト傾イタ天井シカナク、マルデ船底ノ船室ノヨウデシタガ、ソノ上、開イタ窓カラ見エルモノトイッタラ、井戸ノヨウニ暗ク落チコム陰気ナ中庭ト、雪モヨイノ灰色ノ空ト、ソノ空ノ下ニ犇《ヒシメ》ク煙突ヲ並ベタ破風屋根ノ続キト、突出スル幾ツカノ教会ノ尖塔グライノモノデシタ。狭イ小路ヲ吹キスサブ風ガ、町角ニセカレ、屋根ノ角ニ悲鳴シテ、私達ノ窓ノ傍デ、イカニモ身ヲ切ルヨウニ響クノデシタ。

サスガニどれすでんニ移ッタ当初、まーしゃハマダ友達モナク、外ニ遊ビニユクトイウコトモナク、タダ自分カラ何カ役ニ立ツコトヲ見ツケヨウトイウ理由カラ、町ヲ歩イテイルノデシタ。時オリ、公園ニ枯枝ヤ板ギレヲ捜シニイッタリ、石炭屋ノ車ノ止ッタアトニ、雪デ凍ッタ地面ニ石炭ノ塊ガ転ガッテイタリスルト、ソレヲえぷろんノ中ニ集メテ家ニ持ッテキタリシタノデシタ。私達ニハ勿論外套ナドアリマセン。まーしゃハ裸足デ町ヲ歩イテイルノデシタ。ソノ冬ハキビシク、ナガク、ナカナカ終ロウトハシマセンデシタ。私達ハ黒ぱんト乾イタちーずト僅カノそーせーじデ毎日ヲスゴシテオリマシタ。まーしゃノ拾ッタ石炭デ私達ハオ茶ヲワカスノデシタ。

ソレデモ私ハ幸福ナコトニ、アル洗濯屋ニ勤メ口ヲ見ツケルコトガデキマシタ。広イ洗濯場デ、私ノヨウナ洗濯女ガ十何人モイテ、山ノヨウナ衣類ヲ洗ウノデス。私達ノ傍デハ絶エズ乾燥機ガガラガラト大キナ音ヲタテテ廻ッテイマシタ。ヌルヌルスル石床ノ上ニ鯨油ノ臭イノスル石鹼ノ泡ヲ浮ベタ汚水ガアフレ、終日、木靴ノ音ガ鳴リヒビキ、女タチノ笑声ヤ罵リ声ガソレニマジッテイルノデシタ。

一日ガ終ルト、私達ハ列ニナッテ、女主人カラ僅カノ日当ヲ貰ウノデシタ。朝、暗イウチニ家ヲ出タノニ、疲レキッテ洗濯場ヲ出ル時ニハ、日ハモウスッカリ暮レテイテ、寒イ刺スヨウナ風ガ吹キツノッテイルノデシタ。ソンナ暮レハテタ町ヲ歩イテイルト、オ日様ナドハ、トックノ昔ニナクナッテシマッテ、モウ世界ノドコニモ顔ヲ見セズ、マルデ一日ジュウ、コンナ暗イ寒イ夜ガ続イテイルヨウナ気ニサエナルノデシタ。

イイエ、昼間ダッテ、アノ冬ノ町ニハ、陰鬱ナ雪モヨイノ空シカナカッタノデスカラ、別ニ、明ルイ印象ナド受ケルワケハナカッタノデス。

ソレハ、アル雪ノ降リシキル日暮レノコトデシタ。私ハ洗濯場ヲ出ルト、イツモノヨウニ、私達ノ住ンデイル下町ニ行ク途中ノ広場ヲ通リカカリマシタ。街燈ガツイテイテ、日暮レトイウヨリ、モウスッカリ夜デシタ。人々ガ、飾リ窓ノアカリノ中ヲ影絵ノヨウニ横切ッテ行キ、降リツヅケル雪ハ、ソノ光ノナカデハ、セワシナイ黒イ斑点トナッテ、踊リ狂ッテイマシタ。

私ハ何カ考エテイタノデショウガ、ホトンド何モ考エテイナイノデシタ。考エナイトイウヨリ、自分自身ニ対シテサエモ、無感覚ニナッテイマシタ。私ガ町ヲ歩イテイタノモ、広場ヲ通リカカッタノモ、毎日ノ習慣カラデシタ。

突然、私ノ眼ノ前ニ、降リシキル雪ノ中ニ、黒イ人影ガ多クナリ、がす燈ヤあせちれん燈ガ賑ヤカニ焔ヲ揺ラシテ現レテキマシタ。

ソレハ広場ニ集ッテイル市場デシタ。荷車ノ上ヲ店ニシタリ、簡単ナ板囲ヲシタリシタ露天商タチガ、ヒシメイテ、銘々ノ品ヲ呼ビ売リシテイルノデシタ。戦後シバラクコノ辺ハ闇市ガ立ッテイタソウデスガ、ソノ頃デモ、一般ニ、町デ入手デキナイモノモ、ソコデ見ツケルコトガデキルト信ジラレテイマシタ。

ソレニ、市場デハ買物モ安クテスンダノデス。少シデモ安イモノガアレバ、ソレコソ、町ノ外レマデモ出掛ケヨウト考エテイタ私ノコトデスカラ、コノ市場ヲ歩キマワリ、アレコレト胸算用シナガラ、店ヲ見テユクノハ、毎日ノ仕事ノ一ツデサエアッタノデス。

デモ、ソノ日ハ違ッテイマシタ。ソノ日ハ私ハ何故カヒドクボンヤリシテイテ、タトエ同ジヨウニ店ノアイダヲ群衆ニマジッテ歩イテイタトシテモ、コレトイッタ目的ヲ持ッテイタノデハアリマセン。私ハ日々ノ惰性デ機械的ニ、アル店ノ前ニ足ヲトメ、ホトンド夢遊病者ノヨウニボンヤリシテ、機械的ニ、ジャガイモヲ一瓩《きろぐらむ》買イ、自分ノ財布カラ、ソノ日ノ日当デアル一枚ノ札ヲ、差シダシマシタ。

何カ固イ、ゴロゴロシタモノガ、私ノ袋ノ中ニ転ガリコミ、重イ確カナ、心地ヨイ手ゴタエヲ伝エテキマシタ。私ハ、ハットシテ、ソノ重サガ与エテクレル安堵感、クツロギヲ、今マデ感ジナカッタ現実ノ感覚ノヨウニ、妙ニ、ハッキリト感ジタノデシタ。私ハ目ガ覚メタヨウニ、アタリヲ見マワシマシタ。雪ハ降リツヅケ、ジャガイモハ、重イ快イ手ゴタエデ、袋ノ中ニ、カタマッテイルノデシタ。

私ガ、ソノ時、渡サレタ釣銭ヲ、反射的ニ数エナオシタノモ、自分ガ思ワズ我ニカエッタ結果ニスギマセンデシタ。数字トイウモノハ不思議ナモノデ、イツマデタッテモ、母国語デナイト、数エラレナイモノデスガ、私ハ、ソノ時モろしあ語デ釣銭ノ計算ヲシタノデスガ、何度数エテモ、ドウモ足リナイノデス。私ハ、思ワズ反射的ニ、釣銭ガ足リナイコトヲ店ノ男ニ言ッテヤリマシタ。ソノ声ハ、自分デモ意外ナホド、震エテ、激シカッタノデスガ、ソレハ、コノ釣銭ノ間違イガモタラス生活ノ恐怖ノタメデシタ。

店ノ男ハ、あせちれん燈ヲ背ニシテ、黒イ影ニナッテ、私ノ前ニ立チハダカッテイタノデシタ。男ハ、私ノ外国風ノ訛リヲ耳ニシテ、軽蔑シタヨウニ、肩ヲスクメマシタ。私ハ怒リカラ思ワズ涙グンデシマイマシタ。ナガイ一日ノ間、手ヲ切ルヨウニ冷タイ汚水ノ中ヲ這イズリ廻ッタ労苦ノ結果ガ、コンナバカニシキッタ、黙劇マガイノ身ブリデアシラワレテハ、私モ、自分ヲ押エルコトガデキナカッタカラデス。アトデ考エレバ、私モ片言ノどいつ語シカ話セズ、感情ガ昂ブレバ、ソレダケ言葉モ支離滅裂ニナルノデアル以上、モウ少シ他ニ手段ガ考エラレタカモ知レマセン。デモ私ハ自制シテイルツモリデ、夢中デ、自分ノ正当ナコトヲ言イハリマシタ。コンナ仕打チハ、アンマリデハナイカ……私ハ何モ釣銭ヲゴマカソウトシテイルノデハナイ……私ダッテ金勘定グライハデキルノダ……見知ラヌ町デ働イタ金ヲドウシテ間違エルコトガアルダロウ……ナドト、切レ切レニ私ハ叫ンダノデシタ。トコロガ相手ハ「オ前サンガ金勘定ガデキル以上ニ、コチラハ、ソレガ商売ナノダ。オ前サンガ他国カラキタノナラ、ソレダケ一層コッチダッテ気ヲツカッテイルンダ。オ前サンノ言イ草ハナンダ。マルデ人ガ泥棒デモシタヨウニワメキタテル。チョットハ、コチラノ親切モワカッタラドウダ。俺ハオ前サンノジャガイモダッテ、タップリ入レテヤッテイルノダ。」

　コレヲキクト、私ハ、思ワズ叫ビマシタ。

「ジャガイモナンテ、アンタノトコロデ買ワナクタッテイイ。ソンナ恩ナンカ着セナイデ頂戴。コンナモノハ返エスカラ、私ノオ札ヲ出シテ頂戴。」

「私ノオ札ダト？　コノ露助メ。フザケヤガル。」男ガドナリマシタ。私ハカットシマシタ。

「私ノオ札ヲ出シテ頂戴。サ、早ク、カエシテオクレ。」

「タワケ。」ト男ハドナリマシタ。私ハ前後ヲ忘レテ、男ニムカッテ、トビカカッテユキマシタ。シカシ次ノ瞬間、強イ一撃ヲ肩ノ辺リニ受ケテ、私ハ、仰向ケザマニ、雪ノ中ニ倒レマシタ。身体ノ平衡ヲ取ル間モナイ一瞬ノ出来事デシタ。

　店ノ前ハ、モウ大ヘンナ人ダカリデシタ。私ノ頭ニ、ソノ瞬間、家デ一人デ待ッテイルまーしゃノコトガ浮ビマシタ。デモ身体ヲ急ニ動カスコトガデキズ、私ハ雪ノ上デモガキマシタ。誰カガ後カラ私ヲ支エテクレマシタ。私ハオ礼ヲ言ウツモリデ口ヲ動カシマシタガ、声ニハナリマセンデシタ。

　雪ハ絶エ間ナク降ッテ、口トイワズ、眼トイワズ、生暖カクトケテ、顔ヲ濡ラスノデシタ。身体ガブルブル震エツヅケテイマシタガ、ソレハ寒イカラデハナク、口惜シサト怒リカラデシタ。私ハキットノロノロト身体ヲ動カシテイタノデショウ。人ダカリノ後デ、「ナンデモろしあ女ガズルヲシタソウダ。」ナドトイウ声ヲ聞キマシタ。

　人ダカリハモウ散ッテイマシタ。何人カ、私ノ方ヲ、ウサンクサイ眼ツキデ見テイル人ハオリマシタガ、店デハ、私ノコトナド、モウ無視シ、忘レテイテ、私ナドガ、マルデ居ナイカノヨウニ、客ガ出タリ、入ッタリ、笑ッタリ、叫ンダリシテイルノデシタ。

　私ノ耳ニハ、サッキ店ノ男ガ最後ニ叫ンダ言葉ガ残ッテイマシタ。「ソレナラ証拠ヲ見セタラドウダ。エ、オ前ノオ札トヤラガ本当ニアッタノカネ。」ソウナノデス。私ニハ、ドウイウワケカ、オ札ヲ出シタ記憶ガ、マルデナイノデシタ。勿論自分ノ財布ニソレガナイノデスカラ、私ハ確カニソレヲ渡シタニハ違イナイノデスガ、実際ノ記憶カラ、ソコノトコロダケ、空白ニナッテ脱落シテイタノデシタ。

　私ハ雪ノ中ニ立ッテ、サッキ、袋ノ中ニ転ガリコンデキタ、アノジャガイモノ、重イ、心地ヨイ手ゴタエヲ思イダシテイマシタ。ソノ重味ハ、生活ノ糧ガ手ノ中ニアルコトノ、確実ナ保証ナノデシタ。私ハ、自分ガ投ゲ出シタジャガイモヲ、一ツ一ツ袋ノ中ニ拾ッテイキマシタ。雪ト泥ニマミレタノヲ、石炭ヲ拾ウトキノヨウニ、ミジメナ、打チヒシガレタ気持デ、拾ッタノデス。

　帰リ道ハ、イツモヨリ、ズット長ク続クヨウニ思ワレマシタ。モウ何年カ前、Ｋ――町デノ記憶ガヨミガエリマシタ。ソレモ雪ノ吹キ降ル夜デシタ。町ハオビエタ人々デ一杯デシタ。赤イ炎ガ町ノ遠クノ空ヲ無気味ニ明ルマセテオリマシタ。良人ノ勤メテイタ工場ガ燃エテイルノデシタ。騒ギハ到ルトコロデ起ッテイタノデス。チョウド私達ノトコロデハ末ノあんどれいガ病気デ寝テオリマシタ。（アノ子ハソレカラ間モナク亡クナリマシタ。アノ子ノ霊ノ安ラカデアリマスヨウニ。）ソノ時、私ハ薬ヲ取リニイッテノ帰リデシタ。人々ノ流レニ逆ラッテ、私ハ、町ノ中心部ヘト歩イテイタノデシタ。

トアル町角ヲ曲ガルト、急ニ、ヒッソリト町ハ静マリカエリ、人々ガ逃ゲテイッタアトノ、アワタダシイ空虚サガ残ッテイマシタ。雪ハソウシタ暗闇ノ中ヲ、何カ生キタモノノヨウニ降リシキッテ居リマシタ。空ガ赤ク焦ゲ、ソノ反射デ、横町ノ物カゲガ不気味ニ照シダサレテイマシタ。私ガ、自分ノ身ニ何カ異常ナコトガ起ッテイルノヲ直覚シタノハ、マサシク、ソノ瞬間デシタ。赤イ炎ニ照シダサレタコノ雪ノ夜道ハ、ナガイコト私ノ前ニ続イテユクニチガイナイトイウ実感ニ、刺シ貫カレ、全身ガワナワナ震エテイタノデシタ。

コノK――町デノ夜ノ恐怖ト孤独感ヲ、私ハ、どれすでんノ裏町ヲ辿リナガラ、思イ出シテイタノデス。アノ夜以来、コウシタ寒イ暗イ夜デナカッタコトガ、一晩タリト、アッタダロウカト、私ハ、唇ヲ噛ンデ考エルノデシタ。

暗イ街燈ノカゲニ誰カガ物乞イニ立ッテイマシタ。ソレハ私ノ同国人カモ知レマセンデシタ。私ハ男ノ顔ヲ見マシタ。男ハ眼深ナ帽子ノ下ニ顔ヲソムケテイマシタ。私ハ小銭ヲ男ノ手ニ握ラセマシタ。男ハ小声デ礼ヲ言イマシタ。デモ、男ノトコロカラ遠ザカルト急ニ、腹ガ立ッテキマシタ。

「ドウシテアンナ物乞イニオ金ナンカヤル気ニナッタノダロウ。自分ノ方ガ憐レンデモラッテモイイクライナノニ……。」

ドノ家ノ窓モ鎧戸ガ下リ、細イ隙間カラ洩レル光ガ、内部ノ暖カイ楽シゲナ団欒ヲ語ッテイルヨウデシタ。私ハ、腹ガ立ツト同時ニ、自分ガ物乞イニマデ近ヅイテ、一人キリニナルマイトシテイタ無意識ノ行動ニ気ガツキ暗然トシマシタ。雪ガ、急ニ、自分ノマワリニ濃ク降リダシタヨウナ気持デシタ。救イノナイ気持デシタ。腕ニ重ク感ジラレル袋ノ中ノジャガイモハ、モウ楽シゲナ手ゴタエデハナク、一生ノ間、担ッテユクベキ、ニガイ重荷デシカアリマセンデシタ。

ドンナニミジメナ気持デ、アノ夜、屋根裏部屋マデノ暗イ階段ヲ上ッテイッタカ、私ハ昨日ノコトノヨウニ覚エテイマス。部屋ハ冷タク、ガラントシテイテ、まーしゃノ姿ハ見当リマセンデシタ。キット同ジ廊下ニ狭イ戸口ヲツキ合ワセテイル近所ノ誰カノ部屋ニ遊ビニイッテイタノデショウ。普段ダッタラ、私ハ、スグニモ、まーしゃヲ捜シニイッタデショウガ、ソノ時ハ、らんぷニ火ヲツケルト、ボンヤリ、空虚ナ、貧シイ部屋ニ坐リコンデイマシタ。

らんぷハ部屋ノ隅デ赤ク小サナ焔ヲ揺ラシテイマシタ。親子ガ寝ルべっどト裸てーぶるト椅子、ソレニ戸ノ締マラナイ古イ衣裳戸棚ガ、らんぷノ薄暗イ光ニ照ラサレテイルスベテデシタ。

私ハ、ヨウヤクノ思イデ、台所ニ入リマシタ。台所ト言ッテモ、部屋カラ戸一ツデ仕切ラレテイル狭イ調理用ノ片隅デシタ。私ハ機械的ニらんぷヲソコマデ持ッテ行キマシタガ、マタ、ソノママ、放心シテ、坐リコンデシマッタノデス。

雪ノセイカ、静ケサハ、普段ヨリ一層深ク、世ノ中ガスッカリ死滅シタカト思ワレルホドデシタ。物音ハ絶エ、時間ハ止マッタミタイデ、静ケサガ何カ濃イ気体ノヨウニ、アタリニ立チコメテイマシタ。

　静カデシタ……。屋根ノ上ニ積ッテユク雪ノ音ガ聞エソウデシタ。コウヤッテ雪ノ音ヲ聞イテイル……コウヤッテ……イツカ……ドコカデ……雪ノ音ヲ私ハ聞イテイタ……ソレハ時間ヲドンドン遡ッテユクヨウナ感ジデシタ。

「雪ノ音ガ聞エルカイ?」誰カガソウ言ッタヨウニ思イマシタ。私ハソレガ父ノ声ダトイウコトヲ、ナゼ、スグト判ッタノデショウ。

「雪ガ降ル時、音ガスルノ?」

　私ハマダ小サクテ、るぱしかヲ着テ、父ノ膝ニ乗ッテイルノデシタ。

「スルトモサ。」父ハたばこノイイ匂イヲサセテ言イマシタ。

「雪ハ歌ヲウタイナガラ降ッテイルノサ。雪ハ歌ヲウタッテ、しべりあノ森ニモ、もすくゔぁノ町ニモ、降ッテイルノサ。デモナ……。」ト父ハ声ヲヒソメマシタ。「アマリ寒イノデナ、歌ハスグニ凍ッテシマウンダヨ。イイカナ、歌ガ凍ッテシマッテナ、ソレデ雪ハ白ク見エルンダヨ。」

　父ハ鬚ノ間カライイたばこノ匂イヲサセナガラ、私ノ鼻ノ先デ、念ヲ押スヨウニ、指ヲ一本立テテ、ソウ言ウノデシタ。

「ダカラナ、雪ノ降ル晩ハ、ヨク耳ヲ澄マシテ、オ聞キ、キットドコカラカ、雪ノ歌ガ聞エテクルカラナ。ダッテ、ドコカ、煙突ニデモ降ッタ雪ハ、ソリャ、矢ッ張リトケルカラナ。」

雪ノ音ダケガ、サラサラト聞エテ、雪ノ歌ハ聞エマセンデシタ。デモ私ハ父ノたばこ臭イ鬚ガ頬ニサワルノヲ感ジテイマシタ。

「何ニモ聞エナイワ、オ父様。」

「イイヤ、ヨクオ聞キ。今ニキット聞エテクルカラナ。」

　私ハドウシテ父ガ急ニ私カラ離レテユクノカ判リマセンデシタ。

「ドコニ行クノ、オ父様。ココニ居テヨ。行ッチャイケナイワ。」

　私ハ父ノアトヲ追イカケヨウトシマシタ。デモ父ハ指ヲ口ニ当テ、チョット悲シソウナ表情ヲシテ、後ジサリニ遠ザカッテユクノデシタ。

「今ニ、キット聞エルヨ、雪ノウタウ歌ガネ……。」父ハソウ言イタゲナ表情デシタ。スルト、本当ニ、ドコカデ、澄ンダ小サナ声デ誰カガ歌ヲウタッテイルノデシタ。私ハ夢中デ叫ビマシタ。

「オ父様、歌ヨ、雪ノ歌ガ聞エルワ。」

　ソウ叫ンダ瞬間、私ハ、自分ノ声ニ夢カラ覚メル人ノヨウニ、ハット我ニ還リ、思ワズゾットシテ身体ガ凍リツイテシマイマシタ。私ハ、片足デ、台所ノ手スリヲ跨ギ、身体ヲノメルヨウニシテ、父ノ姿ノ消エタ方ヘ、飛ビダソウトシテイルトコロダッタノデス。ソノ父ノ消エタ辺リノ暗闇ニハ、雪ガ果シナク下ヘ下ヘト降ッテユク、ウツロナ中庭ノ井戸ノヨウナ深イ竪穴ガ、大キナ口ヲ開ケテイルノデシタ。恐怖カラ、私ハ、シバラク、手スリニカジリツイテイマシタ。私ハ、雪ヲ赤ク血デ染メタ自分ノ死体ヲ、ソノ暗闇ノ底ニ見タヨウニ思ッタノデシタ。

　恐怖ガ去ルト、打チノメスヨウナ疲レガ、重ク、鉛ノヨウニ身体ノ中ニ流レコンデキマシタ。半バ放心シ、半バ震エナガラ、私ハ、床ノ上ニ、坐リコンデシマイマシタ。

　ソノ時、私ハ、ハットシテ飛ビ上リマシタ。雪ノ歌ハマダ続イテイタノデス。雪ガ歌ヲウタッテイル？　私ハ自分ノ耳ヲ疑イマシタ。デモ歌ハ確カニ聞エルノデシタ。舌足ラズノ、子供ジミタ声デシタ。ソウデス、ウタッテイタノハ、雪デハナク、まーしゃダッタノデス。アノ子ガ、イツモノヨウニ、「樺ノ林ヲコエテ、鳥タチガ塒《ネグラ》ニ帰ルトキ」ヲウタッテイルノデシタ。モシコノ歌ガ聞エナカッタラ、私ハ、今ゴロ、アノ暗イ中庭ノ上デ、血マミレニナッテ死ンデイルノダト思ウト、身体ガマタ震エテクルノデシタ。

　イツカ町カラ鐘ノ音ガ聞エテイマシタ。教会ノ鐘ガ夕禱ヲ知ラセテイルノデシタ。

　私ハらんぷヲ片手ニ立チ上ガリマシタ。ソレハまーしゃガ部屋ニ駈ケコンデクルノト、ホトンド同時デシタ。

「まーしぇんか。」私ハソウ叫ンデアノ子ヲ抱キシメマシタ。涙ガアフレ、まーしゃノヤワラカナ髪ヲ濡ラシマシタ。私ハ夢中ニナッテ叫ビマシタ。

「まーしゃ、私カラ離レナイデオ呉レ。モウ私モオ前カラ離レルヨウナコトハナイカラネ。まーしゃ、オ前ハホントウニ心ノヤサシイ子ダッタワネ。ソシテ今ダッテ、オ前ノ心ガヤサシイカラコソ、歌ヲウタッテクレタノネ。昔、ヨク二人デウタッタアノ歌ヲネ……。まーしゃ、ソノオカゲナノヨ。アア、モウオ前カラ離レヤシナイ……。」

　私ハ何度モ何度モまーしゃニ口ヅケシマシタ。まーしゃハ嬉シソウニシナガラモ、ホトンド朗ラカナ、オカシソウナ声デ言ウノデシタ。

「ままッタラ、変ナ方ネ。私ガ歌ヲウタッタナンテ。私、今マデ、門番ノきゅーげるげん爺サンノトコロデ絵ヲカイテイタノヨ。」

「エ？　きゅーげるげん爺サンノトコロデ？」

「ソウヨ。」まーしゃハ明ルイ灰色ノ眼ヲ無邪気ニ輝カシテ言イマシタ。「今日ハ歌ジャナクテ、絵ダッタノヨ。」

　私ハまーしゃノ腕ヲトリナガラ叫ビマシタ。

「まーしゃガ、ウタッタノデナケレバ、一体、誰ガウタッタノ……？」

「ままッテ、ドウカシテイルワ。」まーしゃハ大人ノヨウニ分別臭イ調子デ言イマシタ。「私ハ絵ヲカイテイタダケナノヨ。きゅーげるげん爺サンノオ部屋ノいえす様トまりあ様ヨ、私ガカイテイタノハ。」

　まーしゃガ差シダシタ紙ニハ、鉛筆ノでっさんデ、子供ラシイ単純ナ線ナガラ、聖母子像ガ丹念ニ描カレテイルノデシタ。

「きゅーげるげん爺サンガ紙ヲ下サッタノ。何デモカイテゴランテ、オッシャッタノ。ソレデまりあ様ト幼児きりすとヲカイテミタノ。」

私ハ、モウ、アノ子ノ言葉ハ耳ニ入リマセンデシタ。私ノ眼ハ、イツカべっどノ頭ノ壁ニカケテアル聖母子ノいこん像ノ方ニ向ケラレテイマシタ。ソレハ古クカラ家ニ伝ワッテイタモノデ、亡命生活ノ間モ、肌身ハナサズ持ッテイタノデシタ。金地ニ描カレタ聖母ノ顔ガソノ時チラリト微笑サレタヨウニ見エタノデス。私ハ思ワズ聖母子像ノ前ニ身ヲ投ゲマシタ。「アア、まりあサマ。アナタデナクテ、一体、誰ガアノ歌ヲウタッテ下サルデショウカ。」

涙ガ後カラ後カラト流レ、私ノ心ハソノ涙デトケテユクヨウデシタ。ソレハ悲シミノ涙デハナク、凍ッタ心ヲトカス春ノ水ノヨウニ和ンダ涙ナノデシタ。

まーしゃハ黙ッテ、ソコニ立ッテ居リマシタ。何カ問イタゲニ、唇ハ動キマシタガ、タダ一言「まま……。」ト言ッタダケデ、私ノ胸ノ中ニ駈ケコンデキマシタ。私達ハ、ソウヤッテ、イツマデモ、抱キ合ッテイマシタ。ソノ間ニモ、雪ハ絶エマナク、降リツヅケテ居タノデシタ……。

一

画家のマリア・ヴシレウスカヤがフランス東部国境に近いC＊＊の療養所で死んだのは、一九五〇年の冬のことである。

彼女の死に立ちあったのは、画家仲間では、かつて同じパリの画塾で学んだことのあるギリシャ人のパパクリサントス一人だけで、あとは母親と数人の親戚が集まったにすぎない。

パパクリサントスの話によれば、マリアの作品の数は少く、晩年の制作も、大半は、貧しい亡命ロシア人の家族の手で処分され、彼の探索にもかかわらず、所有者のわかっている作品は、わずか三点にすぎないということだ。私が後になって、ようやく手に入れた彼女の日記も、この死に前後する時期に紛失したものだったらしい。

彼女が寡作だったのは、むろん彼女の慎重な制作が多くの時間を必要としたからだが、それよりも、むしろ、彼女がかなり長い期間にわたって絵画から離れ、制作を放棄していたことのほうが、より大きな理由であるようだ。それは一九三〇年から四五年に及ぶ時期で、そのあいだ彼女は画壇を離れていたばかりではなく、パリをも見すてていたのである。

私がマリア・ヴシレウスカヤの生涯と交錯するのは、極めて短い時期であるにすぎない。そのはじめは一九二五年当時、日本人画学生の一人として渡仏して最初に下宿したのが、モンパルナスに近い静かな裏町にあった彼女の母の家であって、そこで、まだ絵を正式にはじめる前のマリアと知り合ったわけだ。(私はその頃から彼女のことを、その母親の呼び方に従って、マーシャと呼ぶことにしていた。そのせいか、今ここで、あらたまってマリア・ヴシレウスカヤというと別人みたいな感じがしないでもない。以下マーシャと呼ぶのは、単にこうした習慣のためにすぎない。)

彼女はそれから二年たって私のいた画塾で絵の勉強をはじめている。もちろん絵をかきはじめていたのはずっと以前からだったろうが、画塾で正式に学びはじめて二年後にサロン・ドートンヌに入選しているのは、やはり異例の才能ではなかったろうか。当時彼女を認めていた批評家のなかにはフィリップ・スーポーなどがいた。実際にマーシャの絵の傾向に前衛的なものが目立ちだしたのは一九三〇年に入ってからであるが、しかし同時に、それは彼女が絵を放棄した年でもある。

この間にどのような事情が介在していたのか、当時、誰にも理解できなかった。私のように、彼女のところに下宿したことがあり、マーシャの母から亡命の苦しい思い出や幼いころのマーシャの話をきかされ、彼女を身近かに感じている人間にとっても、彼女が絵を放棄するにいたった経緯は謎であった。私などは、むしろひどく唐突なものを感じ、かえってパパクリサントスに意見をただしたものであった。

このギリシャ人は当時から内省的な画家であり、非常に構成的な、方法的な制作態度をまもっていた。ドローネなどとも親交があって、いわばこの時代全般に現われた危険な徴候について敏感でもあり、理解も深かったのだ。

「俺には、直接マーシャのことをかれこれ云う気にはなれんが……。」と彼は、私の疑問に対して、眉と眉のあいだに深い皺を寄せながら答えた。「これだけは云える。つまり俺たちの時代を人は〈よき時代《ベル・エポック》〉と呼んでいるが、その時代の仮面の下に強いられた犠牲には、気づこうとしないらしいのだ。俺たちは何も同時代の特権をいいたてる必要はない。しかしある事柄の渦中にあるということは、外から冷静に見るのとは異った視点を持つ。このことは強調されてもいいのじゃないかね。なるほど渦中の視点は、認識の見地からは、狭く、歪曲されることもあろう。それでもそれは生きた眼ざしであり、生きるための眼《まな》ざしであるわけだ。すくなくとも俺はそれを軽蔑する気にはならんな。」

その時、私が何と答えたか、記憶にないが、このパパクリサントスの言葉はなぜか妙に鮮かに心のなかに残っている。しかし心のなかに残ったのは、それだけではなく、空の一隅から他の一隅へと、一瞬のあいだに燃え輝きながら通過した流星のように、わずか数年足らずを描きつづけて、燃え尽きるように消えたマーシャの映像である。

人は彼女が寡作だったことを、ことさら言いたてるようだが、この初期のマーシャを知っているならば、それが誤っていることに直ちに気づくはずだ。一作ごとに変ってゆく彼女の変貌の激しさもさることながら、その制作量の厖大さからいっても、彼女のなかの何かが、あわただしく短い期間に燃えあがろうと、身もだえしていたのではなかったか、という印象を受ける。その多くが散逸したのは、彼女の意志より、やはり戦争という不幸な偶然が介在したからである。

私自身もこの戦争を挟んだ二十年のあいだに、マーシャのことを、他の青春の思い出とともに忘れていったのだが、しかしあの時代に形づくられた自分の魂の原型は決して失われたとは思えないし、戦後、私が再度渡仏して定型化した自分の絵に新しい境地を開きたいと念願するようになったのも、単なる追憶や感傷にすがろうという理由ではなかったのである。

　私がパリで旧い仲間のパパクリサントスと再会したのは一九五三年のことであり、その時、私ははじめてマーシャの晩年と死を知ったわけだ。彼の話によればマーシャがパリに帰ったのは戦争の終った翌年で、彫刻家としばらく同棲していたらしいが、この男が自殺した後、生活も苦しく、精神的にも非常に危険な状態だったということだ。彼女が絵をふたたび描きはじめたのは、パパクリサントスのせいだったのか、別に理由があったのか、彼は何も触れなかったが、彼女の死に先立つ二年間というもの、こうした困窮のなかで制作が昔同様の激しさではじまったのであり、私も、彼に案内されて、マーシャの住んでいた部屋というのを見たが、それはラテン区の奥の曲りくねった細い道にある傾いたホテルで、暗い階段を手さぐりでのぼりつめた屋根裏にあった。天窓が一つあるだけの船室のように狭い部屋で、ベッドとテーブルのほか何一つ他のものを置く余地もなかった。パパクリサントスの話によれば、マーシャはその机にカンヴァスを立てかけて、冬の寒さに火の気一つなく、自分の胸で絵具をあたためては、最後の時期の作品を描いていたということだった。

　パパクリサントスが私にマーシャの話を好んでするのは、画塾の頃、私がマーシャと特に親しかったことを覚えていたためだろうが、もちろん彼の変らぬ友情といったもの、マーシャの作品への讃嘆が、彼をつねに動かしていたことも事実だったのだ。

　私は彼に誘われてマーシャの死んだ療養所のある村に、彼女の墓を訪ねたことがあるが、そのときのパパクリサントスの言葉は、マーシャへの友情がほとんど愛情と呼んでもよいものであることを明瞭に語っていた。

　私たちは、その時、墓地からの道を辿りながら、谷間の村へと戻ってゆくところだった。

　道は丘の斜面の階段状のぶどう畑の間を下っていた。秋も晩《おそ》く、もう冬といってもよい時期で、畑には、黒い、瘤のような切株と、荒れた土と、風に鳴っている針金線のぶどう棚があるだけだった。谷間には、城塞のようにかたまった小さな部落が見え、部落の中央には、教会の鐘楼が立っていた。部落のはずれに谷に臨んで黒ずんだ大きな建物が見えたが、これがマーシャのいた療養所だった。葉の落ちつくした谷間の奥の林は黒っぽく汚れ、雨雲がその上に暗く垂れ、谷間に風の音のほか物の動く気配はなかった。

「俺は五年前もこの道を歩いて考えたものだが、ここに来るたびに、その考えが、なぜか確信的なものに変ってくるのは、妙な気がする。俺は以前から人間の生がどこか空無のなかに立っているという実感に把えられていて、それからぬけ出ることができなかった。たとえば誰かが死ぬと、その周囲の人々は深く悲しむだろうし、死んだ当座は、いかにも空虚な穴があいたように感じるものだ。しかし一年たち二年たつと、人はその死に慣れ、悲しみにさえ麻痺してゆく。そんな死者などはじめからなかったような気さえしているのだ。ちょうど夏の終り、一匹の蜂が、思いがけず、窓の縁に、手足を縮めた死骸になって見つかるようなものだ。俺たちは、しばらくその羽を閉じた、固くなった黒い死骸を見ている。俺たちは、何かの具合で、ふと、こいつが夏のあいだ花の蜜をせっせと集めていた有様を目に浮べたりなんかする。しかしそれもほんの束の間のことで、俺たちは、虫の死骸が呼びおこした心の僅かの波動にも注意することなく、指の先で、そいつを窓の外に、はじいて棄ててしまうのだ。そしてそれきり、そいつのことは忘れてしまう。俺は前に一人の老婆を知っていた。彼女は若いころ良人と死別して、男の子を一人、苦労しながら育てていた。ところがこの男の子が、どういうわけか母親を憎んで、寄りつこうとしない。俺が知り合ったころは、もう一人前になって、ミラノかどこかに、やくざな女と住んでいたらしい。その癖、母親の方となると、まるで気違いみたいに息子を愛しているのだ。無心でもされれば、ぼろ直しなどで貯えた金をそっくり送ってやって、涙まで浮べて喜んでいるのだ。俺は何度この母親の自慢話や愚痴の相手となったか知れない。しかし揚句の果は、このやくざ者は母親の葬式にも顔を見せぬという有様なのだ。俺は老婆の死に立ちあっていて、人間の生涯の無意味さに打たれたものだ。所詮どのような生涯を送ってみても、空しい、ばかげた幻影のために一喜一憂し、同じことを毎日繰りかえしている。どれほどの仕事を残してみたところで、それが何年とつづくわけでもなく、顧みる人すらいなくなるのが自然なのだ。結局、死によって、すべてが終れば、誰からも忘れられ、ただ一人、黙ってどこかへ行かなければならない。俺はそんな風に感じていたのだ。俺たちの生などは一場の夢であり、まったく無意味であり、人間自体の存在が誤謬のように見えていたのだ。俺はながいこと、こういう考えに苦しめられた。絵なんか糞くらえと思うことだって屢々あったのだ。人間が過去において無意味に生活し、無意味に感激したり絶望したりしたように、未来のほうに眼をやっても、この空無さを乗りこえるものなぞ、どこにも見当らなかった。俺には、人間がただ無意味であるために生き、この空無のなかで盲目的に生きる刑罰を負っているようにさえ思えたのだ。」パパクリサントスは、その苦痛を思いだすかのように、眉と眉の間の皺を深く寄せた。「こうした虚無感は、俺たちの時代全般の病患かも知れない。俺たちを信じさせ、感奮させるただ一つの理想をも、時代はつくりだすことができないのだからな。しかし俺は人間がこうした無意味のなかに立ちつづけるのに限度があることを知っていた。空無のなかに立つのは一つの力業《ちからわざ》だ。人はいつかそれに疲れるか、そこから逃避するかするだろう。俺はそういうとき不思議とマーシャのことを思うんだ。なぜだか知らんが、何か同類の直観というようなものが、マーシャの極端な、絵画の外へ飛びだしていった生き方へ、俺を向けるのだ。俺がマーシャとながく交友関係にあったのは、このためだし、事実、マーシャから受けとる手紙のなかには、不思議と俺を勇気づけるものがあったのだ。俺がマーシャの死ぬのを恐れたのは、多分にエゴイスティックな気持の方が、真の同情よりも強かったためではないかと思うのも、俺の方がマーシャを必要としていたからなのだ。しかしマーシャが死んでも、俺が予想したような空無感は生れなかった。マーシャの死だけはちがっていたのだ。いや逆にマーシャの死は、俺に、空虚ではなく充実を教える稀有の例となったのだ。その理由を俺はうまく説明できないが、たとえば、マーシャの死ぬ少し前、俺は、こんな話をかわしたことがあるのだ。それはちょうど初夏のころで、療養所の庭は薔薇の垣が幾つも並んで、眩しいような花盛りだった。マーシャが戸外に出られたのは、その頃が最後だったと思う。俺が訪ねたときは、ひどく気分がいいといって、その薔薇の花垣に囲まれたベンチの一つまで、わざわざ出ていった。そのときマーシャはこういったのだ。〈ねえ、マノリス、私ね、このごろになって、やっと自分の絵に未練がなくなってきたようよ。〉〈なぜだい、また絵から逃げだすのかい。〉と俺はおどけた調子でいってやった。〈いいえ、そうじゃないの。自分のかいた絵が、たとえ、みんな屋根裏部屋にしまわれたとしても、別にそれを悔まずに見ていられるような気がするのよ。〉〈君の作品にかぎってそんなことがあるものかね。〉〈そういって下さって、ありがたいわ。でも私ね、このごろ、急に、いろいろのことが、まるで透視するみたいに、わかってくるような気がするのよ。なぜかしら。どんなこととも和解できそうな気がするのよ。前だったら、自分の作品が屋根裏に投げこまれるなどと考えたら、とても平気じゃいられなかったわ。自尊心もあるし、自分の存在理由だって主張したいし、焦燥や不安だってあるんだし……。でも、このごろは急にそうしたことを考えなくなったのね。もっと別の見方ができるようになったのよ。ねえ、マノリス、たとえば私の生涯を取りあげてみて、それはいつも絵が屋根裏に投げこまれるかどうかという点から見られていいものだろうか、って考えるの。それは、なんだか自分の生涯に対して公正じゃないような気がするのよ。むしろ私の生涯が在ったということで十分なのじゃないかって思うの。私は、自分が生きてきたっていう事実と、和解できそうなのよ。たとえ私の絵が屋根裏で忘れられても、私がいたことが忘れられても、私が私であったということの方が、かけがえなく貴重なことに見えてくるのよ。ねえ、マノリス、私、よくこの庭に出て色々な花を見るのだけれど、そのたびにいつも自然のことを考えるのよ。自然のことを、あなたの国の言葉でフュジィスっていうのだわね。そしてフュジィスっていう言葉の古い意味では私たちが使う自然という意味より、もっと根源のものを動かしてゆく力を指すのですって？　ここでは言葉の吟味が問題ではないけれど、私は、そういう深い意味で〈自然〉を考えるのね。いま、ちょうど薔薇が咲いているわね。毎朝、ここにくると驚くのだけれど、それは大へんな生命力なのね。わずか何日もない生命なのに、いかにも精いっぱい咲いてるって感じだわ。私たちはその一つ一つを覚えているわけではないのに、どの一つとして、完全でないものはないし、そのおかげで、私たちは、薔薇の花々に囲まれて、いく日かの間、その美しさを味うのね。まるで、ながい季節のあいだ、いく日もいく日も、同じ花が咲き、同じ花に取りまかれているような気持で……。でも薔薇の一輪一輪は短い何日かの生命を終って、散り、新しいのが絶えず香りを放ちだすのが本当なのね。私が驚くのは、そのことなのよ。花は内側からの純粋の欲望によっていつも咲いている。人が来ようと来まいとね。でも考えてみれば人間だって、どうして花のように、内からの純粋な欲望で咲くことができなかろうか、って思ってもいいわけでしょ？　花があわただしく散るように、人の生涯だって長いことはないわ。でも季節のあいだ、薔薇垣に美しい花が咲きつづけたように、人間の一人一人も、ひょっとしたら〈人間〉という種属の花々を、そこに咲かしているのかも知れない。次から次へと散ってゆくけれど、同じ花が咲きつづけているのかも知れないって、考えられるでしょ？　花々がその美しさを誰に捧げるわけでもないのに、完全な形で開くように、人間だって、虚無のなかに、内からの純粋な欲望によって、咲きつづけるべきじゃないかって、考えられはしないかしら……。〉

俺はマーシャのこうした言葉がその後いつまでも忘れられずにいたのさ。そんな考えなど、自分が元気でいるときは、何の役にも立たぬように見える。しかし一度疲れはじめ、どこか真に休息するところが欲しくなると、俺は、マーシャと話した五月のかぐわしい日を思いだすのだ。まるで薔薇の花びらの散る音がきこえるほどに静かだったな、あの時は。俺は、そんなことを考え、マーシャの声を思いだしているうち、自分が不思議と慰撫され、勇気づけられているのを感じるのだ。つまり、そうしたわけで、俺は、ここにやってくるのだ。俺は何か花という形で人間が遍在してくるような気になることがある。俺が自分の仕事をはじめたのは、このマーシャの死を機縁としてだといってもいい位なのだ。」

ちょうどその時、部落の中央の鐘楼から、とつぜん、鐘の音が、重なり合い、もつれ合いして鳴りはじめた。それは、曇り空の下の風に吹きちぎられ、こもったような低音を歪ませながら、どこか、その響きわたる音の空間のなかに、輝かしい、陽気といってもいい、張りのある音域を拡げていて、それらが交互に、うたうように、慰めるように、鳴りつづけた。私は、その音の唐突な出現におどろき、一瞬、それが空虚な鐘楼からではなく、どこか中空の見えない扉が開いて、その向うから鳴りひびいてくるように思えたのだった。

鐘の音がひとしきり鳴りわたると、谷間はふたたび元の空虚さにかえり、風の音だけが針金線のぶどう棚に鳴っていた。

私は、ふと、パパクリサントスがマーシャの日記について話したことがあるのを思いだした。私はそのことをいってやった。「それが、いま、どこにあるのか捜しだせないのだ。マーシャの母親も死んだ今となっては、もう手に入ることは不可能じゃないだろうか。」と彼は答えた。

私はそれでもマノリス・パパクリサントスにぜひそれを捜すように云った。その一部でもいい、何とか手に入れようと私は主張したのである。私がそんなことを自分のために云いだしたのか、パパクリサントスの気持をおしはかって云ったのか、あるいは、その場のしんとした空気に駈りたてられて云ったのか、わからないが、なぜか私の心のなかには、かつてないほど彼女への関心がかきたてられ、若かったころの彼女の面影が、生きいきと立ちかえっていたのである。

パパクリサントスがこの日記をたずね当てた努力は別個に書くに価するものだった。このために私も彼と幾つかの小旅行をした。そして半年余りの挫折や見当違いの後、彼女の継父の遠縁の家の納屋で、数点の油絵（初期のもの）とともに、彼女の日記をしるした十数冊に及ぶノートを発見した。

以下私が紹介するのは、これらの日記のなかの幾部分かなのである。

二

マーシャがこれらの日記以前になにか日記に似たようなものを書いていたかどうか、今となっては調べるよしもないが、一九二〇年の日付のあるノートが、おそらくマーシャの日記の最初のものではなかろうか。というのは、日記の内容自身が単調であるばかりでなく、どこかに、強制され義務づけられて書いていた痕跡を感じることができるからである。つまりマーシャはそれ以前には日記を書く習慣を持っていなかったらしいし、また日記のはじめの部分は、日記を書きなれぬ手が記している平板な生活記録と生活反省といったもので埋められているのである。

ところで私の記憶に間違いがなければ、マーシャは、この年に、母の再婚のため、中仏のP＊＊県のある修道院付属の寄宿学校に入学させられ、以後、まる二年ほど、休暇以外はパリに帰らなかったはずである。いいかえるとマーシャの日記はこの寄宿学校の宿題の一つとして書きはじめられたものと考えられる。

しかしこの時期の日記の特徴は、やがて彼女が日記を自発的に書きはじめたばかりか、それを次第に自分の対話者と見なして、克明に、自分の身辺の出来事やさまざまな心の動きを書きこんでいった点にある。おそらくこうした変化は、母親と急に別れた娘として、自分の孤独をまぎらわす、大切な手段だったのだろうが、今となってみれば、私などには、貴重な一つの魂の記録となっているわけだ。

私は偶然なことに、マーシャの日記が書きだされたこの修道院を訪れたことがあり、その記憶は、いまでも、比較的はっきりしている。この修道院はP＊＊県でも有名なゴチックの建物を含んだ由緒ある修道院の一つだが、私が訪れたのは、そこの図書室を飾っているあるスペインの宗教画家の大作を見るためであった。

P＊＊県の県庁所在地からD＊＊川にそって山に深く入りこんだ、バスでも二時間余の地点にあり、一番近い村からでも徒歩で三十分はかかる。岩の多い高原状の山腹に、灰暗色の古い修道院が、ひっそり立っているのを見るのは、不思議と心を動かされるものだが、私の場合、それは、人間の営みが、誰か他の人々に依存せず、それ自体で立とうとしているかに見える孤絶した外観から生れていたらしい。

寄宿学校は、修道院の立っている場所からずっと下った谷間に臨む古い城館を改装したもので、寄宿生は大半はＰ＊＊県の県庁所在地はじめ近郷の富裕な家庭の子女であり、なかにはマーシャのようにパリから送られてきた生徒もいたようである。私は、この城館のほうは訪ねたことはなかったが、外観はまだ眼に残っている。この地方の建物が多く火山性の黒ずんだ石を使っていて、そのため、外観がいかにも陰気に見えるのだが、この城館も、どこか城塞じみた、四角く、ずんぐりした、暗い印象を与えた。マーシャの日記によれば、夜になると、Ｄ＊＊川の岩を嚙む音が風に送られて、この城館の窓まで聞えてくるということだ。それは十分考えられることで、修道院の立っている岩の多い山腹をのぼりつめると、この地方特有の高原状の山頂の連なりを遠くまで見渡せるが、Ｄ＊＊川は意外と近い谷間に銀色の糸になって横わっているのだ。

この地方に望まれる山々の頂きの幾つかには、小さな城塞、ないし廃墟のようなものが、黒く立っているが、これは封建時代より以前のもの、ほとんどケルト人たちの遺跡であると伝えられている。谷を埋める森、牧場の拡がり、村々の赤褐色の屋根の集りなど、一望のうちにあるが、Ｐ＊＊県の県庁所在地は山岳地の向うに海のように平らに見えている盆地の中央に、霞んで、辛うじて見別《みわ》けることができた。

日記によれば、城館には、生徒たちの食堂に当てられた、大きな煖炉のある、暗い大広間と、細い螺旋状の階段と、幾つかの鳥の巣のような小部屋と、月の光のよく差しこむ生徒たちの寝室があって、想像するに、私なぞが訪ねたことのあるほどの普通の城館と、ほぼ同じようなつくりだったようである。たとえばマーシャの印象的な書き方にしたがうと、冬には、食堂の煖炉に太い薪束が火の粉を散らして燃えていたが、床石は冷えきっていて、いつもより靴音がよく響きわたった。建物の内部は陰気で、日ちゅうは、たとえ雨雲が垂れて夕暮のように暗くなっても、電気をつけることは許されず、生徒たちは髪の毛が頁《ページ》に触るほどに眼を近づけて本を読むのが普通だった。

建物の陰気さがそのまま寄宿生たちの陰険な性格を形成したのかどうか、その辺のことは分らないが、元来、このＰ＊＊県下は、高地不毛の地方とされていて、住民の気質も、偏狭で倨傲であるといわれている。したがってマーシャの日記にしばしば出てくる寄宿生の冷酷な、陰性な雰囲気は、この地方特有の気風の反映かとも見えるが、すくなくともこの日記のなかから読みとれるかぎりでは、それは、むしろ寄宿学校で採用していた相互監視という教育手段の結果だったのではないかと思われる。つまり生徒たちはつねにお互いの行動を監視し合っているのであり、どんな些細な悪徳も違反も、この組織は、見逃すことがなかったが、それだけに、中傷や讒誣《ざんぶ》や被害妄想を根絶することも不可能だったわけで、そこからこうした寄宿学校特有の偽善的な陰気な雰囲気が生れていたように思われるのだ。

もちろん修道女たちは告発のたび毎に、その真偽を慎重に取りしらべはしたし、あらゆる点からみても、裁定の公正さを期していたらしいが、やはり罪が決定すれば、それに応じた罰は加えられたのである。

後に引用するように、マーシャの日記の一の特色は、夢の描写が非常に多いということだ。こうした特徴は、外界を閉され、といって内界の観念遊戯にふけるには余りに感覚的・具体的な一人の若い娘の手記として、当然のことだったかもしれない。そしてこの夢の種類なのだが、初期のノートでは、学校の厳罰主義に対する恐怖が夢になって現れたものが多く、マーシャの感受性もさることながら、この城館の内部に澱んでいたであろう陰性の秩序を、私などは、そこから容易に推量できるような気がする。

この夢の記述にふれて一言書いておきたいのは、彼女の恐怖が夢となる場合、最終的には、かならず一人の修道女が救済の役目を果すのだが、この修道女はマチルド修道女と呼ばれて、実際には、マーシャの恐怖の対象たる、罰則を執行していた人物だということである。この事実の奇妙な照応を、私は、日記を読みながら、見つけていったわけだが、私自身、スペインの宗教画家の大作を見に、ここを訪れた折、修道院の図書室へ案内してくれた修道女を、たしか人々はマチルド修道女と呼んでいたように記憶する。もしそれが日記のマチルド修道女と同一人であるとすると、私の印象は混乱をひきおこしかねない。というのは、私の印象に残っているマチルド修道女は、大きな黒い眼と蒼白い細々した顔立ちと平静な挙措を持った女性で、およそ生徒を鞭打ったり、減食を命じたりする人には見えなかったからである。

ところで恐怖感が夢に表現されていたというのは、実際には、マーシャが、監視する幾つかの眼の存在にもかかわらず、大した過誤もなく、何の罰をも受けなかったことの証明だったようだ。想像力というものは、絶えず対象を誇大にもし、飾り立てもするものだが、そうした想像力は、その対象が現実に現れ、実際の姿を白日の下に曝すときまで、働きつづけるものなのだ。マーシャの恐怖も、いわば、この想像力の結果だったのであり、その証拠には、彼女が違反を犯して罰を実際に受けた後になると、この恐怖の夢は、急速に減退しているからである。同時にマチルド修道女の記録が豊富になっていて、彼女が何を話したか、どのような態度で、どのような場所で会うことができたかなどの微細な経緯が書かれている。しかし私のみたかぎりでは、マーシャがマチルド修道女から受けた影響は、生来の敬虔な生活態度を深めたという範囲にとどまるようであり、後に詳しく検討しなければならぬアンドレ・ドーヴェルニュの場合とは、いささか趣きを異にしているといえよう。

マーシャが厳罰主義に恐怖をいだいていたあいだ、いいかえれば次に述べるような出来事によって、最初の罰を受けるに到るまでのあいだ、彼女の生活が寄宿学校のなかで模範的であったのは、幼少時からの厳しい環境の下に育った彼女の生い立ちからいっても、容易に推測されるのである。もちろん学校の教課それ自体は決して安易なものではなく、宗教教育をはじめ、古典語と地理歴史に主力を置く一般教育だけでも、生徒たちは、山のような宿題を課せられるうえ、僅かの休息と自由時間をのぞくと、労働と奉仕とが彼女たちの残りの一日を覆いつくしていたのだ。こうした新しい孤独な環境に耐えたのは、やはりマーシャのなかの忍耐づよい敬虔主義からきていたのであろうが、私など彼女の少女時代の面影を知る人間にとっては、こうした黙々とした、この女性の忍従のなかに、何か強く心を動かすものを感じるのを、告白せざるを得ないのである。

ところで問題の、彼女に最初の罰をもたらした出来事なのだが、これは第一冊目のノートの最後の部分に、日付なしで（というのはその記事が何日かにわたって記されたらしいことの証拠なのだが）書かれている。文中からそれが木曜の午後に起ったことがわかる。大体の日付は、彼女が入塾して半年ほどたった一九二一年の春としてよいであろう。

ここで註の形で断っておきたいのは、私は何回か彼女の記録を自分なりに要約して、その繁雑な部分を切りすてようと試みたのだが、そのたびに、彼女の記録から、何か説明のつかぬ大切なものが消失していくような気がして、自分の試みを放棄したということである。その理由は、はっきりとは分らないが、おそらく彼女の記録の重要な箇所はその細部の個々の部分にあるからではあるまいか。一つにはこうした理由から、以下、多少の選択と要約を交えながら、煩をいとわず、直接に翻訳してこの出来事を示したいと思うのである。

アノ木曜日ノ夕方カラ、マダ本当ノ自分ニ還レナイヨウナ気ガシテナラナイ。何ガ起ッタノカ、何ガ私ノ中ヲ通リスギテイッタノカ、私ニハ、マダ、ヨク判ッテハイナイノダ。

アノ夕方、私ハ、午後イッパイ復習室デ勉強シテイタ。オ友達ノ大部分ハ、家ニ帰ッテイタノデ、復習室ニハ、家ノ遠カッタ私ノホカニ何人モ残ッテオラズ、夕方ニナルト、モウ私ダケシカ居ナカッタ。私ハ勉強ニ疲レ、窓ノソバニ立ッテイタ。城館ノ石ハ、イツモハ、黒ッポク陰気ニ見エルノニ、ソノ時、不思議ナ淡イ紫ヲ含ンダ光ガアタリニ漂ッテイテ、ソノセイカ、城館全体ガ水ニデモ映ッタ影ノヨウニ、ユラメキ、微光ヲ放ッテイルヨウニ見エタ。城館ハ静マリカエッテイテ、廊下ノ端デ落シタ針ノ音デモ聞エソウダッタ。窓カラ見エル裏手ノ山ハ、岩ノ多イ枯レタひーすニ覆レタ斜面ニナッテ、修道院ノ方へ上ッテユキ、チョウド赤々ト拡ガリ燃エテイル夕焼空ヲ、大キナ獣ノ背ノヨウニ、区切ッテイタ。

私ガ、ソノ時、時間ノコトモヨク考エモシナイデ、無性ニ山ノ頂キマデ登ッテミタイト思ッタノハ、アノ不思議ナ紫ノ光ノユラメキト、山稜ノ向ウニ拡ガル花ヤカナ夕空トノタメダッタケレド、ソレダケデハナク、本当ハ、アノ瞬間ニ、ナゼダカ、山ノ向ウノ夕映エノアル辺リニ、壮麗ナ宮殿ガ水晶デ出来テデモイルヨウニ輝キ、ソレガ空ヲ、アノヨウニ美シイ色ドリニ染メ、物影ニ紫ノ光ヲ漂ワセルノダト思ワレテ、急ニ、山ノ頂キカラソノ壮麗ナ宮殿ヲ眺メタイトイウ理由ノナイ欲望ガ襲ッテキテ胸苦シクナッタカラダッタ。自分デハ、子供ジミタ、コウシタ考エヲ笑イタカッタノダケレド、胸ノ中デハ、反対ニ、不安ナ、ドキドキイウ動悸ガ高マッテイッテ、モウソレ以上、ジットシテイルコトハ不可能ダッタ。

私ハ長イコトカカッテ山頂マデ登ッテイッタガ、ソコニ着イタ時ニハ、夕映エハ幾分カ褪セハジメ、壮麗ナ宮殿ノヨウナモノハドコニモナカッタケレド、展望ガ開ケタ瞬間ニ、自分ノ身体ノ中デ、何カガ、パチント大キナ音ヲ立テテ、ハジケトンダヨウナ気ガシタ。本当ニ私ハソノ音ヲ聞イタノカモ知レナイ。デモ、ハジケタノハ何ダッタノカ、私ニハ、判ラナイケレド、突然、息ノデキナイ程ニ、自由ナ、空一杯ニ拡ガルヨウナ解放感ガ襲ッテキテ、私ハ思ワズ小サナ叫ビヲアゲタ。

Ｄ＊＊川ハ私ノ好キナ恰好ニウネッテイテ、谷間ノ方カラ、土ノ湿ッタ匂イガ静カニ、流レハジメタ夕靄ト一緒ニ、私ノトコロマデ上ッテキタ。ソレガ、ドウシテ、私ノ呼吸ヲアンナニマデ、セワシナク切迫サセタノカ、胸苦シイ、甘美ナ感情ヲ掻キタテタノカ、私ニハ、今デモ判ラナイ。ソレハ岩カゲニ並ンデ黄色イ花筒ヲ開イテイル小サナ花達ノセイダッタノダロウカ。高イ場所ガ、イツモ、遠クニイル人々ヲ思イオコサセ、私モマタ、ままノコトヲ考エタタメダロウカ。ソノ理由ハトモアレ、私ハ、痛ミニ似タ甘美ナ感情ニ刺シ貫カレテ、ソレカラ逃レヨウト、反射的ニ、手ニシテイタのーとヲヒロゲタノダ。

今デモ誓ッテ言エルケレド、私ガのーとヲヒライタノハ、決シテ、絵ヲカコウトカ、すけっちヲシヨウトカ、イウ積リデハナカッタ。何カラ何マデ、夢中デ、発作的ナ動作ダッタ。タダ私ハ説明ノデキナイ、震エルヨウナ、甘美ニ膨レアガッテクル自分ニ、急ニ、怯エタノダ。私ノ手ハ本能的ニ動キダシ、私ハイツカ眼ノ前ノ風景ノ一部ヲ、喘グヨウニ、写生シテイタ。私ハタダソウシナイデハ居ラレズニ、ソウシタダケダッタト今デモ思ッテイル。私ハ鉛筆ヲ動カシテイル間、自分ノコトモ、山ノ頂キニイルコトモ、夕禱ノ時間ガ過ギテユクコトモ忘レテ、何カ白熱シタ、輝ク流レノヨウナモノニ運ビ去ラレ、ソコニ没入シ、何モカモ与エツクシテ、立ッテイタノダ。

デモタダ一ツノコトダケハ言エル。私ガソウヤッテのーとノ上ニ素描シテユクニツレテ、ソコニ現レ出ル形象ガ、甘美ナ苦痛ヲヤワラゲ、白熱スル流レヲ次第ニ呑ミコンデイッテ、スベテノ動キガ慰撫サレ、溶ケテユキ、夢ノヨウナ恍惚トシタ思イノ中デ、身体ガ軽クナリ、透明ニナリ、最後ニ自分ガスッカリ空ニナリ、汲ミツクサレ、グッタリシテイッタトイウコトヲ……。

私ガ気ガツイタ時、夕暮ノ光ハ、イツカ、夜ニ変ロウトシテ、空ハ水ノヨウニ蒼ザメ、西ノ地平線ノ上ニ樺色ノ痕跡ガ、サッキノ壮麗ナ夕空ヲ、ワズカニ物語ッテイルダケダッタ。私ハ、本当ノトコロ、何ガ自分ノ中ヲ過ギテイッタノカ、判ラナカッタ。タダ祭ノ町ヲ横切ッテ、騎馬行列ガ疾走シテイッタヨウナ、一瞬ノ、呆然トシテイル間ニ終ッタ何カガ、ソコニ起ッタトイウコトダケガ、空虚ナ放心ノ中ニモ、感ジルコトガデキタノダ。

イツノ間ニカ風ガ吹キハジメ、枯レタひーすガ岩ノ間デ身体ヲ震ワセテイタ。私ハ、ハットシテ、自分ニ還リ、思ワズ身震イシタ。マゴウコトノナイ、何モノカノ通過ノ痕跡ハ、拡ゲラレタのーとノ上ニ、素早イ線デ描カレテイル黒ッポイ風景ノ素描ダッタ。デモ、私ガ驚イタノハ、コノ素描ト、アノ白熱シテ輝ク流レノヨウナモノトノ間ニハ、何ノ関係モナイトイウコトダッタ。ソレハ、私ノ前ニ拡ガッテイル風景ガ、蒼ザメタ宵空ノ下ニ、黒イ死骸トナッテ横タワッテイテ、ソノドコカラモ、数十分前ノ奇蹟ノヨウナ美シサヲ想像シエナイノト似テイタ。

ソノ時ノ私ノ心ガ味ッタ苦痛ヲ何ト表現シタラヨイダロウ。自分ガマルデ黒ク点々ト突キ出テイル岩群ノ一ツカ何カノヨウニ、動カズ、黙リツヅケ、コノ世ノアラユルモノカラ切リハナサレタヨウナ感ジガシタノダ。

突然、私ノ心ニ現実ガ戻ッテキタ。アラユル記憶ト義務ト鞭トヲ伴ッタ現実感ガ、残酷ナ明瞭サデ、私ノ中ニ満チワタッタ。夕禱ノ時間ハモウトックニ終ッテイルハズダッタ。イヤ、ヒョットシタラ、夕食ノ時間サエ終ッテイルノデハアルマイカ。大キナ煖炉ノアル、ヨク響ク床石ノ大食堂デ、私ノ席ダケガ空ッポデ、食事ノ間ジュウ、ソノ空位ガ重苦シサト好奇心ト嘲笑トヲスデニ帰寮シテイル生徒達ノ心ニ掻キ立テテイタニ違イナイノダ。私ノ身体ハ震エタ。私ハソコニまちるど様ノ美シイ眼ヲ想像シタカラダッタ。私ハ、白状スルケレドモ、アノ時、一瞬、自分ノ足ガタメラッテ、別ノ方角ヘ、反対ノ方角ヘ逃ゲダシタイ欲望ヲ、ハッキリ感ジタ。ガ次ノ瞬間、私ハ、宵闇ニナッタ山ノ斜面ヲ必死ニナッテ駈ケ出シテイタ。私ノ前ニハ、黒々トシタ岩群ガ、躍ル影ノヨウニ続イテイタ。私ハ何度カ山ノ斜面ニ投ゲダサレルヨウニ転ンダ。膝ノ辺リニヒドイ痛ミガ焼キツイタ。肘モ、唇ノ辺リモ、強イ、固イ何カデ、打チノメサレタヨウナ感ジダッタ。ソレデモ私ハ転ンデハ起キ、転ンデハ起キシテ駈ケツヅケタ。痛ミガアロウト、ナカロウト、私ハ、ソウヤッテ駈ケ下リテイル方ガ、アノ苦痛カラハ逃レラレルヨウナ気ガシタ。ソレニシテモ、息ヲ喘ガセテ駈ケツヅケル道ノ、何ト黒々ト固ク何時マデモ続イテイタコトデアロウ。私ハシマイニハ何モ感ジラレナクナリ、息ダケガ苦シク、眼ハクラミ、胸ハカキムシラレルヨウデ、何度モ何度モ木ギレノヨウニコロンダ。

私ハ城館ノ灯ガ山ノ下ノ方ニ見エハジメタトキ、駈ケ続ケナガラ思ッタノダ。

――コウシテ黒々ト続ク岩群ノ道ノヨウナモノガコノ世トイウモノナンダワ。コウシテ喘ギナガラ、まちるど様ニ黒イ鞭ヲ受ケルンダワ。ソレモ、自分デハヨク判リモシナイ一時ノ陶酔ノタメニ……。黒イ鞭ハ身体ニ食イコンデ、痛イダケデハナイ、恥辱ト不名誉ト嘲笑ノ焼印トナルノダワ。デモ、コレガコノ世ノ掟ナンダ。今夜ハ食事モナク、監禁サレテ、カタイ木ノ床ノ上ニ寝ナケレバナラナイ……。ソレガコノ世ノコトナノダワ。ソウヨ、ソウヨ、私ガ、バカゲタ放心ヤ、甘美ナ気持ニ誘惑サレタバカリニ、コンナコトニナルンダ。デモ、ソレハコノ世ノキマリナンダ、掟ナンダワ……。私ハモウ二度ト放心シタリ、甘美ナ夢ニ浸ルコトナド、アルハズハナイシ、アッテハナラナイノダワ。何故ッテ、アノ城館マデ、コンナニ黒々ト固イ岩群ガナガク続イテルコトヲ知ッテイルンダモノ。コンナニ苦シイ思イヲシテ走ラナケレバナラナイノヲ知ッテイルンダモノ。ソレトイウノモ私ガ掟ニ背イタカラナンダ。規律ヲ破ッタカラナンダ。ソウヨ、ソレハドンナコトガアッテモ守ラナケレバナラナイモノナノニ……。アア苦シイ、ドウシテコノ世ノコトッテ、コンナニ黒々ト固ク続イテイルノカシラ。アア、ドウシテ夢ノ中デノヨウニ、一足飛ビニ、城館マデ行ケナイノカシラ。ソレハ、コノ世ガソウシタモノナノダカラヨ。ソウヨ、コノ世ハ私ナンカヲ甘ヤカシテハクレナイノヨ。掟ニ背ケバ罰ナノヨ、鞭ナノヨ。まちるど様ガ黙ッテ手ヲオ挙ゲニナルダケダワ。ダカラ夢ナンテ嘘バカリ。コノ世ノコトダケガ本当ナノヨ。コンナニ黒々ト固ク長ク続ク岩群ノヨウニ、コノ世ノコトハ手ゴタエガアルノヨ。ダカラ、ミンナガ働キ、力ヲ尽サナケレバナラナイノダワ。ソウシナケレバ、向ウ側カラ襲イカカッテクルミタイニ、私達ヲ苦シメルノヨ。アア、本当ニ苦シイ、苦シイ、ドウスレバイイノ……。デモ走ルノヨ、走ルノヨ、苦シムベキヨ、苦シンダ方ガイインダワ。苦シマナケレバイケナイノダワ、アンナ甘美ナ夢ニ溺レタ以上ハ……。」

　私ハ苦シカッタケレド、最後マデ駈ケルコトガデキタ。食事ノ時間ニハ、ソレデモ間ニ合ッタノニ、私ハ、食欲ナドマルデ無クナッテイタ。私ハまちるど様ニ鞭ヲ受ケルコトヲ望ンデイタ。オ仕置キハ塔ノ上ノ小部屋デ行ワレル。私ハタダ監禁サレルダケデスミソウダッタノデ、自分カラ鞭ノ罰ヲ受ケタイト申シ出タ。ドウシテソンナ気持ニナッタノカ、ワカラナイケレド、モシソレガ聴キイレラレナカッタラ、私ハ泣イテモ頼ンダコトデアッタロウ。

　デモまちるど様ハ私ノ眼ヲ、アノ美シイ静カナ眼デゴ覧ニナッテ、黙ッテウナズカレタ。私ハ、ソノ時ニナッテ、急ニ恐怖ガツノッテキタ。身体ガ熱ノアルトキノヨウニ震エ、声ヲ出スト、唇ノトコロガガクガクシテイタ。ソレニモ拘ラズ、私ハ鞭ヲ受ケヨウトイウ決心ヲ変エナカッタ。イヤ喜ンデ鞭ノ下ヘ身体ヲ投ゲダソウトサエ思ッテイタ。

　ナントイウ矛盾ガ私ノ心ノ中ニ荒レ狂ッテイタノダロウ。鞭ガ、自分ノ身体ニ食イコンデクル激痛ガ、同時ニ、恐怖ト眩ムヨウナ満足ヲ与エルナンテ……。私ハ暗イ冷エキッタ小部屋ニまちるど様ト二人ダケダッタ。私ハスベテヲまちるど様ニ告解シタ。トクニ、私ニハ、最後マデ隠シテイタカッタ、アノ甘美ナ放心ト陶酔ニツイテ……。私ハ、ソレヲ告ゲルコトデ、ソレガ二度ト私ヲ訪レナクナルノデハナイカトイウ畏レガ、心ノ底デ、ヒソカニ動イテイルノニ気ガツイタ。ソレダカラ、ナオノコト、私ハ何モカモ心カラ洗イダシテシマッタノダ。

　私ハ鞭打タレルコトヨリ、壁ニ取付ケラレタ棒ヲ両手デ握リ、背中ヲ露ワニシテ、ソコニ蹲《ウズクマ》ルトイウコトノ方ニ、深イ恥辱ヲ覚エタ。ソレハ鋭イ刃ノヨウニ私ノ心ニ傷ヲ与エタノダ。恐ラク、コウシタ恥辱コソガ、罰トイウ名ニ価スル何モノカナノダ。私ハまちるど様ノ前デハジメテ自分ガ罪ヲ犯シタ不名誉ヲ魂ニ焼キツケラレタノダ。私ハ棒ヲ握ルト同時ニ泣キハジメタ。デモソレハ恐怖ノタメデハナイ、屈辱ノタメダッタ。ソノ時、激痛ガ、風ヲ切ル鋭イ鞭ノ音ト共ニ、私ノ身体ヲ貫イタ。私ハウメイタ。シカシコノ屈辱ノ苦シミニ較ベタラ、ソレハ何ト耐エ易イ苦痛ダロウ。私ハ、ソノ時、肉体ノ苦痛ハ、ソレガドンナニ激シクテモ、魂ノ苦悩ニ較ベレバ、快楽ヲサエ含ンデイルト、ハッキリ感ジルコトガデキタノダ。

　彼女はこの後なお数頁にわたってマチルド修道女と交した会話について記しており、精神の苦悩に関する、いかにも宗教教育の匂いのする省察を、続けている。差し当って私に重要と思われるのは、そうしたことではなく、それから後に書かれた幾つかの夢の記述である。これは前にも触れたように、この事件に直接発していると思われる夢なのに、マチルド修道女のことはただ一つをのぞいて全く含まれない。(以前にあのように頻繁に同修道女が現われたことと思い合わせると興味深い。もっともマーシャが故意に修道女の記述を避けたならば話は別だが。)

　ところでこれらの夢は、日記には幾つか連続して書かれている。あたかも一晩じゅう次々にみていった夢のように。しかし私が前後を読み合わせて判断するに、これはマーシャがこの出来事に非常なショックを感じて、一種の閉鎖心理の状態になっていて、出来事に関連のあるものだけに現実性を感じていたためではなかったろうか。その証拠には、問題の木曜日以前には、日録風に、日常生活の細目も綴ってあり、時には、昼食の献立まで記していることさえある。それがこの後しばらく杜絶していて、ただ関連する事項のみに関心が向けられているのである。

　もう一つ興味深いのは、彼女がこの木曜の夜、つまり処罰を受けてから後のことを、それからかなりたった日の記事に、思い出として書き加えていることだ。これは偶然何かのきっかけでその記憶がよみがえったのだろうが、それまでは、関心がもっぱら内面に向っていたに反し、その頃になって、はじめて、その出来事は精神の課題としては何とか恰好がつけられ、幾分かの余裕をもって外面をも眺められるようになった証拠ではないかと思われる。これらの事実は、この出来事のマーシャに与えた衝撃の深さを物語ってはいまいか。

　その木曜の夜の記憶によると、彼女は、鞭を受けたあと、塔の小部屋に監禁されて、固い床の上で、毛布一枚で寝たということだ。果してマーシャの行為に不都合があったとしても、こうした処罰が正規なものであるならば、私などには、少し過酷であるように感じるのだが、それをマーシャが進んで身に受けようとしたものだったとすれば、また話は別で、その場合、それが真に彼女の罪の意識によるのか、恐怖が現実の刑罰によって消滅する希望のためなのか、その他の原因がなお多くあったのか、私は、さまざまに想像してみるのだ。とまれ、この一夜は、窓から差込む月光の蒼さとD**川の瀬音とが、神経の昂ぶって眠りを奪われたマーシャの伴侶であった。梟の鳴き声や、夜じゅう吹き荒れる山風の音や、森から聞えてくる得体の知れない獣の叫びなどが、その小部屋の固い枕もとまで、忍んできて、マーシャの心を冷たくした。しかし彼女は、この固い床や、毛布を通してしみこんでくる夜の山岳の寒気や、泣いた後の白白と乾いた気持や、背に疼いて残る痛みや、一人だけ切り離された孤独と屈辱感は、その時はじめて味ったものではないような気がしたのだ。彼女は「私ハソレガ生レツキ味イ続ケタヨウナ親シミ深イ感覚デアルノニ驚イタ。」と書いている。それにしてもその夜はながかったであろう。彼女の眠りは決して深いものではなかったろう。しかしそれにしてもマーシャはその若い肉体の欲する睡りから、まったくさめきるということはなかったにちがいない。

ところで、その夢の中では、マーシャは、黒々と長くつづく岩の連なりのようなものを、じっと眺めているのであった。

風が吹いていて、そのうえ、底ごもった、重い、ごろごろという音がたえず聞えていた。床はかたく、冷たく、絶えまなく、震動していた。妙に間のびした響きが、一定の間隔をおいて、身体に伝わってきた。マーシャのまわりには、身動きできないほどの難民が、荷物や袋をかかえこんで、ひしめいていた。マーシャは母の手のぬくみをはっきり感じていたが、その黒々とつづく長い連なりのようなものが、何であるか、はじめのうちは分らなかった。彼女は、自分が、どうしてこんな狭い場所に、ふるえながら、ひどく空腹さえ覚えて坐っているのか、わからなかった。

彼女のまわりにひしめく人々は、ながい着のみ着のままの旅のため、疲れた黄色い顔をして、眼ばかりぎらぎら光らせていた。空腹なのはマーシャだけではなかった。

この狭い場所にひしめいている人々は、何日も満足に物をたべることはなかったのだ。もちろん例外はいた。たとえば隅の方で、山のような袋をかかえ、二人の萎びた若者を従えている老人などは、三度三度、ウォトカつきで食事をとるのを、欠かさなかった。二人の萎びた若者は、老人の喰べのこしを、それでも、あたりの飢えた人々の羨望の眼ざしの中で、得意げに、喰べているのだった。

マーシャはひどくひもじかったけれど、この老人が大きな股肉にかじりつくのを、何か非常におそろしいものを見る思いで見つめていた。にもかかわらず、彼女のかたわらに身をかがめてふるえているもう一人の老人が、うめくように「あの一片でもたべて死にたいものだ。」とつぶやいたとき、マーシャの心の底にも、自分の嫌悪感とまったく違った欲望があたかも壺のなかの蛇のようにうごめいているのを感じたのである。

狭いその場所は、空気はすえたように悪臭を放ち、息苦しく、身体さえろくに動かせなかっただけではなく、寒さと、飢えと、恐怖が、人々のうえに覆いかぶさっていた。お互いの間の憎しみや嫉妬が、澱んだ重い液体のように、眼の動きや、表情の動きにいたるまで、からみついて、その重苦しい敵意で息がつまりそうだった。やがてマーシャの傍らの老人が、黄色く萎びはじめ、おちくぼんだ眼を空虚に見ひらきながら、「何かたべたい。何かたべたい。」とつぶやくのだった。

マーシャは母の手にかじりつき、ああ、おじいさんが死んでしまう、どうしましょう、どうしましょうと叫ぶのだが、母は、どうしたことか、一言も話をしないのである。思わずその顔をのぞくと、そこには母はいなくて、母のかわりに、蒙古人のような女が、無表情に、こちらを見ているのだった。

マーシャはその時になってはじめて、黄色く萎びて餓死しようとする老人のほかに、片隅にいる肥った老人一人をのぞくと、あとの人たちは、あの若者たちまで、どこにいったのか、跡かたなく消えさっているのに、気がついたのだ。片隅の肥った老人は、例のとおり、羊の股肉をむさぼりながら、ウォトカをあおっているのである。黄色く萎びた老人は、魚の眼のように虚ろな眼を、その方にあげて、身体をふるわせていた。指を、かすかに、そちらへ動かそうとしたが、その意味は、マーシャには、はっきりわかっていた。

黄色く萎びた老人は、マーシャの方に、大きくうつろな眼をむけた。マーシャはそれ以上我慢できなかった。

「おじいさん。」と彼女は隅の肥った老人の方へ言葉をかけた。「この可哀そうなおじいさんがいま死にかけているのよ。おなかが空いて、それで死にかけているのよ。ほんの一片でもいいから、何かたべたいって云っているのよ。ハムの一片でも、股肉のお残りでもいいわ、このおじいさんにあげて頂戴。」

するとの肥った老人は、マーシャと餓えた老人を半々にみながら、顔をしかめ、首をふるのだった。「だめだよ、嬢ちゃん。だめだ。こいつはわしの食糧だからな。わしだって生きてゆかねばならんのでな。お前たちが自分でもひもじくなるのを知っているように、わしも、自分がひもじくなるだろうさ。だからわしは、山のように食糧をかつぎだしてきたんだわ。ハム一片だって、わしはそれ相応の苦労はしておるんだ。」

「だってこの人はもう死にかけているわ。可哀そうで、見ていられないわ。」

「死にかけているものに、何もたべるものをやる必要はないじゃないかね。」

「だって、この人は死ぬ前に、ちょっとでも、たのしかった昔の生活の思い出を味って死にたいのよ。人間らしい生活の思い出を握って死にたいのよ。」

「ばかをいっちゃいけない。この世ではそんなのんきなことをいってはおられんのだよ。嬢ちゃん。この世で大切なものは、何かを味ったり、たのしんだりすることじゃなくて、こうやって羊の股肉やウォトカをしっかりつかんでいることだよ。これは紙にかいた絵なんかじゃない、空想や夢なんかじゃない、ほら、こうして、この手でつかみ、撫でまわすことのできるものなんだ。いいかね、嬢ちゃん。」老人はそういいながら、片手の指を一本一本しゃぶってから、それをポケットのなかに突っこんだ。そこにはルーブル紙幣のほかにマルク紙幣やポンド紙幣などの外国貨も混って、まるで紙幣が厚い紙束のようになってつめこまれているのだった。老人はそれをマーシャの方に見せながら喋りつづけた。「いいかね、嬢ちゃん。肝腎なのはこいつだよ。こいつがあるかないか、でこの世は決まってしまうまからでは推測するよしもないが、この夢の断片をつなぎあわせて、自分の記憶から脱落した夢の他の部分を、取りもどそうとしていたのかもしれず、その脱落部に何か重要なものを感じていたのかもしれない。しかし彼女の真意はどこにあるかは、それにしても不明である。

「夢デハ、私達ガ、日常忘レテイル人々ト会ウコトガデキル。私達ハ、アタカモヒトツノ大キナ家ノヨウナモノデ、ソコニ多クノ人達ガ住ンデイル。ガドコニイルカ、ワカラナイ。デモ、コノ大キナ家ハ、真ッ暗デ、誰ハ、動カスコトガデキナイノダカラ、思ウ人ニハ、ナカナカ、会エナイノダ。タダ夢ノ中デダケ、私達ハ、コノ蠟燭ヲ手ニシテ、深イ暗闇ノ中ヲ、歩キマワルコトガデキル。思イガケナイ人ニ会ウコトガデキルノモ、ソノタメナノダ。」

これは夢に関連した部分に書きこまれたマーシャの感想であるが、もしこういう考えをもっていたとすると、夢の中に、自分の忘れはてた過去を捜していたのだろうか。しかしそうであったと仮定しても、マーシャが、この時期になぜ過去をとくに必要としたのか、その辺のところは、見当がつきかねるのである。

ただ私のように彼女の母から、マーシャの幼時の挿話を幾つか聞かされていた人間の眼には、彼女が、木曜の出来事に触発されながら、それが容易に過去と結びついていたのではないかと思われる節々が、なくもないのである。たとえば彼女が、ひどく大き過ぎる寝間着をきて、枯枝拾いに、雪のなかを歩いて

のだよ。これをわすれちゃいかんよ。」

そういって、気持のわるい笑い方をした。その笑った口もとから、黄色い不揃いの歯が、にっと現れた。マーシャは、かたわらの老人の方に眼をうつすと、この老人のほうは、固い石ころのように、そこに横たわって死んでいるのだった。マーシャは思わず叫び声をあげると、そこは、前と同じ窮屈な狭い場所であって、母もいれば、すべて他の貧しい身なりの人々もいるのである。

隅の老人は、いまは、二人の萎びた若者のあいだでねむっていた。かたわらの老人は、喉をごろごろいわせて、これもねむりつづけていた。老人は少くともまだ生きてはいたのだ。

マーシャは夢でよかったと思いながら、他方では、実は、今も自分が夢をみているのだということを、身体のどこかで知っていた。いま夢からさめたのは、実際は、夢のなかの夢からさめたのであって、夢はまだ続いていて、自分は二重に夢をみていたのだと、どこかで自分をおかしがっているのにも気がついていた。にもかかわらず睡りから完全にさめたのではなく、彼女は、一枚の毛布にくるまって眠りつづけているのだった。

もちろん夢の記述のなかには、前後の脈絡なり、映像なりが、理解しにくく、漠としているものもある。それは彼女が故意に夢の断片的な記憶をも書きつけておこうと努めた証拠ではなかったろうか。なぜマーシャがこうした努力を試みたのか、い

いる夢などは、私が聞かされた昔の話のなかにも出てきたように思う。マーシャはこの夢では、自分が、大きすぎる寝間着の裾を踏みつけて、思うように進めないもどかしさを、ながながと描写している。あるいは他の夢のなかでは、肥った、モノクルをかけた医者が母の枕もとに立って、しきりと処方箋を書いている。ところが母が、その紙片をみると、自分の似顔がスケッチされている。そこで母は急に力がなくなり、枕に頭をおとしてしまう。マーシャは医者に、しきりと、絵ではなく、処方を書いてくれと懇願している。それなのにモノクルの医者は平気でスケッチを続けている。マーシャは、自分では、こうした情景をかつて味ったことはないが、この医者は、昔、彼女の父の家にカルタをしによく来た人かもしれないと書き、もしそうだったら、それは自分の二歳半くらいのときのはずだ、とも書いている。

とまれ、この小さな出来事はこの初期のマーシャに、何か抵抗しがたいもの、思うようにならぬもの、彼女の言葉を借りれば「黒々と固くつづく岩群のようなもの」の実在を、刻印づけたように見える。こうしたことは、普通、思春期の入口で経験する外界と内界の分裂という風に考えられている。それまで単一で融合的だった生が、この時期に、観念の発達によって、外界が自己に対立させられるわけだ。そしてこの対立の経験は各個人にとって様々だが、共通しているのは、自分が、厳たる外界にとりかこまれ、この外界はコンクリートの壁のように動きもしなければ、自由にもならない、という強烈な印象を受ける点である。

もちろんこのような印象によって、マーシャの心に、ある新しい展望、地平が拡げられたといい条、彼女が何らの詩的な情感や甘美な映像を感じなくなったということを、それは意味しない。その証拠には、彼女は、たとえば城館のある丘から、村へ入ってゆく街道の両側の菩提樹の印象などは、克明に記しているのである。その並木は五月になると、木の間がくれに青みを帯びた白い花をつけるのだが、その花の香りは、すでに遠くから、村の入口へ近づくにつれて、何か幸福の予感とでもいったような、豊かな拡がりで包み、マーシャの心を、不安な、痛みに似た感情でさわがせるのである。あるいはまた、村の教会のあるヴィクトル・ユーゴー広場から、古き教会街を通って牧場に出てゆく石橋の下に、D＊＊川にそそぐ小川が、ほとんど動くとも見えず、明るい夏の雲をうつして流れるのを見る折、マーシャの心のなかに震えはじめる感情は、やはりこの世ならぬ甘美な快楽にちがいなく、それは、あの木曜の夕暮の、紫を帯びた光のなかでの恍惚とした思いと、区別できるものではなかった。

しかしただ一つ明瞭な相違点は認められた。というのは、彼女を襲うこうした恍惚感は、いわばつねに彼女の不意をついて起るのであり、その放心の瞬間には、自分を意識することはできない。せいぜいそこから目覚めたとき、自分の心のなかを過ぎていった輝かしい歓びの感情を見出して驚きさえするのだが、同時に、それは、反射的に、鋭い悔恨をともなって、例の黒々と固くつづく岩群の感覚を呼びおこすという事実が、付加されているのだ。これは、マーシャの放心癖に対する罰のように訪れてきたものらしい。しかも彼女の甘美な惑溺に対して、この物質感の充実する実在の重味は、マーシャをほとんど慴《おび》えさせさえしたことは、日記を注意深く読めば、随所に指摘することができる。

　マーシャがこの寄宿学校の二年半の生活のあいだ、模範的な生徒でありえたのは、彼女が厳罰によって保たれた秩序に畏れ従っていたというより、むしろ、彼女をとりかこむこの現実の実在感が、黒い岩群のように、疑いえない、確実に存在するものと自覚され、学校なり規律なりの制度をも、この実在の重味をもったものとして、受けとっていたことによるのではなかろうか。

三

　マーシャの日記の第二冊をなすノートは、日々の記録と反省の連続で、やや単調な趣きがあり、そこにも彼女の心の屈折を見てもよいような気がする。読書もきびしく限られていたらしく、感想を誌したもののなかには、文学書は皆無である。この第二冊を読みはじめた感じでは、こうした娘が、このまま成長したとすれば、修道女たちがおそらく望んだ通りの、宗教に厳しく服した、内気な、敬虔な女性になったに違いないと思われる。その生涯は、単調で、控え目で、ある意味では無自覚にすぎていったかも知れないのである。

　ただ私の心を打つのは、こうした平静な日常にも、マーシャの反省の感覚といったものの鋭さが、休むことなく、こうした体験と対話を試みていることである。これは恐らくこの頃読んでいたと思われる箴言、回想録の類、たとえばヴォヴナルグやレッス枢機卿などの直接の反映かもしれない。それにしてもマーシャが自足した閉鎖にとどまらなかったことは、すでに彼女が無意識のうちに自分の転機を用意していた内々の左証なのかもしれないのだ。

　もちろん人は自らの生涯の転機になるような事柄を、当面するその瞬間に、かかるものと感じることはない。マーシャがアンドレ・ドーヴェルニュと会った経緯の記録も、はじめは、日日の記事の間に、同じ比重をもって書かれているにすぎない。これはマーシャがここに入って二年たった秋の新学期のころの出来事となっている。

　今朝、新入生ガ食堂デまどれえぬ様ノ紹介ヲ受ケタ。あんどれ・どーヴぇるにゅトイウチョット風変リナ子ダ。

　私達ハ、モウ食卓ニツイテ、院長サマハジメ先生方ガ入ッテ来ラレルノヲ、待ッテイタ。

　今朝ハ、モウスッカリ秋メイテ、空気ハ冷タク澄ンデ、水ノヨウダッタ。朝ノ日差シガ黄葉シタ木立ノ間カラ食堂ヘ、縞ヲツクッテ、流レコンデイタ。新入生ハ、食堂ノ床カラ一段高クナッテイルごちっく式ノ入口カラ、コノ光ノ縞ノ中ヲ横切ッテ、まどれぇぬ様ト歩イテキタノダッタ。

ソノ時、私ガコノ新入生ニ感ジタ親シイ気持ハ、ソノ浅黒イ、上品ナ顔立チト地中海風ノ黒イ眼ノタメダッタノカ、ソレトモ、背中ニぎぷすデモ嵌メタヨウナ妙ニコワバッタ歩キ方ノタメダッタノカ、ヨク分ラナイ。コノあんどれ・どーゔぇるにゅ（トイウ名デ紹介サレタノダガ）ハ、白ッポイけーぷ付キノ洋服ヲ着テイテ、ソノ印象ハ、病弱ソウデ、貴族的デ、冷ヤヤカデ、顔ツキノ中ニハ、嫌人的ナトコロガ確カニアルト私ハ思ッタ。ソノ妙ニコワバッタ歩キ方デサエ、普通ノ歩キ方ガデキナイノヲ、ムシロ喜ボウトシテイルヨウナ、アラワナ挑戦的ナ感ジガ出テイタ。

私ハコノあんどれ・どーゔぇるにゅノ中ニ病気ト孤独ニ痛メツケラレタ頑ナサヲ感ジタガ、誤リデアロウカ。

…………………

私ハ、マダあんどれト口ヲキク機会モナク、マタ周囲ノ友達トノ間ニ、冷タイ敵意ノヨウナモノサエアルノハ、ドウシタ訳ダロウ。私ハ、あんどれガ廻廊ヲ通ッテ修道院ノ図書館ニユクノヲ、ヨク見カケルシ、廻廊デ何度モスレ違ッタノニ、ドウシテモ話シカケル勇気ガ湧カナイ。ナゼカ、ワカラナイ。あんどれト二人ダケデスレ違ウヨウナ時、心臓ハ急ニドキドキ高鳴ッテ、静カニ通リヌケルノガヤットナノダ。

モチロン、ソレハ、あんどれノコノ冷タイ、取リ澄マシタ外見ノタメダッタカモ知レナイ。デモ、私ハ断言デキルケレド、ソノ浅黒イ上品ナ顔ダチ、地中海風ノ黒イ眼ハ、ムシロズット親シミ深ク、可愛クサエアッテ、決シテ敵意ヲ与エルモノナドナク、私ナドニハ魅惑的デアリ、ソレハ、冷ヤヤカナ、コワバッタ歩キ方ト、ヒドク対照的ナノダ。

…………………

あんどれガ居ナイノハ、上ノ修道院ノ書庫ヘ入リキリダカラダ。あんどれノ評判ハ悪イ。ワザト悪クシヨウトシテイルノデハナイカト思ワレル。私ハ、ナントカ、あんどれニ近ヅコウト思イ、コノ頃ハヨク書庫ニ行クコトニシテイル。デモ機会ラシイモノハナイ。廻廊ノトコロデ、今日待ッテイタラ、私ヲ追イコシテ、アノコワバッタ、肩ヲ動カサナイヨウナ歩キ方デ、行ッテシマッタ。

…………………

今日、私ハ奇妙ナ発見ヲシタ。ソレハ、私ガあんどれヲ仲間ハズレニシマイト考エテイルノハ、あんどれノタメヲ思ッテノコトデハナク、自分ノタメニヤッテイルノデハナイカ、トイウコトダ。ソレハ次ノヨウナ理由ニヨルノダ。私ガ初メカラ感ジテイルあんどれヘノ関心ハ、特種ナモノデアリ、ホトンド好意ト呼ンデモイイモノダッタ。ニモ拘ラズ、ソレハ控エ目デ、隠サレテイタ方ガ、ズット幸福デアルヨウナ種類ノモノダ。ダカラ、私ハ、タトエ心臓ガドキドキシテモ、あんどれノ方ヲ、マトモニ見ツメルナドトイウコトハ、決シテ、シタコトハナカッタ。デモ、食堂ヤ廻廊デスレ違ウトキ、私ハ、一瞬チラットあんどれニ眼ヲヤラズニハ居ラレナイ。ソレハ一瞬ノコトニ過ギナイガ、私ハ、ソノ一瞬ノ間ニ、あんどれノ浅黒イ上品ナ顔ダチ、可愛イ黒イ眼ヲ、マルデ甘イ果汁カ何カノヨウニ、味イツクシテイルノダ。私ハ、マルデ、あんどれガ豊醇ナ果汁デアルカノヨウニ、ソノ一瞬ニ、喉ノ奥ヲ鳴ラシテ、あんどれトイウ存在ヲ飲ミツクシテイルノダ。

　ソレダケナライイ、私ニ腹立シク思ワレ、悲シクサエ思ワレルノハ、あんどれヲ見タイトイウ気持ガ、自分デ押エキレナイホド強クナッテイルノヲ感ジルコトダ。私ハ、マダ、コンナ自堕落ナ、不謹慎ナ態度ヲ自分ニ許シタコトハナイケレド、デモ、ソノタメニハ、意志ノ力ダケデハナク、品位ヤ名誉感ニ訴エナケレバナラナイ程ナノダ。

　私ハ、決シテ廻廊ニ立ッテイテハイケナイ。図書室ニ近ヅイテモナラナイ。あんどれニハソンナ友達ナド必要デハナイニキマッテイルノダカラ……。

……………………

　今日一日、私ハ何ト恐シイ空虚サヲ感ジテイタコトダロウ。ココシバラク私ハあんどれト顔ヲ合ワサナイヨウニ、食堂デモ下ヲ向キ、復習室ニ閉ジコモリ切リダッタ。トコロガ今日ドウイウ訳カあんどれガ食堂デモ、廊下デモ、注意シテイタノニ、見当ラナイノダ。午後、図書室ニイッテミタリ、廻廊ノマワリヲブラブラ歩イテミタガ、あんどれハイナカッタ。夕方ニナッテ、まどれえぬ様ガ廻廊ヲオ通リニナッテ、コンナトコロデ何ヲシテイルノカ、トオッシャッタ時、私ハ、本当ニドギマギシテシマッタ。私ハ、マタ、廻廊ノ柱頭飾リノアル柱列ノ下デ、ボンヤリ坐リコンデイタノダッタ。まどれえぬ様ハ、オカシナ子、トデモイウヨウニ、私ノ頬ヲ軽ク叩イテ行ッテシマワレタケレド、羞シサヤラ腹立シサヤラデ、ロクニ口モキケナカッタ。

　私ハ修道院ヲ出テ城館マデ下ル道々、あんどれハドウシタノカシラ、ト心配ニナッタ。デモ、ヒョットシタラ、食堂ニ集ルトキ、会エルカモ知レナイト思ッテイタガ、ヤハリ姿ハ見エズ、ソノ席ダケ、ポツント、空虚ダッタ。私ハ誰カニ訊イテミタイト思ッタノダケド、ドウシテモ、あんどれトイウ名前ガ口ニ出ナカッタ。部屋ニカエルト、私ハ、自分ガウツロデ、何ノ意味モナイ人間ミタイニナッテイルノニ気ガツイタ。

　私ハ、ズットあんどれヲ見ナイヨウニ努力シテイタノニ、ソレハ、あんどれノ存在ヲ、眼デハナク、皮膚ヤ聴覚ヤソノ他ノ全身的感覚デ、感ジルタメダッタコトガ今デハヨク分ル。

……………………

　私ハ本当ニドウカシテシマッタ。モウあんどれ以外ノコトハ、私ノドンナ関心モ、ヒカナクナッテシマッタ。トイッテ、私ハ卑怯ニモ、あんどれニ話シカケルコトモ、部屋ニユクコトモ出来ナイ。モット前ダッタラ、ソレモ出来タカモシレナイノニ、今ハ、ソンナ勇気ナド、マルデナイ。ソノ癖、自分ノ滑稽サヲ笑ウコトモ出来ナイノダ。

ソレニ今デハ、あんどれヲ見ナイデイヨウトイウ決心サエ、ナクナッテシマッタ。あんどれヲ一眼デモ見ルコトハ、私ノ生甲斐ニマデナッテイルノダ。今日モ、図書室カラ帰ッテクルあんどれト廻廊ノトコロデ、パッタリ出会ッタ。私ハ、今日コソ、思イキッテ、あんどれノ方ヲ、ハッキリ見ヨウト思ッタ。トコロガ、私ガアノ人ヲ一瞥シタ瞬間、不意ニあんどれノ方モ、私ニ、素早イ眼ザシヲ、投ゲタノダ。ソレハ一秒ノ何分ノ一カノ短イ一瞬ダッタニ違イナイ。デモ、アノ地中海風ノ可愛イ黒イ眼ハ、落着イテ、微笑シテイルヨウニ、私ノ眼ニ見入ッテイテ、マルデソノ視線ニ、甘美ナ磁力デモアルカノヨウニ、私ノ心ハ震エ出シタ。ナゼ、アノ時、私ハ、ハジクヨウニ、狼狽シテ、自分カラ視線ヲ、ハズシテシマッタノダロウ。ソレデモ、夜、私ハ、今マデニナク、幸福ナ、ハシャギタイ気持ニナッテイタ。今デモ、眼ヲツブルト、あんどれノ黒イ眼ガ浮ビアガル。デモ私ハ落着カナケレバナラナイ。度ヲコシタ友情ハ、ヤハリ罪ニナルニ違イナイノダカラ。

……………………

私ガ幸福ダッテイウコトヲ、ドウシテ自分ニ隠サナケレバ、ナラナイノダロウ。幸福デイルノハ、悪イコトナノカシラ。デモ私ハ幸福ナノダ。トテモ、トテモ、幸福ナノダ。私トあんどれハ、マダ話ヲ交ワシタコトモナイノニ、二人ノ間ニハ、魂ノ感応ガアルミタイニ、特別ナ磁力ガ働イテイルノダカラ。ドンナニあんどれガ無表情デイルトキモ、私トスレ違ウト、マルデ私ノ視線ニ、何カ刺スヨウナ作用ガ含マレテイルカノヨウニ、素早ク眼ヲ上ゲテ、私ノ方ニ微笑ヲ送ッテクレルノダ。食堂デモ、ドンナ遠ク離レテイテモ、あんどれハ、私ノ視線ニ反応シテ、クルリト、頭ヲメグラシ、私ノ方ヲ見テ、ニコリトスル。

デモ、私達ノコトハ誰モ知ラナイ。コノ秘密ノ中ニ出来アガッタ友情ハ、何ヨリマシテ、幸福感ヲ強メテクレル。

私はマーシャの日記の、アンドレに関する記述から、日を追って変化の感じられる部分をのみ抜萃、翻訳してみたが、むろん変化はこのように急速に行われたわけではなく、そのような印象を与えたとすれば、不手際はむろん私の方にある。

私がノートの記述を読んだかぎりでも、このはじめのマーシャの感激ぶりは、いささか独り芝居の気味がないでもない。というのはこの後、次に述べる出来事までの間に、約一カ月以上の時間があるが、マーシャの記述に、質的な変化はあるとは思えないからだ。アンドレ・ドーヴェルニュが依然として周囲を冷淡に無視し、周囲も彼女を白眼視しているといった状態がつづいていたらしいから、アンドレがマーシャだけに特別の好意を持ちはじめるということは、恐らく、なかったのであろう。それが彼女の日記に単調な感動が繰りかえし記述されている原因にちがいない。それ故、よしんばアンドレの方で多少はマーシャの好意的な視線に感づいていたとしても、もしこのままだったら、二人の関係も、そう急速に進まなかったにちがいないと思われる。

この二人を結びつけた出来事は、私が前に書いたこの修道院に所属するスペインのある宗教画家の大作と関係があるので、私のその作品に関する印象にもふれながら、日記にもとづいて、逐一述べていってみたいと思う。

それはもう十二月に入っていて、山には雪がきている頃であり、寄宿生たちは、煖炉のある食堂か復習室の外はあまり出たがらなかった。まして修道院の図書室にゆくのは、今ではアンドレぐらいしかいなかった。

だからマーシャがその日図書室へ出かけていったのは、私には、アンドレへの関心のためと思えるのだが、日記には、彼女は、図書室を飾る作品を模写したかったからだと書いている。課外に、模写をする許可を院長から受けているという記録は、ずっと前の部分に書いてあるので、おそらくマーシャは事実模写のために図書室にいったのであろう。しかし彼女が模写したくなるまで、図書室へ足繁く通わせたのは、アンドレの存在ではなかったろうか。アンドレは渇いた人のように、手当り次第、読書にふけっているようだったが、マーシャはその壁を覆った夥《おびただ》しい著書に関心があるのではなく、はじめはアンドレのそばで本を読むという単純な幸福感のために訪れたにちがいないのだ。

私は、この図書室を訪れた当時の印象をまざまざと思いうかべることができるが、それは天井の高い、横よりは奥行のながい、森閑とした部屋だった。木彫りと金網戸をもった本箱が壁にそって並び、大判の写本が灰白色の羊皮紙の簡素な装釘でその中に整理されていた。蔵書の多くは、図書室の続きの書庫におさめられていると、その折、修道女が私に語ってくれた。書見台、立机、天球儀のようなものが、閲覧用の黒い重厚な長机の列の間に立っていた。窓から入る光は無機質な白さで、かすかに黴の臭いのする、この世ならぬ静寂の中にいると、掛時計の振子が急にゆっくりと時を刻みだしているように思われてきたものだ。

煖炉の上には、見事な一対の狩猟図を織りだした十七世紀のタピスリが飾られ、窓と窓の間、あるいは本箱のない壁面には、多く宗教画がかけられていた。

しかしその当時私がここを訪れたのは、こうしたものが目的ではなく、図書室の入口に立つと、深い奥行の奥の壁面をいっぱいに飾っているあのスペインの画家の手になるキリスト受難の場面を描いた大作を、見るためだった。そこには、青い衣をまとったイエスが、大きな憂いを帯びた眼で、嵐を含んでゆがむ天を見あげ、赤い衣をかけた肩の上に十字架を担いだシモンの方へ、細い、しなやかな手をのばしていた。群衆が不吉なかげのように彼らをとりかこみ、悲劇の大詰がもう遠くないことを示していた。

マーシャが感銘をうけた作品とは、まさしく私の見たこの受難図であることに間違いなかった。彼女がそこに宗教的な感銘をまったく感じなかったと見るのは、もちろん誤りであろうと思う。なるほど後になって敬虔だったマーシャが信仰をまったく放棄するにいたるにしても、このころには、まだその兆候らしいものは、どこにも見出せない。にもかかわらず彼女を模写へと押しすすめた衝動は、絵画への本能に根ざしたものだったであろう。私は、マーシャが後になって（パリ時代のことだ）このスペイン画家に対する愛好を語ったのを意外と思った記憶があったが、それは、彼女がこの画家の生涯を、敬虔な信仰につらぬかれて、絵画への使命感が絶えず燃えていたからこそ好むのだといったからである。

もちろん図書室を飾る他の絵に較べて、この大作の絵画的な完全度は圧倒的な印象をもって迫ってきて、人物達の劇的な動きといい、青衣や赤衣や黄衣が黒ずんだ空や背景の群衆のなかで果す喚起的な役割といい、画面に圧縮された息づまるような圧迫と清冽な憂愁といい、一度見たら、その映像は容易に消しさりえないように思う。つまり私がいいたいのはマーシャが後で主張していたように、この絵の魅きつけた力は、単に宗教的感情だけではなく、人が普通芸術的感銘と呼ぶものだということだ。もしそうでなかったなら、どうしてそれの模写へと駈りたてる絵画本能とでもいうものが動いただろうか。マーシャは日記の別の箇所で次のように書いてさえいるのだ。「私ハコノ絵ノ前ニ、一時間デモ二時間デモ坐ッテイルコトガデキル。図書室ノ静カナ明ルミノ中デ、時間ヲ忘レテイルコトガ多クナッタノハ、私ノ心ニ現レル宗教的ナ感情ノセイナノダ。私ハ、コノ作品ノ前デハ、ドンナ場合ニモ、感嘆ノ思イヲ抑エルコトガ出来ナイ。ソレハ眼ヲ動カスタビニ、又ハ心ノ方向ガ変化スルタビニ、ドコカ底知レヌ深ミカラ、湧キアガッテクル歓バシイ感情デアリ、私ハ、コンナウットリシタ気持ハ至高ノ状態ダ、浄福トデモイウベキ状態ダ、ト自分ノ心ノ中デ叫ブノダガ、シカシ、マタ、何カノ拍子ニ、掛金デモハズレタカノヨウニ、新タナ感動ガ湧キ上リ、拡ガッテ、ソレハ、前ノトハ比較ニナラヌ痺レルヨウナ甘美ナ陶酔トナッテ、私ハ、シバシ自分ヲ忘失シテシマウノダ。」

しかしマーシャは決してそれを芸術的な感動ないしは甘美な夢想という風には呼ばない。彼女にしたがえば、そうした夢想や惑溺は無意味なものであって、「黒々と固い岩群のような」現実の前では、霧散するものなのだろうか。彼女は、どこにも、そうとは明記してはいないけれど、私などには、彼女が味う感動を、宗教的体験と見なすことによって、それに意味を与えていると、考えられなくもないのである。

とまれ、その午後、マーシャは模写用の画板と画用紙を携えて図書室の扉のあいだから、滑りこむように、そこへ入りこんでいったのだ。広々とした天井の高い部屋は、冬の曇り日のせいか、いっそう暗く、広く、奥の壁の大作が、ずっと遠くに見えた。

マーシャが重い木の扉を後ろ手に閉めたとき、修道女の一人が首だけあげ、彼女の方を見て、また本に眼を落したほか、五、六人の修道女たちは、黒い彫像のように身動きもしないで、机に向っていた。

アンドレは扉から正反対の、受難図の真下に近い机に坐って、向うむきに、身動きする気配もなかった。それは、マーシャが、ひそかに、ながいこと見て知りつくしているアンドレの、こわばった、固い感じの背中であり、いくらか男の子のように、左肘をついて頭を支えているいつものアンドレの姿勢だったが、にもかかわらず、そのアンドレをそこに見出した瞬間の、不意に身体じゅうにこみあげてくる歓びの感情は、絵の前に立ったときより、はるかに強く、いきいきしていた。

　しかしマーシャは、慎しみからというより、アンドレをすぐ目のまえにした幸福感の激しさのために、思わず絵の方へと眼をそらせたのだ。それでもマーシャはアンドレから五歩と離れていない場所へ腰をおろすと、息をつめるようにして、画板をひろげた。アンドレの横顔が、一部を肘でかくされて、見えていた。

　席について絵を仰ぐと、いまさらのように、この図書室特有の古い書物のにおいと、時間がとまり、静かな層になって積みかさなってゆくような明るんだ停止感が、徐々に、身にしみてきた。

　ときどき、押しころしたようなせきの音と、頁をめくる音が、思いだしたように聞えた。しかしそれはこの深い静寂の厚みにすいとられて、音らしい音にならなかった。マーシャはふと考えるのだった、こうして十年たち、二十年たち、一世紀たっても、いったい何が変るというのだろう。まわりの壁に並んだ木彫りのある、ずんぐりした本棚は、古い時代のままに使っていて、ガラス扉のかわりに、金網扉が使用してあるのだ。書物の装釘も多くは灰白色の羊皮紙の単純な、飾り一つないもので、革装釘のものも、時代は古く、紙は褐色に変り、頁をくると、かすかに乾いた音をたて、ところどころ歪んだり、かすれたりしている活字は、素朴な古風な形で、綴字法も古かった。机も、見台も、本箱も、背もたれの高い椅子も、古い時代からの時間の流れに洗いだされたように、木目が、磨きこまれた木肌に浮びあがっていた。世間では様々な変化が続き、あわただしく移りかわっても、ここには何一つ動くものはないのだ。ここでは一年単位、十年単位、いや五十年単位でだって、十分に時間をはかれるかもしれない。深淵を流れる水が動くとも見えぬように、ここを流れてゆく時間もその歩みを緩めるのかもしれない。その昔、誰かがここに閉じこめておいたものが、そのまま、現在の表面へと浮びあがっているだけなのかもしれない。

　マーシャはそう考えながら、ほとんど放心に近い状態にいたのだった。掛時計の振子がゆっくりと時を刻んでいた。彼女は、そうしているうち、失神する前に似た、周囲の事物が急に遠くに見えてくるような気がした。

　そのとき、正面の壁を占めている、ゴルゴタへの道行きをえがいたスペインの宗教画家の大画面から、なにか非現実な、説明のつかぬ感じを受けたとしても、マーシャが（ほんの一瞬のことであったであろうが）その異様な感じは、自分の錯乱しはじめている感覚のせいだと思ったのは、ごく自然のことだったかもしれない。それは、それまで、この作品から受けていた感じとは、まったく異った、目まいに似た感じ、自分の足もとの地面が、ゆっくり傾いてゆくような感じであった。後になって、マーシャは、この一秒の何分の一かの短い時間に、自分が、なぜあんなに多くのことを考えられたか、不思議に思ったほど、その瞬間、あらゆることが一挙に火花を散して、彼女の頭のなかで、ひらめいたのである。それは、たとえば、この感覚の異様さについてであり、地面が傾いて自分はいったいどこに崩れてゆくのか、ということについてであり、もしそうなら、アンドレも一緒に崩れてゆくだろうか、そんなことが現実におこるだろうか、などについてであった。そしてそれらの物思いから、はっとして、マーシャが我にかえったとき（それは、彼女自身が気づかぬ間に、感覚そのものが我にかえるように彼女を促していたためであり、瞬間的な反射作用だったのだけれども）まさにそのとき、正面の絵は、風にのった大凧か何かのように、壁をはなれて、ゆっくりした非現実な動きで、おおいかぶさる恰好に倒れかかろうとしているところだった。

　マーシャが矢のようにアンドレの上に飛びかかって、二人の身体が、からみ合って、机と机の間に横倒しになったのと、崩れるような響きをたてて絵が倒れかかったのとは、ほとんど同時だった。厚い、大きな木彫りの額縁は、机の角に砕けちり、立机や椅子がはねとばされ、書棚の一つは、そのあおりで、前向きに倒れた。装飾品が床に散乱し、崩れおちたもののあいだから埃りが煙のように立ちのぼり、絵は、広い帆のように、ぎごちなく、白い無地の背面を拡げて、うつぶせになって揺れていた。それは羽をむしられて苦悶する巨大な蝶のような感じだった。

　修道女たちが駈けよって、絵の下から二人の女生徒をひきおこしたとき、アンドレもマーシャも、一瞬何が起ったのか、理解できない様子だった。マーシャはアンドレをかばって横倒しになったとき、右肘をかすってできた傷から血がにじんでいるほか、これといった怪我はなかった。

　修道女たちが集ってきて、この不慮の出来事の原因が、古びた掛金が錆び腐ちていたからだったと明らかになっても、マーシャは真実なにが起ったのか、自分が何をしたのか、理解できなかった。

　修道院からの急報で、間もなく集ってきた村の人々が絵を慎重におこした。画面の一部に、机の角がつくったかぎ裂きが残ったが、その他に損傷がなかったのは、まだしも幸運としなければならなかった。しかし線彫りの葉文様の飾りのある厚い木でできた額縁は、すべて枠組がはずれ、傷口のような亀裂が、長く、深く、切れこんでいた。絵そのものは、依然として、静かに、悲劇の近づいた苦悩と憐憫をあらわしていたが、前と異っていたのは、枠縁のはずれたあとに、キャンヴァス地の白く塗り残されている部分がむきだしになっていることだった。その絵の周縁の余白部は、あるいは白いまま、あるいは筆の勢いで塗りこめられたまま、放置してあって、いわば一つの雲塊の周縁が明確な一線で区切ってあるのではなく、不定で曖昧な輪廓をもつように、きわめて不揃いな筆触の出入りが、その絵の周辺をとり囲んでいるのであった。それは、ちょうど、画家のアトリエで見る絵と同じく、生成の苦しい過程を曳きずって、ようやくその完成に達したばかり、という印象を与えた。

重々しい木の枠縁にかこまれて、正面の壁をかざるとき、それは、いかにも完成した存在として、そこに立っていた。この完成した状態だけが唯一の状態であり、見る人の眼には、もうはじめから、その状態以外は考えられず、それができあがってゆく過程も、それが描かれる前の画布の状態も、想像することはできないし、また想像することを許さなかった。

しかしいま、枠縁のくだけ散ったあとから、白い塗り残した部分があらわれ、下地の色や、激しい筆触のあとが、まざまざと、そこに残っているのを見ると、この完成した画面も、実は、下積みの努力や、苦悩や、意気沮喪や、歓喜をぬりこめたうえに立つ、ようやく到達した状態だということが、深く納得されてくるのだった。それは、肺癆を患っていたこの画家のしわぶきや、震える細い手や、大きく見開いた血走った青い眼球や、絵具をまぜ合わす筆の動きなどを、突然なまなましくそこに再現するものだった。

ただ、その端縁部の人間的な余白を枠縁でかくし、切りすてるという魔術によって、何とすべてが一変することだろうと、マーシャは人々の後に立って、半ば夢みるような気持で考えていた。そうなのだ。そうやって枠縁で、くっきりと、画面を区切ってしまうと、絵は、私的な苦悩やよろこびを消してしまって、いわば一個人をこえた表情となり、画家が、あらゆるものを犠牲にして実現しようとした完成という形のなかに立つことになる。絵は、はじめから、そのようにあるべく定められたかのように、そこにある。

しかし本当はそうではないのだ。すべての人々に嘆賞されるこの作品、完成以外には何一つ顧慮しないような純粋意志で支えられた作品は、この枠縁の下に、一日一日の画家の苦悩、虫のように作品のうえを這いずりまわり、蟻のように蒼く痩せながら、喘ぎながら、絶望しながら描きつづけた刻々の息づかいを、かくしているのだ。そこ、その画布の余白こそは、彼の忍苦の日記にほかならなかった。パレットを使わなかったこの画家は、その余白の部分に、一色一色、試しぬりをしているために、イエスの青衣の色も、シモンの赤い長衣の部分も、嵐にゆがんだ空の色も、そこに、一つ一つ見てとることができるのだった。

マーシャはこうして、思いもかけぬ出来事が切りひらいた事実の前に、呆然として、深い感動からぬけきることができなかった。そのとき、彼女は、肩のあたりに、何か柔かい感触をおぼえた。思わず振りかえると、アンドレ・ドーヴェルニュの地中海風の可愛い黒い眼が、すれすれの近さから、彼女をじっと謎のように見つめているのであった。

四

マーシャの日記を通読しながら私が感じるたのしみの一つは、彼女が、日常の細部を詳しく書きとめ、時には、単調に思われることがありながら、そこに絶えず省察を挿入し、ある種の時間経過のなかにあらわれた自分の生活を、一つの型《フォルム》として、感じようと試みていたことだ。たとえば次のような一節は、こうした彼女の見解を、はっきり、示しているように思われる。これは、例のアンドレ・ドーヴェルニュと知り合うようになった前後の事柄にふれて、後年書いているものである。

「後ニナッテ（アノ）出来事ヲ思イダスタビニ、人ノ一生ニハ、何カガ、自分ヤ、ソノ当事者ニハ分ラナイナガラ、アタカモ図形文字デ書カレタ書物ノヨウニ、書キコマレテイルヨウナ気ガシテナラナイ。人ハ、自分タチノ一日一日ノ仕事ヤ出来事ニヨッテ、ソウシタ文字ヲ書キ、自ラ記シテイルヨウナモノナノダ。」

おそらくこれを書いていた彼女の気持には、アンドレとの急速な、激しい友情が、このような思いもかけぬ形で結ばれたことへの驚きもあったであろうし、それが彼女の生涯に与えた影響の大きさへの感慨もあったであろう。

しかしむろんその当時、マーシャの心のなかに生れていたのは、このような鳥瞰的に、生の形《フォルム》を読みだそうとする認識者の態度ではない。それどころか、日記の調子までが、変っていて、たとえば、日々、枝から枝へ囀《さえず》り暮している小鳥の、他愛ないお喋りに似た饒舌が、そこには感じられるのである。それはたのしげであり、陽気であり、しばしば陶酔さえともなっているのだが、本人はおそらくそれに気づかなかったのであろう。後から、日記を読んでゆく眼には、彼女たちの一日は、平凡であり、事件らしい事件もなく、厳しい日課のなかでは、ゆっくり話しあう時間もなく、どの一日も、他の一日と区別できないほどなのに、当人たちにとっては、たとえば授業と授業の間に、廊下ですれちがいながらかわす短い立ち話とか、夕禱のあと廻廊をひとめぐりする散歩とか、復習室から寝室までの間の、夜の唯一のお喋りの機会とか、は、まるで刻々の儀式のように貴重だったに違いなく、マーシャは、日々それが新たに起ったことのように、丹念に、書きこんでいるのである。

もっとも彼女の日々のよろこびに影を落す事柄が、まったくなかったというのは、誤りだろう。母の再婚によって、このような山岳地方に送られていること自体、考えてみれば、彼女にとって、必ずしも幸福なことではなかったに違いないが、しかしアンドレと知り合うようになってからあと、彼女は、自分がパリを離れたことをよろこびこそすれ、悲しむような理由はほとんどなかったわけである。

それだけに、アンドレが日曜ごとに、寄宿学校から自分の家に帰ってゆく生徒の一人だったことは、彼女を、この上なく、つらいものにしていたのだ。マーシャはそれを次のように書いている。

私ガハジメあんどれノ居ナイノニ気附イタノハ、あんどれガ入学シテ間モナイ一日ダッタ。アノ人ハ、気ガ向クト、日モ定メナイデ、家へ帰ッテシマウシ、学校デモ、あんどれハ特別ナ体質ヲ持ッテイルタメニ、ソレヲ許シテイル。木曜ノ午後ト日曜ハ、カナラズ家へ帰ッテシマウ。あんどれト会ウ前ハ、私ノ家ガコノ近隣ニナイノヲ、ソンナニ残念ニ思ワナカッタケレド、今ハ、違ウ。あんどれノ居ナイ一日ハ、ナガク、空虚デ、自分ダケガ見棄テラレタヨウナ気ニナルノダ。コノ苦シサヲ逃レルトコロガ本当ニ欲シイ。自分ニハあんどれガコンナニモ大事ナノニ、アノ人ニトッテ自分ガ、タヤスク、忘レラレル存在ニスギナイト思ウノハ、辛イ。ナガイ日曜ノ森閑トシタ復習室デ、ソンナコトヲ考エツヅケ、自分ガ傷ツキナガラ、ソレデモ、月曜ニハ、あんどれガ帰ッテクルノダト考エルト、急ニ心ガトキメイテクル。何モカモ許ソウトイウ気ニナル。シマイニハ、あんどれノ机ニ、ナガイコト坐ッテイル自分ヲ見出スノダ。何モ考エズニ、タダ時間ノ流レルノヲ待チナガラ……。

　あんどれヲ迎エニ来ルアノ黒イ箱型ノ自動車ヲ、私ハ、ドウシテモ、好キニナレナイ。ワザワザ自動車ガ迎エニ来ルノハ、あんどれダケナノデ、他ノ生徒達ハ、反撥シタリ、羨望シタリシテイル。デモ、私ニトッテハ、あんどれノタメニ、自動車ソノモノガ、憎ラシイノダ。ナゼッテ、私ニハ、ドウシテモ、あんどれガ自分ノ意志デ私ヲ見棄テテ、城館ヲ離レルナドトハ考エラレナイカラナノダ。アノ自動車ガ、あんどれノ意志ニ反シテ、アノ人ヲ、ドコカ遠イトコロヘ、連レ去ッテユクヨウナ気ガシテナラナイノダ。ドウシテあんどれハソレニ抵抗シナイノダロウ。ソレハ、ソンナニモ魅力ノアルモノナノカシラ。

　私ガ、アノ黒イ箱型ノ自動車ヲハジメテ見タノハ、マダ、あんどれト知リ合ウ前ダッタ。私ハ、城館ノ門ノトコロデ、不意ニ、ピカピカニ磨キタテタ、高級車ト、スレ違ッタノダッタ。前部ニハ、無表情ナ、四季施《シキセ》ヲ着タ、鼻ノ大キナ運転手ガ乗ッテイタ。後ノ座席ニ、曇リ一ツナイ硝子《がらす》越シニ、あんどれガ、眼ヲ閉ジ、頭ヲ後ニ投ゲルヨウニシテ、坐ッテイルノガ、見エタノダ。

　私ハ、振リカエッテ、黒イ車ガ、城館ノ門ヲ下ッテ、道へ出テユクノヲ、見ツメテイタ。硝子窓越シノセイカ、蒼ザメテ見エタあんどれノ顔ガ私ノ眼ニ焼キツイテイタ。眼ヲ閉ジテイタノデ、ソレハ硝子ノ標本箱ノ中ノ、死体カ蠟人形ノヨウニ見エタノダッタ。

　私ニハ、マルデ一人ノ美シイ娘ガ死ンデ、ソノ死体ガ、ドコカ遠イ死者達ノ国へ運バレテユクトイウ、物語ノ中ニ、立チ会ワサレテイルヨウナ気ガシタ。灰色ノ、無表情ナ顔ノ運転手ダッテ、コノ世ノ人間トハ思エナイ。ドコカ冥界カラノ使者ダトイッタッテ、誰デモ容易ニ信ジルダロウ、ト、私ハ、車ガ城館ノ門ノカゲニ折レ、見エナクナッタ時、思ワズツブヤイタモノダッタ。ソウイエバ、アノ黒イ、ピカピカニ磨キタテタ、箱型ノ自動車ダッテ、ドコカ不吉ナ霊柩車ニ似テイル。一体アノ人ハ本当ニ死ンダノデハ、ナイダロウカ。私ハ、ソンナ気ガシテ、急イデ、城館ノ中ニ走リコンダ。シカシ事件ナド起ッタ様子モナク、タダあんどれガ休ミヲトッテ帰宅シタトイウ事実ヲ、知ラサレタダケダッタ。

　私ガ、アノ車ヲ憎ミダシタノハ、コノ当初カラナノダ。ソシテ、今モ、私ハ思ウノダ、アノ車ハ、本当ニ、あんどれヲ家マデ連レテユクノダロウカ、アノ鼻ノ大キイ無表情ナ男ガ、あんどれヲ仮死ニ陥レ、蠟人形ノヨウニシテ、濡レタ林ノ奥ヲ通リ、ドコカ遠イ死者ノ国ヘ連レテユクノデハナイカ、ト。

　しかしアンドレの側でも、決して、マーシャが考えるほど、冷淡でなかったことは、その前後の記述の間から容易に想像される。たとえばアンドレがマーシャを誘って、人気のない修道院の柱をめぐらした廻廊で、ドーヴェルニュ館《やかた》と呼ばれる彼女の家で送った一日の出来事を、克明に、報告するのは、きまって月曜のことだったし、時には、日曜の夜、すでに生徒たちが寝しずまった後で、アンドレは、マーシャの寝室に忍びこんできたこともあったのである。それもただその日曜に園丁のジャックか、あるいは運転手のメグレがしたり、云ったりしたことを、マーシャに話してきかせるためだけになのだ。

　マーシャが次第にアンドレの冷淡さ、無関心の性格を理解してゆく経過は、マーシャの反省的な、分析的な観察とともに興味ぶかいが、彼女の達した結論からいうと、それは多少貴族的な生活環境と病身のために由来しているとしても、より多く自分の関心が絶えず何か一つのものに集中しているため、周囲の他の事物には、十分の注意がゆき届かなかったためであったらしい。それもきわめて単純な動機の場合が多く、たとえば、アンドレが道を歩いてゆくようなことがあると、彼女は勝手に農家の庭に入りこんで、犬に吠えつかれたり、鶏たちが逃げまわるのを面白がったり、そうかと思うと牧場のはずれの沼にいる家鴨《あひる》に見入っていたり、野生の花を手いっぱい摘んでいたりして、仲間がいれば仲間のことは忘れ、行くべき目的地があれば、なかなか行きつかないということになったらしい。

　しかしアンドレの冷淡な無関心が、単に、こうした無邪気さから生れているとするマーシャの考えには、疑問があるのであって、かりに、アンドレが喋った言葉として書きとめてある箇所を幾つか読めば、アンドレの無関心のなかには、時には周囲への軽蔑、敵意のようなものが隠されているのに、気がつく。

　たとえば次のようにマーシャは書いている。

「廻廊デノ散歩ノ間、あんどれハ、私ニ奇妙ナ告白ヲシタ。あんどれハ院長先生ヲハジメ修道女ノ方々ガ好キニナレナイ、トイウノダ。〈アタシ、大嫌イナノ、アノ人達。〉トあんどれハ、アノ人達ニ特殊ナあくせんとヲ置イテイウノダ。〈アタシ、アノ人達ノ偽善ニ見当ガツイテイルノヨ。アノ人達ハ、生キルコトガ、好キデハナイノダワ。アノ人達ハ生キナガラ、生キテイルコトヲ呪ッテイルノヨ。自分達ガ美シイ身体ヲ持ッテイルコトヲ、呪ッテイルノヨ。アノ人達ハ、生キナガラ、自分達ガ、生ノ影ニナリ、精神ニナリ、永生ニナルノヲ欲シテイルノダワ。アタシ、アノ黒イ影ノヨウナ人達ガ廻廊ヲ歩イテクルノヲ見ルト、ゾットシテクルワ。時々ココカラ逃ゲダシタクナルノハ、ソノセイナノヨ。〉私ハ、あんどれノ言葉ヲ、ドウトッテイイノカ、迷ッタ。あんどれガ病身ダッタ上、ナガイコト学校ニ来タコトモナカッタカラ、生キルトイウコトヲ、誇大ニ、考エテイルノダロウカ。コノ前モ〈生キルッテコトハ、官能ヲ思イキッテ満足サセ、一瞬一瞬ヲ燃エキルコトダワ。〉トイッテイタケレド、ドコカ、挑戦スルヨウナ態度ヤ語調ガ感ジラレタ。コウイウ時ノあんどれハ、何トナク、私ニハ、コワイヨウナ、ハラハラスルヨウナ気持ヲ抱カセルノダ。」

前にも触れたように、ドーヴェルニュ家の門地への敬意と遠慮から、アンドレの多少の放縦はゆるされていたらしく、また、この地方出身者のあいだでは、アンドレが一種特別の、距離を置いて見られる存在だったことは、ごく自然の感情や慣習に根ざしているものだったらしい。

もちろんこうした寛大さを周囲に許したのは、アンドレの病気であり、その結果のこわばった妙な歩き方だった。風変りな突飛な性格も、そこから解釈され同情さえされたが、同級生のあいだでは、アンドレは悪魔と契約しているか、あるいは悪魔に可愛がられている子供だったのだ、と信じられていた。(こういう迷信は、現在なお男児に女児の服装をさせて育てるこの地方には、漠とした形で残っているものらしく、男の子を女児に扮せしめるのも、単なる風習というより、魔除けの効果が信じられていたためではなかろうか。)

もちろんアンドレのもつ異質な感じは、マーシャ自身早くから気づいていたことだったが、たとえば先に引用した修道女や聖職者への嫌悪といい、陰気なゴチック式の廻廊にひびくアンドレの度はずれた笑いといい、ひそかにマーシャに貸してくれる本といい、もし彼女の中にアンドレを讃嘆する気持がなかったなら、どうにも、うさん臭い魔物めいた曖昧な気分を、否定しきれなかったに違いない。

とくにマーシャがしばしばアンドレの与える本に不安を感じたのは、アンドレの好んでいるらしい書物が、学校の禁書目録に書きこまれているものだったからだけではなく、それを読みすすむうちに、心のずっと奥で、自分をあるべきように保っている支柱が、一つ一つ、はずされてゆくような、ある種の戦慄に、何度も襲われたからである。マーシャはアンドレほどに読書に耽溺する性格ではなかったし、過重なまでに組まれた日課のなかでは、課外の読書の時間を見出すのは、実際的に困難であったりして、彼女は、アンドレの期待するほどには、素早く鋭く反応することはなかったのであろう。たとえば、ある十八世紀の感覚哲学の革綴の書物については、彼女は、その表紙に押されている、金箔の薄れた、ドーヴェルニュ家の楯形の紋章の方に、むしろ関心があったらしく、日記にも、それが素描され、装釘の体裁にも触れているのに、書物の内容には、ほとんど言及されていないのである。楯形紋章については、もう一枚薄紙を当て、鉛筆で浮彫をこすりだすようにして型をとったものが、ノートの間に挟っていて、こうしたものへのマーシャの関心の強さを物語っているが、これも、どれかの本の革表紙に打ちぬかれていたものに違いない。

しかしアンドレが半ば公然と禁書であるべき本に読みふけっていることは、修道女たちの間でも問題になっていたらしく、ある日、彼女の不用意から、廻廊の柱の下に置き忘れた小説が発見されたとき、さすがに、修道女たちも、ドーヴェルニュ家の娘を、例の塔の小部屋に呼ばないわけにはゆかなかった。ところが予期に反して、アンドレは、ドーヴェルニュの紋章を打ちこんだ革綴装釘の本を前に出されても、それを否認しつづけたのだ。訊問は夜おそくまでかかったが、アンドレは冷ややかに最後まで否認し通した。翌朝、食堂でマーシャとすれちがったとき、「私のこときいた？　あれは本当は私の本なのよ。だから白状してやらないの。」と囁いたのだった。アンドレの顔はいくらか青白く、地中海風の黒い可愛い眼は、大きくなり、黒いくまにとりかこまれていた。

　もっとも、こうした反抗や憎悪には、ほとんどマーシャは無縁であったにもかかわらず、アンドレの激しい心の動きを理解できたのは、彼女の置かれた状況と自分のそれとが、かなりの共通点を持っていたためでもあったろう。マーシャはそれをこんな風に書いている。

（コンドノ）事件ハ、私ヲ、心カラ悲シマセ、自分ガ真相ヲ知ラサレタコトニ、苦悩サエ、感ジルホドダ。デモ、私ニハ、あんどれガ、無意識ノウチニ、自分ノ周囲ニ傷ツクマイトシテ、アル種ノ、しにすむノ苦ガイ針デ、自分自身ヲ刺シテイルヨウニ、思エテナラナイ。コノ前モ、コンナコトヲ云ッテイタ。〈アタシハ、コンナ偽善者達ノ家ニ都合ヨク、生レツイテハ、イナインダケレド、ココカラ逃ゲダスホド、戦闘的ニモ、生レツイテイナイノヨ。モウ長イコト——ヨウヤク物ガ考エラレルヨウニナッテカラ、アタシハ、ズット、べっどノ上デ暮ラサナケレバナラナカッタカラ、ソノ間ニ、周囲ノ偽善ニ慣レルヨウニ、ツトメタノヨ。デモ、慣レルッテコトハ、ソレニ傷ツケラレナイデ、生キルコトダト分ッタノハ、上出来ジャナイコト？　アタシガ、ヨウヤクべっどカラ離レラレルヨウニナッタト思ッタラ、母ガ死ンデ、新シイ母ガ来タカラ、コンナ学校ヘ追ッ払ワレタノヨ。デモ、べっどノ上デ我慢デキタコトガ、ココデ我慢デキナイハズガアルカシラ。〉私達ハ、オ互ニ自分ノ境遇ヲ考エナオシテミタ。私ハ、私ヲ母カラ引キハナシタ新シイ父ニツイテ、マタ、あんどれハどーゔぇるにゅ館ニ輿入レシタ若イ母ニツイテ。あんどれハヒドク、コノ母ニ嫉妬シテイル。デモ、ソレハ自然ノ心ノ動キデハナイノダロウカ。私ダッテ、私ト母ノ間ニ入ッタ新シイ父ニツイテ、決シテ平静ナ気持デイナイデハナイカ。皆ガあんどれヲ責メテモ、今ハ、アノ人ハ聞ク耳ヲ持タナイ。持テルワケガナイノダ。一体、皆ハあんどれガ、アンナニモ単純デ、陽気デ、親切ダトイウコトニ、気ヅカズニイルノダロウカ。反対ニ、アノ人ガ、冷淡デ、無関心デ、意地悪デ、反抗的ダト、思ッテイルノダロウカ。ソシテ、モシ両方トモあんどれノ本当ノ姿ナラ、私ハ、ドチラヲ取ルベキダロウカ。私ハ両方トモ取リタイ。単純ニ笑ウあんどれモイイガ、意地悪ク黙ッテシマウあんどれダッテ、ソレハ素晴シク可愛イノダ。私ニハ、タダ一人ノあんどれシカ見エナイ。ナガイ病気ト孤独トニ対シテ戦イ、敏感ナアマリ周囲ト殊更ニ複雑ナ関係ヲ持ッテシマッタ真剣ニ苦シミ悩ンデイル一人ノ娘ガ、見エテイルノダ。

マーシャも書いているように、アンドレが反抗的な我儘な態度をとったのは、決して初めから抱いた計画的な敵意のためではなく、彼女は、むしろ周囲に対して妥協することもできると、頭では信じていたのだ。しかし結果からみると、彼女の物にこだわらない単純さが、容易に無関心にみえたように、その周囲への敏感さを矯正しようとする配慮は、ただちに反抗と敵意として受けとられた――おおよそこういった経過が、マーシャの日記から看取できるのである。

もし事情がこのようであるとすれば、後に起った事件も、ただマーシャにとって、不幸だったばかりではなく、アンドレ自身にも、いくばくかの暗いかげは投げかけたと考えるべきではなかろうか。

この事件は、初夏のある日曜の夜、例のように遅く訪ねてくるアンドレを待ちながら、マーシャが、月かげの青くのびているベッドに横になって、半開きになった窓を見ているときに、起ったのである。

前にも触れたように、この夜の訪問は、ただ禁令を犯しているというだけではなく、アンドレが、犯罪人のように、露台に通じる窓から忍びこんでくるという点で、いかにも本ものの犯罪じみた性格をもっていた。

だいたい寄宿学校では、夜、それぞれの寝室を鍵でしめる習慣があったため、もし誰かの部屋に侵入するためには、窓づたいにゆくよりほかなかったのだが、それも、三階にある、地上三十米《メートル》の窓を出たり入ったりするのは、決して容易なわざではなかったのである。

はじめてアンドレが窓から忍びこんできた夜、マーシャは、自分のよろこびに夢中だったので、そのことには気がつかなかった。また事実アンドレは、事もなげに、露台から渡ってきたのだ、といったのだが、翌朝、マーシャがその露台に出ると、渡ってきたという軒蛇腹は、人ひとりが、身体を壁に押しつけてやっと通れる幅しかなく、眼の下には、城館の三階の高さが、木立に埋まる谷間へと切りたっていて、足をすべらせれば、もちろん、生命は助かるはずもなかったのだ。

マーシャは、この信じられないような危険を考えるだけで、身体がふるえてくるのだった。しかしアンドレは、かえって、それを、たのしげに、話しさえしたのだ。はじめ、アンドレにこの冒険をやめさせようとしたマーシャは、自分の懇願や心配が、逆に、アンドレの冒険欲をかきたてるらしいのをみると、こんどは、この冒険を無事にすませられる細心の注意を配り、アンドレが軒蛇腹のうえを渡っているあいだは、身体をふるわせながら、思わずサント・ヴィエルジュの名を唱えるのだった。

こうして春となり、初夏になろうとして、冒険が無事だったと同じ程度に、この訪問は、誰にも気づかれずに、つづけられていたのである。

で、その夜も、いつもの日曜の夜と同じく、窓の外の気配で、アンドレが近づいたのを知ると、マーシャは静かにベッドを離れた。しかしアンドレの姿が、月光の青さを区切って、夜着の裾の拡がった恰好で、窓いっぱいに現われたとき、どうしたはずみか、窓に近よろうとしたマーシャの腕が、枕もとの時計に触れた。時計は床にころげ落ち、その音が、静まりかえった寝室のなかに響きわたった。

反射的にマーシャは身体を沈めた。部屋のあちら、こちらの闇から、舌うちや非難がましい声が聞えた。マーシャはアンドレに必死になって合図を送っていたが、アンドレにはそれが見えなかった。

マーシャの隣りのベッドにいたフランソワーズが、窓に立っているアンドレの黒い影を見たのはその時だった。この大足のフランソワーズとあだ名された動作ののろい農民の娘は、自分が幽霊を見たのだと信じて、この世ならぬ悲鳴をあげたのである。

それから起った騒ぎには、マーシャもアンドレも素早く姿をかくすことができ、疑いさえかからずにすんだが、それだけに、幽霊事件は、翌朝には、全寄宿生の耳から耳へと伝わって、大足のフランソワーズは、一躍、事件の中心人物になったのである。

彼女は、月光を浴びた悪霊は、二本の角をもち、マントをはおり、口は耳まで裂けていたと主張した。誰かが、月光を背にしていたなら、顔など見えないはずだ、と云いはると、大足のフランソワーズは、農民の娘らしい実直さと執拗さで、この悪鬼の形相は、光のないところでも、はっきり見てとれるのだ、と反駁した。

事が事だけに、修道女たちは、慎重な態度をとった。大足のフランソワーズの他に、窓に、悪魔めいたものを見たという者が二、三人現われた。例の時計の一件も、寄宿生たちは、悪霊の仕業であると噂していた。

窓に近い何人かが厳しく訊問された。時計の所有者であるマーシャが、とくに、ながく念入りに調べられたのは当然だった。もちろん彼女は眠っていて、何も知らなかったというだけだった。マーシャは自分が嘘をついているとか、故意に自分で演技しているとか、いうような気持が、まったくないのに、自分ながら驚いていたのだ。彼女は、人ひとりがやっと通れる飾り縁のうえを、綱渡りでもするように、すり足で通ってくるアンドレを、訊問のあいだじゅう思いうかべていたのである。共に罪を犯しているという感じの中で二人がとけ合い、かばい合い、何か無限に親和しつづけるものに思えたからだ。

しかし日がたつにつれて、幽霊ないし悪霊の存在は根拠のないものとされ、大足のフランソワーズの立場は、妙に滑稽な、誇張されたものになっていった。

もちろんそうした疑わしい眼ざしへ変っていった寄宿生たちに、自尊心を傷つけられたこともあっただろうし、さらには、幽霊事件の中心人物で留まっていたいという虚栄心が動いていたためもあったであろうが、しかし大足のフランソワーズが相かわらず幽霊を見たのだといいはった真の理由は、主としてただ農民の子らしい実直さと執拗さにあったのだった。

ともあれ事件がこのまま過ぎたとすれば、アンドレも無事だったにちがいなかった。しかしある夜、洗面室で、このフランソワーズが、例によって何人かの同級生に、また幽霊真見説を主張し始めた。

誰かがからかうと、フランソワーズは、歯磨粉のいっぱいの口のまま、両手を開いたり、閉じたりして、赤くなって論じてた。ちょうどそのとき、髪を巻きあげて、いつもより首の細く見えるアンドレが、入ってきたのだった。彼女は、しばらくこの動作ののろい背の高いフランソワーズを、黒い可愛いうるんだ眼で、上から下まで冷ややかに眺めていたが、やがて、こういった。

「もう、鵞鳥みたいに、幽霊、幽霊って、騒ぎたてるのを、やめたらどうかしら。そんなものを信じるから、ご信心に、こりかたまるようになるのよ。幽霊なんて、いるわけないじゃないの。だいいち、あなたの見た幽霊だって、それは、この私だったんだもの。」

アンドレの言葉は、その夜のうちに、修道女たちの耳に入った。翌日、アンドレは事の真偽を問われ、こんどは、あっさり罪をみとめた。しかし何のために、そんなことをしたかについては、最後まで、口をつぐんでいた。

アンドレは、処分が決まるまで、塔の小部屋に謹慎を命じられていた。幾日もマーシャは、食堂でも礼拝堂でも彼女と会うことはできなかった。何度、塔の階段まで近づいたか知れず、告解に赴こうと努めたか知れなかった。夜になると、悔恨と苦悩から、マーシャは声を立てずに、ながいこと、泣いた。

ある日、マーシャが廊下を通りかかると、修道女が二人、アンドレの部屋からトランクを運び出してゆくのにぶつかった。彼女は、はっと胸をつかれ、階段をかけおりると、修道院の方へ駈けていった。もう何もかも告白しよう。真実を告げよう。真実を告げてアンドレの善良な性質を説明すれば、院長だって何とかお考えを変えて下さるかもしれない。私が悪かったのだ、このまま黙っていれば、アンドレ一人に罪を、全部なすりつけてしまうことになる。そしてアンドレは行ってしまうのだ。アンドレは行ってしまうのだ……。

しかしもう何もかも手遅れだったことは、マーシャが廻廊まできたとき、はっきりしたのだ。二人の修道女に挟まれて、蒼ざめたアンドレが、こわばった、歩きにくそうな、あの歩き方で、廻廊について、曲ってくるところだった。アンドレはマーシャを認めると、その地中海風の黒い可愛い眼で、何も云うなというように、しきりと、合図を送っていた。二人は、黙ったまま、手を握り、眼を見、それから短く抱擁した。「すぐ手紙を書くわ。」アンドレは早口でそういった。彼女の黒いうるんだ眼は、なにか、冗談にそうしているような、明るささえ感じられた。

マーシャは、アンドレの後から修道院の玄関口へ出ると、そこには、もうドーヴェルニュ家のぴかぴかに磨きたてた箱型の自動車が待っていた。灰色の顔をした、鼻の大きい運転手のメグレが、四季施の袖口に金モールを光らせて、その扉をあけた。

マーシャは、まるで、その車が、アンドレを、どこか遠い不吉な場所へ連れてゆくような気がして、思わず、二、三歩、アンドレの方へ駈けてゆこうとした。しかしアンドレも、修道女たちも、運転手も、まるで黙劇の役者が、一言も声を立てず、決められたすじ書きに従うように動いていた。アンドレを車にのせ、ドアをしめ、運転手が乗りこみ、エンジンがかかり、黒い修道女たちがかすかに頭を傾け、車が去ると、彼女たちはくるりと踵をかえして門の中に入り、門を閉め、どこか建物の奥にその足音は消えていった。

マーシャは、そのときになってはじめて、自分のなかから、同時に、何かかけがえのない貴重なものが、永遠に、消えさったことを感じた。静寂にかえった修道院のなかの、どの小部屋にも、どの廊下にも、人の気配はなかった。外に明るい六月の光が夏めいて輝きはじめていただけ、それだけ修道院のゴチック式穹窿に飾られた柱廊は、影も濃かった。マーシャは、花壇のある中庭を囲む廻廊まできてみたが、そこにも、動く人は見当らなかった。

彼女は、ゆっくりと、廻廊を、ひとめぐりしてみた。それから図書室へ通じる暗い廊下に佇み、いまにもアンドレとすれ違いはしないかと、心をはずませた頃の、甘美な苦痛がよみがえってくるのを感じた。マーシャは、しかし図書室にはゆかず、踵をかえして、修道院を出ると、城館まで、明るい太陽の下を、歩いていった。その光のなかに、菩提樹の花の香りが、遠くからかすかに漂ってくるのが感じられた。

五

マーシャの日記のなかで、量的にも、内容的にも、もっとも豊かな印象を与えるのは、やはりこのアンドレの事件の前後ではないかと思う。後にマーシャが、絵画上の苦痛にみちた彷徨を経験した時期に、もし日記を書く習慣を失っていなかったならば、あるいはもっと本質に直接結びついた多くの考察を残していたかもしれない。しかし、彼女は、そのころは、心覚え程度の日録しか書かなかったのだから、いきおい、この事件前後の日記は、彼女の内面的な発展を知るうえに、もっとも重要な部分を占めることになるわけだ。

ところで日記から推察して、アンドレの退学は、表面よりは、深部で影響を与えていたらしいことがわかるのだが、その一つの証拠は、マーシャはアンドレの居ない寄宿学校で当然感じたはずの空虚さ、寂寥、孤独などには、ほとんど触れず、そうかといって自分の罪悪感を分析してみるのでもなく、ただ執拗に、寄宿学校の存在なり、そこに関係する人間なりを、戯画化しようと努めていたことである。この変化は、アンドレの事件のどのような影響から生れたのか、私にはよくつかめないが、ともかく、マーシャのなかに、厳しい、批判的な気持が鋭くなっていったことは、明瞭に指摘できる。たとえば、この事件のあと、マーシャの筆づかいにも、アンドレほど激しくはないにせよ、従来の敬虔な従順さは失われ、苦《にが》いアイロニカルな調子がまじってくる。あらゆる権威や既成の規準に対する疑惑も、こうした気分に支配されて、目ざめているように見える。後に生れた信仰への懐疑や、その放棄も、おそらくこの辺りから由来するのではなかろうか。

この重要な問題について、日記に書かれたかぎりでは、ごく漠とした輪廓しか把めないし、これは、別個に、理論家でもあるパパクリサントスに取扱ってもらった方が適当であるかもしれない。差しあたって私はアンドレの事件に引きつづく夏、彼女がドーヴェルニュ館《やかた》で過した細目を、日記から、拾いだしていってみたい。

ドーヴェルニュ館を訪ねる計画は、アンドレが退学した後、彼女がマーシャに書き送った手紙のなかで、徐々に、練られていったものらしい。たしかにアンドレを訪ねる計画が呼びおこす興奮は、マーシャを、しばしばアンドレとはじめて会ったころにも劣らぬ幸福感に高めたのであり、廻廊にかこまれた中庭の花壇の、立葵やゼラニウムの下から立ちのぼる土の匂いや、明るく輝く太陽や、急に激変して冬のような寒さになる山地特有の気候や、それにもかかわらず、夏に向って葉をきらめかす城館の周囲の林や、牧場の木立まで響いてゆく食堂のオルガンの音などが、苦い日々の記録のなかに、不思議と澄んだ甘やかさをたたえて、印象的に書かれているのも、マーシャのこうした幸福感と無関係ではなかったであろう。

マーシャが寄宿学校を出たのは七月二日であり、それはパリの母のところから、ドーヴェルニュ家での一週間の滞在の許可がきた翌日である。休みに入ったのは六月二十五日だったから、マーシャは母からの手紙を待って、一週間も、学校に足どめされていたわけだ。そのせいもあって、ドーヴェルニュ館までの一日の汽車旅には、おのずと、心の躍るような調子がでているので、以下それを翻訳してみたいと思う。

村マデ下リタノハ、マダ七時ニナラナイ頃ダッタ。ぼるどおカラ来ル列車ガ、コノ駅ヲ通ルノハ、七時半ダトイウノニ、私ハ、寄宿学校ニイル気持ニハ、ナレナカッタノダ。県庁所在地Pヲ通ッテくれるもんマデ行ク列車ハ六輛連結デ、ユックリ、山ノ間ヲ走ッテユク。高原ガ続キ、林ガ斜面ニ連ッテ、汽車ノ煙ガ、ソノ林ノ中ニ、吸イトラレテ、見ル間ニ消エテユク。灌木ノ繁ミヤ岩。黄ヤ白、紫ノ野花ガ、朝露ノ中デ、ユレテイル。柵ノアル小サナ草地ガ、山ノ間ニ横タワリ、木立ガ川ニ沿ッテ、一列ニ続ク。霧ガマダ山ノ頂キニ垂レテ、空ハ晴レキラナイ。駅ヲ幾ツモ過ギル。渓谷ガ近ヅキ、草地ヤ川楊ヤ岩ガ、水ノ躍リ上ッテ流レル渓流ニ沿ッテ、現レル。駅デシバラク停ッテイルト、誰カガ、どいつノコトヲ話シテイル。隣ノ車室ナノダロウ。くれーんガ一台、石炭置場ノソバニ立ッテイル。一方ニ、草地ガアリ、草地カラ、イキナリ森ニ続イテイル。モウ一方ノ斜面ハ広イ草地デ、大鎌ヲ持ッタ男ガ、草ヲ刈ッテイル。窓ノ外ヘ顔ヲ出シテイタラ、大鎌ガ草ヲナギ倒スシュッ・シュットイウ音ガキコエテイタ。草地ノ高マリハ、一列ノ木立ヲ並ベタ丘ノ背ニナッテ、空ヲ区切ッテイル。私ノ車室ニ入ッテキタ車掌ガ、ドコマデ行クノカ、ト訊クノデ、駅ノ名ヲイウト、ココデ乗リカエナノダ、トイウ。私ハ、アワテテ、飛ビオリル。男ノ人達ハ、びゅふぇデびーるヤきゃふぇヲ飲ンデイル。

コンドハ、りもーじゅ行キノ三輛ノ客車ト、ソノ他ハ貨車ヲツケタ列車ダ。山地ガ開ケテキタ気配ガスル。森ト草地ニ囲マレタ町ガ見エル。森ノ奥マデ日ノ光ガキラメイテイル。ナダラカナ高原ヲ、横切ッテ走ル。低イ丘ト林。羊ノ群ガ白イ背ヲ集メテ、動コウトモシナイ。草地ニ、咲キ乱レル黄、白、紫、淡紅ノ野花ノ群。ナダラカナ山ニ囲マレタ高原、森。森ノ下草ハ羊歯ノ繁ミナノダ。猟場ノ奥ニ見エル白イ城館。駅々ヲ過ギル。イズレモ小サナ小屋ト柵ダケ。花壇ニハぜらにうむガ咲キ、風ニ揺レテイル。細イ谷ガ現レルト、キマッテ、底ニ草地ガアリ、ころーノ絵ノヨウナ木ガ立ッテイル。牛ノイル草原。馬鈴薯ノ白イ花。崖ニ咲クまーがれっとノ群。起伏スル草原ト森ヲコエテユクト、森ノ中カラ、不意ニ、ヒトカタマリノ部落ガ現レル。黒イ屋根ト白壁ノ清潔ナ町デ、大キナ川ト、橋ガ、駅ニ入ル前ニ見エル。ぽぷらノ列、教会ノ塔。車掌ガ外カラ私ノ車室ノ扉ヲ開ケ、ココダヨ、降リタ、降リタ、ト怒鳴ッタ。私ハ転ガルヨウニ飛ビオリルト、ソコニ、あんどれトしもーぬ夫人ガ立ッテイタ。

マーシャは後になってまでも、この再会の感動を思いだしては、何度も書いているのだが、それほどにも、それは激しく彼女を貫いたにちがいないのだ。「あんどれノ黒イ可愛イ眼ヲ見ルト、私ハ、胸ノ上ノアタリヲ、何カニ刺サレルヨウナ痛ミヲ感ジタ。涙デ、急ニ、ソノあんどれノ顔ガ、ニジンデシマッタ。私達ハナガイコト抱擁シタママダッタ。私ハ、あんどれノ肩ノ上デ泣キツヅケタ。あんどれモ涙グンデイタケレド、デモ、前ト少シモ変ラナイ快活サト単純サトデ、私ヲ、慰メルノダッタ。」と書いている。

アンドレが紹介したシモーヌ夫人は、上品な厳しい顔立ちの年とった婦人で、背が高く、上体の姿勢が正しいのが妙に忘れられなかった。ドーヴェルニュ家に四十年仕え、アンドレを生れたときから世話しつづけていたのであってみれば、気まぐれな彼女の身辺は、シモーヌ夫人以外では取りしきることができなかったのであろう。事実シモーヌ夫人の特徴の一つは、人間の身分・階級をその徳性のうちに数えるという古風な封建身分制の名残りのうちに見出されたのであり、これは、マーシャ自身、驚かされたことだが、夫人は単に、アンドレの親友として彼女を見ていただけではなく、ロシア貴族として、自分より一段高い位階にマーシャを置いていたのである。おそらくドーヴェルニュ家の令嬢にふさわしい学友として、貴族以外の門地を想像することができなかったためだろうが、そうしたシモーヌ夫人の忠誠と献身にふれるにつれ、マーシャは滑稽というより、不安を感じた。夫人はたえず軽く咳払いする癖があったが、それはあたかも四十年来、ドーヴェルニュ家に対する関心と敬意を、周囲の人々に喚起しつづけているという印象を与えた。そのため廊下を上体の姿勢を正しくしたシモーヌ夫人が、音もなく歩みさるのを見ると、それはただ絨緞が厚いためばかりでなく、そのような挙措のすべてに、自分の仕えている人々の身分をはっきり彼女が意識しているのを、示そうとしているのではないかと思えるのだった。

いまでもシモーヌ夫人の口惜しく思うただ一つのことは、才智に富んだユージェーヌ皇后がお成りになって開かれたドーヴェルニュ館《やかた》の夜会に、仕えることができなかったことだった。夫人が館に仕えるようになった頃、(すでにその夜会から十年の歳月が過ぎさり、第二帝政は跡かたなく消えていたのだったが) なおその当夜、奉仕の名誉を担った女中たちの間で、一種の矜持と自足の念をもって、それは語られていたのである。

マーシャが、馬車で、駅からドーヴェルニュ館までゆくあいだ、シモーヌ夫人から受けた印象は、だいたい、このようなものだった。馬車は、さっき汽車から見た大きな川と、橋を過ぎ、ポプラの並木を通りこして、町から離れていった。

道が上るにつれて、町が低くかたまって見えはじめ、町の向うは林に限られた草地の斜面だった。牛のいる牧場をすぎ、奥の暗い森の間を通っていった。森をこすと、下りになり、葦に埋った黒い沼が現われ、向う岸は、水際まで林が迫っていた。時おり道にそって古い石垣が続き、蔦が覆っていた。それはこの辺りが古い猟場であるのを物語っていた。道はふたたび上りになり、プラタナスの大木がトンネルのように深々と枝を差しかわす草地のなかの道に入っていった。こうして馬車で二十分ほど揺られたころ、苔のついた黒ずんだ石垣の続きが現れ、道は鉄柵の門の中へ通じていた。

「ドーヴェルニュ館の入口です。」

シモーヌ夫人はマーシャにいった。道はなお繁みに覆れた崖の間をぬけ、草地や林に入った。やがて小さな渓流をこえ、上りになった道をのぼりきると、突然、林の切れ目に、両翼に二つの尖塔を配した、黒銀色の屋根をもつ暗いクリーム色の典雅な城館が見えた。

林の縁から見事な草地の斜面が続き、城館を仰ぐような形で、道が上っていた。中門の鉄柵と欄干をもつ石垣をこえると、道の両側は果樹園がつづき、それがつきると、刈りこまれた立木と、花盛りの花壇が、城館の前庭へ達していた。前庭には、苔の覆った水盤が広く空を映していて、馬車が、その水盤に近づいてゆくと、黒ずんだ水面に、城館が逆さまに移動しながら映っているのが見えた。

「やっとこれで着いたのよ。」

アンドレはマーシャの手をとって、可愛い黒い眼で、笑った。

「つまり、これが、ドーヴェルニュ館なのね。」

マーシャは城館の見事な正面を仰いでいった。彼女にとって、この到着の瞬間の印象は、あとで着換えを終ってから見た夕映えに染った城館や、宵闇のなかに音をたてる噴水や、甘やかな花の香りのただよう庭園や、城館内部の夥しい装飾や彫刻、絵画、壁掛、天井画などとともに、一種の目くるめく、過剰な映像のなかにとけこんでいた。それは放心とも、夢見心地ともつかない、自分を忘失した状態だったが、しかしマーシャは、(自分でも驚いたのだが) このような華麗な家や調度を一度も眼にしたことがなかったにもかかわらず、それに気圧されることがなかったばかりか、今まで住みなれた境遇より、はるかに心がくつろいでくるように感じたのである。

たしかにマーシャにとってアンドレと暮らしたこの貴族館の一週間ほど、自分が自分のなかに親しみ深く感じたことはなかったのだ。たとえば、朝の目覚めは、重く閉したカーテンの向うにみちている鳥たちの囀りや、部屋の空気の感触から、戸外の晴れやかな日差しや庭園の花々が想像できることによって——また、はっきり目覚めているという状態ではなく、目覚めと夢の間の自由な、それでいて輪廓の定かでない彷徨にまかせて、天蓋つき寝台の上に横たわっている自分を、ひとごとのように眺めたり、前の日、見てまわったガルリーの肖像画や風景画を思いおこしたり、アンドレのことを考えたりすることによって——いっそう完全なものになったのである。

大階段のしたまでただよっているコーヒーの香りに導かれて、ヴェランダまでゆけば、シモーヌ夫人が上半身をまっすぐのばした姿勢で、ごきげんよう、よくおやすみになれましたか、と挨拶したであろう。朝食は、庭園にむかったガラス張りのヴェランダでとることになっており、そのガラス屋根には、日よけのために、葡萄のつるが這いのぼっていたのだ。側面のガラス扉は、あけはなたれ、冷たい、朝露を含んだ空気が、流れこんでいたはずであった。

しかし第一日目から、アンドレは、こうした正規の生活をマーシャに送らせるようなことはなかった。朝食は、塔のうえに運ばれたり、露台でとられたり、庭園の奥の四阿《あずまや》まで持ってゆかれた。

それだけではなく、アンドレの毎朝の出現の仕方が、すでに変っていたのだった。はじめの日の朝、マーシャがカーテンをあけて、霧のはれてゆく谷間や森をながめていると、いきなり、その露台のうえに、アンドレがとびおりてきたのだった。

「アンドレ。あなた、どこからきたの?」

思わずマーシャは露台にとびだしてみたが、それは、劇場のせり出し桟敷《アヴァン・セーヌ》のように、庭園のうえに突きだしていて、下からも、上からも、入りこむことはできなかった。

「あなたが空から降ってきたといっても、信じないわけにはゆかないわ。」

マーシャは、そう叫んだ。

「空からとんできたかったけれど、とっくの昔に、羽を落しちゃったのよ。だから、いまは、ここを通ってきたの。」

それは城館の正面の飾りになっている紋様状の薄浮彫の上縁だった。下から見れば、その浮彫は建物に刻んだ模様にしか見えなかったが、実際は、十糎《センチ》ほどの厚みをもっていて、露台と露台のあいだの壁面を埋めていた。

「この上を渡ってきた……?」

マーシャは驚きを隠しかねた。寄宿学校の軒蛇腹は、それでも壁に身体さえつければ、人ひとり通れるだけの幅はあったのだ。しかしこの薄浮彫の上縁は、紋様の組合せにしたがって、不規則に上下しているうえ、その厚みも、足をのせれば、その爪先は外に出てしまうほどしかないのだった。

「この上を渡ってこられるなら、学校の軒蛇腹を渡るのなんて、わけなかったのね。」

マーシャは感嘆の思いで、そう心につぶやいた。アンドレには、マーシャの驚きが、いかにもたのしくてたまらない様子だった。おそらくそのせいだったろう。突然、そのぎごちない、こわばった歩き方には不似合な素早い動作で、露台の手すりにとびあがると、細い首のうえの浅黒い形のいい顔を、マーシャの方に向けて、いまにも、浮彫の上端に足をかけようとした。

「アンドレ。」マーシャはその手を押えていった。「お願いだから、そんなことをしないで。もし足をすべらせたら、どうするの。露でしめっている大理石ほど、すべりやすいものはないのよ。」

マーシャの真剣なおびえは、アンドレを驚かしたらしかった。

「マーシャったら、なんてこわそうな顔をするの。」アンドレは露台へとびおりると、マーシャの手をとっていった。「心配はいらないのよ、マーシャ。もうながいこと、露台の手すりも、薄浮彫の上も、軒蛇腹も、屋根や塔の頂きの上も、私ったら、道の上を歩くように、歩いてゆくことができるんですもの。」

マーシャはそれをきくと、アンドレの黒い可愛い眼を、まじまじと見つめた。「まあ、なんですって。道の上と同じようにですって？　でも、アンドレ、どうしてそんな危いことに興味をもったの？　どうしてそんな……そんな曲芸みたいなことに……？」

アンドレはそれに答えず、マーシャの手をひっぱって部屋に入った。

部屋いっぱいに敷きつめた絨緞の図柄が、市松に組まれている一つの場所をえらぶと、アンドレは、マーシャの手をはなした。

「いい？　見ていてね。これからこの枡目の一つ一つに足を入れながら、二つの足が決して同じ形にならないように、とんでみるわ。」

そういうと、アンドレは身軽に、足を前後にしたり、交叉させたり、開いたりして、素早い奇妙な踊りをはじめた。両手を腰にあて、真剣に集中し、目にもとまらない早さで、足を動かしつづけたのだ。実際それはすばらしい芸当だった。両足は、まるで、人間を離れた生きもののように、前と横へ、あるいは横と後へ、とびかうのだった。そのうちアンドレの浅黒い形のいい額に汗がにじみ、やがて、編んで頭のまわりに巻きつけていた髪がほどけ、ばらばらになり、顔のうえにもかかったが、アンドレは、それにさえ気がつかない様子だった。

やがて、最後に、彼女の足が、左右へ、ぱっと開いて、停ったとき、マーシャは、思わず手をたたいて叫んだ。

「まあ、なんて不思議な人なの、アンドレったら……。」

「でも理由を説明したら、マーシャ、あなただってわかってくれると思うわ。」アンドレは黒い美しい髪を編みなおしながらいった。

「私って、前にも話したように子供のころから、ながいこと、病気で、ベッドの上だけで暮さなければならなかったのよ。身体にギプスをはめて、動くこともできずに……。十二のとしに、ようやくギプスはとれたけれど、身体が固くなっていて、歩くことはまるでできなかったのね。歩きだすために、一年近くかかったわ。毎日、ドクトルと看護婦とシモーヌ夫人とで、私のマッサージやら、準備運動やらで、赤ちゃんが歩きだすのより、大へんだったのよ。この準備の屈伸運動は、涙がでるほど、つらいものだったわ。しかも立つということだけで、私には、まだやっとだったのね。あのはじめの第一歩は、いまでも、忘れることができないわ。それはひどい苦痛だったの……痛みと、目まいと、吐気さえするような緊張だったのよ。でも、その一歩の嬉しさといったら、こんな苦痛なんか忘れてしまうほどのものだったわ。それまでは、空間って、私にとっては、時間と同じように、自由に到着しえないなにものかだったのね。ところが、今度から、眼だけで見、想像だけで動いていた自分が、本当に、そこにゆくことができるのだもの……。たとえば、部屋の隅のドアの把っ手のうえに、木の傷か、それとも塗装がはげたのか、何か小さな、さけ目のようなものがあるとすると、ベッドの上から、部屋のなかのものを見つくしてしまった眼には、その一つのきず、一つの新しい発見でさえ、私の全身の注意をうばってしまうのよ。私は、想像のなかで、自分がベッドをおりて、絨緞の感触を素足に感じて、ゆっくり空間を征服するよろこびを味いながら、部屋の向うまで歩いてゆくのよ。そこで、じっと、そのさけ目を見、それにさわることができるのよ。それは、木のさけ目ではなく、塗りの加減でできたきずであることがわかるのね。私の心には、工作場の様子が目に浮ぶし、ほかの仕事には完全な仕事をしたこの職人が、どうして、この扉の塗装に失敗したのか、と考えるのよ。すると、そのときの職人の陥った心の動きまで、自分が辿っているのね。こうして一日の大半の時間は、自分が、もし動けたら、という仮定のうえに立った空想で、ついやされたのよ。それだけが私の子供のころの生活だったから、私が、はじめて、自分で一歩あるけたということが、どんなに、うれしかったか、わかってもらえると思うわ。ドクトルや看護婦は、私の意志や忍耐や我慢強さなどを、ほめてくれたのよ。でも人間って、ただ耐えしのぶだけで、何かを仕とげるわけにはゆかないものよ。私たちに必要なのは――すくなくとも、私を勇気づけてくれたのは、よろこびだったのね。私は、はじめて一足自分が歩けたという日、一日、ベッドのうえで、自分がまるで嵐の海に浮んでいる葉っぱか何かのように、おさえられない激しい動きのなかで、ゆれているのを感じながら、私は歩いたんだわ、私は歩いたんだわ、と自分に向って、叫ばないではいられなかったのよ。はじめから歩いている人には、とても、こうしたよろこびはわからないわ。でも、その一歩が二歩になり、三歩となって、最後に、部屋の向うまで、想像ではなく、実際に歩いてゆくことができて、一年目の終りには、どうにか部屋を歩いて、またベッドにかえることができるほどにはなったのよ。このころには、松葉杖を使えば、家のなかは、自由に、もう歩けたのね。それから毎日、体操の先生がきて、少しずつ、こわばった筋肉をほぐす体操もやっていたのよ。これにも私は夢中だったわ。二年目の終りには、私は、庭で、軽い跳躍さえできるようになったの。ずいぶんといろいろな体操器具が備えられたわ。鉄棒や平衡台や飛び箱や……。いろんな体操をやったわ。私も、自分が、身体で、空間というものを、まるで味っているような、気持だったのね。自由に身体が動くことが、それほど新鮮だったし、それは新しい快楽でさえあったのよ。でも、中でも一番私の好きなのは、平衡台を渡ることだったの。これは、私の病気のせいで、平衡感覚がおくれていたため、ドクトルも、とくに注意して、私に、訓練するように、いっていたことだったのよ。自分でもおかしなほど、私は、まっすぐ歩くことが苦痛だったし、平衡をとることは、もっとむつかしかったのよ。すぐ重心が狂ってしまうのね。いいえ、はじめから狂っているみたいなのね。それでも、私には、平衡台に立って歩くということが、どういうわけか、とても、たのしかった。たのしいどころか、一時は、それに熱中してしまったのよ。朝、おきると、平衡台の上を歩きだし、自分で記録の目じるしをつけ、倒れても、落ちても、またはじめるのよ。どうしてあんなに夢中になれたか、自分でも、わからないけれど、そうして平衡をとることのなかに——狂った感覚を矯正することのなかに、どこか生理的な快感があったのかもしれないわね。

「こうして一カ月もたつと、低い平衡台はもうわけなく渡ってゆけるようになったのよ。私は、体操の先生に頼んで、新しい器具を買いいれてもらったの。それは平衡台の高さを上下に調節できるようになっていて、私は、その高さを少しずつ上げてゆこうと考えたのね。一番高いところは、三米《メートル》だったわ。先生は、下に、あついマトラを敷いてくれたけれど、落ちたことは、一度もなかったわ。私は、そのころには、もうほかの子供と変りなく、歩いたり、かけたり、とんだりできたけれど、反射運動がまだおくれていて、急にとびのいたり、身をかわしたりすることが、うまくできなかったの。そのために、交互に身体を左右に動かす機械をつかったり、ボール投げや、テニスをはじめたの。

「でも何といっても、私の好きなのは、この平衡台を渡ってゆくことだったの。そのころ、すでに、それは、平衡感覚を矯正してゆく快感の追求から、高いところを渡ってゆく緊張感とそれが生みだす快感の追求に変っていたのね。ある恐怖にさらされている感じ、それは、まるで、嵐の風に顔を吹かれている感じみたいだと思ったわ。緊張して、何もかも忘れて、じっと油汗をにじませて渡ってゆくこと——これほど私に生きているという実感を与えてくれるものはなかったの。このいい知れない抵抗体に向って、自分が、それを身体で突っきってゆくという実感——それはたしかに快感にちがいなかったのだけれど、いったい、この抵抗するものは、何かと考えると、その実体は、どうしても、つかめなかったのよ。恐怖でもないし、義務でもないし……。で、最後に、私は、それは、ひょっとしたら、死という厳然とした存在に感じる抵抗感ではないか、と思うようになったの。私の快感は、自分が死にさらされているときに起こる——こういう考えは、そのころの私をとても誇らしくしたのよ、想像できるでしょ。

「私がサーカスをはじめてみたのも、そのころだったわ。私は、自分が想像もできない高さの綱を渡ったり、目のくらむような空中ぶらんこを見ていると、幸福感から、泣きだしそうになったわ。高いぶらんこから、光の縞のなかを、豆つぶのような人が、一回転してとんでいるあいだ、私の魂も、同じように天幕張りの高い空間を、身体の引きさかれるような痺れを感じて、とんでいたのよ。そしてその冷たい汗にぬれた、ぞっとした痺れの感覚は、喝采のなかで、機械人形のように片手を拡げ、挨拶している、曲芸師とは、何の関係もなく、私のなかに、いつまでも、重い液体かなにかのように、残っていたのよ。まわりの観衆は、曲芸師がうまくとび移り、仲間の腕にしっかりとつかまるのを見ると、ほっとして、そのほっとしたあまり、思わず、わっと騒ぎたてるのね。でも私には、身体の凍るような感触のあとの、このほっとした感じは、まるで、このうえなく快美な感覚を、意地わるく途中で打ちきってしまう悪意のように思われたのよ。私が、この戦慄の感覚の深い底へ、星のように落ちていって、その落下につれて、恍惚とした痛いような甘美な感覚がもっと、もっと、もっと白熱してくるように——と、私はそんなことを願いつづけていたのよ。たしかにこの身体じゅうが凍るような空中ぶらんこの一瞬が、もっと長く、そして激しくなるように、と願っている人はすくなくないわ。その人たちも一度は戦慄を味うために空中ぶらんこをみにゆくのだけれど、でも激しいその感覚に耐えられないで、すぐほっとしたくなるのよ。曲芸がうまくいって、ほっとすると、わっと、みんなが騒ぎたてるのはそのためなのね。でも私は、そういう人たちが、にくらしかったわ。そういう人たちの方がごく普通なのだってことが、私にだんだんと、わかるようになっていったのだけれど……。

「ほかの女の子たちが、オペラや音楽会や舞踏会で感じる生のよろこびを、私は、まあ、なんと、サーカスなぞで感じたなんていったら、さぞ風変りだと、思われるかも知れないわね。でもそれは本当だったのよ。私はサーカスだけではなく、危険のなかに生きることが本当に生きる価値をもつのだ、と信じこんでしまったの。（いまでも、そう信じてるらしいけれど。）私は、すぐ、ほっとしたがる人たち、日々平凡で安全な生活を願う人たち、あのブルジョアたちを、心から軽蔑しはじめたのも、このころからなのよ。生は危険だからこそ高貴であり、それゆえにこそ生きる価値がある、と思えたのね。それは大へんな熱中ぶりだったのよ。私は岩壁をのぼるアルピニストとか、火の輪をくぐるオートバイの曲乗師とか、さまざまな曲芸師、密林の奥にわけ入る探検家、海の果てをさまよう冒険航海者たち、それにスペインの闘牛士などに夢中だったのね。写真、伝記の蒐集はおろか、その人たちに手紙を書き、曲芸師や闘牛士たちの何人かは、この館まできたりしたのよ。でも、その人たちを愛しはしたけれど、そのまわりで、ただはらはらしたいためだけに集ってくる人々には、憎悪を強く感じたわ。私には、危険のなかに身を置いている曲芸師、闘牛士、冒険家たちだけが、なにか、人間に残された最後の高貴なものを、担いつづけているような気がしたの。だって、この身体の凍るような危険感、恐怖、戦慄に打ちかつには、ただ、生れつきの大胆さや、神経の太さだけでは、だめだからよ。訓練された意志力と、神経の完全な統御と、緊張して自由に動く筋肉、それに何よりも、そこに生命をかけていることから生れる真剣さが、必要なのね。死に接しているからこそ、生のすべての姿が、一瞬、火花のように現われてくるのね……そうよ、昔、まだ高貴さが生きられた時代には、生は、死を本当に考えることができ、死によって、きびしく、端麗に、くまどりされていたのだわ。でも今は、もう、誰もが、死について本当に考えることもなくなったし、死は、どこか曖昧にさまよっている漠とした未来でしかなくなったのよ。サーカスに集まる群衆が、その象徴だわ。あの人たちは生きてはいる。でもその生活は、靄につつまれた鈍い、平凡な、安全なものなのね。サーカスにきても、ただ、そうした生活の鈍さから、ぬけだそうと考えるだけで、一瞬間、空中ぶらんこの戦慄を味うと、もうその生の感覚には耐えられなくて、もとの靄のように鈍い自分たちの生活へ戻ってくる（亀が驚いて、くびを縮めるみたいに）……そしてほっとして、手をたたき、何か自分たちのほうが……安全のほうが……無事でいることのほうが、勝利であるかのように思って、誇らしげに、喝采するわけね。つまり本当は、自分たちに喝采しているようなものなのね。こうして、あの人たちは、つねに無事に暮らしている自分たちに満足して、帰ってゆく、というわけなのよ。危険のなかに生きている人たちの高貴さにくらべて、この凡庸な人々の俗悪な幸福感、無事なことへの満足感ほど、私の胸をむかむかさせるものはないのよ。そうなのよ、このブルジョアたちは、サーカスにいって、道化をわらったり、曲芸に胆をひやしたりしてたのしんでいるけれど、それは、自分たちの俗悪な生を満足して再認し、芸人たち、高貴さ、危険などを軽蔑する結果でしか、ないのよ。芸人たちは箱車にのって、歩きまわり、どこといって定住するところもないわ。この人たちは、確実に結果のわかったことを、まるで軌道の上を走るように、追いもとめやしない。結果は、一瞬一瞬の真剣な緊張によって、はじめて手に入れられるものなのだわ。あの人たちに共通した、ある疲れた、鋭くなった、年よりふけた感じは、こうした生活の結果なのよ。冒険家たち、軽業師たちは、みな一様に、若いのに年寄りみたいなのよ。その癖、老人はかえって若々しいのよ。だるそうで、無関心で、ぐったりしているくせに、どこか緊張した、すきのない敏捷さがかくれている。それは、計算したうえで仕事をする市民とちがって、どうなるかわからない不確かさを商売としている男たちの習性なのよ。でも、幸福な市民たちが手に入れているのは、いったい何かしら。でもそこまでいう必要はないわ。話を平衡台に戻したほうがよさそうね……。

「私の興味が、こうしたものに移ってゆくにしたがって、もう平衡台で満足できなくなったのは、自然のなりゆきだったわ。私は、誰にも知られないように、自分が恐怖を感じるような場所——たとえば屋根の頂きとか、塔の上とか——にのぼって、自分で、この恐怖感や肉体的な戦慄を統御できるように、訓練しはじめたのよ。ただ恐怖があるだけではなく、足がふるえたり、下半身が痺れるような、冷たくなるような感覚が、肉体的にも、生れてくるのね。私は、それを、ある程度、支配できるようになると、手すりとか、軒蛇腹などの上を渡ることをはじめたの。でも、危険のなかで緊張して、自分を冷静に保つ瞬間ほどに——恐怖に自分が蒼ざめてゆくのを感じ、その恐怖にさらされながら、いま頼ることのできるのは、訓練した自分の精神と肉体だけだ、と思う瞬間ほどに——生きているという充実感が強まることはなかったのよ。私は、他の人とちがって、ながいこと、ほんとうに生きることができず、ベッドの上で、生きることを想像していただけに、そうして想像のなかで描かれた影のような生に、何とか生気を吹きこみたいと思っていたのね。だって私には、屋根裏の古家具みたいな、想像された生の灰色の列が、まつわりついていたし、それはただ形骸だけで、生気のまるでない、マネキン人形の倉庫みたいだったからよ。私はそうした形だけの生に魂さえ流しこめば、——生きたという実感をさえ与えれば、それらが、いっぺんに目覚め、歌をうたい、足をふみならしそうに思えたの。そうよ、そうすることでマイナスの札が一挙に、プラスの札になるのじゃないかって、気がしたの。もしそうすることができれば、私が送ってきた影の生は、みんな無駄ではなく、かえって力強く甦ってきさえするわけね。そうなのよ、このなまの激しい生の実感さえ吹きこめば、それらはすべて無意味ではなく、すべてが真の思い出になって、よみがえってくると信じたみたいだったの。そしてこの激しい実感はなまぬるい日常の凡庸な生活からは、味うことはできなかった。それだけいっそう、極端な、刺激の強い生活のなかに、感覚の燃えるような状態を求めにいったのよ。

「最後に私はこの館の棟づたいに渡ってゆくことをはじめたの。屋根の頂きからは、庭の人間は、鉛の兵隊ほどにしか見えないのよ。屋根の急斜面には身体を引っかけるものは、なに一つなかったし、もし何かそうしたものがあったとしても、万一足をふみはずせば、とても助かるわけはなかったのよ。はじめて屋根にのぼったとき、足が冷たくなり、その冷たい感触は、静かに、水のように下からのぼってくるようだったわ。私は自分にいったものよ、もしここで死んだら、やっと生きはじめて、まだ何年にもならないのに、もうそれを終らせることになるわよ、ってね。でも、そのとき、はっきり自分でも知っていたのは、生きるってことは、ブルジョアのように（あの喝采する人々のように）生の外側に出てしまって、生の形を演じることではなく、激しく震撼する生の実感のなかで、感覚の燃焼によって手に入れる、生の内容の深い体験なのだってことなの。私は、それでも、ながいこと、棟のうえに、片足をかけたまま、ためらっていたの。それは、私が、とんびの舞っている空にあまり近かったので、屋根の途中までいったら、自分を鳥と思い違えて、空中にふらふら歩きだしはしないか、と思ったからだったのよ。でも、とうとう私は、足をせりだしながら、一足、棟のうえに踏みだしたわ。私は自分のことなど忘れてしまい、全身が神経になっていたのよ。

「どうやってその屋根を渡りきったか、いま思いだすことはできないわ。この試練にうちかって、向う側についたとき、私は、さすがに身体のふるえがとまらず、汗びっしょりで、気が遠くなるくらい疲れていたの。それから三日というもの、熱が出て、うわごとを口走っていたらしいの。そのあいだの夢といえば、おそろしい高みからとびおりて、下へ下へと落ちてゆくあの身のすくむような感覚を、何度も何度も味うだけだったわ。それからというもの、私は一日に一度は何かこうした感覚を味わないでいられなくなったのね。そのうえ自分で、むりにいろいろ義務をつくって、それをまもるように命じたの。いまの足の動かし方も、こうやって覚えたものなのよ。ながいこと身体の動かなかった私が、この五年のあいだ、空間を激しく動き、感覚を強くゆすぶらずにはいられなかったのは、ざっと、こうした理由からだったの。そんなわけで、いまも、朝の挨拶に、ここへきたってわけなのよ。」

アンドレの黒い可愛い眼は、話のあいだ、マーシャの反応を面白がるように、いきいきと輝き、浅黒い、形のいい顔にも、血の色がのぼっていたのだった。

「あなたって、ほんとうに妖精じみている。」とマーシャは叫んだが、アンドレは、それを面白そうに笑って、また、なにかの踊りの型らしい素早い足さばきで、身体を動かしながら（それでも上半身には、こわばった、固い、ぎごちない様子がのこっていた）「さあ、シモーヌ夫人のところへ行かなくちゃ。私たちってお喋りね。」

そう叫ぶと、マーシャの手をとり、スキップをふみながら、廊下へと出ていった。

古い城館の側廊に朝の光が縞になって流れ、すでに周囲の森から、一日の暑気を予告するような蟬の声が重い静寂を痺らせて響きわたっていたのである。

六

私は、マーシャの日記を読みすすみながら、おのずと浮びあがってくるアンドレ・ドーヴェルニュの性格を考えるとき、どうしても、あの、霧の多い、湿った、暗い森の奥にある城館での、孤独な生活をそこから切りはなすことはできないのである。マーシャが、おそらくおどろきをこめてであろうが、丹念にかきとめていったドーヴェルニュ館《やかた》の印象から、私などは、容易に、森と牧草地と高地からなる複雑なあの地方によく見受けた城館の記憶を、よびおこされたものだ。露にぬれた裏山の道づたいに、不意に、そうした貴族館の一つが眼のしたに見えてくると、それは、たいてい前方に広い展望をもった、典雅な庭園、ないし牧草地をひかえて立っている。しかし建物の裏側は、多く森や山がせまっていて、草が繁り、人の気配がなく、犬などがしきりと吠えつづけているといった有様なのだ。母屋から鉤の手にのびた、粗い石組みの壁の棟に、幾つものパン焼の大竈《おおがま》が、黒くすすけ、鉄の扉はさび、石は固く冷えて、打ちすてられている。最後にここで薪が勢いよく炎をあげ、パンの匂いと煙と活気がみちていたのは、いつごろだったのだろうかと、私は、同じ棟つづきにある厩や下男部屋の荒廃した内部を見てまわりながら、よく考えたものであった。

マーシャの記述から推して、ドーヴェルニュ館のなかによどむ荒廃した気分は、たとえ歴代の当主が、その時代時代の文明のもたらす快適な設備をとり入れていたとしても、すでに三百年をこえる歳月の重味のしたで、徐々に、枯死しつづける城館の、避けられない宿命だったように思われる。二人の若い娘たちが宏壮な広間や、細かく区切られた小部屋を歩きまわったのも、単なる好奇心というより、こうした神秘な、荒廃した気分への共感ではなかったであろうか。

たとえば日記のなかにアンドレの愛読書として、十八世紀に出版された「P＊＊州における悪魔学集成、魔女信仰とその逸話集」とか「バフィ殿の女マルグリットの回想録」とか異端審問諸記録などが挙げられるのをみて感じる奇異な思いは、ただちに、城館の気分やアンドレたちの生活と結びついてしまうのである。

じじつマーシャ自身、何度となく、この城館のよどんだ空気、古びた、華やかな調度、湿った黴の臭いなどが、なぜか彼女に親しみぶかく感じられてならないと書いているのをよみ、私は意外な感じに打たれたものだ。

私の眼には、暑熱が谷間の斜面をはいのぼる時間に、なお肌寒い、暗い空気を閉じこめた広間から広間へ、手をとりあって歩いてゆくマーシャたちの姿が見えてくる。しかしおそらく華麗な枝附燭台や、天井の周囲、柱頭をかざるアカンサスの葉模様の浮彫や、神話の諸場面をえがく天井画や壁飾りなど、城館内部の夥しい装飾も、こうした不意の闖入者によって、その冷ややかな荒廃から目ざめることはなかったろう。

このドーヴェルニュ館のなかで、マーシャの心をとらえた二、三のものについては、やはりここでついでに触れておいたほうが適当であろうと思う。その一つは、大広間の西の壁面をかざる四枚つづきのタピスリであって、濃い紺を基調にした四季の農耕詩を織りだしたものであった。ゴチック風の、強い、かたい、明確な輪廓をもち、写実的というよりは、はるかに装飾的なモチーフにとりまかれ、農夫や女たちが、種まきに、労働に、収穫《とりい》れに、村祭に、いかにもいきいきと立ちはたらく姿がえがかれていた。マーシャの記述のなかに次のような一節がある。

私ガコノたぴすりノ前カラ離レラレナイノハ、コノ織物特有ノ布地ノ見事ナ織リ目ノ感触ヤ、構図ヤ色彩ノ美シサノタメバカリデハナイ。ソレハ、コノ農耕詩ノモツ生活ノ諧調、安息感、健康ナ律動ノタメナノダ。コノ織物ノ上ノ農夫タチハ、眼ヲ大キク、疑イモ知ラヌゲニ、見開イテイル。ソレハ、ドコカ、ぎにょーる芝居ノ人形ノヨウニ、無邪気デ、滑稽デ、オドケテサエイル。ニモ拘ラズ、彼ラガ額ニ汗シテ働キ、収穫ノ前デ踊ル様ハ、ドンナ写実的ナ絵ヨリモ、強ク、私ノ心ニ迫ッテクル。コノたぴすりヲ織リダシタ巨匠ハ、彼自身、コウシタ自然ノ大キナ循環《メグリ》ヲ信ジ、ソコニ心カラ憩イ、ソノ甘美ナ安息ヲ知ッテイタノデハナイダロウカ。ソレハ一枚一枚ノたぴすりノ上ニ、オノズカラ滲ミデル香気ノヨウナ何カナノダ。ソシテソノ四枚ノ織物ノナカニ、無限ニツヅク循環運動ガアッテ、ソノ律動ノ波ガ、イツノ間ニカ、私ノ心ヲ、ソノ運動ニ同化サセ、農夫タチノ労働ノ歌ニ、私モ、イツカ、和シテイルノニ、気ガツクノダ……。

このタピスリの由来は、かなり正確にわかっていて、十五世紀の終り、ブルゴーニュのド・B＊＊家から輿入れしたマリ・ドーヴェルニュが、結婚の贈物として、母方の一族から受けとったものとされている。

私は、ここで、さらに、註のかたちで述べておきたいのは、マーシャが、アンドレの歴史癖とでもいうべきものについて示した異常な尊敬、ないし愛着についてである。すでに日記のいたるところで、アンドレが修道院の書庫を利用している事実にぶつかっていたが、それが、この地方に多く残されている諸記録類に眼を通すためだったことが、後に、アンドレの告白として、書かれている。じじつドーヴェルニュ館自体がこうした記録類をかなり所蔵していたし、なかにはB＊＊市にある史料編纂所に移されたものも少なくなかったらしい。中世近世の地方制度史、宗教戦争関係史などに関して、ドーヴェルニュ館の薄暗い書庫は、なお十分に調査されつくしたとはいわれず、学者たちが何週間にもわたって書庫に入りこむことも珍しくなかったのである。

アンドレの歴史癖に、こうした環境、もしくは雰囲気が、どのような影響をあたえていたか、推測するほかないが、彼女がしばしばマーシャにむかって歴史研究は「自己証明」だと語っていたことから見れば、あるいは、彼女が自らの血統の由来のなかに、彼女自身の姿を求めていたのかも知れず、孤独な城館に閉じこめられた若い娘にとって、それはおそらく同時に彼女の周囲の壮麗な死に、息を吹きこもうとする努力だったのかも知れないのである。もちろんこれらは現在私が日記を読みすすめながら勝手に推測する事柄にすぎないのであるが、しかしマーシャ自身も、私の推測を裏書きするような書き方はしているのであって、とくに、アンドレが、現在のドーヴェルニュ館をたてたオーヴェルニュ伯アンリ・ド・バフィの生涯に関して示した関心は、私の確信をつよめてくれる。

この人物の生涯について私は詳細を調べることはできなかった。したがってアンドレが示した関心が、歴史的な評価と重なっているものか、あるいは、まったく自己評価のために、実際以上に誇張して受けとられたものか、判断することはできない。しかしともあれ十六世紀後半のペリゴール、ベアルン地方で、知謀と豪勇で知られ、H＊＊王の信任を得ていたばかりではなく、後にH＊＊王をフランス王位に導くために東奔西走した事実は、アンリ・ド・バフィの人物を物語ってはいるようであるし、同王が暗殺されてからは、ドーヴェルニュ館に引きこもり、回想録の執筆をはじめているところをみると、あるいはアンドレのこの人物への傾倒には、正当さがあるのかも知れない。

しかし不幸なことに（これはアンドレのためにもそうであったが）アンリ・ド・バフィの回想録は、フロンドの乱に、ドーヴェルニュ館の一部が焼失した際、その大半を失い、現存するのは、そのごく最初の部分だけである。

私がマーシャの日記のなかから、アンリ・ド・バフィについて書かれた部分を抜萃するのは、このような研究に熱中している若い娘の姿を、その他の手段では、どうにも伝えようがないように思えるからである。


あんどれガあんり・ど・ばふぃノ話ヲスルトキノ熱中ブリヲ、何ト表現シタラヨイダロウ。ソレモ、タダ熱中スルトイウダケデハナク、マルデ歴史学者カ何カノヨウニ、詳シイ事実ヲ話スノデ、私ハ、途中デ、ヨク、混乱シテシマウ。スルト、あんどれハマルデ地図デモ書クヨウニ、手早ク、何人カノ人物ヲ系図ニ書キ、ソノ一人一人ニ丸ヲツケ、マタ、関係ノアル人々ヲ線デ結ビツケタリスル。

私ガヨウヤク理解シタカギリデ、あんり・ど・ばふぃガ、ナゼ、自分ノ故郷ノおーゔぇるにゅヲ離レテ、ぺりごーるニ移リスミ、ソコノ館ニ、故郷ノ名ヲツケ、マタ自分カラモ、おーゔぇるにゅ伯ヲ名乗ッタノカ、ヲ、書キトメテオコウ。

あんどれノ話ニヨルト、おーゔぇるにゅ伯爵ノ不和、ヒイテハ、あんり・ど・ばふぃノ運命ヲ決メタ要素ハ、五百年モ昔ニ遡ルト云ウコトダッタ。モトおーゔぇるにゅハあきたにあ侯ニ所属スル子爵領デアッタノガ、十二世紀ニ、伯爵領トナッタモノダトイウ。コノ頃伯爵領ノ継承ヲメグッテ、紛争ガ起リ、仏蘭西王家ノ介入ガアッテおーゔぇるにゅ伯ノ一族ハ本家分家ニ二分サレテ争イ、後ニ伯爵領ガ太子領ト侯爵領ニ分割サレタノハ、コノ為ダト云ウコトダ。

コノ侯爵領ハ十四世紀ニじゃん・ど・べりニ与エラレ、じゃんハソノ女まりヲぶるぼん家ノ継承者じゃん・ど・くれるもんト結婚セシメタ。スデニ数百年来ぶるぼん家ハ結婚、割譲ニヨッテ所領ヲ増ヤシテキタ野心的ナ一族ダッタカラ、ぶるぼん一族ガ、くれるもん伯じゃんトまりノ結婚ヲ、ドノヨウナ関心デ眺メタカハ、察スルニ余リアル。コノ婚姻ニヨッテ、まり・ど・べりガおーゔぇるにゅヲぶるぼん家ニモタラスコトハ自明ダッタカラダ。ぶるぼん一族ノ中デモ、最モおーゔぇるにゅニ執着シタノハ、じゃんノ実弟ぎょーむ、ツマリあんどれノ崇拝シテヤマナイあんり・ど・ばふぃノ直系ノ曾祖父ダッタノダ。

トコロガコノ結婚ハ男子継承者ガ生レル前ニ、じゃんノ死デ終ッタ。まり・ど・べりハおーゔぇるにゅ侯爵領ヲ自ラノ手ニ戻シ、ぶるぼん一族ノ期待ヲ裏切ッテ、じょるじゅ・ど・ら・

とれもいーゆト再婚シタ。

あんどれノ説デハ、コノべり侯ノ息女まりハ冷血ナ、傲慢ナ女性ダッタラシク、再婚シタ良人じょるじゅトノ間モ、シックリシタモノデハ、ナカッタラシイ。偶々ぎょーむ・ど・ばふぃハコノじょるじゅ・ど・ら・とれもいーゆノ妹ヲ妻トシテイル。

コノまり・ど・べりハ死ニ先立ッテ、自分ノ所領おーゔぇるにゅ侯爵領ヲ、良人ノ一族ら・とれもいーゆ家ニハ与エズ、従妹ノまり・ど・ぶーろーにゅ（スデニら・つーる家ニ嫁シテイタ）ニ贈ッタ。

ぎょーむ・ど・ばふぃハ、先ニハ実兄ノ妻トシテ、今度ハ、義兄ノ妻トシテ、コノ冷血ナまり・ど・べりヲ間近カニ見テキタノダッタガ、二度ガ二度トモ、期待シテイタおーゔぇるにゅ伯爵領ヲ、まりノ手ニ引戻サレルトイウ仕打チニ合ッタワケダッタ。

コノ所領遺贈ヲメグッテ、ら・とれもいーゆ家トら・つーる家トノ間ニ紛争ガ起リ、ぎょーむ・ど・ばふぃガ当然ソノ主導役ヲ引キ受ケタ。シカシ紛争ガ解決ヲ見ナイウチ、ぎょーむハ死ニ、ソノ長子ガ父ノ遺志ヲ受ケツイダガ、早逝シタ。シカシソノ子ふらんそあ・ど・ばふぃハ温厚ナ人物ダッタノデ、紛争ヲ継続スルヨリハ、和解ヲ望ミ、両家ノ婚姻ニヨッテ、ソレヲ実現シヨウトシタ。

コウシテ、るいーず・ど・ら・とれもいーゆトべるとらん・ど・ら・つーるノ婚儀ガ挙行サレタ。一四四五年ノコトデアル。

コレニヨリ温厚ナふらんそあ・ど・ばふぃ（コレガあんどれノ崇拝スルあんりノ父デアル）ハ、祖父ノ遺志通リおーゔぇるにゅ侯爵領ヲぶるぼん一族ニ所属デキルデアロウト期待シタ。シカシるいーずノ娘あんぬ・ど・ら・つーるガソノ死ニ際シテ、ソノ姪かとりーぬ・ど・めぢしすニ所領ヲ遺贈スルニ及ンデ、事情ハ変化シ、ソノ子あんりハトクニかとりーぬヘノ憎悪ニ燃エ、シバシバ事ヲ構エルニイタッタ。あんり・ど・ばふぃがおーゔぇるにゅ子爵ヲ称シタノハコノタメデアリ、マタ、後、あんり・どーゔぇるにゅ（ト称シタ）ガあんり・ど・B＊＊（H＊＊王）麾下デ、かとりーぬ・ど・めぢしすニ反対シテ行動シタノモ、コウシタ経緯ガ、アッタカラダト云ウノダ。

あんどれガあんり・どーゔぇるにゅノ生涯ニ興味ヲ持ッタノハ、ソノ〈回想録〉ヲ一貫スル柔軟デ皮肉ナ人生観ナイシ精神ノタメダッタ。あんどれニ云ワセルト、あんり・どーゔぇるにゅホドニ人間ヤ現実ヲ正シク見タ人ハ居ナイト云ウノダッタ。タシカニ、あんり・どーゔぇるにゅモ多クノ敵ヲ持チ、時ニハ、憎悪ニカリタテラレタケレド、ソノタメニ、眼ガクラマサレルト云ウコトハナカッタ。智将あんりノ眼ニハ、ソノ同時代ノ争乱ハ、ドコカ滑稽ナトコロハアッタケレド、ソレカト云ッテ、ソコカラ遠ク離レ、傍観スルコトモナカッタ。新教徒トシテ、後ニ旧教徒トシテ、あんり・どーゔぇるにゅハ、人間ノ葛藤劇ヲ、マルデ将棋ノ駒ノ動キノヨウニ見テイタノダッタ。自分モ、駒ノ一ツトシテ、右ニ左ニ動キマワリナガラ、同時ニ、ソレガ、アクマデ駒組ミノ動キニ過ギナイコトヲ知悉シテイタ。

あんどれガ強調スルノハ、コノ点ダッタ。あんり・どーゔぇるにゅハ人間争乱ノ中ヲ馳セ廻ッテ、相手ヲ陥レ、味方ニ道ヲ開キ、最後ニハ、あんり・ど・B＊＊ヲ仏蘭西王位ヘト押シダシタニモ拘ラズ、彼自身ハ、野心ノタメトカ、金銭欲トカ、名誉トカ、虚栄トカノタメニ、働イタノデハナイノダッタ。

　あんり・どーゔぇるにゅハ、将棋ノ駒ガ動クヨウニ動キ、ソノ限リデハ、最モ効果的ニ、勝負ニ勝ツヨウニ、動クノダッタ。あんり・どーゔぇるにゅノ考エニヨレバ、人間ハ、生レタ瞬間ニ、スデニ一個ノ将棋ノ駒ナノダ。ソシテソノ駒ニ与エラレタ動キハ、自分ノ〈生〉ヲ最大限ニ生キルコトナノダッタ。最大限ニ〈生〉ヲ生キルトハ、〈生〉ガ休ミナク活動スルコトダッタ。ソシテ活動ニ休止ガナイノハ、ソノ中ニ無限ノ歓喜ガアルカラダトイウノダ。

　あんり・どーゔぇるにゅハ、走ルコトガ気持ヨイタメニ、走ル人ニ似テイル、ト、あんどれハ、ヨク云ッテイタ。あんり・どーゔぇるにゅニトッテ正義トハ走ルコト――活動スルコトダッタ。ソノ活動ヲ阻ムモノヲ押シノケ、前進スルコトニ精魂ヲ打チコムノガ、コノ武将ノ生活原理ダッタ。彼ガ自分ノ行動ノ結果ヲ振リカエルコトハアッテモ、ソレハタダ其処ニ行動ノ指針ヲ読ミトルタメダッタ。ソレ以外ニハ、あんり・どーゔぇるにゅニトッテ行動ノ結果ハ、蟬ノ抜ケ殻ノヨウナモノダッタ。ソノ結果ガあんり・どーゔぇるにゅノ上ニ輝カシイ栄誉ヲ加エテモ、逆ニ、失敗ト屈辱ヲ与エテモ、本人ハ、常ニ、次ノ行動ヘト、スデニ動キ出シテイテ、ソノ結果ニハ無関心ダッタトイウノダ。

　マリ・ドーヴェルニュのタピスリに関する註釈が、思わず繁雑な引用になったけれど、この四聯一組のタピスリについても、おそらく同じような血族の記憶が、そこに織りこまれているにちがいなく、こうしたものまでがアンドレに過去の重さを教えていたと、私には思われてならないのだ。果してそれにひかれたマーシャが、同じような時間の重量をもって感じていたのだろうか。あるいは単純に外部からさまよってきた一人の鑑賞者としてそれを眺めていたのだろうか。

　私はそれに正確な答をあたえることはできないが、次のような日記の記述は、直接ではないにせよ、この回答になってはいしまいかと思われるのだ。

　それは塔櫓を廻り階段をのぼってゆく屋根裏の物置に並んでいる古家具のなかの一つについてのマーシャの奇妙な体験の記録である。この屋根裏は、定期的な手入れもほとんど行われず、湿った臭気にみち、鳥たちの不意の羽ばたきが、マーシャたちを驚かした。ここには、あらゆる種類の古家具――夥しい鏡類、椅子、食卓、大机、衣裳戸棚、櫃類、無数の鉄具――煖炉前の諸道具から錠前まで――が埃りと蜘蛛の巣におおわれ、天窓からの青白い、乏しい光のなかに、古い墓地か何かのように見えた。

　この陰鬱な家具の墓場の奥から、あたかもよみがえる死人のように、幾つかの甲冑が、面頰《ヴィジエール》で顔をかくしたまま、立っていたが、そのあたりは、埃りと湿気の臭いのほかに、さまざまな武具――刀剣、大槍、弩《おおゆみ》、旧式銃から、におってくるらしい鉄さびの臭いが、かすかに感じられた。

ここでマーシャが見たのは一つの椅子、総革張りの、風変りな、安楽椅子だった。

ハジメソノ安楽椅子ヲ見タトキ、私ハ、ソコニ、何カ特別ナ印象ヲ残スホドノ特徴ヲ、スコシモ認メナカッタ。私ノ眼ハ、古家具ノ一ツ一ツヲ、探照燈ガ闇カラ物体ヲ区切リトッテ照ラシダシテユクヨウニ、見テイタニスギズ、ソノ椅子モ、コウシテ公平ニ照ラシダサレタ物ノ一ツニスギナカッタ。

ニモ拘ラズ、ソレガ、何カ説明シエナイ刻印ヲ、私ノ知ラナイ間ニ、心ノドコカニ、シルシテイタノダロウカ。私ハ、安楽椅子ノ前ヲ無意識ニ通リスギナガラ、私ノ中ニ、何カ不消化ノママ残ッテイル小石ノヨウナモノガアッテ、ソノタメ、私ノ心持ガ、ドウニモ具合ヨク落着カナイ、ト云ウ妙ナ気持ヲ、味ッタノヲ、覚エテイル。

ソノ後、私ハ、ソノ椅子ノコトモ、コノ不消化ナ妙ナ気持ノコトモ、忘レテシマッタ。モットモ、ソレハ、モトモト記憶サレルタメニ感受サレタモノデハナカッタノダ。デモ、ソレガ何故アノ瞬間ニ私ノ心ノナカニ蘇ッタノカ。自分デハ、スコシモ記憶シテイルナドト思ッテモイナイ事柄ガ、チャント、記憶サレテイルドコロカ、モット広イ記憶ト連ッテ、呼ビオコサレル、トイウノハ、ドウイウ理由ニヨルノカシラ。

アノ瞬間――私ガ、煖炉ノ方ヘ（夜ニナルト、火ヲ入レナケレバナラナイ程、寒イ日ガアッタ）歩イテ行コウトシテ、思ワズ絨緞ノ端ニツマズイテ、倒レタ瞬間――私ノ内部ニ、錘《オモ》リヲツケタ回転鏡デモ仕掛ケテアルミタイニ、何カガ、突然、クルリト、回転シテ、不意ニ、ソノ裏側ニ隠レテイタ情景ガ、鮮カニ、ヨミガエッテキタノダッタ。私ハ、キット、叫ビ声ヲアゲタニ違イナイ。ソレ程、ソレハ、ハッキリト、私ノ前ニ浮ビ出タノダ。シカモ、ソンナ記憶ハ、私ニトッテ屋根裏ノ古家具ヨリモ、遠ク、忘却サレテイタモノニ、思ワレテイタノダッタ。

イヤ、マサシク、屋根裏ノ古家具――アノ安楽椅子コソガ、コノ記憶ノ喚起者ニ違イナカッタ。ソレハ、過去ノ情景ヲ思イダシタ瞬間、ソノ思イ出全体ガ、安楽椅子ヲ主語ニシタトキノ、述語ノヨウナ具合ニ、出現シテキタノヲ、私ハ、ナゼカ、ハッキリト、知ッタカラダッタ。

私ガ思イ出シタノハ、マダ故郷《クニ》ニイタ頃、夏ニナルト訪レタコトノアル祖父母ノ家ノ情景ダッタ。私ノ前ニ現レタ祖父母ノ顔ダチハ、夢デノヨウニ、ハッキリ感ジラレテイルノニ、実際ドンナ風ダッタカ、知ルコトハデキナカッタ。シカシ二人ハ、両親ガヨク噂シタヨウニ〈雀ノヨウニ〉クッツキ、オ互ニ微笑シテ目デウナズキ合ッテイタ。二人ハ、イツモアノ総革張リノ安楽椅子ニ腰ヲカケテイタモノダッタ。ソノ椅子ハ深々トシテイテ、二人トモ、床ニ、腰ヲオロシテイルミタイニ見エタ。

私ノ思イ出シタ情景ハ、コノ祖父母ガ、安楽椅子ヲ前ニシテ、若イ下男ニ、何カ云ッテイルトコロダッタ。祖父ハコウ云ッタ。

〈何カイ、オ前ガコノ椅子ヲ取リカエタノカネ？〉

　若イ下男ハ、ウナズイタ。〈ソノ腕ノトコロガヤブケテ居リマスモンデ……。〉

〈デ、オ前ハ、ワシニ断リモナク、ソレヲ替エテシマッタノダネ。〉ト祖父ガイッタ。

〈ハイ、旦那サマ。デモ、同ジ椅子ヲ持ッテクレバ、ソレデイイト思イマシタンデ。〉

〈ワシハ、オ前ノ親切ヲ責メテオルンジャ無イヨ。シカシオ前ニ云ッテオクガ、同ジ椅子ナンテ、二ツトアルモノジャナイ。判ルカネ？　ワシノ気ニ入ットルノハ、コノ腕ノトコロガ、ホコロビタ椅子ダ。ワシハ、モウ何十年ト、コレニ腰掛ケテオル。ワシガ椅子ノ丸味、肌ザワリ、坐リ心地ヲ知悉シテオルヨウニ、椅子ノ方モ、ワシノ神経痛、ワシノ癖、ワシノ身体ノ具合ヲ知リツクシテイルノダ。イイカネ、ワシト椅子ノ間ニハ、特別ナ関係ガアルノダヨ。何十年ノ間ニ、自然ト生レタ友情ノヨウナモノダヨ。ワシハ、コノ椅子ガ、何カノ具合デ、火ニデモ、クベラレルヨウナコトガアッタラ、キット、オイオイト泣キダスニ違イナイ。〉

　私ガコンナ情景ヲ覚エテイタノハ、恐ラク、祖父ノ言葉ヲキイテ、椅子ガ本当ニ火ニ投ゲコマレ、祖父ガ泣キ出ス様ヲ、子供ナガラニ想像シテ、ビックリシタタメカモ知レナイ。シカシ今マタコウシタ情景ヲ思イ出スト、アノ静カナ農園ノ生活ガ、自分ノ中ニ蘇ッテクルノヲ感ジタ。静寂ト荒廃ト湿ッタ林ノ匂イ……ソレハ、何トどーゔぇるにゅ館ノ雰囲気ニ似テイタコトダッタロウ……。


　……この休暇の数日がマーシャの心に刻みつけた印象を、もし正確にたどるとしたら、日記そのものを克明に転写するほかないかもしれない。しかし別の見方をすれば、日常生活をいかに緻密に描写したところで、真実は、そこから浮びあがるかどうか。時には、真実とあらかじめ見なされるものへ、取捨選択を加えながら、近づこうとする方が、より正当な方法である場合もありうるのだ。

　私が、この夏の城館の休日の終りに、マーシャが体験した二、三の出来事を伝えようとすると、いきおいこの後者の方法にかたむかざるを得ないのは、私の態度のせいか、出来事に内在する性格のためか、はっきりと分らない。

　とまれこの日々のあいだに、マーシャのなかに高まっていったアンドレへの讃嘆の思いは、おそらく単なる友情と考えるには、どこか非常に極端な要素を含んでいたのは事実であるようだ。たとえば次のような日記の一節は、こうした私の印象を確証するように思われる。


　どーゔぇるにゅ館ノ夕日ノ美シサヲ、私ハ、スデニ、ココニ着イタソノ日カラ、知ッテイタガ、ナゼカ、ユックリ塔櫓《どんじょん》ノ上カラ眺メルダケノ時間ガ、見ツカラナカッタ。

　ソノ夕方、あんどれモ塔ニ上ルコトニシテイタノニ、夕日ガ赤々ト傾キハジメテモ、ソノ姿ハ見当ラナカッタ。デ、私ハ、一人デ、モウ勝手ノワカッタ塔櫓ノマワリ階段ヲノボッテイッタ。

　階段ヲノボリキルト、彫刻ノアル、厚イ、木ノ扉ガアッタ。ソノ扉ヲ開ケルト、古家具ヤ武具ノアル屋根裏ヘ通ジテイタ。ガ、私ハ、ソノ扉ヲ開ケズ、ソコカラ、サラニ、細イ階段デ、上ヘノボッテイッタ。ソコハ、外カラ見タトキノ、屋根ノ上ヘ突出シテイル丸櫓ノ部分デ、階段ハ、一段ト狭ク、塔ノ内壁モ、荒塗リノママデ、トコロドコロ、壁ノ剝ゲオチタトコロハ、漆喰デ固メタ石組ミガ露出シテイテ、イカニモ、古イ時代ノ石工達ノ素朴ナ技術ヲ感ジサセタ。

　櫓ノ頂キハ、人ヒトリガ、ヤット坐レル程ノ広サシカナク、ソコニ小卓ト椅子ガ作リツケニナッテイテ、囲リノ壁ニハ、何冊カノ本ガ並ンデイタ。あんどれハ時折ココニ引キコモッテ、古イ小説ナドヲ読ムノダト、前ニ説明シテ呉レタ。私ガ、ソノ椅子ニ坐ルト、小窓カラ、夏ラシイ落日ガ見エ、明ルイ空ガ森ニオオワレタ谷々ノ上ニ拡ガッテイタ。

　ホトンド黄金色ニナッタ斜陽ガ、マルデ何カ、ネバリノアル重イ液体ノヨウニ、小窓カラ櫓ノ内部ヘ差シコンデ、反対側ノ壁ニ、マルイ光ノシミヲツケテイタ。

　谷間ヤ森ニ、スデニ、濃イカゲガ澱ミハジメ、暑イ燃エツク一日ガヤガテ終ロウトスルコトニ、安堵シテイルラシイ気配ガ、感ジラレタガ、ソレハ、夕ベノ数刻ヲ支配シタ静寂ヲ破ッテ、谷間カラソヨギハジメル風ガ、無数ノ葉群ヲ揺ラシテユク微カナ囁キカラ、オノズト立チノボッテクル気配ナノダッタ。空気ニハ、去ッテユク乾イタ暑気ト花ノ香リト古イ城館ノ臭イガ漂ッテイタ。

　日ガ沈ムト雲ハ刻々ト赤味ヲ増シ、ソノ赤ハ燃エタツ金色ノ輝キニ、縁《フチ》ドリサレテイタ。鳥ノ一群ガ赤ク染ッタ空ニ舞ッテイタ。聞エルモノトイッテハ、コノ鳥タチノ鳴キ声ダケダッタ。葉群ノソヨギハ、音トナッテハ、ココマデ、届カナカッタ。ソノ時ダッタ。イツカ、モウ一年以上モ前ノ、アノ丘ノ頂キデ襲ッタ苦痛ニ似タ甘美ナ感覚ガ、私ノ中ニ、不意ニヨミガエッテキタノダッタ。

　私ハ、アノ丘ノ頂キデノ体験以来、コノ種ノ感覚ニ、ドコカ怖レヲ感ジ、ソレガ容易ニ私ヲツカモウトシテイルダケニ、ソレカラ遠ザカロウト努メテモイタノダッタ。

　シカシ今度ハ不意ニ完全ニ私ヲ把エタバカリデナク、イツモ、ソレト対照的ニ生レル、黒々トシタ重イ岩群ノ感覚ハ、マルデ無意味ナ比喩ノヨウニ、影ガ薄クナリ、トテモ現実的ナ感覚トハ思エナクナッタ。ソレニ引キカエ、コノ惑溺スルヨウナ甘美ナ感情ハ、私トイウ容器ヲ溢レ、机ニモ、周囲ノ壁ニモ、夕陽ニモ、自然ノ拡ガリノ中ニモ、満チワタッテ、ソノ中ニ身ヲ浸シテイルト、魂モ身体モ、ユルヤカナ寛ギト広々トシタ自由ニミタサレ身体ガ透明ニナッテユクヨウナ気ガシタ。

　勿論コウシタ気持ハ、今ニモ満チ溢レヨウトスル張リツメタ水面ニ似テイテ、ゴク僅カナ衝撃ニモ、敏感ニ反応シ、堰ヲ切ッタヨウナ激情ノ発作トナッテ現ワレルダロウ事ハ、容易ニ予感デキタノダ。ダカラ、モシソノ時机ノ上ニ小サナ赤イ燭台ガナカッタトシタラ、私ノ甘美ナ感情ハ、自ズト別個ノ、ヨリ静カナ道ヲ辿ッテ、潮ガヒクヨウニ、遠ザカッテイッタニ違イナイ。

　シカシソノ赤イ燭台ニコビリツイテイル蠟ハ、あんどれガ、嵐ノ夜、アルイハ霧ノ深イ日、ソノ灯ヲ見ツメテ、物ヲ考エタリ、本ニ読ミフケッタリスル様ヲ、マザマザト語リカケテイルノダッタ。私ガソノ瞬間ニ何ヲ考エテイタノカ、正確ニハ判ラナイ。多分あんどれガナガイ間自分ノ寝台ヲ離レラレナカッタコト、霧ト森ニ囲マレタ城館デ、子供ノ仲間モ知ラズ、危険ナ綱渡リニ興ジテイタコト、野生ノ花ヤ牧場ノ家畜ヲ除イテハ話シ相手モナカッタコト、ナドヲ考エテイタノカモ知レナイ。あんどれハ、私ニハ無論ノコト、誰ニ対シテモ、アノ明ルイ黒イ眼デ、微笑スルノダケレド、本当ハ、コノ小部屋デ、窓ノ外ニ風ノ音ヲ聴キナガラ、モット別ノ思イニ、耽ッテイタノデハナイダロウカ。赤イ燭台ノ上ニ流レタ蠟ホドニモ、あんどれノ涙ガソコニソソガレナカッタトハ、誰ニ断言デキルダロウ。

　私ノ心ニ鋭イ痛ミヲ覚エタノハ、ソノ時ダッタ。コノ感情ヲ悲シミダッタト云エバ、ソレハ、間違イデナイトシテモ、余リニモ性急ナ断定ダッタロウ。ナゼッテソノ中ニハ、アル種ノ歓ビ、幸福感トイッタモノモアッタノダシ、マタ、説明デキナイ苦悩ヤ寂寥感、身体ヲ引キチギリタイヨウナ愛情モアッタノダカラ。シカシ兎モ角ソレガ激情ノ発作デアリ、今マデ満チテイタ甘美ナ感情ノ一時ノ噴出デアッテ、私ガ、ソノ赤イ燭台ニ口ヅケシナガラ、激シイ嗚咽ニトラエラレ、涙ノ中ニ溶ケテシマッタコトハ、ヤハリ書イテオカナケレバナルマイ。

　発作ガスギルト、あんどれヘノ愛情ガ私ノ胸ヲ、痛イ程ニ締メツケテイタ。私ハ、壁ノ本棚カラ、一枚ノ厚紙ヲ取ルト、自分ノ涙デソウ見エルノカ、手ガ震エテソウ描ケルノカ、水面ニ揺レ動ク顔ノヨウニ定カナ輪廓ノナイママニ、あんどれノ顔ヲ、素描シテイッタ。ソレハ、ハジメテ、アノ秋ノ朝、寄宿学校ノ食堂ニ差シコム光ノ縞ノ中ヲ歩イテキタトキ以来、忘レルコトノデキナイ一ツノ顔――浅黒イ、形ノイイ輪廓ト、細イ頸ト、黒イ、可愛イ、地中海風ノ眼ヲ持ッタ懐シイ表情ナノダッタ。

　マーシャにとって、アンドレはつねに心に生きつづけていた幻影だったろうこと、こうした甘美な苦痛を緩和する唯一の存在だったろうことは、これだけからも、容易に推測しうるし、また事実、この時かきあげたデッサンをもとにして描かれたアンドレの肖像は、後になって、私も、マーシャの母の家で、眼にすることになったのだが、それは、一種異様な美しさに溢れた肖像だったのを記憶している。日記の記述によれば、アンドレの髪は、娘たちがするように、二つに別けて編んでいて、時おり、それを、うなじに巻いていたはずだが、絵のなかでは、髪は、風に吹かれでもしたように、卵形の顔のまわりに乱れていた。黒い、可愛い眼は、いかにも何かを話しかける瞬間のように、きらきら光っていた。私には、マーシャの母の居間に入るたびに、そこにあるこの異様に美しい顔が、何も喋らないということの方がかえって不思議に思えた。

ともかくマーシャがこれを描いたのは、ほんの僅かの時間だったが、その間、彼女は自分をまったく忘失していたのだ。

西空に夕映えがひろがり、地上は前よりもいっそう明るく赤々と照りはえたが、しかし物の影まで、明るくはならなかった。日記の記述にしたがえば、マーシャが、自分の腕に置かれたアンドレの手に、ぴくりとして、ふりかえったのは、こうした深まりゆく影のなかでだったのである。

七

ドーヴェルニュ館《やかた》でマーシャがふたたび絵をかきはじめたのは、むろん、こうした経緯があったからには違いないが、それより、より強くマーシャを絵へと駈りたてたのは、かつて体験した甘美な陶酔のあとの幻滅にかわって、ここでは、つねに、自分が十全に生ききったという深く充実した完了感があったからである。それはたしかに不思議なことにはちがいなかった。あの虚脱感、あの無意味さはどこにも見当らなかったし、後めたさとともに現われる黒々と重い現実の抵抗感さえ消滅しさっていたのだ。寄宿学校の食堂の入口で、自分だけが取りのこされ、外に閉めだされたという感じは、今は、まったくなかった。あのとき、マーシャにとって、デッサンは、魔ものめいたものの通過を示す黒くよごされた紙きれでしかなかった。しかしここでは、その一枚一枚が彼女の充足感の保証になっていた。その画面をとりあげると、マーシャが感じた陶酔や苦悩が、そこから直ちに呼びおこされてくるのだった。それは、あたかも、特殊な密度の空気をみたし、そこに入ると、つねに、一定の情緒が感応してくる装置のような実感を、事実、マーシャに与えたのである。もちろんその理由はわからなかった。しかし彼女は絵をかいている自分のなかに、よろこびの泉があって、それが絶えず自分の身体をみたし、浸して、あとから、あとから湧きあがってくるような感じに包まれていたのだ。

そうした午後、深々とかげを拡げた菩提樹のしたでマーシャは筆を動かしながら、アンドレにこう話したのだった。

「ねえ、アンドレ。私は、ほんとうに、どうしてこんな風に変ったのかわからないの。前にもよく話したけれど、私は、絵をかいたあと、いつも空虚な気持になってしまう。そんな空虚な自分に、現実的なものが、妙に、黒々と重い感じで迫ってきたのよ。ずっと昔のことだけれど、私が、母と一緒に故郷《くに》から逃げてきたころ、私ね、はじめて、飢えってものを知ったのよ。それはただお腹がへるっていうだけのことではなかったの。飢えって、一つの心のしみ《オブセッシオン》なのよ。自分が何と強弁しても、理由をつけても、動かすことも消すこともできない事実なの。そうなの。それは私の肉体に押された刻印だったし、私に親しい感覚だった。私は、この飢えのなかで生きていたのよ。それは何か黒い重い物体のように私の記憶の底、肉体の闇のなかに、まだ、うごめいているような気がするの。それは日常の感覚だったし、私は、それを抱いて、じっと、道ばたに坐っていたのよ。きっと、やせこけて、眼ばかり光らせていたことでしょうね。私は、雪のなかで何人も何十人もの人たちが動かなくなり、黒い塊りになって横たわっているのを見てきたのよ。悲鳴や叫びやののしりや喚声や、その他人間の声とは思われない声まで、聞いてきたのよ。人間って、大人でも、泣いたり、身をよじったり、天に手をのばしたり、子供みたいに足をばたばたさせたりするものなのよ。町じゅう燃えて、黒い歪んだ影になって、そのあいだを群衆が駈けたり、ころんだり、ぶつかったり、押しあったりしているのも見てきたのよ。こうしたものがすべて飢えの感覚と一つになって、どうやっても消しさることのできない実体となって、ながいこと、黒い重い物質のような記憶に変っていたのね。

「私にとって、雪は、足を凍らせ、しびらせる、冷たい、白い、おそろしいものだったし、町は、黒く、陰気で、母がいつも呪っていたように、私たちが顔をぶつけても、決して私たちを入れるために胸をひらいてくれるものでもなかった。私は、いつか、こうしたものを、黒い重いかたいものと感じるようになったのね。夜になると、それは小さな窓をあけて、内側がいかにもたのしげに輝いているのを、私に、しらせてくれたわ。でも、それは、この黒い、重い、かたいものが、私に対立し、敵対さえしているのを、ことさら示すために、そうして輝いているとしか思えなかった。なぜって、そのあかりのなかに入ってゆくことはできなかったし、そこから洩れてくる甘いミルク菓子の匂いは、私の飢えをかきたてて肉体をくるしめたし、音楽や笑い声は、私を、この寒い戸外の闇にひとりぽっちで包まれていることを、いや応なく知らせたからなのよ。そうだったの。この動かすことのできない、黒い、重いものは、私のまわりに、はじめからあって、私が泣いても、叫んでも、手をふりまわしても、のたうちまわっても、顔色もかえず、眉一つ動かさず、前のままにすこしも変らないのだ、ということを、いやというほど、感覚のなかに深く刻みこんだのよ。

「それは乾いた痛みのような飢えとなり、刺すような寒さとなり、疲労や嘲笑や誘惑となって、まわりから私を押えつけ、動けなくするのよ。そうなのよ。寒い冬の午後、痛いような寒さ、凍てついた苦痛からのがれるには、ただ歩きまわって、枯枝や石炭くずを拾いあつめて、あわれな煖炉で火をたくことしかないのよ。私は、物ごころがつくころからこのことを知っていたのよ。本当にそうだったの、この黒い、重いものを動かすには(飢えや寒さをのがれるためには)ただ黙って身体を動かすこと、働くこと、忍耐することしかないっていうことを。喋ったり、泣いたり、叫んだりすることは、何もならない。それは、あのとたん板を叩くような鉄砲の音の前で、すぐやんでしまうものなのよ。叫んだり、泣いたりした人々は、一瞬にして、黒い重いものに変ってしまっているのよ。私は知っていたの……この黒い重いものに、何という名をつけるべきか……そうなの、それは〈死〉だったのよ。飢えも病気も寒さも、〈死〉と肩をならべたもの、〈死〉の隣人だったために、こんなにも黒く重かったのね。そして〈死〉と同価値の行為《おこない》、〈死〉と肩をならべる行為《おこない》、つまり喋ったり、泣いたり、叫んだりではなく、死を避けもし、死をのりこえもする黙々とした行為《おこない》だけが私には、本当のなすべきことに見えていたのだわ。のどがかわいたら泉をさがすことなのよ。飢えたら糧を求めるのよ。凍えたら火をかきたてるのよ。〈死〉と等価値というのはね、この現実に〈死〉と等しい度合で、決定的な変化をもたらす、ということなの。喋ったり、泣いたり、叫んだりして、現実は変るかしら？　望んだことが手に入るかしら？　だって現実って、ただ黙って立っているだけなんですもの……。決定的に変るのは、私たちが黙って何かを〈する〉ことなの。枯枝を拾ったり、石炭がらを集めたり……そうよ、私は、よくあの頃、歌をうたったわ。でも、それは、ママが悲しがっていたからなの。私の歌がママの心をたのしましたからなの。歌は枯枝と同じように意味をもっていたからなの。

「私は思ったものよ、世界がこうした黒い重いものだったら、〈死〉に等しい沈黙した行為《おこない》だけが、本当に生きることの内容なのだって。いつかヒースの丘のうえで感じた陶酔は、私には、むしろ、泣いたり、叫んだりすることと同じように見え、この黒い重い世界にとって、まるで役にもたたず、意味をもたないように思えたのね。それなのに……それなのに、今、どうして、昔の通りには感じられないのかしら。いまかいている絵のなかに、何かもっと濃厚な現実があって、それに較べると、前に感じた黒々とした重い現実は、妙に影のうすいものに見えてくるのよ。こうして一筆一筆つくりあげてゆく世界のなかに、私に抵抗する力があり、決して任意のものではなく、眼には見えないけれど、玻璃の海のように重味のある、現実よりもっと凝縮された実在があるみたいな気がするのよ。いったいどうしたわけなのかしら……。」

　アンドレは注意深くマーシャの話をきいたが、そのとき、彼女はこんな風に答えたのだ。

「たぶん、それは、私が寄宿学校にいったときの印象と似ているんだわ。私は、学校で会ったどんな女の子とも友達になれなかったし、好意さえ感じなかったわ。あの人たちの憧れるものって、せいぜい、小さな窓にとぼっている灯りぐらいのものなのよ。そこには、恋があったり、家庭があったり、平和があったりして、およそ便利なこと、安心なこと、何も痛みを感じないことが、美徳とされているのよ。私ね、うちによくくる美術商を知っているの。この商人は、パリでは相当に有力な人だと、シモーヌ夫人がいっていたわ。で、この人がドーヴェルニュ館にくる目的というのは、ここにある美術品を何とか手に入れたいと考えているからなの。〈こんな傑作を、山のなかに置いておくのは、もったいない話です。〉とこの男はいうのよ。〈これでは宝の持ちぐされです。これは万人に共通の宝です。万人のために、と私は申しておりますんで……。〉この男は最後には、かならず〈万人〉を持ちだすのよ。でも、ドーヴェルニュ館は閉された宝庫だし、めったに鍵は渡さないわ。だって、ここには、単に美術品が置いてあるだけじゃなく、三百年の時間と、生活と、そこから生れた涙や怒りやよろこびが、同時に、とじこめられて、まだ生きつづけているのよ。あの人は〈万人〉のためというわね。でも、ここに生きている亡霊たちと一緒にいて、はじめて、これらの美術品や装飾も生きることができるのだわ。美術商がいちばん眼をつけているのは、あの大サロンを飾っている西の壁一面を覆うゴブラン織りのタピスリなの。マリ・ドーヴェルニュが結婚の贈物にもってきたあの四枚つづきの、四季の農耕詩を織りだしたあれよ。あの男は、あれを、美術館に入れるように（〈万人〉のためにね）説得したり、奔走したり、しているわけなのよ。でも、あの見事なタピスリがここから出てゆくとき、それはこの館から何か生命の息吹きとでもいったものが抜けだしてゆくことを意味するのよ。また、どこかの美術館に入ったタピスリは、この館のなかに今なおたちこめる重苦しい執念や、血なまぐさい復讐心、絶望、激情などを養分にし、それらを呼吸していただけに、この空気と養分を失って、日一日と、ひからび、色あせてゆくほかないのよ。ね、マーシャ、あなたがこの家にきたとき、ここが、あなたの心を落ちつかせる、しっくりしたところだ、といったでしょ？　それはなぜだかわかる？　この部屋の一つ一つは、よそでみる広間と同じかもしれないけれど、それでも、ここにはまだ、人間たちの確執や愛や憎悪が、濃く生きているからなのよ。それはまだ粗野で、むきだしで、それだけに激情の純粋さがあったのよ。血が流れたかもしれないけれど、その血は純粋さがあがなっていたのだわ。

「なるほど、普通、人は、このなかでは、物は、ブラインドや鎧戸を閉めきった人気ない部屋に忘れさられている、というかもしれないわ。でも、これらの部屋や広間のもつ空間は、普通の空間ではなく、そこには、昔からの人々の儀礼や慣習や特別な言葉づかいや夢や幻滅で、みたされている空間なのよ。そして、こうした人々は、今でも、亡霊になって部屋から部屋へさまよって、風の夜や月のない夜明けなどに、すすりないたり、うめいたりしているのよ。天井画やタピスリや装飾や置物や調度も、一つ一つ、自分たちが、同じように亡霊とともにいき、亡霊たちの怨恨を呼吸していきているのよ。それを自分の血液として……。ねえ、私のいうことをわかって貰えて？　どんなタピスリでも置物でも、それぞれに人間の執念や怨霊がしみこんでいて、はじめて生気をもつのよ。それは人間の魂をむさぼり食っているものなのよ。いったい〈万人〉のためって、〈万人〉に見せるって……どういう意味なの。この夥しい美術品は、ただ一つのものとなるように、ただ一人のために、ただ一つの目的に、つくられたものなのよ。そしてその人の愛憎や、そのつくられた目的のなかでのみ、生きつづけるんだわ。私には、美術館ほど、ぞっとするところはないのよ。あの蒼白い、無機質の光と、番号をうって、ただ整理され、展示されている彫刻や絵画や工芸品……あれは、いったい何かしら。みんな神殿や寺院や城館からはぎとり、〈万人〉のために並べたものなのよ。誰が、美術館のなかで、かつて神像だった彫刻のまえに、香をたくかしら。誰がその壁掛け《タピスリ》のまえで自分の結婚を思いだすかしら。誰がその小さな香炉を自分の机に置いて日常の生活に使えるかしら……誰もよ、誰もできないし、しないのよ。それは神像でも、結婚の贈物でも、香炉でもないんだわ。そうじゃないのよ。それは神像の外観、贈物の外形、香炉の形骸――いいかえると、それが生れた真の意味・内容を失った単なる外殻でしかないのよ。生命を失って、はぎとられて、ガラスのケースにとりこにされて〈万人〉のものとなったってわけね。でもそこには何か大事なものがなくなっている……そうよ、それが生きて営養をとっていた太い根が〈万人〉という斧で、乱暴に、断ちきられてしまったからなのよ。なるほど〈万人〉に味方する思想は、神像や結婚の贈物のことを、彫刻、壁飾り《タピスリ》とよび、また一般に芸術と呼んで、その外形にすぎないものに〈美〉という名前を与えるわ。でも、いったい、生命を吸いあげる意味・内容・機能という根を失った〈美〉って、何かしら？　もちろん美術商には、そんなことはどうでもいいのよ。〈万人〉が〈万人〉の名で要求し、この男が右から左へ動かし、提供する。その結果、たとえそれが〈美〉という曖昧な名で表わされる形骸に堕落しても、この人たちは、そんなことは問題としないのね。もっともこの美術商がそれで富をふやすだけだったら、私も、ゆるしてやれたかもしれない。でも〈万人〉と〈美〉の名のもとに、それに生命を与えていた人間の高貴な激情とでもいうべきものを、〈知る〉ことと〈感覚のくすぐり〉に変えてしまうことには、私は、我慢できないわ。そうよ、私は、この男を憎むわ。あらゆる城館や旧家から、古いもの、生きながらえているものを剝ぎとり、剝製にして美術館におくりこむ。そしてこの人たちの世界は、〈便利〉、〈安全〉、〈万人のため〉というのが合言葉ね。椅子だって机だって、この城館にあるような、ここだけの、たとえば大サロンの金の獅子面を隅に彫りこんだ大机が、アンリ・ドーヴェルニュの回想録をかくために、わざわざつくられたというような、その人の生きたしるしの刻みつけられた存在ではなくなって、誰でもいい、便利で安全であれば、それとの親密な追憶や結びつきは、問題とされなくなってゆくのよ。それは、〈役に立て《ユティル》〉ばいいのよ。〈役に立つ《ユティリテ》〉って言葉ほど、この人たちの世界をあらわしているものはないわ。この〈役に立つ〉という原理が、この人間の生きていた空間から、高貴さ、純粋さといった真実の美徳をはぎとり、自分は、ただはぎとるだけで、それにかわる意味ある世界なんて何一つつくらないのよ。それどころか、ますます、美術館の廊下のように味気ない、中性の光のさす、無色の空間をひろげてゆくんだわ。あの人たちの便利さと安全と〈万人のため〉こそが、人間のもたらしたもっとも卑しいものだわ。ここでは死も苦悩も、いとわしいもの、避けるべきものにされ、ガラスのなかの剝製の生活がつづき、明日が確実に計算で割りだせることが、美徳になってしまったのよ。でも、明日がわかり、安全を保証されても、今日燃えつきない人間に、どうして生きることがあるのかしら？　ブルジョアっていうのは、いつもサーカスに喝采はするけど、その中にとびこむことのできない人たちなのよ。よしんば、そこにとびこんでも、その危険そのものを愛するためではなく、危険の報酬のためになのだわ。それがあの人たちの卑しさなのよ。あの人たちは、手にさわったり、勘定できるものだけが本当にあることだと信じるのよ。ねえ、マーシャ、あなたがいう黒い重い現実って、こういう世界なのじゃないかしら？　こういう人たちは、自分たちの世界をつくりだし、鉄道を走らせたり、鉱山を開いたりして、そこから生れる物質だけが、真に存在するし、役に立つと思っているのよ。なるほど物質は役に立つし、技術はこの人たちの到達した最高の観念かもしれないわ。でもその卑しさは、そこで満足するばかりか、物質を手に入れるために、魂まで平気で殺してしまったところにあるのよ。マーシャ、あなたが飢えたり、凍えたりして悩んだのは、むしろ飢えたり、凍えたりすることのなかに、人間らしい感情があるのだ、ということにならなくて？　マーシャのいうとおり、飢えには食糧をもってくればいいし、凍えれば火にあたればいいわけよ。でも、飢えや凍え、死や悩みから、人間は、ただ逃れることができれば、それでいい、とだけ考えるものかしら？　それだけでいいのかしら。もしそれだけだったら、どうして自ら断食する人がいるのかしら？　どうして冬に滝にうたれるのかしら？　グレゴリウスの苦行はいったいどういう意味になるのかしら？　死や悩みをさえ真理への手がかりと見る人が、なぜ現われたりするのかしら？　ねえ、マーシャ。飢えがおそろしいから、食糧をうることがすべてだと考えたり、役に立ちさえすれば、それで目的は完了したと信じるところに、この人たちの卑しさがあるのではなくて？　そうなのだわ、あの人たちは、人間が何であり、何であるべきか、を考える前に、役に立てばそれで完了する世界をつくりあげ、そこに適合しないものを価値がないと思っているのよ。それにしても、いったい、人間の生なんて、価値あるものなのかしら？　あの人たちは〈万人〉の原理を打ちたてただけあって、他に奉仕しようと考えているのね。でも生命なんて、生きる当の人間だけに目覚め、感じられるあるものだわ。それを人に知られたり、知ったりする必要がどこにあるの？　ただ黙って生き、強く生きいきとそれを感じれば、それでいいのじゃないかしら？　マーシャが、いま、自分の絵のなかに入って、この現実よりも、濃密な質量を感じるといったのは、この生きる実感に刺しつらぬかれているからだと思うわ。大切なのは、人間が死や苦悩を真に考えることができるようになることだわ。そのためには、物質に対しても、もう一度深い親密感をとり戻すことだわ。そこで生きいきと自分の〈現存〉を感じることだわ。それを心からたのしむことだわ。サーカスの見物になることじゃなく、危険そのものを愛することだわ。マーシャ、あなたは、絵をかきつづけるべきよ、もしそこにあなたの危険があるとすれば。そこに生れる美しさを自分で支えつづけるためによ。

「私はドーヴェルニュの家系の最後だし、今はもう私の住む場所はそう広くはないわ。私が珍しがられ、陳列されないのがまだしもよ。こういう時代に、私は、自分のところへかえるほかないわ。家から絵画がはぎとられ、古い肖像は売りにだされ、世母から娘に贈られた宝石はアメリカの百万長者の手に渡り、世間はますます便利になってゆくわ。で私は、この城館にかえってくると、遠い時代にかえってきたような気がするのよ。この城館を、風の夜に、さまよう亡霊だけが、激しい時代の脈搏をつたえてくれるのよ。そうなのよ、三百年の昔、アンリ・ドーヴェルニュが回想録の筆をとった時代に、マリ・ドーヴェルニュがお輿入れした時代に、私は、すくなくとも、生れてくるべきだったわ。あなたが樺の林や、広い、無際限な河の流域から引きはなされてしまったように、私も、時間という距離で、あるべき場所から、現代へ追放されているのかもしれないわね……。」

私は日記のなかに断片的に記された二人の考え方を、このようなひと纏りの対話とした以上に、なお二人の生活について何かをつけ加えるべきだろうか。シモーヌ夫人と三人で近隣の馬市に出かけたこと(夫人は馬車のなかでも上半身をまっすぐにしていたのである)、あるいは園丁のジャック爺につれられて山奥の小さな湖水へ泳ぎにいったこと、さらには近在の大地主＊＊家の午後の集まりに呼ばれたことなどの細目について、なお語るべきだろうか。それらは日記に詳細に書きつづられているし、幾多の反省や考察や対話がその日々の出来事の間を埋めているのである。

しかし私は、自分の関心の所在を明らかにするためにも、読者の負担を軽減するためにも、ドーヴェルニュ館での記述を、これで打ちきりにする方が妥当であるように思う。

八

この夏休み以後なお一年半の寄宿学校の生活がつづくが、日記は、徐々に、減少しており、内容も、主として日常のメモ、ないし読書、学課の覚え書程度のものになっている。この結果、パリにかえってからは、ついに日記を書く習慣を放棄するにいたるのであるが、その最大の原因は、日記のかわりに、アンドレにあてた手紙が、彼女の感想、省察、日常の描写の場となったことだ。とくに二年後パリにかえって、パーカー画塾に入ったころ(それは私がはじめてマーシャに会ったころになるわけだが)マーシャにとって、手紙のなかで自らを反省してゆくことが、ほとんど唯一の生き方となっていたようだ。

私が前にも触れたように、画塾に入ってからのマーシャの画業は、信じられない程の早さで成熟していった。そのデッサンや油絵制作の数も多かったが、私たちをおどろかしたのは、装飾的ないし観念的だったその頃の仲間の傾向とちがって、マーシャの絵にある、いかにも表現しなければならないものに駈りたてられている気魄と緊張であった。

パーカー先生がパイプを右手にもち、肩を何度かすくめ、マーシャの絵を何とか批評しようとして、むなしい努力を払った後、首を傾けたまま、そこから立ち去ってゆくような光景を見たのも、その頃のことである。

私などは、マーシャのこうした進歩に驚いたばかりではなく、むしろ彼女の切りひらこうとする方向に何か曙光のようなものを感じさえしたのだ。しかしその頃から、すでにマーシャの才能を認めていたパパクリサントスは、彼自身、非常に苦しい創造の場に立たされていたが、それだけに、的確に、マーシャの絵にあらわれている苦渋にみちた調子を見ぬいていたのである。

私などが、内から溢れるようなある種の主情性であると思い、自由に歪められ、奔放に走る様々な原色で描かれる形象を、パパクリサントスは抒情への転落と見、その燃焼が終ったあとにくる空虚さを予言していた。彼がマーシャにその頃ドイツで現れたある理論的な画家について語っていたのを、いまでも私は忘れることができないが、彼パパクリサントスがマーシャに求めさせようとしたものが何であったか、その頃の私には十分に理解できなかった。私が日本から来たばかりで、周囲に対する理解力をもっていなかったということもあっただろうが、問題がそのような形で提出されるということに、当時の私は、まだ慣れていなかったのだ。

たとえば、そのころのある日、私は、画塾のアトリエから中庭にでるガラス張りの通路で、マーシャと出会ったことがある。秋だったろうと思う。その通路のガラス張りの天井に落葉が散っていたし、中庭のマロニエは霧のなかで黄葉し、地面から湿った枯葉の匂いがしていたような気がするからである。

マーシャはそのガラス張りの通路から、ぼんやり中庭を見ていた。その眼ざしは、ひどく陰気で、まるでその中庭が墓場か刑場ででもあるかのような表情だった。私は、どうしてそんな考えこんだ顔をしているのか、あまりつめて制作するより、こんな秋の美しい日には公園でも散歩した方が、よくはないか、などといったにちがいない。すでにマーシャの態度についてパパクリサントスはじめ仲間の誰れかれとなく、心配していたし、私は私で、一度ゆっくりマーシャとそうした事柄について話したいと思っていたからである。

私はこの中庭の隅にある緑のペンキのはげたベンチを覚えているが、それはマーシャが次のような話をしたのが、このベンチに坐ってだったし、その後マーシャがいなくなってからも、このベンチを見ると、そこに蹲るように腰をおろし、両手を膝の上で、よじるように組みあわしていたマーシャの姿を思いださずにはいられなかったからである。

そのときマーシャは私に静かな口調で次のように話したのだ。

「あなたは信じられないことだと思うでしょうが、しばらく前から、制作しているうち、腕がとつぜん動かなくなることがあるのよ。意志の力ではどうにもならない。まるで誰かに呪いをかけられたみたいに。そういうとき、私は、不安というより、恐怖に近い気持を感じるのね。はじめのうち、私は、自分でも、そんなことには気がつかないふりをしようと決心したのよ。あまり深刻に考えるべきじゃない、と自分に命じたのよ。で、私は、わざと、腕の硬直のためではなく、自分で好んでそうしたのだと云いきかせながら、オペラや芝居へ行ったりしてみたのね。たしかに、こういう療法は、効き目があったらしく、硬直は数時間とはつづかないですんだのよ。でも、困ったのは、硬直の発作がすぎたあとなのね。私は、自分が、まるで絵に自信がなくなっているのを感じるのね。無理に筆をとると、自分のなかに、描くべき内容も力もぬけきっていて、どの色彩も線も、不安定な、偶然に引きさかれているのを感じるの。これには、オペラも芝居も、その他思いついたどんな療法も、旅行さえも、効き目がないのよ。私には、何もかも、どうでもよく見えてくるのよ。私には、むしろ、どうしてこの不安が、この無関心が生れるのか、知りたいし、その実体を確かめて、根本から治療したい気持なのね。でも他方では、どうしても絵をかきつづけなければならないのよ。まるで義務みたいに感じて……。必然性も欲求もさして感じないこの私がよ……。(マーシャは、なぜか、このとき、自分を蔑むような、さびしい微笑をもらした。)私はそれをのりこえるために何をしたと思う? K＊＊の理論をつかったのよ。私はマノリスと一緒に、形と色彩を分解して、そこに意味と価値の関係を求める方法を学び、実際にそれを制作にも適用してみたのよ。不安が私の筆を押えているあいだも、自分の気分の如何に関係なく、まるで数値か記号をとりあつかうように、三角や円錐や直線を組合せ、色彩を分配していったのよ。それは、たしかに興味ある仕事だわ。ブランシャール画廊で買ってくれた作品の半分は、こうした方法のアクロバットでできあがったものなのよ。……でも私は、そのうち自分がタブローをつくりだす機械みたいな気になりはじめたのよ。マノリスはたしかにK＊＊の理論の深いところを理解しているのかもしれないけれど、私には、だめ。とてもついてゆけないのよ。この方法のおそろしいのは、自分がやってみる前に、もうすべての可能性が計算でわりだせるということなのよ。その処方さえあれば、私がやろうと、誰がやろうと、同じ結果がでるのね……。といって、この方法をすてたとして、私は、どちらを向いていいのかわからないのよ。私を吹いているのが、不安の風だけならいいんだけれど……。それだけだったら、私は、耐えぬいてみせるわ。でも、私が予感するような、何もかけなくなる状態、非生産の状態がくるとすれば、私は、とてもそれを耐えられる勇気はなさそうなのね……。」

もし同じ繰りごとが許されるとしたら、私は、何度でもいいたい。なぜあのとき私はマーシャに、一と言、これは彼女ひとりの問題ではなく、ひょっとしたら、時代そのものに課せられた困難かもしれず、そのうえ、困難との抗争そのものが、むしろ芸術制作より、より芸術家的な態度であるかもしれないのだ、と云わなかったのか、と。

ちょうどマーシャが東に向って旅立つようになる直前、私たちが交した会話を私はまだよくおぼえている。この旅の途中で書いた手紙は、彼女のこの頃の問題がどこにあったのか、を、はっきりさせているので、後に引用しなければならないが、それにしても私はなぜマーシャの苦悩を彼女の絵なり、態度なりから、推測することができなかったのであろう。その日、私たちはモンパルナスのキャフェで落ちあうことになっていた。ブールヴァールは学生で賑い、キャフェは芸術家や旅行者で満員だった。私たちは、大通りを横切ってくるマーシャを、キャフェのテラスから眺めていた。疲れたような表情、重い瞼、スラヴ風のまるい鼻、手くびで髪をかきあげる動作——その頃のマーシャを思いだすたびに、こうした特徴の一つ一つが、まるで独立し、ばらばらになって、そこらじゅうを勝手にとびまわるような気がする。しかし、それらも彼女の落着いた、静かな物腰、信頼できる、やさしい気質を思いだすとすぐ、一つの輪廓におさまり、マーシャという生きいきした姿となってよみがえるのだ。

事実あの頃のマーシャの落着いた、物静かな挙措は、私に、どこか村の教会の内部の薄明るんだ静寂といった気分を与えた。

「私は、ほんとうに疲れているらしいわ。」

マーシャは私たちのテーブルに坐ると、そういった。「旅行に出てみたらとも思っているんだけれど……。」

「マーシャ、君に必要なのは、理論なのだ。自分の仕事を支える理論なんだよ。」

パパクリサントスはいつものように説得する調子でいった。

「そうかもしれないわ。でも、その前に、すこし休みたいような気持よ。」

マーシャは本当に疲れているらしかった。

「ぼくは近々フランクフルトにK＊＊に会いにゆくがね、君も行くべきだと思うんだが……。」

「いまは、誰にも会わないで考えてみたいわ。」

「いや、K＊＊だけは例外だ。彼の理論や絵には実に多くの未来がある。」

「私は——マノリス、おこってはだめよ——あまり捜しすぎたのよ、多分、未来を、他の人たちのなかに……。ねえ、マノリス。私は、いまは、どこか土の匂いのするところにゆきたい気持なのよ。新鮮で、冷たく、刺激的な腐蝕土のにおいが嗅いでみたい。でなかったら、海岸か、どこかそうした広いところにいってみたいわ……。」

私たちはそんなことからブルターニュやノールウェイの話をし、K＊＊の話をパパクリサントスがくりかえしたのをおぼえている。マーシャは、いくらか疲れ、言葉は少なかったが、それでも、私の生活のこと、日本からの便りのこと、などを細かく訊く心づかいは忘れなかった。彼女がいってしまうと、あの安らかな、教会の内部の薄明るい静寂に似た印象が、かえって、いきいきと私に感じられた。しかしあのころ、私はマーシャの落着きややさしさに頼る気持を抱きながら、彼女のなかを吹きすさんでいた風の激烈さに、なぜ気づくことができなかったのだろうか。

日記を読みつづけるにつれて当時の彼女のやさしさ、物静かな挙措の思い出が、私の胸をえぐりたててやまないのは、どのような理由によるのかと、私はしばしば自問しないではいられないのである。

すでにのべたように、この時期のマーシャの日記は、以前にくらべて、一段と、とぼしくなりはじめ、私がもっとも知りたかった画家としての内面生活——たとえばどのような経緯で画家としての自覚に達したのか、また私の目撃したあの急速な成熟と変貌の真の理由は何なのか、など——については、断片的な記述をのぞくと、手がかりに足るほどのものは見いだせないのである。

もちろん彼女の絵画への目ざめは、はるか遠く、寄宿学校の時代より以前に生れていたものにちがいない。しかし単なる本能的な愛好から、制作者としての自覚に達するまでの距離は、ほとんど無限に近いといえるのではなかろうか。とすればこうした過程の複雑さとその深奥にかくされる秘密は、局外者はむろんのこと、当の制作者そのひとにも、十分説明できるものでもなく、多くは無意識の深層において存在しつづけるはずである。よしんばマーシャがドーヴェルニュ館《やかた》の古風な、とざされた雰囲気のなかで、絵をえがくことを自分の天職と考えたとしても、それはアンドレへの愛情とか、外界を拒否する倒錯した気分とかによって一時的、衝動的にもえあがったと考えるべきであり、そこから、真の創造の自覚までは、また別個の道と見なすべきだと、私などは考えるのである。もちろん私は、いうなれば芸術家の魂を赤裸にする記録——とくにマーシャのように特異な経過をたどった場合には、ことさらであるが——を求めていたわけだが、そうしたことが以上のようにほとんど不可能であってみれば、それに先だつ幾つかの記録——それと関係なくはないが、さりとて直接的だとはいえないような記録——を、豊富にあたえられていた方が、かえって仕合せであるのかもしれない。なぜなら、こうした考えは伝記作者として正しい態度ではないにちがいないが、私のように、短い時期であったにせよ、当人と交遊もあり、影響も受けていた人間にとって、この記録の乏しさは、かえって想像力をかきたてる結果となり、ひょっとしたら、案外、その本質に迫っていることがあるのかも知れないからだ。よしんばそれが私の空想にすぎないとしても、もともと私はマーシャの伝記を書こうと思いたったのではなかったのではないか。

しかし信じていただきたいが、私は自分の恣意のなかでマーシャの姿をねじまげようとしているのではない。私はもちろん日記以外の記録、たとえば手に入るかぎりの手紙もあさってみたのである。ただ私のいいたいのは、たとえこうした主題に彼女がふれていたとしても、彼女自身、どこまでそれが記録できたろうか、ということなのである。

たとえば、あの当時のマーシャの困難な仕事について多少とも接触のあった私が、その内面的な苦悩について考える場合にも、結局は例外的に彼女が書きとめておいた二、三の出来事を語る以外に、あえてその曲折の細部へ踏みこみえないのは、こうした理由によるのだが、また他方で、彼女の絵画を支えていたのは、アンドレ、もしくはドーヴェルニュ館という小宇宙の映像ではなかったかと想像するのも、同じ理由によるのである。いや、たしかに、いまから思えば、彼女の情熱を支えつづけたのは、現実の役割に対する明確な態度決定でもなければ、自らを虚無のなかで保とうとする主観の肯定でもなく、あの中世風な、あかるい夕映えにかざられた地平線のとりかこむ、木と花々と噴水のある城館の、玻璃の内面に似た小宇宙だったにちがいないのだ。あのころ――ねむの木のしたに雨ざらしの彫刻がころがっていたパーカー画塾で学んでいたころ――彼女が示したロマネスク彫刻への愛着は、私のこうした推定を根拠づけてくれる。というのは、この種類の作品群のもつ怪奇な幻想――怪獣や聖者伝や地獄の幻影や受難絵図など――が彼女をとらえたのではなく（このことは、彼女自身が私にはっきりと語っていた）、それらをつつんでいるある種の統一的な世界の映像――おだやかな空を背景に鐘楼のある教会をかこむ一群の村落を遠景にした、マリ・ドーヴェルニュの四季の農耕詩のタピスリの一枚のような、祈りと労働と安息のなかに、たえず現前し、充足する世界の映像――が、彼女の不安を慰めたにちがいないからである。じじつ私は当時のある一時期にあらわれた彼女の絵のモチーフの幾つかに、こうした事実と関連するものを記憶しているが、その一つは、彼女が鉄具類に示す愛着であって、――とくに鍵――中世風の重々しい鍵である――や、鉄柵、煖炉前の火具、置物、窓枠、武具などは、さまざまな記号のように彼女の画面に挿入されていたのである。ブランシャール画廊の個展の際に注目された作品のなかには、夕焼け空とおぼしいヴァーミリオンの主調色の背景に、中世風の看板――鍛冶屋、靴屋、もしくは鍵屋とかの職種を象徴する看板――を自由にちりばめ、そこに、燭台、秤、塔の風見などを交錯させた作品があったのだが、これは織物地のような筆触をことさら意図して描かれていたのである。

　ところで、私はここで、以上述べてきた事柄とまるっきり無関係ではなく、また後に述べる出来事を、不幸にも、暗示する挿話を語らなければならないのだが、これは、私が「例外的に記された二、三の出来事」と書いておいたなかの一つであって、このころ、アンドレはよくパリに出てきていたらしく、日記のなかにも、その記録はのこっている。（パリでのアンドレの生活についても、手がかりになるものが、ほとんどなく、今となってはその一部さえ知るよしもないが、後に触れるように、飛行機操縦の免許をとる準備のためだったかもしれない。ドーヴェルニュ家で得た証言によると、アンドレはパリ滞在ちゅうも、オートイユの父クロード・ドーヴェルニュの邸にはとまらず、カルチエ・ラタンのホテルにとまる習慣だったということだ。）

　日記から推定すると、この出来事のあったオルデンブルグ城へ車で出かけたのは、一九二九年の七月下旬である。オルデンブルグ城というのは、ライン川にそったD＊＊町から二キロほどの地点にある、渓谷をのぞんで立つ有名な城砦であり、代々オルデンブルグ伯爵に所属するところから、その名前で呼ばれている。地名はオルクスドルフといって、直訳すれば〈冥府の村〉とでもいうのであろうか、昔は、城名にも、むしろこちらの方を用いたということだった。私も、戦後、パパクリサントスとこの城を訪ねてみたのだが、D＊＊からラインの支流にそって、両岸の葡萄畑の拡がりを見ながら、幾つかの小村を過ぎると、やがて、景観が変りはじめ、渓流をはさむ両岸は岩々を露出し、流れは、轟々と、その岩壁の足もとを白く泡立って下っていた。

私がオルデンブルグ城を見たとき、〈冥府の村〉を頭にうかべたのは、理由がないのではなかった。というのは、どこか、その辺りからふきだす特殊なガスのためか、一帯の林は灰色に立ち枯れ、あたかも白骨が風雨にさらされて立っているように見えたうえ、林をこえて見える灰褐色の岩山は、奇妙な静けさでそそりたっていたからだった。

その灰褐色の、奇妙に、しーんとした岩山の頂きに、灰暗色のオルデンブルグ城が、胸壁と角櫓をめぐらした典雅なラインの小城砦らしく、幾らか凛々しい感じでたっていた。

現在では、城はまったく観光用の名所にすぎず、城内には食堂もホテルもあるのだが、一九三〇年当時、伯爵家の人々がここに住んでいたし、廃墟となったラインの古城のなかでも、昔日の面影をもっともよく伝えている城砦の一つといわれていたのである。

このオルデンブルグ城が伯爵家の手から離れる前のある時期、オルデンブルグ伯爵自身によって城砦の維持費を捻出するために計画された〈ラインの古城で聴く中世歌謡の夕べ〉は、フランクフルトの社交界だけではなく、パリの社交界でも、ほとんど醜聞に近いニュースとして受けとられたのだった。アンドレがマーシャとつれだって、この〈中世歌謡の夕べ〉にいったのは、そうしたニュースに刺激されたためか、それとも中世的なものへの共感のためか、そこのところはわからない。ともかくその七月の終り、彼女たちはシャロン、ナンシ、ストラスブールを経て、ライン流域に入っている。D＊＊についたのは、パリ出発後三日目である。D＊＊には有名なライン・ロマネスクの柱頭飾りをもつ廻廊があるが、マーシャは、その明るい中庭に立って、寄宿学校のころを思いだしたと書いている。

彼女たちが白骨のような林をこえ、泡立ったラインの支流を見おろしながら、オルデンブルグ城に着いたのは、その当日の午後だった。灰褐色の石を組んだ城門と石垣、空濠と弾ね橋、第二の城門、それに石垣と銃眼と角櫓がつづいていた。地壇になった中庭に出ると、川のひらく谷あいに、ライン流域が遥々とひらけていた。城をめぐる山々は黒い森におおわれ、丘陵性の波をうって地平をかぎっていた。地壇には、午後の日を浴びて、立葵が咲きほこっていた。空気は澄み、暑さは感じられなかった。

下の中庭には、すでに自動車が何台かならんでいた。正面玄関には、赤い、袖のふくらんだ、ひらひらする上衣を着た若者たちが忙しく立ちはたらいていた。その印象は、どこか湯治場の午後の、広場の向うで楽隊がたえず曲を流している、みち足りた、甘ったるい、空虚な感じに似ていた。じじつ玄関の間につづいている大広間から、陽気な音楽がもれていたのである。おそらくこうした印象のためであったのだろうか、アンドレは玄関の間に入るとすぐ、口にハンケチをあてて、身体をひねるようにした。嘔吐の発作が不意に彼女をおそったのだった。マーシャはホールの隅の暗い、涼しい場所へアンドレを坐らせた。その顔は蒼ざめ、額に汗が玉になって浮んでいた。黒いくまのできた眼をとじ、まだつづくらしい発作に耐えていた。

「ばかげてるわ。」アンドレはしばらく眼をとじたままでいった。

「口をきいちゃいけないわ。」マーシャはアンドレの手をとっていった。アンドレはその手を自分の頰にあて、もう一度「ばかげてるわ。」とつぶやいた。

　やがて二人のところに、黒い服をきた背の低い紳士が近づいてきた。太った腹に、チョッキのボタンがようやくの思いでかかっていた。頭ははげ、赤い、燃えるような顔をし、灰色の眼が突きでていた。

「パリの方でしょうな。わかります。わかります。ここで（と彼は垂れた赤い鼻を人さし指で押した）すぐ嗅ぎわけますよ。そうでしょうな？　そうでしょうな？」

　背の低い男は二人にフランス語でそう話しかけた。マーシャは声の方に頭をめぐらした。

「よくおいででしたな。」灰色の眼が、大きく、うるみ出ていた。「今夜はすばらしい一晩を送ってくださるように、望んでおりますよ。それは、もう十分に、保証いたしますがな。私のいうのは、そちらの方のお嬢さんのことですわい。どうなされましたな？　貧血かな？　薬も用意してありますからな、一つゆっくりと、楽しい晩を送られることを、祈ります。申しおくれましたが、私は、オルデンブルグ伯爵です……。」

　背の低い太鼓腹の男は、そういってマーシャの手をとると、上半身をかがめ、その手に接吻した。

　赤い四季施の給仕が二人を明るい部屋に案内した。室内はホテルのように改装され、ベッドと机、椅子、衣裳戸棚がおかれていた。窓から、白骨になった林が見おろせ、その下に、灰褐色の切りたつ崖が、ラインの細い支流をはさんでいた。

　夕方までアンドレは鎮静剤で眠っていた。マーシャが五時すぎ、赤い四季施の給仕がお茶の時間をしらせにきたとき、ひとりで、大広間に出ていったのは、そのためだった。すでに集まるべき客はほとんど集まっている様子だった。マーシャたちのテーブルに、ちょうど西日があたっていた。避暑地に似た気分が、この大広間のくつろいだ談笑のなかにも感じられた。たとえばマーシャの後の席で、パリからきたらしい何人かの客たちが、声をひそめて話していた。「……それは厳然たる事実よ。もともと、ドイツにつきたがらないで、西のほうばかり向いてたんだから。このラインランドは……。ゲーテだって、たとえば、さ……。」「スノッブぶりときたら……。」「……とくにフランクフルトは……。」「尊大で、みえ坊で……。」「……で、つまり＊＊夫人はその男が部屋に入ってきたとき、手をうって叫んだのよ。〈まァ、わたしの哲学者。よくいらしたわね。ちょうどジャン・ジャックのことを考えていたところよ。〉……。」一座の爆笑が広間の人々の注目を集めた。しかしそれは広間のくつろいだ気分を阻むどころか、いっそう陽気にしたのだった。

マーシャは席をはなれた。夕日が沈むところで、森の頂きを金色の光が縞になって走っていた。柔らかな厚みをもった森の起伏は、ラインにむかってひらけてゆく地形を示していた。日が沈むと、夏らしい壮麗な夕焼けがひろがった。

部屋にかえると、アンドレはベッドの上に半身をおこして、窓のそとの夕空を見ていた。顔はやつれ、黒い、うるんだ、可愛い眼は、黒ずんだくまにかこまれていた。

「もう大丈夫よ。」彼女はそういってマーシャの頸に両腕をまわした。

赤い、袖のふくらんだ四季施の給仕が、二人を大広間に導いたのは、ながい、甘美な、明るい宵闇のなかに、夜の気配が忍びこみ、城砦の塔のあたりを素早く小蝙蝠が飛びかう時刻だった。

広間には、すでに、古い燭台に無数の焔がゆれ、夜になると、急に、中世じみて見えはじめる、例の、赤い、袖のふくらんだ四季施が、食卓のあいだを歩きまわるにつれて、かすかに蠟のにおいのただようのが感じられた。

大広間からつづきになって張り出している物見の露台の端に、夜の闇が、眼にみえず濃くなるのにつれて、なまなましい炎の色を輝かせはじめる大篝火が、時おり、火の粉を、金粉のように、はじきながら、燃えていた。夜とともに冷えはじめた谷間の夜気が、露台から、広間へ、濡れたように流れこんできた。広間の奥の大煖炉の燃えしきる音が食器のふれ合う音にまじっていた。

食事はこうして中世風の狩猟の宴になぞらえてはじめられ、たえずある種の陽気さ、くつろぎ、あるいは、変装したときの気分に似た刺激的なくすぐったさを漂わせてつづいていった。赤い四季施の給仕たちのあいだに、黒い服の、背の低いオルデンブルグ伯爵が立ちまじっていた。伯爵のはげた頭と赤い顔は、蠟燭の光で、異様に強調され、赤ん坊でもむさぼり食う悪鬼のように見えた。その頭は食卓の上にやっと出るほどの高さしかなかったが、音のしない、精力的な歩き方で、テーブルのあいだをとびまわっては、お世辞をふりまき、料理法について説明し、笑わせ、噂話をふりまくといった具合だった。

アンドレは食事のあいだじゅう、この小びとを眼で追っていた。その黒い、地中海風の眼にふと病的な嘲笑のかげが走るのを、マーシャは、見のがすことはできなかった。

賑やかな食事が終ったとき、露台のむこうに、深い、黒々とした闇が露の冷えびえした谷間の気流とともに、迫っていた。いつか大広間の談笑はやんでいた。誰からともなく、この沈黙ははじまって、テーブルからテーブルへと伝わってゆき、最後に、広間全体が、しーんと重苦しいまでに静まりかえったのだった。思いかえしたように、咳をする人はいても、この沈黙の厚味は、弾力のある液体のように、広間にみちわたっていたのだ。どこかで川瀬の音がきこえるような気がした。星かげを砕いて流れる細い渓流の音が、本当に、きこえているのかもしれなかった。

どの位の時間がたったことであろう。闇が刻々と厚みを加え、闇の奥の闇が、前の闇と一つになり、いちだんと濃くなって、オルデンブルグ城――その本来の名で呼べば〈冥府の村《オルクスドルフ》〉城――をたっぷりと浸していた。あの音は流れの音ではなく、森の梢を渡りだした夜風だろうか。広間の客たちはほっと溜息をついて、注意を室内にうつしたとき――そのときだった。

遠い、高い、暗黒の虚空の一隅――正確にいえば〈冥府の《オルクスドル》村《フ》〉城の高櫓の頂きから、突然、角笛が鳴りひびいたのだった。それは、ある悲しげな抑揚をもって、うつろに、尾をながながと曳いて、遠い森に、こだました。それが合図だった。しばらくは森閑とした静けさがつづいた。それはある期待と緊張の一瞬だった。そしてその静けさが極点に達し、息苦しいまでになったとき、遠く、はるか遠く、おそらく第一の城門よりも、もっと下方から、微かな、本当に微かな、フリュートの音が聞えた。果して音が聞えたのだろうか。いや、それとも期待のあまりの幻聴だったのではなかろうか。だが、それは、たしかに、フリュートの一すじの銀の糸のような調べだったのだ。しかし間もなく、その銀の糸すじの調べにまつわりながら高貴な薄衣のような竪琴の音が、広間の人々に聞きわけることができたのだった。息をつめていた広間の客たちのあいだから、ほっとした溜息と同時に、賞讃と共感の囁きがおこったのは、このときだった……。

マーシャは蠟燭の焔に照らされたアンドレの顔を見つめた。その蒼く疲れた顔には、何か激しい感情があらわれ、黒い眼は露台の外の闇を不安げにうかがっていた。竪琴とフリュートの音が近づき、その単調で甘美な歎きの旋律がはっきり聞えるようになると、アンドレの黒いうるんだ眼は、痛みを耐えている苦悩の表情を帯びてきた。それは、思わずマーシャの手を、アンドレのほうに、のばさせたほどだった。しかしその瞬間、高櫓でふたたび角笛が鳴り、物見の露台の下を、馬の駈けすぎる蹄の音がひびき、城門の扉のあく重いきしり、弾ね橋の下りる鎖の音がいりまじった。やがて第一の詠唱がその城門あたりからきこえてきた。男二人と女数人の単調な旋律の歌であり、うたびと達が、いま、城内の人々をなぐさめるべく、はるばると、彼方、空青い国から、訪れたことを、うたいあげた。やがてフリュートとその他の笛とともに、何か打楽器のようなものが加わって、拍子の早い、明るい旋律にかわり、それは、ひとしきり、楽人一行の城内到着を告げるのだった。

城門のしまる音、人々の歓迎の叫びなどがそれにつづいた。その人声のなかから、フリュートと竪琴がひびきはじめ、女の声がそれに和して、深い郷愁の思いをたたえた憧れのうたをうたった。その女の声は甘やかに澄んで、美しく、静まりかえった城の隅々、高櫓にまで、深々と、こだましていった。

その声はやがて露台に近づき、篝火の火影のあいだから、黒いかげになった楽人たちがあらわれた。燭台が彼らのまわりに置かれた。十人ほどの楽人たちが、いずれも、袖のふくらんだ中世の衣裳をつけ、その焔のひかりのなかに浮かびあがった。

広間から拍手がわきおこった。曲がおわり、楽人たちは一揖《いちゆう》した。アンドレは眼を燃えるように輝かして、楽人たちを見つめていた。時おり、嘲笑とも苦悩ともつかない表情がその顔をゆがめた。広間の窓の一方から、青白い光が、流れこんでいた。月がのぼったらしかった。楽人たちはうたいはじめ、ふたたび、赤い、袖のふくらんだ四季施の給仕たちがビールをテーブルの間をぬって運びだした。広間に活気がかえってきた。楽人たちのうたは、祝婚歌、舞踏歌、農耕歌から悲恋のうた、別離のうた、哀悼歌におよび、楽人たちは、露台でうたうかと思うと、広間のテーブルのあいだをさまよってうたい、煖炉の前の詠唱があるかと思うと、男女に別れた滑稽な歌合戦があった。やがて拍手とともに楽人たちにビールがふるまわれた。

マーシャはアンドレの手をとって、その顔をのぞきこんだ。アンドレは大丈夫というように、マーシャのほうにうなずいてみせた。二人は広間をぬけて、露台に出た。月は青白く、歪んで、すでに高くのぼっていた。夜気は冷たく、露をふくんでいた。森は黒々とてらしだされ、光沢を帯びた雲が下界をおおっているように感じられた。月光のなかで、アンドレは眼だけをきらきら輝かしていた。彼女はマーシャの手を握っていたが、その手はたえず小きざみにふるえているのだった。

「マーシャ、このオルデンブルグ城って、まったく大したところね。はるばるきた甲斐があったってわけね。」アンドレは、黒いくまのある、光った眼で、広間の陽気な談笑をながめ、顔をゆがめた。「ねえ、マーシャ、昔、ああした歌を、巡礼たちは、寺院の御堂にこもってきいたのね。騎士や宮廷人たちは城館の中庭で耳をかたむけたのね。ラインの諸侯たちだって、フランスの諸侯たちと同じように、あの古い、単調な、甘やかな歌をきいたのだわ。それを、いま私たちも聞いているのね。昔、あったような気持で……そうよ、私たちもよ。まるで、うっとりして、私たちも、明日には巡礼の旅に出るみたいに。十字軍の篝火が燃え、町々に武具や蹄の音がみちているみたいに。でも、それは、どうしたって、今夜だけのことなのね。本当にみじかい真夏の夜の夢みたいなのね。一夜あけると、この古い城――いいえ、城ではなくて、城の形をしたホテルと、小びとのオルデンブルグ伯爵と、観光記念写真がのこるだけ。一度さめたら、もうどんなに夢をみようとしても、白々した気持しか残らない。ねえ、そんなときは、前には平気だった平凡な日常まで、私たちをからかっているみたいに見えるものなのね。ところが、昔はどうだったのかしら。歌の一夜があけた朝、人々はどうしたのかしら。そうよ、十字軍の兵士たちは聖地にむかって長い行軍をつづけたし、巡礼たちは、聖堂から、朝露をふみながら、はるかなサン・チアゴにむかって歩きはじめたのだわ。昔はこれが日常だったのね。そこから醒めるなんてことはなかったのね。だって、それが日常だったし、それ以上に、人々は夜を信じ、歌を信じ、この世を信じていたからなのよ。そうよ、この世を信じていたのよ、神の作品として、一つの世界として……。やわらかな地平線の区切るところが、世界のおわるところだったし、より広い平安が大地をつつみ、人々は四季のめぐりにしたがえばよかったのよ。そうよ、人々は信仰深く、いわばこの世に、はめこまれていたのよ。でも私たちはちがうわ。

一夜の夢がさめると、別の世界があるのよ。そこに私たちが身をおかざるをえない世界が……。ああ、マーシャ、これがどういう意味だか、わかってもらえて？　それは、こういうことなの、つまり、あの小びとのオルデンブルグが、あの奇形の伯爵が、この城と、城のなかに残っている神秘とを売りに出したってことなの。最後の最後まで売りに出したってことなの。ポケットの裏側をひっくりかえして、はたいてしまったってことなのよ……。」

アンドレの眼は黒く異様にひかり、谷間からふきあがる底冷えた夜気のなかで、身体をたえずふるわせていた。広間ではビールの酔いがまわりはじめたらしく、陽気な、古い歌の合唱がはじまっていた。篝火が露台の隅で、金粉をはじいて、なお燃えつづけた。マーシャは気づかわしげにアンドレの手をとった。

「……いいのよ、もうすこし喋らせて。ねえ、マーシャ、あの人たちは、陶酔して、うたいだしたわね。わたしには分っているの、あの人たちは陶酔しないではいられないってことを。あの人たちは気持よく酔っぱらい、自分も他人もない、恍惚とした同体感のなかで、甘美な解放を味わいたいのよ。ほら、みんな足をテーブルの下で鳴らしはじめた。このリズム、闇の底から、すべての力をとき放とうとするこの歓ばしいリズム。これを、あの小びとは知っているのよ。この秘密を、この陶酔への飢渇を。城や信仰深い現実は、この飢渇をいやすために、売られるのよ。そうなの、それは売りものになるものなのよ。そしててこの気違いじみた陶酔への飢渇は、ごらんなさい、あんなにも、人々のなかに、大きな口をあけている。でもマーシャ、もしそれがただ一つの世界、ただ一つの現実だとしたら――つまりね、翌朝、目ざめれば別の世界に住まざるをえない、などということがないとしたら――こうして売り物にでることもなかったはずね。だって、陶酔も同体感も、そこでは日常のことだからよ。ところが、城や夜や信仰を売り物にできるってことは、そこに、別の世界、別の現実がうまれていて、城も、城のなかにさまよう亡霊も、もはや、その世界には属さず、なにか珍種の植物か動物のように、見せ物になりうる存在へと、変ったことを意味するのよ。それをオルデンブルグは知っているのよ、あの小びとは。そうなのよ、あの男は、自分がこの過去に属する人間であることを知りながら、それを売り物にしているのだわ。いいえ、自分が売りものになれるように、わざと、過去に属している人間なのだわ。そんなことを、マーシャ、あなたは信じてくれるかしら。それはただ屈辱というだけでは足りないわ。不具者は、はじめ本能的な羞恥からそれをかくすわ。でも、いつか、それがお金になることがわかれば、最後にはそれを見せるようになるのよ。見せびらかしさえするのよ。そうよ、見せるのが、快楽にさえなるのだわ。オルデンブルグはそうした人間なのよ。」

露台でのこのアンドレの話につづく後の事件については、むしろマーシャ自身の混乱した記録を、そのまま翻訳して示したほうが適切であるように思う。彼女は次のように書いている。

あんどれガコウシテ話シテイル間、顔色ガ蒼ザメ、身体ガ一層激シク震エテイルノニ、気ガツイタガ、あんどれハ私ノ云ウコトナド、マルデ聞エナイ風ダッタ。谷ノ風ニ煽ラレテ一段ト燃エサカル篝火ノユラグ光ニ照ラサレタソノ眼ハ、熱デモアルカノヨウニ、ギラギラ輝イテイタ。ヤットノコトデ、私ハ、あんどれヲ広間ニ連レ戻シタ。合唱ハ終ワリ、楽人タチノ歌謡ガ、再ビ始マッテイタ。私タチハ、燭台ノ照ラス半陰影ノ中ニ浸ッテ、甘美ナ哀歌ヲ聴イテイタ。

　私ハ誓ッテイウケレド、コノ瞬間マデ、あんどれニ何カ異様ナ気配ガ生レテイタコトニ、気ガツカナカッタ。ソレハ第一、アタリガ暗ク、十分ノ光ガ無カッタコトニモヨルノダロウ。マタ、あんどれノ妙ニ押シ殺シタ落着イタ話シ方ヲ、私ハ、単純ニ、イツモノ皮肉ナ話シ方ト、思イ違エテイタコトモアッタロウ。今ニナッテ憶エバ、アノ時スデニ、あんどれノ錯乱ハ始マッテイタノデハナイダロウカ。タシカニ、私ハ、暗イ燭台ノ火影ノ中デ、あんどれガ病的ニ笑ウノヲ何度カ見タ。楽人タチノ方ヲ盗ミ見ルヨウニシテ、冷タク、笑ッテイタノダ。ソレハ冷タイ笑イ、忍ビ笑イ、底意アル暗イ笑イダッタ。勿論、私ガ、ソンナ笑イヲ見タノハ、ハジメテノコトダッタ。今デモ忘レラレナイ、あんどれノ黒ズンダ隈《クマ》ニ囲マレタ眼ハ、不安ゲニ、アタリヲ、ウカガッテイタノダ。アノ黒イ、可愛イ眼ハ、或ル慴《オビ》エヲ浮カベテイタ。アノ時、何故私ハあんどれヲウナガシテ部屋ニ戻ラナカッタノダロウカ。

　シカシ私ハ何モ気ガツカナカッタ。ソノ時ニナッテモ、私ハ、繊細デ悲シイ恋歌ヤ陽気ナ古イ民謡ニ、ウットリシテイタ。私ノ傍ニ、楽人ノ一人ガ竪琴ヲカキナラシナガラ、近ヅイテキタトキ、中世ノ楽人ノ扮装ヲシタ、禁欲的ナ表情ノソノ楽人ニ、思ワズ、見トレテイタ。私ハあんどれガ居ナクナッタノニモ気ヅカナカッタ。

　ソノ時ダッタ。広間ノ奥デ、人ガ争ウ気配ガシ、突然、誰カノ鋭イ悲鳴ガアガッタ。

〈誰カ、アカリヲ、早ク。〉何人カガ叫ンダ。音楽ハ止ンダ。広間ハ混乱シ、一同ハ総立チニナッタ。ソノ瞬間、電燈ガ眩シク輝イタ。アア、一体、私ハ、何ヲ見タノダロウ。アノヨウナ光景ヲ信ジテヨイモノダロウカ。イヤ、信ジラレルヨウナコトデハナイ。今デモ信ジラレナイノダ。

　私ハ見タノダ、身体ヲヨジッテ、モガイテイルおるでんぶるぐ伯爵ヲ。シカシ、ソノ伯爵ノ片腕ヲ抱キカカエ、動カスマイトシテイルノハ、あんどれダッタ。シカモ、ヨク見ルト、ソノあんどれハ、おるでんぶるぐノ右ノ耳ニ、首ヲカシゲル様ニシテ、噛ミツイテイルノダッタ。伯爵ハ、自由ニナッテイル手デ、あんどれヲ振リホドコウト、モガイテイタ。ガ、あんどれハ、狂ッタヨウニ、ソノ耳ヲ噛ミ切ロウトシテイルノダッタ。赤イ、袖ノフクランダ四季施ノ給仕タチガ、駈ケ集マリ、あんどれノ口ニ、手巾ヲ入レタ。ソシテヨウヤク、おるでんぶるぐ伯爵ノ耳ヲ、ソコカラ離スコトガ出来タ。耳カラ、一スジ、二スジ、血ガ流レテイタ。小男ノ伯爵ハ恐怖ニ蒼ザメテイタ。あんどれハ人々ニ捕エラレ、身ヲヨジリ、モガキナガラ、蒼ザメタ伯爵ヲ見テ、高笑イシタ。アンナ笑イ声ヲ、私ハ、聞イタコトガナイ。思ワズ背スジガ凍リツイテシマウヨウナ笑イダッタ。人々ハ、ギョットシテ、あんどれノ身体ヲ離シタ。私ガ駈ケヨッタトキ、彼女ハ、コノ世ノモノトモ思エナイ悲鳴ヲアゲテ、失神シタ。激シイひすてりいノ発作ダッタ……。

ソノ夜ノ終リガドウナッタカ、私ハ覚エテイナイ。夜ガ果シナク続クヨウニ思ッタコトヲ除イテ……。真実、私ハ、モウソノ夜ハ明ケルコトハナイノデハナイカ、ト思ッタノダッタ……。私ハ、枕ニ深ク頭ヲ沈メテ、昏睡スルあんどれノ苦痛ニミチタ蒼イ顔ヲ、イツマデモ、イツマデモ、見ツメテイタノダッタ。

九

灰色の雲がたれこめ、煙色の寒い靄が、河岸から町々へ流れてゆくなかで、公園や街路の木立が黄ばみ、散ってゆくパリの秋を、私は、あのころ——マーシャの日記を、夜々のひまにまかせて読みふけったあのころ——どれほど身近かな気持で眺めたかを、忘れることはできない。それは、マーシャの生涯をつらぬいて感じられる色調が、画家風の印象にしたがっていえば、灰暗色だったというばかりでなく、さらに、パリにかえってから、もうすでに書く習慣も途絶えがちだった日記が、決定的に放棄される原因となった事件、したがって、彼女が日記にしるした最後の事柄——それを、私は、いまは、もう隠すには及ばない、それは他ならぬアンドレの突然の死であるが——の起ったのが、まさしくこの灰色の雲の垂れこめる晩秋だったということによって、その映像が、忘れがたく刻印されているからでもあるのだ。

私は、パパクリサントスのおかげで、現在なお健在であるアンドレの継母、すなわち日記の書かれていた当時の若いドーヴェルニュ夫人（私の会ったとき、たしか六十五歳になっていたはずだ）の口からも、その事件の前後の事情をきくことができたのであるが、私が夫人と会った目的は、残された記録からは知ることのできない、アンドレと飛行機の関係——果していつごろから彼女は本格的にパイロットを志したのか、特殊な目的がそこにあったのかどうか、その許可を受けたのはいつだったのか等について、比較的詳細な知識を得ることだった。私は夫人から渡されたアンドレの手紙（父クロード宛）のなかからリンドバーグの業績について触れた一通を、わずかに、関係のある記録として発見したにすぎないが、それも、単に、海洋飛行の冒険についてではなく、その社会的意義を強調している点が、両親に対する、自分の天職の遠まわしの擁護と見られるというかぎりにおいて、そうだという程度のものであった。

ところが、私は夫人から、後に詳記する一切を知ることができたばかりでなく、私自身、ドーヴェルニュ邸（オートイユの）において、アンドレが実地訓練を受けていたB＊＊から書いている数通の手紙を新たに発見した。それは、それまでアンドレの墜落事故の原因と推定されていた神経的発作が、じつは、本人も自覚していた事実だったことを、あらためて確証する手紙をふくんでいた。

私は、こうした記録を、夢中になって集めていたあのころを、今でも懐しく思いだすが、なかでも、このアンドレの手紙——彼女は自分の病気を軽く考えていたようである——を読みおえた瞬間、痛ましい思いにみたされて、灰色の空のしたにひろがるパリの黒ずんだ屋根のならびを、いつまでも眺めていた自分を、まざまざと思いかえすことができる。

その手紙のなかで、彼女は、それが、ごく短時間の心神喪失であって、まだ医者には相談していないが、自分の幼年時代の脊椎疾患からきているのではないか、もしそうだとすると、このまま操縦をつづけるのは不可能になりそうなので、医者のところにゆくのを、ためらっている、と書いているのである。

コレニ気ガツイタノハ、ゴク最近ノコトナノ。私ガ飛行場ニ着イテ、朝食ヲトリ、皆トオ喋リヲシタ後、練習機ニ乗ロウト仕度シテイル間ニ、コノ発作ガ起ッタラシイノネ。私ハ個室ニ居タノデ、誰モ知ラナカッタノ。何分グライ続イタノカ、ソレモ分ラナイノ。私ガ気ガツイタトキ、私ハ床ニ倒レ、左腕ト左半身ガ痛ク、額ニ傷ガツイテイタノヨ。私ハ、発作ガ起ッテ、昏倒シタノダッテコトニ、カナリタッテカラ気ガツイタノネ。私ハ、更衣室ノ床カラ、這ウヨウニシテ立チ上ッタケレド、頭ガヒドク痛ミ、実際ノトコロ、何ガ起ッタノカ、分ラズ、ソレバカリカ、自分ノ周囲ガ、靄デモカカッタミタイニ、ボンヤリト、遠ザカッテシマッタミタイデ、自分ヲ、中心ニマトメル力ガ、マルデナクナッテイタノヨ……。

おそらく彼女は、このような発作が決定的なものだと考えていたとすれば、医者に相談するだけの理性は持ちあわせていたはずだ。彼女はおそらくそれを何か偶然のものと見なしたのかもしれず、また、次の週にでも医者のところへ出かけようと考えていたのかもしれない。もしそれが一日でも早ければ、あるいは別の事態がおこったのかもしれなかった。しかしそれはそうはならなかったし、そうはなりえなかったのである。

私は、マーシャの絵や、ドーヴェルニュ家のアルバムの写真から想像される、あの黒い、可愛い、地中海風の眼をしたアンドレが、どのような気持で、その日の朝、B＊＊飛行場の草をふんでいったか、暗然とした思いで考えるのだ。よしんば彼女にその運命が告げられていたとしても、最後の瞬間まで、冷静に生きつづけようと努めたであろうし、じじつ、新しくあらわれた苦悩に対して、彼女は眉一つ動かさなかったにちがいない。アンドレにとって、安全と自足と無益な幸福は、一瞬ごとの危険と苦悩との戦いにくらべれば、とるに足らぬものだったことを、私は容易に推測できるからである。にもかかわらず、若いアンドレ・ドーヴェルニュが、すでに霧の深くなったB＊＊飛行場の草をふんで、最後の搭乗に向った姿を想像するとき、私は、この痛ましい思いを拭いきることはできないのである。

いくらか重い革の飛行服につつまれ、防風眼鏡のついた飛行帽をかぶったアンドレは、おそらくその草のうえのどこかで、歩みをとめ、ほとんど無心に、いま歩いてきた方向を振りかえったにちがいない。私には、なぜか、霧をとおしてのぼる十月終りの太陽に、眉をまぶしくよせた、昔と変らぬ、黒い眼が浮んでくる。しかしその眼には、飛行場の縁までせまる黄葉した森と、遠くの部落と、教会の塔が……おそらく昨日見たものが、ふたたび、変らぬ姿のままに、うつっただけかもしれない。にもかかわらず、彼女は飛行靴をぬらす草を無意識にその靴先でゆらしながら、何かある考えをまとめようとしていたかもしれないのだ。おそらくその短い生涯について、森の奥のドーヴェルニュ館について、またマリ・ドーヴェルニュの婚礼を祝った、四枚つづきの農耕詩のタピスリについて……。

しかしアンドレはふたたび踵をかえすであろう。なにごともなかったように、黄色い複葉機にむかって、歩いてゆくであろう、あのいくらかこわばった歩き方で。かつてマーシャが廻廊で見とれた不思議な歩き方をして……。いったいアンドレにとって、その黄色い複葉機は危険なものだったのだろうか。たしかに、それが新しい航空路をひらいて、砂漠か、大洋か、涯しない山脈に挑もうとするかぎり、それを待つのは、危険とわれわれが呼ぶものだったろう。しかしアンドレ自身、むろんこの危険とこそ、戦いぬこうとし、その〈死〉に直面する緊迫のなかに〈生〉の高貴さを味わいつくそうとしていた以上、この黄色い複葉機が、いま最後のプロペラを廻転しはじめ、それが一度地上を離れれば、もはやふたたびそこに帰ることがないと知っても、おそらくその宿命を最後の瞬間まで耐えぬいたにちがいない。いま、吹きはじめる烈風のなかで、機体は不安な動揺をはじめるのだ。やがて黄色い翼は緊張し、震動し、ふくれあがる。朝露をふみしめた大地は、眼のしたを、疾走し、大気は凝固し、うなり、抵抗する。その瞬間、震動は純一になり、ある重い抵抗感が加わり、森の頂きと村落が翼のしたを飛びぬけ、みるみる大地が傾き、遠ざかる。ゆるやかに起伏する地平線とばら色の霧と耕地の拡がりが、静かな緊張のなかで、ゆっくり傾きつづける。アンドレは防風眼鏡ごしに、村々をながめ、耕地のなかをのびる古い街道をながめる。その街道は白々と、過去にさかのぼる記憶のように、耕地をこえ、丘をのぼって、のびている。パリへ向っているはずのその街道は、かつてベアルン王H＊＊を擁して、アンリ・ドーヴェルニュが北上した道ではなかったであろうか。この皮肉な武将アンリは、新しい時代の曙光がみなぎっていたとしても、風の吹きすさぶオーヴェルニュの一族の執念が成就しようとしていたとしても、その時でさえ、果てしなく廻転しつづける活動の輪にすぎぬ人間の、つかの間の姿しか、そこに見なかったのではあるまいか。森と沼と白い城館と村々、教会の塔、耕地が、織物のように、流れてゆく。アンドレは機首を東にむける。山地のつらなり——朝の雲海のまにまに波うつ山地のつらなりが、前方に拡がってくる。アンドレはそこに古いオーヴェルニュの地形を感じる。風のすさぶ古い封土をまもった一族への思い出が、無意識にそうさせたのか、彼女は防風眼鏡をあげる。昔のままの、黒い、子供じみた眼ざしで、黒ずんだ火山性の山地がゆっくりと近づいてくるのを、見まもりつづける。霧のおりた谷と渓流に沿う道と幾つかの村。アンドレは静かに大地の起伏をながめている。一人の農夫が、耕地になった斜面に立ち、複葉機を見あげている。谷にのぞむ発電所があり、山地に囲まれた工場がある。Ｐ＊＊町が、ばら色の靄のかなたに、かすかに見わけられる。光った窓々、道と鉄道線路。パリ＝ツールーズ急行はまだここにはとまらないのだ。それは乾いた、死んだような、小さな町だった。アンドレはＰ＊＊の広場のキャフェを思いだす。清潔な朝の匂いのする店で、パトロンは、両肘をついて、朝日の照りはじめた広場を、みていることであろう。広場には鳩が集まり、老婆が日にあたりにやってきているかもしれない。広場の向うに郵便局があったはずだ。その窓口で、寝不足の若い男が、なんども計算間違いをしながら、加え算をしている。彼は前の晩おそくまで小説を書いていたのだ。どうして小説など書かなければならなかったのだろう。それでも彼は計算をつづけている。このＰ＊＊を、三百年のむかし、アンリ・ドーヴェルニュが包囲した。あの皮肉な武将アンリ……金獅子の飾りのある大机で回想録を書いたアンリ……森にかこまれたドーヴェルニュ館を建てたアンリが……。アンドレはゆっくりと首をめぐらす……黄葉する森のつづきに、小さな城館が見えている。それは右手へ、右手へと、ゆっくり、地面全体の移動につれて、動いてゆく。アンリ・ドーヴェルニュ……シャトオ・ドーヴェルニュ……しかしそれは彼女の城館《シャトオ》だったであろうか。その白い城館は、いま、ゆっくり右手へまわりながら、彼女の意識から消えてゆく。おそらくその消えはてた意識のなかでも、黄色い複葉機は、その遠い城館にむかって、はてしない回帰の道を急いでいたのかもしれない。しかしアンドレの蒼白い顔は操縦桿のうえに倒れかかり、機体は、突然、均衡を失うのである。

　こうしてアンドレの黄色い複葉機はＰ＊＊に間近い山林に墜落する。一九三〇年十月二十三日の午前九時ごろと推定されている。

……………………

　日記によると、マーシャがアンドレの死を知らせる電報を受けとったのは、翌二十四日の午後である。パリの町は暗く、灰色の雲のしたを、湿った風の吹く日だったと、彼女は書いている。

私ニハ、アタリノ物音ガ、急ニ、ナクナッタミタイニ思エタ。部屋モ階段モ、森閑ト静マリカエッテイタ。私ハ壁ヲ見、机ヲ見、部屋ノ中ヲ見マワシタ。画架ヲ見、花瓶ヲ見、床ヲ見タ。シカシ長イ間、私ガ愛着シタ自分ノ部屋ノ中ノ何一ツトシテ、コノ瞬間、私ノ方ニ、何カヲ語ロウトスルモノハナカッタ。ソコニハ、冷タイ拒絶シカナカッタノダ。私ハ、コノ瞬間ホドニ、物体ノモツ露骨ナ冷淡サヲ、感ジタコトハナカッタ。私ガ結バレテイルト信ジテイタ、暖カイ、快イ関係ナドハ、ソウシタ物ノドレニモ、見出スコトハ出来ナカッタ。自分ノマワリニハ、暗イ、黒々トシタ、冷タイ風ノ吹キスサブ深淵ガ口ヲアケテイテ、ドンナニ近クノ物体トノ距離ヲモ、無限ナモノニスルノダッタ。私ハ、ソノ時、悲シンデイタノデハナク、途方ニ暮レテイタノダ。コノ異様ナ静ケサノ中ニ閉ジコメラレ、シカモ私ハ、周囲ノ冷ヤヤカナ物体ノ拒否ノ中デ、半バ手ヲ差シダシタママ、凍リツイテシマッタノダ。

私はマーシャが「日記」に最後に書きのこそうとしたことが、彼女の悲しみであるのか、あるいは当時の覚書であるのか、判断に迷うことがある。それほど彼女は冷静な態度で、実に多くの内面の声を書きこんでいるのだ。しかし彼女は故意にそう努めたであろうことは、次の一節からも理解される。

今考エレバ、私ハ、何モカモ、タダ機械的ニヤッテイタノダ、トイウコトガ分ル。自分デハ、取リ乱サズニ、荷物ヲツクリ、切符ヲ買イ、ぼるどお行キ急行ニ乗ッタ筈ナノニ、車室ニ着イテ我ニカエリ、ドウシテ自分ガ其処ニイルノカ、一瞬、ハットシテ、立チ上ッタ位ダッタ。私ノ心ハ動クノヲ止メ、擬死ニ入ッタ昆虫ノヨウダッタ。辛ウジテ、肉体ニ残ル知覚ガ、私カラ独立シテ、私ノ意志ヲ代行シテイルノダッタ。

彼女が城館についたのは翌日の正午に近い時刻である。「雨。例ノアノ黒イ、ピカピカニ磨イタ箱型ノ自動車デ、狩場ヲ通リ、城館ニ着ク。」と書いている。雨にぬれた駅にシモーヌ夫人がひとり立っていた。きびしい控え目な表情と、上半身をまっすぐにのばした姿勢は昔のままだった。「ユージェーヌ皇后様の夜会に出られなかったことは、いいえ、本当ですの、わたくし、一生のあいだ、残念に思っているんでございますよ。」彼女は、いまでもそういいたげな様子に見えた。不意に、どこか物かげから、まだ軒蛇腹を渡っていたころのアンドレが、身軽にとびだしてくるような気がして、マーシャの胸の底で、何かが音をたてて崩れた。しかしシモーヌ夫人はただ、アンドレののった練習機がどのようにして墜落、炎上したか、アンドレの遺体がどのようにして、機体からほうり出され、山の斜面に倒れていたか、また、いったんP＊＊の病院に運ばれた遺骸が、どのようにドーヴェルニュ館に帰ってきたか、を、乾いた、事務的な口調で語っただけだった。彼女の身分に対する尊敬が、自らの個人的感情の表現をさまたげていたのであろう。マーシャは、夫人の口から、アンドレの両親クロード・ドーヴェルニュと若い継母がその日の早暁パリからすでに到着していることを知った。

かつて、はじめて馬車で通った夏の午後の城館への道は、いま、雨にうたれ、森は黄葉し、木立は黒く濡れていた。その雨のなかの道をのぼる箱型の自動車は、狂おしく左右にまがりながら、猟場をぬけていった。ワイパーの動く前窓のむこうに、城館があらわれたのは、それから間もなくだった。雨のなかで、それは黒く、ぬれそぼって立っていた。

玄関までマーシャを迎えに出たクロード・ドーヴェルニュは、背の高い、上品な紳士だった。その態度は、どこか優雅な、やさしさがあって、それが、アンドレの無邪気な、無関心なやさしさとひどく似ていて、マーシャは、胸の奥で、何かが音をたてて崩れるのを感じた。その夫人は喪服の似合う美しい女性で、黒いヴェールのむこうにある冷たい顔は、おどろくほど綺麗だった。

マーシャは、アンドレの両親とともに、ながいガルリーをぬけ、ドーヴェルニュ家歴代の肖像画の前を通り、テーブルや椅子の集まっている幾つかの部屋をこえて、大広間に入っていった。アンドレの遺体はそこに安置されていたのである。

遺骸はドーヴェルニュ家の楯形の紋章（書庫の革装の書物に打ちだされているあの紋章である）を浮彫にした石棺に納められ、夥しい菊の花に埋っていた。祭壇の後に、マリ・ドーヴェルニュの婚礼を飾った四枚の見事なタピスリが、燭台のほのかな光のなかに、浮かびあがっていた。

広間に入ってからマーシャが憶えているのは、クロードの白髪が自分の前にゆれていたこと、花に埋った祭壇のうえに上ってゆくと、いままで、下から見ていたタピスリが、意外な大きさで荒々しい織目もあらわに眼の前に迫っていたこと、石棺の覆い板が、なにかの仕掛けで楽にあいて、驚いたこと（どうしてアンドレの顔を見ようとする瞬間に、そんなことで、驚いたりできるのだろう）、そして石棺のなかに、花に埋ったアンドレが、蒼い、かたい、蠟のような顔で、眼をとじていたこと、それを見た瞬間、彼女は、あの寄宿学校ではじめてアンドレに会ったころ、黒い箱型の自動車のなかで、やはり、こんな蒼い暗い表情で、眼をとじていたのを思いだしたこと、などであった。

最後に、マーシャが、花のむせかえる香りのなかで、冷たいアンドレの額に唇をつけたとき、全身を走りぬけた嗚咽の発作を辛うじて押えて、彼女は身体のどこかで考えるのだった。

「いま、こうしてただ一人で、アンドレは黒い霊柩車で運ばれてゆく。しとど降りしきるこの雨は、埋葬されたアンドレの上にも、なお降りつづけるかもしれない。人気ないドーヴェルニュ家の墓地に、幾日も幾日も落葉が散りつづけるにちがいない。そんなところに一人で残されて、いったい人間って、本当に、寂しくないものなのだろうか。」

そのとき、彼女は胸の奥で、不意に、何かがはっきり音をたてて崩れたのを感じた。

マーシャの日記によると、彼女が城館に滞在したのは、葬儀をはさんだ三日間だが、そのあいだ、彼女がアンドレと訪れた場所に、もう一度、同じ道をたどっていったことがわかる。それは故人の記憶を新たにしようという気持よりは、むしろ彼女が書いているように、アンドレの死以来、突然あらわれた異様な静寂——音響の不意に途絶えたような静寂——の本性を、はっきりさせたかったためらしい。

以前ダッテ、城館ノ中ハ、冷ヤヤカデ、空虚デ、静カダッタノデハ、ナカロウカ。夏ノ朝ノ霧ニ濡レタ森ノ奥ハ、小鳥ノ囀リデ満チテイタケレド、ソノ澄ンダ空気ハ、静マリ返ッテイタノデハ、ナカロウカ。確カニ、ソウダッタ。前ニモ、静寂ハ、私ノマワリニ、立チコメテイタ。アノ修道院ノ図書室ノ静ケサ、廻廊ノ影ノ濃サ、灰色ノ時ノ流レ――スベテ此ノ世ナラヌ静寂ダッタ。ニモ拘ラズ、今ノコノ静ケサトハ、違ッテイル。以前ニハ、静寂ハ、云ワバ、休憩デアリ、安ラカナ充足デアリ、澄ミキッタ停止デアッタ。シカシ今ノ異様ナ静ケサハ、静止デハナク、音ヲ吸収シツヅケル無気味ナ空虚ナノダ。ソレハ、マルデ否定ノ霊ノヨウニ、ソレニ触レタモノカラ、音ト云ウ音ヲ、奪イ取ッテシマウ暴力ナノダ。ソレニ触レルト、ドンナ悦ビモ、ドンナ叫ビモ、ソノ内実ヲ吸イ取ラレテ、タダ無音ノ形骸、空シイ身振リ――突然音ヲ失ッタ灰色ノ世界――ニナッテシマウノダ。コノ不気味ナ静謐ハ〈アノ時〉以来、私ノマワリニ拡ガッテイル。ドンナ陽気ナ集マリデモ、一度コノ静寂ガ通過スルト、ソコニハ、恐シイ沈黙ガ重イ液体カ何カノヨウニ、残サレル。人々ハ陽気ニ騒ゴウトスルガ、ソノ声ハ音ニナラズ、陽気ナ身振リハ、誇張スレバスル程、空虚サヲサラケ出ス。其処ニハ、氷ノヨウナ冷タサト、虚シイ暗サガアルダケダ。明ルイクセニ暗イノダ。一体、コノヨウナ静ケサトハ何ナノダロウ。

　彼女はこうした想いに駈りたてられ、おそらく雨にぬれて歩きつづけたのかもしれない。夜になれば、城館のまわりには、あの地方特有の風が音をたてて吹きすぎたにちがいない。そうした一夜、彼女はアンドレの石棺の前に額をつけて、石のように、蹲っていたのだ。それは埋葬の前夜で、風は雨をまじえて、城館のまわりに吹き荒れていたのだった。大広間は薄暗く、どこからか風が洩れるらしく、燭台の火は絶えず揺らぎつづけ、四枚の見事な四季のタピスリが、辛うじて半陰影のなかに、田園の労働の歓びを織りだしていた。広間の反対側には、アンリ・ドーヴェルニュが回想録を書いた大机が、金獅子の彫刻に飾られて、同じように、乏しい光のなかに沈んでいた。

　そのとき彼女が何を考えていたのか、自分でもおそらく意識することはできなかったにちがいない。自分の心では、何かを考えつづけている、精神を集中している、と思っていても、実際は、半ば無感覚で、思考が停止している、あの緊張した放心状態に、マーシャも陥っていたにちがいない。しかしそうした放心は、精神がまったく停止したというのではなく、むしろ別の、もっと深い場所で、鋭敏に活動していることもあるのだ。このときのマーシャについていえば、彼女は、さだかに正体を決めかねる黒い一点のまわりを、辛抱づよく、まわりつづけていたといっていいのだ。なるほどそれは窓にうちつける雨風の音にさまたげられ、強い花の香りにおおわれはしたものの、確実に、渦をまきながら、彼女の意識の表面へと、近づいていたのだ。それは、はじめは黒いさだかならぬ感覚であった。不透明な、液体の中間物に似た、黒ずんだ抵抗感であった。しかしそれは、やがて黒ずんだ甘さ、すっぱい甘さ、腐蝕性の刺激を含んだ甘い異臭へと変っていった。ながいことマーシャは花の香りにまじるこの黒ずんだ異臭が何を意味するのか、気づかなかった。しかしその黒い斑点を浮かべた渦が、彼女の意識の表面に浮かびきったとき、彼女は思わず両手で顔をおおった。彼女の口から洩れたのは、苦悩のうめきだった。なぜなら、それは——その黒ずんだ甘い異臭は、若いアンドレの屍体の腐敗してゆく臭いだったからである。

　後に彼女がギリシャ人の友人に宛てた手紙のなかで（おそらくこのときの）感想を、次のように書いている。

「私は、死が、そのように、あからさまに、有機体の解体であるなどとは思ってもいませんでした。もしそれがなければ、私の若い友の死を、精神的な、詩的なヴェールで包むこともできたでしょう。しかしこの異臭は、私に、生のイロニーを、嘲笑を、感じさせせました。私はそれによって二重の喪失を味わいました——かけがえのない存在の死と、死を飾るものの死と、をです。私はそれによって、再びもとの生に投げかえされたような感じがします。私には黒々とした岩群のような感覚の現実が、ふたたび立ち戻ってきたような気がします。それはまた、私がさまよい歩いていた自分の絵画的世界からの失墜でもあるような気がします。私は——この失墜した私は、自分の絵の前に立つと、それが、どこか、はっきりと区切られた窓枠の向うの、のどかにさえ見える世界のように、見えてくるのです。〈あのとき〉まで、私は、私の若い友と一緒に、この世界をさまよい歩くことができました。この枠に区切られた世界は、純一で、自由で、苦悩さえ魅惑であるような、密度の濃い空間だったように思えます。しかしあの二重の喪失を味わった瞬間——私が失墜した瞬間、私は、アンドレが、不意に、その空間の扉を、私の鼻先で、音高く、閉めてしまったような感じがしました。そうなのです、私ひとりだけが、その扉の外に、とりのこされて。こうして私は、自分の絵画の世界の外に、とりのこされてしまったのです。私はそれからも努力しました。努力という名に価するほどのことを、私なりに、試みたのです。でも、その扉は、叩いても、押しても、もう開こうとはしないのです。若いアンドレとともに、その扉は、私の絵の世界をも、閉ざしてしまったのでした。

「でも私は、そのとき、こうも感じないではいられませんでした、私は、こんな風になる前から、この失墜を予感していたのではないか、と。しかし私にとって辛いのは、失墜したという事実そのものではなく、失墜した結果、自分がそれまで属していた世界を、扉の向うにある世界というふうに、感じなければならないことです。それを私は一夜の夢とも、一場の迷妄とも、呼びは致しませんが、といって、私が落下してきたこの黒々とした固い現実の前で、それが〈一つの〉夢想だったことを、否定しきる力もないのです。そうです、それは〈一つのもの〉であって、この黒々と重い現実の中に、含まれ、他の似たような無数のうちの一つにすぎないのです。あたかも私の机が〈一個の机〉であって、他の机群のなかの一つであるように。私は、失墜する前は、その小さな（大きな、ともいっていいわけですけれど）世界が、ただ一つの広大な世界だと思って、そこには噴水もあれば、夕焼もあり、静物もあれば、人間の苦悩もあると信じていました。しかし私はその外に立っているいま、私は、もうそこへ戻る意志もなく、戻れるわけもありません。私の望むのは、私を真に支えてくれるもの、この空虚をみたしてくれるもの、私の真の大地なのです。」

マーシャはこの手紙のあと、一ヵ月足らずで、東停車場からウィーンゆきの列車にのり、パリを離れる。しかしそれが彼女にとって決定的な絵画との訣別だったことを、彼女は真に知っていたのであろうか。それはともあれ、この旅は、彼女を画壇から遠ざけただけではなく、絵画そのものとも手を切る機会をあたえた。日付から見ると、それは一九三〇年が不安のかげを落しながらやがて暮れようとしていた頃である。

私たちの仲間から、一つの貴重な灯が消えた思いを当時私は深く味わったことを憶えている。たしかに〈真の大地〉を求めていたのが、ひとりマーシャだけでなかったことを、あの時代の人間の一人として、私は証言することができる。しかしここに一つの事件があり、それがはからずもある共通した苦悩を彼女に与えていたことを思うと、私は、友人のパパクリサントスの言葉〈渦中の眼〉について考えざるをえない。それは広く認識へ達することはないにしても、時代の困難を乗りきろうと見ひらかれた共通の眼にはちがいないのだ。私はそうした眼で、たとえばその二年後の早春、リュクサンブール公園の角で呼び売りする新聞を見ていた。新聞の写真は燃えさかる巨大な建物と黒い人影を写していた。しかし、私はその政治的事件が、後にどのような影響を及ぼすかを見とおすことはできなかった。

ただ私の耳には、「放火、放火、放火。」と叫ぶ新聞売りの声だけが残っている。その年の五月、私はマルセーユをたって帰国した。その航海は、今でも忘れられない静穏なものであった。

十

私が、ヨーロッパをはなれてから後、パパクリサントスがマーシャとどのような関係を保っていたのか、詳しく知らないし、また今でもそれを知りたいとは思わない。私には、彼がマーシャに変らぬ友情を抱いていたこと（よしんばそれが単に友情と呼びうるものでないとしても）、そしてその友情がまったく異る道をたどるようになってからあとも、二人をかたく結びつけていたこと、さらに、この風変りな関係にもかかわらず、マーシャはつねに自分の気持を率直に述べる習慣を失わなかったことなどを知れば、それで十分なのである。私が十数冊におよぶ彼女の日記をよみおえたとき、このギリシャ人の画家は私にいったものだった。

「マーシャに関するかぎり、俺はかなり深く理解しているつもりだった。しかし今こうして彼女の心の動きのあとを辿ってみると、その理解ですら、いかに事実の一面にすぎないかを思いしらされる。むろん俺だって謎につつまれた一個の人間存在のすべてを知りうるとは思ってはいない。しかしそれにしても、心のなかに、たえず生成しつづけるものの姿を、俺たちがいかに知らずにすごしているかを、この日記ははっきりと指さしているようにみえる。」

たしかに、パリを離れた当座、マーシャから何度か手紙を受けとっていた彼としては、日記によって彼女の内奥の動きを知ってから後では、その手紙自体が別個の光で照らされて見え、私とは異る感慨に打たれたのも当然だったかもしれない。しかしその手紙の大半は戦争のあいだに失われており、偶然残されたものも比較的みじかいものが多い。ただそれらの失われた手紙のなかで、おそらくもっとも長かったものの一つを、パパクリサントスが私のために記憶のなかからよびおこしてくれたのである。もっともこれは彼の記憶力のおかげでもあるが、当時、この手紙の内容に感銘をうけた彼が、その一部を、アテネのある新聞へ「故郷喪失」と題して書いた論文のなかに転載しておいたためでもある。

私はパパクリサントスが再現してくれたこの手紙を読んで、マーシャの辿った道のながさを、いまさらのように思い知らされる気がしたものだ。それは次のように書きだされている。

「親しいマノリス。

あなたはきっとどこか北の方の海岸から、私の便りがとどくと想像していらしたかもしれませんね。だって、私はあなたに、なんども、どこか広々とした海を見ながら、潮の匂いや単調な波のつぶやきのなかで深く休息したいといっていましたし、それも、明るい青い海ではなく、灰色の雲の低くたれた暗い海、重い、塩分の濃い、黒ずんだ海が好きなのだといっていましたから。あなたはブルターニュの荒涼とした海岸やバルト海の黒ずんだ冬景色について、よく話して下さいましたね。手の染まりそうな青いギリシャの海や、まぶしい南イタリアの太陽を愛しているはずのあなたが、どうしてそんな話をして下さったのか、今でも、不思議に思われるほどです。私のために、寛容になって下さったのか、それともあなたの血のなかにも、霧につつまれた蒼白い太陽や、湿った風の吹く暗い街に対する共感が、遠い幾世代もの血の遍歴の後に、流れこんでいるのか、それは知りませんけれど、ただ、私には、あなたのこうした心づかいがとても嬉しく、いつまでも忘れられそうにありません。でも、私は、いま北に向ったのでもなければ、海岸にいるのでもありません。私自身でも意外なことですけれど、私のいるのは、ずっと東のほう、もう正確には西欧とはいえない地方、回教とギリシャ正教の寺院の円屋根が町々の上に見えている地方、大地の起伏がはるばると地平をかぎり、もうほとんどロシアと呼んでもいい地方なのです。

私はここを目指してきたのでもなければ、といって、ここに迷いこんだのでもありません。ただ私は、ここに来てはじめて、この方角こそが――この東こそが――この曠野の広大な起伏こそが、私には宿命的な方向だったことを知ることができただけなのです。なぜ私があんなにも旅に出たがっていたかを、今ごろになって、私は、はじめて納得する始末です。私がこのながい冬のあいだ、あなたにお便りしなかった理由の大半は、このつかめそうでいてつかめない自分の衝動を、もっと確めてからと思ったためもあったのですけれど、それればかりではなく、旅のあいだずっとまるで人に見られるのを避けたいような、誰も居ないあいだに通ってゆきたいような、何かやましさに似た気持が消えさらなかったためでもあったのです。

私ははじめパリを出るとき、ラインを下って低地のどこか、あるいはトラーヴェミュンデあたりへ出るつもりでおりました。私はストラスブールからラインに出て、D＊＊までゆきました。D＊＊からオルデンブルグ城まで大した道のりではありませんが、私は立ちよる気持にはなれませんでした。でもD＊＊の修道院の廻廊で、私は、半日というもの、何もせず、ぼんやり時間をすごしました。葉の散った木立の影を、薄い日ざしが、廻廊にかこまれた中庭の地面に描きだしていました。静かで、安息にみちていて、時間がまるで失われている感じでした。私はこうした感じを、あの山の修道院でよく味わったものでした。そうです、こうして柱廊の下に佇んでいると、図書室の重い扉をあけて、アンドレが、まだ小さかったアンドレが、こわばった、歩きにくそうな歩き方で、近づいてくるのを、よく見たものでした。月光のよくさし込んだ広い寝室、木立のなかに響いていった食堂のオルガン、菩提樹の花の香りにつつまれていた村への道などがまるで昨日のことのように思いだされてくるのでした。その半日のあいだ、私がそこで何を考えていたのか、自分でも思いかえすことができません。私はぼんやりと夢を見ていたのかもしれません。切れぎれに浮ぶ追憶の糸をたどって、過去のなかに踏みまよっていたにちがいなかったのです。私はD＊＊のほかにラインぞいの二、三の町へ降りてみました。しかし私はそれがどんな町だったかを憶えていないほどなのです。私が憶えていることといっては、どの町も寒かったこと、クリスマスの気分にみちていたこと位です。夕暮になると、灯のはいった賑やかな通りに、時おり、粉雪が舞いおりてくることがありました。私はわけもなく飾り窓のなかの玩具をのぞき、歌声のきこえる酒場の戸口にたたずみました。どの町も、二十分も歩くと繁華街は終ってしまって、大学か市庁舎かカテドラルの並ぶ一画に出てしまうのです。私はそうした大きな黒々とした建物のまわりを、ゆっくりと、誰かを待っているみたいに廻りました。町がすっかり夜になり、街燈がまたたきだしても、もちろん誰ひとり私のところへ現われるわけはなかったのです。

その夜だったか、次の夜だったか、どのような気まぐれのためか分りませんが、私は、突然予定をかえてドレスデン行きの夜行列車にのりこんでいました。その一晩の重苦しい切れぎれの夢は、朝になっても、私からまったく離れることはないように思われました。

ドレスデンについたのは午後ずっと遅くでした。駅は昔のままで、暗い高い屋根のしたに、汽車の煙が流れまどっていました。町は雪で、雪のなかを、人々は、黒い影になって歩いていました。私はまるで無感覚な人間か、夢遊病者のように、駅を出てゆきました。自分の意志でそうしているのではなく、何か重い力が私を引きずってゆくような気持でした。にもかかわらず、私は、自分の町につきでもしたように、何もかも知りつくしているのでした。駅前の階段も、広場も、広場をゆっくり走ってゆく市街電車も、広場を囲んでいる破風屋根の古い建物も〈あの時〉のままでした。いいえ、〈あの時〉だけではなく、その後、それは夢のなかで、何度も何度も見た風景にちがいありませんでした。事実、私は、その時もまた、自分が夢のなかで、そこに立っている気がしたのです。しかし今度は雪のふりしきる曲り角までいって眼がさめるということもなければ、ながすぎるパジャマを着て、歩きにくいということもありませんでした。私は市街電車にのり、町を幾つも通り、広場を二つ、三つと横切ってゆきました。ここでもクリスマスの気分があり、電車のなかに、子供たちが郊外からとってきたらしい樅《もみ》の一枝を抱えていて、その強い、すがすがしい、刺激的なにおいが、いっぱいにただよっていました。

　私は下町の終点で降り、市場の立っている広場の方へ近づいてゆきました。降りしきる雪の午後も遅かったので、露天商たちはアセチレン燈や裸電球をかかげ、通りすぎる人たちに威勢のいい声をはりあげていました。私はそうした店を一軒一軒ゆっくりと見てゆきました。肉屋では猪をまるごと天井に吊ろうとしているところでした。雑貨屋では背の低い女が向いの店の主人と大声で話していました。飾りもの屋の前では、雪のなかを、子供たちが帰りもせず、いつまでも銀の星や着色蠟燭を手にとりあっていました。

　私は、とある店の前で足をとめました。私はながいことその店の前に立っていました。やがて私は両手をのばし、店先の大きな木箱のなかから、じゃがいもを五つ、六つ、つかみました。私は、それを両手にしっかりつかみ、それから思いきって、それを地面に……雪の上に、ばらまきました。私の様子を見ていた男が店の奥からとび出してきて私を突きのけ「何をしやがる。」と怒鳴りました。私はよろめき、雪の中に倒れました。男は、じゃがいもを手早く箱のなかに拾うと「さっさと行ってもらおう。」といって、肩をいからしました。

　私は雪のなかを歩いてゆきました。広場を横切り、暗い町並の方へ、ゆっくりと足をむけました。私は自分がどこにゆくのかよく知っていました。曲りくねった裏町も、むかし私が石炭のかけらを集めて走りまわったころと少しも変っていませんでした。も早やそんな子供は見当らず、雪が音もなく降りつづけていました。

　どのくらい歩いたことでしょうか。私はとうとうよく見知ったその家の前に出たのでした。とても信じられない気持でした、あの時住んでいた家が、あの時のまま、古び、傾いて建っているなんて。もうすっかり日が暮れて、街燈の光を切ってふりしきる雪は、黒い斑点となって踊りくるっていました。

　私は何を考える力もありませんでした。暗い戸口を入り、あかり一つない階段を、一段一段とのぼってゆきました。手すりの冷たい感触をたよりに、一階から二階へ、三階から四階へと上っていったのです。そのとき、誰かが下で電燈をつけました。廻り階段のついている空間《カージュ》の各階の電燈が、いっせいについたのです。汚れた壁、歪んだ階段と手すり、いつも閉めきりの窓――すべて〈あの時〉のままでした。私は一瞬息ができませんでした。下からゆっくりと誰かが階段をのぼってくる足音を、私は、犯罪者のように、聞いていました。しかし足音は途中でとまり、鍵をまわす音がつづき、ドアが開き、そして閉る音がしました。私はほっとしましたが、電燈もまたすぐ消えてしまいました。私は闇のなかに立っていました。そうです、私は昔のあの部屋の前に立っていました。まるで盲人のように私は闇のなかでドアの把っ手を撫でていました。そのとき、不意に隣りの部屋のドアが開き、あかりが私を照しだしました。

子供のおどろいたような声がしました。「ヴォッケさんはお留守だわ。」

私は思わず答えました。「お留守なの?」

「ええ、お留守なの。ずっと身体がわるくて、市の病院に入っているわ。」

「病院に?」

「そうよ。あなた、どなた? ヴォッケさんの知りあいの方?」

私は返事をためらいました。「私、間違えたらしいわ。」私はそういいました。

部屋の光を背にしていた女の子が急にがっかりしたような声になりました。「そう。私はヴォッケさんの知り合いの方かと思ったわ。私、あなたがヴォッケさんの知り合いの方だとよかったと思うわ。だってヴォッケさんは身よりがないんですもの。ひとりぼっちなんですもの。」

私は女の子の方に手をのばしました。「ごめんなさいね。あなたをがっかりさせて。でも私はそのヴォッケさんの知り合いではないのよ。で、あなたはヴォッケさんが好きなのね。ヴォッケさんのところへよくお見舞にゆくのね。」

女の子はうなずきました。女の子の肩ごしに、狭い、私のよく見知っている部屋が見えました。飾りのない壁、裸の机と二、三脚の椅子、狭いベッドの一部……そのとき、私の鼻をついたのは、あの強い、すがすがしい、刺激的な匂いでした。机の上にアドヴェンツクランツがにおっているのでした。赤いリボンもなく、赤い蠟燭さえなく、ただ一枝の樅が環になった上に、細い裸蠟燭が四本ならんでいるだけでした。しかしそれはなんと胸のなかに沁みこんでくる香ぐわしい森のにおいだったことでしょう。なんという思い出が噴きあがってきたことでしょう。

「私はヴォッケさんの知り合いではないけれど、でも、あなたのヴォッケさんに、何か好きなものを買ってあげてほしいわ。」

私は女の子にマルク紙幣を何枚か渡しました。女の子は背のびをして私の頸にしがみつきました。

「私、ヴォッケさんが泣くと思うわ。うれしくて、うれしくて、泣くと思うわ。だって、だってヴォッケさんは身よりがないんですもの。そしてもうじきクリスマスがくるんですもの。」

……私は昔の家からどんな風に出ていったのか憶えていません。それどころか、ドレスデンをどうやって離れたかさえ、はっきり憶えてはいないのです。

その冬、私はウィーンで暮しました。なぜそこで、しばらくの間でも、私が落着こうと思ったのか、自分でも説明できません。

私の借りた部屋は、雪のはだらに積っている荒れた中庭をかこむパンシオンのなかにあり、どの部屋も死んだように静まりかえっていました。私は二重窓の向うに、その荒れた中庭で、太い声で吠えたてる猟犬たちが、パンシオンの主人とたわむれるのを見るのが好きでした。

静かなクリスマスがすぎました。晴れて寒い新年がきました。しかし私がもし遠縁にあたるW＊＊家の集まりで、ある若い詩人と会うことがなければ、このウィーン滞在はもっと長くなったかもしれません。

一月のある晴れた日、私はこの詩人とカーレンベルクから明るい森ごしに帯のようなドナウ河が光ってうねり流れてゆくのを見ていました。

「私の故郷は、この町というより、むしろ向うの方だという気になるのです。」若い詩人は私にいうのでした。「ここからドナウを見ていると、私にはそれがまるで血管を流れている血の方向のように思われます。何か深い意味がありそうですね、東への郷愁といっただけでは片附けられないような……。」

それは私と同じ民族に属している年少の詩人の夢想に違いありません。しかしそのとき私の心をしめつけた甘美な痛みについて、私は今でも嗤《わら》う気持にはなれないのです。私はドナウの流れる果へ眼をやりました。大地の起伏のむこうに、銀の細い帯は霞み、消えていました。私がウィーンを離れる決心をしたのはそのときでした。

……ウィーンをたったのは、曠野には雪がのこっていましたが、春とよんでもよいころでした。果てることのないハンガリーの大平原が車窓の外に幾日もつづいていました。冷たい風のなかにも季節の変化が感じられました。しかし私は重苦しい、おびえたような気持にとざされていました。ながい平原の旅のあと、列車はいつか大峡谷と森林のなかをあえぎつづけ、雪におおわれた斜面はいつ果てるとも知らず、終日、列車の窓のむこうに続いているのでした。幾つの村々をすぎ、どれほどの山脈をこえていったことでしょう。それはながい、ながい山と森と峡谷のあいだの旅でした。しかしやがて雪のあいだから黒々と湿りを帯びた耕地が拡がりはじめ、丘の斜面の羊や豚の群、沼地や川やポプラの列があらわれだしたのです。そうです。そこには何んと広々と高くひろがる空の色の深さがあったことでしょう。ここには無際限な、広大な、盲目の力にあふれる何かが、大地の底から生みだされ、充実し、ゆっくりと変転しているのでした。私は、自分の心臓が不安に鳴りつづけるのを感じました。地平線に雲が低く光り、遠くの林や沼や村が静かに後へと動いてゆきました。雪深い曠野がつづき、駅の屋根に氷柱がきらめいていたりするかと思うと、いつか黒々とした大地がはだらに現われていたりしました。

こうして私はほとんどロシアと呼んでもよい地方まできました。首都から五百キロもはなれたこの名も知らぬ村についたとき、私は小さな駅の広場の土を一にぎりつかみました。私はそれを唇のそばに持ってゆき、思わずつぶやきました。「おお、ロシアよ。母なる大地……。」

　これは自分にも思いがけない言葉でした。しかしその不意の言葉が私の乾ききったこころに、甘美な果汁のように、どんなに深々としみわたっていったか、とても説明することはできません。私は何度も何度もそれを繰りかえしてつぶやきました。涙があふれ、私は人気ない村の駅の壁にもたれて、涙が流れるのにまかせました。


「親愛なマノリス。

　この地方の眼の黒い、浅黒い肌をした農民たちは、親切です。私たちの故郷の農民たちと同じように、貧しく、信仰深く、小さなことでも十分に満足しようとしています。私はこの人たちと一緒に暮したいとさえ思っています。

　そうです、私は、ここではじめて自分が落着いて、不安なしに、幾週かを送ったことに、むしろ驚いているくらいです。これは何か異様なことのように、私には思えました。だってこの村で私は絵もかかなければ、働きもしないのですもの……。

　私は、いま、暗く静まりかえった大地が、いかにも働き疲れた大男か何かのように、横たわり睡りこんでいるのを、窓から見ていたのですが、こうした夜空に輝く星の多さを、どんなにながいこと忘れていたか、と考えました。夜露をふくんだ乾草の匂いや家畜の臭いをただよわせる風、樋から落ちる水滴、遠くで吠える犬の叫びなどが、身体のなかにしみとおってくるにつれて、自分が、ながいこと、大地から引きさかれていたことが、次第に、明らかになってくるような気がします。

　私は、ここに示されているものが、直ちに故郷を意味する、とは、決していうつもりはありませんし、また現代では、自らすすんで故郷をすてることが、特殊の意味をもつという事実に、反対もいたしません。しかし私が、ここで、故郷という言葉を使うとすれば、それは何も生れ育った場所だけを意味するのではなく、故郷との風土的類似が呼びおこす、ある精神の領域をむしろ意味するのです。この領域は、だから、比喩的な故郷といってもいいわけなのですが、でも、やはりどこか本当の故郷との血縁的な結びつきがなければなりません。感覚的に感じられる精神領域（精神の本質的に適合する領域）という風にいいかえることもできましょうか。

　こういう意味の故郷を失うとは、どういうことでしょうか。それは単にふるさとを離れてさすらいに出たという意味だけではなく、人間が人間と結びつくきっかけをも失うことを意味します。

　あなたは、きっと、私がパリで——あの故郷喪失者《ハイマートロス》たちのあいだで、生命の根を失いはじめていたのを、前から見ぬいていらしたかもしれませんね。単なる人間の集まりは、神聖な義務も、意味も与えません。大都会は、生きるという汚辱のためにだけ聖化されているところみたいに見えます。すべての人は、最後に、願わしくない〈死〉で決着をつけるという消極的な理由で、その社会に属しているにすぎません。
もちろん私は、ほとんど生れたときから故郷と切りはなされ、故郷にかえることもできず、また故郷がそのような形であることすら知りませんでした。私はながいこと――正確にいえば、こんどの旅がはじまるまで、自分の故郷について考えるなぞということはなかったのです。私がどの民族に属しているか、などということは、未来へ投げかけている仕事には、積極的な意味があるとは思えなかったのです。

しかし私がながいこと人種も国籍もない大都会のなかに生きていて、次第に息苦しいまでに感じられてくるのは、一人一人が固い黒い壁にとざされているということでした。私が求めていたのは、この閉塞からの出口であり、また、こうした壁のない、あるひとまとまりの、すべての人々が心を通いあい、愛しあえる土地でした。

私は、眠れない夜なぞに、よくそうした土地を空想しました。それは渓流をかこむ谷間のこともあり、広い耕地や林のこともあり、森や峰に囲まれた牧草地のこともありました。私の空想に浮ぶ土地では、どの木立にも、祖先からの思い出がありました。どんな道や小径にも、村の人々の記憶に生きている物語がありました。季節ごとに訪れる鳥でさえ、村の人々は、その顔や身体つきまで覚えているのです。そこでの生活は安らかで、愛がお互を結ぶ絆であり、時間は大きな流れのようにあらゆる生活の細部をいきいきとうつしながら、たっぷりと流れてゆくのでした。人々は手ずから木をきって家をたてるのです。みずから木を刻んで椅子をつくるのです。家をつくったり、椅子をつくったりしてから後で、生活がはじまるのではなく、家をつくること、机をつくることそのものが、生活なのです。ここでは、人々は自然の脈搏と一つになって、むしろ自然に抱かれて生活するのです。そうです、これはたしかに一片の空想でした。しかし私はこういう夢想のなかで、はじめて自分がほっとして生きかえるのを感じたのです。

人間にとって、こうした状態は、もう二度と手に入れることのできないものかもしれません。でも誰もが、自分の生れた土地、すこしでも父母や祖父母の匂いのしみた土地、あるいは(故郷にうんざりしている人々にとっては)もっと本源的に故郷である生の思い出に飾られた土地にゆくことができれば、そのとき、大都会に住むのとはちがった、ある安らかな気持へと、かえることができるのではないでしょうか。

私は、P**県の学校から、パリにかえってきて、いちばん強く感じたのは、この大都会の虚しさでした。パリは間もなく、故郷を失っている私たちの心を、正確に反映しているように思われてきました。この町のどす黒く、冷酷で、荒廃した空気は、私を窒息させました。何か一日一日と、自分の吸う空気の量が、少なくなってゆく感じでした。

あの頃――パリにかえりたての頃、私は思ったものです。昔、祖父母が椅子や花や猟銃を愛したように(私はこのことをドーヴェルニュ館《やかた》で暮した夏の日に偶然思いだしました)、どうして私たちも自分の机や壁を愛せないのだろうか、と。祖父たちにとってそれらは単なるものではなく、親しい友であり、一つに融けあった何ものかだったのです。

　ところが私にとって、このテーブルとあのテーブルの間には、さして差別はないように思われるのです。趣味、目的、便利さによって、むろん程度の差はあるでしょう。でも椅子は坐るだけのもの、靴ははくための、鎌はかるためのものにすぎません。それだけのものなんです。それは、自分の生活に必要のないときは、なくってもいい、全く無意味なものなのです。そのもののなかに、自分の生の拡がり（空間）があるなどと、考えることはできません。私はいま祖父母が総革張りの安楽椅子をどんなに可愛がっていたか、感動をもって、思いだします。祖父は、〈もしこの椅子が火にくべられることがあったら、おいおい泣きだすことだろうよ。〉といったのです。

　でも、これは私には不可能です。すべてのものは、みんな私から逃げていってしまいます。鏡も、床も、食卓も、戸棚も、私から逃げてゆき、その空っぽのなかに、私は、ほうり出されているのです。私は、どちらをむいても自由に歩きだせるけれど、どっちにいっても勝手なだけで、どこに意味があるのか、どれがなすべきことなのか、与えられてはいないのです。

　私は、ときおり、こういう空虚な自由に耐えられなくなりました。私は、むしょうに、ただのものではなく、私のものが欲しくなります。私のもの――ほかの何によっても取りかえられない、私の運命になっている私のものが……。

　いま私は、この村にいて、家畜たちの動く音をきき、家畜や乾草のにおいを嗅ぎ、村の静寂をおおう星空を見ているうちに、不思議と、心がなごみ、みたされ、不安や焦燥が消えるのを感じます。ここではすべてが素朴です。すべては思い出であり、意味なのです。耕地に鋭く刺さる鋤は、生活の拡がる場であり、親密な唯一のものなのです。早く寒くなる秋の乾いた大地をすきかえしたのも、春の湿気を帯びた、土の香りを切りひらいたのも、この鋤であり、生涯の刻々の記憶は、まさに、この鋤のうえにきざみこまれているのです。

　今になって、はじめて、私が、なぜドーヴェルニュ館の大サロンを飾る四季の農耕詩を織りだしたタピスリに、あのように感動したのか、わかるような気がします。季節の循環《めぐり》のなかで自然と一つになり、自然の担う時間の持続を自らの時間とした生――自然に抱かれ、自然を信じた素朴な、敬虔な生――のなかにこそ、あのタピスリをうみだした落着いた、清朗な、快活な気分が漂っているのだと思います。それはおそらく、人間が、自分たちの勝手につくりあげた時間を放棄するとき、無機質な、尺度でしかない時間を放棄するとき、そのとき人間の新しい時間がよみがえってくるのかも知れません。あなたはそれをわらうべきこととおっしゃるでしょうか。私にはただそれだけが私たちの今の悲惨な（こういってもいいと思いますが）現実をこえうる可能性のように思われます。

　おそらくそのときにのみ、すべてが物語となり、時間が、日日の祭典によって飾られるようになるのではないでしょうか。

　こういう静かな土地で、乾草の匂いを嗅ぎながら、鵞鳥の群をみていたり、湿った地面から立ちのぼる蒸気や、あまねくそそいでいる日のひかりを、深々と、胸に吸う瞬間以上に〈生〉がみたされることがあるでしょうか。

ここではあの〈黒い重い現実〉は私たちと和解します。敵対もせず、無視もされず、あるべきままに、受けいれられるのです。ここでのみ、それは恵みぶかい私たちの大地となって、私たちを永遠に保ってくれるのです。私たちが大地を、動かぬ黒い重い抵抗物と感じるあいだは、私たちが故郷を失っていることになるのでしょう。でも、大地が私たちをいつくしむものであるのを感じるとき、私たちは故郷にめぐりあったといえないでしょうか。大地ほどに女性的なものはなく、それゆえにこそ、大地はすべてを担いつづけるのでしょうか。

それはともあれ、私がいまいるこの半ばヨーロッパ的、半ばロシア的な土地で感じるのはこうしたやすらぎ、単純なよろこびだということを、あなたにわかっていただきたいと思うのです……。」

十一

マーシャに関する記録は、戦後のものをのぞくと、厳密にいえば、このながい手紙をもって終る。したがって私が彼女の心の動きを、残された記録から知ろうとするかぎり、これ以後手がかりになるものはほとんどないといってもいい。そして私がマーシャの日記に求めたものが、前にもいったようにその伝記的事実ではなく、彼女のたどった魂の内奥の動きであり、それを見出すことによって、私たち同時代に課せられた苦悩の本質を幾分かなりと明らかにすることであった以上、その対象はこれだけに限定すべきであるかもしれない。それだけからも十分に考えるに足るものを引きだしうるとは思っている。しかし同時に、日記を読みおえた私には、このながい手紙が示した確信——大地との和解とでもいうべきもの——の先にこそ、さらに明らかにすべきものが含まれているように思われてならなかった。ギリシャ人の画家は私にかなり多くの事柄——それらはいずれもパリにかえったマーシャ自身の口をとおして語られたものだった——を知らせてくれたし、私たちはそれらについて、互に意見をのべあったものだが、それも主として、私のこのような関心をみたすためだったのである。

といって私はなにもマーシャが自分の考えた生活を実現しえたか、どうかを問いただしているのではない。私は結局はマーシャと再会することがなかったけれど、パパクリサントスと同じように、どのような体験を経過してもいいから、ともかく生きぬいて帰ってきてくれれば（むろんこれは比喩的にいってではあるけれども）それで十分だという気持がしたのだ。だから私がその後のマーシャの生活を知りたいと思ったのは、そこで彼女が何を感じ、何を考えたろうか、という一点である。もはや日記を書かなかった彼女だが、それでも万一むかしの習慣にかえって日記をかいたとすれば、どのようなことを書いただろうか、という一点こそ、私が、パパクリサントスの話のなかで、とくに注意した点なのである。

彼の話によれば、マーシャはこの手紙をかいてから二年ほどして、その地方の農場主の息子と結婚し、その翌々年には女児をもうけている。しかしその後半年ほどで、この女児は死亡しているし、また一九三六年にはマーシャは離婚をして、その土地を離れているのだ。すくなくともその経緯の外見は、私たちが望み、また当然彼女自身も望んだであろうようには、進行していない。といって私は、マーシャが事態の悪化に手をこまねいていたり、いたずらに悲しんでいたりしたとは思わない。いや逆に、彼女は自らの力をつくしたにちがいなく、現実という素材へあらゆる能力を傾けたにちがいないのだ。私はそれを疑わないし、これからでも、疑うようなことはないだろう。だからこそ（と言えると思うが）私はマーシャが感じ、考えたことを、いっそう知りたいと思ったのである。

事実、私は、パパクリサントスがマーシャの話をするような夜、どんなに長いこと、彼女の生活について想像していたか、知れない。そういう私の眼には、たとえば、農夫たちにまじって、大鎌をふるうマーシャの汗ばんだ、日焼けした顔が浮んでくる。おそらくながい夕陽が豊かに起伏する大地を照していたにちがいなく、その光のなかで、麦の穂波は燃えたつような、乾いた金色に輝いていたにちがいない。半円をえがいて切りこまれる大鎌の先に、黄金の麦穂は、しぶきのように、快い音をたてて、とびちり、農夫たちの黙々とした動きは、大地のうねりの背にむかって、疲れを知らずに、這いのぼっていったにちがいないのだ。

また私の眼には緑の草地の斜面に牛を追ってゆくマーシャの姿が見えてくる。不意に牛たちが立ちさわぎ列をくずす、と、その間を馬で農場主の息子が駈けあがってくるのだ。牧草地をかこむ森は夏にむかってきらめき、谷をぬける風は渓流の音を、丘の斜面にまで送ってきたかもしれない。しかしおそらく二人の婚約者はそれさえも気づかなかっただろうし、牛の群が、あとで一汗流さなければ集まらぬほどに散っていったのにも、無関心でいたであろう。マーシャはそれほどにもこの逞しい農場主の息子を愛していたにちがいなく、二人の抱擁の下に斜面の牧草はこころよかったにちがいないからだ。やがて二人のための婚礼が、小さな村の教会で、着かざった娘たちに囲まれて、おこなわれるだろう。唄と踊りと豊醇な酒がそれにつづく。「雪のこぬうちに山へな、雪のこぬうちに山へな、花嫁をさらってゆけ。馬車に馬三頭たてて。馬三頭たてて。」人々はうたい、手拍子をとり、花を投げ、そのなかを、馬車は、若いマーシャをのせて走りだす。逞しい農場主の息子は鞭を高々と鳴らす。「雪のこぬうちに山へな、花嫁をさらってゆけ、花嫁を。」歌声は歓声と一つになって、黄葉する並木の下を走りぬける馬車を追って聞えてきたかもしれないのだ。

しかしやがて雪がくる。果しない吹雪が幾晩も幾晩も曠野を荒れつづける。森の奥で猟犬が吠えたける。沈黙した、白い、無限の大地。煖炉にごうごうと鳴る薪たばの炎。若いマーシャの指先から編みだされるレース。ドアを叩く良人の猟銃。床になげだされる雪まみれの毛皮の外套。抱擁する二人。ふたたび訪れるながい、果しない夜。

だがやがて、ある朝、雪が霙《みぞれ》になり、霙が雨にかわるのを見るのだ。終日、したたりおちる雨垂れの音を、居間から聞く日が、幾日もつづく。春は、こうして到るところを水浸しにしながら、南から北へと逼いのぼってゆく。鳥が森の梢のあいだで鳴きかわし、蒸気が沼地からのぼり、羊の群が光を求めて、丘の斜面に散ってゆくのだ。

パパクリサントスの話によると、マーシャは、ちょうどこのころある忘れがたい出来事を経験しており、それは、彼女が、自分の不幸だった結婚生活を考えるたびに、まっ先に憶いだされる事柄の一つだったというのである。それは、こうして春がきて間もないある朝、マーシャが食事の用意をしていると、とつぜん、母屋の裏庭の方から、男のおそろしい叫びがおこり、それにつづいて、良人の激しい、ののしり声が聞えた。マーシャが並べかけた皿をそのままに、裏庭に駈けつけると、良人が、乗馬用の鞭で、マジャール人の小作人の一人を、激しく、したたかに、打ちすえているところだった。地面はぬかるみ、車輪や家畜の足あとでこねくり返されていたが、小作人は、その泥濘のなかを転げまわり、鞭が鳴るたびに、叫びとも、悲鳴ともつかぬ声をあげているのだった。

マーシャは思わず良人の腕にしがみついた。

「どうなさったの？　気でも狂ったんですか？」彼女は叫んだ。

良人はおそろしい形相で、その腕をふりほどいた。

「女たちの知ったことじゃないんだ。」

「やめて。やめて。お願い。」マーシャは叫んだ。しかし逞しい農場主の息子はそういうマーシャを突きとばし、彼女はよろめいて泥のなかにのめりこんだ。彼女の耳には、マジャール人の悲鳴と激しい鞭の音が、それから後、良人の顔をみると、まざまざと聞えてきたというのだ。

後になってマーシャがその小作人の家にいったときのことも忘れられなかった。彼女が入ってゆくと、その妻も娘もだまりこくり、部屋の隅にじっとしていた。マーシャは袋の中から練り菓子を出すと、寝藁の上にいた小さな男の子の方へ近づいた。すると、妻が、さわらないで下さい、いって下さい、あなたはまた私たちを鞭うたせるつもりですか、と叫んだのだった。

「この片隅の農村で起ったことは、どんなことも、とても信じることはできなかった。」と、マーシャは後になって語っていたそうである。良人との不和の原因の一つは、むろん彼女が小作人の子供たちに練り菓子や衣類をあたえたことにあったのであろう。私には、マーシャのあの静かな、信頼できる態度が眼に見えてくる。病気見舞や教育や衛生やその他彼女がやらなければならないように思われたことに、どんな注意を払ったか、またその結果、どのような困難が生じたか、私には、よくわかるような気がする。彼女は、いつもの癖で、手くびで髪をかきあげるようにしながら、農園じゅうを駈けめぐっていたにちがいないのだ。

　翌々年の夏のおわり、マーシャは自分が母親になろうとしていることを知った。しかし彼女がよろこびをそれに感じたとすれば、この新しい家族の誕生が、良人との関係をいくらか回復させ、農場に新しい秩序がつくりうるかもしれないという希望が感じられたからである。

　私の眼には、雨の日の午後、窓から外を見つめるマーシャの姿が浮びあがってくる。彼女は、母屋の家事のために働いている娘たちの一人が、時おり、姿を消すのを不審に思っていたのだ。その日は良人の誕生日のための菓子づくりで、母屋つづきの台所では、召使たちが喋ったり、笑ったりして、立ち働いていたのだった。彼女は貧血性の吐き気を朝から感じていたが、そのせいもあって、不安とも嫌悪感ともつかない、胸さわぎを感じていたのである。

　マーシャは雨のなかを雞屋《とや》から家畜小屋の方まで歩き、帰りに乾草小屋のガレージのような入口をのぞきこんでみた。彼女はそのとき、階上の乾草部屋から押しころすような忍び笑いを聞いたように思った。マーシャは身体のなかが白く乾いてゆくような気がした。彼女は、こんどは、はっきり、若い女が神経的に笑い、人の気配がするのを耳にした。

　しかしマーシャが声をかけると、その笑い声は急にとまり、奇妙な沈黙がつづいた。

「誰？　そこにいるのは……。」マーシャは自分の声が不自然にひびくのをどうすることもできなかった。押し黙った沈黙。

「そこまでいってもいいんだね。」マーシャはつづけた。すると、乾草部屋の隅から誰かが動く気配がして、例の娘が、顔をふくらまし、身体から乾草を払いながら、あらわれた。彼女はマーシャの方へ、下唇を嚙んだ、かたくなな表情で歩いてきた。

「お前だったの？」マーシャは娘の肩に手をやろうとした。すると娘は、さも嫌そうに肩をひき、下唇を激しく嚙んだ。

「ほうっておいて下さい。」娘はいった。それから急に泣きはじめた。

「私、おこってなんかいないわ。」マーシャは娘の肩を軽く叩いていった。「私にできることなら、なんでもしてあげる。」

　マーシャは目まいと同時に、下半身の奥から鋭い乾いた痛みが、電光のように、身体をつきぬけるのを感じた。マーシャは歯をくいしばって云った。「さあ、泣かないで。私ができることは何でもしてあげるから。さ、こちらに出ておいで。で、誰なの、お前のやさしい人は……？」

　マーシャは平気を装っていたが、その顔は蒼白く緊張し、汗が額ににじみだしていた。娘はそれをみると、急に、恐怖を感じたらしかった。「大丈夫よ。大急ぎで、母屋から誰か呼んできてちょうだい。」マーシャが云った。しかし娘はすっかり気が顚倒していた。「奥さま、奥さま、奥さま。」マーシャはそこによろめき、大粒の汗が蒼白い額に浮びあがった。「奥さま、どうしましょう、奥さま、ああ……。」娘はマーシャをかかえようとした。「早く、誰かよんできて。お医者さまを早く。旦那さまにそういって……早く。」すると娘は母屋へかけてゆかず、乾草部屋の梯子を駈けあがって叫んだ。「旦那さま、奥さまが……奥さまが……。」が、マーシャはそれをきくと、一瞬唇を動かしたが、そのまま気を失った。マーシャが女児を出産したのはその晩のことである。

黒海ぞいの明るい夏がすぎ、短い、あわただしい黄葉の季節がきても、この女の子の成長は思わしくなかった。この小さい生命自身が、不幸な出生の日の記憶に打ちひしがれているようだった。

赤ん坊は、握りしめたこぶしで赤い皺だらけの顔をこすり、か細い声で泣き、弱々しく乳を吸った。時おり、灰色の濁った眼で、マーシャの顔を見つめていたが、何かを見わけたという表情ではなかった。

それは、いかにも、辛うじて、ともっている炎という感じだった。良人は、そのような赤ん坊しか生めなかったマーシャを、あからさまに非難しているようだった。マーシャは夜も昼も、その弱々しい炎を、両手で囲うようにして見守りつづけた。

しかしやがて雪がくるころ、この女の子は皺の多い顔のままに死んでいった。満足に母親の顔さえ見わける力もなかったであろう。私には、放心したマーシャが町の病院から出てくるのが見えてくる。蒼ざめ、眼のまわりは黒ずみ、乾き、放心したマーシャ。真面目な若い医師がその彼女のあとから、気づかわしげに、近づいてゆく。

「私どもは最善をつくしたのです。」若い真面目な医師はマーシャにそういうのだ。「奥さん、信じて下さい。私どもは最善をつくしました。みんながそれぞれに力をつくしたんです。」

「わかっています。」マーシャは乾いた声でいう。「わかっています。どうか、私ひとりにしておいて下さい。」

「奥さん、どうか、気をとりなおして下さい。あなたには、まだ機会が残されているはずです。」

機会？　いったい何のための機会が？　マーシャは首をふる。このあと、いったい何のための機会が残っているのだろう。

しかしふたたび冬がくる。吹雪とながい夜のほかは、彼女の伴侶になるものは何一つないのだ。そのながい、ながい冬の夜、煖炉の煙突にうなる吹雪の音をききながら、マーシャは考えつづけるのだった。「すべてを自分のものとするとは、どのようなことをいうのであろう。自分のまわりを忙しく様々な人影が走りすぎてゆきながら、なぜこのような、冷たい、暗い、まったくの孤絶のなかに置かれるほかないのであろう。まるで、自分が、現実の方へ、和解しようと手をのばすと、その黒々と重いものは、黒々と重い扉を、自分の前に閉してしまうように……。」

その翌春、マーシャは良人と別れてG＊＊市のレース工場で図案工として働くようになる。しかしこの冬から春にかけてマーシャはパリで感じた以上の、孤絶感に悩まされていたらしい。

「それはまるで自分が物体になってしまって、他の物体の間に任意に置かれていて、物体間には、何の交流もないような状態だった。」と後になって彼女はパパクリサントスに告白している。

このような状態が彼女をして、しばしば、自殺のことを考えさせたのも、当然だったかもしれない。彼女の眼には、単に物体が場所を移動し、状態を変化させて、無限にその運動をつづけるのが、現実の姿と見えていたのだ。どうしてこの虚無のなかに〈自分ひとり〉で立つことができるのだろうか。それが単調なレース図案の下絵をかきながら、マーシャの心に去来した思いだったのである。

私はこうしたマーシャの精神状況と一九三七年の政治情勢を背景においてしか、マーシャのこの時期にもっとも大きな影響をあたえたローザ・S＊＊について考えることができない。というのはローザは、霧深い早朝、黙々とした労働者の黒い列にまじって、G＊＊市東部の、ある小さな事務所に出かけてゆく、組合か、あるいはそうした機関に所属する新聞の編集者の一人であり、首都はすでに親ファシズムの政府によって占められ、彼女たちの行動は日に日に制約を加えられていった最ちゅうだったからである。その小さな、木造の事務所には、人目につかないように、年齢はさまざまの、逞しい労働者風あるいは教師風の男たちが集まってきて、ながい相談をし、また議論をたたかわしており、その議論のなかには、すでに抵抗とか、反ファシズムとか、罷業とかいう言葉がしきりと繰りかえされていたのだ。ローザは不断はそういう議論に加わらず、外国新聞を読んで切りぬきをつくったり、記事を書いたりしていたが、時には、ある地区についての報告や、全般的な政治情勢に関する意見を述べることもあったのである。マーシャが彼女にはじめて会ったころ、小柄で身綺麗なローザの外見から、師範上りの内気で、おとなしい小学教員ぐらいに思っていたのだが、事実は彼女が編集以外に、自ら取材にも調査にも出かけたばかりか、多くの会議や集会や研究会に参加し、ほとんど休むことを知らない日々を送っているのを知って、何か信じられない気持になったのだった。そうしたマーシャに、ほとんど衝撃といっていいほどの強い印象を与えたのは、ローザと過ごしたある午後の出来事だった。

偶然のことからその午後、マーシャはローザにさそわれて町の東部に住むある若い娘を訪ねたのだった。寒い日で、灰色の雲が垂れこめ、その辺りの低い家並は陰気で、通行人の姿も見あたらなかった。ローザは快活に歩き、そういう家並の一つの前でとまり、マーシャに目くばせした。低い戸口を入ると、角石を敷きつめた狭い通路が中庭に通じていた。しかしローザは中庭には出ないで、通路のわきから、狭い階段を伝って地階におりていった。その地階の部屋は、窓の上端に、辛うじて中庭から忍びこむ外光が、白くうつっているだけだった。天井が低く狭く、そのうえ熱のある病人特有の湿った、すえた臭いがこもっていた。窓と反対側の壁にベッドがあり、顔色のわるい、やせた若い娘が横たわっていた。

若い娘はローザの姿を見ると、一と言もものをいわずに、顔を蒲団の下にかくして、泣きはじめた。ローザは「さあ、元気を出して。」とか「そんなことでどうするの。」とか、娘の耳もとで色々と囁いて、蒲団の上から娘の肩のあたりを軽く叩くのだった。

娘はながいこと泣いてから、まだ涙のかわかない眼をローザの方にむけて「もう私、生きてゆく力はありません。」といった。「私、とてもこわいんです。ひとりぼっちで生きてゆくなんて、とてもこわいんです。ローザ、私はあなたのいうように、とても、とても我慢してきたんです。よく我慢できたと思いません？ でも、もう生きてゆく勇気はありません。私なんて、早く死んでしまった方がいいんです。」

娘は黒ずんだ大きな眼をあけ、おびえたようにローザの手をにぎった。その手は細く、痔せこけていて、ほとんど骨の形が見えるほどだった。マーシャは思わず眼をそむけた。

「お薬は組合の人たちが努力してずっと手に入るようになっているし、ドクトルだってあなたには感心しているのよ。あなたならきっと治るって。あとはあなたの勇気だけよ。」

「でも、私、わかるんです。もう生きられないことがわかるんです。昨夜もベッドの足のところに誰かいるような気がしたんです。で、私、誰なのって叫んだんです。でもその人は黙っていました。私は頭をあげてその方を見たんです。そうしたら、それが母さんの後姿だってことがわかったんです。母さんはうしろむきで、じっと坐っているんです。で、私は、母さんって呼びました。母さんはうしろむきのままで、うなずいて、それから立上って、すこしためらってから、やはりこちらは向かずに、ドアから出ていったんです。でも私にはわかってました。母さんは泣いていたんです。母さんは昔死んだときのままでした。私もながいこと泣いていました。そして、泣いていて眼がさめたんですけれど、でも、私は、やっぱり、本当に母さんが来てくれたんだと思うんです。」

娘はローザの手をにぎり、それだけ話すと急にぐったりして、黙った。

ローザは、娘の身のまわりを素早く片附けながらいうのだった。

「この前、なんて私に約束したか、もう憶えていないの？ あなたはいったわね、もう決して自分がひとりぼっちだなんて思いませんって。多くの人たちがあなたのことを思い、あなたも多くの人たちのことを考えていることを、いつも思いだすんだって。そうではなくって？ ひとりぼっちだと考えるときだけ——自分のことしか考えられないときだけ——そして他の人が信じられなくなるときだけ人間は弱虫になるし、勇気がなくなるんだって。あなたはそう云ったのじゃなくて？ そうよ。あなたは、あなたひとりのために生きているんじゃないのよ。あなたは自分のことをぼろみたい——まあ、何ていう云い方でしょう——などと云うわね？ でも私たちは身体は別々でも、ただ一つの魂に属していると思わなくて？　あなたと私とが、いま、こうして話していること、お互にお互の心の底がわかりあえることは、何てすばらしいことだと思えなくて？　どんなに私たちが苦しめられても、はずかしめられても、私たちの魂がお互に信じ、お互に抱きあうことを、いったい誰が、さまたげることができて？」

　マーシャはふたたび通りに出、ローザと肩をならべて歩きながらも、蠟のように蒼ざめた娘の姿が、いつまでも、眼に残るように思ったのだ。そのときローザはいったものだった。

「あの子はまだほんの子供といっていい年頃から、もう男たちを客にしなければならない境遇に生れたのよ。母親は早く死んで、小さな弟妹が残されたのよ。ねえ、マーシェンカ。あなたには信じられて？　やっと世の中のことがわかりはじめ、背丈はのびたといっても、まだ飾り窓の中の抱き人形を見ていたり、まがいのネックレスを欲しがったりする年頃でしかないのに――それなのに、いきなり汚辱の泥沼のなかに、叫びもあげられずに、沈まなければならないなんて。でもあの子の悲惨はただそのことだけではなくて、あの子が、自分だけが、汚辱のために、この世から切りはなされ、ひとりぼっちだと、かたくなに信じこんでいる点なのよ。石鹼でどんなにこすってみても（そこにどれほどのあの子の涙がそそがれたかは云わないでも）もうどうすることもできないしみが身体について、それが、自分を、世間から――人間から、まったく切りはなしていると思いこんでいる。それがあの子の罪だとかたくなに信じこんでいる。ねえ、マーシェンカ、ほんとうに、それはあの子の罪なの？　それとも愛のない男たち、あの子のばら色の身体を土足でけがしていった男たちの罪なの？　私にはどっちとも思えない。私たちだって、その罪からまぬかれているなんて思えない。どうしてもそうは思えないのよ。」

　マーシャとローザとの友情が実際にはどんな形であったのか、果してマーシャが何らかの直接的な協力をしていたのかどうか。その辺の詳しい事情は、パパクリサントスも知らなかった。しかしローザの精神的な影響を考えずには、大戦に先立つ数年のマーシャの生活を語ることはできない。すでに情勢が緊迫し、信じがたい噂や報道が伝えられているその夏、マーシャはローザと送った黒海ぞいの海水浴場での最後の時を忘れることができなかった。そのとき、夕暮の黒海のうえに、嵐を予感して鳴きかわす海燕の群が、湧きかえり、にえかえる無数の黒点の渦となって、波をかすめ、大空にふくれあがり、いつ果てるともなく飛びつづけていたのである。

「いつか話した、見えない、おそろしい力のことを、マーシャ、あなたは憶えていて？」とそのときローザは話したのだった。「それはどこにも見ることができなくて、しかもコンクリートの塀よりも厳として存在する力、この重い、しめつけてくる力のことを。……あなたにだって、こんな経験がなくて？　たとえば働きつかれた夕方などに、空が晴れ、夕日が大都会の屋根屋根を明るく照らしているのを見ていると、突然、多くの勤人や労働者や主婦や電車の車掌が、まるであかの他人のように、お互に知らん顔をして、勝手に歩いたり、働いたり、読んだり、考えたりしていることが、何か信じられない不自然なことのように見える一瞬――そんな奇妙な一瞬を経験しなくって？　そんなとき、あなたは不意に、こう叫びたいような気持にならなくて？〈ああ、もうそんな他人じみた顔をして暮すのはやめましょう。どうしてそんなに他の人たちを無視して暮せるんでしょう。お互に、ひとりぼっちで、闇のなかへと死んでゆかなければならないのに、どうして生きているというこの素晴しい瞬間に、お互に眼を見かわし、心のなかのやさしさで相手をかばい、慰めて、心からのくつろぎを得ようとしないのでしょう。〉って。私は思うのよ、誰にでも、生涯に一度は、こういう一瞬があるのだって。それはちょうど、ごく当り前に立って歩いてる人間を見て、それが、何か信じられない奇怪な行為《おこない》に見える瞬間に似ているわ。だって次の瞬間には、そんな風に感じた自分が、かえって理解しがたくなるんですもの。でも、この一瞬は、生涯のあいだに閃くただ一回の啓示の瞬間にちがいないのよ。〈愛〉という人間には実体をつかむことのできなくなったものの正体が、その瞬間、実に、いきいきと私たちの心に、よみがえっているのよ。ところが私たちは、前にいった、あの見えない力に、見えない意志に、しばられ、強制され、盲目にされている。私たちは盲目にならされてしまっているのよ。ただこの一瞬の光を見た人たちが、見えない、この長城のような力にむかって、両手で叩きつづけるのね。その一人の力が、どんなに無力であったか、私たちは知っているわ。でも私が死んだら、私のかわりに誰かが、その誰かが死んだら、また誰かが、その見えない壁にむかって、叩きつづけるべきなのよ。そうよ、この人間を否もうとする意志に対して、ただこうすることによってだけ、人間であろうとする意志が生きつづけるのよ。ただ、この意志だけが、一人一人の〈死〉をこえて、生きつづけるのだと思わなくて？　人間を否定する意志（これはあらゆる形で現われているわ）に対して、それは人間の空間をつくろうとする意志なのね。そしてただ、それだけが個人的〈死〉を聖化することができるのだわ。マーシャ、ごらんなさい、なんと多くの生命が、このむなしい雪の原で、燃えつく砂漠で、人知れず、意味も知らず、暗闇に沈むように消えていったことかしら。いいえ〈人間〉という形をきざみだすのにすら、どのような眼くらむような歴史の大河のなかに、無数の死が、無意味にただよっていることかしら。でも、それをこえて生きつづける意志を信じなくては――その意志が支えつづける〈人間の空間〉を信じなくては、〈死〉は永遠に個別的な、偶然のものにおとしめられるほかないのよ……。」

マーシャはこのローザの言葉を思いだすたびに、黒海の夕焼空を飛びかわしていた海燕の大群を眼に浮かべた。一九四〇年冬、ローザが首都B＊＊の郊外でドイツ軍の手で銃殺刑に処せられたとき、マーシャはその報せをG＊＊市のあの二階家で知ったのだった。彼女はその短い走り書きの手紙を手にして、窓のそばまで立っていった。外には雪がふりしきり、まだ午後だというのに、人通りは絶えていた。彼女は降りしきる雪が自分の涙でにじむのを感じた。そのときマーシャは涙の流れるのにまかせながら、かつて山の修道院の図書室でみた、スペインの宗教画家の手になる受難図を思いだしていたのだった。それは、青い衣をまとったイエスが、大きな憂いを帯びた眼で、嵐を含んでゆがむ天を見あげ、赤い衣をかけたシモンの方へ、細い手をのばし、不吉な影のように、ローマの兵士たちがそれを囲んでいるゴルゴタへの道であった。しかしそのとき彼女の眼に浮んだ画面には、赤々と血の色に燃える夕空を背景にして、その兵士たちの上に、無数の海燕が乱舞していたのだった……。

結び

マーシャの心に映った無数の黒点の渦になった海燕の乱舞が、果してそれから四年の歳月にわたって、開始された死の舞踏の予感であったかどうか、それはむろんわからない。しかしそのような事態が訪れ、多くの町や村が焼かれ、廃墟となり、無数の人々が虫のように死んでいった事実を、私はマーシャの記録のなかに挿入する勇気はない。それに、それはおそらく別個の主題に関することであるかもしれないのだ。たとえばただ虐殺の数々の場面やその信じがたい数字を挙げて、この地上を通過した狂気の恐怖をまざまざと思いださせたとしても、また、同じような現実を、他の歴史上の残忍な事実や数字に照合したとしても、それはおそらく人々の苦悩や死に対する正当な態度を生むことはできまい。殺戮や略奪を自明のことと信じる段階の人間にとって、果してかかる人間の苦悩を理解することができるであろうか。おそらくこの地上の惨劇によって得られた、いわば〈人間〉という自己意識ほどに、この無数の死への慰めはないであろう。ただそれだけが、その惨劇を通して刻まれた人間の苦悩を、かかるものとして、知ることができるからだ。

一九四五年にマーシャがパリに帰ったとき、おそらく人々は、彼女が深い苦悩の皺を刻んでいたとしても、それに驚くようなことはなかったであろう。人々すべてがこの苦悩の皺を刻んでいたからである。たとえばその頃マーシャが同棲していたある彫刻家は、ながい抵抗運動に、信じがたい勇気を示し、強制収容所から二回の脱走に成功していた。しかし彼のつくる作品は、ある恐怖と苦悩を通過しないでは、感じることのできない形象だった。私の見たのは、ブランシャール画廊での四点で、いずれも人物像だったが、そのどれもが異様に細い手足と胴をもち、ただ、呆然と立っているのもあれば、きわめて不自然な形で（たとえばその一つは、ひょろ長い脚の下へ顔をねじこんでいた）示されていた。しかし私を戦慄させたのは、そうした単なる形体の異常さではなかった。私の心を凍える思いにしたのは、それらの人物のどれも、全身が、まるで矢にでも刺しつらぬかれたようなとげで覆われていることだった。扁平な、まるでエラムの土器のような無表情な顔をもつ人間が、はりねずみのようなとげに覆われ、その密集したとげの暗さ、不気味さは、美感というより、ある種の嫌悪感をかきたてるものであった。異様に拡大された性器といい、痙攣する細い手足といい、それは醜悪と恐怖の形象化とよりほか、呼びようのないものに思われた。

しかしこの彫刻家、この信じがたい勇気の所有者さえ、砲声がやみ、疲労した街々に灯が入るようになって間もない一九四七年に、自殺しているのである。

私はそれを今ここでことさら他人ごととして説明してみたいとは思わない。それは少くともこの彫刻家ひとりの問題ではなく、またマーシャの問題でもなく、私自身——私たち自身の問題につらなるからである。

私の明らかにしえたことは僅かであるし、またおそらく致命的なことは、その人間にわかった限りにおいてしか、真理は顕現しないという事実である。たしかにそれは私を絶望させるが、しかし同時に勇気づけてもくれる。パリにいるあいだ私は東京の新聞のもとめに応じて、滞欧雑感を何度か通信したが、その短文の折々に、私が老いた一介の画家であることを忘れて、〈精神〉の状況に言及せざるを得なかったのは、芸術が、現代では、個々のジャンルに別れての閉鎖的、内在的な課題をもつのではなく、共通の〈苦悩〉のさなかに引きだされていることを感じたからである。

私がマーシャのなかに、ある血縁的な親しさをもってそれを感じえたこと以上に、この数カ月の日記のなかでの生活を意味づけてくれるものはない。ただこの実感の深さだけが、次にかかげるマーシャの最後の手紙（あのC＊＊の谷間の療養所からパパクリサントスに宛てて書かれた）を真に理解させてくれるのであろう。

親シイまのりす

アレハ、一体、夜ダッタノデショウカ。昼ダッタノデショウカ。私ノ前ヲ、ヒッキリナシニ、人々ガ歩キ、明ルイ春ノ日差シガ、ぶーるゔぁーる一杯ニ照リ、きゃふぇハてらすヲ道ニ拡ゲ、人声ト笑イガ到ル処ニ満チアフレテイマシタ。まだがすかる人モ、あめりか人モ、ゔぇとなむ人モ、もろっこ人モ、すぺいん人モ、ソコヲ、ゾロゾロト歩イテ行キマシタ。窓々ハアケ放タレ、細カイ、れーすノヨウナぷらたなすノ若葉ヲ渡ッテクル微風ガ、公園ノ噴水ノキラメキヲ越エテ、林ノ奥ヘ流レテユキマシタ。林ノ下ノ芝生ニハ、鳩ガノビヲシ、雌ヲ追ウ雄鳩ガ、尾羽ヲ小サナ扇ノヨウニ拡ゲ、ク、クト鳴キナガラ、歩キマワリ、光ノ中デ子供ハ砂遊ビニ興ジ、母親ハ編物ニ熱中シテイルノデシタ。

本当ニ、ソレガ昼ナノカ、夜ナノカ、私ニハ判ラナカッタ。私ハ、悪夢ノ中ニ、タダ、サ迷イ歩イテイルニ過ギナカッタノデス。

私ハ、イツカ、アル暗イ建物ノ中ニ、マギレコンデイマシタ。木ノ櫃ヤ、武具ヤ、彩色硝子ヤ、重イ卓ヤ椅子ガ、私ヲ暗イ眠リカラ、ユックリト、実ニユックリト、揺リオコシテイッタノデス。建物ノ中ハ暗ク、昔、修道院ダッタソノ部屋部屋ノ欹木ノ床ハ、私ノ足ノ下デ、カスカニ、軋リマシタ。私ノ心ハ、ソノ半陰影ノ中デ、ユックリト、目覚メテイッタノデシタ。私ハ、イツノマニカ、死ンダあんどれトろーざト肩ヲ並ベテイルノデシタ。私ノ腕ニハ、泣クコトモヨク出来ナカッタ私ノ小サナ娘ガ、健ヤカナ寝息ヲ立テテ、眠ッテイマシタ。私ハ、ソノ時、奥ノ部屋カラ、明ルイ、タノシゲナ音楽ガ洩レテクルノヲ、耳ニシマシタ。私ハ、二人ヲウナガシテ、暗イ、細長イ廊下ヲ通ッテ、奥ノ広間ヘト入リマシタ。

　ソコハ光ノ溢レル、美シイ、輝カシイ広間デシタ。広間ニハ、誰一人見当リマセンデシタ。音楽ハ、ソノ清ラカナ天井カラ、私タチノ上ニ、静カナ調ベデ、鳴リツヅケテイマシタ。シカシ、ソノ広間ガ私ヲ喜バシタノハ、ソレダケデハアリマセン。広間ノ大キナ壁面ヲ覆ッテ、美シイ六聯一組ノたぴすりガ、マルデ空カラ花ノ降リソソグヨウナ思イニ、私ヲ誘ッタカラデシタ。ソレハ、ドノ一枚ニモ、浄ラカナ娘ガ一角獣ニ守護サレテ、アルイハ、花ヲ摘ンデ花環ヲ編ミ、アルイハおるがんデ甘美ナ調ベヲカナデ、アルイハ小鳥タチニ餌ヲ与エテイルトコロナノデシタ。花々ハドノ構図ノ全面ヲモ埋メ、軽ヤカナ花々ノ降リソソグ中ニ、兎ヤ犬ガタワムレ、浄福ノ香気ガ豊カニ漂ッテイルノデシタ。

　私ハソノ広間ニドレ程ナガイコト立ッテイタコトデショウ。私ガ我ニカエッタ時、私ノ傍ニハ、あんどれモろーざモ小サナ私ノ娘モ居リマセンデシタ。私ハ、アル美術館ノ一室ニ居リ、ヒッソリトシタソノ部屋デ、ヤハリ、六聯一組ノたぴすりヲ見テイタノデシタ。部屋ノ一方カラ、廊下ヲコエテ、向ウノ窓ニ夕日ガ差シ、ソノ同ジ夕日ガ、ぱりノ町ノ雑踏ヲ照シテイルダロウコトハ、容易ニ、想像デキルノデシタ。

　私ハ夢カラサメタヨウニ、アタリヲ、アラタメテ、眺メマワシマシタ。彼（彫刻家）ガ死ンデ以来、私ハ、ナガイ、ナガイ睡リノ中デ暮シ、今ソノ瞬間ニ、目ガ覚メタ、ト云ッタ感ジデシタ。ソレハ、シカシ、実ニ、甘美ナ、キッパリシタ目覚メデシタ。ソレハ、どーゔぇるにゅ館ノ夏ノ朝ノ目覚メヲ思イ出サセマシタ。

　私ハ、ソレマデニモ、何度トナク、コノ一角獣ノたぴすりヲ見テイタノデスガ、ソノ瞬間ホドニ、ソレガ私ヲ包ミ、マタ、私モソノ中ニ融ケコンデ、甘ヤカナ歓ビニ貫カレテイタコトハアリマセン。私ハ、六聯一組ノたぴすりガ単ニソコニ在ルトイウダケデハナク、ソコニ、アル不動ノ、永遠ト呼ンデモイイ、至福ノ空間ガアッテ、少女ト花々ト音楽ト小サナ動物タチガ、何トイウ調和ニ満チタ親密サデ、ソレヲ充タシテイルコトカ、ト、心ノ底ニ納得深ク降リテクル或ル感銘ト共ニ、考エルノデシタ。

「総ベテノモノハ、繰リ返エサレル。単ナル流転コソガ、物ノ宿命ナノダ。シカシコレハ別ダ。コノたぴすりノ空間ハ、生レタ時ニ、自分固有ノ未来ヲ持チ、自分ノ宿命ヲ成熟スル方向ヘ歩ミツヅケテイル。私ガ、今、コレニ出会ウマデ、コノたぴすりハ、スデニ、純粋ナ美シサヲ〈現在〉ノ表面ニ浮ベルマデノ何百年ニ亘ル長イ時《トキ》ノ空間ヲ歩イテ来タノダ。オソラク明日再ビ、コレトメグリ会ウトキ、コレハ、ソレダケ又稠密ナ時間ヲ旅シテイルノデハナイダロウカ。私タチニトッテ、一日ハ繰リ返シデアリ、朝ニ戻ルコトデアルノニ、コレダケハ、自分ノ新シイ時間ヲ、自分ノ未来ト宿命ノ成熟ノ方向ニ向ッテ、キリ開イテユク。コレダケガ（与エラレタ時間デハナク）自分固有ノ時間ヲモチ、自分デアルコトニ歓喜シ、自ラノ成熟ヘト永遠ニ上リツヅケテユク。コレコソガ〈美〉デアリ、美ノ意味デアリ、美ノ本質ナノダ。」

ソノ時、私ガ考エタコトハ、ザットコンナヨウナコトダッタデショウカ。私ハ、自分ガ、説明シガタイ平静サ、勇気、清朗サニ充サレテイルノヲ感ジマシタ。今マデ感ジタドノ様ナ歓ビヨリモ、魂ノ奥底マデ、深ク沈ンデユクヨウナ気ガシマシタ。ソレハ、オソラク私ガ、コノ滅ビノ現実ニ居ナガラ、花々ノ降リソソグ永遠ノ空間ニ、生キテイルトイウ実感ニ刺シ貫カレテイタカラデシタ。アノ浄福ノ若イ娘ガ一角獣ニ守護サレテイル図柄ハ、万物ノ照応スル一点――〈美〉――ニ護ラレテイル人間ヲ象徴スルヨウニ思ワレマシタ。ソノ時、突然私ハ激シイ感動トトモニ、アル光ガ走リスギルノヲ感ジマシタ。ソノ時、突然、私ハ自分ガ全キ自由ニナッテイルノヲ感ジマシタ。歓喜ニ充チタ自由トナッテ、私ハ、万物ト一ツニナッテイマシタ。私ハ消エ、ソシテ〈私〉ガソノ時ハジメテ存在シ出シタノデシタ……。

私はこれ以上にマーシャについて何をつけ加えるべきか知らない。それが、死にいたるまで、ふたたび絵をかきはじめた彼女の心と、どのようなつながりを持っているのか、ここで詮索したいとも思わない。ほとんど絵をかくことのなかった画家、その作品の数点が辛うじて私たちの手で見出された画家、そして今は多くの知られざる死者の一人にすぎなくなっている画家マリア・ヴシレウスカヤに対して、私は、もう、これ以上、何一つ附けくわえることはできないのだ。私が日本に帰るしばらく前――それは春の終りの頃だったが――最後にマーシャの墓を訪ねたとき、私はそこで彼女にこう話しかけたのを憶えている。

「マーシャ、あなたの生涯に対して、いったい誰がそれ以上のことを附けくわえることができるだろう。あなたが生きたということ――それ以上にあなたを満足させることはなかったのだから。あなたの欲した作品は完成しなかったかもしれない。あなたの絵は屋根裏で忘れられているのかもしれない。しかしそういう偶然をこえてそこに〈あなた〉という生きた、見開いた空間があり、そこに空や夜や花や人々のささやきが、水に映るように、うつっていたということ――それ以上に、完全な作品がありうるだろうか。マーシャ、あなたは少くとも〈あなた〉という見事な作品としてそこにいる。そうなのだ、あなたのような死だけが憐憫を必要としない。死がその宿命を成就するものであるとしたら、私はためらいなく云う、マーシャよ、それはあなたのような死なのだ。」

夏の砦

風は己が好むところに吹く、
汝その声を聞けども、
何処より来り何処へ往くを知らず。
——ヨハネ伝——

序章

私はながいこと、この屋敷以外の世界を知らなかったし、学校にゆくようになり、新しい友だちができても、私の世界は格別に拡がったようにも思われなかった。学校で私がぼんやり放心することが多いと、最初の父兄会で母が注意され、それを父と母が話しあっていたのを、私はひどく心外な気持できいていた。私の気持では、学校で自分が放心していたのではなく、この古い沼に似た広い家の細々した出来事が、睡ったあと夢のなかまで侵入してきたように、学校にいるあいだにも私のこころを奪いさっていて、若い、顔色のわるい、痩せた女の先生の言葉など耳に入らなかったにすぎないのだ。しかし、それを私が放心しているといって非難するとは、なんという間違いだろうと、小さかった私は、ひどく腹立たしい気持で考えたものだった。私が教室の窓の外の大木やその梢の上を流れてゆく雲を見ていたのは、ただぼんやりそうしていたのではなかった。池の隅に暮している亀（この亀は兄のと一緒に若い叔父が買ってきてくれたのだが、兄のは、どこかへ逃げていったため、兄は私の亀を自分のだと言いはったので、私は、それを水槽から奥の築山のある庭の池に移して、そこでひそかに飼っていたのだ）や、池の橋の下に沈めた絆創膏の空罐のなかの秘密の宝や、前の晩、時やが読みさしのまま置いていった本——あの蒼黒い顔をした靴屋の話などのことを気にするなといっても、それはまったく無理なことだった。教室で若い痩せた女の先生の話をきくことができるのは、亀のヒューロイや池の中の空罐の冷蔵庫を持ったことのない生徒たちだけなのだ。私には、ヒューロイがいま岩の上を這いだして、石橋の上で日なたぼっこをしていて、兄に見つかりはしまいか、気が気ではなかったし（もちろん私の方が先にかえるのだから、そんなことはなかったが、それでも時おり気まぐれから兄は早退することもあったのだ）それに先生がどんなに面白い話をしてくれたって、ミカエルの靴屋の話ほどに面白いものがあるだろうか。ミカエルは、いったいあんな蒼い顔をして倒れていたんだろうか。ほんとにこのミカエルの靴屋の話は、それまで読んだどの話よりも面白かった。馬車の喇叭がひとりでに歌いだす法螺男爵の話だって、それは面白かったけれど、ミカエルの頭の上でざわざわゆれた大木はうちの樟のようだわ、と私はつぶやいた。

それに私には友だちというものがまるでなかったし、なくても、あの広すぎる屋敷のなかには、幾日かかっても遊びつくせないものが、庭と言わず、土蔵と言わず、奥の書院と言わず、かくされているのに、先生は、私のことをぼんやりしているというなんて。もう明日からは絶対に学校などに行ってやるものか、と私はミカエルの靴屋の本をかかえて、父母の話している父の書斎の前の廊下をぬき足さし足で通っていったのだった。

果してその翌日、私が学校にゆくのを渋ったかどうか、私にはまったく記憶はないのだけれど、それから何年かたって、卒業するまで、私は学校にも学校友達にもさして強い関心が生れなかった。それだけ、私には、この屋敷のなかにこもっている重い、よどんださまざまな匂い——土蔵の湿《し》っけた黴の匂い、誰も使わないままに障子の閉めきってある書院の匂い、五月の終り、築山のある奥の庭にこもる松の花粉の匂い、渡り廊下の雨の日の匂い、西日のあたる女中部屋の匂いなど——が、それなしには呼吸さえできないような、ある離れがたい存在として感じられていたのだ。

　いったい私がこの広い屋敷のなかで誰か他の子供と遊んだことがあったのだろうか。私の家で「お裏」と呼んでいた裏庭には、私たち兄妹の遊び場があって、普通の鉄棒とならんで低鉄棒（これは、私がまだ高い鉄棒にとびつけなかったために、そこにつくられたのだ）と砂場があり、太い綱のぶらんこがさがっていて、日がな一日、私は男の子のように鉄棒で飛行とび（それは鉄棒の上から身体を後転させ、その反動で前へと飛びだす遊びだった）をしたり、のちには大車輪までできるようになったのに、それは不思議と私ひとりの遊びであって、誰かがそれを見ていたとか、誰かと競争でやったとかいうことはまるでないのだった。綱のぶらんこには鉄の鉤がついていて、それが厚い船板のような腰掛板を吊っていた。鉄鉤は雨にうたれて赤く錆びていて、ぶらんこから飛びっくらをしたあと、きまってスカートに赤錆がついて、婆やから小言を言われるのだった。ぶらんこから飛ぶと、ちょうど砂場に足がつくようになっていたが、それでも時どき飛びそこねると、砂場の木枠の上に落ち、しばらく口もきけないほど足を強く打つのだった。

　あれはもう私が学校へゆくようになってからのことだったろうか。私はぶらんこに熱中した一時期があったのだ。私は一日ぶらんこを気の遠くなるまで漕いで遊んだ。そんなとき、前へ後へとゆれていた鉄棒や花壇や土蔵はだんだんと激しく傾きだし、最後には、身体が一瞬とびあがるように宙に浮き、それから、がくんと落ち、中心を失ったような恰好で、ふたたびしなやかな半円運動にのって、大風のようにゆれてゆく。土蔵の屋根が近づいたかと思うと、すでに盛りをすぎた藤棚が足のしたを走りぬける。こうして私は太綱にかじりつき、気のちがったような冷たい快感と緊張のなかで、いつまでも、ゆれつづけていた。

　いま考えても、あの独り遊びのあいだに、どのようにして私のこのような性向が生みだされていったのか、よくわからないけれど、私のぶらんこの気狂いじみた漕ぎ方を見つけた婆やが悲鳴をあげて奥へかけこんでいったこと、母が婆やと裏庭までやってきたこと、そして母がひどく真面目な顔をして、ほどほどに漕がないと、ぶらんこが一回転して綱がまきついて降りられなくなるわ、と言ったので、私は思わず笑いだし、婆やはあきれたように、まあ奥さま、と言ったことなどを憶えている。

　もちろん婆やの小言や非難がましい言葉で私がそうした遊びをやめるわけもなく、後には、犬小屋から土塀の屋根づたいに母屋の屋根にとりつく道も見つけたし、屋根から屋根にわたって、無花果《いちじく》の枝をつたわっておりてくるようなこともやったのだ。無花果の枝からは、私は何度かすべり落ちて、手や足に擦り傷をつくった。そんなとき、婆やは、もう口もきけないという表情で、傷口を消毒したり、赤チンを塗ったりした。私が「包帯してよ。」と言うと、「お嬢さまにはそんなもの要りません。」と、ひどく無愛想に答えた。私は下唇をかんで、いつか包帯を手にぐるぐる巻きにして見せてやろうと誓ったり、婆やに何か仕返しをしてやろうと知恵をしぼったりするのだった。(もっとも仕返しといったところで、せいぜい婆やの使う火掻き棒の先を、風呂が焚きつけられているとき、真っ赤に焼いておいて、まっすぐに叩きのばしてしまうとか、あるいは、別のところからくの字に折りまげてしまうとか、兄に手伝ってもらって、婆やの座ぶとんを台所の天窓から吊りさげるという程度のものではあったけれど……)

今から憶えば、こうした私の性向のなかには、ある激しい感覚の焼尽といったものと同時に、自分のなかの自我が、何かじっとしていられないほど拡がり、大きくなり、無辺際となって、もうこれ以上我慢できないという、気の遠くなる涯の涯までゆかなければいられないような衝動がたえずつきまとっていたのであろうか。おそらく、そうしたある激しさが私のなかにいつの間にか巣喰い、それが私を駆って、自分でも思いもしなかった事柄にまで赴かせたのではなかったであろうか。それが私のひとりぼっちの生活の不自然さから生れたのだといえば、たしかにそうには違いなかったが、私はこのような閉じこめられたひとり遊びを依怙地にまもっていたのではなかった。私は、ある時期には何人かの友だちと親しくなろうと努めたし、また、そのうちの一人には、私なりの強い愛着さえ感じたのだ。しかし最初のそうした愛情(もちろん、この稚い友情をそう呼んでよければの話であるが)は、私に、なにか説明しがたい複雑な感情の行きちがいや、反撥や、絡みあいを示しこそしたが、私が無意識のうちに望んでいる愛らしさ、静けさ、充ちたりた甘美さといったものは何一つもたらさなかった。いわば私は、はじめての友情のなかに、単に愛着する心の悩みを味わったばかりでなく、そうした心の裏側にひそむ陰湿な猜疑心、自尊心、我儘、利己心、支配欲が、薄暗く、蛇のようにうごめくのをすでに知らなければならなかったのだ。

それは私が小学校に入って、二年か三年たったある初夏のことだったと思う。ぶらんこのある裏庭のつづきに木塀でへだてて私たちの家の借家があり、そこに、そのころ、ある仲買人の一家が引越してきていて、婆やたちが「裏のお嬢ちゃん」と呼んでいる顔色のわるい娘が一人いた。私がぶらんこを漕いで、土蔵の屋根にすれすれになるくらいになると、その裏の家の狭い庭と、いつも障子の閉まった日のあたらない座敷と、庭木のかげにのぞいている便所の小窓を見ることができた。私はながいことその「裏のお嬢ちゃん」がどんな子であるのか、私と同じ歳なのか、もっと下なのか、あるいは年上なのか、わからなかった。ただ時どき、私が鉄棒で飛行とびをやっている午後など、まだ小さな女の子の声で、「おかあちゃん、うんち、すんだ。紙。」と、いかにも癇性に苛らだった調子で叫ぶのを聞くぐらいだった。

　その女の子とどんなきっかけで口をきくようになったのか、はっきりとは憶いだせない。おそらく私が激しくぶらんこを漕いでいるうち、日のあたらない廊下からこちらをこわそうに見ている顔色のわるい女の子と眼があったにちがいない。そして、行ったり来たりするぶらんこから私は大きな声で遊びにくるように叫んだにちがいない。ぶらんこはすぐ後に戻ってしまうので、私は、いいたいことを幾つかに分けて、ぶらんこが前に高々とあがった瞬間に、早口で、たとえば「あなた、うちに」――「遊びに来ない」――「うちに珍しい」――「お人形があるわ」――「青い眼が動いて」――「ねじをまくと」――「歩くのよォ」――「見にこない、すぐに」――といった調子で叫んだのだ。そのとき、女の子がすぐ遊びにきたかどうか、確かではないけれど、私がこの子と友だちになりたいと突然、何の理由もなく、思ったのは事実だった。

　この子が半ば不安げに、半ば好奇心にみちて、私と広い屋敷のなかを歩きまわった細部をここにくりかえして述べるにはあたらない。私は自分がそれまでひとりで楽しんでいた秘密の場所を――もちろん全部ではなく、あの石橋の下の池に沈めた絆創膏の空罐などは除いて――見せてまわった。私がその子からある種の体臭を感じたとしても、もちろんそれは、乾いた日なたの草ほどの匂いであって、果して体臭などと言えるものだったかどうかわからない。あるいは子供特有の何かそうした匂いだったのかもしれない。しかし私は何よりもまずその匂いに女の子の髪や肌や洋服を感じた。私は女の子と会うとまず眼をつぶって、その髪や肌の匂いを嗅いだ。その乾草のような匂いは、ある異質の、どことなく馴染みにくい不透明な抵抗となって、私にさからった。それはちょうど夏の海で泳いでいるうち、突然、冷たい潮の流れにぶつかるようなものだった。表面を見ただけでは同じものに見えながら、そこには異なった二つのものが相接しているという感じ――驚きと好奇心と嫌悪とを含みながら、同時に、その異なったもののおかげで、自分というものが逆にはっきりと浮かびあがってくる感じ――いわば油のなかに混った水滴が、周囲の黄色く澱んだ油質を感じるゆえに、かえって自らの透明な水の特質を自覚するという感じ――そうした感じを、私は、この女の子の乾草に似た匂いのなかに感じたのだった。

　このような自分以外の人たちがいるという事実――祖母や両親や兄などが自分と一つのものであるとすれば、はっきりそれと異なった感じの人々がいるという事実――の発見は、内玄関から中《なか》の土蔵へゆく途中の広い女中部屋に、ある特別な臭いを感じるようになったとき、はじまっていたと言ってよかった。この臭いを私がいつごろから自覚しはじめたものかわからない。しかし中のお蔵の前の大部屋が、私たちとは違った人たちの住むところ、私たちの家の中に設けられた特別の領域だという気持は、このなじめない、異種の臭いから生れていたように思う。

今でも女中部屋のことを思いだすと、その汗臭い、すえた、甘ずっぱい匂いとともに、西日のさしこむ格子戸や、縁のない赤茶けた畳や、部屋の隅にある小さな鏡台や、壁にかかっていた着物や、家では決して見たことのない婦人雑誌や娯楽雑誌（それも表紙がめくれたり、破れたり、とれたりして、口絵には、色刷の天皇一家の写真や名士令嬢のグラビア写真などがむきだしになっていた）が鮮やかに眼の前に浮かびあがるが、この装飾もなにもない、貧しい裸の壁だけの部屋には、また、何か私の感覚を異常に刺戟するものがあったのも事実なのだった。それが、その当時の私に快感をあたえたのか、嫌悪をあたえたのか、それはわからないけれど、私は、ただこうした奇妙な異質感を味わうためにだけ、よくその女中部屋に入ったことを憶えている。私は、そこに何か後ろ暗いような、自分では知ってはならぬような、説明のつかぬものが隠されているような気がして、そのすえた甘ずっぱい匂いを、小さな鼻孔をふくらませて、深々と吸いこんだものであった。そこには浅黒い脂肌の若い女中たちの体臭とともに、乾いて埃りっぽい老人じみた婆やの臭いもまじっているような気がした。足のうらにはりつく畳の冷たく平たい感触、細格子のはまった硝子《ガラス》窓に書かれた落書（これは若い叔母たちがまだ子供だったころに書いた落書で、鉛筆や色鉛筆で、自分の名前、兄妹、友だちの悪口、親戚じゅうの名前、いたずら書き、へのへのもへじ、などが、あたりかまわず書きこんであったのだ）、小さな鏡台の引出しの中のすり切れたブラシ、かけた櫛、使い古した化粧道具、夕方になるとつくニクロム線の赤くW形に光る暗い電球、土蔵から細い黒い流れになって吹きすぎてゆく隙間風、土間につづく板の間の滑らかな冷たい一段と低まった感じ――こうしたものを、私は、なんという不思議な陶酔感をもって味わっていたのであろう。もちろん今でも説明のできかねることであるが、私をそこから追いだすことは、婆やのたびたびの苦情によっても、できなかったのである。その陶酔感のなかには、たしかにある種の苦痛や反撥が隠されてはいたが、しかしそれ以上に、こうした異質のものに対する本能的な好奇心、愛着が、自我の地殻の深層の亀裂にそって、おのずと噴出する熔岩のように、炎となって私を焼いていたにちがいない。私が女中部屋の匂いに深くのめりこみ、時おり恍惚とする自分を感じたのは、別の言い方をすると、あの飛行とびをしている最中の感覚の痛いような燃焼と同じ、自分という領域のおのずからなる緩慢な目ざめの過程にほかならなかった。なるほど、その二つの異なった溶液は、相互にまじりあうことなく、一枚の障壁にも似た境界と相接してゆれうごいていたが、この異質の溶液のあいだの障壁（ほとんど断絶と呼んでもいい障壁）をいまだ確実に認めるまでに到ってはいなかった。しかし、その溶液は次第に自らの濃度を濃くすることによって、この障壁、この断絶を明確にしていったのだ。

　おそらくこのような断絶感を刻々と深くしていったのが、西日の赤く照らす女中部屋の匂いだったとすれば、それを、あたかも地殻に生れる亀裂のような残酷なまでの明瞭な線で指し示してみせたのが、この裏の女の子、私がはじめて愛着をもった乾草の匂いのする女の子だったと言ってよかった。

それは無口で、陰気で、蒼い顔をした、髪の毛の薄い女の子だった。私がするような高鉄棒からの飛行とびなどは、むろんやろうとするどころか、見ていることさえできなかった。私は、その子が足をふるわせて、もうやめて、もうやめて、と叫ぶのが面白く、かえって何度も低鉄棒から高鉄棒へよじのぼっては、飛行とびを繰りかえしたものだ。しかし、こうした振舞いには悪意などまるでなかったのだ。私は、青桐の幹で見つけた油蟬の殻を粉にして、蟬のふりかけをつくっては、この表情のない無口の子とままごとをしたり、花壇の花で環を編んで、赤毛の薄い髪の上にのせてやったり、兄がくれたビー玉の箱から、幾らか惜しくはあったが、半透明の煙入りの赤玉や青玉をえらんでわけてやったり、ビーズの指輪をその細い瘦せた指にはめてやったりした。この女の子が、私の一方的な押しつけがましい友情をどう感じたかわからないが、すくなくとも私を心から好きになるようなことがなかったのは確かだった。記憶に残るところでも、この子は私と一緒にいて笑ったということがなく、たえず何かにおびえるように、そわそわしていた。奥の築山のある庭で遊んでいる折りなど、笹ががさっと鳴ったり、家で誰かが不意に戸を閉めたりすると、びくっとして、病的に驚くのだった。それでなくても、底なしの沼のように、あてどもなく拡がっていたこの屋敷の人気のない広さに、この子はおびえつづけていたのであろうが、それにしても、私の示した好意に対して、何ひとつ嬉しい表情、親しそうな表情を示さなかったのはどうしてだったのであろう。その後、私が多くの人たちに注意もされ、そのため疎遠にもなった私のある種の冷たさ、無関心といったものが、もうこの時生れていたのであろうか。それがすでに私の生来の性格となっていて、顔色のわるい、おとなしいこの子に、何らかの畏怖をあたえていたのであろうか。

それはともあれ、私はこのころ自分ひとりで遊ぶのに退屈しきっていて、この子に対して冷淡だったり無関心だったりすることは到底できなかった。私は子供らしい直感で、この子が古い屋敷にも私にもなじめず、いずれは私を見すてて逃げだすにちがいないとはっきり感じていたし、それも決して遠いことではないと、じりじり予感していたのであってみれば、私が内心でこの子をどんなに、すこしでもながく引きとめようと（私自身そういう思いに屈してゆくことを腹立たしく思いながら）あれこれ心を悩ましていたか、今でも容易に想像できるのである。それに、その頃はむろん無意識ではあったろうが、私はこの子の乾草のような体臭が好きだったのだ。それは私がしばしば女中部屋に感じたあの陶酔を、もっと強く、もっと身近かに感じさせてくれた。私はよくその子の背中に顔をつけて、その汗ばんだ匂いを深く深く吸いこんだ。その子は私が何をしているのか理解できなかった。私が、百数えるまでこうしていさせて、と頼むと、はじめのうち、じっと私のするままに数をかぞえてゆくが、しまいに、急に不安になってくるらしく、ね、何しているの、もうやめてよ、と半ば嘆願するような調子で言って、身をもがくのだった。

それは夏休みも間近かったある午後のことだが、私はその子と二人で、中《なか》のお蔵の二階へのぼったことがある。母屋に近い中の土蔵の二階は、主として父の書庫になっていて、幾列もの本棚に夥しい書籍がならび、長持ちのなかにはノート類、書類がつまっていた。幾つかの箱や箪笥、古家具が、金網張りの窓から忍びこむ光のすじを浴びて、その光の部分だけが白く、まぶしく薄闇のなかから切りぬかれていた。そのとき土蔵の扉がどうして開いていたのか、私は憶えていない。あるいは私が自分で、古い鉤手型の鉤を使って扉をあけたのかもしれない。冷たい床の上の薄縁《うすべり》の感触を足に感じながら、日にあたっていない地下室の匂いに似た冷えびえした空気のなかを、私たちは歩きまわり、あの書棚、この書棚という風に見ていった。私たちに読めるような表題の本があると(そんなのはごく稀れだったし、読むことは読んでも意味はわからなかった)それを本棚からひきだして、めいめいで声をだして読みあげた。そして顔を見合わせて笑うと、父にみつかるのをおそれるように、そっと元の場所へもどした。

私の鼻先へ、ふと、その子の汗ばんだ、乾いた日なたの草のような匂いがかすめていったのは、二人が背のびをしてやっと届く窓から、裏の借家の屋根を見ていたときだった。女の子は家が見えたので急にはしゃぎはじめた。「おかあちゃんが見える。おかあちゃんが見える。」彼女は窓の鉄格子につかまり、足をばたつかせた。私は鼻孔が開くのを感じ、その赤毛の薄い髪が私の頰に触れるほど顔を近づけた。窓の鉄格子につかまっているその子の背後から、私もまた両手をのばして、まるで背中におぶさるような恰好に背のびをしながら、その鉄格子をつかんだのだ。「何が見えるの?」私はそんなことを囁いたのであろう。もちろん私の場所からは夏らしい雲の浮かんでいる空のほかは何ひとつ見えなかった。もしなにかが見えたとしても、見るつもりもなかったろう。私は自分の顔をその髪のなかに埋めて、深々と埃りっぽい汗の臭いを吸いこんだ。甘ずっぱい、乾いた、乾草の匂いが私を甘美な気持にさそった。私は女の子の背中におぶさるようなその恰好を変えまいと、鉄格子をつかんだ両手に力をいれた。女の子は私の両腕と窓のあいだに締めつけられて、身体をもがこうとした。

「横にきて、並んで見れば、もっとよく見えるよ。」女の子は苦しそうにいった。

「こうしてた方がよく見えるわ。」私はそう答えて、髪の匂いを嗅いだ。

「だって、あたい、痛いよ、手が痛いよ。」

「でも、我慢してね。とてもよく見えるんだから。」

「じゃ、あたい、もう見なくていい。ここ、かわってあげる。」

「そのままの方がいいのよ。そのままでいてね。」

「だって、手が痛いもの。肩だって痛いよ。離してよ。ね、離してよ。」

「そのままでいてね。我慢してね。」

「どいて。どいてよ。手が痛い。本当に痛い。手が痛いのよォ。」

私は、どこうとはしなかった。かえって逆に、私は力のかぎりその子の身体を腕のあいだに締めつけてやった。それまで感じたことのなかった陶酔感が、その女の子の悲鳴のなかに感じられるような気がした。しかし、その子が最後に本当に泣きだしたとき、私は、はっとして我にかえり、思わず手をはなした。女の子はおびえきっていた。その泣き声は土蔵の壁に反響して、気狂いじみてきこえた。私は冷たい怒りが自分のなかを蛇のようにのぼってくるのを感じた。私は唇をかみ、ほとんど舌打ちをするような気持で、意気地なし、と心のなかで叫んだ。しかし同時に、この子がもう二度と私のところへ遊びにくるまいという、悩ましい絶望的な気持も感じた。顔から血の気のひいてゆくような気持だった。私は、はじめて自分の思うようにならないものを持った苛らだたしさ、もどかしさを感じた。

しかし婆やが二階にのぼってきたとき、私は平静な自分をとりもどしていた。婆やが訝しそうにたずねる問いに対して、私はただこう答えただけだった。

「この子ったら、窓から外を見ようとして、すべって、落っこちたのよ。」

女の子は必死になって私に反対しようとした。泣きじゃくりながら、何かをわめきつづけた。しかし私は、それを押しつぶすようにして言った。

「私がここで見ていたのよ。この子は窓の格子から手をはなして、落ちたのよ。そうよ、私は見ていたんだから。」

私はこうした思い出のなかにある自分の暗い性格を、なにも人に誇らしげに見せようという気持はないが、だからといって、それを自分にもかくしておきたいなどという気にもなれない。私が冷たく無関心な女であり、それが本当にみんなの言う通り、打ち消しえない事実であるとするならば、私はよろこんでそういう人間であることを引きうけたいと思う。その名称はどうであれ、私は自分自身にしたがうほかないのだし、所詮、私についてとかく批評するのは、他の人にまかせられた役割であるのかもしれないのだ。しかし私は、それがどんなものであれ、自分のありのままの姿は、能うかぎり見つづけてゆきたい。眼をつぶらなければ人間としての均衡を失うようなときでさえ、私は自分をはっきりと見つめたいと思う。たしかに私たちは、いかに自分を悪く考えようと、自分でも気づかぬ善良さが心の隅にうずくまっているものである。よしんばその逆が真理であるとしても、ただ悪徳だけを数えあげていっても、何になるのであろう。悪と言い善と言うけれど、私たちの心のなかに、いかにそれらが一つのものとして、わかちがたく絡まりあっていることか。私はそれをすでに裏の女の子との友情のなかに感じたが、それは何も単に善意という区別をつけられないばかりでなく、もともと善であると同時に悪であるようなものだったのだ。たとえば私は、夏の夜、ヴェランダのガラス戸に群がる蛾の群れの、あの眼を赤く青く光らせた不気味な舞踏を、時おり眺めたものだ。その蛾のあるものは、激しい勢いでガラス戸に頭をぶつけては、また踊りくるって、夜のなかに舞いあがるのだったが、その何度も何度も頭をぶつける鈍い音が、私に、一種の快感を感じさせた。そしてきっと蛾もそうやって頭をかたいガラスにぶつけて、気持がよいにちがいないと思っているのだ。私はこうした感じ方のなかに、何か人間のエゴイズムのどうすることもできない悪性の結節のようなものがあって、それが人間を次第にむしばんでゆくように思われてならない。それなのに私はこのことを決して悪いことだとは実感できないでいるのだ。

だから同じ理由で、私が女中部屋の臭いに時おり異常な陶酔を覚えたとしても、ここで働いている人たちを愛していたり、親しみを感じていたことにはならない。いや、私はこれだけは言っておかなければならないけれど（そして物を考える年ごろになってそれについて何度か悩みもしたことだったが）これらの匂いの異なる人たちをどうしても好きになれなかったのだ。それどころか、子供の我儘から、私は発作的によく彼女たちに嫌悪の気持を示したりした。時や――この女中は色の白い、眼のはっきり澄んだ美しい娘だった――が私の茶碗のふちに指をかけたからといって、御飯を盛ってさしだされたその茶碗を、時やに投げつけたことがあり、時やは私が学校へ出てゆくまで廊下の外でしくしく泣いていた。私は裏木戸を出てから、なぜかそこからきっぱり出かけられず、思いきりわるく、石けりをしたり、木戸の鎖を鳴らしたりしていた。早朝の蒼ざめた日が冠木門をこえて淡いかげを霜に荒れた竹の植込みのあいだに投げていた。いまだったら時やに何かひとこと声をかけるということもできたろうが、当時の私には、なぜ自分が鬱屈した気持になって、裏木戸から離れることができないのか、わからなかった。そのうち私は急に時やが憎らしくなって、足をとんと踏みたいほどにじれったい、腹立たしい気持になり、身を引きはなすようにして、いきなり裏木戸をとびだした。大通りに出ると、店々は雨戸をくって、硝子ケースや商品を外に並べはじめるところで、薄い冬らしい朝日がそこにも淡々と差しこんでいた。私は店の人たちの働くのに気をとられて、いつか時やのことを忘れていた。それは子供が物を忘れさるあの残酷な、徹底した忘れ方で、一度忘れたら、もう二度と戻ってこないような完全な記憶の抹殺なのだった。といって、私は時やが嫌いだったのではない。折り紙もうまく、鋏を巧みにつかって、ひなびた千代紙で姉さま人形をつくってくれるこの色白の女中を、私は、自分なりに好きだったのだ。にもかかわらず、私は、故意にそれを破いたり、無花果の枝にかけて雨にさらしたりした。そういうとき、時やの黒い、綺麗な、大きい眼は、みるみる涙でうるんでくるのだった。私は時やから後退りにさがりながら、じっとその顔をみつめた。まるで自分の心に、時やに可哀そうなことをしたという反省の生れるのをおそれるかのように、わざと残酷な冷たさで、時やの眼から、一すじ二すじ溢れた涙が頰をつたわるのをながめた。すると時やは「お嬢ちゃま、なんでもありませんわ。時やがまた、もっといいのをつくって差しあげますわ。きっと気にいるのをつくって差しあげますわ。」と言って、涙を浮かべたまま、笑ってみせるのだった。しかし時やがそんな風に自分を抑えるのを見ると、私は私で、急に、気持のやり場がなくなって、「いらない。そんなもの、いらない。いらない。」と叫びながら、まるで、こわいものに追われるように、長い廊下を走りぬけて、裏庭の鉄棒の下までくるのだった。そこで私はまた飛行とびを二、三回やり、それでも足らず、犬小屋から土塀の屋根にとりつき、そこから母屋の屋根にのぼった。屋根の一部は樟の古木の黒ずんだ重い葉の繁りで覆われていた。渡り廊下の屋根ののびた先に見える離屋《はなれ》は、広い西空を背景にして立つ、葉を落した銀杏の大木の下に、ひっそりと陰気にうずくまっていた。

私たちの家は高台の端にあって、下からみると、石垣に築かれた地壇が樹木に覆われて低地の方へせりだしているように見えた。その低地へ細い急な坂をおりてゆくと、暗い水の色をした運河があり、運河の両側は材木問屋の並びで、木の強い香りや製材の機械鋸の音や湿っけた土の匂いがみちていた。運河には材木が浮かび、木屑やごみが材木とコンクリートの河岸のあいだで一塊りになって揺れていた。時おり材木置場から馬が首をふりながら材木を積みあげた荷車を牽いて出ていった。荷台の車輪に鋼鉄の輪がはまっていて、それが運河の縁にそって敷いてある軌道の上を、きしんだ音をたてて通った。時にはその軌道をトロッコが幾抱えもある大木をのせて気動車に牽かれてゆくことがあった。夕方になると、近くの水門の向うの操車場から、蒸気の音や汽笛の音が聞えたが、私には、それが、いかにも、気動車に牽かれていった材木の群れが本線の貨車につみこまれた合図のように思えた。

もちろん母屋の屋根からそうしたものは見えなかったが、製材所の機械鋸のしびれるような音は、たえず樟の繁みのむこう側から聞えていた。風向きによっては、木材の強い香りは私の家を包んで流れた。私が時やのそばを避けて母屋の屋根にのぼったのは、必ずしも夕方とは限らなかったはずだが、記憶のなかの西空は、いつも寒い夕焼け色に彩られている。また逆に、そうした寒い日の夕暮れ、靄のなかで赤く染まる夕焼けを見ると、あの色の白い、眼の黒く澄んだ時やのことを憶いだす。どういう事情が、その前後にあったのか知らないが、私は一度、時やの家に連れてゆかれたことがあった。それは、ある細長い半島部の尖端に近い漁村で、私は、バスケットを膝に置き、いつもより娘らしく浮きうきしている時やと一緒に、二輛しか連結していない電鉄にゆられて、その村までいったのだ。時やは窓の外に見える小さな部落の名前や、工場や倉庫を私に教えた。時やが通っていた学校が見えるようになると、その色の白い頬は上気して真っ赤になった。「時やは毎日この道を歩いて通ったんですよ。お嬢ちゃまぐらいのとき、この道は大きな道に見えましたわ。」時やは眼をきらきらさせてそう言った。

しかし時やの家はその漁村のなかでもはずれにあって、私が想像できるどんな家よりも小さく暗かった。家のなかは清潔に片づいていて、縁側から見ると、海の側に低い石垣が築かれ、その切れたところに、蒼く海が見えた。私はその海の表面に白い波が刻まれているのを見ると、なにか恐ろしいような気がしたが、そばに時やの家の船があり、時やの兄弟たちが漁師だというので、それをきくと、すっかり安心した。それに、不思議と私は時やに意地悪や我儘をする気持が消えていた。時やが、母さん、兄さんと、呼びながら、家のなかで働いているのを見ると、あの樟の家で、他の女中たちのあいだにいる時やとは、まるで違って見えた。

そこには、いつも黙って網をつくろっている老婆がひとりいた。小さく、黒く、皺だらけで、口をもぐもぐ動かしながら、網を手から離したことがなかった。私には、その老婆が網と一つになり、まるで、ぼろ布の塊りのように見えることがあった。時やがおばあちゃんと呼んでいたので、ここのお祖母《ばあ》さんであることがわかったが、家の誰とも何一つ口をきかなかった。私は時やに、「なぜ、おばあさんは黙っているの?」と訊くと、私を裏の砂浜まで連れていって、「それはね、お嬢ちゃま、時やのお父さんが海で溺れたとき(時やのお父さんはあのお祖母さんの子供なんですよ)、おばあさんはもう口がきけなくなってしまって、それから誰とも口をきかないんですよ。」と説明した。「時やのお父さんは、では、死んでしまったの。」と私は訊いた。「ええ、この沖の方で、嵐にあって、溺れちゃったんですよ。」私は時やが眼をやっている沖の方を眺めた。そこには白い波が押しよせていて、鷗が、上になり、下になりして舞っていた。私はそのとき、ふと、時やが泣き虫なのはこのためなのだと思った。

私は暗いランプをつけた時やの貧しい小さな家で、夜、風がごうごうと鳴るのをききながら、その風のなかに、あの沖の方で、時やの父が手をあげて、助けてくれ、と叫んでいる声がまじっているような気がした。

「時やは漁師のところにはお嫁にゆきませんわ。時はお屋敷で見習いをすませましたら、お店をもっている人のところへお嫁にゆきますわ。」時やは砂を手のあいだでもてあそびながら、海の方へ、黒い澄んだ眼をむけて、そう言った。私は時やの坐っているそばで貝殻をひろっていた。時やが果してそういう私にこんな話をしようとしたのかどうか、それはわからない。おそらく時やは誰に向かうともなくそう話していたのであろう。あるいは遠い沖に眠っている自分の父に語りかけていたのかもしれない。

その時やは後になって望みどおりある小間物店に嫁いだが、三年目に、お産がもとで亡くなった。私は時やのことを考えると、今でも、かすかではあるが、ある種の悔恨に似た痛みを感じる。では、私は時やが好きだったのであろうか。少くとも、私は、当時、時やが私を愛してくれていたのを知っていた。時やはただ女中として私に従ってくれたのではなかった。私が浜で紅色の貝殻を集めているとき、時やは、何を思ったのか、不意に立ちどまって、私の顔をじっと見て、「お嬢ちゃま、時やのことを、いつまでも憶えていて下さいます?」と訊いたことがある。「もちろんよ。私、時やが好きだもの。」私がそう言うと、「時やが死んでも憶えていて下さいます?」と訊いた。「もちろんよ。」私は答えた。すると、時やは、「私もお嬢ちゃまのこと忘れませんわ。」と言った。それからまた黙って私たちは貝殻をひろいつづけた。だが果して、時やが私を愛していたように、私が時やを愛したかどうか、それはわからない。私は時やに近づけば近づくほど、何かが私をさえぎるのを感じた。あの海辺の時やの家にいったときを除けば、私が素直に時やの気持を受けとろうとしたことはなかったように思う。そしてそれは、ほかならぬこの異なった匂いのためだったのである。あれほど私を甘美に陶酔させた匂い、その黄色い油質のような粘っこい匂いは、私がそれと一つになろうとするとき、私に、異質感となり、抵抗感となって、私を押しかえした。私はいやでも、そこに一つの障壁、断絶、拒否があるのを感じないではいられなかった。

私が裏の女の子に感じた愛着のなかには、どこかこれに似た感情がまじっていた。土蔵での出来事があってしばらく、女の子がもう遊びにこないのではあるまいかと内心私はおそれていた。もちろん自分でそんな気持になることを私は決してゆるさなかったから、それから何日かは相変らず何もなかったように、鉄棒で遊んだり、ぶらんこを土蔵の二階の高さまで漕いだり、築山のある庭でヒューロイに餌をやったり、蝉のふりかけを何人前もつくったりして遊んだ。しかし正直のところ、それから四、五日たったある午後、私がぶらんこにのっているとき、裏木戸をあけて、その子が顔をだしたのを見て感じたのは、ほっとした安堵の思いであった。私はどんなにかこの子の歓心を買うことに努めたことか。私は持っているかぎりの宝物を全部女の子に見せようとした。その日はもう飛行とびでこの子をおびやかしはしなかった。それどころか、彼女の好きなままごと遊びを大がかりでやりさえした。私たちは青桐の下を丹念にさがして、油蝉のぬけ殻を集め、木皿にいっぱいの蝉のふりかけをつくったし、婆やから焜炉に炭火をもらい、泥のお団子や玉子焼をそこで焼きもした。婆やの花壇の松葉牡丹の花びらをその泥の御馳走のうえに飾って、私はどうぞと女の子にすすめ、女の子はどうもごちそうさまと言うのだった。私は部屋からビー玉やビーズ玉の腕輪や折り紙やガラスの破片（これは太陽をみるための特殊な曇りガラスだった）などを持ってきてみせた。私は女の子の欲しいものは何でもやりたかったし、何をやっても惜しいとは思えなかった。

裏の子はおそるおそるビーズ玉の腕輪が欲しいと言った。私はそう言われると、それが幾らか惜しくなったが、それでもビーズの腕輪を痩せた細い手くびにつけてやった。私は、それをつけおわると、その腕を力いっぱいしめつけた。女の子はおどろいて、手くびをふり切ろうとした。

「こうやると、腕輪がいつまでも手からとれないのよ。」私は言った。

「本当？」と彼女は不安な眼でこたえた。

「本当よ。」私はそう言って、その細い腕を力いっぱい締めつけた。女の子は最後に悲鳴をあげた。私が手をほどくと、そこにビーズ玉のあとが子供の歯型のように残っていた。

「ごめんなさいね。」私はまた、この子が逃げてゆくような恐怖にとりつかれて言った。

「いいのよ。もう痛かないから。」

「それじゃ明日もきっと遊びにくる？」

「うん、きっと遊びにくる。」

「何をして遊ぶ？」

「ままごとをしようよ。」

「それから？」

「それから？　それからね、もう痛いことしないでね。」

「うん、もうしないわよ。」

「それなら、何でもして遊ぶよ。」

私たちが裏の木戸のところまでいって、指きりをして、わかれてから、なおいつまでも暮れない夏の夕空を、私は、まるで深い池のなかを覗きこむように眺めた。家の屋根も、樟の大木も、土蔵も、雲の浮かぶその青味がかった空へ、逆さになって映っているような気がした。そのうち、まるでそうやっていると、家も土蔵も木立も本当に逆さまになってしまうような気がしてきて、ひとりで、きゃあっ、と声をあげながら、中の土蔵のそばをぬけ、女中部屋の脇から台所へかけこんでゆくのだった。


こうして何日すぎたことであろう。それが一週間だったか、あるいはもっと短かかったのか、長かったのか、今では何一つ憶えていない。しかし私は翌日一日その子が来るのを待ちつづけたことは疑えない。おそらくもう夏休みに入っていたのであろうか。海にゆくまでのしばらくの間、私は午前の勉強時間が蟬しぐれの中でのろのろと過ぎてゆくのを感じた。午後になって、裏の子が遊びにくると、私たちは、毎日の同じ遊びが何か新しい遊びででもあるかのように、そのなかに没入してゆくのだった。たしかに、あの自分を忘れ、時のたつのを忘れた、ながい夏の午後の幾時間かほどに、私を充実させた時があったであろうか。せっせと油蟬の殻を粉にする裏の子の汗ばんだ乾草の匂いのなかで、私は松葉牡丹を切りきざんで泥の玉子焼にならべていた。私の小さな鼻孔に匂っていたのは、ただその子の赤茶けた薄い髪の汗の匂いだけであったろうか。私たちは一緒になってヒューロイに餌をやった。兄が家にいるとき、それはどんなに困難なことだったろう。私は亀の子が池のなかに戻ってゆくまでは、大きな声を出すこともできなかった。私たちはまるで冒険物語に出てくる主人公たちのように、蔦の覆った大きな庭石のかげで、ヒューロイにごはん粒や煮ぼしをたべさせた。私たちは一緒になって車寄せの背の高い火鉢を見たり、玄関までの竹の植込みのあいだの砂利道を駈けたり、玄関の黒いスレートの上でゴルフ・ボールで毬つきをしたりした。築山のある奥の庭では、その築山の頂きにある織部の太鼓状の腰かけに坐って、土塀をこえて、製材所のうえにひろがる空を眺めた。電車の音が遠くに聞えた。その電車の音は、皆が言っているように、ボギー、ボギー、と鳴っているように感じた。（そのころ私たちはその電車のことをボギー電車と呼んでいたのだ。そしてそれは、その音から名づけた名前だと私は思っていた……）そのあいだにも製材所の鋸がたえず小さな音で鳴りつづけ、屋敷を覆う木立の深さを示す蟬しぐれが、それを圧して降りそそいでいた。時おり、祖母か母が渡り廊下を伝って離屋《はなれ》にゆく姿が、池ごしに見えることがあった。池は渡り廊下の下をぬけて、瓢簞形に、書院のある反対側の庭へつづいていた。しんとした午後、空を渡る雲を鏡のように映しているその池に、鯉がはね、波紋が水面をゆらすことがあったが、そんなことでもなければ、この水の下に魚が住んでいるように思えなかった。夕暮れ、樟の大枝の一部を黒く映すその池に、夕焼け雲が赤く染まって流れるのが見えていて、あたりの薄闇が濃くなるにつれて、深く、冴えかえる水面の美しさに、私は、よく恍惚として眺めいったものだ。

私は、こうした一瞬がすこしでも長くつづくよう祈らずにいられなかったし、また、こうした日々はいつまでもつづかなければならないものであるのだろう。もちろん、心でそう願ったのは、すでに絶えず感じられた怖れ——裏の女の子がいつ私を嫌って家に遊びにこなくなるのだろうかという、あの、時どき針のように鋭く、胸のなかをさしつらぬいて過ぎる怖れ——が働きつづけたからである。たしかに私たちの遊びのなかには、私のこうした気ちがいじみた焦躁や不安が、不意にあらわれることがあったのだ。私はなんども繰りかえして、「ねえ、本当に、あたしが好き？　きっと明日も遊びにきてくれる？」ときくのだった。青桐のしたで蟬の殻を集めているときも、玄関前の黒いスレート石のうえでゴルフ・ボールで毬つきをしているときも、築山のうえからボギー電車が走ってゆく音をきくときも、私は、何の理由もなく、遊びをやめて、その子に抱きつくことがあった。そういうとき、血色のわるい、不安そうな女の子の顔はこわばって、今にも泣きそうになった。私はどぎまぎして、「これ、おまじないよ。あなたが明日来てくれるようにっていう、おまじないよ。」と叫ぶのだった。それから私たちは気ちがいじみた大声で笑ったり、ぐるぐる庭じゅうを駈けまわったり、庭木のあいだで隠れん坊をしたりした。私は夜になってから裏の子の乾草の匂いを思いだし、明日ほんとうに遊びにきてくれるだろうか、と不安にかられた。こんな晩、その不安はいろいろな形の夢となって私を苦しめた。私は閉めだされた戸外に裸足で立たされたり、途中で切れた糸を夢中になってつないでいたりした。

それは、こうした日のある午後おそくのことだ。私は例によって不意に説明のしようのない不安にとらわれた。

「ねえ、私ね、あなたに本当の秘密を教えてあげる。」私は女の子の手をとってそう言った。

「青い眼の、うごく、お人形、でしょう。」と女の子は汗ばんだ薄い髪をかきあげて言った。

「もっと、もっと秘密なものよ。」

「じゃ、木彫りのおひなさま。」

「もっと、もっと、もっと、ずーっと秘密なもの。」

「じゃ、わかんない。」

「絶対に誰にも言っちゃいけないわよ。指きりよ。」

そこで私は裏の子をつれて築山のある奥の庭にまわった。そこまでゆくと、築山の下の小さな石造の五重の塔から、細長い、藻が沈んでいる光った池の面が、渡り廊下の下を、書院の庭につづいているのが見えた。離屋《はなれ》も奥の書院も、障子が白く閉めきってあって、庭を覆う木立から蟬の声が降るように鳴きしきっていた。亀のヒューロイのいる蔦で覆われた大きな岩のかげは、もう冷んやりと暗かった。私たちは、岩からどうだんの植込みへ渡っている一枚石の平らな自然石の橋のうえに立っていた。

「私の秘密ってね、この下にあるの。」

私は裏の子をふりかえった。それから、自然石の橋の上に膝をつき、腹ばいになり、まくりあげた腕を、そろそろと池のなかに沈めていった。橋からさがった頭に血が重くたまってくるのを感じながら、私の手は、冷たい、よどんだ池水のなかをさぐっていた。池の底のぬるぬるした玉石にさわり、玉石のうえを二、三度あちらこちらと捜した。そのとき私は指先が玉石とは別のかたい箱にさわるのを感じ、それをしっかりつかんだ。

「あったわ。」私はそうつぶやいて、そろそろ手を水から引きあげた。それは小さな絆創膏の空罐だった。水のなかに何日も沈んでいて、ところどころ錆がつき、泥にまみれていた。私はそれを池の水で洗いなおし、よく拭ってから、ふたをあけた。

よしんばそれが一枚の葉、一個の石ころであったにせよ、愚かしい幼い頭で考えつかれた至上の宝にかえうるものを、人は、二度と、その同じ生涯で見いだせないことを今の私は知っている。私は、夜風が樟をざわざわと鳴らすたびに、また飛行とびに熱中しているあいだにさえ、その宝のことを思いつづけていたのだ。愚かしく、夢中になって、まるで何か貴いものを崇拝するように、私はそれ——その小さな絆創膏の罐を、池の底にかくしておいたのだ。その罐には水の洩れている形跡はなかった。罐のなかに、さらに何枚かの油紙がまるまっていた。私はそれを一枚一枚ひらいていった。最後の一枚をひらくと、そこに、小さな、小指の先ほどの、白っぽい卵が入っていた。女の子は気味わるそうに、それを見つめた。

「なあに、これ？」

「これはね。」と私はほとんどうやうやしい調子で言った。「蛇の卵なのよ。」

「蛇の卵？」

「そうよ、樟に棲んでいる蛇の卵なの。」

女の子の顔はこわそうにこわばった。

「どうして蛇の卵をこんなところにかくしておくの？」

「このお池のなかで、橋の下がいちばん冷たいからよ。うちの冷蔵庫と同じくらい冷たいのよ。だから、ここは蛇の卵の冷蔵庫なの。」

「どうして冷蔵庫に入れておくの？」

「だって、あたたかいと、孵《かえ》って、すぐ、蛇になっちゃうじゃない？」

「どうして蛇にしないの？」

「好きなとき、蛇にするように、とってあるのよ。」

「好きなときって、どんなとき？」

「ヒューロイが大きくなったとき。」

「ヒューロイって、もっと大きくなるの?」

「ええ、もっと大人になるのよ。そして一人前になって、蛇の子をいじめなくなったら、蛇の卵を孵して、兄弟にして飼うの。」

「どうして兄弟にして飼うの?」

「だって、お兄さまは蛇が嫌いでしょ? だから、蛇と一緒にいると、ヒューロイをお兄さまにとられないですむもの。」

「でも、どうしてこんなもの好きなの? ヒューロイだって、蛇だって、みんな、男の子のものだって、お母ちゃんが言ったわ。」

「うそよ。ヒューロイは可愛いわ。」

「でも、くさいもの。生ぐさいわよ。気味がわるいわよ。」

「気味なんかわるくないわ。」

「蛇の卵なんて、気味がわるい。」

「気味わるくないわ。もうすぐ、あたためると、蛇が生れてくるわ。」

「蛇なんて、もっと気味がわるいわよ。」

「気味なんかわるくないわ。」

「気味わるいから、あたし、かえる。」

私たちは橋の上で、帰る、帰らせない、で争った。私は手に蛇の卵をもっていた。裏の子は私のそばをすりぬけようとした。

「いやよ、かえる。気味わるいから、かえる。」女の子は泣きそうになって叫んだ。

「じゃあ、どうすれば、帰らないでいい?」私は機嫌をとるように女の子から離れて言った。

「蛇の卵なんか、すてて。」

「すてたら、残ってくれる?」

「うん。」裏の子は首をふった。

私は一瞬迷った。蛇の卵、あんなにながいこと大事にした蛇の卵を、どうすべきか、私はまよった。しかし次の瞬間、それは私の手を離れて、池のなかに、小さな波紋をえがいて、沈んでいった。しかし裏の子はそれを見ると、また、急に、私のわきをすりぬけて帰ろうとした。

「蛇の卵はすてたわ。」

私は女の子の前に立ちはだかって声を荒くした。

「でも、もう夕方だもの。かえる。」

「だって、帰らないって、いま、言ったじゃない?」

「でも、夕方だもの。かえる。」

「うそつき!」私は前後を忘れた。

「だって夕方だもの。」女の子は私の身体を押しのけようとした。私たちの身体はもつれあった。私のなかに激しい憤怒がこみあげた。私は自分ではその赤黒く光る炎が過ぎていったのを見た以外、何をしたのか、覚えていなかった。しかし次の瞬間、私は池に落ちた裏の子が悲鳴をあげてもがくのを、なにか遠い、ゆっくりと動くもののように眺めていた。

女中たちが集まってきて裏の子が連れてゆかれ、私のまわりにふたたび静寂と孤独が戻ったとき、はじめて私の眼から涙があふれた。私は泣きながら橋の上に散乱している油紙と絆創膏の罐を集めた。そして前のように錘りの石を入れ、空のまま池のなかに沈めた。私は橋のうえからその罐が沈んでゆくのを見まもり、いつまでもそれを憶えておこうと思った。しかし、その空罐はいつか私の頭から忘れさられた。ただ裏の女の子とこのようにして別れた苦痛は後までよく憶いだされた。そして、そのたびに私はあの樟のざわめきや、女中部屋の匂いや、池水の冷たい反映をふと憶いうかべるのであった。

第一章

支倉冬子がスエーデンに近いS＊＊諸島のフリース島で消息を絶ってから、もう三年の歳月がたっている。彼女が失踪の当時、この地方の名家であるギュルデンクローネ男爵の末娘エルスが同行していたため、コペンハーゲンやハンブルグあたりの週刊誌はじめパリの夕刊紙などにも、あからさまに一種のスキャンダルの清算のための自殺だなどと書きたてたものがあったりして、関係者だけではなく、若い日本人留学生のあいだにも、かなり動揺をよびおこしたように記憶している。私は、その当初から、こうしたセンセーショナルな記事に対して怒りを感じこそすれ、支倉冬子やエルス・ギュルデンクローネの友情や生活にいささかの疑惑を抱かなかったし、現在、彼女に関する能うかぎりの記録を集めて、その最後の頃の生活や考え方が明らかになりはじめてみると、私は私なりに、多少の感慨とともに、自分の確信の正しかったことに対するいささかのよろこびを禁じえないのである。

そもそも私のように、織物工芸などになんの関係もない一介のエンジニアにすぎぬ人間が、支倉冬子に関する記録を集めるようになったのは、まず第一に、彼女が蒙ったこうした汚名をそそいでやりたいという単純な動機からであった。当時の私なりの考えから言うと、どこか見知らぬ国の夕食後の雑談に、アフリカのテロ事件やハリウッドの醜聞などと取りまぜてそれが話されるのならまだしも、彼女の事件が、そうした間違った形で、日本に報じられ（事実、二、三の週刊誌に同じ調子で取りあげられたのである）その真相が永遠に隠されたままだとしたら、彼女自身死んでも死にきれないばかりではなく、私たちまでが何かやりきれない気持を持ちつづけるにちがいないと思われたのだ。

しかしもちろん動機はそれだけではない。おそらく第一の動機より、なおいっそう強い動機は、あの失踪の直前までの彼女の、奇妙にこちらに迫ってくるような緊張した、息苦しいほどの生活の姿勢だったように思う。それは、私など芸術にまったく無縁の人間にも、芸術家という存在の特異な性格を感じさせるような、一つのものを追い求めている、悩ましい、切迫した態度であった。いまでもよく憶いだすが、噴水のある広場のアーケードの下に店を出しているカフェで、私が冬子と待ち合わせているようなとき、自転車や自動車をやりすごすために立ちどまったり、急ぎ足に歩いたりして、広場を横切ってくる彼女の姿には、どこか周囲から切りはなされたような、自分のなかに沈みきったような、そんな風の孤独な感じがにじんでいて、私は言い知れぬ心の痛みを感じたものである。事実、冬子は私のそばに近づくまで、こちらには気がつかず、暗い思いつめた表情のまま歩いてくる。そしてふと私に気がつくと、薄暗い窓に灯がついたように、急に表情が一変して、明るい人懐っこい笑いがみるみる顔いちめんにひろがってゆくのである。

「まあ、前から見ていらっしゃったんですの？　私ったら、すこしも気がつきませんでしたわ。そんなに見てらしたなんて、私、こまりますわ。きっと、おこったような顔をしていましたでしょう。私、昔から、母によくそう言われましたの。」

冬子はちょっと眩しそうな表情をして、そんな言いわけをしながら、私を見つめた……。

私はもともとこの都会《まち》の外港にあたるＶ＊＊に輸出機械のアフター・サーヴィスと市場調査のため、約二カ年の予定で駐在を命じられている出張エンジニアだった。私の仕事は本社の幹部が考えているより幾分容易であって、機械そのものに関するクレームはほとんど出なかった。私は現地のエンジニアや操業員が機械に慣れてくるにつれて急速に暇になっていった。とは言っても、問題はいつ起るともかぎらず、このケースをのがすと、後続の輸出は大きな困難を伴わなければならない。私は直接さし迫った仕事は持たないものの、Ｖ＊＊を遠くはなれるというわけにはいかなかった。しかしＶ＊＊は単なる港町として発達したにすぎず、倉庫の列や引込み線や商社のほかに繁華な商店街一つあるわけではなく、仕事でもなければ、一週間と暮せる町ではなかった。人々は多く都会《まち》から通ってくるので、夜になると、工場付属の、病院のように清潔な寄宿舎の窓からは、港の船の信号燈と、防波堤の先の廻転燈台の刺すような光のほか、なに一つ見えず、まるで管制下の町のように暗く、ひっそりと静まりかえっていて、時おり、夜出航する船の底ごもった汽笛か、倉庫の先の岸壁にぶつかる波の音が聞えるぐらいだった。こうしたわけで、私は着任して半年ほどたった夏の終り、工場の寄宿舎を引きはらって、この都会《まち》のホテルに落ちつくことになったのだった。もちろん口実は幾らもあったし、それに機械に対する信用が高まっていて、むしろ会社側から好意的な賛成を得ていたのである。

支倉冬子と知り合ったのは、市場調査の資料を借りだすため、市立図書館に通いだしたころで、いずれ詳しく後で触れなければならないが、冬子とともに消息を絶ったエルスの姉、マリー・ギュルデンクローネがこの図書館に勤めていて、そのマリーが私と口をきくようになり、マリーから冬子を紹介されることになったのだ……。

あのころのことは、まるで昨日のことのように私の眼の前にある。図書館で私に本の貸出方法を教えてくれたマリー・ギュルデンクローネはもう三十に近い、静かな、端正な感じの女性だった。濃い金髪を編んで、頭のうしろにまきつけ、動作はひどく正確な印象をあたえ、喋り方もどちらかというと控え目で、私は、彼女の全体の印象を、なぜか悲劇的だという風に感じていた。どういう根拠からだったか、いまではもう憶えていないが、しかしあの事件の前後を通じてみて、この印象は変っていないし、変える必要はないように思う。マリー・ギュルデンクローネの端正な冷たい美しさのなかには、もともとこの北の風土にふさわしい悲劇的な感じがあったのかもしれない。このマリーがある日私に、この都会《まち》に織物工芸の勉強にきている日本人の留学生がいるが、知っているか、と訊ねたのである。私は自分の事情をかいつまんで話し、この都会に来てまだ何日にもならないのだ、と言ってやった。そのとき私はすぐ付け加えて、もしその日本人と知り合いになれれば、私としては大へん幸せである、なぜなら私は目下きわめて孤独な状態にいるのだから、と言ったのである。もちろんそのとき私が支倉冬子を知っていて、そのうえ彼女が味わっていた孤独な感情を知っていたとすれば、私の孤独感など、所詮、出張社員の不馴れから生れる一時的な気分であって、とても彼女のそれと較べられるものではなく、私とて、こんな言葉は口にしなかったであろう。それに、外国語（私はこの国の言葉はわからないので、もっぱら英語とドイツ語で用を足していた）で話すとき、母国語では言えぬような内心の事柄に関して、ひどく実感のともなわぬ無責任な感じで、喋ることができるものである。

マリー・ギュルデンクローネは私の言葉をどのように受けとったか、知る由はないが、その次に彼女と会ったとき、彼女の家に、当の日本人の女性と、彼女の妹（それがエルス・ギュルデンクローネだったわけだ）とを呼んであるが、あなたもよかったら来ていただけないだろうか、と控え目な調子で、私に言ったのである。私はむろんよろこんでお邪魔させていただきたい。こんなに早く私の希望を実現していただいて、なんとも感謝の申しようもない、と答えた。

こうしてそれから数日後のある晩、私はマリーの家を訪れたのだが、それはこの都会《まち》の北寄りの静かな住宅街にあって、彼女の部屋の窓から小さな公園が街燈の光に照らされて見えていた。

　私が着いたとき、冬子もエルスもすでに来ていて、たのしげな笑い声が玄関のドア越しに聞きとれた。それはいかにも若い女性らしい、押さえることのできない笑い方であって、つい思わずこちらもそうした明るい幸福な気分に引き込まれてしまいそうな、そんな罪のない解放感がその響きのなかに感じられた。が、私がベルを鳴らすと、その声はぴたりとやんで、やがてマリー・ギュルデンクローネがドアをあけて私を中に導きいれると、そこには、妙に気づまりな、重苦しい気分さえ感じられた。一瞬、私は、自分が招かれざる客なのではあるまいか、という軽い危惧が心をかすめたのを憶えている。

　客間には、小柄な、ひどくかたくなった感じの日本人の女性と、マリーよりはずっと年の若い、ほとんど二十になるかならない年恰好の、浅黒い肌の、濃い睫毛のせいで仄暗く見える眼の少女とが立っていた。支倉冬子は灰色の洋服をきていて、首にぴったりついた紫水晶のネックレスをしていた。エルスのほうは黒い、背中のくれた洋服を着て、小さな珊瑚のブローチのようなものが胸を飾っているほか、装身具らしいものはなかった。冬子のほうは、真面目で、ぎこちなく、どこか脆そうなところがあったが、色の浅黒い少女のほうは、熱でもあるようなぐったりした感じで、頭をいくらか前へ突き出す癖があった。

　その夜の集まりでは、私が冬子と交わす日本語をエルスが面白がって、いま何と言ったのかとか、私たちの言葉の真似をして、それはどんな意味なのかとか、すっかり上機嫌にはしゃいでいて、ゆっくり話し合うことはできなかったが、それでも冬子がこの都会《まち》に来て一年になること、都会の美術館付属の工芸研究所で織物工芸の勉強をしていること、ギュルデンクローネ姉妹と知り合ったのは妹のエルスのほうが先であって、一年前まで彼女は郊外の修道院付属の寄宿学校に入れられていて、そのころ知り合ったということ、また冬子がここの工芸研究所をえらんだのは、この地方特有の織物に心をひかれたためだったが、それ以上に工芸美術館にある「グスターフ侯のタピスリ」と呼ばれる壁飾りに日本にいるころから魅惑されたためであること、などを知りえたのだった。

　私はその後支倉冬子と何回も会い、時には首府で開かれる音楽会へ一緒に出かけたこともある。そういう晩はほとんどいつもギュルデンクローネ姉妹と一緒で、私の車で（それ以前はマリーの車で行っていたということだった）出かけた。冬子と会うのは、大体昼食のときか、でなければ夕食前のカフェでの休息のときであった。彼女の言うところによれば、夜は急に疲れてくるので、あまり人と話したりする気分になれないということだった。そういえば、首府で開かれる音楽会の晩など、眼を閉じて車席《バック・シート》に坐っている冬子の顔を見ると、昼とは打ってかわった窶《やつ》れが眼のまわりや頬のあたりに黒ずんだ感じに澱んでいた。

　私は午前中、図書館で主としてドイツの業界関係の資料を集めた。時によってはそれを私自身でコピーしたり、また場合によっては資料の全体をマイクロフィルムに写して本社への報告書にそえた。こうした仕事はかなり神経を緊張させるので、工場で機械音の中の生活に慣れていた私は、久々に、学生時代に逆戻りしたような感じがした。仕事のあとの二時間の昼休みが、自分のほかに誰も監督者がいないのに、妙に明るい解放感を与えたのは、おそらくそのためだろうと思う。まして冬子が時間の都合をつけて（というのは、彼女が研究所のアトリエで仕事にかかっているときは、ほとんど一息に、区切りのつくところまで織ってゆく習慣があったからだ）私と昼食をするときなど、正午近くなるにつれて、我知らず心が弾むような気持になっているのに気づくと、私は、苦笑とも狼狽ともつかぬ気持に陥った。

私のように一生を機械や数字を相手に過ごすような人間にとって、若い、物静かな女性と昼食をともにするなどということは、例外中の例外であって、なにか人生の贅沢というような気がした。いつだったか、多少冗談めいた口調で、私がこうしたことを冬子に話すと、彼女は一瞬驚いたように私を見て、すこし悲しそうな顔になり、「私って、そんなにもったいぶった感じがするんでしょうか。」と言った。私はあわてて自分の言い方の軽率さを詫びたが、たしかに冬子のなかには、つねに相手のことに気を配っている、眼に見えない糸のような一種のやさしさが漂っていて、おそらくそのために、彼女のそばにいると、心のくつろいだ、落着いた気分にさそわれたのかもしれない。

しかしそれは、ふだん彼女がひとりいるときの雰囲気なのかどうか、それは今でも私は疑問に思う。彼女は、私と言わず、誰でも彼女の身近かにいる人に対して、本能的にか、意識的にか、こうしたやさしさを保とうと努めていたのではあるまいか――私はそう思うのである。というのは、私は一度ならず、彼女が一人きりでいて、誰か人のいるのに気がつかないような場面に出会ったが、そういうときの彼女は、暗く思いつめたような感じであり、近寄り難い、突きはなすような冷淡さが感じられて、あるときなど、私は工芸研究所のアトリエの入口まで行きながら、こういう彼女の姿を見て、引きかえしたことがあったからである。

いったい支倉冬子はそうした二重の性格をなぜ持っているのであろうか、とその頃私はよく冬子と別れたあと考えたものである。むろん人間は誰しもこのような二重性は持っているのが普通だし、なかにはさらに複雑な性格の混淆が見られることも稀ではないのだ。にもかかわらず冬子の場合に、とくに私がそうした変化の著しさを感じたのは、あまりに彼女の静かな雰囲気に私自身甘えたところがあって、それが、不意に、どこかある一点で厳しく拒まれたという印象を受けたからではあるまいか。しかしこうした印象は、私が彼女の残した記録や手紙を集めたり読んだりしてゆくうち、弱まるどころか、むしろ強められていったと言っていい。冬子が厳しく拒むものがあったとすれば、それは彼女自身だったのではあるまいか、という私なりの仮定をゆるすとすれば、彼女のこうした二重性は私なりに説明がつけられるように思う。そして私が今も冬子のなかに深く感動するものがあるとすれば、それはまさしくこうした彼女の厳しさだと言っていいかもしれないのだ。

私は不明にも、自分のたのしさや冬子の示してくれるこうした物静かなやさしさに安易に寄りかかっていて、彼女がその当時感じていた困難な思いや、考えあぐんでいた問題（私がまったくの門外漢であるのにこんな言い方をするのは気がひけるが、ほかにうまい言い方もないのでしばらく許していただきたいと思う）をまるで感知することができなかった。それはこれを書いている現在、なお私の胸を悔恨の痛みとなって貫くのであるが、彼女はそうしたことを最後まで私に直接の形では話さなかった。したがって私のような単純な人間には、冬子のような女性こそ才能もあり、好運にもめぐまれ、そのうえ富裕でさえあって、現代における一つの理想的な形《タイプ》にちがいないと思われたのである。たしかに冬子は私にあの「グスターフ侯のタピスリ」と呼ばれる四聯一組の壁飾りを見るようにすすめたし、また、芸術が現在陥っている困難さという問題にしても、パリやミュンヘンのいろいろの画家たち（その多くは私などにははじめて聞く名ばかりであった）のエピソードをまじえて話してくれたし、後になって彼女のノートや手紙と引きあわせて考えると、彼女はまったくそうした話題に触れなかったというのではない。しかし当時の私は、そんな芸術家などはどこかパリの薄暗い屋根裏で自殺をとげたり、発狂したりする奇矯な人物にすぎないと思っていたし、冬子のように研究所でも優れた学生と思われ、奨学金を受けているような女性とは、まるで縁のない事柄と思っていたのだ。

それに、何よりも彼女が自分の作品や仕事のことを話すときのさりげない様子、それが私に彼女の真意を見誤らせた。私は冬子にたのんで工芸研究所のアトリエの仕事を見せてもらったり（そういうときの彼女は、たとえ真剣な表情で機《はた》に向かっていても、あの思いつめたような暗さは感じさせなかった）また彼女の部屋で、東京で織った作品から、この都会《まち》で制作した作品まで見せてもらったりしたが、そんなとき、私は冬子の並々ならぬ才能を感じ、容易にこうした美しい模様を織りだす力に羨望に似た思いを感じたものの、その内側にひそんでいた問題については何一つ感知しなかった。私の単純な賞讃の言葉を彼女がどう受けとっていたかと思うと、いまでも私は恥ずかしい感じがする。自分が大いに不甲斐ない人間に思えてくる。あのころ私はよく冗談に、私が彼女の騎士になって（それはたしかギュルデンクローネ家が古い貴族の家系で、騎士として宮廷で仕えていたという話が出たときだったと思う）もろもろの龍や怪物から救ってあげるのだなどと言っていたが、彼女にしてみれば、まさにその瞬間に、形こそ見えないが、地底よりのぼる龍や悪鬼が彼女を責めさいなんでいると感じていたのかもしれない。

私が彼女の失踪後、残していったノートや手紙などの整理を引きうけ、その結果、こうした彼女の内面の問題がわかってくるにつれて、無責任なジャーナリズムに対する怒りは、こんどは自分に対する憤懣と悔恨にかわっていった。私がこの都会《まち》にいて得られる余暇のすべてを彼女の書き残したものに読みふけってすごしたというのも、いなくなった冬子をなつかしむというより、むしろこうした自分の不明への謝罪や悔恨のためだったように思う。そして彼女の兄や二、三の友達に連絡をとって、彼女に関係のある記録を送ってもらったり、彼女の逸話などを聞いたりしたのも、同じような気持からだったと言っていい。私としては、支倉冬子の姿を何から何まで知りたかった。そしてそのために文字通り断簡零墨にいたるまで眼を通し、そこに落された彼女のかげを集めてゆくのが、せめてもの私の不明に対する償いだという気がした。

私はいまでも彼女がフリース島で消息を絶ったことを決して自殺とは思っていない。またある種の人たちのように（それは最近評判になったある映画に同じような状況を取りあつかったものがあったためと思われるが）その失踪は自殺でも事故でもなく、意図された逃避であり、どこかに名前をかえて生きているのではないかという推測にも同意することはできない。しかしそれが不幸な偶発事であるとしても、冬子がフリース島で死んだに違いないことは、彼女たちのヨットの船具の一部が回収されているところからほぼ確実となっている。この死が冬子にとって避け得ないものであったにしても、なぜか私は、それに対して私自身責任のようなものを感じないではいられないのである。これはなにも私が直接にS＊＊諸島へのヨット周航をやめさせられたろうとか、またなんらかの危険防止の助言を与えたろうとかいう意味ではない。それはもっと複雑な説明しがたい感情であって、いわば、理由なく「彼女はひょっとしたらその偶発の死をよろこんで受けいれたのではあるまいか」という気持が、鋭く心のなかを刺しつらぬいて過ぎてゆくような感じ——とでも言おうか。決して自殺をしたのではないが、それでもなにかこの世のことへ執着がもてなくなっていて、そうした気持が自然とあのような事故を招きよせていたのではないか。西欧のある哲学者は、どのような死もすべて自殺であると書いているそうだが、私のように機械の正確さを信条とする人間にとっても、冬子のことを考えあわせると、たしかに人間は、なんらかの意味で生への愛着なり、期待なり、望みなりを放棄したとき、死がおのずと訪れるのだという気持にならざるをえないのである。

こんな風に考えると、冬子に最後のころ出会う機会をもっていた私が、もう少し彼女の内面に入ってやることができ、その困難さをともに語ることはできないまでも、せめてそのたびに襲ったであろう暗い気分をまぎらわせ、幾分かでも期待とか希望とかをよびおこしえたら、と思わないわけにゆかない。むろんそれは私の自惚《うぬぼれ》であるかもしれず、もしそんなことを冬子が聞いたら、いくらか憂鬱な寂しそうな顔をかしげるようにして笑ったかもしれない。それでも私はこうしたもろもろの物思いを通して、かすかな自己苛責の痛みを感じることを告白しないわけにゆかないのである。しかし現在となってみれば、彼女が消息を絶つ寸前まで心に抱き、彼女とともに生きていた世界を、能うかぎり正確に、私なりに理解してゆくのが、こうした負い目を果してゆく唯一の仕事であるように思えた。そしてただその目的のためだけに、エンジニアの偏執をもって、彼女の書きのこしたノート、日記、手紙を、あの当時の日付の順に並べて、丹念に繰りかえし読んだのである。たしかにそこから私は、かつて知っていた冬子とは違った、彼女の内側の世界が現われてくるのを感じた。しかしそれは私を意外な思いに誘うというよりは、かつて自分の気づかなかったいかに多くの事柄を、彼女が私に示そうと努めていたか、そして同時に私がいかにそうした彼女の訴えに気づかぬまま過ぎてしまったか、という事実に驚かされたと言った方がいい。しばしば私は自分でも呆然とした気持にとらわれさえしたのだ。しかしそうした形で私は冬子の考えや感じ方を知るようになると、いつか、何度も繰りかえすように、芸術には縁のない私みたいな人間にとっても、それが全く無縁だとは言いきれない事柄であるように感じられだしたのだ。これは、いまここで、はっきりと文章の形にして示すには、あまりに複雑な要素が入りくんでいるような気がするし、事実、私自身にも、それが体験として感じられはするものの、その正体は実は明確につかんでいないのかもしれないのである。

こういうわけで、支倉冬子の書き残したものを読んでゆくうち、これを基にしながら、自分が見た最後のころの印象を加えて、彼女の世界をなんとか再現したならば、あるいは自分が感じているこの漠然とした気分（それは不安な気分とも言えたし、またひどく重苦しい気分とも言えたのだ）の由来を明らかにできはしまいかと考えたのである。

たしかに私がこのような形で支倉冬子の短かい生涯をえがきだそうと試みた心のなかには互いに矛盾するような動機がひそんでいる。にもかかわらず一貫して私を動かしつづけたのは、やはり冬子に対するある種の愛情のようなものだと言えるかもしれない。

彼女の記録を取りあつかうについて、私は私なりに、あれこれと計画や編集の方法について考えてみたつもりである。そして最終的に、私がその内容やノートの順序などから時間的前後を判定しえたかぎり、それに従うことに決めた。さらに冬子が自らの過去について別個に黒レザーの学生用ノートに書きつけた回想は、なるべく時代順に配列しながら、適当な時期に、他の記録のあいだにまとめて挿入することにした。これは内容の関連から見て、そのほうが一段と、冬子の関心の向けられていた対象を明らかにできると思ったからである。

最後まで問題となったのは、この都会《まち》に来てから書かれた反省や自己観察や芸術論などをどのように取りあつかうべきか、ということだった。その数はノート六冊に及び、内容的には、大体それぞれ独立したものが多く、そのうえその時々に書かれたので、かなり重複する部分も多く、また（別の眼で読み通してみると）矛盾もあり、繰りかえしも目立ち、論旨が同じところをぐるぐる廻っている場合もかなり見いだされるのである。もちろんできることならそれをそのまま再現するのが最良の方法なのであろうが、しかし彼女の内面の世界を明確にするためには、それはいささか余分な要素を盛りすぎるきらいがあり、さらに、なんの注釈も説明もないとすれば、それはかえって見通しを悪くする結果ともなりかねない。したがってこの点についてだけ私は冬子の書き残したノートを自由に選択し切りすてるところは切りすてることにし、そのかわり、できるかぎり私自身の説明でその欠陥を補おうと試みた。この点に関してはひたすら所期の目的と背馳しないことを願うばかりである。

＊

支倉冬子と会った当時、彼女が何度も私に繰りかえして訊いたことは「グスターフ侯のタピスリ」と呼ばれる壁飾りを私がどう思うか、どのように感じるか、ということだった。それはここの市立美術館の宝物であるばかりではなく、十三世紀の北欧の工芸作品のなかでも屈指の名品に数えられているものである。だから私がガイド・ブックに書いてある記事や評価をそのまま受けとって「とくにどうって言うことは分りませんが、でもいいものじゃありませんか。本に書いてあるように立派な作品だと思いますが。」と答えると、彼女は「今度、ガイド・ブックのことなんか忘れて、どう感じるか、ご自分で試して下さいませんか。実は、私、日本にいるころ、よくカラー写真なんかで、この作品を見ていたんです。そのころはとても好きだったのに、今になって、実物を見るようになると、なんだか、あまり好きになれないんですの。自分だけがそうなのか、それとも他の人もそうなのか、それが知りたいんです。でも可笑しいですわね。こんなことお願いするの。」と言って、弱々しい微笑をもらした。

私には冬子の真意はわからなかったけれど、ふだんなら一度見て忘れてしまっただろうその壁飾りの前に、その後、何度か立って、じっと眺めいったものであった。それは冬子と共にした昼食のあとのこともあったし、また夕方冬子と会う前の数刻のこともあった。しかし白状すると、何度見ても、冬子の言う意味はよくわからなかった。それに回数を重ねたからと言って、とくに前の印象が急激に変わるという事柄でもなかったのだ。

私にとってその「グスターフ侯のタピスリ」は四枚つづきの立派な壁飾りというほかなかった。その四枚はそれぞれ四季の農民の労働と生活をあらわしていて、解説によると、図柄はゴシック様式初期の、ぎこちない、稚拙とさえみえる、かたい線で描かれているが、その素朴な味わいはこの時期の作品に共通する敬虔な感情に根ざしているということだった。ただ私などにも驚嘆させられたことは、この四季の農耕図の人物や背景をとりかこんでいる唐草文の複雑さであって、ちょうど森の繁みに蔓草が絡らみ、その蔓草のつくる自然の籠のなかに、赤い実をついばみに来た小鳥が捉えられているとでも言った趣きがあり、事実、よく見ると、唐草文の渦のなかに、横になったり、逆さまになったりした小鳥が織りこまれているのであった。地は厚い重い感じで、色調は濃い紺（もちろんかなり褪せているいと見なければならない）であり、注意してみると、たとえば蔓草の先に紺地が織りこまれたり、小鳥の形が不揃いだったりして、技術的には、まだ初期の素朴さをとどめているが、それがかえって仕上がりのよい作品と異なる野生的な、荒削りの力を与えていた。このことは解説書にも書いてあったし、私自身もそう感じることができた。(私が冬子にそのことを言うと、「そうね、たしかにそうね、様式のあるものは、やはり強味をもっているわね。」と、ほとんど口のなかでつぶやいたのを憶いだす。) この作品に関しては後にも何回か触れなければならないと思うので、解説書の記述を参考にしながら、その図柄を説明してみると、ほぼ次のようになると思う。まずはじめの一聯は春をあらわしていて、前景に身体をそらし気味に振りかえる姿勢で、集まってくる雛たちに餌をあたえている若い農婦がえがかれ、その奥、中景には畑が拡がり、牛につけた鋤を動かしている農夫と、手を同じ角度に振って種をまいている何人かの男女とが織りだされている。そして背景には村の屋根と教会の塔らしいものが見えているが、そのほとんどは、唐草文様に渦巻き絡みあった蔓のなかに隠れている。というのは、農耕図をとりまく唐草は、その枠をこえて、遠い地平線の上へも、若い農婦の足もとへも、また中景の人物たちの傍へも、細枝をのばしていて、小鳥と同じく農民たちも、蔓草の網目に捉えられているような印象をあたえるのである。ただ農耕図の空間に絡みあう蔓草の模様は幻想的な花を小枝の先ごとにつけているので、あたかも岸の水車や土手に立つ人影が水面に浮かぶ蔓草の花と重なって、映っているような非現実な感じをあたえた。農耕生活がそのままどこか空中に浮かんで停止してしまったような、不思議に甘美な調和感がそこに漂っていた。織りだされた人物は、眼も大きく、表情もどこか驚いたような単純さをそなえ、動きはギニョール人形のようにぎこちなかった。(支倉冬子の記録を読み、私なりに織物などを知りたいと思って、帰国の途中、パリのクリュニー美術館、史料博物館で、もっと後代の精緻なゴブラン織を幾つか見てまわったが、こうした作品の農耕図は、いわば糸で織ったリアリズムの絵画のようなものであり、その技巧や精密な技術は驚くほかなかった。たしかに迫真力をもって織りだされた葡萄収穫図などには、女たちの抱えた籠の編み目の一つ一つ、指先に摘まれる房の葡萄の一粒一粒までが正確にえがかれていて、談笑したり、ふざけ合ったりする声が聞え、汗の臭いや、野卑な方言まで感じられるほどであった。にもかかわらず、この素朴な、幻想的な農耕図に感じられる甘美な調和感はそこにはまるで見いだせなかった。) 解説書にもあるように、ここには別個の制作態度が支配している、と言えるかもしれなかった。後になって、冬子が消息を絶つ直前のころであったが、「グスターフ侯のタピスリ」を織った工匠は、作品をつくる以前から、農耕生活や市民生活を信仰にみちた敬虔なものと受けとっていて、そうした調和感や内的な律動を、あの空間を埋める蔓草の花の幻想で表現したのではあるまいか、と話していたのを今もはっきりと憶いだす。

ところで、夏、秋、冬の三聯であるが、夏は羊毛の刈りこみ、秋は葡萄の収穫、冬は狩猟を主題としている。いずれも蔓草の花がその空間に漂い、眼の大きい、ギニョールの人形のような人物たちが、あるいは杖をもって立ち、あるいは鋏をもって蹲《うずくま》っていて、どこか現実ばなれのした停止感のなかにとじこめられていたが、その停止感には典雅な幸福とでも言いたいようなものが感じられた。そして四聯一組にして見てゆくうちに、私たちのほうがいつか幻想の花の群れのなかに漂っていて、四季の循環《めぐり》の律動を健康な脈搏のように感じてゆくようになる。私自身、果してそこまで感じられたかどうか、自信はないが、冬子が後になって（というのは、彼女は、かなりながいこと「グスターフ侯のタピスリ」を見にゆかなかったし、その評価も否定的だったが、その失踪の直前、彼女はふたたびこの作品を見なおし、以前にまして陶酔したような調子で話すようになったからだ）言った言葉から察しても、私がここに書いた事実には間違いないものと信じている。

いったいなぜ支倉冬子はそんなにもながい間「グスターフ侯のタピスリ」に対して否定的な考え方を持っていたのか、私にはどうしても解らなかったし、それは、彼女のノートを読むときの、最大の関心事の一つともなったが、ここでは彼女が、兄に宛てて書いた手紙を引用してみたいと思う。そのなかで彼女はタピスリとの出会いやその意味や最初の幻滅などを詳しく書いているのである。

〃……こんなことを書くと、お兄さまはいつものように、興味のなさそうな顔をして、横を向いてしまわれそうですけれど、冬子にとっては、それは本当に生死に係わるほどに大切なことなんです。それはたしかにお兄さまのおっしゃるように、この織物の美しさを写真などで見て想像していたのが間違いだったかもしれません。でも想像していたものが、いつも実物に出会うと、幻滅しなければならないとしたら、ずいぶんこの世の中ってつまらないものになるとお思いになりません？　もうあれから一カ月ほどになりますけれど、あの日のことは、どうしても忘れられません。その日は雨でした。お兄さまのことだから、雨なんか何の関係があるのだ、とおっしゃりそうですわね。でも関係は大ありだと思います。雨のなかを、工芸美術館まで行ったのです。日本から、それを見たいためにだけ来たのだというような、思いつめた、胸の痛くなるほどの気持で、冬子は「グスターフ侯のタピスリ」を見に出かけたのです。お兄さまはお笑いになるでしょうけれど、冬子の足はふるえました。美術館の大きな正面階段をのぼってゆくとき、なんだか試験でも受けにゆく感じだったんです。前の日に工芸研究所のユール先生とお目にかかったときも、冬子がながいことタピスリをどんなに見たいと思いつめていたかを話しました。先生は微笑されて、ゆっくり落着いて見にいってごらん、と言われました。でも冬子にはとても落着いてなんかいられませんでした。そのときだけ、飛行機で行くほうがいいとおっしゃったお兄さまの言葉が正しかったような気がしました。冬子はながい船旅や乗り換えなどで、ずいぶん思いもかけなかった都会や港や旧蹟などを見ることができましたけれど、旅がながびくにつれて、一日一日と「グスターフ侯のタピスリ」が遠ざかってゆくような気になってきて、妙な焦躁感を覚えたりしました。とくに船が地中海に入って、紅海の灼けつくような暑熱が、わずか一晩のうちに、肌寒い霧雨の降る陰気な海のうねりに変ってしまうと、冬子自身もはるばる旅をしてきたという気が致しましたけれど、それだけいっそうこの都会《まち》までの距離がながく感じられたのでした。そして目的地に着いたとき、そうした期待があまり大きくなり、これ以上待たされたら、自分で自分が支えられないほどになっていました。前に、このタピスリのことをお兄さまにお話したことがありましたかしら。面とむかって冬子が真面目なお話をしようとすると、お兄さまはすぐ困ったような、恥ずかしそうな顔をなさって、冬子をからかったりするのが癖ですから、きっと今までこのことはお話したことがないと思います。でも今は冬子はお兄さまに、このタピスリがどんなに冬子の気持のなかで大切なものだったか、知っていただきたいと存じます。冬子がこのタピスリを知ったのは美術学校の工芸科に入ってからでした。お母さまが残して下さった織物の見本や写真、図版などのなかには、この種類のタピスリとしては、クリュニー美術館の一角獣のタピスリとかメトロポリタン美術館のアラスのゴブラン織とかアンジェの黙示録タピスリとかが含まれていましたけれど、この「グスターフ侯のタピスリ」はありませんでした。お兄さまが子供のとき持ちだして、叱られたりなさったコプト織の裂地《きれじ》などは、お母さまのお集めになったものの中でも宝物の一つだったのですね。冬子が美術学校に入る前に好きだった辻ケ花染なども、優雅で、華やかなくせに、どこか線や染が細く寂しげで、あれなどもお母さまはずいぶん大事にしていらっしゃいました。冬子はお母さまのコレクションのおかげで、工芸科にいってからも、ずいぶんと裂地の知識があって、制作のときのヒントなど、ほとんどそうした知識をもとにしたのですけれど、家と一緒にそれも焼けてしまったのですから、冬子のなかにはお母さまのコレクションの様々な裂地が記憶の形で十年も十五年も生きのこっていたわけですのね。ですから、学校の図書室で、はじめてここの工芸美術館のカタログ図版をめくっていて「グスターフ侯のタピスリ」にぶつかったとき、なぜか前からそうした作品をよく知っているような気がしたのでした。たしかにクリュニーの一角獣やアラスのゴブラン織のような、繊細な優美さというものは見当りませんでしたけれど、それとは違った、素朴な、強い感じがあるように思いました。図版の一枚はカラーで印刷してありましたので、あの濃い紺地に花の散っている農耕図は、どこか海の底にゆらいでいる風景とも、この世ならぬ虚空のなかに漂っている労働の姿とも見えるのでした。冬子はコプト織の強い色彩の、粘着力のある質朴な感じも好きでしたが、北欧のこのゴシック初期の作品のもつ、どこか憂鬱で、甘美な、静謐な世界に憧れのようなものを感じました。いつか学校でも終って機会があるなら、パリやリールなどではなく、北の、雲が暗く垂れこめたこの古い小都会にいって、自分の気持にふさわしい作品の主題なり雰囲気なりをつかみたいものと思うようになったのは、その頃からのことでした。このことは冬子は前にもお兄さまには何度もお話したんです。憶えていらっしゃらないでしょうけれど。もちろん冬子がこの都会を留学先に選ぶことになったのは、それだけではありません。工芸科の武林先生や先輩の何人かが、ここの工芸研究所のユール先生について学ばれたことや、ユール先生が東京に来られたとき、何度かお目にかかれたということなども大きな理由だったのですけれど、でも、もし「グスターフ侯のタピスリ」が冬子を魅惑することがなければ、とくにこの都会をえらんだかどうか疑問です。こんな風に申上げれば、島にとじこもって、お花の栽培しか興味がなく、冬子のことなんか少しも構ってくださらないお兄さまにも、このタピスリが冬子にどんな関係をもっているか解っていただけることと思います。でもそんなに思いつめ、足をふるわせながら当のそのタピスリの前に歩いていったとき、冬子が感じたのはどんなものだったでしょうか。その日、雨が降っていたと申上げました。美術館のなかは、そのせいか、ひっそりとしていて、黒い制服をきた屈託した守衛が、陳列室の隅や廊下の奥を、こつこつ靴音をたてながら、行ったり来たりしているだけでした。冬子は息をのんで、タピスリの展示されてある部屋に入りました。そしてその前に立ちました。その前にくるまで眼をあげませんでした。で、その正面に立ったとき、思いきって、四聯の農耕図全体が眼に入るようにして顔をあげたのです。はじめに感じたのは、身体じゅうの皮膚が痛いように鳥肌の立つ感じでした。まるで理由もなく、磁気嵐でも通過しているような感覚でした。でも、それはある種の痛みの感覚を残して通りすぎると、それなりもう戻ってきませんでした。冬子は一瞬音のなくなったような感じのなかで立っていました。そのとき反射的に、ずいぶん紺地が褪せているという失望感に似た気持を味わいました。それから後は、ちょうど高まりきった潮が刻々と引いてゆくような感じで、身体じゅうの力が急に抜けてゆきました。冬子にはどうしても眼の前にある四聯の農耕図のタピスリを「グスターフ侯のタピスリ」だというように感じられないのでした。よく似てはいるけれど、ながいこと思いえがいていたタピスリは、もっと深い憂鬱や静謐さをたたえているはずです。ところが冬子の見ているのは、厚地の、全体に色の褪せた、糸のほつれや補修の目立つ、ひどく物質的な素材感の強い織物なのでした。ただそれだけのものにすぎませんでした。冬子はどう考えていいのか解らないままに、ただその前でぼんやり立っているほかありませんでした。その日は他のものなど見る気力もなく、雨のなかを帰りました。それは手の中に捉えていたものが急になくなったときのような、からっぽな悲しい気持でした。部屋に帰ってから、激しくなった雨を見ていますと、今までの旅行の緊張や疲れが急に襲いかかってくるようで、ひとりでに涙が出てきました。雨の音が激しくて、町じゅうの物音が掻き消されて、あたりに誰も住んでいない廃墟に自分が迷いこんだような気持になりました。もちろんそれから後、何回も美術館には出かけました。晴れた気持のいい日を選んでいってみたこともあります。でも、最初の印象は変りませんでした。あの古い織物のみすぼらしい厚手な物質感には、なんの愛情も感じられません。もうあれ以来一ヵ月になりますけれど、今では美術館にゆくのは苦痛になりました。もちろん工芸研究所には毎日通っています。ユール先生は、いずれまた別の気持で見られるようになる、と言って下さいます。本当にそうなれたらどんなに嬉しいかと思うのですけれど。〟

私が冬子のノートを調べているころ、彼女の兄から提供を受けたこの手紙によって、問題点の一つがつかめたように思ったのだが、しかしなぜ彼女が「グスターフ侯のタピスリ」をこのような気持で〈憧れ〉、それを求めてはるばるこの都会まで来なければならなかったのか、その辺の事情になるとこれだけでは十分に納得できなかった。私はその点に留意しながらノートの前後を読みかえしたり、読みついだりしたがちょうど書かれた順から言うと二冊目のノートに「グスターフ侯のタピスリ」を図版ではじめて見た頃の回想を中心として、かなり突っこんだ形でこの都会を留学先に選んだ理由に触れている。おそらく支倉冬子の問題の主要な部分であると思われるので、少し長いが次に引用してみたい。

〝母は自分の制作にどれほど自信をもっていたのだろうか。私が母と同じように染色や織物を自分の仕事と決めたとき、心のどこかで、亡くなった母を正当化したいという気持が動いていたことは否めない。母の死は、兄や私にとって、言い知れぬ重みとなっていた。兄はいっそう陰気な子供になっていったし、私は私で、いくらか片意地になったと思う。後になってから(というのは、ながいこと母の死に触れることは家では暗黙のタブーになっていたし、私たちとしてもそれから眼をそらしていたい気持が強かったからだ)父が、母の自殺は自分の仕事に対する自信を失ったからで、私たちは母のそうした純粋な気持に対しても、ひとりで先に逝ったことを許してあげるようにならなければいけない、と言ったとき、本能的に、父の言葉を拒もうとしている自分を感じた。母は絶対に仕事に対して自信を失ったのではない。母はもっと他の理由で死を選んだのだ。母をこの世に結びつけていたのは、むしろ染織の仕事であり、それがなければ、もっと早くになくなっていたかもしれないのだ。口には出さなかったが、私は強くそう信じていたし、それをいつか必ず証拠立てようと決心していた。母が兄や私を愛してくれたことに対しては、なんの疑いも持たなかった。それに子供だった私たちが、そうした子供への愛情が母の死を思いとどまらせうるなどということは考えも及ばなかった。母の死が自殺であると聞かされたのは、事件があってから何年も後のことだが、そのときでさえ、私は自殺と母とを実感として結びつけることはできなかった。私にとって大切なことは、母が病気と同じように自然となくなっていったということであった。私たちや仕事を、両手にかかえ、愛しながら、惜別しながら、なくなったということであった。そういう映像をこわそうとするものは、なんであれ、私は頑なに反抗したし、絶対に許すことはしなかった。母が染織を愛し、最後まで自らの仕事としてそれに打ちこんだように、私もそれを生涯の仕事とし、母の仕上げたかった作品の世界を私なりに完成させようと思った。母から忌わしい汚点を払拭するためにも、私はこの道を遠くまで歩いてゆこうと決心したのだ。

　こうした思いは工芸科を出て、専攻科にいる頃までは、疑いようのない事実として心のなかに生きていた。私の作品がはじめて入選したあの時代が、思えば何も考えず、何も疑わず、ただひたすらに制作できた唯一の時機だったと言える。私は母のコレクションの中にある裂地の模様や、織糸の触感を実になまなましく思いだすことができたし、そのなかで私に迫ってくるような感じの作品を思いえがくことは決して困難なことではなかった。クッションにしても、マフラーにしても、カーテン地、壁飾り、大小のテーブル・クロスにしても、私はただ作ることが面白くて、毎晩おそくまで学校のアトリエに残って、機を踏み、杼《ひ》をとばし、一棹《さお》一棹織りこんでいったのだ。

　私たち工芸科の学生にとって、工芸とは半ば化学薬品の処理のうえに立つ芸術だったから、たとえば染色のための調剤のカードは、その仕上がりの色見本の糸束とともに、半ば自動的な、正確な作業の基礎となっていた。偶然の配合から予期しない色彩が得られると、それはカードに書きこまれて、一つの既定の事実となり、確実に繰りかえすことのできる処方となったのだ。このことから私は同じようにして、自分の記憶のなかにある織図柄をカードによって分類してみた。それを幾つかの文様様式に分けて系統づけてみると、まったく別個の模様と思っていたものが、同系統の文様の別様の組合せだったり、裏返しの変形だったりして、それは自分の制作のヒントともなりうるのだった。私は織図柄を図版や博物館の織見本に当ってこのカードを増やし、それを整理して、小さな論文を学校の紀要にのせた。武林先生の教室で勉強するようになったのはこの論文が機縁だった。

　あの当時、私は単純にこれだけのカードを組合せることによって無限に豊かな織地がつくりだされるものと信じていた。事実、初入選の作品も、特別審査員賞を受けた「夜の橋」と名づけた菖蒲と流水模様の帯地も、このカードの組合せの結果に生れたものだった。「夜の橋」については、美術雑誌にカラー写真まで出て、何人かの評論家が抒情性や構図の現代性について論じていたけれど、本当は、この様式の組合せの技術からだけ考案されたものだった。

　私はたしかにそうした自分の成功に幾らか得意だったかもしれない。しかし他方その頃はなお、私を駆りたてる情熱や野心も同時に生きていた。それがカードの組合せに熱っぽい生命感を吹きこんでいたし、配色や染色の技巧に個性の律動を与えていた。少くとも私にはそう見えたのだ。

　だからこそ後になって「夜の橋」の頃の作品をふり返ってみても、半ば機械的に仕上げていったにもかかわらず、そこにはやはり私自身の情感のようなものが染めこまれていて、たとえば「夜の橋」には、暮色に包まれた水面から菖蒲の花が重く傾いている物憂い気分が感じられるのは事実だった。

もちろんこうしたモチーフさえあれば私は制作に打ちこめたし、制作に工夫をこらせばこらしただけ、それだけ作品の密度は高くなりうると信じていた。だから、何年か先になって、私が制作に行きづまりを感じるにちがいないと言われたとしても、到底そんなことを本気にはしなかったろう。しかし最初の頃の制作の熱気のようなものが過ぎ、例年の展覧会のための制作を中心にして、いくらか全体を見渡すようにして制作プランを考えてゆくようになると、私はいつか自分の作品のモチーフを機械的に組合せることに、軽い倦怠を感じているのに気がついた。はじめのうち、機《はた》に向かうことのたのしみが、そうした倦怠や空虚感を乗りこえさせたが、それでさえ果実の心《しん》が蝕まれたときのように、内側から徐々に崩れてゆくのをくいとめることはできなかった。かつて私の眼に無限の組合せと映っていた様々のモチーフ、様式、図柄は、なぜか急に煩雑な、意味のない存在に見えはじめた。そうした図柄を組合せること自体、無意味な、単なる繰りかえしとしてしか感じられなかった。それはいつからそうなったと明確に記憶されてはいないけれど、私の感じでは、風船の空気が抜けるように、なにか突然に、空虚になったという気持だった。

私は京都や奈良に出かけてみたり、野花や木立を写生してみたり、時には無定形の布地を織ってみたり、また図柄の組合せに専念してみたり、あらゆる試みを手がけ、この空虚感からのがれようとした。しかし私がその試みの一つ一つに何の成果も見えないことが、空虚感のうえに焦躁感を加える結果となった。そしてこの焦躁感がたえず私に早急な成果を求めるように駆りたてるので、何一つ落着いて追求することができなかった。

もちろんこのような事態が生じることを私は前もって知るわけもなかったし、そんな兆候すら感じなかったが、あとから考えると、私が染織工芸を選んだという動機のなかに、あるいはその遠因が隠されていたのではないかという気もした。母が染織を生涯の仕事としていたという事実は、私の場合、他のひとたちよりも、志望の決定に大きな影響力をもっていたことは疑いえなかったが、もっと厳密に自分のなかに踏みこんで、芸術家気質とでも言うべきものの成り立ちを眺めていってみると、母という外的な影響のほかに、私自身の内面の要求が動いていたことも見逃せなかった。

それをはっきり意識するようになったのは、私が工芸科の学生となってしばらくしたある初夏の頃で、その頃互いに知りあった油絵科の本庄玲子と話をかわしたのがそのきっかけになったのだった。

玲子は髪をポニーテールにした、耳のとび出た、痩せた女子学生で、いつも男の子のだぶだぶのセーターを着て、スラックスには絵具が乾いてこびりついていた。練馬の先の、麦畑の見える農家の離屋《はなれ》に、子供のような顔をした画家と同棲していて、昼前に起きるということは滅多になかった。煙草で黄色くなった指には、絵具がしみになっていた。身なりを構う様子はなかったが、どこか謎みたいな美しさがあって、私は本庄玲子と歩いているとき、よく新聞記者風の男が彼女のほうを独特の眼で眺めるのに気がついた。

私たちが知り合ったのは、デッサンか学科かの共通科目の時間だったように記憶している。玲子は同級生にはひどく乱暴な男言葉で話す癖に、私に対しては妙に生真面目な喋り方をした。私がそのことをいつだったか言ってやると「ふん、そうかな。気がつかなかった。私って、あなたに惚れちゃったのかな。そうかも知れない。そうよ。あなたに惚れちゃったのよ。」などと本庄玲子にしては幾らかどぎまぎした調子で答えたことを憶いだす。その真偽はともかく、私たちは専攻が違うにもかかわらず、よく往き来した。午後、顔色の悪い玲子が学校のアトリエで仕事をしている傍で、私は暗くなるまで坐っていたこともあるし、赤煉瓦の校庭に降る雨を図書室の窓から一緒に眺めていたこともあるし、玲子に連れられて彼女の友達が働いているバーに出かけたこともある。玲子はそんなときよく紀州にある彼女の家で鳥や動物や家畜と一緒に育った不思議な生い立ちを話した。しかし私たちが最後に落着く話題は画学生らしい芸術論だったし、とくに私たちの場合、その表現媒体が違っている点が、いつも議論の対象になった。

いまでもよく憶えているが、私がはじめて学校の図書室で「グスターフ侯のタピスリ」を見つけたとき、誰よりも先にその感動をうちあけたのは本庄玲子だった。

私は図版に加えられていた英文の解説で読んだグスターフ侯の伝説を玲子に話した。十字軍に加わって聖地に赴こうとしていたグスターフ侯の城館に一人の年老いた織匠があらわれて、軍に参加して聖十字の旗のもとで戦うことができないかわりに、四季の農耕図を織って聖務を果したいと申しでたこと、そしてその農耕図は侯の帰還まで工房の奥に隠されて誰一人それを見た者がなかったこと、聖地の戦いに幻滅し、深い絶望に陥った侯の前にその農耕図が示されたとき、神を遠くへ求めていった侯は、かえって身近かに神を認めたように思ったことなどについて私は話したのである。

「でも、それはまるで文学ね。文学そのものね。あなたは、そのタピスリに文学を感じているのね。」

本庄玲子はそう言ってポニーテールの髪をゆすぶった。彼女は注意深い表情で私を見つめていた。

私はその言葉で自分が考えていた作品の世界が急に照らしだされたような気がした。ながいこと私は図書室の机の前に坐って考えこんでいたように思う。本庄玲子が言ったことの内容は、ちょうどトンネルの中で叫ぶときのように、妙に歪んだ響きとなって、私の心のなかにこだましていた。〈文学——文学——文・学——ぶん・がく——ぶ・ん・が・く——〉そんなふうに音は次第に割れてゆき、最後にそれらは入りまじり、遠のき、そして消えていった。

たしかにこの油絵をかいているポニーテールの痩せた娘のように、私は、色彩や形態や材質感だけで自分の世界ができるとは考えていなかった。私が彼女と意見がわかれるのは、第一に、この点なのだった。その後、玲子は繰りかえして、芸術作品は宗教や政治や実用などへの従属を脱して自分自身の目的（「それを美と呼んでも、精神性と呼んでもいいわ。」と彼女は言った）を追求するようになってから、はじめて〈芸術〉となりえたと主張した。「パルテノンの神殿はトルコ軍の火薬庫だったのよ。その前はいくらか淫靡な多神教の神殿よ。あの建造物に高貴な美を見いだして、その美のためにだけ跪《ひざまず》くようになったのは近代人なのよ。」玲子は議論になると、いつも不機嫌な調子でそう言うのだった。玲子が〈文学〉という言葉であらわそうとしたものは、このように他の要素から離脱して、純粋の高みに達した芸術に、ふたたび芸術外の要素を導入するということに他ならなかった。本庄玲子は画面のなかに生ぬるい人間臭い情緒の混入を嫌悪していた。だから、私が図柄を組合せただけの布地を織りあげると、彼女は眼を輝かして、ここには絵画的なものだけが緊張して引きあう独立した世界があるわ、とつぶやくように言っていつまでもそれに見入るのがつねだった。しかしその布地がたとえばカーテンだったり着物地だったりマフラーを想定したりすると、ほとんど憤ったような表情で私を睨んだ。そんなときの玲子は私の説明も弁解も一切受けつけなかった。「実用的な芸術なんて、言葉の矛盾もはなはだしいわ。芸術の世界と実用の世界は、火と水、天と地、月とすっぽんよ。昼と夜よりも違っているわ。実用の絆を脱したからこそ、それが芸術になれたのよ。昔は芸術家なんていなかったのよ。ただ信仰の対象となる偶像を彫る職人はいたかもしれないわ。祭りで踊り歌う音楽や詩をつくる職人はいたかもしれないわ。あるいは記録のため、飾りのため、功労の顕彰のために、音や色や言葉で何か形あるものがつくられたかもしれないわ。しかしそんな人たちは芸術家じゃないし、そんなものは芸術作品じゃない。芸術はそうした一切から脱却して、感覚を通して精神に至る道を見いだしたとき、言いかえると美を自己目的としたとき、はじめて〈芸術〉となりえたのよ。この芸術を意識することのできた人々が、古代の偶像神のなかに〈美〉を発見したのよ。ねえ、発見したのは神じゃなくて、美なのよ。」

本庄玲子は一息にそう喋ると、急にぐったり肩を落してしまい、あとはひとことも口をきかなかった。いつも喋るとき、焰のように燃え輝き、突然燃えつきたように暗い顔になった。私がどんなに反論しても、ただ「芸術と実用なんて、昼と夜よりも違っているわ。」と低く繰りかえすだけだった。

しかし本庄玲子が〈文学〉という言葉で言いあらわし、しばしば燃えるようにして喋った、その点にこそ私が染織工芸を選んだ動機がかくれていたことに、あらためて私は気がついたのだ。玲子は芸術が神を棄て、顕彰の役割を棄て、記録を棄てて、はじめて〈芸術〉となり、〈美〉の表現者になりえたと主張する。しかし私は逆に、芸術がこのように神や顕彰する英雄や数数の記録すべき内容を喪ったために、空疎な、単なる形態だけのものになった、と考えるのだ。私は黙りこくった本庄玲子にこう言いたかった。

「なるほど〈芸術〉とはあなたの言うように〈美〉の自律的な世界かもしれないわ。でも古代にヴェスタの女神が火になって燃え、中世にグスターフ侯が足音のよく響く城館の硬い敷石を歩いていた時代には、芸術作品はこの実生活、この実用の世界と一つになって生きていて、もっと豊かな感情をその生活から汲みあげていたのではないの？　芸術から生活を追放し、信仰も讃美も追憶も怖れもみな殺しにしてしまって、その揚句に手に入れた〈美〉の自律性なんて、所詮は人間的感情と無縁な、感覚だけのものではないの？　感覚を通して精神に到るというけれど、感覚だけで閉じてしまった世界に、どうして人間のものである精神が表現できると思うの？　純粋と言えば響きはよく聞えるわ。でもそれは人間という根を失った形骸だけを指すのではなくて？　意味を失った形骸だけの言葉って何なの？表現する内容もない形骸だけの絵画って何なの？　私はそんなものに荷担できない。そんなものの未来が枯渇でしかないのは眼に見えている。芸術家が力を汲みあげるのは生活よ。生活に、どんな形であれ、密着しなければいけないのよ。なぜって感動を汲みとるのは生きた場以外には不可能だからよ。もしそれを実用性と呼ぶのなら、この実用性のほうが芸術に確乎とした方向を与えるわ。美の自律性という言葉のなかで、無目的、無秩序へと拡散し、風化してゆく芸術に、もう一度、健康な血を送りこんでくれるわ。」

言いかえると、私は心のなかでこう叫びながら、実は自分自身がひそかに本庄玲子のいう絵画の自律性、純粋性に気がついていて、意識しないままに、それを怖れ、それから脱却しようとしていたことに思い当ったのである。それはちょうど風の吹きすさぶ暗い虚空に一人で浮かんでいるような感じだった。そしてどの方向にも歩くことが許されていたが、どの方向が正しい方向であるのか、暗い虚空のなかでは、目じるしにするものはないのだった。私はただ風の音を聞き、こうした不安から脱れるために実は油絵ではなく染織をえらんでいたことにあらためて思い当ったのだ。

自覚しないままに、こうした不安を感じたのは、美術学校に入るよりもずっと前のことだった。今、憶いだせるのは中学の最後の修学旅行で京都と奈良にまわって、博物館に入ったときの印象だ。伽藍や寺院から博物館の展示室に運ばれてきた仏像や仏画が、ガラスのケースのなかで明るく照明されているのを見たとき、私は、突然、理由のない不快な感じに襲われた。千年の歳月と読経と燈明の煙のなかで黒ずんだ豊艶な仏体が、衣のひだや手足の窪みに銀色の埃りをこびりつかせて、いまはただ陳列番号と解説によって人々に関係を持つだけで、互いに何の血縁もない広い陳列室のなかで他の仏像群と並んで立っているのを見ると、私はそういう仏像たちが生命の最後の炎——それでさえすでに何百年も前から乏しくなっていたのだろうが——も消え、冷たい固い骸となって、そこに集められているような気がした。どの仏像の前に立っても、寺院の燈明の仄暗い光で仰ぎみる神秘感もなければ畏怖感もなかった。そこには、なるほど本庄玲子が〈美〉と呼ぶものはあったかもしれないが、堂宇の暗さと豪華な装飾、仏具の沈んだ輝きのなかに描きだされた涅槃の柔和な微笑が、人々を阿鼻地獄から救いあげていた時代に持っていた本来の力は失われている。私はもちろん仏教に帰依していたわけでもなく、またその当時これだけの意味がはっきり理解できたのでもない。ただ私はその明るいガラス・ケースのなかの仏像に、ある痛ましさを感じた。そしてそうした傷痕や残骸をむきだしのまま照明している陳列室というものに、激しい嫌悪を感じた。「なぜ生命の炎も力もなくなった仏像たちを、不具な奇怪な姿のままに人眼にさらさなければならないのだろう。それはかつて人々の慈悲に呼びかけていた浄土への窓ではなかったのか。とすれば、そうした慈悲の断片さえ感じられない陳列室の無機質の光のなかに仏像を置くことは許されないはずだ。信仰が終ったとき、それは焔のなかで消滅してしかるべきものではなかったのか。」私は後になって、こうした極端な考え方に傾くようになったが、それは奈良での最初の嫌悪に由来する。また、そうした嫌悪も抵抗感もなく、仏像をガラスのなかに閉じこめる社会通念に対し不安を感じたのも同じ理由からなのだ。

　こうした嫌悪や不安が、知らぬうちに、美術館や博物館に保存された〈美〉に不信を抱くよう教えたことは当然だった。母の持っていた裂地の美しさや、その美しさを生活のなかに生かそうとする母の態度などが、当時の私に大きな影響を与えないはずがない。いつか私は、美がこうした生命や生活の実体から離れ形骸になるようなとき、そのような美からは手を切らなければならないと考えるようになっていた。あくまで生命を表現しているもの、生活の哀歓や魂の律動を語ろうとしているもの、そういうものを求めなければならないと考えていたのだ。

　しかしそれを本庄玲子の言う〈実用性〉と直ちに結びつけてはならないと思う。もしそれが大衆売場の日用品や雑貨、衣類という意味の実用性であり、劃一の低俗と卑小な便宜性を意味するのだったら、それは玲子の言うように、実用と芸術は相容れないかもしれない。しかしそうかと言って、この実用を無視し、それをこえてしまえば美的価値が生れるかという点になると、私はかえって躊躇を感じた。眼の前にすぐ空虚な美術館の絵画や、博物館の仏像が現われてくるからだった。そして私はむしろこう考えた——もし大衆売場の実用品が劃一的でどこか非人間的な感じがするとすれば、本庄玲子よ、あなたの言うその〈美〉だって同じ社会の精神、同じ考え方、同じ態度から生みだされているのではないだろうか。あなたはその〈美〉に人間不在の匂いを感じないだろうか。すくなくともそれは、本来、根をおろすべき土壌から根こそぎ掘りだされていながら、平気で、虚空にとどまって自足しているような〈美〉なのだ。もし美なるものが絶えず人間の魂の温みであたためられ、生命の力を人間の〈生〉から汲みあげているものとしたら、この虚空のなかの美、人間と無縁の美とは、いったいどういうものなのか。果してそれを私たちは美と呼ぶべきなのか。いや、そうではない。本庄玲子よ、そうではないのだ。本当の美とは、そのように美自体で孤立するようなものではなく、もっと人間の魂や生の陰影や哀歓と深く結びついているはずのものなのだ。それは必ずしも大衆売場の実用品と結びつくという意味ではないけれど、でもそうした実用品をつくりだした人間の状況には無縁でいられないものなのだ。それは、もっと深く、もっと広く、人間のすべての活動や状態と結びついてゆくものなのだ……。

　こういう考えを持ちつづけていた当時の私にとって、染織工芸を選ぶということは、この美を孤立させずに、人間の営みの深さと結びつけようとする願いのようなものだったに違いない。純粋絵画と機《はた》の織りだす布地のあいだに、果してそれだけの差違があるかどうか問わないとして、当時の私の眼には、絵画の額縁《がくぶち》が、この世と絵画の世界を明確に切りはなそうとする絶縁体と映ったのに対して、織物は人間の生活のなかへ拡がろうとして親しげな眼《まな》ざしを人間のほうに投げているように見えたのだ。

　こうした染織工芸を志望した動機のなかに制作力の枯渇（倦怠感や徒労感、それにマンネリズムに陥っているという苦い反省を伴った枯渇）の遠因がかくされているというのはどういうことか。答は簡単なのだ。つまり、私が自分ですでにその枯渇を予感していて（もちろん無意識にだが）その結果、幾分でもそれを回避できる可能性のある方向を選んだのではないか、ということなのだ。これを、あるいは穿ちすぎ、または後からのこじつけと考えることは自由である。私自身そのようなことがあるはずはないと、何度否定してみたかわからない。しかしそのたびに自分の予感が遥か遠くに根ざしていることを確認しないわけにゆかないのだ。たとえば奈良の博物館の陳列室で感じた嫌悪は、実は自分自身のなかにあるそうした荒廃を形にして示され、それに対して嫌悪したというのではなかったろうか。人間の営みのなかから生命の糧を汲みあげなければならないと考えていたのは、実は、そのような人間の営みから切りはなされることがわかっていたために、あえてそう考え、そう言いもしたのではなかったろうか。自分のなかにはもともと何かそうした人間の哀歓とか情念とかを感じない部分があって、いつかそうしたものが自分に制作不能という形で復讐するのを怖れ、表面的には人間の実生活に密着した工芸を選び、そこでできるだけその復讐からのがれようとしていたのではなかったろうか。その一つの証拠は、あの「夜の橋」の頃までの私の制作方法である。そこには制作への野心や、新しい領域への意欲はあったにしても、それは様式や図柄の厳密な組合せであって、極端に言えば、左の文様が右の図柄に転位され、組みなおされたにすぎなかった。もしそこに（「夜の橋」の場合のように）私自身の情感が加えられたとすれば、それはこのように自動的に生れた一つの世界に、あとから情感的なものを感じただけなのだ。自分の魂の底から迸《ほとばし》りでるもの、哀歓や慟哭を通じて揺りおこされるもの、生活の困難や挫折の襞に沿って育くまれ成熟してゆくもの、そうしたものは、私から欠けていた。しかしこの欠如の意識は、私に代償として、生活に密着した形を愛着させた。「夜の橋」は抽象的な表現形態ではなく、若い女の胸元を締める帯地であった。私は少くともそのような形で生活に近づくことによって、内部の空洞は必ず克服しうると信じていた。しかし結果はまったく逆だった。私が実生活に布地や装飾物を通して近づけば近づくほど、この空洞は大きくなった。

私は制作に対する倦怠感や徒労感が深まるにつれて、いつか自分の感受性のどこかに、魂の激動とでもいうものを受けつけない部分があるのではないか、と思うようになった。ちょうどながいこと動かすことを忘れていた機械の一部分のように、魂のその部分は、いざそれを使う段になると、錆びて動こうとはしないのである。なるほど笑ったり泣いたり慍《いか》ったり喜んだりはする。母の死に私はどんな激しい悲しみで泣いたことだろう。祖母の死にどのような深刻な不安を感じたことだろう。しかしそうしたものがなぜ私の魂の奥に深く刻印をおして、そこから魂の激動を汲みとるべき源泉とならなかったのか。なぜ日々の営みが計画通りの構造物のようになって、半ば機械的に事が運び、昼が夜になり、夜が昼になり、街が騒がしくなり、また静かになり、こうして単調に繰りかえされてゆくようになったのだろう。

私の心のなかに「グスターフ侯のタピスリ」が突然よみがえってきたのは、徒労感と制作の混乱とが極点にきていた去年の秋のことだった。たまたま学校にユール先生が招かれ、北欧初期ゴシックの工芸一般について講演されたのが直接のきっかけだった。私はこの単調な生活をこえることができれば必ず「夜の橋」の頃のような激しい制作欲を感じられるにちがいないと思ったのだ。しかしそのための第一の条件は、魂の激動を取りもどすことだった。この錆びた不動の部分を忍耐して動かしてみることだった。そして私にはこのゴシックの傑作である「タピスリ」に触れ、それが伝統として生きている北欧の都会に生活すれば、いつかその扉が開くのではないか、と思われたのだ。〟

*

私は煩をいとわず、以上かなり長い部分を抜き書きしてみたが、このような支倉冬子の期待は、この都会に着いて数日ならずして裏切られたわけだ。したがってそれがその後の彼女の生活を、東京にいるときより、いっそう困難なものにしただろうことは容易に想像できる。彼女の場合、政府の給費が十分に支給されていた。そのため、実生活の煩労がまったくなかったので、彼女はこうした精神の苦痛をまっこうから純粋な形で受けとらなければならなかった。たしかにこの最初の頃の冬子の生活には何か普通ではない、狂気じみた雰囲気が感じられる。言葉の通じない異国の都会というものは、そうでなくても、この孤独な、人恋しさで、人の気を狂わすものなのだ。毎日毎日来もしない手紙を見るために、六階の階段をかけおりて、玄関の薄暗いポーチまで飛んでゆく。そこに並ぶ郵便受けを眺め、蓋をあけ、指をつっこみ、一枚の紙片もないことを確かめたうえでないと、部屋に戻ってゆくことができない。そのくらいならまだ症状は軽い。最後には、こうした孤独な人間は居もしない知人に話しかける。急にドアをあけて、訪ねても来ない客を追いかけて通りまで出ていったりする。そういうときの彼らは一様に暗い虚ろな表情をしており、時には震えたり、時には部屋の中で叫んだりするのだ。そしてこうした発作の直後は放心し、ほとんど感覚がなくなっている。そしてそういう孤独な男女を見るたびに、人間というものの不思議な連帯感を感じる。その連帯から不幸にして一時的にも離脱すると、彼らは狂気になるほかないのだ。私はV＊＊でこの種の人間を何人か見た。

私は冬子のノートのなかから、その頃の彼女の異様さを示す二、三の部分を次に引用してみよう。それは彼女の孤独からきたものだが、それ以上に彼女の絶望感から生れている。この部分はノートの第一冊目の半ばほどに書かれ、日付は、前に引用した兄への手紙から一、二カ月後である。秋もずっと終りのころである。

〃この頃、ふと気がついてみるといつか自分で独り言を言っている。まるで言葉に出さないと、ものが考えられないみたい。部屋にじっとしていると、壁や天井から脂汗のようなものが流れてくるような気がして、なるべくせっせと工芸研究所に通っている。それでもユール先生はフランス語を話して下さるので、先生とお目にかかれた日は心が晴ればれする。街を歩いていても、フランス語か英語で（この都会の暗い響きの言葉はまるで喋れないから）誰かれとなく話しかけてしまう。先日もS＊＊街の古物商の店の前を通ったら、こんなことがあった。そこは、ひっそりした狭い通りで、店のなかは暗く、鉄の甲冑が光っていたり、花瓶や壜が古家具の上にのっていたり、造花や風景画が壁にかかっていたり、各種の楽器が天井から吊りさがっていたりして、その奥に、いつも店の主人が坐って新聞か何かを読んでいた。私は研究所からの帰り、よくそのガラス扉に顔をくっつけるようにして店内をのぞいたが、一度も入ったことはなかった。ところが今日、いつものように店のなかをのぞくと、ふだん店の主人が坐っているところに、蠟人形が置いてあった。若い男の人形で、はにかんだような微笑を浮かべ、いくらかうつ向き加減で、着ている洋服はどこかこの地方の風俗衣裳のように見えた。私はそれがちょっと面白かったので、なかへ入ってみようという気になった。ドアの鈴の音がして、店の奥から小肥りの若い陽気な娘が出てきた。私がフランス語で話すと「あら、フランス語を話しますの？」と言って、フランス語で何が欲しいかとか、この絵はどうだとか、話しだした。私は、いつもこの店を通るのだということ、そして店の主人がふだんは帳場に坐って本か何かを読んでいるのを見かけていることなどを話した。

「今日はご主人はいらっしゃらないの？」

私はその蠟人形を眼で指しながら言った。小肥りの娘はちょっと驚いた顔をして、

「ご主人ってパパのこと？」

と叫んだ。

「ええ、年配の方よ。少し髪の薄くなった……」

「あ、じゃパパね。あなた、パパをご存じでしたの？　ああ、可哀そうなパパ。あのパパは五年前になくなりましたの。」

私はしばらく娘の顔を見ていたが、黙って頭をふると、後ろ

も振りかえらず店を出てしまった。なんだかそのあとで、ひどく頭が痛み、早く床についた。そして翌日になってもいやな感じが黒ずんで身体のなかに残っているみたいだった。〟

〝工芸研究所からの帰り、私は余り早く自分の部屋に戻りたくないようなことがある。そのくせ、かたい石だたみや、暗い町並から生れる陰鬱な感じに耐えられなくて、どこか明るい陽気なミュージック・ホールか暖かいカフェに逃げこみたくなる。しかしミュージック・ホールはV＊＊＊港の船員たちのためのもので、下町の場末にしかないし、カフェにしても、この静かな都会にふさわしい清潔な店ばかりだ。それなのに、昨日の夕方、研究所の帰り、いつもと違う道をとろうとして、噴水のある広場から離れた裏通りを歩いていると、一軒のカフェから、めずらしく陽気な音楽や歌声が洩れていた。あるいは船員たちの寄る酒場かもしれないが、まだ夜になってはいないし、もしそうだったにせよ、店の隅に坐って歌っている人を見たり、ビールの匂いを嗅いだり、湯気が天井に噴きあがって外へ流れてゆく暖かな気分を味わったりするぶんには、さして遠慮することもないだろう。私はそんな風に思って、カフェの戸口を入ろうとすると、その瞬間、どうしたことか、急に音楽も歌声も聞えなくなってしまった。今まで人々の話し声もしていたように思う。その声まで聞えなくなって、まるで火の消えたように静まりかえっている。私は一瞬ためらったけれど、思いきってドアをあけてみた。天井の低い清潔な店のなかは薄暗くひっそりして、赤と白のチェックのテーブル・クロスの掛っている卓には、客らしい人影は見当らなかった。部屋の隅に、スチームが乾いた音をたてているだけで、カウンターの向うから、健康そうな女主人がコップを拭く手をとめて、じっと私のほうを眺めていた。私はどのくらいそこに立ちすくんでいたのか知らないが、我にかえると、思わずドアを後ろ手に閉めてそこを飛びだしていた。するとその瞬間、急にどっと笑い声が私の背後から追いかけてくるのだ――まるで、それまで人々が椅子やカウンターやテーブルのかげに隠れ、息を殺していて、そのときいっせいに叫びながら飛びだしてきて、足を踏みならし喚きたててでもいるように……。私は耳を覆いながら、街を走りぬけた。どこをどう走っているのかわからなかったけれど、その町から少しでも遠くに逃げたい一心だった。本当にあの店の人は私にいたずらをし、からかったのだろうか。でも私はむしろ恐怖のほうが強かった。本当にこわかった。今考えてみても背すじが寒くなるような感じがする。〟

私が冬子のノートからこのような事件を書きぬくことを悪趣味としてとがめだてしないで頂きたいと思う。あの古い陰気な都会《まち》を知っている私が、おそらく誰よりも冬子のこうした不安や恐怖を理解できるのではないかと思えればこそ、あえて冬子の精神状態を示して、多くの人に彼女の気持をわかって貰おうとしているのである。たしかに冬子も何度か触れているが、この都会に澱んだ古い、神秘な気分はどう説明したらいいのか、よくわからない。

　私がV＊＊からはじめてガソリン・カーでこの都会に着いたときの印象をまだよく憶えているが、空気の澄明な、晴れた秋の午後のことで、森や牧草地のつづく平坦な郊外を二十分ばかり電車に乗ると、やがて広い、静かな川の向うに、黒ずんだ城壁の一部のまだ残っている都会が現われてきたのだ。

　幾つかの教会の塔と屋根、ひっそりした暗い破風屋根の並び、清潔な狭い通りと噴水のある広場、その上に拡がる版画にあるような淡い空、中央通りに黄ばんでいる並木、黒衣をまとって歩いてゆく老婆、時おり噴水をかすめて教会の塔へ舞いたってゆく鳩の羽音、そして時を失ったような町から町へ澄んだ鐘の音で時間を告げる市役所の時計台、そうしたものは、いまもなお私の記憶のなかに、昨日のことのように鮮やかだが、しかしあの頃と現在の間ではむろん何ほどの変化も起っていないであろうし、私たちがいた頃と百年前のあの都会とでも、ほとんど変化らしいものが起らなかったに違いない。なるほど通りの上に家の両側から吊された角燈もなくなったし、雨の日も雪の日もそれに灯をつけてまわった跛の点灯夫の姿もいつか消えてしまった。そのかわり青白い焔をゆらせるガス燈が広場を照すようになったし、街角のマリア像の下の泉もいつか水道に切りかえられた。噴水のある広場に車輪の音をひびかせて通った馬車がなくなってからまだ三十年しかたっていない。どの建物にもまだガス燈の配管のあとがそのまま残って、煤けた蜘蛛の巣がそれにかかっている。花模様の壁紙をはった採光の悪い客間には、磨きこんできらきら光った重い木製家具が代々の家長や夫人たちの肖像画や写真とともに、ながい家族の歴史の無言の証人となっているのだ。街区はひっそりとして、鳩の鳴き声が屋根のあたりから聞えてくるだけだ。時おり教会の鐘がながく曇り空の下に響いていることがあるが、そんなとき窓から通りを覗くと、大抵の場合、短かい寂しい一群の葬列が音もなく都会《まち》の外へ出てゆくのを見かける。

　こういう異様な古さから精神的な澱んだ無気力とともに肉体的な頽廃も生れてくるのであろう。あの都会にいる間、小人や傴僂《せむし》や不具者たちを多く見かけたが、それはあるいは太陽の光の不足からくる骨の病気の結果かもしれない。ともあれ公園の広場で数人の聴衆の前で髪をふりみだしてメシアを説いている男や、舞踏病患者や、ヒステリー女などにぶつかることは珍しくなかった。支倉冬子が過ごす環境としては、この都会は必ずしも好適な場所とは言いえなかった。健全な感覚の人間にとって、こうした頽廃現象はしかるべき因果の枠の中に位置させることができ、それに対応する処置、方法も考えることができる。しかしその頃の冬子のような精神状態にあっては、それは一つの実在の形として迫ってきて、外見がそのまま異様に歪んだ姿で感じはじめられるようになる。そこから連鎖的に恐怖感が募ってくることもありうるのだ。その一例として次のような箇所を示したいと思う。

〝この頃はちょっとした出来事にぶつかってもそれが幾日も後

に残っていて、まるで太陽を直視したあと、いつまでも網膜に白い斑点が焼きついて、物を見づらくするのに似ている。先日のあのヴァイオリン弾きもそうだ。あれから何日も夢のなかにまで出てくる。あんな一瞬の驚きなのに、どうしていつまでもその痕跡が消えないのだろうか。たしかあれは噴水のある広場からS＊＊街にぬける狭い道での出来事だった。私は広場を出はずれたとき、通りの向う側で、一人の老人がヴァイオリンを弾いているのを見かけた。老人は身体を前こごみにして、遠くからみると、いかにも自分の音楽に聴きいっているという印象をうけた。しかし近づいてみると、実際に鳴っているのは曲でも何でもなかった。メロディの一節でさえなかった。ただ弓がヴァイオリンの弦の上を往ったり来たりしているのにすぎなかった。そしてそのたびに弦がぎいぎいときしったり、かすれた音をたてたりしていた。老人の足もとに箱が置いてあって、それでも通行人の何人かは銅貨を投げ入れていったのであろう。私は箱の底に銅貨が散っているのをちらりと眼にとめた。私はそのとき一瞬、曲にもならぬヴァイオリンを夢中で弾きまくっているこの老人に痛ましい気持を感じた。老人には妻があるのだろうか。彼の人生を心配する親戚がいるのだろうか。それともどこか屋根裏部屋の冷たいベッドにひとり終夜まんじりともせず腰を下ろして物想いにふけるのであろうか。老人は正気を失うまでに不安や悲嘆にあわなければならなかったのだろうか。息子を戦争で奪われたのであろうか。私はそんなことを考えながら老人の前にある箱へ小銭を投げようとした。そのとき反射的に私はちらりと老人の顔をのぞいて、思わず息をのんだ。老人は傾けた帽子のつばの下で、顎を引いて、クックッと、おかしさを耐えるとでもいうように、笑いこけていたのだった……〟

私が冬子のノートを読んで感じ、時には感動もしたのは、彼女がこうした状態のなかでそれに呑みこまれることなく、あくまで自分の追求の目標を失うまいとしていた態度である。普通ならば、自分の期待に裏切られ、多くの事柄に幻滅を感じ、その結果、一種の抑鬱症に似た暗い気分に閉ざされていたのであるから、自分の見通しの甘さを嘲笑するとか、悔恨めいたものを曳きずって廻るとかするところである。しかし冬子にはそうした態度はまったく見られない。むしろ彼女はそのような事態がなぜ生れたのかを理解しようと努めてさえいる。少くともこの絶望なり幻滅なりを、制作不能の原因究明の機会としようとしていたらしいことがうかがえる。現在でも私は支倉冬子の全体にわたって十分理解できたなどと思っていないが、私が見たかぎりでも、必ずしも欠点のない女性だったとは言えない。彼女のある種の冷淡さとか、周囲に対する無関心な態度などは、時には彼女を親しみにくい人物に感じさせたし、感情の動きにも激しく屈折するようなところがあったようである。にもかかわらず彼女は自分で引きうけた事柄は最後まで愚痴めいた言葉をもらさず耐えぬくという心《しん》の強さがあった。しかしそれは女の依怙地というようなものではなく、もっと素直な感じのものであった。最後の頃、冬子はよく無名《アノニム》な存在ということを話していた。それは例えば中世の寺院建築や彫刻などを見ると、どんな職人がそれを建造し、刻んだか、誰にもわからない。そこにはただ無名の何人かの人格、何十人かの人格が隠されている。しかしそれにもかかわらず天使の微笑を刻んだ一人の人間の魂の動きのようなものはそこに生《なま》なましく感じることができる。その人とは、名前ではなく、こうした生きた精神の温み、脈搏、眼くばせを通して交流することができる。そこにはその職人の虚栄も自惚れも自意識もない。そうしたものは名前とともに無のなかに消えてしまっている。そしてただ彼の善意や諧謔や感動だけが純粋にそこに生きている。もちろん中世の職人にはこのような手仕事が何よりも尊い神への捧げ物であったのであろう。だからこそ彼は無名《アノニム》のなかで善意の限りを尽しえたのかもしれない。現代では神々も死に絶え、ただ自意識のなかだけで人間は生きることを強いられている。だから到底無名《アノニム》のなかで最善をつくすなどということは望まれそうもない。でもできるだけこうした無名《アノニム》の精神に帰れたら、私たちはもう少し〈よき仕事〉を仕上げることができるのではないだろうか――冬子が喋った無名《アノニム》な存在とは大体こんな趣旨のものだったように思う。私はそれに対してエンジニアという職業の例を引いて、エンジニアとはそうした無名《アノニム》な存在で、ただ番号を与えられているにすぎない。だから、むしろそうした非個性的な番号的存在から抜けだして、個性の刻印をおした仕事をしたいと思っている、というような反駁を試みたものだ。冬子は私の顔を驚いたように見ながら「本当にそうですね。現代では無名《アノニム》って、より高いものに合体することではなく、人間から善意やら責任やら個性やらを抹殺することでしかないのね。」と言った。もちろん私には冬子がどういう意味のことを言いたいのかよくわかっていた。その冬子の意味において、つまり自分が透明になって、ただ善意なり個性なりが現出するという意味において、私はやはり冬子がアノニムな存在を目ざしていたのではないかと思う。たとえば冬子が制作力を失って、その苦境を打開しようと努めているとき、不思議と純粋にそうした困難と戦っているという印象を受ける。南氷洋の氷の海と戦う探索隊の働きとか、実験室に閉じこもって困難な真理を究明する科学者のように、そうした苦難との戦いがごく自然のことと感じられる。冬子の場合もそうした自然さが感じられたが、それはおそらく彼女がかかるアノニムな存在を信じ、またそうであろうと努めていたからではなかったかと思うのである。

　ところで支倉冬子が抑鬱的な状態から脱却しようとして、ノートにも克明に自分の危惧や不安を記録した根底には、このような彼女の性向や意図があったわけだが、その一つの例として次の「黒い影」の出来事を示したいと思う。普通ならば不安を深めるようにだけ作用するこの黒ずんだ不分明な映像が、冬子の場合、恢復への転機を含むものとなったことは、ノート全体を読んだ私の眼には、きわめて明瞭なのである。

〟あの黒ずんだ影は、いつ頃から私の前に現われるようになったのだろうか。それは人影のように一定の輪郭をもっているのではなく、果して物の影かどうかも分らない何か黒ずんだものだ。そしてこちらが放心しているようなとき、ドアの後とか、廊下の奥とかまたは狭い古い街角とかから、不意に現われて、私の傍を駈けぬけ、あっという間に消えてしまう。それを捉えることもできなければ、見る暇さえもない。それが駈けぬけていった瞬間、あ、あれだ、と気がつくのが関の山だ。ましてこちらが意識し、緊張して、それが現われるところを待ち受けようなどと思っても、それは存在する気配すら示さない。そのくせ、ふと放心する瞬間があると、間髪を入れず、その黒い影が走りぬけるのだ。

　思い出せるかぎりでは、最初に、この黒い影に気がついたのは、都会に来て一と月ほどしたころ、下町の陰鬱な街区に十六世紀の民家を見にいったときではなかったろうか。その民家はこの古い都会のなかでも最古の家の一つで、市の記念建造物になっている。内部の階段は、暗く、歪んでいて、手すりは人が歩いてゆけそうに幅広く、葡萄など果実文の彫刻がしてあった。壁も床も厚く重い感じで、いたるところに龕《がん》や窪みがつくってあり、廊下には太い梁がむきだしている。採光も通風もわるく、薄暗い電燈に照らされた建物の内部は地下聖所《クリプト》のような重苦しい神秘感がただよっていた。

　その黒い影は、私がこうして広い手すりにつかまりながら二階から三階へのぼろうとしたとき、あるいはもっと正確には、階段に足をかけて、上の階から流れてくる湿った黴くさい空気を吸いこんだとき、不意に、背後の廊下を、まるで誰か人が駈けぬけるように走っていったのだった。誰もいないと思っていた廊下に、そんな気配を感じて私はびくっとしたが、しかし黒い影はそれきりふたたび現われようとはしなかった。

　私がその影のようなものを、どこか人間の姿のように感じていたのは、この最初の、廊下を駈けぬけた気配から生れているように思う。その後、古い町並を歩いていて、ふと二階から上層の部分が前へ迫りだすような中世風の構えの家や、円櫓などを備えた家などを見つけて、その古い中庭に入るようなとき、よくこの黒ずんだ影の走りすぎるのを感じたが、それは時には人影の感じというより、何か流れのようなものであり、人影だとしたら単独な人影ではなく、塊りとなった何人かの集団の過ぎてゆく気配のように感じられたのだった。私はもはや振りむいても捉えることのできない黒ずんだものの通過したあと、ながいこと、大門の両端にある車除けの丸石とか、重いくぐり戸の湿った金具とか、苔の青くはえた低い拱道《アーケード》とかをぼんやり眺めていた。なぜなら異国の見知らぬそうした裏町の中庭などを見ていると、不思議と気持が落着いてきて、割れ目のある壁や、角燈のくすんだガラスや、中庭の上に小さく見あげられる冷たい空など、前に何度もどこかで見たことのあるような気持になるからだった。〟

　私はここに比較的冷静に書かれた部分を引用したが、ノートのなかには、かなり急いで書かれたらしい乱雑な筆蹟と、激昂した文章の部分もある。雪の夜、旅行社や装身具店などの並ぶ大通りのショウウィンドウをのぞいて歩いていたとき、不意に現われた黒い影に関した叙述などはそれで、よく意味のとれない箇所も随所にある。全体を綜合すると、彼女がその影に追われて街から街へ雪のなかを逃げまわったということが判る。しかしそれならなぜその影を待ちうけて、正体を見破らなかったのか、という点になると、冬子は何も書いていない。おそらく恐怖のほうが先に襲ってきたので自分を取り戻す暇もなかったのであろう。しかし全体的に言えるのは、前にも触れたように、その正体を忍耐強く見極めようとする態度が失われなかったということである。それは冬子が夢の記憶を書くことによって、しきりとこの黒い影を喚びおこそうと努めていることからも推察される。もともと夢そのものは決して首尾一貫したものではなく、白昼の眼から見れば荒唐無稽なものでありながら、それでいて奇妙な真実や迫真力をもっているのが普通だ。しかし夢そのままを紙に書くと、当人の感じる迫真力や真実感は読むものには不思議と伝わってこない。これは冬子の場合も同じで、その煩雑な記述にもかかわらずそこから知ることのできる事実はすくない。ただ一つだけ夢の記述のなかの特徴に触れておくと、それは彼女の夢には、しばしば奇妙にも、共通して、物音が遠くで鳴っているという知覚が付属している。例えば山の背のようなところを歩いている夢では「どこか谷の下のほうで渓流の音がしていると思いながら」とか、また雨の街を裸足で歩く夢では「雨の音が耳をつんざくように」とか、あるいは地底の洞穴に縮こまっている夢では「どこか下のほうで岩が崩れる音がしていて」とか（その他いろいろの例を挙げられるが）書いているのである。これはもちろん冬子は無意識だったろうが、後から全体を読むような場合、きわめて容易に気のつく特色である。

　第三冊目のノートの大半を埋めている冬子の街区遍歴の記録を、私はただこうした彼女の不安の克服の一つの方法として解釈しているが、どうであろうか。その理由として私は彼女が執拗に感覚の細部を詳細精密に定着しようと意識している点を挙げたいと思う。つまり冬子は外界が曖昧になり欠落してゆくのを言語によって凝集し、固定しようとしているのではあるまいか、私はそう推測する。第二の理由は、今まで研究所と家の間に限定されていた彼女の足跡が、この都会《まち》のいたるところに見られるという点である。これなども感覚や肉体の運動を通して、喪失した場所を恢復しようという無意識の欲求とみられないであろうか。以下彼女のこうしたいわば〈オデュッセイ的遍歴〉の特徴を示す部分を煩瑣な文章をいとわず引用してみよう。この微細さに私は冬子の精神の形を見たいからである。なおこの第三冊目のノートは後半の三分の一ほどが余白のままである。それはいずれ後でも触れるように、彼女がこの晩秋の彷徨の最中に豪雨にあって、それがもとでしばらく市立病院に入院していたためである。すなわち第四冊目のノートは病院で新しく買ったもので、第三冊目の空白はそのまま残されることになったわけだ。

〝私は未知のものに不安を感じているのだろうか。それとも快感を感じているのだろうか。あの冷たい感覚は快感なのだろうか。不安なのだろうか。たとえば母親の姿を見失った瞬間の幼児の感覚、それはおそらく不安の反射的な知覚にちがいない。とすれば、私が見知らぬ街に来たことを知って感じるあの冷たい知覚は、やはり不安の感覚なのではないだろうか。なぜなら反対に、見慣れた街角を見いだすようなとき、かすかではあるが、安堵に似た感じを味わうからだ。その街角から家まで一続きであることがわかっているからなのだ。安心の根拠は幼児においては母親だったように、私にあっては、自分の家なのだ。そしてたとえ家が私の仮りの住居にすぎないとしても、それでもそれはやはり安全と憩いを象徴していた。道に迷ったような日、家にようやく帰りついて、居間に坐ると、私は、自分の心臓がなお高鳴っていて、不安の名残りのようなものがただよっているのを感じるのだ。

こうした不安から逃れるために、私のなかの無意識の本性は、たえず街なみのすべての特徴を覚え、結びつけ、しっかり固定しようと働きつづけたのではないだろうか。したがって、町角の食料品店を覚える、つまりその緑色の日除《ひよ》けを見覚えるということは、単にそれだけを孤立して記憶するのではなく、明らかに、自分の家への帰路と結びつけて覚えこむことなのだ。いわばこうした既知の街区は、たとえば私たちの家のあるP＊＊街から、緑色の日除けのある食料品店へ、そこからB＊＊広場の「グランド・ブルターニュ服地店」へ、という風にのびてゆく。

それはある意味では、半ば夢に似た、大きさも方向も内容もつかめないこの都会《まち》の中に、ようやくつくりだされた現実的な手ごたえの確かな地域と言ってよかった。ちょうど遠泳に疲れた泳ぎ手が浮輪につかまるように、不確かな、様子のわからない都会の波間を泳ぎ渡ってきた後で、B＊＊広場に着いて、その「グランド・ブルターニュ」というガラスの上のゴシック体の金文字をみると、私はほっとして、その服地店からはじまる既知の街区にかじりつくのだった。たしかにこの磨かれた正面の飾り窓に、大きく書かれた金のゴシック体の文字は、私にとっては、単なる服地店でも目じるしでもなく、いわばこの現実感という実体の重さ、量、内容の象徴のようなものであった。私は夕方になって日がまわると、その金文字のガラスの上に、渋いヴァミリオンの日除けが、眼深かに帽子をかぶるようにおろされるのを見るのが好きだった。曇りのない、底冷えのするような飾り窓の大ガラスの向うに、幾本かの濃い緑の葉をたらすゴムの大木が、店の奥の中二階の手すりに届くほどにのびていた。店内は重い茶褐色の木の布地棚や箱や台が、いくらか冷たい、整然とした配置で並び、時おり篏木の床をゆっくりと支配人らしい恰幅のいい老人が歩いていた。壁という壁はすべて服地の棚で覆われ、それが店内全体に、ある種の渋い、上品な、落着いた雰囲気をあたえていた。私はそれまで特別に男ものの服地に関心をもったことはなかったが、この「グランド・ブルターニュ」の店内の夥しい服地は、私に、何か特殊な、たとえば父の洋服簞笥のなかで感じた、温かく豊かな信頼感（自分の身体がその中で無限に小さくなってゆくような深い甘美な信頼感）を不思議と呼びおこした。私はその店の前を通るとき、自分が頼りない一人の女であることを、なぜか痛いほどに感じる。「グランド・ブルターニュ」の金文字の前では、私の華奢な靴が、小刻みに、足早に、歩いてゆくのを意識しないわけにゆかないのである。

もちろんこの同じ都会《まち》のなかで、「グランド・ブルターニュ」からP＊＊街（私たちの住む町）までの街筋が、他の町々と別個のものでつくられているはずはなかった。ただ変っているのは、それを私が「見慣れている」のに対し、他方は「見慣れていない」という点だけだ。しかし「見慣れる」ということが自己保存の本性に結びつくと言っても、それは本当はどういう心の働きなのだろうか。

まだB＊＊広場から戻ってくるようなときにも、よく道をまちがえた初めのころ（それはある雨の夕方だった）美術館から帰ってくる途中、自分の家がどうしても見つからなかったことがあった。私は、もう一度、B＊＊広場に戻ってみようと思ったのは、かなり歩きまわったあとなので、後戻る道すじさえわからなくなっていたのだった。どの通りにも見覚えがなく、同じような形の暗い階段や扉や窓が、雨のなかに並んでいた。こうして通りから通りへ歩きつづけたあげく、とある町角で、彫刻や浮彫りに飾られた重々しいアーケードの玄関のある大きな建物の前に出た。それは官庁か、学校か、病院か、ともかくそういう公共の建物であることには間違いなかった。しかし私の住むP＊＊街の付近には、こうした大建築は見当らなかった。（私はP＊＊街付近ならよく歩いたので、そう確信できた）自分が見当ちがいの街にまぎれこんでいるのにちがいないと思った。私はそこで町角を通りがかったタクシーをとめて、運転手に、私の住所を見せた。すると彼は早口で何か言った。私はわからないという身振りをすると、わざわざ雨の中を車からおりて、私の先に立って歩きだした。数メートル先の次の町角で、彼は私の住所と町の標識をくらべ、それだけで行ってしまった。それはたしかに私の住むP＊＊街の標識だった。私は狐につままれたみたいな半信半疑の気持で、そこに立っていた。たしかにこれがP＊＊街には間違いなかったが、それでは、つい今しがた、前の通りでみた、あの大きな建物は何であるのか、理解できなかった。そんな病院のような建物が家のそばにあるのだったら、私は、何の苦もなく、それを目じるしにできたはずだ。しかし、そんな建物は今までこの界隈では見たこともなかったのだ。それだからこそ、それを見たとき、私は他の界隈へまぎれこんだと思ったのだ。ところが、いまそこから数メートル歩くと、自分のP＊＊街についたのだ。ということは、私の住む通りの次の通りに、重厚な大建築がなければならないということなのだ。だが、それにしても、今まで、この界隈を歩いたとき、こんな大建築を見落していたなどということがありうるだろうか。

私は部屋に入るとすぐ地図をひろげてみた。たしかに地図には、P＊＊街の隣りの通りに大学の所在が明示してあるのだった。「とすれば」と私はつぶやいた。「何かの加減で、この大学の建物を見すごしていたのだ。」

翌朝、念のため、私は次の通りまで歩いていってみると、昨夜の重厚な建物は間違いなくそこに建っていた。正門のアーケードの両側に、知恵と勇気を示す大きな女神像が向きあって立っていた。アーケードの下は暗く、その向うに小さな中庭が見えていた。しかしそれにしても、なぜこうした明瞭な存在に気がつかないでいられたのだろう。私はいままで何を見ていたのであろう。私はそのとき大学の前に立って、妙に自信のない、不安な気持を感じたのを憶えている。

これと似たもう一つの出来事——市役所の出来事があったのも、それに前後したころのことだったと思う。

そのころ、私はすでに貴金属店の多いB＊＊通りを経て、大噴水のある広場までの道すじを、はっきりのみこむことができるようになっていた。もちろん私はただそこまで歩いていって、その大噴水と、そのむこうの大ドームと巨大な正面の柱列を眺めて、また帰ってくるだけだったのだけれど。そしていつか私の頭の中には、その大ドームの建物が何か記念堂に違いないというふうに思いこまれていた。とくに意識してそう思ったのではなく、なんとなく自然にそう思っていたのである。むろん私がここの言葉を理解していれば、その広場が「市役所前広場」と呼ばれていることにすぐ気づいたはずだが、私にはその呼び名は気息音の多い、暗い響きとしてしか受けとられていなかった。それで私は勝手にその建物を記念堂だろうと思いこんでいたのだった。もっともそのかぎりでは私は広場に立っても、一向に、不都合な気持にならなかった。ところが、ある日、私はその記念堂の中に入ってみようと思った。そして漠然とその堂内に広い空間があり、正面に大理石か青銅かの群像彫刻があって、壁には戦勝場面とか、歴史的事蹟の壁画でも描かれているように思っていた。ところが正面扉を入るや否や、突如として、働く吏員たち、書類の山、無数の机、仕切壁、帳簿類の箱、タイプの音、油紙のような匂いが私をめがけて殺到してきたのだ。私は呆然としてこの活動する書類の山を見つめた。

もちろん次の瞬間、私は自分が間違って、記念堂ならぬ市役所にとびこんだことを理解した。しかし正面扉を開ける前は、その荘重なドームは、私にとって、疑いようなく記念堂として存在していたのである。いったいここでは何が変ったのだろうか。ただ私の愚かしい幻影が事実の前に敗退したというだけのことだったろうか。

しかしそのとき私はなぜか存在するすべてのものは、実はそういうように存在するのではないか、と思えたのだった。幸い記念堂は市役所の存在によって打ち消され、霧散した。しかしこうして打ち消されず、また打ち消すことのできないものは一体どうするのか。私はふと、耳の痛いまでに静まりかえるこの都会特有の濃い深い沈黙のなかで、何度となく繰りかえし現われてくるあの重厚な大学の建物を思いえがくのだった。なぜ私はその軒蛇腹の浮彫りや、正門の上の楣と、波と、文字を書いたリボン状の旗とを組合せた紋章や、擬古典的な女神石像などを、はじめのうち、見なかったのであろうか——私の思いはかならずこの一点に戻ってくる。そんなとき私はこう思った。

「私は浮彫りや大きな窓や紋章などを眼にしてはいたのだ。そうしたものは私の網膜に映ってはいたのだ。しかし、ぼんやりしていた私にとって、それは眼に映っているだけで、本当に、浮彫りなり窓なりの形として意識されていなかったのだ。」

しかし、そこにはなお、それだけで片づけられない理由もあるように思える。もちろんぼんやりして街を歩いていたからこそ、大学の暗い重厚な建物を見落していたのだった。そのことはどうにも疑いようはない。しかし同時に、私は、その大学通りを、単なる住宅街と思いこんでいたのも事実なのだ。住宅以外にどんな家もありえないと私は無意識のうちに思いこんでいた。だから私が大学を認めなかったのは、実は、このような強い先入観があったため、そこに住宅以外の建物など入りこむすきがなかったからなのだ。浮彫りや軒蛇腹や重厚な窓を眼にしても、この先入観の方が私に強く働きかけていて、それをも住宅と思いこませてしまったのだ。だからこそ、そうした先入観のない状態で大学を見たあの雨の晩には、ただちにそれを認めることができたのではあるまいか。

しかし見方を変えて言えば、この「大学を認める」ということは、浮彫りや重厚な窓をもったその建物に、住宅という先入観のかわりに、大学という内容を与えることではあるまいか。それはまた、あの大ドームの建物に、記念堂ではなく、市役所という内容を与えるのと全く同じことなのではあるまいか。〟

おそらくこうした冬子の記録を読むと、いささか感覚の末端にかかずらわる神経症的な兆候を感じる人があるかもしれない。私もそれにあえて異をとなえる者ではない。ただこの場合、繰りかえして言うように、彼女の置かれた真空に似た空虚な状態を考慮に入れなければならない。私は一介のエンジニアにすぎないし、このようなことを断言できる筋合いではないが、冬子の事件に関しては、私なりに考えもし調査もしてみたのである。ともかく冬子がまるで暗い夜空のような虚空へただ投げだされるといった状態だったことを私たちは十分に考えなくてはならないのだ。だからこそ支倉冬子は必死で書いている。しかしこの書く行為は、誰かに伝達しようとして行われているのではない。彼女は書き、言い、表現することによって、現実を自分のものにしていっているのである。もし書く行為が創造の行為であると言えるのだったら、まさしく冬子のような場合にそれがぴったりするような気がする。なぜなら彼女ははっきり書くことができたものだけ自分の領域とすることができたからだ。そうした彼女の格闘を示している息苦しいまでの箇所がこの第三冊目のノートの終りの部分なのだ。この後、突然、空白となるが、それは前に説明したように、そのあと豪雨にうたれて、肺炎になったからである。

第二章

支倉冬子が行方不明になって、まだその生死も確認されず、私も一度フリース島付近へ出かけた頃、彼女の兄からの依託で、はじめて冬子のノートや手紙を読みはじめた瞬間の印象はまだ鮮明に刻み込まれている。あの年は例年にくらべて夏がいつまでも北国の都会のうえに残っていて、黄ばみだした並木に、晩夏の静かな光が当っていた。海のほうからは緑の牧草地をこえた風が、かすかに白い淡い雲を動かしていた。あの頃は私はまだ冬子の生存を半ば信じ、また願いもしていたので、こうした記録を読むのにかなりの抵抗を感じた。もし私がジャーナリズムの無恥な態度に腹を立て彼女を擁護しようという気にならなかったら、とても読みつづけられなかっただろうと思う。それにしてもあれからすでに三年の歳月がたち、私自身、いまこうして筆をとっているのは、アーケードを見おろすホテルの一室ではなく、青葉のかげの落ちている故郷の家の奥座敷である。なにも変らなかったようであり、また私のなかで何かが決定的に変ってしまったような気がする。

　私は冬子の第四冊目のノートを見るたびに妙にそうした感慨をさそわれる。それは彼女が病院にいる間に書きだしたもので、それまでの黒レザーの学生用ノートとは違って、色も、ヴァミリオンの鮮やかな革製表紙で、背には金めっきの贅沢な金具がついていた。しかし私にはそれが肺炎を機縁にして立ちなおった冬子の運命を何よりもはっきりと物語っているように思えるのだ。そのノートを買った看護婦のビルギット、それにマリー、エルスにもこの頃から知り合うようになるし、冬子の生活がある均衡を恢復したのもその頃だったし、これであの事件へと向かってゆく運命の歩みさえ知らなければ、第四冊目のノートはためらうことなく幸福な生命の象徴と呼ばれただろうと思うのである。

　ところで支倉冬子が雨にうたれて肺炎になった経緯については、このノートにも、それ以後のノートにも触れられていない。で、これは彼女が直接話してくれたことに基づいて書いてゆくほかないが、それはたしか私が医療保険もない外国で病気になったら、言葉もわからず、身寄りもなしで、飛行機で帰るほか手がないというようなことを言ったとき、彼女が話してくれたのだったように記憶する。私が「なぜそんな雨のなかを歩いたのです？」と訊ねると、彼女はしばらくためらってから「あの頃はずいぶん自分でも納得できないことが起ったように思いますの。」と言って次のような出来事を打ちあけた。

　その日冬子は珍しく研究所のアトリエで遅くまで仕事をして、街へ出ると、外はすでに暗く、霙《みぞれ》まじりの雨が激しく降っていた。仕事のあとひどく疲れを感じはじめていた彼女は、どこかカフェで熱いものでも飲もうと思い、噴水のある広場の行きつけの店に入ったのである。夜に入ったばかりだったが、店のなかは混雑し、陽気で、汗ばむほどだった。冬子は熱い果実酒をたのんで隅の椅子に腰をおろした。

「そのころから、私、へんに落着かない気持がしはじめたんですの。はじめは自分でもよく判りませんでした。なぜ自分がこんな気持になるのか。でもだんだんとそれが判ってきました。酒台にもたれて、ビールを前に話し合っている労働者や船員たち、それに時々話を差しはさむ店のふとった主人、テーブルで喋っている老嬢たち、新聞をひろげている独身の会社員、それに棚に並んだ細い壜や太い壜、磨かれたコップ、ミュージック・ボックス、鏡、仕切扉などが、なぜかいつもとは違ったように感じられるんです。上手に説明できませんけれど、まあ言ってみますと、そうしたものが、急に遠くに離れてしまったという感じでした。ちょうど劇場の後のほうから舞台を見ていると、マイクなど使ったりしてせりふだけがはっきり聞えるのに、そのせりふの音に較べると、舞台が遥かに遠くなので、眼と耳の距離感が調和しないで、妙に落着きの悪い気持になりますが、そんな気持に似ていました。傍で新聞に読みふけっている人がおりましたが、普通ならそれがスポーツ紙か経済紙か文芸新聞かぐらいはすぐ判るわけですけれど、私にはもちろんそれが何であるか見当がつきません。ちょうど裏に折りまげた頁が私の前に見えていて、そこに笑った女のひとの写真がのっていましたが、それが女優なのか、犯人なのか、社交界の名流なのかまるで判らないのでした。私にはそれが新聞であり、黄色い、滑らかな、インクの匂いのしみた紙であることだけが判っているにすぎません。ところが読みふけっているその人物は、私の見ているインクや紙や印刷字体ではなく、その奥にある社会の出来事、論評、ゴシップのなかに生きているのです。私はその中に入ろうとしても、その入口で扉を閉ざされているわけでした。紙の色や滑らかな触感や活字体の羅列はちょうど私の鼻先で閉められた扉の飾り模様のようでした。私は思わず眼をあげると、今さらのようにそこで喋っている人々の言葉も身ぶりも何一つ理解することができないでいるのに気がつきました。それは音が急になくなった世界ででもあるかのように、口がぱくぱく動いていたり、手や肩が動いていたりしますが、ただそれだけのことでした。私はその瞬間、その人たちの住む世界にも入ることができず、鼻先で扉を閉められているのを感じました。気がついてみますと、眼の前に果実酒が置いてありますが、私はこわくてそれに手がのばせないのです。もしそれを飲もうとして手を出したりすると、それは実はずっと遠くにあって、つかむことができないのではないか、と思われたからです。果実酒もガラス扉の向うのものかもしれない。みんなガラス扉の向うに入っていて、私だけが外へ押しだされているのだ——突然、狂おしいような確信をもって私はそう思いました。何から何までそれで説明がつくように思えました。私は息苦しくなって、もうそれ以上その場所に坐っていることができませんでした。」

冬子がカフェを飛び出してから後は、ほとんど何も覚えていないということだった。雨が降っていたこと、街が明るかったり、暗かったりしたこと、いつか教会の前に出たこと、公園に行こうとしてその正門が鉄柵の扉で閉められていたこと（「ここにも入れない」とそのとき彼女は泣いたということだ。「夜になれば公園が閉まることぐらい、ふだんなら知っているんですのに。」と彼女は憂鬱な微笑を浮かべて言った）夜おそく部屋に帰ったこと、すでにそのとき悪寒がはじまっていたことなどが、切れ切れに思いだされるだけだったという。

支倉冬子が病院でどのようにして過したか私は詳しく調べていない。もちろん市立病院には当時のカルテもあることだろうし、治療に当った医師もいるはずである。しかしすくなくとも冬子の内面的な世界を明らかにしようという当面の目的のためには、それは特に必要とも思われなかったので、あえて割愛することにした。したがって私は第四冊目の冒頭から、彼女の意識と体力の恢復を示している箇所を抜きだし、時間順に配列することからはじめたい。ここで簡単に彼女が語った肺炎の症状についてふれておくと、雨の降っていた夜、彼女は発熱したままベッドに入り、薬一つ飲まなかったので、翌朝にはほとんど意識を失うほどの高熱に達していた。もしその日、冬子が毎朝規則的に工芸研究所に通うのを知っていたアパルトマンの管理人D＊＊夫人が、正午近くになっても姿を現わさないのを不審がって、冬子の部屋に行かなかったとしたら、彼女の病状はさらに悪化していたろうし、果して恢復していたかどうかも危なかったということだ。

〝私のベッドは東に枕を向けていて、右手に幾本かの木立（枯れた梢が窓から見えている）と修道院付属の寄宿学校とがあり、晴れると、その窓とテラスのガラス扉から淡く太陽が差しこむ。その日ざしがゆっくり移動してゆくにつれ、寄宿学校の鐘がもの憂く何回か鳴る。急に子供たちの騒ぎが聞えてくるかと思うと、また鐘が鳴り、騒ぎは急に静まる。遠くで、時おり自動車の走り去る音がする。どこからか自動車が着き、人をおろし、二こと三こと言葉をかわし、それから自動車は走り去る。左側の奥にドアがあり、どうかして看護婦が少し開けて出ていったりすると、病院の廊下の音が忍びこんでくる。ひそめた医者の声。押しころしたような女の笑い声。反響する誰かの靴音。水の流れる音。壜のカチカチと触れ合う音。〟

〝はじめ私は天井に鮮やかな色彩が不定形に混って、万華鏡のように組合せを変えながら、動いているのを何回か幻覚に見ていた。その頃、自分についても、自分のいる場所、状況についても、考えたり、判断する気力がなかった。意識の表面に浮かびあがると、その鮮かな色彩の渦巻きがゆっくり回転して現われ、すぐにまた嗜眠性の病的な睡りのなかへ落ちてゆくのだった。私はそんなことを繰りかえしながら、ながいこと睡りつづけていたように思う。誰かの冷たい湿った手が頰や項《うなじ》に触れ、時おりガラスの吸い口や体温計などが唇に触れるのを感じていたのを憶えている。その時には、それが誰の手であるかとか、

何のためであるかなどという意識はまったく生れなかった。ただひたすら激しく襲ってくる睡りの波に身をまかせていた。〃

〃ある朝、ちょうど波のうえに浮かびあがり、一瞬放心して空を見あげているような、そんな気持で、私は眼をさました。部屋にはカーテンが閉まり、部屋の隅に暗くした電燈がついている。私は枕元の清潔な器具や瓶や消毒薬の匂いのするガーゼや乾いてかたいシーツなどをあらためて見たり触ったりしながら、こうしたもの全部は、もうずっと前から切れ切れであるが、知っていたということに気がついた。それに自分があの雨の夜以来、病院に運ばれたこと、ユール先生や何人かの研究所の友だちが来ていたこと、医者や看護婦たちが自分のそばに集まっていたことなどを知っていたのにも気がついていた。ただ私はそうした事柄に気がつくだけの気力が出てきた今になって、はじめて自分がそれらを知っていた事実に気がついたのだ。それからすぐ私はいろいろ考えようと努めたようだ。しかしいつの間にかまた長い睡りに陥《おちこ》み、ふたたび眼をさましたのは朝の九時ごろだった。カーテンは開けられ空は曇っていたが明るく、部屋のなかは熱いくらいだった。私が眼をさましたのは冷たい湿った手が顔にさわったからだった。すぐそばに面長の微笑した若い看護婦の顔があった。

「眼ガ覚メタ？」彼女はフランス語でそう訊ねた。

「エエ。」私は頭をふるような恰好をした。

「気分ハドウ？」

「ズット良クナリマシタ。トテモ元気ニナリマシタ。」私はゆっくり言った。

「良カッタワネ。一時ハトテモ心配シタノヨ。トテモ危ナカッタノヨ。熱ガ高クテ。アナタ、ズイブン色々ノコトヲ、叫ンデイマシタネ、日本語デ。私タチ、判ッテ上ゲラレナクテ、気ノ毒ダト思ッタワ。」

私はその後も実によく睡った。私のために特別に、このフランス語が喋れる面長のやさしいビルギットが廻されている。彼女が当直の夜など、遅くまで私の病室に残っていてくれて、太い赤い毛糸でセーターを編みながら、私たちは話をする。私が話をすることもあれば、ビルギットが島にある故郷の家の話や、看護婦養成所の話や、そこの寄宿舎の逸話や、首府に旅行した話などをすることもある。私はこの静かなやさしい看護婦が好きだ。どこかで前に会ったことのあるような、そんな親しさを、はじめて彼女の顔を見たときから感じた。彼女の傍にいると、私は不思議に落着き、言葉も母国語と同じ感じで話すことができる。ビルギットと一緒にいると、私はお喋りになるのだ。そしてビルギットが看護婦としての務めにかえって、お喋りを禁止するまでとめどなくつづく。しかし喋ったあとの疲労はいつもひどく満ちたりた幸福感のようなものを残してゆく。身体じゅうから黒ずんだもの、汚れたものがすっかり浄化され、恢復期に特有の軽々した新鮮な感じにみたされている。こんな状態にいて、あの霙まじりの雨の夜のことを考えることはほとんど不可能だ。それは何か別の世界、別の人生の出来事のように感じられる。それは、闇夜と雨と泥濘のなかから暗いランプの光に照らされて突然ゆらゆらと現われ、また忽然と消える陰惨な人物や物語のように、脈絡のない、不気味な映像となって思いえがかれるのだ。〃

〃私がようやくベッドを離れて部屋の端ぐらいまで歩けるようになった頃、例のあの黒ずんだ影のようなものが、また不意に私を訪れるのに気がついた。しかしこんどは、私はそれをほほえんで眺められるだけの余裕が持てるようになった。はじめそれはビルギットが私の手をとり「お休み」を言って引きさがった直後の放心した瞬間に起った。そのときは何かが通りすぎるというより、突然その黒ずんだものが周囲の壁に吸いこまれるように消えたという感じが強かった。何かが消えて、その消えるときの軽い衝撃で、はじめてそこに何かがあったことに気がつく――そんなような感じだった。私は別に今ではそれに怯えないどころか、むしろそんな形で何かが私の傍にあるのが興味深くさえあった。明日ビルギットに話して、それが何なのか、一緒に考えて貰おうと思った。しかし翌日になると、私はきまってそのことは忘れていた。事実、それは黒ずんだ影と言いながら、雨の夜以前のような暗い不気味な感じはもたなかった。それはただ実体のつかめぬある種の感覚だった。だから黒ずんだ影と言うかわりに、何かふるえるようなもの、何か痺れるような感じと言ってもよかったのだ。

そういうある夜明け、私はめずらしく祖父の建てた樟の大木のある家の夢をみた。その樟の枝々は母屋のうえを覆いつくすように腕をひろげていて、風のある夜、ざわざわとまるで川でも傍を流れているような音で葉を騒がせた。夢のなかでも樟の大枝は、かつて私が夜ごと怯えたと同じ音をたてて鳴りつづけていて、重い潜戸《くぐりど》も玄関につづく砂利道も植込みの奥の築地塀も夢とは思えない鮮やかさでよみがえってきたのだった。私はそこで母だったか、祖母だったか、あるいは別の誰かに、今までこんなながいあいだどこへ行っていたのかと訊ねられ、家ではみんな大へん心配していたところだ、というようなことを言われた。それが誰であるかはっきりしていないのに、私はただ懐しさで胸がいっぱいになって、ほとんど口もきけなかった。何か言ったら泣きだしそうな気持だった。「今までどうしていたの？　何をしていたの？」その母だか祖母だかが私にたずね、私は私で、どんなに早く家に帰ってきたかったか知れないとそれだけ言って口をつぐんだ。「早く帰ってくればよかったのに。よそで苦しい目に会ったら、いつでもすぐ帰ってくるのだよ。」その人物はそう言って私の先に立って歩いてゆく。私は喋りたいこと、訴えたいことが山のようにあって、何もかもようやくここで喋れるのだわ、悲しかったことも、寂しかったことも、みんな話せるのだわ、と思いながら、裏木戸から下《しも》の土蔵のほうへ入ってゆくと、その人物はもう見当らず、それに木戸を入ると五、六間のところにあるはずの女中部屋も台所も土間もないのだった。

私はしばらく呆然としてそこに立ちつくした。そしてこうつぶやいた。「私がながいこと見棄てた家だもの。残っているはずがないじゃないの。それを今になって、家に帰ってくるなんて、なんと愚かなことだったのだろう。そうなのだ。家はもうなくなっているのだ。それでいいのだ。私にはもう帰る家なんてあるわけがない。もう家にかえるなんてことは思ってはいけないのだ。帰ろうと思えばこうした悲しみに会わなければならないのだから。」

私は自分の涙で目をさました。目がさめてからも悲しみの発作はまだつづいていた。枕が涙で湿っていた。しかし目がさめて後、悲しみの発作は急に実体をうしなって、なにか感情の虚像のようなものに変っていた。その夢のなかで会った人物が母なのか祖母なのかはっきりしないのに、潜戸の重い鎖や、砂利道を踏む感覚や、植込みの奥の築地塀の雨に濡れて変色した壁土の色などは、異様な鮮明さで思いおこされた。その瞬間、私は思わず声をあげそうになった。樟の大枝がその時いっせいにざわざわと鳴りわたったのを耳にしたからだった。すると突然あの黒ずんだ影がゆらゆらと私の前に現われてきたのである。ゆらめくような不確かなその影は、しかしやがてゆっくりと形をとり、次第に明確な姿となっていった。私は息をのんで、それを見つめた。それは今しがたの夢で途切れたばかりの祖父の家の暗い森閑とした気配であり、姿だった。「あんなにもしばしば私のそばを走りぬけていた感覚、私が仮りに黒ずんだ影のようなものと呼んでいた感覚とは、実は、私の身体に蓄積され、その都度、さまざまな触発を受けて喚びおこされようとしながら、記憶の表面にまで、ついに浮かび上らず、意識の下層をかすめて消えたこの祖父の家の記憶だったのか。」私は呆然として突然現われたその暗い静かな家の隅々を、あたかも現実の家でも見るように、眺め入ったのである。ゴルフ用ボールで毬つきをした玄関先の黒い滑らかな石も、蟬の抜け殻を集めた青桐の冷んやりした幹も、池に映っているどうだんの繁みも、一枚石の橋も、橋の下に澱んでいる藻の青さも、それらを覆いつくす樟の大枝も、かつての姿そのままに、鮮やかに、私の眼にうつっていた。遠く、私はボギー電車が警笛を鳴らして走ってゆくのを聞くような気がした。私はよく築山にのぼって、夕空の下に長く尾をひいてゆくあの音をきいたものだった。すると不意に、築山につづく一枚石の橋で死んだ亀のことを思いだした。亀を私は飼っていたことがあったっけ——なにか信じられない出来事のように私はその思い出を驚いて見つめた。それはもう遥か遠い過去に忘れ去られ、葬り去られていた事柄だった。なんていろいろのことがあったのだろう。そしてなんと多くのことを私はこんなながい間、忘れ果てていたのだろう。そう思う間もなく、死んだ亀の墓を一緒につくってくれた色白の女中の時やのことが思いだされた。そうだった、時やと最後に会ったのは小学校の三年の頃だった。ああ、憶いだしてくる。時やがお嫁にいって、本当にあの人は仕合せだと言われていたのに、その翌々年だったかに、亡くなったのだ。私は時やの家にいったこともある。海のそばの寂しい、ランプのついた暗い家だった。いつも黙って坐っていた老婆がいたっけ。時やのそばに寝ると、波の音が枕のそばで聞えたのだ。「時や、時や、波が近くなってくるよ。私たち、溺れるようなことはないだろうね。だって波が家のすぐそばで鳴っているんだもの。」私がそう叫ぶと、時やは「夜は潮が差してくるんです。こわいことなんかありませんわ。さあ、お嬢さま、時やがこうして持っていてあげますからね、安心してお休みなさいませ。」と言って、冷たい湿った手で私の手をしっかり握ってくれた。冷たい湿ったやさしい手。そうだった。突然、私は我にかえって身ぶるいした。あの冷たい湿った感触は、時やの手の感触だったのだ。私は病院にきてずっと不思議とビルギットの手のあの感触に心が和んでいたのも、それが時やの手であると思っていたからだったのだ。いや、それればかりではない。入院して以来、私は意識を失ったまま、そのまま過去の深みに押し戻され、そのなかで生きつづけていたのに違いない。そのとき、突然、あの樟の大木が風に葉を騒がせてざわざわと鳴った。私はぎょっとして身体をおこした。幻聴ではなかった。現実に葉群が風にそよいだのである。しかしそれは風ではなかった。壁と壁の間でスチームが乾いた音をたてて鳴っていた。それは断続して鳴り、ざあざあと聞え、葉がざわめく音に似ていた。それに耳を傾けていると、まだ小さかった兄や、若かった母の姿などが物陰から現われてくるような気がした。その時、突然、記憶の奥の暗闇から、昨日のことのような鮮やかさで、一つの場面が浮かびあがった。それは裏の借家に住んでいた髪の薄い、蒼い顔をした女の子の姿であり、私がその子を何か残忍な強暴な力で突き倒している情景だった。その前後のことは思いだせなかった。ただ、思いだしたその瞬間にでも、息苦しくなるような残忍な憎悪の感覚がその記憶にこびりついていた。

私はながいことこの憎悪の感覚を反芻していた。繰りかえしそれを眺めてみた。そこに私はある種の悔恨がまじっているのに気がついた。〟

〝一日じゅう、どうしたことか気が晴れなかった。ただビルギットが来ると、彼女のなかに、やさしかった時やの姿を感じて、心が明るんだことは確かだった。にもかかわらず憎悪の感覚についての記憶は、なぜか心の奥底の部分に激しい衝撃を与えたらしく、あれ以来その部分が立ちなおれない感じがした。本能はそこに何か鍵になるものが隠されていることを私に告げていた。あれから幾日か私はベッドの上でこの記憶を見つめている自分に気がついた。自分でも無意識にそうしていたのである。ところがたまたま私が飼っていた亀のことを考えていたとき、何の脈絡もなく不意にその憎悪の原因がよみがえってきたのだ。私がその子と一枚石の橋の上で争ったこと、そして怒りの発作にかられてその子を池のなかへ突き落したこと、その後で土蔵のなかで泣いたこと、泣きながらもう誰にも愛して貰えない人間になったと感じたこと、涙が乾くと、自分は誰かを愛そうとすると拒まれる人間なのだと思いこんだこと、それをひどく寂しいと思ったことなどを、私は一挙に思いだしたのである。〟

冬子がこの幼少時の出来事にいかにこだわっていたかを知るには、第四冊目のノートに書かれたこれに関する彼女の自己観察、自己分析の頁を数えるのが一番であるかもしれない。彼女は、その書いたところから判断すると、この出来事の衝撃のなかに、他の人々との連帯感がうしなわれていった萌芽を見ようとしている。つまり彼女は相手を愛していたが相手から拒まれた。するとこの拒否に対し相手を池に突き落すという復讐をあえてしたと信じたのだ。それは彼女の心に、相手の拒絶とこちらの憎悪とにより、二重に裂け目をつくったような印象を与え、内部の傷痕となって残ったのである。冬子は小学校を通じて友達となじめない女生徒であったらしい。彼女自身、その原因の多くをこの出来事に求めているようだ。彼女はたとえ瞬間的であるが相手の女の子を殺そうと思った。この発作的な衝動そのものが冬子を傷つけたし、また、他方、この復讐の行為を正当化するためには、自分の愛が拒まれたことを認めなくてはならなかった。挫折した愛は他者に対する極端な不安をよびおこす。彼女はふたたび拒絶されることを怖れるようになる。おそらくその辺から冬子の無関心、冷ややかさというものが生れたのかもしれない。しかし彼女の書いた矛盾や循環の多いこれらの省察を引用しても無意味であろうと思う。ただここではこの探索によって彼女が明らかにしえたと信じた事実にのみふれておきたい。それは彼女が今まで真に誰も愛せなかったし、愛したことがなかったという自覚である。彼女はそれについて、たとえばある日記にこう書いている。

〝今ほど誰かを愛したいと思ったことはない。それは今では何か渇望のようなものになっている。私には、今こそ、なぜ自分が制作力をうしなったか、よく理解できる。私は誰も愛することができず、愛しもしなかった。だが愛するという心情の火がなくて、作品をつくりあげるなどということが可能だろうか。おそらく私はそこからはじめなくてはならないのかもしれない。だが今でもそれは果して私にできることだろうか。〟

だが、私は冬子のこうした反省なり自覚なりをどの程度まで正確な事実と考えるべきか判断に迷わざるを得ない。もちろん人のながい一生にはこうした事実は無数に存在するであろう。すでに胎児体験から意識の傷痕を類推してゆく学者もいるという話ではないか。とすれば冬子のこうした反省には、ことさら取りたてて言うべきことはないのかもしれない。しかしここで、私などに重要に思えるのは、それが全体の事実のなかでどのような意義をもつかということではなく、冬子自身にどんな意味をもちえたかということである。その点からみると、彼女がその幼時の記憶のなかに愛情の挫折の痕跡を認めたということはやはり重要な意義をもっていたのではないかと思えるのである。たとえそれがここに示したごとき唐突な結論となって彼女のなかに溢れてきたとしても、制作の行きづまりの極点にまで追いつめられたその精神状況を考えれば、あながち咄嗟に思いつかれた判断と片付けるわけにゆかないと思う。

ところで支倉冬子が病院で出会ったもう一つの出来事は、すでに前に触れたように、エルス・ギュルデンクローネと知り合ったことである。エルスとの出会いには、私などが後になって考えると、なにか親和力といったものが働いていたように思えてならない。このエルスの出現を冬子は「不思議な精霊が通っていったような」と書いているが、それはおそらく実感であったにちがいない。以下エルスに関する部分をノートに記された順序にしたがって書きぬいてゆくことにする。

〝そのとき私は自分でも睡っていたのか、目を覚ましていたのか、はっきり思いだすことができない。あるいはそのどちらともつかぬ状態でいたのかもしれない。時間は夜八時すぎたところだったろうか。病院はもうひっそりして物音一つ聞えない。ビルギットも帰ってしまった。時おり蒸気が壁と壁の間で乾いた音をたてる。そのあとは死んだような静けさがつづく。いつか私の顔が、半開きになったツックマイヤアの新刊本の方へ、うとうとと近づいてゆく。読みかけていた最後の言葉の nicht《ニヒト》・wahr《ヴァール》!という響きが、寝台車の枕の下で規則的に鳴っている車輪の音と同じように、何度も繰りかえして聞えている。その先に出ようとしても、その響きが靄の奥で鳴っていて、呪文のように私を捉えて放さない。

ちょうどそんなとき、私は夢うつつに、ヴェランダに通じるガラス扉が静かに開き、カーテンが外からの風に揺れるのを見たのだった。私は半ばそれを夢の一光景だと思っていた。カーテンの間からこちらを見つめている眼を感じた。私がそのときそれを意外とも思わず、驚きさえ感じなかったのは、どこまでも夢のなかのことだと思っていたからだろう。カーテンの向うの人影は、私の眠っているのを確かめたせいか、前よりは幾らか大胆にカーテンを引きあけ、上半身を現わし、それから忍び足で部屋を横切ろうとした。

そのときはもう、私は完全に眠りから覚めていた。それは濃い青のマントを着た十五、六の少女で、ながい栗色の髪をくしゃくしゃにして、私のほうを見つめた眼は、暗く、燃えるように見えた。私は思わず身体をベッドから起した。私が眠っているものと思いこんでいた少女は、ぴくっと全身を動かしたかと思うと、何か臆病な動物のように、身体をこわばらした。少女の燃えるような眼は恐怖とも憎悪ともつかない激しい感情をあらわにして、私のほうにそそがれていた。なぜかその瞬間、傷を受けて喘ぎながら入ってきた小鳥を見るような、痛ましい感じが胸のどこかを過ぎてゆくのを感じた。私は相手を怯えさせまいとして、笑いかけながら、

「そんなところから入ってきて、一体、どこにいらっしゃるの。」

と言った。私はここの言葉が話せないのでそれをフランス語で言った。しかし少女はフランス語が解るらしく、顔の表情が動くのが見られた。

「こわがらなくてもいいのよ。私ね、ただあなたのために、そう訊いているのよ。」

私はつづけた。少女は私とドアまでの距離を半々に見ながら、黙っていた。

「私はおこってなんかいないわ。誰も呼びはしないわ。でも、どうしてここに入ってきたの。何かあなたにしてあげることはないの。もし私の言うことがわかるのだったら、何かおっしゃい。」

私は少女に言った。しかし少女は燃えるような眼をじっと私にそそぎながら、頭をゆっくり左右に振って、少しずつ後じさりしていった。それから、突然、くるりと身をひるがえすと、廊下のドアに飛びつき、あっという間もなく、そこから姿を消した。

私は、ふと、どこか感化院からでも脱走した娘なのではないかと思った。たしかに病的な、反抗的なあの鋭い眼は、普通の娘ではありえないような気がした。くしゃくしゃのながい髪と言い、浅黒い、骨ばった顔と言い、いかにもそうした場所がふさわしいように思えた。しかしそうした印象にもかかわらず、その少女のなかに、私は、どこか傷ついたもの、痛ましいもの、血を流しているものを感じたのも事実だった。少女が消えてしまい、急に現実感がなくなって、少女も揺れ動いたカーテンも夢の一部のように感じられるようになると、むしろ後の印象のほうが強く残った。

それに少女の全体の感じにはどこか敏感で、しなやかな、上品なところがあり、それが彼女の反抗的な外見とちぐはぐな感じを残していった。私はツックマイヤアの頁にしおりを挟んで、横になりながら、ひょっとしたら、あの子は、病院の隣りの寄宿学校の生徒でないかしらと思った。あの挑むような眼、頑な表情、それにあの年齢を考えると、何かの理由で、彼女が寄宿学校をぬけだしてくることも十分考えられる。しかしそれにしても、私の病室は三階にあり、寄宿学校との境には、修道院の、蔦のからんだ高い塀があったはずだ。そうしたものを考えると、いかに身軽とはいえ、十五、六の女の子にそれを乗りこえるなどということは不可能だ。とすると、あの子は、いったい、どこから、何のために、私の病室に入りこんだのだろうか。

そのとき私が、少女のことを何らかの犯罪と結びつけて考えようとしなかったのは、後から考えると、奇妙な感じがする。病室からの単純な物盗りではなくても、たとえば薬局から麻薬や刺戟剤を盗むなどということも考えられたはずである。しかしおそらく彼女のなかに、そうしたことを考えさせる余地を与えないだけの、なにか真剣な、切迫したものが感じられたのであろう。結局、私はこうした想像をあれこれと思いめぐらしているうち、いつか眠ってしまっていた。しかしその眠りのなかで私はもう一度少女に出会った。少女は夢のなかではひどくさっぱりした様子をして、実際よりずっと愛嬌のある子になっていた。私もそれをみて、そうよ、それが本当のあなたよ、などと言っていた。その夢を寝いりばなに見たのか、眼ざめ際に見たのか、よくわからなかったが、私が何かの気配に目をさますと、私の顔とすれすれにあの少女の燃えるような眼が近づいていた。くしゃくしゃの髪が顔のまわりに乱れていて、浅黒い骨ばった表情がいっそう暗く見えた。

「いつ帰ってきたの。」

私はおどろいて訊いた。少女はにっと笑った。白い、綺麗な歯が光った。

「あなた、やさしい方ね。」

嗄がれた、低い声でそう言うと、急に身をひき、またこわばった表情をした。

「こんなにおそくなって、あなた、帰れるの？　あなたはここの隣りの学校の生徒さんでしょう？　今までどこに行っていたの？」

私はほとんど本能的にそう訊いた。この子を一人でほうっておけないような気がしたのだ。しかし彼女は口を開こうとはせず、肩をすくめ、唇を歪めた。

少女はヴェランダへのガラス扉を開くと、もう一度私のほうへ燃えるような眼をむけ、ごく微かであったが、唇のあたりに笑いを刻み、それから外の闇のなかに出ていった。私は反射的に枕もとの時計をみた。十一時を少しまわっていた。もうあれから三時間近くたっている。それまであの子はどこにいっていたのか。ヴェランダに出たはいいが、果して無事に帰れるのか。だいいちこんな凍りつく夜に、よしんば修道院に通じている道があるとしても、滑ったり、転んだりすることもありうるではないか。そんなことを考えているうち、私は、少女をヴェランダに出したことが、とんでもない間違いを犯したような気持になった。急に不安が襲ってきた。名前や事情ぐらいは訊いてやるべきだったのではないか。万一のとき、やさしいビルギットに頼むということもできるではないか。

しかし私がガウンを羽織ってカーテンをあけ、ガラス扉に顔をつけてみても、もうヴェランダには少女の姿は見えなかった。

一度目がさめると、こんどはなかなか寝つくことができなかった。そして眼がさえかえってゆくにつれて、私は不思議な不安と悔恨に似た気持を感じた。二度目に少女を見たとき、私ははじめと違って、彼女のよじれた感情のもつれのなかから、青白い焔のようにちらちら燃えている臆病なやさしい感情を感じた。しかしそうした感情も、彼女の外に現われるとすぐ、病的な自尊心や反抗のために、激しく踏みにじられる。私は少女の燃えるような眼ざしのなかに、年齢の割にはいくらか成熟している自虐の気配のあるのに気がついた。

激しい感情と極端に強い自尊心とでも言うべきものとの争いが、あの少女の浅黒い、骨ばった顔を暗い鋭い表情に変えているのかもしれなかった。

そんなことを考えているうち、私はもう一度むしょうに少女に会いたくなった。おそらくそうした自らの感情のもつれも知らず、日々を激しく喘ぐように生きているこの小さな純粋な生きものがひどく可憐な痛々しいものに感じられたのだった。もう一度会って、ただ一と言、私だけにはそんな風の態度をとらなくてもいいのよ、私はあなたが好きなのだから、とそんなことを言ってやりたい気がした。

たしかに少女がヴェランダから出ていったあと、私は急にひどく空虚な寂しさを感じた。明日になって、寄宿学校の校庭に、あの子の姿が見えるだろうか。学校でも、あんなふうに、頑な様子をしているのだろうか。あるいは、私のことを覚えていて、誰にもわからぬような合図を送ってくれはしないだろうか。いつか私たちは知り合うことができるだろうか。もう一度、ヴェランダから入ってくることがあるだろうか。今度入ってきたら、名前も訊かなくては。住所だって知り合って、どうして悪いということがあるだろう――私はそんなことを考えてゆくうち、鼓動が次第に高まってきて、息がつけなくなりそうだった。明日という日がいつもと違う日のような気がした。私は何度か大きく息をつきながら、しかしそうした吐息が決して不愉快なものではなく、むしろ今まで感じたことのない不思議な陶酔感から生れていることに気づかないわけにはゆかなかった。

翌朝、起きるとすぐ私は窓際まで立っていった。ヴェランダは凍りついた雪できらきらしていた。もう季節は二月に入り、雪こそ降らなかったが、春にはまだまだ間のある頃だった。あの子はこんな危険な場所へどうやって上ってきたのだろうと、私の眼はヴェランダの端から、非常用階段へ、その傍を通っている修道院の高い塀（枯れた蔦が網目のように赤錆びた色で絡んでいる三米《メートル》の高さをもつ古い塀だった）から、その続きに傾斜を見せている寄宿学校の屋根へ、さまよってゆくのだった。もしあの子が非常階段を下りて、あの塀に渡るとすれば、一米幅の間隔を跨《また》いでゆかなければならないわけだ。三米下は、かたい切石を敷きつめた石だたみの裏庭になっている。もしそれをうまく越えられたとしても、そこから屋根まで塀の長さは三十米はつづいている。塀は石を積みあげた十七、八世紀頃の頑丈な造りで、上端の仕上げはただ荒削りに石を切ってあるだけなのだ。昼間でさえその上を渡るのは決して容易な業だとは思えない。まして昨夜のように凍てついた闇夜には、危険と言うよりは、無謀な冒険と言うほかない。もしその三十米を渡りきったとしても、寄宿学校の屋根の急勾配をどのようにして登ることができるのだろう。その屋根の中段に窓が幾つか並んで、ちょうど朝の日ざしを受けて光っているところだった。あの子は本当に無事に着いたのだろうか。どの窓もまだ森閑と閉まったままで、校庭のどこにも生徒たちの起きた気配はなかった。私は眼のくらむような気持と同時に言いようのない不安を感じた。もし昨夜このことを知っていれば私は決してあの子をヴェランダに出しはしなかった。どんな手段がとれるか、よくわからないが、少くとも、塀の上を歩かせるようなことだけはしなかっただろう。

ベッドに戻ると、寄宿学校のはじまるのが待ち遠しかった。あの燃えるような眼や、もじゃもじゃにした髪をこの遠さで見わけることができるだろうか。屋根に並んだ窓のうちの一つにあの子の部屋があるとして、話すことができなくても、何か合図のようなものを交わすことができるだろうか。そうできたら、どんなに幸福な感じになれるだろう。だが、それより問題なのは私の退院がもう遠くないということだ。私はほとんど全快したといっていい。それはすでに先週主治医から喜びの言葉とともに告げられていることだった。たしかについ昨日までは、私は一刻も早く工芸研究所に帰りたかった。ユール先生の暖かな微笑や若いアトリエの仲間のなかに帰って、新しい気持で制作に励みたかった。事実、恢復期に入ってから、私は体力が日一日と加わってくると同時に、制作欲のようなものが身体の奥でうずくのを感じた。今度はもうあの受身の、忍耐だけの姿勢ではなく、美術学校にいた頃、あの「夜の橋」を制作した頃と同じように、湧きあがる流れに乗って、機《はた》を踏んでゆけるに違いない。私は退院の日を待ちかねて、昼間、時間の許される限り、新しい図柄や素材をスケッチしたりメモしたりしていた。夜は夜で、こんどは思いきってドイツ、フランスのゴシック時代のタピスリを見てまわる計画をたて、ドイツ語のものなどもぼつぼつ読みはじめていたのだった。

しかし昨夜、あの不思議な少女に会ってから、私の気持が一変してしまったのを感じる。もちろん新しい制作にむかいたい気持には変りがない。それは心の奥で依然としてうずいている欲求だった。しかし同時にあの少女を見たいという息苦しいような欲望が不意に私に襲いかかってきたのだ。激しい感情と誇りとが争っているような暗い燃えるような顔だちの喚びおこす酩酊感が、波のように高まり、甘美に喉をしめつけるのを、私はこばむことができなかった。

朝食が終って、いつもならばデッサンにかかっている時間であるのに、私は気持を集中させることができなかった。第一時限の終るまでにあと数分しかなかった。あの子は校庭に出てくるだろうか。出てきたとしても、こちらに気がつくだろうか。気がついたとしても、昨夜のことを隠すために、わざと知らぬふりをするのではあるまいか。よしんばそうであっても、あの少女の姿が見られるのだったら、もうそれで十分ではないだろうか。私はデッサンの代りに、青いマントのデザインをしてみたり、縦横に無意味な線を何本か引いてみたりした。そのとき、鐘が鳴った。鼓動が急に激しくなり、眼がくらみそうな気がした。私は自分のことを嗤《わら》おうと思った。からかってやりたかった。しかしそんな余裕など持てるわけがなかった。私はまるで外出でもするように外套を着て、ヴェランダにすべり出た。午前の爽やかな空気が肌にひりひりと気持よかった。淡い太陽が照っていて、裸の木立の影を切石の校庭のうえに描きだしていた。その木立の向うに、子供たちが学校の狭い戸口から吐きだされてくる。修道女たちの黒衣が修道院の建物の方へ動いてゆく。彼女たちは歩いているというより、何か静かに移動してゆくといった感じだった。しかし何人かは狭い校庭の隅に立って話したり、日禱書を読んだりしている。そのうちにも生徒たちの声は次第に高まってゆく。駈けたり、ボールを投げたり、ぐるぐる廻ったり、男の子のように何かを奪いあっていたり、石蹴りをしたり、本を読んだり、歩きまわったり、立ち話したりしていた。私はヴェランダの手すりにもたれて、昨夜の少女をその中から見分けようとした。しかしどれもこれも同じような女の子ばかりだった。髪の色に濃淡があり、服装にいくらか違いのあるものの、これだけの距離を離れてみると、その判別はほとんど不可能に近かった。しかもそのうえ相手の大半は動いていた。一刻もじっとしてこちらに顔をむけるということがなかった。それでも私は校庭の端から一人ずつ丹念に見ていった。似たような感じの子は何人もいて、そのたびごとに心臓に鋭い痛みを感じたが、よく注意して見ると、それは全く別人だった。そんな風にして私は前後三回にわたって校庭に見えるほどの少女を全員調べてみた。しかしどんなに注意力を集中してみても、昨夜の少女を見つけることはできなかった。ふたたび鐘が鳴ると、女の子たちは遊びをやめ、狭い昇降口にぞろぞろと吸いこまれていった。校庭にいた黒衣の修道女たちもその流れとともに見えなくなった。修道院の建物から、また何人かの修道女が静かに学校のほうへ歩いていった。

　急にあたりはひっそりして、狭い校庭は空虚になった。その空虚な校庭に何本かの木立の影が裸木の枝をそのまま淡く描きだされていた。それとともに私の心からも何かが急に崩れていったような気がした。突然、大事なものが心から消えはてたような気がした。そのあとの空虚さは耐えようもないほどに寂しかった。私は涙がこみあげてくるのを感じながら、それからしばらくその校庭の空虚さに眺めいっていた。

　次の時間も同じようにして過ぎていった。そしてそれにつづく休み時間も同じようにして、あの少女の姿を見わけることができなかった。では、あの少女は寄宿学校の生徒ではなかったのだろうか。信じられないことだけれど、私の部屋を通って、病院の中に忍びこんで、何かを企んでいたのだろうか。薬や病人の身の廻り品だけではない。器具とか貴重な書類とか、そういうものを盗むことだって考えられないわけはない。それとも昨夜、どこか塀から滑り落ちて、大怪我でもしたのではあるまいか。しかしどの場合を考えても、あの少女にはふさわしくなかった。怪我をすることはあるかもしれない。（そう思うだけで私は不安に居ても立ってもいられぬ気持になった）しかしあの子が病院に忍びこむなどということは到底信じることはできなかった。とすると、やはり何かの事情であの少女は校庭に現われないのだ。ではそれは何だろう。怪我だろうか。病気だろうか。その他にどんなことがあるだろう。

　こんな考えのうちに、その一日は終った。夜になると、私はまたツックマイヤアをとりあげて、nicht wahr《ニヒト・ヴァール》から読みつづけようとした。しかし今にもあの燃えるような眼がカーテンの間に現われそうな気がして、とてもツックマイヤアなど読む気になれなかった。

　次の日も同じようにして、一日あの少女を見いだすことができなかった。私は急に自分の生活の歩度が狂ってゆくのに気がついた。あの燃えるような眼をもう一度見なければ、デッサンをしたり、ツックマイヤアを読むなんて、まるで意味がないような気がした。もちろんそうした気持を押さえて、画板の上に画用紙をひろげ、スケッチやメモ帳を整理し、夜にはツックマイヤアを読みつづけはした。しかしそういうときにも、私はふと放心している自分にしばしば気がつかないわけにゆかなかった。

こうして少女が校庭に現われないまま、二日たち、三日たった。私は、半信半疑ではあったが、やはりあの少女は寄宿学校の生徒などではなく、病院のなかへ忍びこむためにこの病室を通りぬけたのだと思うようになった。むしろそう考えたほうが納得ゆくことのほうが多かった。だいいち三十米の塀の上を伝わって、急勾配の屋根をのぼるなどということはあの少女には不可能なことだ。それに当直員のいる病院の通用口から外へ出るなどということは、これも不可能なことだ。しかしそれならなぜ私の部屋にふたたび帰ってきたのだろう。そして眠っている私を見つめるなどということをしたのだろう。そのうえ、なぜ私のことをやさしいなどと言ったのだろう。しかもその自分の言葉に傷ついて、あのように自分を苦しめるようなことを、なぜあの子はしたのだろう。

あの燃えるような眼と振り乱した栗色の髪と暗い表情は、なにかそれ以上のものをあらわしている。すくなくとも私が信頼できるものをあらわしている。それだけは疑いえないと思った。そして私の考えはまたもとに戻って、それならあの子はなぜ校庭に姿を見せないのだろうと思いまどった。

こうして一週間はみるまにたったが、一週間たつと、少女も、少女の燃えるような眼も、もじゃもじゃの髪もすべて夢のなかのことのように遠くなった。その顔を思いだそうとしても、どこか曖昧で、はっきりした輪郭は浮かんでこなかった。それは私には本当に夢だったのと大して変りがないように思われてきた。たしかにその少女に会いたいという気持は残っていたが（私はなお日に何度か誘惑に抗し切れずヴェランダに出てみていた）しかしそれ以上に諦めと、そうした非現実な感じにともなう執着の薄れとが強くなっていった。

私がマリー・ギュルデンクローネと名乗る女性の訪問を受けたのは、退院が二日後に迫っていたある午後のことだった。ビルギットが持ってきた「市立図書館司書」の肩書のついたこの女性名の名刺には、私は何一つ思い出せるものはなかった。誰だろう、どんな用事だろう、どんな人だろう。不安と好奇心から、私は、ビルギットが廊下のドアから、その人を呼んでいるあいだ、もう一度、その名刺に目を落した。私はその肩書から、教師風の冷静な固い感じの女性を想像していたが、入ってきたのは、まだ若い、綺麗な、静かな青い眼の女性で、私のすすめるままに椅子に坐ると、一通の封書をとりだし、それを前に置いた。それから幾らか言いよどむようにして、

「とつぜん、お邪魔いたしましたけれど、わたくし、先日、あなたのお部屋を通らしていただいた娘——多分憶えておいでと存じます——の姉でございます。妹から、あなたに是非お渡しするよう手紙を預かりましたので、それを持ってお伺いいたしましたの。」と言った。

「それでは、あれは妹さんでしたの。で、妹さんはお怪我ではありませんでしたのね？　ヴェランダに出たなり、その後お姿が見えませんでしたが。」

私は思わず息をはずませて、あの燃えるような眼の面影を姉の顔のなかに捜しながら叫んだ。

「いいえ、怪我はいたしませんでした。でも妹はあのことが原因で寄宿学校を退学させられ、いま故郷の私どもの家で監禁されております。」

「監禁ですって？」私は驚いてマリー・ギュルデンクローネの静かな、若々しい顔を見た。

「エルスは——妹の名はそうよびますの——こうした事件のあと塔に閉じこめられます。父が外から鍵を閉めますが、本当は自分から閉じこもりたがっているのです。で、しばらくは塔の外に出ませんし、出る気もないと思います。エルスがこの手紙を書いたのはそのためなのです。エルスの申しますには、あなたにはその夜、なにか大そうご親切にしていただいたとか。そのお礼を私からもよく伝えてくれるようにと申しておりました。」

私はこの姉娘のマリー・ギュルデンクローネのなかに、若々しい、従順な、落着いた雰囲気を感じただけ、それだけかえって妹のエルスのほうに、どこか激しく、押さえがたい、暗い生命感の跳躍のようなものを、はっきり感じられるような気がした。

私たちはそのあとほとんど儀礼的に互いの仕事のこと、この都会での私の生活のこと、今後の計画などを話した。マリーはいずれ図書館のほうにも寄ってもらいたいという意味のことを言って、「この図書館はこの国でも最古の図書館の一つに数えられているんですの。規模も大きくありませんし、設備もすべて近代的だとは言えませんけれど、古い写本類、貴重な書簡、宗教改革関係の文献などに、かなり一般的に名前の知られたものもあるんですの。」と付け加えた。

マリー・ギュルデンクローネが帰ると、私は急いでエルスの手紙の封を切った。

〝親しいあなた。先夜はほんの一瞬のことでしたが、あなたのお気持にふれることができて、私はどんなに仕合せだったことでしょう。でも私ってそれをあなたに十分申上げることができませんでした。私は本当にわるい子だと思います。それでいまこれを書こうと思いたったのです。あの夜、私はヴェランダから無事に壁に飛びうつって、塀の上を渡り、寄宿の屋根裏まで辿りつきました。しかし奇妙なことに、もう消燈してあるはずの私たちの部屋に、明るく電気がついているではありませんか。私は一瞬たじろぎました。でも、いつまでも塀のうえに立っているわけにゆきません。それにもし発覚したのなら、いまさら逃げかくれしても間に合いません。私は窓から屋根の急勾配に垂らしてあったロープを伝わって、窓まで這いのぼりました。部屋のなかは六人ずつ二列に寝台が並んでいましたが、みんなは起き、ベッドの前に立たされておりました。そして修道女たちがこの十二人を（いいえ、正確には十一人です。私のベッドだけ空だったのですから）ぐるりととりかこんでおりました。

同室の生徒たちは私の行方について尋問されているのでした。一人一人列の前へ呼び出され、黒衣の女たち特有の、顔色の動き、呼吸の乱れ一つ見逃がさない鋭い猜疑にみちた眼ざしで、穴のあくほど睨《ね》めまわされ、こづきまわされるのでした。その女生徒の一人（それは寄宿学校でただ一人の私の友達だったシュレスウィヒの大農場主の孤児でした）はとくに修道女たちの疑惑を集めているようでした。その尋問はながくかかりました。彼女は質問のたびになにか執拗な感じで頭を横に振ります。そして最後には修道女の一人が彼女の眼の前に革の鞭を突きつけるようなことまでしました。私はこのシュレスウィヒの孤児が、おとなしい、怯えたような眼をしているにもかかわらず、強情な、反抗的な性格であることをよく知っていました。修道女たちが彼女を疑って、鞭でおどかすようなことをすれば、どんな反抗に出るか、わかったものではありません。私たちは修道女を嘲笑すること、寄宿学校の制度、規則を破ることで気が合っていたのですから。

　私ははじめ修道女たちが引きあげてから部屋に入るつもりでしたが、もうそれ以上彼女の尋問をながびかせるわけにゆきません。そこで私は思い切って窓をあけ、雪をマントにこびりつかせたまま、床へ飛びおりました。部屋じゅうの視線が、ぱっと私に集まりました。修道女たちは悪魔でも見たように、非難と拒否と叱責の声を口走りました。私はそのまま真っすぐ修道女たちのほうへ歩いてゆきました。

「この人たちは何も知らないのです。今夜のことは誰にも打ちあけていませんでしたから。私は同室者が消燈した後で、床から脱けだしたのです。」

　するとシュレスウィヒの孤児は「でも私はエルスが出てゆくのを知っていました。そしてそれをとめようともしませんでした。」と叫びました。

「それでも今夜のこととは関係ありません。これは私ひとりのことです。」と私は言い張りました。

「あなたはもうお黙りなさい。」と修道女がシュレスウィヒの孤児に向かって叫びました。それから私に「それで、あなたは泥棒猫のようにどこへ出ていったのです？」と冷たく言いました。憎悪と冷笑が修道女の一人一人の眼のなかに光っているような感じでした。

　私は市立劇場にバレエを見にいったこと、窓から塀を伝っていったこと（病院のこと、あなたのことは黙っていました）などを答えました。

「それがどのような罰則に当るか、もちろんあなたは知ってのうえのことだったのでしょうね。私たちが泥棒猫のような行いに対してどのような処置をとるか、あなたはよく承知していたわけね。」

　修道女たちの眼がまたいっせいに冷たく憎悪で光ったような気がしました。私は頭を縦に軽く動かし、黙ったままでいました。重苦しい沈黙でした。それから同室者はベッドに就くことがゆるされ、私は修道女に囲まれ、廊下に出て、階段をおり、礼拝堂の地下の告解室に監禁されました。毛布二枚が与えられただけで、部屋には固い木の椅子のほかベッドもテーブルもありません。冷えきった壁から湿った土の匂いのする凍った空気が滑りおちてきます。そのなかには礼拝堂の香《こう》の匂いのようなものもまじっているようでした。天井は低く、装飾は何もなく、告解所の小部屋の格子窓には黒い陰鬱な引布が垂れていました。私は龕の聖像の前にゆれている蠟燭の光に照らされ、じっとその椅子に坐っていました。悔恨といったものはまったく感じられませんでした。周囲の壁から、冷たい液体のように、湿って這いおりてくる冷気が、二枚の毛布を通して、冷たく忍びこんでくるたびに、私は、思わず身体をぶるぶるふるわせました。それはあの黒衣の女たちの冷笑とも、仮借ない鞭の痛みとも感じられ、心の奥で、青白い炎のようなものが煽りたてられるような気がしました。それは憎悪とも憤激とも反抗とも考えられるような物狂おしい感情でした。

まんじりともしないその夜があけると、私はふたたび院長室へ呼ばれました。何人かの高位の修道女たちが、まるい灰色の眼をした小柄な尼院長をまん中にして、控えていました。それは一種の宗教裁判のようなもので、私は、修道女の一人が読みあげる罪状を、一つ一つ肯定してゆくのでした。何ひとつ打ち消すなどという気はありませんでした。だいいち、それがつねに事実であってみれば、どのみち否認することは難しかったでしょう。院長室は裁判にふさわしく重厚で静まりかえっていて、高い窓の上辺に、幾百年を経た蔦が枯れた蔓を絡ませたまま垂れていました。

こうして私は寄宿学校からの退学をその日の午後命ぜられました。即日、荷物は運びだされ、私は姉に連れられて学校を出ました。あなたのところへお寄りする時間もなく、また私が監禁されていた部屋には窓一つなかったので、あなたに連絡しようにも、その方法がまるでありませんでした。

私はシュレスウィヒの農場主の孤児と別れを告げ、修道院の正門から自動車で出てゆきました。私を見送った修道女は一人もおりませんでした。父の厳命で、私はギュルデンクローネの古い館に真っすぐ帰りました。父が何を考えようと、姉の意見がどうあろうと、私が一族に対して不名誉な結果を導いたのは事実なのです。で、城館に帰る前から、こうした事態を惹きおこした場合の私たち一族の掟を引きうける決心をしていました。

私はいまギュルデンクローネの城の古い塔の中に閉じこもっています。小さな窓があり、窓からは城館に迫っている森の梢と、陰鬱に曇った平らな地平線とを見ることができます。夜になると、塔に風が吹き荒れ、森はざわざわと鳴りつづけます。私は、塔で四十日間すごしたら、また都会へ帰ります。そのときあなたにお会いして、いろいろもっと詳しくお話申しあげたいと存じます。〟

支倉冬子の第四冊目のノートには、たしかにそれ以前のノートとは異なった雰囲気、語勢のようなものが感じられる。それは前にも触れておいたように、このノートが金色の金具のついた鮮やかなヴァミリオンの革装という外観をもっていることにも象徴されているが、さらに、このノートに書きこまれた彼女の筆蹟が、前よりもずっとのびやかであるのを見てもわかる。以前の筆蹟は細字で、角張った、神経質な感じだったが、このノートあたりから、字も大きく、寛いだ形となり、私などが冬子その人に感じた上品な暖かな感じは、たしかにその頃の筆蹟のなかに仄かに偲ばれるような気がする。しかしこうした変化を示す何より大きな特徴は、彼女がふたたび制作へ激しい意欲を感じはじめたその蘇りの歓びが、外界に向けられた彼女の視線のなかに、はっきり感じられることである。そこには、前のノートに見られたような、あの息苦しい、手さぐりするような、偏執狂めいた喘ぎはみられない。分析の迷路にさまよったり、過剰な反省のなかにのめりこむ姿はまったくなくなったと言っていい。なるほど時おり冬子はなお現在の心境の落ちつきを、過去の病的な妄想や陰鬱な気分と較べて、自分の精神の辿ってゆく道すじを確かめようと試みてはいる。しかしその場合にも、冬子の書き方、感じ方のなかには、すでにそうした窮境を切りぬけた人のもつ距離をおいた姿勢がうかがえる。むろん別の言い方をすれば、彼女が自分を真に観察することができたのは、こうした冷静さを取りもどした結果であるに違いない。私もそれを否定する気持はない。しかしここで注意してよいのは、彼女が後になって、かりになんらかの展望を自分の仕事のうえに見いだすことができたとすれば、それは、この陰惨な状態を体験したからだという点である。ともあれ私は冬子が新たに研究所に通いはじめたころの日記から、明るい生活感情と仕事への意欲の感じられる部分を抜粋してみたいと思う。

〝工芸研究所に通う生活がふたたびはじまってからもう一ヵ月以上になる。なにか信じられないような気持だ。病院を出てしばらくあの小公園の見える私の部屋の窓から、公園にくる老人や若い主婦たちを毎日毎日飽きもせずに眺めていたころは、今のように、情熱を傾けて、機《はた》に向かえるなどとは、とても想像できなかった。たしかに予感のようなものがなかったわけではない。しかし身体もまだ十分恢復していなかったし、そのせいか、やる気持だけあっても、どこか躊躇と危惧がないではなかった。ただ静かに公園のベンチに腰をおろす老婆たち、若い主婦たちを見ていると、それまで感じられなかった一種の親密な交感の感情を味わうことができ、それが本能的に私が少しずつ癒えているのではないかという希望めいた気持を私に抱かせてくれた。

　それはまだ早春らしい淡い日ざしが影のように差しこむ日々だったが、小公園には、必ずと言っていいほど、彼らのそうした静かな姿を見いだせたし、時には、通りがかりの学生たちが休んで議論していたり、恋人たちが身体を寄せあっていたり、セールスマンやトラックの運転手が新聞を読んでいたりする姿を見かけた。

　窓からは、木立の幹と幹のあいだに、二つのベンチと青々した芝生と咲きはじめたばかりのクロッカスの花の群れが見えた。木立の黒い幹が両方から額ぶちのように、この静かな画面をかこんでいたので、私はよくそのベンチに坐る人物を本当に描かれた風景画の一部のように感じていて、突然、その人物が動いたりすると、ひどく驚いたことを憶えている。町は昼でもひっそりしていて、時おり窓の下をスタートする自動車のほか、音らしい音もなく、北国の早春らしい澄んだ冷たい空気を通して、淡い和やかな午後の光が斜めに流れこんでいた。

朝のうちは霧がかかり、並木のあいだに朝の光が縞になって差しこむことがあった。そういう朝、窓をあけると、冷たい空気のなかに、しっとりと湿ったアネモネや早咲きの水仙の匂いが漂っていて、時には、屋根の破風から甘い鳩の鳴き声が聞えた。

公園にくる老人や主婦たちのうちで、私が勝手に顔なじみになったと決めていた人たちが何人かいたが、その一人は、黒い袋を手にもった老婦人で、片方の脚を、リウマチで痛むのであろう、坐りにくそうにのばしながら、ベンチに腰をおろすと、建物のあいだを飛びかすめる鳩の群れが、輪をえがいて、自分のまわりに集まってくるのを満足そうに眺めている。彼女は黒い袋からパン屑を取りだしては鳩に投げ与える。見るまに、彼女の足もとには、押し合い、へし合いして、パンをつつく鳩がむらがり、なかには老婦人の肩へ飛びのるのもいた。彼女はまるで話しかけでもしているように、一つかみずつパン屑を投げ、笑い、喋り、それからまた投げる。パン屑が投げられるたびに、四、五羽の鳩がおどろいて、羽音とともに飛びあがるが、必死になってパン屑をつついている仲間のあいだに、すぐ舞いおりてくる。

私はこの老婦人を眺めていると、不思議と明るい穏やかな気持を感じた。脚が不自由なのに、この人が機嫌のいい、気さくな人であることはその様子からもすぐ知れたのだ。この人の亡くなった良人は、なぜか海軍の軍人か工場の技師だったような気がした。彼女の息子は北の都会で、父親の縁故で入った会社で、やはり技師として働いているにちがいない。この息子には、おどおどした青い眼の、痩せた妻と、男の子と女の子が一人ずついて、祭日になると、花を持ってこの祖母の家を訪ねるにちがいない。私はそんな風に空想した。そしてそんな空想にふけっていると、いつか私自身がその老婦人の一生をともに生きているような妙に親しみぶかい、物悲しい、ひっそりした感慨につつまれてゆくのを感じた。

公園にくる若い主婦たちもそれぞれ似たような空想をえがかせたが、彼女たちの場合、私は自然とその良人のことを空想した。そのなかの一人は、黒塗りの背の高いイギリス風の乳母車を押してきて、ベンチに坐ると、足を組み、膝のうえに本をひろげ、自分の周囲にも、乳母車のなかの子供にも眼をやろうとはしなかったが、彼女の良人は高級官僚か銀行の幹部社員に違いないと思った。別の一人は、編物の手を休めることなく動かしながら、たえず砂場で遊んでいる子供と微笑や目くばせを交わしつづけ、声をださず、口の形だけで、遠くから何かを言ってやり、編物の目を数えるときも、顎をひき、微笑の残っている顔をうつむけるのだったが、彼女の良人はおそらくどこかの建築家にちがいない。あるいは彼女自身も小学校で教壇に立ったことがあるのかもしれない。さらにもう一人の若い母親は、いくらか荒れた感じの綺麗な人だったが、手もとの雑誌を開いたり閉じたりして、たえず道を通ってゆく人のほうへ眼をやっていた。彼女の良人は食料品か化粧品のセールスマンにちがいないような気がした。ふとっていて、髪も薄くなりかけた気の弱い男で、二人は日々些細なことで口論することが多いにちがいない。良人は口論のたびにかっとなるのであろう。しかし間違いなく、彼はすぐ口をつぐむような気がする。彼は妻をおこらせたくない。和解したい。彼はこの女が好きなのだ。それなのに彼はいらいらし、つまらないことですぐかっとなるにちがいない。

おそらくこうした空想には何の根拠もないのかもしれない。それは病後の一時期の、若い年齢に特有の感傷癖をまじえた過剰な想像であったかもしれない。しかし私は公園のベンチに坐っているそうした人々からうかがえる人生に、一種のなつかしさを感じていた。ながいこと、こうした生活の匂いを私は忘れていたような気がした。そこには、階段の足音、瓶の触れ合う音、フライパンで野菜をいためる音などで象徴される静かな平凡な人生があるような気がした。たとえあのセールスマンの妻が、ある夜、良人と子供を棄てて、家出をしたとしても、私は、その人生の出来事を許せるような気がした。

それはある夕方のことだったが、私が研究所からの帰り、裏町をぬけてゆくと、あるみすぼらしいホテルから、若い女が小走りに走り出てくるのを見たことがある。女はショールを身体にまきつけ、通りを逃げるように走り、すぐ町角を曲がった。女が見えなくなって間もなく、工員風の若い男が同じようにしてホテルから飛び出してきた。男の髪は乱れ、眼は血走っていた。彼はホテルから駈けでると、通りの右と左を眺め、一瞬立ちどまったが、すぐ女の走りさった町角へむかって後を追った。私が見たのはただこれだけのことだったが、それは忘れられない映像となって残された。私には、なぜか、生きるとはこういうことなのかもしれないと思えたのだった。こうした人生はあるいは愚かしいのかもしれず、あるいは衝動のままに動かされているのかもしれない。別の見方をすれば、それは平凡で、退屈で、単調な人生の姿なのかもしれない。しかし私には、人々がそうやって生きているというただそれだけの事実に、胸をつかれるような驚きを味わった。私が忘れていたのはこうした事実への驚きだったかもしれないと思ったのだ。

私はふと、こうした単純な生きるという事実を眺める前に、別の理想的な人生なり、人生の意味なりを考えていて、いつかそのほうを現実の人生の姿と思い違えていたのではあるまいか、という気がした。たしかにそうして思いえがかれ高められた人生には、現実の人生のもつみすぼらしさ、凡庸さ、単調さはないかもしれないが、しかしこの単純な人生のもつ重さ、ぬくみ、共感の深さといったものは失われている。ひそかな溜息、足音、ささやき、食器のふれ合う音、そういったものがもたらす生活の温かな感触のなかに、私は今まで忘れていた新鮮な感動が隠されているような気がしたのだった。

〝また工芸研究所に通う生活がはじまった。でも、あの秋の終りの頃の気持と、なんという変り方だろうと思う。季節も変った。春が日一日と足早やにこの北国の都会に訪れてくるような感じだ。日脚が一日ごとに物差しで計れるほど目立って長くなってゆく。研究所のアトリエの窓から、中庭の、ようやく粒々《つぶつぶ》と芽をふいたプラタナスの並木が、暮方のモーヴ色の空に枝を拡げているのを見あげる。昔、修道院だったという研究所の建物の一部には、天井がゴシック穹窿になった暗い広間があり、壁龕のあとの壁の窪み、陰気な柱廊などが残っている。この国の伝統である竪機《たてばた》をつかって、こうした暗い、森閑としたアトリエで若い研究生が古風な布地を織っていると、いつか時間の感覚がなくなってしまって、遠い中世の昔に生きているような気がしてくる。研究生たちのためには伝統的な織り、染色、刺繍などの技術ばかりではなく、室内装飾、図柄のモチーフ、配色、新しい繊維工学まで学科に組んであるが、私が興味をもつのは、このような教科内容にもかかわらず、伝統的な主題や図柄モチーフがまず基本として教えこまれるという点だ。たとえば工芸美術館にいって、素描実習をやる時間があるが、そんなとき私たちは指定の図柄主題（基本的な葡萄葉文とか、アカンサス文とか、その他完全に様式化された文様全般）を丹念に写生することを要求される。その後で、この図柄主題の伝統的なヴァリエーションを捜してゆく。そこに細部の変化に関する一定の規準のようなものを習得する。こうした作業が終ると、まず紙のうえで図柄の主題を新しく変形する仕事にかかる。ついでそれを織りと染めによって造形する。それはちょうど堅固な一定の鋳型があって、そこで鋳出されているうち、おのずとその鋳型通りにつくってゆくようになるのと似ていた。こうした教授方法のなかで私の注意をひいたのは、伝統技術の伝承ということのほかに、この古来の美意識を疑いないものとして自分の出発点に置いている点である。私が一度美術館で「グスターフ侯のタピスリ」の葡萄の葉文様を写生していると、（その時間の課題は、各種の葉文様についての自由コピーであった）ユール先生が私のところに廻ってきて、この図柄は現在の勉強の対象としては適当ではないから、別の主題を選ぶようにと言われた。「いいかね」と白髪のユール先生は、老人らしいやさしい手を私の肩に置いて、ゆっくり説明した。「いいかね。このタピスリは世界でも有名な作品だ。お前が無意識にこれに魅かれたのだったら、それはお前の感覚の確かさを示すもので、お前は大いにほめられてもいいのだ。少くとも織物に関心をもつほどの人なら、このタピスリについて、何らかの記憶をもっているはずだ。だが、お前にとっては、これは別の意味をもっている。お前が傑作の前でその深い精神性や美感に打たれるのはいい。しかし、そのときお前の手は、必ずしもお前の心と一緒になって働きはしない。いいかね。お前は何よりもまず、つくる人だ。お前は、こうした最高の作品を、心のどこかで、たえずつくりたいと念じつづけているに違いない。そうでなければならない。芸術家である以上、自分の限界をこえるものを追い求めなければならない。だが、他方、お前は、そうした作品を、自分のこの素朴な手でつくってゆくことを知らなければならんのだよ。高い頂きを仰ぐのはいいことだ。しかし同時に、そこへ一挙に登ることができぬという事実にも眼を開いておかねばならんのだ。もっとも悪いのは、大傑作の形だけを模倣して、なんとなくその作品の高さにまで達したと思うことだ。いいかね。傑作とは、ただその作家が、精神の内部で、ちょうど秋に果実が重く熟するように、成熟して、その結果、生れるべくして生れたものだ。それに近づくには、ただ彼と同じ道をたどって、長い忍耐の末に、彼と同じ精神の高みにまで成熟するほかない。しかし、そうした成熟の道でさえ、ただ漠然と待っていては、いつまでたっても、たどってゆけるものではない。それは、いわば一つの美意識の成熟の過程なのだ。だから、まず大切なことは、そのごく素朴な形での美意識というものを身につけることなのだ。それは、ごく普通の作品、名もない堅実な職人たちが、伝統の形にのっとって制作した作品のなかに、端的にあらわれている。それは決して技巧だけの作品ではない。また美的に劣った作品でもない。ただ〈グスターフ侯のタピスリ〉のような一個の普遍に達したような強烈な個性は、残念ながら、そうした工人の作品には見いだせない。だが、それだけに、かえって伝統的な形式性が純粋に現われていると言えるのかもしれない。ここには美の基本の形がある。いいかね。お前はまずここで、この美の基本の形を学ばなければいけない。偉大な個性は学ぶことはできない。それは唯一のものだからだ。しかし基本の様式は学ぶことができる。そしてこの様式を通してのみ、どんな偉大な個性も花咲くことができるのだ。」

こうして私は「グスターフ侯のタピスリ」の前から、唐草文様だけでできた十七世紀のタピスリの前に連れてゆかれた。そこで、私は、この凡庸な図柄のなかに、様式の基本となるものを学ばなければならなかった。

しかしこうした作業を果しながら、私は、創造というものの意味について考えないわけにゆかなかった。研究生たちは伝統的な様式や、図柄主題、技術の習得を要求されているし、表面は、それに従順に服しているように見える。たしかに様式や技術の習得は必要だし、それなくしては芸術も創造もなくなることは確かだ。しかし現在では作品をつくるということは、そのような様式や伝統の流れの外に無理にも立たされることを意味するのではないだろうか。もしそうだとすれば、研究生たちの黙々として働き、習得する徒弟修行は何を意味するのだろうか。彼女たちは北欧のはずれの小都市にいるため、現代芸術の課題を感じないのだろうか。それともここにはなお様式や伝統を支える精神の共通の基盤が意識無意識のうちに生きているのだろうか。

こうした事柄は私には十分に判りかねたけれど、少くとも若い研究生の態度のなかには、謙虚な、自己犠牲に似た、静かな忍従の気品といったものが感じられる。研究生たちは無気力でも消極的でもない。彼女たちは近代の浪漫的な反抗を、別様の考え方で克服しているように見える。私には、工芸研究所が修道院のあとにつくられたことが、この意味から言って、単なる偶然ではないような気がした。

……こんな風にして私は工芸研究所でおそくまで仕事をした。仕事に区切りがつくまで他の研究生たちも自分の機《はた》や仕事台の前を動かない。〃

〃一週間ほど前の夕方のこと、仕事をおえて、明日のプランや手順などを考えながら、研究所の玄関に出てくると、外には、これからようやく暮れようとする明るみが、まだ菫色にただよっていて、街燈が濡れた水のように白く輝きはじめたところだった。それまで私たちが研究所から仕事をおえて帰る頃はだいたい夜になっていた。だから、なんとなく遅くまで仕事をしたつもりでいて、玄関に出てみると、まだ宵明りが残っているのを見ると、一瞬、時間を取り違えたのではないかという戸惑いに似た気持を感じた。しかし翌日になって、同じ時刻に玄関を出ると、まだ空に夕映えが残り、街燈には、灯が入っていなかった。そして私がB＊＊通りまできたとき、ようやく宵闇となり、街燈がいっせいに冷たい水銀のような光で輝きわたった。しかし次の日、私は同じ時刻に研究所を出たのに、街燈が煌めきだすのを見たのは、B＊＊通りを通りすぎ、B＊＊広場の「グランド・ブルターニュ」の角を曲がるときだった。こうして日脚は目に見えるようにのびてゆき、花の香りにみちたながい菫色の夕暮れがこの都会の上にいつまでも漂うようになってゆく。今は午後九時まで宵明りが残っている……〃

冬子のノートから、病後の彼女の立ちなおりを感じさせる部分を引用することは容易である。と言うより、そうでない部分を捜すほうが困難だと言うべきかもしれない。ここでエンジニアとしての私の正確癖から、支倉冬子の精神的な状態に関して、二、三の要約を付け加えておきたいように思う。まず病気以前の彼女が、あのように現実に触れたいと望み、自分でも克明に分析して記述することによってそれに近づこうと試みていたのに、結果的には、そこから拒絶され、閉めだされたという事実。第二に、病気以後の冬子は、逆に、自分の周囲に対して、ほとんど無作為と言えるほど自然な気持で向かっていたのに、かえって、不思議と親密な感じが蘇ってきたという事実。しかし私はここでこれらの変化について考察を加えることは差しひかえたいと思う。いずれ後に私はこれらを一括して考えなければならぬ時があると思うからである。ただ私は、これからしばらく引用したいと思う第四冊目のノートの後半と第五冊目のノートを読むためには、どうしても彼女のこうした変化を知っておかなければならぬと思うので、いささかそれに注意を喚起しておきたかったのである。このノートに書かれているのは、私が仮りに「ギュルデンクローネの挿話」と呼んでいる部分であって、ギュルデンクローネ姉妹を中心にした幾つかの挿話が語られている。私はこの挿話をそれ自体の美しさのためにも愛しているが、冬子の精神的な遍歴の上から見ても、それは二重の意味で重要である。その一つはギュルデンクローネ姉妹と出会うことによって、彼女の外界への親密さの意味が極めてはっきりと自覚されたからであり、その二は、ギュルデンクローネ家の城館で過した数日が、冬子に、彼女の過去をいろいろな形で喚びおこしたからである。

〝私がエルスと会ったのは、あの手紙を受けとってから一ヵ月以上たった、つい先日のことだった。もちろん私はエルスの燃えるような眼や、くしゃくしゃに乱した栗色の長い髪のことを忘れていたわけではない。しかし工芸研究所の仕事がはかどり、それまで凍りついていたような肉体から、樹液のような情感の流れが、刻々に、機《はた》の一棹一棹を通して溢れだしてゆくようになると、私は思わずそうした自分の気持をひきしめようと思うものの、一方では、ひそかに心の底に湧きあがってくる歓喜の思いを押しとどめることはできなかった。こうした思いは、私に、ほとんどエルスに会っているのと同じような効果を与えた。言わば一棹ごとに、エルスと出会った甘美な思いを布地のなかに織りこんでいたようなものだったのだ。

　そういうわけで、その日、何の予告もなく、エルスが工芸研究所の玄関で私を待っている姿を見たときの驚きはどう表わしていいかわからなかった。

「まあ、エルス、あなただったのね？」

　私はそう言って三ヵ月前、夢のなかの人物のように私の前を横切っていった少女を見つめるほかなかった。あれから僅かの時間がたっただけだったが、エルスは背丈ものび、ずっと大人らしい感じになっていた。燃えるような暗い眼は相変らずぎらぎら光っていたが、栗色の長い髪は前ほどにはくしゃくしゃではなかった。青い汚れたマントのかわりに、革の男の子のようなチョッキを着て、灰色の上衣に、同じ革の細いスラックスをつけていた。そして素足に浅いスエードの靴をはいていた。

「とうとう出てきたの。ギュルデンクローネの邸から、一息にここまで馬で走ってきたの。あなたに会って話したかったの。あの夜のことをおわびしたかったの。私ね、もうあんな依怙地ではありません。だってもう今は自由なんですもの。マリーが父に話してくれましたの。私って、なんでもマリーの世話になるんです。でも私が愛しているのはマリーだけなんです。それに、今は、あなたが好きです。」

　エルスはそう言って、あの燃える眼で私を見つめた。栗色の髪がもつれて、枯葉のようなものがついていたのは、森を駆けぬけるときに散りかかったものであろうか。病院ではあれほど暗く陰鬱に見えた彼女の顔は、いまは激しい感情の動きをなまなましくあらわし、たえず溢れては消え、溢れては消える眩ゆい情感に揺れているようだった。

　私たちは夕空が明るく晴れている初夏の都会へ出た。エルスは馬の手綱を引き、私と並んで歩いた。私は背後に、大きな、なま温かい動物の気配が近づいてくるのが不安だった。

「大丈夫よ。ゴドーは利口な馬なのよ。私の言葉がわかるの。でもフランス語はだめね。私はマリーと一緒にティリシュ夫人に習ったけれど、ゴドーは習わなかったんですもの。仕方がないわね。」

　エルスはそう言って、おだやかな黒い眼をしたゴドーの鼻づらを叩いてやった。

私たちが歩いてゆくと、都会の人たちは驚いたように振りかえった。なかには立ちどまって、私たちが通りすぎるまで、後を見送る老婆などもいた。

「もうマリーが図書館を出る時間ね。行って驚かしてやりましょうよ。」

エルスはそんな思いつきが浮かぶだけでも、眼をきらきら輝かした。私はエルスにどんなにすすめられてもゴドーの背にのることができなかった。結局エルスはゴドーにのってゆき、私はタクシーをつかまえることにした。私が車にのりこむとき、早駆けで町角を曲るエルスの灰色の上衣を私は認めた。

図書館は大公園の裏手のひっそりした城砦風の建物のなかにあった。重い鉄扉をあけるとゴドーは中庭の噴水のそばに立っていて、首を上下にふっていた。私がゴドーに近づいてゆくと、ちょうどエルスがマリーと腕を組合せながら、暗いアーケードになった玄関口から出てくるのにぶつかった。私たちは前から知り合っているような気持で挨拶した。

「それにしても、エルス、あなたってタクシーよりも早いのね。」

私は思わずゴドーのほうを見ながら言った。

「エルスったら、ディーゼル・カーと競争したりするのよ。」マリーがそばから口をはさんだ。「平地だと同じくらいだけれど、上り坂になると、ゴドーのほうが勝つんですって。」

マリーもゴドーの頸を叩いた。私たちは都会の東部に残っている城壁にのぼってみることにした。そこは都会にそって流れる水量の豊かな河に臨み、暗い屋根の並び、曲った街角、市役所の円屋根、幾つかの教会の黒ずんだ塔が見えていた。それらはいずれも初夏の水のように澄んだ空に暗い水彩画のようなシルエットをえがきだしていた。河向うに新しい住宅と並木が見え、さらに遠くに古い墓地と教会堂が木立に囲まれていて、その辺りには、暮れかけた光が青く濃くただよっていた。

「この辺は」とマリーは城壁に近い街の一劃を指して言った。「この辺は城壁下と呼ばれて、この都会でも貧しい人たちが住んでいる地区で、建物も古いものが多く、中世紀の終りのものもあるのよ。」

私はいつか通ったあの古物商や、不意に黒ずんだ影を感じた陰鬱な建物のことを思いだした。それはまだ半年しかたっていない出来事だったのに、何年も前の遠いことのように感じられた。私はそれを姉妹に話した。

「とてもこの同じ場所であったこととは思えないのよ。今だって古物商もその陰鬱な民家もあるのでしょうけれど、まるで夢のなかの町のようにそうした家の姿は引きちぎれたり、歪んだりしているのよ。憶いだすだけでもおそろしいわ。どうしても本当にあったこととは思えないわ。もしあのとき、エルスやマリー、あなたがたがいてくれたら、どんなによかったかと思うわ。あのおそろしい黒い影におびやかされたり、自分のまわりが空白に欠け落ちてゆくような気持になったりなどしなかったと思うわ。」

エルスは私の横からじっと覗きこむように眺めていたが、私が口をつぐんで息をつくと、彼女も同じように軽く肩で息をした。

「私も、いま同じことを思っていたの。私が冬子にもっと早く会えて、ひとりで見たこと、考えたこと、感じたことを話せたなら、あんなふうに苦しんだり悩んだりすることはなかったんですものね。でも、お姉さま、こんなふうに言ってはいけないかしら。私が冬子と会ったとき、私が捜していたのはこの人だと思ったなんて――。でもそうなの。冬子を見たとき、私って、急に、自分のなかの、あの干からびた海綿みたいなものが水をふくんで目ざめ、生きかえり、ふくらんでゆくのを、はっきり感じたんですもの。あれから毎日、あなたに会える日をどんなに待っていたか知れないわ。私って、ながいこと、姉と二人でギュルデンクローネの城館で育ったので、都会のことも、他の女の子のことも、外国のことも、何もかも知らないで過したのよ。私の知っているのはマーゲンスやビルギット――病院のビルギットとは別の――と、いつもビルギットのあとからついてゆく可哀そうなホムンクルスだけだったのよ。父はいつも書斎に入ったきり。そして私たちの母はずっと昔になくなってしまったの。家庭教師の気の弱いティリシュ夫人が来ていたけれど、お姉さまが大学にゆきたいと言って、都会の学校へ移ったので、私もギュルデンクローネの城館を出たの。ティリシュ夫人が、マリーは大丈夫だけれど、エルス、あなたは駄目よ、と言った言葉どおり、私はどの寄宿学校も我慢ができなかったの。三度も寄宿学校を退学して、この前、とうとう四度目に聖アンヌ修道院付属の寄宿学校をやめてしまったわけね。病院の隣りにあったあの学校よ。でも考えてみると、いつも私の我儘から事件が起ってくるのね。だから私、いつも、そうした事件をひきおこしたあとは、かならずギュルデンクローネの城館の塔にこもって、私たちの祖先が戦いに敗けたり、宮廷の陰謀に破れたりしたときと同じように、自分を冷たく、厳しく反省したものよ。私たちの祖先は多くの場合、その塔のなかで生命を絶ったと伝えられているの。自害した人もいるし、断食して餓死した人もいるし、塔から身を投げた人もいたそうよ。でも私は最後にそこから出てくるだけの勇気を見つけることができたの。祖先のなかにも、そうした死の誘惑に打ちかって、そこから出てきた人は、もちろん何人かいたのよ。ギュルデンクローネ家の人たちは、そこで死ぬにせよ、生きて出てくるにせよ、それはただその人の決意と責任にまかせるのね。それが私たちの家の掟なの。ねえマリー。あの若いニールスの伝説を話してあげて。あの話をきくのが私とても好きなのよ。」

妹にせがまれると、マリーは少し赤くなったが、すぐ次のような物語をはじめた。

「それは今から五百年も前のこと、シュレスウィヒで叛乱がおこった頃、ニールス・ギュルデンクローネという若い当主が私たちの家にいたんですって。このニールスに叛乱鎮定の軍隊の指揮が命ぜられたのね。若いニールスは私たち一族の軍人たちと同じように誇りの高い勇敢な指揮官だったそうよ。ところがシュレスウィヒの叛乱軍はハンザ同盟都市やホルシュタインの貴族たちと連絡をもっていて、意外に手強く反抗をつづけたのね。それは有名な伯爵戦争の前ぶれだったの。叛乱軍は新教徒たちの集まりだったし、その戦いには彼らの利害も賭けられていたのね。それでとうとう若いニールスの率いる軍隊は敗れ、北方に退却を余儀なくされ、ニールスも傷を受けてようやくの思いでギュルデンクローネの城に帰ってきたのね。それからニールスのながい幽閉生活がはじまるわけなの。はじめは誰しもが若いニールスが敗戦の屈辱に耐えきれずに死を選ぶだろうと思っていたの。でもニールスは何年も塔のなかで生きつづけ、最後に塔から姿を現わしたけれど、もうそれは若いニールスではなく、蓬髪と髭におおわれた陰気な老人のような男だったのよ。ニールスはその後狩猟だけを唯一の生き甲斐として生きていたのね。城と森から一歩も外へ出ようとはしなかったのよ。もちろん生涯独身で、気難しく、陰気な生活をつづけたのね。こうして何十年かたって、もうシュレスウィヒの叛乱のことなど、打ちつづく多くの戦争のなかで誰の記憶からも忘れられてしまったころ、ある朝、この陰気なニールス・ギュルデンクローネの死骸が塔の真下で見つかったのよ。口に短剣をくわえて、塔から身を投げたのね。短剣は喉の奥から頸を貫いていたと伝えられているわ。ところがギュルデンクローネ家の人々はその死には何の感情の動きも見せなかったというの。人々は草を血で赤く染めてうつ伏せになった死体のまわりに集まって、ながいことその死体を見つめていたの。やがて一族の長老が——それはニールスの父か、長兄だったのでしょう——その死体をかかえ、棺に移そうと、身体を抱きおこしたとき、人々はいっせいに驚きの声を我知らず洩らしたのよ。というのは、その死んだ陰気な老人が、かつて何十年か前、この塔にのぼっていったときと同じあの若いニールスの姿に変っていたからなの。その若いニールスの顔には微笑が刻まれていたというのよ。」

私たちはいつか城壁の遊歩場を歩きつくしていた。空は菫色に光を失っていて、あたりに暮色が漂いはじめていた。

「これがギュルデンクローネ家の人たちの掟であり、誇りなのね。しかも若いニールスの死は、私たち一族にとっては、勝利だったと考えられるのよ。おそらくこの自尊心の強い騎士は自分の敗北を死によって認めることを拒んだのだと思うの。若いニールスは決して死を怖れたのではないと思うの。自分が死ねば、その敗戦を自らの生涯の失敗と認めることだ位は、この聡明な騎士には、よくわかっていたのよ。だから彼は死を否認したのよ。自殺を拒んだのよ。でも、もし彼が死を拒むとすれば、どんな無言の誹謗が加えられるかは、騎士として知らないはずはなかったのね。塔から出てきたとき、ニールスが老人のようになっていたという事実は、どんなにそのことで彼が苦しんだかを示しているわ。ニールスは苦しんだのよ。その苦悩に較べたら、死ぬことのほうがどんなに容易に見えたことでしょう。でもニールスは生きることを選んだ。ニールスは自分の敗北を失敗とは認めなかったのね。彼はそうした苦痛を代償にして、自分の生を敗れたみじめなものにしなかったのね。ニールスの生涯の意味はただシュレスウィヒの叛乱という一点にだけ懸っていたと思うの。ニールスはその敗北を認めながら、その敗北を生きることで、それを失敗ではないものに変えてしまったのよ。ながい、辛い、孤独な生涯だったかもしれないけれど、ニールスにとってはただその敗北をこえて生きることだけが、それを失敗から救いだし、失敗ではない何ものかへ変える道だったのよ。彼はそれに耐え、そして最後には、そうして生きぬくことによって、その敗北の生涯を勝利にさえ変えることができたのだと思うの。ニールスの最後はその勝利の仕上げだったわけね。だからニールスは浄められ、自分の生涯に微笑を浮かべることができたのではないかしら。」

私が姉妹と別れたのは、時間にして十時近かったであろうか。まだ夕暮れたばかりと思っていたのに、初夏の夜は早くすぎてしまっていた。私たちは噴水のある広場で別れ、エルスはその夜は姉のマリーの家に、私は私で、小公園のそばの自分の部屋に帰っていった。しかし私は熱に浮かされたような興奮から醒めることができなかった。エルスがマリーになぜギュルデンクローネ家の若い騎士の話をさせたのか、それはわからなかった。しかし部屋でひとりになると不思議と私の心はその若いニールスの生涯に対して鋭く痛みを感じるのであった――いったい敗北というのは何なのだろうか。失敗といい、恥辱というのは何なのだろうか。若いニールスにとってシュレスウィヒの叛乱は、生涯のすべてを賭けた一回きりの機会であったにちがいない。そしてその敗北を失敗と認めず、最後まで生きつづけるということ、それは決してシュレスウィヒの叛乱を一地方の小さな事件とか、他の勝利で償いうる出来事とか見なすことではなかった。ニールスはそれを正直に一回きりの事柄として受けとめ、そのうえで、それを担ったのだ。男らしくそれを担いつづけたのだ。ただ頭で失敗を否定し、それに眼をつぶったのではない。彼は、それを真正面から見据え、そのうえでそれを失敗と見ることを拒んだのだ。その確証はニールスが生きつづけ、それに耐えることだけだった。だがこの話を考えているうち、ふと私は兄のことを憶いだした。もちろん、町から離れた島の別荘に現在も住んで、世間と余りつき合いもせず、園芸に打ちこんでいるあの無口な兄と、この不運な貴公子の生涯とのあいだに類似するものは皆無だった。にもかかわらず、そこには説明しえない形で結ばれているものがあるような気がした。

説明しえないといえば、私がつい今しがた知り合ったギュルデンクローネ姉妹と旧知のような感情を覚えることのほうがなお不思議だった。エルスの謎のような生き方。無造作な、衝動的な感情の流れ。突然あふれだす明るい歓びの表情。そうしたものがすべて私の胸をときめかす。エルスに会った日の夜は、魂の底までゆすぶられて、くたくたになっている自分を感じる。その癖、そうした疲労のなかには言い知れぬ甘美な歓喜の感情が含まれている。快い遠泳のあとの、あの甘やかな、心のとけてゆく疲れ。ちょうどそんなふうな疲れの波にゆすぶられる。エルス、あなたって、いったいどういう人なのか?〟

〝エルスがギュルデンクローネの領地へ帰ったのでこのごろはずっとマリーと会う日が多い。あの姉妹と会う約束のある日は、しかしまたなんと他の日々と違って感じられるのだろう。まるでその日が、カレンダーのうえで、別の、青とか、菫色とかで刷りこんだ特種な一日であるようにさえ感じられる。私たちは大公園の池のまわりを歩くこともあり、城壁の向うの、木立に囲まれた古い墓地や教会堂を訪ねることもあり、時にはマリーの勤める図書館にいってみることがある。しかしマリーのいちばん興味をひかれているのは、都会の場末町だ。あの古物商や、ヴァイオリン弾きや、彫刻のある階段つきの民家に出会った界隈なのだ。細い、曲った、暗い街。古い、ひっそりした、ガラスだけ磨いてある、破風屋根のつづき。そうした町を歩くとき、マリーのあの青い眼は、不思議と静かに光りはじめ、露地の奥でも、中庭の植込みの裏でも、入りこんでゆこうとする。肥った、頰に赤い発疹のある中年女がよろよろと戸口から出てきたりすると（そのとき私はマリーのほうをちらりと見てわかったのだ）彼女の食いいるような、鋭くなった眼ざしの奥に、静かな、水のような悲しみがみたされているのだ。果物の腐った臭いが漂っていたり、道端に洗いのこされた汚物がはみだしていたりすると、マリーはことさらそうした界隈の天井の低い、太梁のむきだした酒場に入って、汚れた壁紙や、古い瓶の列や、ガラス戸越しの歪んだ家などを、静かに眺めてゆく。そして最後に、ささやくようにこう言うのだった。

「冬子、これが都会なのよ。溝と腐った果物とアル中の女と傴僂と白痴と貧困、それに夕暮れとともに青白い街燈の下に漂いはじめる女たち。これが都会なのよ。リウマチでふくらみ赤くなった老婆の足に、かつて青春のしなやかな血が流れていたなんて考えることが罪悪みたいに感じられる。それが都会ね。」

　だがこう言うマリーを見ていると、あの子供じみた、微笑のゆれるような青い眼をして、眩しそうに顔をゆがめる女性はどこにいったのかと思う。しかしマリーにとって都会の頽廃はなにかもっと真剣な要求から見つめられているような気がする。〟

〝昨日のことだったが、私たちが場末町を歩いているとき、不意に、マリーがこう早口に言った。「私ってね、この都会の人を愛しているの。だからこの都会を憎むのよ。」

　それが余り突然だったので、しばらく私は意味をつかむことができなかった。で、何気なく問いかえすと、マリーは唇をゆがめ、顔をそむけた。私に意味がわかったのはそのときだったけれど、それはもう手遅れだった。その後、マリーはずっと黙りこくり、陰気な風だった。〟

〝今日、私はマリーがあのような取り乱し方をしたのをはじめて見た。たしかに私は前からマリーの静かな外見の下にかくされた、エルスに似た激しい感情の動きに気がつかないではなかった。しかし今日のマリーを見て、はじめて私は本当のあの人がわかったような気がする。

　それは場末町を通りぬけて、いつものように都門の広場まできたときのことだった。そこから、川向うの古い墓地まで一すじの道が走っている。私たちはそこから川にそって散歩をつづけるつもりだった。そのとき、都門のわきを数人の葬列が進んでいった。どこか場末町の教会から、物悲しい鐘の音が初夏の曇り空の下に響いていたのに前から気づいていたが、それは、この短かい葬列を送る挽鐘だったわけだ。私は思わず立ちどまって、その葬儀屋の黒い馬車の方へ頭をさげた。馬車の後に、三人の喪服の老人が眼を赤くして歩いていた。あと何人か平服の、町内の人らしい人物が、その後につづいていた。しかし葬列はそれですべてだった。そこには何一つ取りたてて言うべきこともなかった。平凡で、ありきたりで、事務的で、妙に乾いた感じだった。眼の赤い、よろめくように歩く三人の老人がいなかったなら、それは葬列と言うより、どこかの集会の帰りの一団の人々という感じだった。しかしその一団の人々も、その都門のところで霊柩馬車を見送って、あとはその老人たちだけがついていった。人々はそこから引きかえし、急に荷をおろしたような表情で、三々五々、話しながら街角に消えていった。

そのとき私はマリーの手が肩にふれるのを感じて、振りむくと、彼女の顔は蒼ざめ、いまにも倒れそうにして立っていた。彼女は私の言葉にただ「大丈夫だから心配しないで。」と答えるだけで、苦しそうに顔をゆがめたまま、無言で、手で私の腕をつかんでいた。それはちょうどマリーの体内を何か激しい痙攣か苦痛かが襲っていて、それを辛うじて耐えているというような様子に見えた。しかし私には、肉体的な苦痛ではなく、むしろある精神的な苦悩がマリーの心に焼鏝《やきごて》を当てているにちがいないことは、すぐに理解できたのだ。

その激しい昂奮がおさまったあと、しばらくマリーは無言のまま川にそって歩いた。陰鬱な城壁が、夕空を白く反射している流れに、黒いかげをうつしていた。やがて私たちは流れを前にしたベンチに坐った。

「冬子、私ね、さっきとても恐しかったの。あの葬式の人々を見たとき、とても恐しかったの。」マリーはしばらくしてようやく落ちつきを取戻すと言った。「私には、あんな形で人が死ぬなんて、どうしても耐えられなかったのよ。あの三人の老人たちの悲しみに打ちひしがれた様子を見て? 重い鎖でも足につけられているみたいに、あの人たちはよろめいて歩いていったわね。それなのに、それに従っていた葬儀の人たちは、無関心な、どうでもいい、ずいぶん平気な様子で、ぞろぞろと歩いていたわね。私が急に恐しくなったのは、あの町内の人たちの様子を見たときなのよ。なぜって、あの事務的な、何も感じない、灰色の顔が、人が死ぬという出来事によっても動かすことのできない化物のようなものに見えてきたからなの。私ってね、都会に来て、何がいちばん好きかっていうと、夜になって、街や家々に灯がともるのを見ることなの。ギュルデンクローネの領地では、森と沼と闇しかなく、聞えるのは風の音と木々のざわめきだけなのに、都会の夜は違うのね。店のショウウィンドウにきらきら光るあかりを見ても、街燈の下を歩いてゆく人の流れを見ても、人がそこで生き、生活し、溜息をつき、あれこれ胸算用し、明日のことを目論んでいることがよくわかるのね。窓のあかりの一つ一つにその数だけの人生があると思うのは、都会の夜でいちばん心を打たれることなのよ。そんなとき、私は本当にギュルデンクローネを出てきてよかったと思えたの。たとえそうした一つ一つの人生が必ずしも幸福ではなく、時には貧困、病気、不幸にさいなまれているとしても、でも人が生きているって、何かすばらしいことのように思えたのよ。でも少しずつ私はそうした考えを変えなければならないような事柄にぶつかるようになったの。都会ってものがどんなものか少しずつ解るようになったのね。窓のあかりの一つ一つに、たしかにそれだけの数の人生があるとしても、本当に自分が生きているって感じている人が何人もいるものではないとわかるまでには、大して暇もかからなかったわ。そうなのね。私って、そのころはまだほんの子供で、ただ夢をみているだけだったのね。ギュルデンクローネの領地では、沼に糸を垂れている老人でも、小鳥の囀《さえず》りをよろこぶ耳はもっているし、野の花を愛でる心は失っていないわ。一日じゅう誰とも口をきかない農夫でも、夕焼けが森の空に拡がるとき、手を組みあわせて一日の労働を感謝するだけの心の余裕はあるわ。それなのに、この都会では、人々は自分が生きているということを感じないどころか、それを忘れようと必死になっているみたいね。仕事が終り、オフィスから、工場から、売場から吐きだされた人々の大群は、酒場に突進するか、夕刊新聞に読みふけるか、ろくろく話もしないで蹴球の中継放送に夢中になっている。そして時間があると計算書を出したり、家計簿を出したり、帳簿をひろげたりして、足したり、引いたり、掛けたり、割ったりしつづける。まるで一日じゅう計算をしつづけたために、夜になっても計算をやめることのできない金銭登録器のようね。人が病気になると、それは医療費いくらの問題ね。子供が生れると、養育費と教育費と遺産の問題に変るのね。花を見ても、絵を見ても、この金銭登録器はたえず数字を打ちつづけ、加えたり、引いたりしているのね。こうして隣りの人がどんな人だかも知らず、その一日がどのような光と風で飾られた一日であるかも感じないで、数字を打ちつづけ、あくせくと階段をのぼったり降りたりして、時間さえあれば、自慢話と法螺話にうつつをぬかし、自分から逃げだし、生活を忘れようと努めるのね。そうなのよ。それが都会の生活なの。それがあの無表情な灰色の顔をした人々なのよ。そして最後に人が死ぬと、あの灰色の顔は、まるで並んでいる杙《くい》が一本倒れでもしたように、それを眺め、手を貸し、わきのほうに運んでゆく。その人には番号さえふられてない。死んだ人は零以下のものなのね。灰色の顔をした人々は、まるで号令でも掛けられているように、一様に黒服を着て、同じ動作で動き、同じ言葉で喋り、列をつくって歩いてゆく。重い悲しみの鎖に曳きずられてゆく三人の老人とは無関係に、彼らは行進し、到着し、眼を左右に動かし、それから解散する。何もなければ、何の感動もないのね。それがただ一回のその人物の死に対する態度なのね。でも、それは余りむごいことだわ。余りに情知らずだわ。とても人間のすることじゃないわ。都会が人間の心を石みたいに冷たく固くしたのなら、私は今こそ都会を憎んでやるわ。あの人たちを絶対に許すことはできないわ。ねえ冬子。こんな生き方って、とても人間の望む生き方ではないのに、どうしてそうやって生きてゆけるのかしら。どうして隣りの人の歓びや悲しみに無関心になって金銭登録器を打ちつづけることができるのかしら。いったいそうやって毎日毎日暮していった揚句のはてに、どのようないいことが待っていると思っているのかしら。いつかその人の上にも死が訪れてきて、もうお前の生命の砂時計はあと僅かで流れつきてしまうのだと宣告されたとき、そのときですら、その人は帳簿の前で足したり引いたりしているのかしら。そんなにまで心は石のように固くなれるものなのかしら。その人は、子供のとき歩いた道の白さや、草いきれや、水たまりにうつる雲を、もう思いだすことはないのかしら。ただ動物のように、何も感ぜず、何も考えずに死んでゆくのかしら。冬子。人間って、そんなに無情になれるものなの？　お互いに生きて、眼と眼を見かわしているこの瞬間にも、そんなに無関心でいられるなんて考えられることとなの？　ねえ、冬子、言ってちょうだい。そんなことが人間に許されているの？　人間が人間のことを考えられなくなるなんて、そんなことが私たちに許されているの？」

　私たちは黙ってまた歩きはじめた。私の眼にはよろめくように歩いてゆく三人の老人の後ろ姿が見えるような気がした。あるいはマリーの言うように、そうした押しひしがれた姿こそ本当に生と呼ぶにふさわしいものであるのかもしれなかった。それはいつかマリーが話したあの若いニールスの伝説ともどこか共通するところがあるような気がした。

　私たちはいつか鉄橋の近くを歩いていた。鉄橋の向うに、まだ白く暮れのこっている空を背景にして、波形屋根の鉄道車庫が見えていた。工場地帯がすべてV＊＊港に集められているこの都会の近郊で、夜、青白い酸素熔接の火花を見ることのできるのは、この鉄道車庫だけだった。私たちは機関車が何台か停っているのを鉄柵ごしに眺めながら、しばらくそれに沿って歩いた。信号機の青や赤の光、照明燈のなかへ黒々と並んでいる空《から》の列車、信号燈をゆらして歩いてゆく鉄道員を私たちは眺めた。それから車庫裏の暗いカフェで休んだ。店内は古めかしい飾りつけの、鉄道員相手らしい質素な店で、椅子なども重く、頑丈にできていた。カウンターのそばのテーブルに労働者が二人トランプをしているほか、店には客らしい姿はなかった。痩せた、気の弱そうな、灰色の眼の女主人がカウンターの向うから、二人のトランプを眺めていた。

　この二人は外見よりは、あるいはずっと若いのかもしれなかった。一人はコール天の上着をきて、不機嫌そうに黙りこくり、もう一人は革の帽子を後ろにずらせてかぶり、同じ革のジャンパーを着ていた。この労働者は小肥りで、陽気な赤ら顔をしていた。しかし彼の方も微笑をうかべながらも、黙ったまま、カードを捨ててゆく。男たちはゲームが終ると、小さな紙片に数字らしいものを書きこみ、またトランプを切っては勝負をはじめる。二人は時おり煙草に火をつける。その煙がしみるのか、眼を細めたまま、カードをテーブルのうえに捨ててゆく。

私は、マリーがさっきから、頼んだコーヒーもそのままに、じっとこの二人を眺めているのに気がついた。もちろん彼らに何か変ったところがあるというのではなかった。それどころか、これ以上に平凡な男たちもなかったかもしれない。しかしカフェの隅に坐って、一仕事を終えたあと、黙々とトランプに興じているこの男たちには、言い知れぬ充実した重い感じがあった。革のジャンパー、苦い煙草、飲みかけのアブサン、健康な肉体、太い腕と指、仲間と仕事、それだけが動かしようのない重さでそこに置かれていた。

私はその夜、樟のざわめく祖父の家の夢を見たが、その夢のなかで、あの二人の労働者が、中《なか》の土蔵の前でトランプをしているのだった。夢のなかでは私はまだ子供で、この二人を、汗臭いと言って時やに駄々をこねていたが、眼を覚ましたとき、私は、自分がこの汗の匂いに好意すら感じているのに、なぜ夢のなかでは彼らを嫌いつづけたのだろうかと考えた。ひょっとしたら、子供の私は、彼らを嫌ったのかもしれないと思った。いつか憶いだした記憶のように、以前の私のなかには、そうした冷淡さ、無関心さがあったのかもしれない。しかしそれが果してそうだったかどうかとなると、私の記憶はあやふやで、何一つはっきり憶いおこせるものはなかった。憶いおこせないのは、そうした自分の過去だけではなく、夢に見た労働者の顔も、どうしても憶いだすことができなかった。ただ憶えているのは、樟の大樹のざわめく音だけで、それは妙にはっきりと眼ざめたあとも耳のなかに残っていた。〃

支倉冬子のノートからこのように任意にギュルデンクローネ姉妹の記録をぬきだしてゆくことを許していただきたいと思う。もちろん私は私なりに、ノートの記録のなかから、なんらかの必要さ、重要さを感じられるものだけに限定し、そうしたものを優先して選んでゆきたいと心掛けているのである。そうでなければ、冬子のノートや手紙類を遺文集の形でそのまま発表したほうがいいくらいに思っている。しかしそれでは、専門家ならいざ知らず、私たち一般にとっては、いささか荷のかちすぎる読書になるだろうと思う。その意味で私は単なるエンジニアの身をかえりみず、彼女の晩年を知っていたというただそれだけの理由（それに責任感と）で、あえて記録の整理、編集を行い、いくらかでも冬子の生活が浮かびあがるように、私なりの解釈なり、説明なりを加えてきたのである。しかし冬子がマリーやエルスに対して感じていた友情なり、讃嘆の思いなりは、いってみれば、この時期の日記の日々の記述のなかに書きこまれていたのであり、直接それに触れられていないにしても、その調子、抑揚、言葉づかいのなかに、はっきり感じることができるのである。私は前後を通して、この金色の金具のついたヴァミリオンの美しい装釘のノートにおけるほど、冬子の書いたものを取捨するのに困惑を覚えたことはない。この分厚いノートに書きこまれた文章は、たしかにマリーとエルスに関する愛と友情の記録と言っていいかもしれない。それだけに私は十分に慎重な配慮と検討を加えたのである。しかしここで、前に述べた理由で、あえて私なりの選択が行われたことを断っておかねばなるまいと思う。

そんなわけで、私は第四冊目のノートの最後のエピソードとして、冬子が、マリー・ギュルデンクローネを市立図書館に訪ねた日の日記を次に示したいと思う。というのは、いずれ後に掲げるギュルデンクローネの城館における幾つかの挿話、あるいはマリーの挿話のためにも、今ここで私たちがそれを知っておいたほうがいいように思えるからである。

〝私がその朝マリーに会いにゆこうと思ったのは、まったく偶然の出来事にぶつかったからだった。その前から、ギュルデンクローネの領地に帰っているエルスから、研究所が終り次第、早く都会を離れるように手紙を貰っていた。マリーの休暇と合わせて、同じ車で私たちはギュルデンクローネの館へ出かけることにしていた。その打ちあわせのためにもマリーとは近く会わなければならなかった。しかしその朝はマリーに会うというより、むしろ図書館を訪ねるのが目的だったのだ。

私は前から、噴水のある広場のゴシック式のアーケードの下の書店で、何枚かの複製の細密画の絵はがきが並べてあるのに気がついていた。しかし広場を通るのが、工芸研究所へ出かける途中だったり、帰りはエルスが一緒だったりして、どういうわけか、その絵はがきをゆっくり見る時間がなかったのだ。つい三日前の朝、私はその単純素朴な線と彩色をもつ挿画風の絵を通りすがりに眺めると、それは単なるクリスマス用の聖画などではなく、息ぐるしいまでに豊醇な美しさをたたえた絵で、私の心を激しくとらえてはなさないのに気がついた。たとえばその一枚には七人の天使が白い長いラッパをもち、その七人の表情はにこやかで、子供っぽく、単純な明るさを示していた。ただその顔にくらべて、青やこげ茶や赤や緑の長衣をまとった身体の均衡が長く誇張され、その列の先端の天使が身を傾けるようにして吹く白い笛は、長く高らかにのびて、いかにも天地に響く透明な音色を思わせた。しかし背景には天から降りそそぐ火と硫黄の雨で、深紅の垂幕をひきめぐらしたように見え、何本かの木立と、芝生のような草地には、まるで春さきに咲きはじめるクロッカスの群生のような焰が、ちりばめられているのだった。天使の翼は公園の鳩の羽に似た淡い紫で、火を降らす天へ拡げられていた。また他の図柄では、中世風の鎧を着た男たちが獅子に乗り、幅広い剣で無数の人々を殺傷していた。しかしその囲りに立つ長老たちはにこやかであり、血まみれた地獄図であるにもかかわらず、単純素朴な、子供っぽい明るさがただよっていた。

私が飾り窓の前をはなれて、その複製の原図がどこにあるかを店員にきくと、それが前にマリー・ギュルデンクローネの話していた市立図書館所蔵の＊＊黙示録写本であることがわかったのだった。

私は工芸研究所から図書館に電話してマリーをよびだし、果してすぐこの写本を見ることができるかどうかを訊ねた。マリーは一応館長の許可を求めることになるけれども、もちろんそれは形式的なことだから、すぐ許可になると思う。ただ館長は変った人だから、あなたに何か話したりするかもしれないわ、と言って、おかしそうに笑った。私はその午後、市立図書館を訪ねることにして電話を切った。

図書館に着いたのは午後二時をすこし過ぎていた。大公園の裏にある、木立に囲まれた、鉄の重い扉のある建物は、この前と同じようにひっそりとしていた。かつてグスターフ侯の城砦の一部だったと伝えられるその建物の内部は陰気で、まるで大きな墓窖《はかあな》のような感じだった。マリーは古写本用の閲覧室で私を待っていた。灰色の地味な洋服を着て、いつもの物静かな、やさしい、親しみのこもった青い眼でほほえみ、私の手を握り、あなたがいつか＊＊黙示録写本をかならず見にいらっしゃると思っていたわ、と言った。「でもずいぶん切迫した感じでいらしたのね？」そう言ってまた笑った。マリーの周囲には、どこか緑の木立の雰囲気があり、彼女とむかっていると、不思議と心が落ちついてくるのだった。マリーは館長を呼びにすぐ出ていった。

閲覧室には重厚な木の書棚が並び、革装釘の歴史書や辞典類がひしめいていた。革張りの椅子、時間のとまったようなひっそりした気配、白いおだやかな窓からのあかり――こうしたものは妙になつかしい親しい気分をよびおこした。しかし私がそのことを考える間もなく、ドアをノックして、小柄な、柔和な老人が現われ、滑るような歩き方で私に近づくと、手を握った。マリー・ギュルデンクローネがその後に立っていた。老人は、私が喋ろうとすると、その口へ指を一本当てるようにして何も話すな、という身振りをした。それから灰色の、水のように澄んだ、とび出た眼を動かしながら、私の手をもう一度握った。

「フランス、語、を、話される、そうだね？　あ？　うーむ？」

老人の身体には、葉巻の濃い匂いがしみていた。老人は言葉を一綴りずつ区切るようにして話す癖があり、そのうえ、その言葉のあいだに、疑問詞とも感嘆詞ともつかない言葉を挿入するのだった。それは言葉を頭のなかで捜しあぐね、口をひらき、空しく努力しているときにも、喉の奥で鳴っている唸りだった。言葉がどうしても見つからないとき、灰色の眼を一段とぎょろつかせながら、両肘を高くあげ、頭をかかえこんで、いかにも匙を投げたという恰好をするのだった。

「左様、アポカリプスでしたな、この、有名な古写本ですな、あーむ、うーむ。よろしい、あなたのことは、マリーにききました。あなたが、この都会で、勉強、なさって、いるのは、あーむ、大へんいい、ことですな。織物の勉強を、されている、といわれましたかな。あの織物、ですな、あの、グスターフ侯のタピスリ、ですな。この二つのものは、つまり、この古写本と、タピスリとは、ですな、同じ精神の子で、うーむ、同じ精神が生んだものですな、あーむ。うーむ。左様、同じ精神、つまりその、アノニムの、ですな、あーむ、アノニムの精神の、ですな。深い謙虚な精神の、ですな。」

私はこの館長に連れられて、広い館長室にいった。マリーとはそこで別れた。彼女は館長の肩ごしに、私にうなずいた。それは、館長さんて、変ってるでしょう、という意味にも、また写本が見られてよかったわね、という意味にもとれる微笑を含んだ目配せだった。館長室も同じような陰気な静けさにみたされていたが、天井からは、古い枝付燭台を型どった電燈がさがり、壁にそった豪華な彫刻のある本棚に厚い辞典類が並んでいた。大机と椅子のほかに、幾つかの小さなコーナーがつくられていて、かたい椅子にまじって、深い肘掛椅子やソファがあり、小卓には明るい赤や緑の格子のテーブル・クロスがかかり、どの小卓にも花が置いてあった。地球儀や立机や移動用本台や書類綴りが事務机のまわりに集まっていたが、その机の上には、葉巻の箱と銀製のアトラスを形どったインク壺のほかには、何も置かれていなかった。老館長は椅子の一つを示して、そこで待つようにといって、部屋を出ていった。待つあいだ私は高い窓を見たり、壺を重そうに背中で支えている銀製の神話人像の窮屈そうな姿を見たり、赤い革表紙の百科辞典らしい厖大な叢書のうえに眼をさまよわせたりした。しかし老館長は出ていったまま、どこへ行ったのか、ながいこと何の物音も聞えなかった。そのとき私の心をみたしていたのは、単なる待遠しさや焦躁や不安といったものだけではなく、自分でも説明のできないある種の妙に寂しい、沈んだ色合の気分だった。もちろんそれがどこから生れてくるのか、わからなかった。ただ私は漠然と、この大きな灰暗色の石室か墓窖に似た旧城館の建物や、固い切石の床にひびく誰かの遠い足音や、冷たくひっそりとよどんでいる空気などと、その気分が無関係ではないということがわかるだけだった。いつか、ずっと昔、まだ樟の木陰の家にいたころ、私はこんな風にして、一人で、広い部屋のなかに坐らされていたことがあったのかもしれず、あるいは学校での居残りとか、どこか見知らぬ家の客間でのこととか、今でははっきり思いだすことのできない陰気な記憶と結びついているのかもしれないと思った。こうして私は花を飾った小卓の前に坐って、ながいこと半ば自分や自分のいる場所を忘れ、現われては消える想念の雲のなかをさまよっていたので、館長が背の高い司書を連れてふたたび部屋にかえってきたとき、黒い洋服の小柄なこの老人の出現に、一瞬、意外な感じさえ覚えたのだった。老館長の後に従った司書は車付きの書籍運搬台（木造の、がっしりした、一種の手押し車だった）を押していた。その背の高い司書は赤革装の百科辞典の書棚の前の四角い机のうえに、運搬台にのせてきた大判の厚い古い書物を置くと、私の方へ気味のわるい、ぎょろりとした一瞥を投げかけ、館長に目礼して、扉を閉めて立ちさった。

「まあ、＊＊黙示録ですのね。」

私は思わず叫んで老館長の灰色のとびでた眼を見つめた。

「さよう。さよう。黙示録写本です。仰せの通り＊＊黙示録写本ですな。あーむ、えーむ。この本は特別の許可がないと見られんものでしてな、えーむ。あなたが遠い国から来ておられることとですな、それに、あなたの熱意からしてですな、えーむ、私が本を読むという形で、私の、あーむ、えーむ、私の、その何ですが、失礼ですがな、私の、前で、ひとつこの部屋でですな、つまり。この部屋で、見て下さらぬか。それでしたらな、えーむ、私はあなたの希望にそうことができるのでしてな、えーむ。」

老館長は前と同じように肩をすくめたり、灰色の眼をあてどもなく空中にさまよわせたり、逃げてゆく言葉を追いかけるように口を開いたり閉じたりしてこう言った。そして言いおわると、隅の地球儀や立机や書類棚に囲まれた大机の前に坐ると、葉巻に火をつけ、じっと天井の方へ眼をやったまま、動かなくなってしまった。その黙示録は私が予想していたよりは、はるかに古い、大型の、重厚な写本で、幾世紀の時代を耐えて生きのこってきたものに見られる暗い、きびしい表情をもっていた。表は白暗色の固く、でこぼこした、犢《こうし》の皮の装釘で、羊皮紙の古書特有の冷たい、蠟製の本のような印象をあたえた。私はその表紙をあけるとき、一瞬ためらいと気おくれを感じて、老館長の方をふりむいた。ちょっとうなずいて、これから見させてもらいますという程度の合図をしようと思ったのだ。しかし館長は前と同じように、灰色の眼をむいて天井の一角を睨み、葉巻をせわしく吸っていた。そこで私は＊＊黙示録写本の表紙の重い、みしみし軋る装釘板をめくったのだった。

おそらくこの都会が＊＊河の河口に近い一漁村か、あるいは漁村ですらなかった時代、北の海の止むことない冬の風が窓や煖炉に吹きあれていた時代、どこか修道院の奥で、書記僧や画僧の何人かが、ある日、この数十葉の羊皮紙にむかって仕事をはじめようと決意したこと、そしてそれが何か高位聖職者からの命令であるにせよ、自発的な行為であるにせよ、そこに一つの仕事がなされ、その事の結果が年の流れに耐えていま眼の前にあるということ、こうしたことは、白暗色の犢の皮の表紙をめくり、はじめの挿絵——青い翼をもつ天使がパトモスの島に降りたち、岩に坐るヨハネの耳に何ごとかを囁こうと身をかがめる挿絵を見た瞬間、何か信じがたい、奇蹟に似た事柄であるかのように思えたのだった。私はその固い蠟のような羊皮紙の手ざわりと同時に、その蠟をひいたような表面に、丹念に描かれた天使の翼の青やヨハネの光背の黄、衣の濃いセピアの絵具が、薄い皮膜になって、よく見る眼には、その膜のかすかな厚さまで感じられるように塗られている彩色のなまなましさが、その数世紀の歳月を一息にとびこえさせ、昨日筆をおいたすぐ直後に、それを開いた感じに誘ったのだ。挿絵の左右と下方は緑の波で埋められ、その波形のあいだを大きな魚が泳いでいたが、それはパトモスの島をめぐる海なのだった。ヨハネは青い翼の天使をふり仰ぐようにして、少しく近々と寄り合った眼を向けていた。それは子供っぽく、単純で、まるで微笑みさえしているような表情だった。

私は他にこうした古写本を見たこともなく、将来も見る機会はなかろうと思うものの、いま眼にしている＊＊黙示録の場面場面は、大胆な、自由な、奔放な構図でまとめられていることはわかるような気がした。そこには省略と合成と幻想的な組合せがゴシック風の簡潔な、熟達した線描によって描きだされていた。一葉ごとにB＊＊広場の書店の飾り窓でみた白い象牙のような喇叭を吹く身をよじる天使や、七人の天使と血のように降る雹《ひょう》と火の雨や、また鉄鎖の鎧を着た怪獣に乗る禍害《わざわい》たちの殺戮が、その青、赤、緑、こげ茶の絵具の薄い層のなまなましい彩色で、あらわれてくるのだった。ある一葉では、幻視者の恍惚の果てにあらわれる新しい天の都が、放射する虹色の光線につつまれ、燦然と星のちりばめられた濃紺の空を背景に浮きあがる聖所を内に抱きながら、子供じみた、近々と眼の寄る、微笑むようなヨハネの前に、現出していた。またある一葉には、色彩の幻想のおもむくままに、空《から》の御座《みくら》を中心に、長老たち、四福音記者の象徴、神の羔《こひつじ》がクローバ形や四角や楕円形の枠のなかに、あたかもカルタを並べたように組合されていた。そしてこの場面にも青い衣に濃いセピアのマントを掛けたやさしい表情のヨハネがすらりとした姿態で立ち、この全場面を眺めていたが、そのヨハネ自身が、透明な深い緑の背景をもつ縦長の矩形の枠の中に閉じこめられているのだった。

それにしても、この＊＊黙示録写本の挿絵に丹念な絵筆を使った画僧たちは、この世の終末の、苦悶、狂気、痙攣、畏怖、殺戮、光明、浄化、成就の幻視結晶の背後にひろがる異様に蒼ざめた無機質の空間に、なんの不安も期待も感じなかったのだろうか。微笑むような、近々と眼の寄ったヨハネの表情からは、おそらくそうしたものは感じられない。その健康な、簡素な、自在な描線の動きからは、むしろ絵姿がこのように生きいきと現われてくることに対する素朴な驚きをこそ感じる。血にまみれる死人の群れは、画僧たちに豊かな色彩の夢をみせていただけなのだろうか。そこにはなにかひどくやさしいもの、夢みがちなもの、健康な、信じきったものが漂っているのだ。

こうして私はある一葉の挿絵を開いた。そこには身をうねらす赤い龍が画面の下から右へ半弧をえがいていて、左に白馬にまたがる天使ミカエルが槍をかまえて、これも微笑むような、寄り合った眼で、龍の方を眺めていた。頭部を小さく、体軀と四肢を大きく描かれた白馬は、黒緑色の岩の上に、競いたち、赤い龍にいどみかかっていた。私はふとかつてあの樟のざわめく祖父の家で、箕輪の叔母が、「かの大いなる龍、すなわち悪魔と呼ばれ、サタンと呼ばれたる全世界をまどわす古き蛇は落され、地に落され……」と読んでいる声を聞くような気がした。叔母はその頃東京のあるミッションの学校にいっていて、休みになると、二階の叔母の部屋でよく黙示録や雅歌を私たちに朗読してきかせた。そのくせ学校での聖書講読は叔母のもっとも苦手な学科だったのだが。

おそらくそこで私はこの古い羊皮紙の写本を閉じるべきであったのかもしれない。極彩色の、絵具の薄い層が、蠟を塗ったような固い羊皮紙の上に、それとわかる、挿絵頁の十何葉かは、ちょうどそこで終っていたのだから。これから先は写字僧の書いた本文がはじまるのだ。なるほど丹念な、精緻な字体、ラテン語綴字の平均律のような、かたい、青銅色に似た字面をたのしむことはできたろう。しかしもはや彩色した細密画はないのだし、微笑むヨハネもいなければ、青い翼の天使もいないのだ。

にもかかわらず私のなかには、一葉めくるごとに、深い奥からゆっくりと立ちのぼってくる酩酊感が、甘美な痺れとなって拡がり、私はただ半ば夢遊病者のように頁をめくっていたのだ。しかしそれだからこそ、その写字僧の書いた第一頁、その左上の冒頭のAの花文字が、まるで極彩色の宮殿の華麗な壁画を見終ったあと、小さな四阿《あずまや》をかこむ庭園のばら垣にからむ一輪の淡い花の色を見たような驚きを私に与えたのであったろう。

花文字Aは単なるAをあらわしているのではなく、むしろ複雑にからむ花茨から、まるで牧羊神が時ならぬ顔をあらわすように、不意にAの字体が出現して、蔓が相互に、いっそう解けがたくもつれあってしまった感じがした。そこには夏の藤棚の下の休息の気分や、森の繁みを通して泉のうえにふりそそぐ陽の光や、花の実や籠のなかで囀る小鳥の声が感じられた。いくつかの蔓は字体の繁みから羊皮紙の固いなめらかな余白をすべって、できることなら、過剰な花茨に覆われた垣根を離れ、単純な隣りのPや、Oの方へ、のびてゆきたいような様子をしていた。しかし花文字Aはまぎれもなく、あの魔法使いの靴、先端のそりかえった細長い靴をはいていた。靴の各々の末端は蔓文様にまぎれていた。しかしそのとき、その夏の光のなかにまぎれこんでいったのは、蔓文様ではなくて、私自身だったといえないだろうか。私の見たのは、あの樟のざわめく祖父の家とともに焼けてしまった、ゴシック体の花文字を金箔で、深紅色の地に打ちだした、あのミカエルの物語——青い天使と赤い天使がステンド・グラスの太い輪郭にはめこまれて表紙をかざっていた、手あかによごれ、すりきれたあの本だった。私が見ていたのは、封建時代のグスターフ侯の書庫におさめられた＊＊黙示録写本などではなかったのだ。私はすでに、あの噴水のある広場の飾り窓のなかでその複製を見たときから、自分が何を見ようとしていたのか、ひそかに知っていたと言えないだろうか。いや、むしろ私がそれを眼にしたとき、不意に私のなかの何者かが、かつて忘れはてたある姿を、ある物影を、そこに感知していたというべきだったかもしれない。たしかに私は、あのとき、そこに何者かがゆらめき通りすぎたのを見たのだ。私はその影のあとを追って、ひたすらこの暗鬱な、巨大な墓窖に似たグスターフ侯の城館へとまぎれこんだのだ。私はそこで祖母が長い廊下を歩くあの、とっちん、とっちん、という音を聞いたようにも思い、樟の大枝が私の耳のなかでざわめきつづけていたようにも思ったのだ。……〟

第三章

支倉冬子がマリーとともにエルスの待つ北のギュルデンクローネの城館に行ったのは、日記によると、その年の五月の終りである。そして冬子がエルスと消息を絶ったのが九月の終りであるから、それは死の四カ月前だったことになる。いずれ後にもふれると思うが、彼女たちがフリース島にヨットで出航する前に、何回か都会《まち》へ帰ってきていたことがわかる。そのとき私がどうして冬子に会えなかったのか、私にはよく憶いだせない。私が首府へ出かけたのかV＊＊港へ仕事にいっていたのか、どちらかであろう。そのおかげで、私は彼女から一通の手紙を受けとることができたのだが、もちろん私としては、このとき、もう一度、冬子に会いたかった。ともかく彼女は六月以降、工芸研究所に特別の仕事がないかぎり、ギュルデンクローネの城館に生活することになる。この時期のノートはもはやヴァミリオンの革装のものではなく、以前の黒のレザーの学生用ノートである。ここでもう一つ付け加えておきたいのは、このノート以後、日記として書かれた記録が極端に少なくなっているという事実である。日によっては、一行も書かれていないこともある。これはギュルデンクローネ家に移ってから、姉妹と遠足や散歩に出かけて時間がなかったということもあるが、主として後に示すように彼女がこうした日々の出来事から離れて、しばらく自分の過去にもぐりこみ、その記憶によみがえってくる回想を書きとめていたという事実と関係あるように思う。もちろんこれは私の推測であるが、冬子がこの時期に書いたと思われる回想の量は、ある時間それに専念していたことを考えさせるし、それに、さらに重要なことは、彼女の日記が、これから述べてゆくギュルデンクローネの城館での仮装舞踏会以後、突然数が少なくなるという点なのだ。これは言いかえると、この仮装舞踏会の前後に、彼女が自分の過去に魅きつけられてゆくような何らかの出来事なり契機なりを推定させるものであり（その前兆になるものはすでに何回か私たちは見てきたが）、私も実はそれを明らかにするため日記と手紙（主として兄宛のもの）を再三読みなおしたのである。

私は同時にこの前後の事情に関してかなりの程度にマリー・ギュルデンクローネから直接に話をきくことができた。以下私はこれらを参照しながら、ギュルデンクローネ家の仮装舞踏会の前後の模様を能うかぎり詳しく記していってみたいと思う。

ギュルデンクローネの城館は首府から北へ百五十キロほどの距離にある、美しい森と沼に囲まれた、灰暗色の、十八世紀風の優雅な建物である。私自身も、冬子たちの失踪後、一度マリーとともに訪れたことがあるが、あの鮮やかな牧草地の緑と、樺の林と、黒い沼のつづきに、両翼に尖塔をもつ三層の城館が現われてくるのを眼にしたときの驚きは、到底忘れることはできないだろう。城館の正面は一段と高いテラスになっていて、その中央に広い水盤が睡蓮のあいだに初秋の冷たい北国らしい空をうつしていた。冬子がはじめてこの水盤をみたころは、まだ睡蓮は赤い花を夏めいた緑の水面に浮かべていたはずである。テラスの周囲は石の欄干をめぐらし、正面に二つ、左右に一つずつ幅広い階段が庭園にむかって下りていた。裏手は広くひらけ、使用人たちの住む陰気な牧師館のような二階建の建物があり、そのつづきに厩舎や納屋が見えた。いたるところ、ひっそりした荒廃の気分があったのは、エルスが死んだ直後だったからばかりではあるまい。事実、支倉冬子の日記にも次のように書かれている。

〝私たちが執事のマーゲンスに迎えられて邸に着いたとき、もう八時をすぎていて、森の奥はひっそり暗く、森かげに身をひそめるように静まりかえっている沼だけが、葦の繁みを通して、まだ明るい夕空を白くうつしていた。城館は一階にあかりが輝いているにもかかわらず、どの窓も暗く鎧戸が閉まっていて、しのびよる夕闇のせいか、ほの白い、陰鬱な様子に見えた。玄関の階段をのぼって広間に入ると、大シャンデリアの輝く天井には、白地に金色の果実文を浮彫りにした格縁《ごうぶち》に囲まれた天井画が描かれていたが、その場面はいずれも神話からとられたものだった。大広間にふさわしい豪華な一対の花瓶、煖炉とその前に置かれた大きなソファや椅子、窓のそばにあるスタンウェイのグランド・ピアノ、鏡、華奢な脚をしたロココ風の衝立などのあいだを、私は、エルスに手をとられて通りぬけた。私たちは幾つかの絨緞をしきつめた小部屋を通り、肖像画を飾ったガルリーをぬけていった。廊下はひっそりとして、どの窓にも重いカーテンが垂れ、壁には鹿の角や、長剣や、その他の武器が飾られていた。私たちが着くことになっていたせいか、一階のどの広間にも小部屋にもあかりがついていて、椅子やテーブルや家具の覆いは取りのぞかれていた。にもかかわらず、私たちの通りぬけてゆく部屋には、ひんやりした荒廃の気分がただよっていて、沼が近いためか、それとも森から忍びよる霧のためか、空気が妙に湿っていた。〟

当主のギュルデンクローネ男爵はエルスよりもマリーに似た物静かな憂鬱な表情の長身の六十歳に近い紳士で、王立アカデミー会員として年に数回首府に出かけるほか、一年の大半をこの城館の宏壮な書斎にこもっていた。私もマリーに案内されて男爵の書斎と、その隣りの書庫を見せてもらったが、数代にわたる蔵書の集積の夥しさに私は眼を見はったものだ。もちろんその代々の当主の趣味、専門、また学問への傾倒の度合によって、集められた書物は種々の部門にわかれている。高い天井にとどく本棚が壁にそって並び、その本棚の一区劃ごとに、先に鉤のついた真鍮の梯子が移動できるように置いてあった。中央に大机と地球儀、天象儀が並び、古い斜めの書見台も窓の近くに幾つか置かれていた。マリーの話によると、先代のギュルデンクローネは十九世紀後半の北欧考古学者として功績のあった人らしい。マリーの父は王立アカデミーの歴史部門に所属しているという話であった。

娘二人がこの城館を離れていたので、ここに残っていたのは、男爵のほかには、執事の陰気で無口なマーゲンスと、寡婦で三十年来ここに勤めている大女のビルギット、それにビルギットの後からよちよち歩いてくる哀れな小人のホムンクルス（本当の名前はヨーハンと呼ぶが、ギュルデンクローネの先代が同名であるため、男爵はこう呼んでいた）、それに近所から通ってくる森番と庭師だけだった。しかも奉公人たちは離屋《はなれ》になった建物に住んでいたから、城館のなかで使われているのは、居間と書斎と書庫だけだと言ってよかった。

私はマーゲンスにも大女のビルギットにも後に会うことができたが、このホムンクルスにはついに会うことができなかった。哀れな小人は舞踏会のあとの不幸な出来事で死んでいたからである。もちろん冬子はホムンクルスを知っていたし、それにマーゲンスもビルギットとも三、四カ月一緒に暮していたわけであり、日記にも僅かではあるが、彼らに触れた箇所がある。

〃執事のマーゲンスは厳しい痩せた無口な男だ。顔色もわるく、よく薬瓶をポケットから出して、口づけにそれを飲んでいる姿を見かけた。フランス語を正確に話すくせに、決してこちらに喋りかけたことがない。いつもかしこまっており、ささやくような声で、「承知いたしました《ウイ・マドモワゼル》。」と言うだけだ。音のしない奇妙な歩き方で近づいてきて、また音も立てず離れてゆく。不機嫌というのではないが、陰気で打ちとけない。こちらが親しみを見せると、慇懃に、その分だけ遠ざかるといった塩梅《あんばい》だ。たとえば「明日の朝、早く出かけるわ。」と言えば、「承知いたしました《ウイ・マドモワゼル》。」と頭をさげる。「いいえ、早くないわ。早くなんて嘘よ。ゆっくりなの。」と言えば、同じように「承知いたしました《ウイ・マドモワゼル》。」と頭をさげる。よしんば二十度気まぐれを起して、二十度別のことを頼んだとしても、この陰気な執事はそのたびに慇懃に頭をさげ「承知いたしました《ウイ・マドモワゼル》。」をくりかえしたことだろう。私は朝彼が鎧戸をあけてゆく音で眼をさます。彼は決して特別に音をたてて鎧戸をあけるのではないのに、眠っている耳がそれを聞かずにすますということはできないのだ。

この執事に較べると、大女のビルギットは明快で単純で、ながいスカートをひるがえしながら（その足もとにいつもホムンクルスがよちよちとまとわりついて）城館のなかを歩きまわる。私たちの眼ざめが遅れると、あの途方もない大声で、一階の階段の下から怒鳴りたてる。母音が喉の音で鳴る、訴えるような、暗い北方の言葉で、彼女は喋りまくる。手を叩く。ビルギットは台所でコーヒーをいれ、ほとんど同時に裏の納屋で農夫たちに指図を与えている。二階にいるかと思うと、地下室で酒壜や樽の整理をやっている。屋根裏の掃除をしているかと思うと、馬車を走らせて村の市場へ買出しに出かけている、といった具合だ。

小人のホムンクルスの年は幾つ位なのか、誰も話してくれない。萎びた、浅黒い、おどおどした顔の、頭の小さな、痩せた小人で、いつも黄色いひらひらした洋服を着て、ビルギットのスカートのかげにかくれている。誰かが無理にもそこから引きはなしたら、ホムンクルスは狂おしい泣き方でわめいたことだろう。ビルギットの灰色の長スカートのかげに、黄色い小人の走る姿をはじめて見たとき、私は彼女が猿でも連れて歩いているのかと思った。時おりビルギットがそこにいてくれることがわかると、そのスカートから離れて、物珍しそうに私たちのほうへ近づいてくる。白痴で、単純な単語を口にするほかほとんど喋ることができない。「あれでもビルギットが毎日話し方を教えているのよ。」とエルスは言っているが、私が聞いたホムンクルスの言葉は「ビルギット、赤い《ロオド》、赤い《ロオド》。」という響きだけだった。

それはある夕方、私たちが沼地をまわって散歩から帰ってきたときで、ビルギットは城館の裏手で農夫たちと挨拶をかわしていた。ちょうど納屋の前で草を焼く炎が一段と燃えあがったところで、ホムンクルスはそれを見て、ビルギットのスカートを強く引っぱったのだ。「ビルギット、赤い《ロオド》、赤い《ロオド》。」彼はそう叫んだが、その響きは言葉というより、小さな身体のなかで、ぜんまいのねじが逆戻りしているような音に聞えた。するとビルギットはいつになく激しい声で「いけません《ネエ・ネエ》。」と叱った。ホムンクルスはそれなりもう何も言わなかったが、異様な関心を示して、草を焼く赤い炎を見つめていた。〃

マリーの話によると、その年の夏はいつになくギュルデンクローネの館に活気が戻っていたということだ。これは自由になったエルスの生活や、冬子がいたことや、舞踏会が開かれたことと無縁だったとは思えない。もっともマリーは父の書斎の隅で、何年か前からはじめていた「グスターフ侯年代記」の仏語訳に没頭していたので、すくなくとも午前ちゅうは彼女の姿は見られなかったかもしれない。私はマリーに言われて、支倉冬子がこの「年代記」の仏語訳から、さらに日本語訳を試みていたということを知り、その草稿を捜したが、都会《まち》の部屋にも、城館にも残されていなかった。それはずっと後になって、S＊＊諸島のある漁港（ここから彼女たちはフリース島へヨットで出かけたのだ）に残っていた冬子の旅行鞄から発見された。もし遺稿と言えるものが冬子にあるとすれば、この「グスターフ侯年代記」の翻訳が、あるいはそれに当るのかもしれない。私はこの一部をいずれ適当な機会に示したいと思うが、この仕事を彼女が単なる好奇心からはじめていたのではなかったことだけは、いまここで明記しておきたい。逆に、この宏壮な城館に落ちつくようになって、工芸研究所の課業から解放されて以後、ある意味で、彼女は急に忙しさを覚えたのではなかったろうか。これはいまになってみると、冬子には死が迫っていたという事実もあり、本能的に自分の生涯を整理しようとしたとも考えられるが、やはり私は彼女があくまで自分の作品や染織一般について十分に考えぬこうとしていた姿勢のあらわれではないかと思うのである。私は、彼女が書いていた日記、回想の類もまた、そうした姿勢をぬきにしては考えることができないように思う。

マリーが言うように、ギュルデンクローネの城館の夜は、森にざわめく風の音と、青い月の光だけが冬子の伴侶であったはずである。足音のよく響くかたい大理石の床や、広間広間に飾られる壁飾り《タピスリ》や、暗い影のなかを上ってゆく廻り階段などが、そうした夜、どのような思いを誘ったのであろうか。

月の差しこむ露台で冬子はマリーやエルスとながい時間語り合ったこともあったし、時には、森の奥の空地まで散歩に出かけたこともあったのであって、それらはその都度簡単に日記に書かれている。しかしそうしたときでさえ、冬子の思いは、私がいま述べたごとく、彼女の作品や染織工芸から離れたことはなかったのである。

私はその確認のためにもギュルデンクローネ日記とでも呼んでいいこのノートから、直接この問題にふれている箇所を引用してみたいと思う。

〞私はいま森へのながい散歩から帰ってきたところだけれど、この不思議に豊かな調和した気持はどこから生れてくるのだろうか。森の先の小さな丘の麓に、マリーたちの祖父が発掘した先住民族の巨石遺跡があって、私たちはそこまでよく歩いてゆく。野の花が咲きみだれる林間地で、森をこえてくる柔らかな風と、甘い太陽の光だけが降りそそいでいるその遺跡のあたりは、沈黙と敬虔と平和があるだけだ。エルスはオーディンに自分の乙女を捧げるのだと言って、マーガレットが白く咲くなかに立つ巨石の上にのぼり、全裸になって仰向けに横たわる。空には北国の穏やかな夏の雲が流れ、鳥の声が絶えまなく梢のなかから聞えている。その静けさのなかで、まるで古代の彫刻のように、エルスはその見事な引きしまった身体を、誇らかに、ながながと、太陽と風のなかに差しだしているのだった。私はよくエルスの背中の深い憂いを帯びたその形の見事さに胸をつかれるのだけれど、それは肩や背中にとどまらず、よく伸びた眩ゆいような脚にも、かたく引きしまった胸や胴にも言えることだった。エルスのそうした美しさは、ちょうど彼女が深く自然を愛しているだけ、それだけ自然のほうからエルスに与えた恩寵ででもあるかのように感じられるほどだった。エルスは朝ほとんど森が目ざめるのと同時に起き、馬に乗って狩猟場を廻った。私とマリーが眼をさまし、露台でコーヒーを飲んでいると、遠く沼をまわって、エルスが馬を走らせてくるのが見えるのだった。そんなとき彼女の浅黒い顔は熱くほてって、燃えるような眼はほとんど暗い金色に見え、栗色の長い髪の何本かが汗に濡れてべったりと額にへばりついている。彼女は息を激しくつきながら眼を眩しそうに細めて、「すぐ来るわ。シャワーを浴びるだけよ。」と叫んで、奥へ駈けてゆく。「あなたって、アマゾンの後裔よ。」マリーはそう言ってからからが、エルスのほうは「私はオーディンの愛娘。自然のいとし子。」と言って姉の冗談を受けつけない。「ああ、マリー、私にはわからないわ。この夏の甘い太陽を、あなたがどうして愛撫しないのか。陰気な書庫のなかに何があって？　いいえ、マリー、風の運んでくる野の香りや花たちの便りのほうが、どれほど多くのことを教えてくれるかしれないわ。湖の中を泳ぎ渡ってゆくときの、静かな冷たい水の弾力ほどに気持いいものってあるかしら。この呼吸の甘美さ、この動くことのたのしさ。ねえマリー、もう勉強なんておやめなさいよ。もう書庫なんかに籠ったりなさらないで。」などと言って、逆にマリーを困らせるのだ。

たしかに私もこうしたエルスと一緒に暮しているうち、自分がどんなにかこの健康な、生命にみちた営みを無視していたか、よくわかってくる。エルスの目のくらむような自然への陶酔こそ、あの巨石文化を残していった北方の先住民の生き方だったのかもしれない。走ったり、泳いだり、投げたり、木にのぼったり、高い梢を渡ったり、飛鳥のようにとびおりたりする動きそのもののなかに、私は、古代的な不思議な純潔を感じる。エルスが露台に休んで放心しているときの、日焼けした背にかげを落しているあのような古代的な憂いは、おそらくこの純潔さと無関係ではないのだ。

私はエルスといると、自分が全身で太陽を吸い、全身で風の抱擁を受けているのを感じる。自分がこの大自然の一部分に還元し、その中で甦り、新しい生命に目ざめでもしたように、裸足で地面や草を踏み、胸にじかに風を感じ、腕も脚も頭もこうした自然のなかに融けこんでゆくのだ。自分の身体の裏面がむきだしにされ、快楽が深い奥底から火のように激しくつきあげてくるのを感じる。

私がこうして豊かな酩酊感のなかにいると、自然全体が調和した穏やかな姿で、時の終りも知らずに、そこに静かに停止しているのを感じる。遠い森の上の雲は、どこか見知らぬ彼方へ流れていってしまう雲でもなく、また私から離れた遠くに浮かんでいる雲でもない。それは私のなかに青く拡がっている空であり、その空に浮かんでいる雲なのだ。あたかも私という人間が花の香りにでもなって空中のいたるところに遍在しているように、自分という感覚は薄れてゆき、時には自分がまったくなくなってしまうこともある。そういうとき、牧草地の緑も、沼も、柵も、樺の林の点々と立つ白い幹も、馬や、ホルシュタイン種の牝牛の群れも、北国の夏の透明な空気も、なにもかもが、あたかも自分の身体の一部でもあるかのように、近く親しく見えてくるのだ。牧草地の先の湖でエルスと泳いでいるとき、その澄んだ水の下に自分の身体が別の生きもののように白くゆらゆらと揺れているのを見て驚くことがあるが、この酩酊感のなかで感じる自然の風物の奇妙な親しさも、同じ鮮やかな感覚の驚きをよびおこすのだ。

でも、思えば、なんとながいこと、こうした調和感を私は忘れていたことだろう。このギュルデンクローネ家の広間やガルリーや小部屋の隅々を浸している静寂と荒廃した気分は、どこかあの樟の大木におおわれた祖父の家と共通したところがある。この城館にきて、何度、夜風に森がざわめくのを聞いて眼をさましたことだろう。私は眼ざめた瞬間、まだ祖父の家にいて、父も母も隣りの部屋にいるような気になったのだ。しかしやがて自分の寝ている寝台の天蓋や、常夜燈に照らされた部屋の一部が見えてくる。すると私がなぜいまこんな北国の見知らぬ城館の一室などにいるのか、急にわからなくなってくる。祖父の家にいた幼年期の自分から、一挙に、この城館にいる自分へと飛躍したことが、変化の経路をつなぐ作業を不可能にしたためなのか。私はベッドに横たわりながら、いままだ祖父の家にいるのだったら、一体どうするだろうと思う。だが、なぜ私が樟の大木のざわめくあの家にいていけないのであろうか。なぜ母が機を織っている音を夢うつつに聞いていたり、祖母が廊下を通ってゆく足音を聞いていたりしてはならないのか。いま誰かが来て、お前はまだ幼いままの冬子なのだと言ったとしたら、そのままそれを素直に信じこんでしまうだろう。

しかしそれ以上に辛く苦痛なのは、私をここへ運びこんできた宿命を考えることだ。いまから思えば、それは、幼年期と現在との間に挿入された大きな挿話のような気もしてくる。だがなぜそんな挿話が私に必要だったのだろうか。そうだ。そのことだけは、自分にはっきりさせなければならない。そうでなければ、あの病気のあと、なぜ私が徐々に制作力を取り戻していったか、なぜ調和した甘美な感覚を味わえるようになったか理解できないばかりではなく、現在それを保っているかに見える調和感やこの歓びも、幼年期をいつか喪っていったように、また見失ってゆかないともかぎらない。この意味でもギュルデンクローネの館での一日一日は、私にとって、二度と得られない貴重な日々なのだ。なぜならここには私の幼年期がそのまま残されているだけではない。私はエルスのなかに失われた私自身を見るような気がするからなのだ。〃

＊

おそらくこの日記の一節を読むことによって、私たちは冬子が時おり断片的な印象を書きこんでいった理由を理解できるような気がする。たとえば〃森の空地に倒れている木。その切口の匂い。青桐の幹に似たその樹肌。不安ななつかしさ〃というような六月はじめの一節。また〃エルスと書庫の裏階段をのぼって屋根裏にのぼった。埃りのなかに静まりかえっている昔の家具類。ふと、私は窓の上の梁に、古い人形が吊りさげられているのを見つけた。長い、埃りだらけのスカートをはいていたが、エルスがそれをおろしてみると片脚がもげているのがわかった。私はそれをもとのところに戻すのに反対した。そうしてはならないような気がした。なぜだかわからない。私は不安な気持でその人形を抱いて下へおりてきた〃というような一節。傍点はいずれも私が付したものだが、これらはいわば彼女のなかで生き、うごめいている幼少期の記憶の不安といったものなのだ。

それはすでに病院にいたころ、「黒ずんだ影」として彼女を訪れたものだが、ここではそれは生れでようとして胎動しながら、最後には力つき、もがき疲れて、ふたたび忘却の闇のなかに沈んでゆく記憶——そうした記憶のもつ不安となって現われている。

しかし彼女がこうした記憶を真実掘りおこし定着しようと決

心したかに見えるのは、この「彼女の生涯に挿入された挿話」の意味を知ろうと思ってから以後であろうと思う。たしかに不安、気がかり、また、なつかしさといった感情を伴って、過去の記憶は、支倉冬子の内面に溢れ出ようとして、そのぎりぎりの境界まで押しよせていた。だが、冬子の中に、この「挿入された挿話」を明確にしようという気持がなければあのように徹底した形で、それを定着しようとしたかどうか、それはわからない。私が彼女の回想に重要な意味を感じるのは、まさにそれがかかる動機を内包しているからなのだ。

ところで、すでに書いたごとくこのような記憶を、ちょうどあの病院の蒸気の音と同じように、一挙に取り戻させたのが、ギュルデンクローネ家の仮装舞踏会の一夜なのである。この一夜がどのようにはじまったか、冬子の記録は断片的にしか残されていない。したがって、以下いずれもマリー・ギュルデンクローネから私が直接きいた話に基づき、能うかぎり冬子のノートを引用しながら、この舞踏会について述べていってみようと思う。

はじめて冬子がそのノートのなかで舞踏会のことに触れているのは、六月六日のことであり、それもただ一行〝エルスが眼を輝かして仮装のことを話す〟と書かれているだけだ。したがってこの仮装が果して舞踏会のそれか、または別の仮装のことなのか、その辺のところは確かではない。しかし時期から見て、それを舞踏会と関係づけて考えるほうが自然だろう。だが、なぜこの仮装にエルスが眼を輝かせたのか。単なる若い女性としての好奇心や虚栄のためからか。それとも別の理由があったのか。姉のマリーの言葉によれば、年に一度か二度、ギュルデンクローネ家でこの種の集まりが行われることは、ながいあいだの慣例となっていたということだ。現在でも学生たち、娘たちが計画して開く集まりや詩の朗読会、小音楽会などは、首府から車で半日くらいの距離にある城館で開かれることは珍しくない。しかしたとえマリーが計画したにせよ、ギュルデンクローネ家の舞踏会となれば、それなりに格式も伝統も名望もあるため、やる以上は、正式の招待状もつくらねばならず、首府の幾つかの楽団のなかから十何人かの楽士を呼ばなければならないことになる。

「母の在世中はともかく、なくなりましてからは、こうした催しから遠ざかろうというのが父の方針でした。ですから、私たちのあいだでこの仮装舞踏会の話がもちあがったとき、私自身驚きもし、危惧も感じましたけれど、同時に、この種の催しのもつ眩ゆい興奮が身体のどこかによみがえってきたのも事実です。」

マリーはそう私に話してくれた。おそらく温厚な男爵が数日間その瞑想生活を断念したのは、娘たちへの特別な愛情のためか、亡き妻の思い出のためか、あるいはその両方のためであったろう。

舞踏会を開く許可が男爵から出るとすぐマリーたちは日どりを決め、それにつづく二日間の行楽の計画をつくりあげた。それから三日月状の鎌と楯を組合せたギュルデンクローネ家の紋章を打ちだした招待状が首府の印刷所へ註文された。何通かの同じ文面の廻状が新聞社の社交界欄のために送られた。首府の二、三軒の仮装衣裳専門の店からいずれも年配の男が車で乗りつけてきた。気の早い若い新聞記者がカメラをさげて城館の前のテラスを手持無沙汰に歩いたりしていた。

エルスは湖での朝の水泳を終ると、マリーを手伝って電話や手紙の仕事を幾つか片づけ、ビルギット相手に料理や宿泊や車の手配を相談した。小さいホムンクルスは城館内の雰囲気の変化を敏感に感じとったのか、ビルギットのスカートから一瞬も離れず、不安そうな顔をしかめていた。

執事マーゲンスの仕事は主として行楽の一部をなす遠乗りのための馬たちの契約と、城館内の装飾、宿泊のための一切の用意だった。ギュルデンクローネ家の場合は宏壮な書斎と書庫が普通の城館と違って大きな特色となっていたが、しかし二階と三階の大、小とりまぜて五十にのぼる部屋数は、こうした城館の規模としては決して大きいものではない。前世紀以降の貴族階級の没落にもかかわらず、ギュルデンクローネの五十に余る部屋部屋の装飾は、城館の建てられた十八世紀以来、そのまま保存され、バロック趣味の一つの典型的城館と見なされている。(下の大広間、書斎のごとく後になって改修された箇所をのぞくと)いずれも古びたままに往時の繊細優美な格天井や天井画、壁飾り、肖像画、金の枝付燭台、花瓶、唐草の縁飾りに囲まれた豪華な姿見、夥しい彫刻や宝石細工、透し彫りのある椅子、厚い絨緞、中国の衝立などが、時には数年、十数年にわたって、人に使われることも眺められることもなく、ひっそりした薄闇のなかで時代の変化からも取りのこされているのだ。

マーゲンスは近隣の農夫たちを指図して、こうした部屋部屋を開き、白い覆布をはずし、鏡とガラスを磨き、燭台を光らせ、寝台に風を入れさせていた。城館の内部は急に生気をとりもどし、光が明るく差しこんで、普段より数倍広くなったような感じがした。

こうした仕事が順調にすすみはじめると、エルスは冬子をさそって半日近く屋根裏部屋の衣裳簞笥をあけたり、閉めたりして、仮装衣裳を選びにかかった。日記のなかには、このような日々の記録が幾つか見受けられる。

〝仮装衣裳というのは、なんという奇妙な宿命をもっているのであろう。それはまず実用のためにつくられているのではない。一夜か二夜の座興のために、華やかな色彩と組合せとで、日常の衣裳以上に、けばけばしく飾りたてられている。実用の衣裳が保温や品位や趣味やその他多くの目的のためにつくられているのに、仮装衣裳はただその外見(それが何に見えるか)のためだけにつくられている。舞台の上の家と同じで、見えるところだけでつくられている。衣裳簞笥のなかから何年か、十何年か前の、オフェリアの草花の冠と白い薄紗の装束、サロメの青と金の模造宝石で飾ったレース織の衣裳、あるいは黒と赤のトルコ婦人の風俗、もしくは鯨骨でスカートを大きくふくらませたポンパドゥール趣味の貴婦人衣裳などが出てくるとき、私が感じるのはこうした仮装のもつはかない宿命だ。もちろん一夜の座興にせよ、その面白さに、その興奮に、その迫真の姿に、力をつくしたこれらの衣裳の意味がわからないではない。しかし、本物に似ることによって、ますます本物ではなくなるという仮装のパラドックスは、私にはひどく悲しいものに感じられる。オフェリアの装束に近づけば近づくほど、それは白い薄紗の衣裳というそれ本来の姿は消えてゆく。しかし私はふと、こういうはかなさ、悲しさは、芸術一般のなかにある宿命ではないかという気がした。オフェリアの衣裳をひろげながら、芸術もまた一つの仮装の宿命をもっているのではないかという気がした……〟

〝エルスに連れられて屋根裏部屋の隅々にしまいこまれた衣裳や、古道具、こわれた椅子、枠のはずれた姿見、鎖の切れたシャンデリア、甲冑や錆びた鉄具などを見てまわると、ながい歳月にわたってつづく人間生活という芝居の舞台裏をのぞいているような感じになる。誇りの高い、燃えるようなこの城館の女主人達が、何人となく、こうした姿見や装身具のなかで暮し、悲しみや歓びの生涯を送っていったにちがいない。エルスがどこかの隅で急にひっそりして何かに夢中になっていたりすると、私のまわりに、ふっと時間の流れがとまるような瞬間がある。時間がとまって、永遠にそうした瞬間がつづいてゆくような感じ。そうした瞬間に、私は、ふと、人間の全生涯を一瞬に見わたしたような虚しさが胸を白く吹きぬけるのを感じる。アレクサンダーやダリウスの功業のあとに、廃墟の柱が砂漠の風に吹かれているのを見るのに似た空漠とした虚しさ。それは、この館の屋根裏にも、埃りと薄明りのなかにひっそりよどんでいるのだ。しかしこうした虚しい感情は私には決して疎遠な感情ではない。かつて祖父の家にいたころ、私はなんどとなく(自覚はしなかったけれど)空白な虚しさに捉えられたものだ。

ギュルデンクローネの城館で、夜、一人で風の音をきいているときもそうだ。そういう夜、私はいつかこのような瞬間が来るのを、ずっと以前から知っていたような気になるのだ。そしてそのずっと以前、私は実はその瞬間と同じようなことをやはり考えていたような気がする。〟

〝昨日、めずらしくマリーが私たちと屋根裏に上ってきた。舞踏会のあとの行楽の二日に使えるものがあるかどうか、一応調べようというのだった。埃りのなかで、二時間ほど私たちが簞笥の引出しをあけたり、箱の蓋をとったり、櫃をこじあけたりした後、マリーがもぐりこんでいた片隅から「エルス、来てごらん。ロルフ叔父さまからいただいた人形芝居が出てきたわ。」と叫んだ。それは黒い小さな箱のなかに並べられていた操り人形の一組だった。糸は切れ、操り板も動かず、そのうえ人形の頭は胴と離れ、手足はばらばらになり、操り糸は互いにからまりあっていた。マリーはその人形を一つ一つとり出しては、床に置き、頭を胴の掛け金にかけたり、腕と腕とを組みあわせたり、足を胴にはめたりした。エルスと私とで操り糸をほどきにかかった。なかには片足がなかったり、手が両方とも見つからなかったものもあったが、幾つかはマリーの手で組み立てられ、操り板を動かして糸を引くと、鬚の大男がぎょろ眼をむいて腕を動かしたり、鼻の折れた老婆がよたよたと妙な動きで歩いたりしたのだ。私たちはしばらくそれをめいめいで操って時間のたつのを忘れていたが、マリーがふと「でも、これじゃもう使えないわねえ。可哀そうだけれど、またしまわれちゃうのね。」と言ったとき、私は急に不安な気持になった。「ね、マリー、私がなんとか修理してみるわ。どれだけうまくゆくかわからないけれど、私にやらせてみてくれない？」私は思わずそう言った。「そうね、冬子が手伝ってくれるんだったら、修理できるかもしれないわね。私は、この劇のお話は好きなのよ。やれるんだったら、やりたいわ。」マリーはそう答えた。私たちは人形を箱にしまうと、それを持って、埃りの中から這いだした。「私ね、なんだか、胸がどきどきしはじめたわ。人形劇がうまくゆくかどうかって考えると……」私はマリーに言った。「気の早いこと。大丈夫よ。小さいとき何回もやったことがあるから。」マリーは笑った。しかし私は胸のしめつけられるような、妙に不安な気持は、その言葉によっても、とりのぞかれなかった。〃

　ギュルデンクローネ家の仮装舞踏会は、夏のはじめのことでもあり、仮装という時代がかったロマネスク趣味と、舞踏会につづく巨石遺蹟への遠足と狩猟とが、とくにマリーの若い友だちのあいだに好評をよんで、予想以上の盛会になったということ、したがって舞踏会が多く若い年代の男女によって占められていたことだけはここで書いておいていいと思う。もちろん年配の旧知の人々も決して少かったわけではない。夏の幾夜かを若い男女とともに過ごすというただそれだけの目的のために車を乗りつけた肥満した枢密顧問官や、マリーのためだけにやってきたあの灰色の眼の図書館長もいたのである。

　仮装舞踏会の当日（それは七月初旬の日曜をはさんだ三日だった）はギュルデンクローネ館《やかた》にむかって三十数台の車が森をぬけ、沼を迂回して集まってきた。なかには、遥か北のS＊＊島から車をとばしてきた若い日焼けしたグループもいた。彼らはヨットでバルト海から大西洋沿岸に出る計画をその夏実現しようとしていて、舞踏会には素顔のままモロッコ人やアラビア人に扮して喝采を浴びたのである。

　車がつくたびに、先着の顔見知りが、二階、三階の窓から、叫んだり、口笛を吹いたりして歓迎した。その日は朝から屋敷の内外が浮きたっていて、ギターの音がしたり、二重唱が聞えたり、笑い声や若い女の叫び声が響いたりしていたのだ。一同が仮装して前庭の水盤のまわりに集まるのは夜の九時と予定されていた。夕刻が近づくと、城館の広間に灯が入り、各人の念入りな仕度がはじまった。押し殺したような笑いや、ささやきや、叱責する声などが聞えるほか、一時、城館はひっそりした。窓にせわしく衣裳をつけている人影が見えたりした。

　やがて前庭の欄干に据えつけられた幾つかの照明燈に灯がつ

き、ギュルデンクローネ館は、白く、くっきりと、宵闇から浮かびあがった。水盤の噴水がその照明のなかで金色に濡れてきらきら光っていた。

前庭に現われた最初の人物は、トルコの太守に着飾った肥満した枢密顧問官だった。彼は照明のなかを正面の石段まで歩いてゆき、そこでくるりと身体を廻して建物を仰いだ。

「いつ見てもギュルデンクローネの城《スロット》は見事だな。」

彼は誰に言うともなくそう独りごちた。

顧問官と前後して何人かの黒い影が光のなかに入りみだれた。すでに嘆声や爆笑や女たちの叫びが、暗い前庭のあちらこちらの隅で聞えた。照明のなかに、インディアン、中国人、アラビア人、フランス貴族、ブルターニュ女、鍛冶屋、騎士、漁師、船長などの姿が次々に浮かびあがってきた。女たちは場所柄もあって多くはフランス風の貴婦人姿か、異国趣味の扮装だった。大仰に孔雀の羽の扇を動かしながら、長い裳裾をさやさやと曳いてそぞろ歩く貴婦人たちが歯だけ白く出して笑っているオセロと合図をかわしていたり、トルコ女が騎士と腕を組んでいたりした。

やがて混成管弦楽団の楽士による前奏曲が広間の方から響いてきた。低いためらうような弦の音が、ながく、物思わしげに、甘美な旋律をうたいはじめた。ちょうどそのとき、人々のあいだに突然何となない騒がしい気配がひろがり、人垣が右に左に動いた。見ると、前庭の右手の階段から、漆黒のタイツに黄の縞を虎斑まがいに入れ、大きな蝶の羽を背負ったエルスが、燃えるような眼を黒いメーク・アップで囲んで、光のなかに立ち現われてきたのだった。誰からともない拍手が湧きおこり、やがてそれは低い溜息にとってかわった。その動揺がまだ終らないうちに、ふたたび新しい拍手が湧きおこった。幾つかの簪で栗色の髪を高くゆいあげた、静かな青い眼のマリーが、日本の振り袖を着て、眩しそうにほほえみながら、階段をのぼってきたからだった。

「ほほう、マリー。どんな趣向かと思っていたが、えーむ、うーむ、これは、その、えーむ、蝶々夫人、だろうな？　えーむ、蝶々夫人、じゃ、あーむ。」

思わず進みでた図書館長が、灰色の眼をむきだして、マリーの手をとった。その手には舞扇が握られていた。

「これは、うーむ、見事じゃ。ほれぼれする。いったい、あーむ、この衣裳は、本物じゃな。えーむ。その、何と言ったっけかな、あーむ、そうじゃ、あの日本の娘さんのもの、じゃろう。どうじゃ、あーむ、そうだろ、うーむ？」

女たちがマリーのまわりにひしめいた。

「触っちゃだめよ。帯をしめるのに一時間もかかったんだから。冬子はすっかり汗をかいちゃったの。大へんよ。キモノを着るのは。冬子、早くいらっしゃい。」

マリーに手をとられて照明燈の光の中にあらわれた支倉冬子は、頸のまわりを高くレースで飾り、胸から胴へぴったりした真紅の天鵞絨《ビロード》の上着に、たっぷりした黒い裳裾をひろげたアンダルシアの貴婦人の粧いだった。黒い髪を両耳の上に束ね、真珠でそのまわりをくくっていた。

「まあ、あなたは日本の方？」

「なんて黒い、黒い、美しいお髪《ぐし》なこと。東洋の黒髪って、まあ、なんて黒いのかしら。」

女たちの叫びに冬子はほほえみ、軽く首を傾けた。

そうした騒ぎのあいだに、前奏曲はいつか金色の音色で喨々とひびくファンファーレをともなった行進曲にかわっていた。正面階段の上に金モールで飾ったギュルデンクローネ家の執事の正装をしたマーゲンスが、黒塗りの高い杖をやや斜めに持ち、片手で名簿帳をささげると、低い重々しい声で「ヨハンネス・ユエール枢密顧問官どの、及びアンヌ・ユエール枢密顧問官夫人どのーっ」と名前をよびはじめた。肥満したトルコの太守は、レースの頭巾を頭にのせたブルターニュ女の腕をとると、その階段をのぼって大広間のシャンデリアの下に出ていった。大広間には仮装舞踏会でただ一人正装したギュルデンクローネ男爵と、夫人の名代の、その姪に当る年配の婦人とが、立って、二人を一揖《いちゆう》して迎えた。

マーゲンスの声は大広間まで聞えていた。その名前が呼びあげられるにつれて、大広間に次々と新しい男女の一組が姿を現わした。男爵は一揖し、その都度、拍手をして、彼らを迎えていた。管弦楽団の行進曲はなおつづいていた。しかしやがて最後にマーゲンスが「支倉冬子嬢、マリー・ギュルデンクローネ嬢、エルス・ギュルデンクローネ嬢」と呼びあげて名簿帳を閉じると、音楽は一休止の後、古風なウイン・ワルツの演奏にうつっていった。

〝私は小学校の劇に出たとき以来、こんな仮装などという経験は後にも先にも一度もなかった〟と支倉冬子がその日記のなかで書いている。〝仮装の面白さは、自分が自分でないものに変るだけではなく、それによって自分の周囲まで変ってしまう点にある。私がアンダルシアの貴婦人に仮装して左右のそり反った仮面を顔につけると、私という人間はその瞬間に消えてしまったが、同時に、今まで知らなかった世界が自分のまわりに現出しているのに気がついた。私は背の高い、やさしいオセロとも踊ったし、息をぜいぜい切らした親切なトルコの太守とも踊ったし、最後には蝶に変ったエルスとまで踊ったけれど、踊っているのは私ではない誰かであり、この誰かの姿の中に私は仮りに住みついているにすぎなかった。私が私でなくなったように、周囲の現実も本当の現実ではなく、実体のない影のようなものに感じられた。大シャンデリアも階段も柱も天井画も大理石の床もギュルデンクローネ家の城館ではなく、どこか架空の、背景に置かれた書割のように、自由に変更もでき、容易に消えたり、現われたりするものに見えた。きらびやかな音楽の波に乗ってゆれ動く仮装人物の群れは、もちろん一場の夢のような淡いはかなさで広間に集まっている影にすぎなかった。

踊りつかれて広間をぬけ、星のきらめく露台に出ると、幾組かの男女が口づけをかわしているのが見えた。しかしそれまでが夏の一夜の夢幻劇の断片ほどの現実感も伴わなかった。それは私にある種の悲哀に似た感情を味わわせたが、考えてみると、私が現実と信じているものと、この夢幻劇とのあいだにどれほどの違いがあるのか。私たちだって現実の舞台に登場した役者の一人にすぎず、いつかは夜風に送られて、その舞台から退場してゆかなければならないのではないか。私の前からも、なんと多くのものが、はかなく過ぎさり、消え果てたことだろう。兄や従兄妹たちと遊んだ祖父の家はどこにいったのか。あの樟のざわめきはどこにいったのか。祖母や母や、小さかった兄や私自身はどこにいったのか。それは思いだせば、つい昨日のように感じられるではないか。すべては砂が指からこぼれるように流れさってゆく……

こうした物思いはたしかに悲哀の感情を強めたが、同時に、この一瞬の生を、異様にかけがえのない甘美なものに感じさせた。私にはエルスがあのように太陽の甘さに酔う気持がわかるような気がした。

しかしその瞬間、まったく唐突に、エルスのあの暗い美貌もいつか消えはてるのではないかという考えが、鋭く身体を貫いて閃いた。私は思わず右手でそんな考えを払いのけるような動作をして、「そんなばかなこと」とつぶやいた。それはちょうど肉親の死や不幸をふと考えて、そんなことを思いえがいたというだけで、それがやってきそうな不安に駈られるときのように、反射的に、自分の考えを打ち消そうと身体をよじりながら「そんなことはありえない。あってはいけない。断じて、断じて、断じて、あってはいけない。」と声に出して叫んだ。そのとき、私の眼には、エルスがたまらなく可愛い、小さな、いとしい生命に映っていた。私はできることならエルスを抱きしめてそのまま不死のものにしてしまいたかった。

あとで考えると、あの星空の下で、肩を冷たく夜露にしめらせながら、私が思いえがいたことは、たしかに気狂いじみた考え方だったに違いない。しかしそれは今も変りないし、今後も変るとは思えないのだ。あのとき、私は、ふと物狂いという言葉を思い、その言葉の意味がよくわかるような気がした。私がながいあいだ見失っていたのは、まさしく、こうした物狂いではなかったか、と思ったのだった。私は物狂う前に目覚め、物を考え、物を整理し、その意味を知ろうと努めていたのではなかったろうか——ふと、そう思ったのだ。織物ばかりではない、私たちがすべて美と呼ぶところのものは、ただこうした物狂いのなかだけに姿を現わすものなのではないだろうか。ちょうど虚空を行方も方向も定めずに落下する星が、ただそうやって落下することで光りかがやくように、物狂いつつ仕事をするというそのことだけで、美は支えられるのではあるまいか。

あの夜、私が露台の手すりにもたれて考えたことは、こうした物狂おしさにもかかわらず、その後も変らないばかりではなく、むしろ日がたつにつれて、それは私のなかで確かな、動かしようのないものになってゆくように思える。私は今こそ物狂いつつ、自分の幻影に浮かぶ織地を、苦痛にみちた甘美な思いで織りつづけることができるような気がする。〃

これは冬子が舞踏会から二週間ほどたった日のノートのなかに書いてある一節だが、その夜の彼女の物想いをあますところなく伝えているように思う。マリーの話によると、冬子は、人が違ったように、いきいきと、大胆に、若い男友達を相手に、夜明けまで踊りつづけたということである。

仮装舞踏会は、事実、冬子に作用したような気分を、全員に同じようによびおこしたのであろう。あの肥った枢密顧問官や図書館長までが、若者たちと冗談を言いあい、若い婦人たちを相手に踊り、しばしば汗をふきながら広間の隅のソファで息をつかなければならなかった。大シャンデリアの下には、トルコ帽、ターバン、貴婦人の羽飾り、ブルターニュのレース帽、青や赤の仮面、三角帽、水兵帽がぐるぐると渦をまき、波になってゆれ、近づいたり、離れたりしていた。

曲が終ると拍手がひびき、人波は右に左に崩れ、壁際から立ちあがる人、壁際に退く人が入りまじり、うなずき合い、すれ違い、眼配せを交わしていた。そしてしばらくすると新しい音楽の波が湧きおこって、広間はふたたび赤や青や黒の鮮やかな踊り手の群れにみたされ、さざめき、賑わうのだった。

ダンスは一時間ごとに休憩がおかれ、大広間につづく幾間かがシャンパンの瓶やグラスでみたされ、黒い仕着せを着た近在の元気な娘たちが、銀の大皿に盛った料理を、調理室から運んできた。大女のビルギットは黒のテープで縁どりした灰色の洋服を着て、部屋から部屋へと歩きまわり、小皿をくばり、葡萄酒のグラスをすすめ、給仕人たちに声をかけ、鋭い眼で広間や廊下を見てまわり、若い娘たちに絶え間ない指図を与えていた。ただその夜の彼女に変ったところがあったとすれば、それは、正装をし、ふだんより声も動作も控え目だったというだけではない。彼女の長スカートにつかまって走っていた萎びたホムンクルスがその夜見えなかったということである。ビルギットが時おり裏の廊下に出て、カーテンを細目にあけ、離屋《はなれ》をじっと眺めていたのはそのためであるらしかった。

しかしビルギットの不安、気がかりは、後になって、理由のないものでなかったことがわかったのである。ホムンクルスは、それから数時間後の夜明けに死んだからだ。私はこの不幸な出来事をマリーから聞きながら、私自身、説明しようのない不安に襲われたのを憶えている。それは気味のわるい事件そのもののせいか、事件にいささかエルスと冬子が関係をもっていたせいか、その辺のところはわからないが、話をききながら、なんどもある種の戦慄をおぼえたのは事実である。

マリーの言うところによると、ダンスが休憩になると、エルスはマリーと冬子を誘って林檎酒（エルスはそれしか飲まなかった）のグラスを片手に、夜露のしとどおりた庭の植込みの中の石のベンチに休みにいったということだ。そこからは城館も広間の煌々としたあかりも見えず、人声まで遠ざかっていて、森にざわめく夜風や、水盤に落ちる噴水の水音がはっきり聞きとれるほどだった。一、二度マリーは彼女の男友達、女友達と談笑しているうち、エルスと冬子を見失うことがあった。そんなとき、植込みの中の石のベンチにいってみても二人の姿は見えず、やがてダンスがはじまり、広間に満ちた仮装人物が波のようにぐるぐると揺れ動きだしてから、ふと気がつくとその中に彼女たちの姿がまじっていたというのだ。

　事件のあと、エルスが姉に話したところでは、彼女たちは夜明けに湖までゴドーを走らせ、そこで泳ぐつもりだったという。事実、夜明けには十五、六組をのぞいて、ほとんどすべての人たちが寝室へ引きあげていた。マリー自身も女主人としての配慮や、着なれぬ日本の着物のせいで、くらくらするほどに疲れていた。エルスたちの姿が見えないので、広間の客をそのまま、ひとまず寝室に引きあげて、しばらく休んで衣裳を変えたいと思った。そのときマリーは二階にゆく前に調理室にいって、ビルギットに一と言声をかけて、残っている客のことを頼むつもりだった。しかし調理室には、隅で正装のまま居眠りしているマーゲンスがいるだけだった。彼女は何気なく調理室につづく台所と広い土間へのドアを開けた。そこは真っ暗で、調理のあとの油や、葡萄酒や、酢の匂いが、なお濃くたちこめていた。しかしマリーがドアを閉めようとしたとき、あたりに、ふと、どこか、いつもと違った、異様な気配を感じた。なにか光の波のようなものが、赤く、かすかに、その暗闇のなかで、ゆらいでいるような気がした。マリーは反射的に裏窓をあけた。眼に入ったのは、夜空をこがす真赤な焔だった。遠く、納屋のあたりで、巨大な焰の舌が、ゆらぎ、渦を巻き、無数の火の粉を、金粉のように、暗い夜空に、はじきとばしていた。

「マーゲンス、納屋が火事よ。納屋が燃えているわ。」

　マリーは気も転倒して叫んだ。その声に、眠っていた執事は飛びあがり、マリーの傍に駈けてくると、

「あれは納屋ではございません。厩舎です。納屋の消火器が使えます。私はすぐ納屋へ参ります。あとから男の方をお呼び下さい。」

　と慇懃な様子で言うと、調理室の火災警報器を押し、すぐ裏庭へ駈けだしていった。

　城館内にけたたましい警報のベルが鳴った。マリーは大広間まで駈けてゆくと、寝室からとびだしてきた青年たちに、すぐ火事の現場へ行ってくれるように叫んだ。

　裏手からは、切り裂くような馬の嘶き、鋭い牛の唸りが闇をつんざいて聞えた。火事に照らしだされた納屋の周囲で、マーゲンスの声がひびき、黒い人影が入りみだれて動いていた。干草の燃えあがるごうごういう音、物の割れる音、はじける音、崩れる音が厩舎のなかから響いてきた。火は屋根をなめ、上段の窓から狂ったような炎が噴きだしていた。焼けつくような火照りが木材のはじける音とともに、消火に努める男たちの頬をかすめた。モーターの音とともに、カーヴを描いて噴出する三本の水柱が、厩舎の屋根に向かって伸びていった。しかしそれは狂いまわる炎のなかに、無力に吸いこまれているだけで、火勢は一段と激しく厩舎の屋根の裏側に拡がった。新たに何台かの手押しポンプが作動しはじめた。

　マリーが現場に駈けつけたとき、流石の火勢も、男たちの人手が多かったため、おとろえをみせはじめるところだった。し

かしなお厩舎のなかからは乾いた木の燃える不気味な底ごもった音がつづいていた。マリーが髪をふりみだしたビルギットを見たのはそのときだった。「ヨーハンが見えないんだよ。」彼女はそう叫びながら、マーゲンス。ヨーハンが、見えないんだよ。」ポンプのそばに立って指図をしていた執事の手をとった。

「部屋には？」執事が訊いた。

「部屋から抜けだしたんだよ。お屋敷のなかを捜したけれど見えないんだよ。まさか……あの、厩舎のなかに……」ビルギットはふるえながら言った。

「そんなことはないだろうよ。どこか、そこらの草っぱらから出てくるさ。」

「いや、そうじゃない。マーゲンス。そうじゃない。あれは厩舎のなかにいたんだよ。きっとそうだよ。きっとそうだよ。」

ビルギットは手をしぼるようにして嗚咽の声を嚙みころした。

厩舎が完全に消火されたのは、もう夜が明けはなされた頃だった。白い夜明けの光のなかで、焼け残った屋根の骨組みが黒くくすぶりながら、痛ましく崩れかけていた。三頭の馬が焼け死んだほか、他の馬は森へ逃げさっていた。焰に黒く焼けた石組みも一部は崩れ、いたるところから煙と蒸気と、すえた悪臭とが立ちのぼっていた。消火に当った男たちは疲れはて、よろめくように寝室に引きあげていった。それでもなお裏の庭を歩きまわったり、石の上に腰をおろしたり、火勢の凄さを話しあっている人々が残っていた。なかには外の階段の隅で、もたれ合って、仮装衣裳のまま、眠りこんでいる女たちもいた。

マリーがエルスと冬子を見つけたのは、火勢も一段落したときだった。二人は蒼い顔をし唇をふるわせていた。エルスはゴドーを遠い欄干のそばに置いてきていた。マリーが二人に近づくと、エルスはマリーの手をとりながら、声を低めて「マリー、この火事は、ひょっとすると、私のせいじゃないかと思うの。」と言った。「私は冬子をさそって夜明けにゴドーに乗って湖に泳ぎにいっていたの。湖から城館のほうの空が赤くなっているのを見て、万一と思って帰ってみたの。そしたらやっぱり思った通りだったの。私ね、ゴドーをつれだすとき、カンテラを消さず、そのまま厩舎に掛けてきたんです。」

冬子は呆然としていて、マリーが声をかけても返事をすることができなかった。

「あなたがたのせいじゃなくてよ。ただね、可哀そうに、ホムンクルスがなかで焼け死んだらしいのよ。どうして厩舎なんかにいったんだか、わからないけれど。ビルギットの部屋からぬけ出したりして……」

この事件のなかで唯一の謎は、なぜホムンクルスが夜明けに起きて、厩舎に入りこんだのか、という点だった。ホムンクルスの死体は焼け落ちた梁の下から発見された。検視に立ち会った警察医の推定では、ホムンクルスは何かの理由で厩舎に入りこみ、エルスたちの残していったカンテラをはずそうとして、それを落したのではないか、火はそれが原因で出たのではないか、というのであった。

この不意の出来事のため、次の日以降に予定されていた巨石遺蹟への遠足と、森での狩猟は無期延期されることになった。ただマリーの友人たちのうち、何人かの馬の乗り手だけは残って、森のなかに逃げこんだ三十頭に近い馬を探す仕事にとりかかった。ある意味では、火事のため一挙に野生にかえった馬を捜しだすことのほうが、遠足などより、彼らにとっていっそう刺戟的であるらしかった。

ただ不思議なのは冬子がこの火事についてほとんど数行しか触れていないことである。つまり彼女は日記に次のように書いているだけなのだ。

〝おそろしい焰。なんという鮮やかな色で燃え落ちたことか。哀れな白痴のホムンクルス。ああ、それは昔のこと、何から何まで同じではないか。〟

第四章

多くの人たちは、記憶のなかの物ごとを、霧に包まれたように、ぼんやりした姿しかもたず、それに反して、現実に経験する姿は、はっきり確実な形をもつと言うけれど、この北方の古い異国の都会《まち》での生活は、しばしばそれと全く反対のことを私に教えるように思う。たとえば街の飾り窓の冷たい反射がそのまま祖父の家の応接間のガラス戸の反射になり、ギュルデンクローネ家の廊下が、いつかあの書院へ曲る樟の家の廊下につづいているようなとき、現実から、過去を憶いだすというのではなく、現実と過去の閾口に立って、同時にその両方の世界を生きていたと言えないだろうか。

とはいえ、私は誰にその古い屋敷の物語をすべきであったろうか。私は、まるでこうした物語を、あの築山のある庭の池に沈めた絆創膏の罐のように、深い自分の内部に隠していて、誰に向かっても話そうとはしなかったし、話す必要も感じなかった。かつてそれを話そうと試みたことはあったのだけれど、きまって聴き手の顔に疑わしそうな表情が、時には露骨に、時には控え目にあらわれるのを見たし、また、私の話を信じてくれるような場合でも、娘らしい私の空想がそこに混っていると考えている様子がありありと見てとれるのだった。

しかし、そうして閉じこめられた過去が、いつか私の前に立ちあらわれ、この都会の朝ごとの霧のように漂いながれるようになったのは、私がそれを呼びだしたからではなく、むしろ過去が私を呼びだしたからなのだ。あの頃——あの霧の多かった秋の朝の目ざめのあいだ、私はいかにしばしば、彼ら、すでにこの世になかった人たちのことを思いだしたことであろうか。彼らは、暗いながい廊下を、なぜかよその家に踏みまよったときのように、いかにも心もとない様子で、ただよい歩いていたのだ。それはなんと深々と樟の大樹に覆われた薄暗い屋敷だったことだろう。おそらく私が子供であったために、その果しないような奥の深さは、誇張して感じられていたのに違いない。しかし、その屋敷が焼けおちたころ、私が女学校にすでに入っていたことを思えば、かならずしもそれは誇張とのみ受けとれない。私は自分の記憶に残るあの奇妙な静けさ、荒廃した拡がりに、やはり執着していいのであろう。

そのかげに半ば浸された屋敷の広さと言えば、私は、容易に、あの夏の海に出かける前夜の、謎のような行列を忘れることができない。私たち——母と兄と女中の杉と時やと、それに婆やとが、居間から、旅行用トランクやバスケットの置いてある奥の書院まで、一列になって、なにか儀式の列ででもあるかのように歩いてゆくのであった。私はそうやって並んでゆく自分たちの行列を、あの兎や狸や狐や栗鼠などが月の下を並んでゆくぬり絵のようだと思って、思わず母の手にすがって、そう告げずにはいられなかった。それは前に私が肺炎にかかって、ながい病後を離屋《はなれ》でおくらなければならなかったとき、母が私のために描いてくれたぬり絵の一つで、私はそれにクレヨンで丹念に色をぬって遊んだのだった。母は自分でも時おり庭に出てスケッチ・ブックに花や草を写生していたから、私のために、兎や熊や狐をかくことは、あるいは愉しみでさえあったのかも知れないが、私はこの月の光の下で行列をつくる動物たちの絵を、なぜか執拗に毎日毎日かいてくれるように頼み、母もそれを夜おそくまでかかって描くと、朝、起きぬけに私をよろこばせようとして、それを枕許に置いておいた。私は私で、母が、「まあ不思議な色だこと。」とか、「お月さまが赤くって、気味がわるいわね。陰気ね。まるで今にも魔法使いがやってくるみたい。」などと言ってくれるのが嬉しくて、一枚一枚に新しい色の組合せを考え、床のうえに寝そべりながら飽くことなくクレヨンをぬりつづけた。もちろんそのぬり絵のことなど、もうずっと以前に忘れてしまったのだけれど、こうして私たちが列をつくって歩いていると、不意に思いだされてきたのだった。母は黙って、私に微笑した。そして、いくらか力をこめて私の手を握りしめてくれた。

私たちはそうやって仏間の障子にあかりのゆらいでいるのを眺め、昆虫箱のナフタリンの匂いのする書斎兼用の中の応接間をぬけ、父母の寝室のそばの長い廊下を通り、そこから鉤の手に曲っている書院の廊下へ折れていった。その書院の長い廊下からは、雨戸さえ閉めてなければ、築山や亀を飼っている池や古い樟の大樹がずっと見渡せるはずであった。しかしそのころ一、二度私たちの家に盗難さわぎがあって、人気のない書院と二階はほとんど雨戸をたてきっておくことにしてあったのだ。ところどころ一枚二枚と女中たちが風を通すために雨戸を繰っていったものの、そこから入る光が新鮮で白く眩しいだけ、それだけ書院の十二畳四間の襖に仕切られた薄暗い部屋部屋の、湿った、かび臭い、地下室のにおいに似たその空気が、よどみ窶れた蒼白いものに感じられた。私たちが運びだす旅行鞄類はこの書院の廊下の奥の小さな納戸にあって、そこは天窓からの光が、北向きの窓特有の冷たい澄んだ色で流れこんでいた。私たちは紙袋や新聞紙をガサガサと音をたててやぶき、去年の夏の終りにしまったままの恰好で現われてくる籐編みの旅行用バスケットや赤皮の鞄や父の洋服袋などを、なにか、ながいこと忘れていた懐しいものを見るような気持で眺めるのだった。海岸で、前の年、あんなに私が片時も手許から離さないでいた小さい白いバスケット（ピクニック用のバスケットだった）が出てきたとき、私はなんとなく、こんなにながいこと忘れたまま放ったらかしておいたのが、はずかしいような気がした。私は自分がいかにも移り気な、実《じつ》のない、恩知らずな子のように感じたのだ。そのくせ私はわざとそれに気づかぬように他処を向いて、白いバスケットのことを黙殺しようとした。おそらくそのころ、すでに、私は、不意に自分の気持を騒がそうとするものに反撥を感じたばかりではなく、自分のなかに反射的にあらわれる一種の自己反省に対して、嫌悪を覚えていたのにちがいない。私は、自分で自分のことを移り気で恩知らずだなどと考えたことに、我慢がならなかったのであろう。そのくらいなら、むしろ意識的に、そんなものは無視した方がどれだけいいか知れない——私は本能的にそんな風に考えていたにちがいないのだ。

　その納戸のつづきにタイル張りの真新しい風呂場が造りつけられていて、まるで温泉の小浴場のようだったが、もちろん当時の私などには、誰のために、こんな湯殿がつくられたのか、見当さえつかなかった。ながいことそれが使われていない証拠には、いたるところ蜘蛛の巣だらけであったし、床タイルは埃りをかぶって、朽葉が空っぽの湯槽の底に落ちていた。母たちが納戸でトランクをよりわけているあいだ、私は兄と風呂場をのぞきこんだ。「誰がここに入るの？」私は兄にそうきくと、兄は何でも知っているという表情で、「そりゃ、お席にきた人さ。」と答えた。「お席にくるのはどんな人？」私は重ねてたずねた。「お席にくる人は、おじいさまみたいに立派な人さ。」兄はそう答えて、爪立ちで乾いた湯槽のなかに入ったり出たりした。お席というのは、池のある庭に書院から突きだした茶席で、離屋の上を覆う樟の大枝がその水屋までのびていて、池に向かった苔むした岩と燈籠と玉砂利を置いたその庭は晴れた日にも青く冷んやりと沈んで見えるのだった。お席から離屋まで、檜《ひ》皮葺《わだぶ》きの片流れ屋根の下を、白壁づたいに、苔の青さに覆われた飛石が伝っていた。この茶席が使われることは一年に何度もなかった。そのためか、そこがいつか私の眼に神聖で近寄りがたい、ある種の厳しさを備えた場所と映っていた。私が兄の無造作な言葉（それは兄を偏愛していた祖母の言葉を、単純に、そのまま私に伝えたものだったろうが）に対して、いささかの不審も感じなかったのは、こうした畏れに似た気持があったからにちがいない。

私たちはトランクやバスケットが一通り揃うと、銘々でそれを分け持って、また一列になって、前とは逆に、書院から父母の寝室の廊下へ、そこから中の応接間をぬけて、仏間のところまで帰ってくるのだった。仏間のあかりがまだほんのり障子にうつっていて、線香の匂いが廊下の外へ流れだしていた。それは早暁と夕方、祖母が仏前のお勤めをするときに焚かれる香の匂いであったが、私には、それはいわばこの家にたちこめる上品で濃密な家霊の匂いのように感じられた。それは茶の間にいても、寝室にいても、書院の廊下にいてさえも、ほのかに漂っている匂いであって、その匂いが流れてゆくにつれて、どの部屋にも仏間に似た薄暗い、底冷えのする、透明な感じがみちわたってゆき、どんなに戸を開けはなってみても、その香りの漂っているうちは、妙に沈んだ、取り片づいた、儀式ばった印象を拭いきることはできなかった。たとえば中の納戸の唐櫃や様々な簞笥や木箱類のあいだに坐って、かすかに漂うナフタリンや防腐剤の乾いた刺戟臭をかぎながら、着物や晴着や父の洋服の匂いなどを感じているとき、ふと、仏間の香の匂いが細い糸のように流れてまじりはじめると、いままで私がそこに思いえがいていた絹の肌ざわりのなまめかしさも、木綿のすがすがしい感触も消えてしまって、納戸全体がまるでひっそりとした納骨堂か何かのような虚しさに取りつかれるのを感じた。それまで私はそこに四季の生活の細部が、あるいは淡い花の追憶を畳みこんで、あるいは新月の冷たい湿りをその絹地の感触に移して休らっているように思えたのに、仏間の香を感じた瞬間に、そうした美しい着物は、いきいきした生活から脱ぎすてられ、空虚になり、まるでその形さえもはや奪われた生の蒼ざめた抜け殻に見えてくるのであった。

それは、あたかも私が飛行とびやぶらんこに熱中するのを、女の子らしくないと言って叱るのと同じような祖母の眼ざしが、その香の匂いにこもっていて、この家のなかのすべてのものをじっと見つめているような感じがした。私は古いアルバムをめくって祖母のまだ若かった頃の写真を見るたびに、唇を固く閉じた、意志的な、きびしい表情が、すでに娘時代から祖母にそなわっていたのを知らされるのだった。その古い、色の変った写真には、二昔も前の写真館にはまだ見られた山や木立や石柱を描いた背景があり、大きなリボンや着物袴姿に靴をはいた若い祖母が、片肘掛けのついた長椅子に横向きに坐ったり、背凭れの高い固い肘掛椅子に正面向きに両手を膝の上に組んで坐っていたりした。もちろんそうした若い娘の面影のなかに、現在の祖母をしのべるものは、この固い、きびしい表情のほかに何もなかったが、にもかかわらず、そこに、たとえば叔母たちの若いころの顔立との相似を認めて驚くことがあった。赤萩の叔母にしても、小日向の叔母にしても、また、いちばん年下の箕輪の叔母にしても、決して互いに似かよった姉妹とは言えなかったけれど、その一人一人の面輪は祖母の鋳型から打ちだしたものにほかならなかった。とくに結婚するまでながいこと、ほとんど年長の姉のようにして私たちと暮らしてきた箕輪の叔母と祖母のあいだには、性格から言っても、顔だちから言っても、似ているところなどまるでないように思えたのに、やはり祖母の娘の頃の写真を見ると、同じ刻印を受けた貨幣の肖像ほどにも似ているのだった。あるいは祖母の性格のなかにも、箕輪の叔母のような脆い、弱々しいところが隠されていたのだろうか。それとも私たち一家の世継娘として育てられ、早くから家の格式や家運の盛衰に縛られていたために、意志的なきびしい性格が形づくられていったのだろうか。私は時おり下《しも》のお席にひとり肩を落すように坐っている祖母の後ろ姿を青桐のかげから眺めたが、そういうとき、子供ながらに、祖母が決して人に見せなかった姿を見てしまったような気がして、自分でもそれに気づくまいとするかのように、わざわざそこから大声で「おばあさま」と呼んだ。祖母はどんなときであっても決して馴れなれしい言葉や態度を許すようなことがなかったから、私が、庭先から、きちんとした手続きも経ないで、いかにも気ままに声をかけたということは、祖母の生活やしきたりに対する侮辱であるように感じた。たとえば祖母は朝たまたま洗面する前に顔を合わすようなとき、挨拶をすると、不機嫌になった。祖母の考えでは、朝の挨拶は、しかるべく身を整えてから後、それにふさわしい場所で交されてのみ意味があるのだった。そういう祖母はいつも姿勢を真っすぐに起し、きびしい、かたい表情をしていた。だから私が庭から声をかけると、この本来の祖母が一瞬に目ざめて、くるりと振りかえると、「何ですか。御用だったら、手を洗って、玄関から廻っておいでなさい。」と、ほとんどこうして話すのは例外なのだ、というような調子で答えて、距離をおくような眼で私をじっと見つめた。私は急にどぎまぎして、「何でもない。言うこと、忘れちゃった。」と叫んで、裏の庭に逃げだすのだったが、そんなとき、母はかならず後で祖母から何かしら私についての軽い叱責を受けた。私は、母からなぜそんな風にして祖母を呼んだのかと問われても、どうしても答えることはできなかった。よしんば答えることができたとしても、それを口にすることはなかったにちがいない。ただ私は早くからこうした事柄をめぐって、私たちが互いに気持を通じ合うことができず、何か冷たい黒ずんだ風がお互いの間に流れていることに気づいた。それは後年になって、私がいくらかでも物を知るようになるにつれて、薄らぐどころか、かえって深まってゆく性質のものだったが、もちろんそのころの私に、そんなことは思いあたろうはずはなく、ただ理由のない悲しみとなって、私のなかにいつまでも澱んでいた。

祖父が亡くなってから、祖母も昔のようには派手な生活を送ることはなくなり、父の代になって急速に傾いた店の経営状態のせいもあって、出入りの商人の数も減り、季節ごとの集まりなどもいつとはなく欠かされるようになって、私が物ごころつくようになってから、祖母が茶会を開いたという記憶は、数えるほどしか残っていない。祖母は五十すぎたころから片足を悪くし、歩くとき、いくらかびっこをひくようになったが、そうした姿でも、いささかも悪びれるところがなく、落ちつきはらって、欠かせぬ接待やよその茶会に出かけていた。私は今でも祖母というと、あの樟の覆った家の長い廊下を歩いてゆく、ある調子をもった、ゆっくりした足音を忘れることができない。祖母が下《しも》のお席から上の手洗い（それが祖母専用のものだった）まで立ってゆくとき、ながい廊下を、とっちん、とっちん、と歩いてゆく音が、いつまでも聞えていたのである。夜半に、どうかした拍子に眼がさめて、庭の樟の大樹がざわめくのを蒲団の襟に首をうずめて聞いているとき、祖母が廊下を歩いてゆくあの、とっちん――とっちん――とっちん――という音が、遠ざかりながらきこえてきて、あ、おばあさまがお手洗いにお立ちになった、何時ごろになるのだろう、と思うのだが、その足音は遠く消えそうでいて、まだきこえていて、果しない暗い家の拡がりを、異様に不安な怖ろしいことのように感じながら、また深いねむりに入るのだった。

祖母のこうした性格にもかかわらず、樟に覆われた家が徐々に荒れ、古びていったのは、祖父から引きついだ店が、父の肩には、ただ重荷でしかなかったという事情からのみ説明されえたのであったろう。私が庭で遊んでいる折に、父がよく来客を送って大玄関まで姿を見せるのを見たが、そういうときの父の顔は、暗く、沈んでみえた。私は本能的にこうした訪問客を憎むことを覚え、大玄関にまわる来客には、どんなお愛想を言われても、かたくなに挨拶することを拒んだのだ。おそらく祖父が祖母の家に入ってから、そこに付け加えられた山林や土地がそのころ私たちの手から離れたのかもしれず、あるいは子供などに理解できぬ入りくんだ事情が介入していたのかもしれない。私は今でも、ある年の秋のことを憶えているが、それは私がすでに大人になり、自分の家の事情がわかるようになってからも、時おり私の心によみがえっては、ある種の感慨をあたえたものだった。

毎年秋が深くなると、北郊のずっと山地に入りこんだ松林で、松茸狩りをするのが私たちの家の年中行事になっていて、その日には母がたの祖父、叔父叔母、従弟妹たちとか、店の主だった人々とかが、赤荻の叔父叔母や小日向の従兄妹たちに加わって、一年のうちでも欠くことのできない親戚縁者たちの集まりになるのがつねだった。もちろん兄や私などにとっては、夏休みとは別の意味で心待ちにしているピクニックだった。その主な理由は、松茸狩りの行なわれる斜面の松林は私たちの家の所有地で、そこには無口な山番の老人がいて、私たち兄妹のために、あらかじめ松茸の在り場所をそっと耳うちして教えてくれるからだった。もっとも松茸の少い年には、山番がよそから松茸を持ってきて、枯松葉の下に隠しておくこともあったのだ。私は子供たちのなかではいつも兄について、沢山の松茸を集めるのが得意だった。何も知らない大人たちが私や兄の松茸をみて、「やはり山に慣れておられるせいでしょうかね。」などと話しあっているのをきくと、私は思わず笑いだしそうになったが、兄はこわい顔をして、そんな私を眼で制止した。私には、そうした大人たちの言葉が半ば私たちの両親に対する阿諛《あゆ》の調子を含んでいるのを感じたが、兄はそれを逆に真《ま》に受けている様子をしていた。

斜面にある松林は深く、奥に迷いこむと下生えや斜面の起伏のために、すぐ他の人々の姿が掻き消すように見えなくなって、突然自分が松林のなかに一人で残されたような気持にとらわれた。なにか急にあたりがしんと静まりかえり、風はないのに、遠くで、木立が揺れているような音がきこえていた。それは、どこか山のずっと下を流れている渓流の音かもしれなかった。秋らしい午後の澄んだやわらかい日ざしが松の幹と幹のあいだに、蜜のような色で流れていた。いままで気がつかなかった向いの丘の中腹の日のかげりや、白く光る雲を浮かべた青空や、冷たい湿った空気や、静かに谷間へ下りてゆく松林の匂いや、そのなかにかすかに混じる松茸の香ぐわしさが、ふと私に、松茸狩りの気分とはおよそ無関係な、虚しい沈んだ気分を感じさせた。しかし、そうした気分は私にとって必ずしもそこから脱れたいと思わせるような種類のものではなかった。十歩も歩けば、はしゃいだ賑やかな気分のなかに入ってゆけるのが分っているだけに、その反対の気分を味わえるのは、いわば、この集まりの愉しさのもう一つの面であるような気がした。

私がしばらくそうやって一人で皆から離れていると、かならず従兄妹たちの誰かが気がついて、私の名前を呼ぶのだった。するど、それが二人になり、三人になりして、ちょうど隠れんぼをしているときと同じような気持に私を誘った。私は、自分の名前が向いの丘の斜面にこだましてかえってくるのをしばらく聞いてから、急に、みんなの見える松林の斜面に姿をあらわした。従兄妹たちは私がどこか松茸のいっぱい生えている場所を知っていて、そこへひとりで行ったにちがいない、と思いこんでいて、私に、その秘密の場所を教えるように迫るのだった。兄の方を見ると、兄もまた、私が兄に内緒で、そんな秘密の場所を見つけたのではないかと思っている様子をしていた。兄のそんな表情には、一種の不安と危惧のようなものが、ありありと浮かんでいた。

午後おそくなると、番小屋の前に焚火が燃えあがり、縁台がそのまわりに幾つかならべられ、山番の老人や女中たちを指図して、母が松茸料理をみんなに振舞うのが毎年の例になっていた。とりたての松茸を焙烙《ほうろく》で焼く香ばしい匂いが、大人たちの汲みかわす清酒の甘いすがすがしい香りにまじって、私たち子供の食欲を刺戟した。私たちは土瓶蒸しと松茸御飯が、湯気をあげる大釜から、爺やの手で渡された。子供たちは子供たちだけで二つの縁台を占領し、今年は誰が一番沢山集めたかという話から、去年のことや、もっとずっと前の話、愉しかった思い出や失敗談などに移って、笑いが波のように子供たちの間から湧きおこった。私はすっかり顔の赤くなった大人たちが同じように松茸料理をつつきながら談笑しているのを時々眺めたが、そのたびに、縁台の端で、自分では酒が飲めないため、ひとりで気を配って、徳利を手にしている父の顔が、妙に蒼白く冴えているのを、なぜか不安な気持で見つめた。私には父の平静を粧っているその顔のうしろに、よく大玄関で見かけた暗い表情が透いて見えるような気がした。店の人たちや酒好きの小日向の叔父などが、すこし酔いはじめたらしい度はずれな陽気さで話したり笑ったりしてゆくにつれて、それと対照的に父の顔は蒼白く冷たく暗くなってゆくように思われた。

松茸狩りが終ってからあとも、従兄妹たちのあいだで、半ば形式的な、半ば親戚らしい親しみと馴れなれしさをこめた手紙が交わされるとき、もうお互いに知りつくしているこの松林での一日の出来事を、まるで反芻しあうように、何度も繰りかえして書いたものだった。いまでも私には、そうした稚い手紙の、あの「＊＊ちゃん、君は松林で＊＊しましたね。僕はいつも思いだして、笑ってしまいます。」といった単純で素直な調子を憶いだすと、あのころの兄や従兄妹たちの顔がはっきりと眼に浮かばずにはいない。

その年——兄が小学校の終学年にいた年——の秋、この松茸狩りが取りやめになったときいたとき、兄が父や母にくってかかったのは、兄にしてみれば、長いこと待っていたこうした愉しみを、不意に取りあげられたような気持がしたからにちがいない。松茸狩りを誰よりも愉しみにしていたのは、たしかに兄だった。秋がきて、松林にゆけば、番小屋の爺やがそっと松茸の在りかを教えてくれる。兄は大得意で腕一杯の松茸を集めることができるのだ……。しかし兄はこの秋の松茸狩りの中止が何か私たちの家の出来事と関係していると感じるには、いくらか年も小さすぎたし、それに、単純に物を信じて、決して裏側の意味を詮索しないその性格からいっても、そんなことは思いも及ばなかったのだ。兄は執拗に父にむかって松茸狩りをするように懇願した。私は何度か兄が父の書斎で、半ば憤慨し、半ば泣き声になって、松茸狩りの中止をなじっているのを聞いた。もちろん私にも兄と同じような気持がなくはなかった。しかし、それと同時に私はなぜか父のあの暗い蒼白い顔を思いだすことができた。書斎で父が兄の言葉を暗い顔をして黙って聞いている様子がまざまざと想像できた。そうした表情を父にさせないためだけにも、私は、松茸狩りについては、触れてはならないのだ、と直感していた。にもかかわらず、あるいは何かの都合で、兄のあの執拗さに負けて、松茸狩りが行なわれるようになったら、どんなに嬉しいだろうという気持も隠すことはできなかった。

こうした何日かにわたる懇願がまったく無益だと知ると、兄は持ち前の癇癪を爆発させて、火鉢をひっくりかえすやら、花瓶をガラス戸にぶつけるやら、唐紙をずたずたに引きさくやら、気違いじみて荒れ狂うと、中の土蔵に入りこんで、内側から鍵をかけて、夕食になっても、夜になっても出てこなかった。父は蒼白い顔をして、兄のそうした振舞いについて一言も触れなかったし、また自分から何かしようとする様子も見せなかった。ただ、いつもより早く書斎に引っこんでしまった。私は、兄の食事の仕度だけをそのまま残してある食後の空虚な食卓を、じっと見つめている母と二人で、柱時計が時間を刻んでゆくのを聞いていた。

私が兄から父母に内緒で松林の丘へ行ってみようと誘われたのは、その事件があってから数日後であった。登校の際にも、一緒に歩くことはおろか、姿が遠くに見えるのさえ厭がった恥ずかしがり屋の兄が、妹の私を松林に連れてゆこうと考えついたのは、よくよくのことだったにちがいない。それは誘いと言うよりは、ほとんど命令と言ってもいいものだ。もっとも、そこには兄としては珍らしく、懇願の調子も加わっていたのだ。

「どうせ誰も行かないんだもの。松茸がもったいないじゃないか。僕たちだけでも行って、沢山とってこようよ。爺やにもとってもらえば、お母さまなんかびっくりするくらいとれるよ。お父さまだって、松茸を沢山見せてやれば、よろこぶにきまってるんだ。」

兄は私にそう言った。

いよいよ松林の丘へ出かける日、私は朝から胸がどきどきして、食欲までほとんどなくなっていた。私は母たちに内緒でバスケットを持ちだせばよかったが、それが途方もなく困難な役割のように思われたのだ。しかし兄は私ほど昂奮している様子は見せなかった。しかしそれでも、私たちが市電に乗って駅まで出ると、私にはよく聞きとれない、妙に大人くさい調子で、全く骨を折らせやがるとか、全く気骨が折れるとか、そんな風なことを口のなかでつぶやいていたところを見ると、兄は兄で、松茸狩りを自分たちだけですることに、何かしら後ろめたいような、落着かないような気持を感じているらしかった。

私たちは駅で郊外電車に乗りかえると、あとは黙りこくって、窓の外の、次第に山の近づいてくる稲田のつづきを見ていた。四角くつぎはぎの布地のように、稲田のあちらこちらが刈りとられていて、脱穀機の音が通りすぎる車窓に追いすがって聞えることもあった。他の子供たちは、誰もが大人と一緒で、子供だけなどという乗客は見あたらなかった。そうした他の子供たちが賑やかで楽しげに見えるにつけ、両親に逆らっているというだけですでにどこか寂しい思いを味わっていた私たちは、いっそうみじめで、とりのこされたような感じがした。おそらく兄は人一倍そういうことに敏感だったからであろう、たえずキャラメルやチョコレートを自分でも頰張り、私にも惜し気なく与えるのだった。私は電車が山峡に入り、谷間に渓流が冷たく光って流れるのが見えはじめると、次第に心細くなり、何度か泣きだしそうになるのをこらえた。しかし兄は目的地が近づくにつれて、今までの不安も淋しさも消えてゆくらしく、バスケットを膝の上にかかえて、嬉しさに顔が上気してゆくように見えた。そして窓をあけて頭を突きだしては、もう何々部落が見えるとか、あと幾つ目だとか、そんなことを私に告げた。

山峡のその小駅から毎年私たちは自動車に分乗して松林までいったものだったが、もちろんその日は自動車などなく、駅員の妻らしい若い女が赤ん坊を背負って、駅の裏手で薪を割っていた。山峡は日がかげって、冷たく、黒ずんだ、妙に沈んだ秋の午後の気配がただよっていた。

その小駅に降りた近在の部落の人々らしい何人かが行ってし

まうと、私は兄と二人だけ駅前の道にとりのこされた。

「歩いたって二十分で行けるんだ。前に爺やときたときも歩いたんだ。」

兄は私に言うというより、自分に言いきかせるようにそう言って、先へたって歩きはじめた。道は狭い山峡の、稲田の迫りのぼってゆく間につづいていた。どの山の雑木林も美しく紅葉していたが、遠い向いの山々のつづきは濃い杉の植林に覆われ、日に背いているためか、ほとんど寒いような暗い色に見えた。

岐れ道の地蔵堂や赤くそがれた崖や雑木林の中にある小さな鳥居など、今まで何度か自動車の窓から見なれていたものを、私はあらためて近くからしげしげと眺めた。道がのぼったせいか、その辺りの山の斜面はなお午後の日ざしに照らされて明るかった。私たちはしかし静まりかえった山峡の奥の気配に気押されて、黙りこくって歩きつづけた。

「もうすぐだ。そこを曲ったところだ。」と兄が叫ぶまで、私たちは二十分以上は歩いたと思う。それでも兄のその言葉をきくと、私はほっとした。父母も親戚の誰もいなかったが、やはり兄の言う通り松茸狩りにきてよかったと思った。寂しいにはちがいなかったが、こうして兄と二人だけでくる松茸狩りも変っていて面白いと私は考えたのだ。

私たちの松林にはかなりの広さにわたって有刺鉄線が張りめぐらしてあり、入口を太い門柱と両開きの荒造りの扉が閉ざしていた。私たちの家の所有林であることを示す門標と、幾つかの禁止事項を書いた立札がその扉の上に掲げられていた。私たちは、鉄の頑丈な錠前が赤く錆びついている扉を、二、三度、前後に揺すったが、もちろんそれが外れることを期待していたわけではなかった。山はなぜかひどく荒れはてた感じで、下草が茂るにまかせてあり、私たちが上ってゆく道も草で覆われていた。番小屋のある松林の中の空地は、そこだけがテラス状に平らになって、斜面につきだしていたが、そこの花壇も小径も草に覆われ、その雑草にまじって花壇から独りでに咲いたらしいサルビアや鳳仙花の花が点々とまだ残っていた。松林全体もあの下枝を払った明るい、風の吹きぬけるような感じはなく、自然林に似た、粗野な、荒々しい印象をあたえた。しかし私たちを何よりおどろかしたのは、その番小屋の戸がこわれ、内部ががらんとして、屋根の一部の破れから、その荒れた土間や部屋が白々と光に照らされていたことだった。私は兄の背にくっつくようにして、おそるおそる小屋のなかをのぞいた。もちろん爺やどころか、爺やの持ち物の痕跡もなかった。

そのとき私は番小屋のこわれた戸の上に、板が打ちつけてあって、そこに「＊＊土地会社所有地」と書いてあるのを見つけた。

兄は一瞬それを見て顔色をかえたが、すぐ、「なんだ、こんなもの。」と言いざま、そのぐらぐら傾いていた戸を引き倒すと、その板標識の上を泥靴で踏みしだき、いかにも憎らしいという様子で、何度もその上に唾をはきかけた。それから私にむかって、「爺やが死んじゃったんだ。それで来る人がいないのさ。でも松茸はきっと沢山見つかるよ。」と言った。

私は兄の後について松林の中に入っていった。雑草の下生えにまじって、茨がからまっていて、私たちは何度も膝や腕に掻き傷をつくった。しかし兄が言うようには松茸は見つからなかった。私たちは前の年の例から考えてバスケットに一杯とは言わないまでも半分近くは集められると思っていた。しかし雑草が繁っていたためもあったのだろうが、それにしても一向に松茸は見つからなかった。兄はしきりと私に別の場所へ行って捜すように言うのだが、私は兄から遠く離れるのがこわかった。私は兄の姿を見失わないように、遠くからついてゆくことで精いっぱいだった。

谷間に早くからただよっていた冷たい、黒ずんだ影が、いつか松林の斜面を這いのぼっていて、空が明るく冴えて白く光りはじめた。そんな時刻になっても私の見つけた松茸は数えるほどしかなかった。私は、兄がそれを叱るかもしれないと思い、枯松葉を靴先で掘っては捜しまわったが、まるで別の場所にきたように松茸は見つからなかった。

これ以上いては足もとも見えなくなるという時間まで、兄は帰ろうと言いださなかった。しかし兄とならんで松林の斜面を下りはじめたとき、兄のバスケットの中にも大して松茸が集まっていないのを私は知った。私は自分の分を兄のと一緒にして、そのバスケットを持った。兄は地面に落ちていた枝を拾ってそれをやけになって振りまわし、草をなぎ倒しながら歩いていった。私たちは門の傍の鉄条網をくぐりぬけて外に出ると、もう一度、荒造りの木扉を仰いだ。そこには、前には気がつかなかったが、番小屋の戸に掲げてあるのと同じ会社名が書かれていた。私が兄の方を見ると、兄は顔をそむけ、黙って歩きだした。私はまだはっきりそこで何が起ったのか理解するには十分大きかったとは言えなかった。ただ父母に背いている淋しさと、人気ない山のなかで日が暮れようとしている心細さとが、荒れはてた松林を見た不安な思いと一つになり、時おり私の鼻孔を、刺戟的な痛みとなってのぼってきた。私はバスケットを提げ、半ば鼻をひくつかせながら、郊外線の駅まで下りていった。

その時、兄がどんな思いを抱いていたのか、私は知らない。しかし兄は地蔵堂の前まできたとき、私からバスケットをひったくると、あっという間に、その内容《なかみ》をそばの渓流の中に棄ててしまった。私はそれを見ると、それまで怺えていた悲しみが急に溢れてきて、思わず声をあげて泣きはじめた。兄はしばらく黙って暗くなった渓流の面を眺めていた。それから私の手をとると、「もうあの山は家のものじゃなくなったんだ。そんなこと、知らなかったんだ。でも、もう二度と来ないよ。二度と来るもんか。」と吐きすてるように言った。しかし兄はそれきり駅についてからも、プラットフォームの端の暗闇のなかに立って、私と話そうとはしなかった。

もちろん、こうした出来事がたえず私たちのまわりに起っていたというのではない。しかし祖父が亡くなってから後、樟の老樹の覆うこの家のなかに漂いはじめた、暗い、空虚な、沈んでゆく気分は、子供だった兄や私に、何らかの影響をあたえなかったとは言いきれない。私は裏庭のぶらんこで遊ぶのに飽きると、よくその裏庭の土蔵（家では下のお蔵と呼んでいた）の鉄格子に金網を張った窓から、中をのぞきにいったものだ。それは空気ぬきのために開けてあった窓だったのであろう。私は立てかけてあった梯子とか、あるいは何か木箱をつかって、その窓から中をのぞきこんだのにちがいない。私の記憶にのこっているのは湿っぽい、かびの臭いのする、土蔵特有の陰気な臭気にまじって漂っている別種の、すえた、黒ずんだ臭いであって、私は、それを、土蔵のなかにかくされた無数の紙の束が、ひそかに腐ってゆく臭いにちがいないと思ったのだった。それは何とおびただしい書類の山だったのだろう。綴じこんだのや、ただ束にして紐でくくったのや、黒い装釘のや、袋に入ったのや、木箱につめられたカード類や、しみのついたノートなどが、かすかに忍びこむ光の白さのなかに、おぼろげに浮かびあがっていた。その奥の方に何があったのか、いくら金網に顔をつけても見ることができなかったが、やはり同じような書類の山が続いていたのだったろう。私はそうした土蔵のなかの紙束の堆積におどろかされたというのではない。私がそのひそかに腐ってゆく紙の臭いをかいだとき、心をかすめたのは、何とも説明のできない不安であった。それはちょうど私が自分の理解をこえた事柄をすでに漠然と予感していて、その土蔵のなかには、そうしたこの世の不正とか悪事とか残忍さとかがひそかに隠されているのを、いや応なく知ってしまっている、とでもいうような不安だった。私はその鉄の細格子につかまって、もっとよく奥の方を見ることができるようになれば、そこに、蒼い顔をした男や、懇願している老婆や、すすり泣きや、絶望のうめき声をたてる人々が見えてくるのではないかという気がした。なぜそんな気持を抱いたのかわからない。しかし私がその書類の山から、不吉な、暗い、陰鬱な印象を受けるだけのものが、すでに、私たちの家のなかにも感じられていたのは事実ではなかったろうか。後になって、ある日突然に、何人かの見知らぬ黒服の男たちが入りこんで、家じゅうのありとあらゆるものに、白い奇妙な小さな紙片を貼りつけてまわったとき、私は母と居間にじっと不安な気持で坐っていたが、それでも、この奇妙な黒服の男たちが、あの不吉な書類と何か直接の関係をもっているのだと確信したのも、そのためだったと思われる。

もちろんその当時の私には、それがたとえ私たちの家の没落する雰囲気なり徴候なりだったと言っても、それ以外の生活や環境を知ることはできなかったし、また知ったとしても、やはり樟の大枝のざわめきを聞く日々の方を愛したにちがいない。私はこの祖父の家に単に住んでいたと言うより、子供特有の想像力によって、この樟の家と一つになっていたと言った方がいいかもしれない。

祖母のいた下のお席は、母や私のいる居間のある一劃から、まんなかに廊下を置いた反対側にあって、中の庭（北向きの庭）に、竹の濡れ縁をめぐらして突きだしていた。中の庭は、私たちの遊んでいる裏庭から、山吹を植えこんだ垣根でわけられていて、油蟬の群がる二本の青桐の大木が、その中の庭の入口に立っていた。夏の夕方、蟬の抜け殻を集めていると、ながいじりじりした暑い夕日がさしていて、日ざしの一部が、お席の簾と水屋の開けはなたれた障子に当っていたのを今も憶えている。

お席から見ると、ながい廊下が西側を鉤の手にかこんでいる中の庭は、もみじが広々とした間隔をとって並び、下生えはなく、その明るい優雅な葉むれの下に、苔が手の染まりそうな青さで拡がり、あたりの空気まで、水底のように、しんと澄んで見えた。その奥は白い古風な築地塀で終っていて、塀の根がたに、蛇《じゃ》のひげが庭隅の青木や石燈籠のあるあたりまでつづいていて、まるで塀のかげが濃いみどりになってそこに落ちているような感じだった。

そのこんもりした、密生した、冷たい、剛毛のような蛇のひげの葉ざわりは、夏の暑い日には、犬たちにとっても快かったのであろう、婆やの飼っている二匹の犬たちまでここにきて長く身体を横たえていた。しかし、そこは私には何よりも耳のぴんと立った老犬のクロの死んだ場所として記憶されていた。クロは父母がまだこの祖父の家にくる以前から飼っていたおとなしい、気のいい犬で、私がその背中に馬乗りになったり、耳を紐でしばったり、芸当をさせたりしても、いつも私の言うなりになっていた。あるいはもう年をとっていて、すべてを諦めきっていたのか、または何をするのも億劫だったのかもしれない。時おり私は、思いに打ちひしがれたといった様子で、首をうなだれて歩くクロの姿を見かけた。そんなとき、私がその名前を呼んでも、形だけ私の方に首をめぐらし、かすかに力なく尾を振るだけで、そのあてのない散歩をつづけていった。その死期が近づいたころ、クロはよく庭の隅で何かねばねばしたものを吐いていた。そして私のそばにくると、それでも尾を振ることは忘れなかったが、しかし私を見あげる眼は、どこか物をうったえようとしている人間の眼のように悲しげで、私はよく、クロ、クロ、お前は何が言いたいの、何か言ってごらん、何か言ってごらん、と叫んで、その頸にかじりつくのだった。

しかしあの頃——いまから憶えば、すべてが本当にあったのかどうかも定かではないあの頃、日がな一日、ひとりで遊びくらすという日々の習慣に変ったことはなく、私はその一日一日の深さのなかに、まるで、裏庭の古井戸の底に、小さく光ってみえた水面を見おろしているときのように、いつまでも吸いこまれてゆくような気がしたのである。いったい私たちにあたえられている時間は、あの時と今とでは、異なっているのであろうか。あの気の遠くなるような、もうほとんど永遠とよんでもいいような、時のゆっくりした流れと、今の、この急ぎ足に、あっという間もなく流れさる一日と、同じ一日の時間であったのであろうか。私の前にあらわれるすべては、私を吸いとり、私という存在はもはやそこにはなく、あるのは、たとえば赤々と樟の大樹のむこうに拡がる夕映えであり、あるいは、曇った空の下に白々と鏡になって光る池水の澱みであり、また、部屋から部屋へ忍び足のように漂っている、ひんやりした空気と上品な香の匂い、といったものだけだったのだ。その樟のざわめきの覆う屋敷のどの部屋、どの隅をとってみても、そこでは人の気配もないままに、ゆっくりと進む時間のなかで、まるで唐紙や置物や畳や天井や欄間の透し彫りが、逆に、人間の場所を占めて、勝手に話をしたり、目くばせをしたり、あくびをしたり、忍び笑いをしたりしているような気がしたものだ。私は、庭での遊びに飽きると、家のなかをさまよって、何か面白いものはないかと捜しながら、奥の書院に入りこんだのだったが、そこは昼でも、ながい廊下にそったガラス戸にカーテンが閉まっていて、後には雨戸をたてきったままになっていた。私がそこへ入りこんだころは、それでも雨戸だけはくられていて、カーテンをあけると、樟や銀杏の大樹の下に茶席から離屋につづく檜皮葺きの屋根や飛石が、日かげの冷たい光のなかに沈んでいた。書院のどの部屋も厚紙がしきつめられ、床の間の置物には紙袋や布がかけられていた。歩くと、がぼがぼと音をたてるその厚紙のうえを歩くこともせず、私は、書院の部屋の一隅に立って、この人気のない奇妙な光景にながめいった。たしかにそこでは、もうながいこと人間が自分の権利を放棄してしまって、部屋そのもの——白くほの暗んだ障子にとじこめられた部屋そのものが、いつか主人役についていて、勝手に自分たちの世界をつくっているといった感じだった。普通なら、人間たちによって使われる部屋、人間たちの開けたてする襖、人間が光をとる書院窓、人間の眼をよろこばす違い棚の彫刻や人形などが、ながいこと、誰もここを使わないうちに、もう人間への従属を忘れてしまって、めいめいが独立し、自分の権利を主張しはじめているような気がした。床柱も掛軸も額も天井も透し彫りも、自分たちがはじめからそこにいて、人間などまるで知らないというような顔をしていた。私は、こうした物たちのもつ無愛想、よそよそしさ、傲慢さには腹がたったが、同時に、物たちがお互い同士では、何とも言えない親密さで話をしたり、目くばせを交わしたり、うなずき合ったりしているのに気がついた。私はまるで物たちのあいだで開かれている会議のさなかにまぎれこんだような気がした。いったいそれまでに、こうして物たちがそれ自体で生きていて、自己満足したり、憤慨したり、仲たがいしたり、仲なおりしたりするなどと考えたことがあったろうか。ところが、このひっそりした書院では、人の気配がないばかりに、物たちは急にくつろいで賑やかになりはじめるのだ。で、私は息をころして、みんなが私のいるのに気がつかないように、そこにじっと立っていた。すると、私が襖をあけたとき、いっせいに取りすまして黙ってしまった物たちが、また賑やかに喋りはじめた。私には、床柱が急に調子づいて演説をはじめるのがきこえるような気がした。天井は笑い上戸だった。砂壁はいつも気取ってとり澄ましていたし、襖は頬杖でもついて気楽に耳をかたむけているようだった。カーテンにうつる日ざしが淡く、家のなかが静かであればあるだけ、この「物たち」のお喋りはだんだん賑やかになってゆくのだった。そのうち、物たちのうちの誰かが、ふと、私のいることに気がつくのだ。急にみんなは黙りこくり、ひそひそと私のことを囁きはじめる。幾つかの怪訝そうな眼ざしが私の方にそそがれるのを感じる。奇妙にしんと静まりかえり、物たちがひそかに目くばせしはじめる。私は刻々としてみんなの反感や敵意があらわに示されてくるのを感じた。すると、そのとき、誰かが、「どうだ、この子をひっとらえては。」と言うのを聞いた。突然、物たちはざわめきたち、意見をかわしているようだったが、そのうち、「そうだ、この子をひっとらえてしまえ。」という声が圧倒的になっていって、みんながいっせいに私にむかって飛びかかろうと身構えた。私はぞっとして、夢中になって部屋からとびだすと、ながい廊下を息せききって走りながら、今にも後ろから床柱や天井や壁が長い手をのばして、声をあげて私につかみかかってくるのを感じた。私は悲鳴をあげ、歯をくいしばって、父の書斎をぬけ、中の応接間を通り、居間の廊下を駆けた。そして台所までくると、そこではあはあ息をつきながら、あらためて自分のまわりを見まわした。ここでは柱も煤けた天井も天窓も壁も梯子段も広い土間も框も、人間に使いならされ、人間に心服しきっていて、声をあげるどころか、目くばせさえせずに、だまりこくって物のなかに閉じこもっているのだった。まるでうなだれて、飼主の命令を待ちうけている駄馬のように、疲れきり、使いつくされて、反抗する最後の力もないように見えた。しかしひょっとすると、私たちが眠ってしまった後、意外と、こうした物たちが元気をとり戻し、昼間の自分たちの苛酷な運命を嘆きあうために、がやがやと喋りだすのかもしれなかった。

もちろん、こうした感じを私は大人たちに話そうと試みた記憶はない。おそらく私は自分自身でもこうした感じ方に幾分曖昧な、疑わしいものを感じていて、あえて母にさえ話すことがなかったのであろう。にもかかわらず私は大好きなミカエルの話の入っている堅表紙の本をかかえて、自分では説明のできない、こうした感じの意味を解こうとして、台所の隅の梯子段に腰をかけて考えていたものだった。いま思えば、あの頃の私が感じた物たちのなかに沈んでゆく感じ――深く深く沈んでいって、感覚が消えそうにしびれながら、なおまた沈んでゆく、と言ったある種の恍惚と陶酔を、果して大人たちが理解してくれたかどうか。母でさえ時おり私のこのような放心を気づかっていたのではあるまいか。もちろん放心とはいっても、子供たちのそうした飽和した心は、単にぼんやりしていたとか、何も考えなかったとか、いうのではなかったであろう。いや、そうではなく、こうしたゆっくりした時間の歩みのなかで、たとえば夏の太陽の甘い光に愛撫されて豊醇に成熟してゆく葡萄の実のように、子供たちの魂のなかに、外から計算したり、推しはかったりできない何か全一の成長が約束されていたのだったのかもしれない。私はよく母とともに、中のお蔵に、夜、のぼっていったことがあるが、母が手燭をかかげて捜しものをするあいだ、私は私で、別の手燭をもって、土蔵の二階の四隅に置いてある大きな鉄製の甕の上に、身をのりだしてみるのだった。龍の浮彫りのある鉄甕のなかには、口まで、なみなみと水が張ってあって、手燭のうえでゆれている蠟燭の暗い焔の、ゆらゆらと照らしだす私の顔が、その鏡になった水面にうつっていた。

水の底は暗く、沼のように深い感じで、その鏡になった水面の下に、何か別の世界があるようだった。で、私は手燭をかかげて、自分の顔をその水面に近づけたとき、一滴の蠟がかすかな音をたてて、水のなかに沈み、白い花びら模様にひろがって、まるで暗い池に浮かぶ睡蓮のように、また夜の運河に散り漂う桜の花びらのように、ひらりと、浮かび上ってくるのだった。私は思わず息をのんで、この妖しい花の白さを見つめていたが、やがて、手燭を傾けると、もう一度、一滴、蠟を水面に落してみた。と、蠟はぽとりと暗い水面に沈み、やがて、同じ白い花びらに軽やかに開くと、まるで重さのないものが暗い空間をただよってでもいるように、夢のように、ゆらりと浮かびあがってくるのだった。蠟燭の暗い焰に照らされた水面は、鏡になって光っていて、白い花びらは、そこに映る私の顔の奥から、遠近感をうしなったはかない透明なゆらめきで漂いのぼってくるように見えた。

私は半ば息をこらして、蠟の白さの凍りついた水中花をじっとみていると、いつの間にか、それがまるで遠い暗い夜空から舞いおりてくる雪片のように感じられて、透明な自分の顔の上に降りつもってくるような気持になったのだ。私はそうして幾滴も幾滴も鉄甕のなかに蠟をしたたらせては、あきることも知らず、白く咲く花びらを眺めていたが、しかし今にして思えば、はたしてそこに開いた花の白さが、単なる一滴の蠟だったのか、自分の魂そのものだったのか、私にはわからない。少くとも、こうした些細なものの姿にあのような驚きと幸福感と酩酊感とを感じたことは、生涯に二度とあるまいと思う。よしんばあの頃私が何かそうした気持を言いあらわす言葉を持ちあわせていたとしても、果して、大人たちは、どこまであの恍惚とした甘美な酩酊感を理解してくれたであろうか。それはおそらく子供の魂の内側にのみ閉じこめられている青白い不可思議なおののきと無関係であるはずはなく、それゆえにこそ、幼い眼ざしは、あらゆる移りゆくものの姿のなかに、何か永遠の影に似たものを認めることができたのであろう。それはちょうど氷河の亀裂の底がこの世ならぬ透明な青さをたたえているように、それらの物の奥にある青ざめた裂け目であったかもしれないのである。

私はながい午後の遊びにあきると、二階の座敷の奥にある小さな隅にかくれにいった。そこには日当りのいい廊下特有の、埃りっぽい、乾いた、日なた臭《くさ》いにおいが漂っていた。幾段かに木箱や唐櫃などが重ねてあり、その上に使わない座蒲団が和紙に包まれて積みあげられていた。私がこの座蒲団の山によじのぼると、そこは、ちょうど眼の高さに窓になっていて、製材所の長屋根や運河の水門の塔や低い家並や高架線や運河に浮かぶ材木などを見ることができた。

私はその窓から西空の拡がりを見ながら（あのざわめく樟の繁みがその眺望の半分をかくしていた）そのころよく輪ゴムを頭にはめていたものだった。それにどんな意味があったのか、忘れてしまったが、あるいはただそうやって、無意味に、帽子でもかぶるつもりで輪ゴムを頭にはめていたのかもしれない。

窓から眺める西空は広く、その広い空に雲が光っていて、雲の下の遥か遠くに、港の方から煙が黒くリボンのように流れていた。時おり新聞社の伝書鳩らしい一群の鳥が輪をえがいて飛びさってゆく。私はそうしたものにぼんやりと見入りながら、頭にはめた輪ゴムが、まるで時限爆弾がじりじりと爆発点にむかって近づいてゆくようなのろさ、息苦しさで、ちぢまってゆくのを感じていた。輪ゴムは髪の毛のうえを眼に見えない動きで這いのぼっていて、そのむずがゆい気配が私を不安にした。もちろんそれは実にゆっくりした動きであり、ほとんど動きを感じないほどだったから、それはもううまく頭にはまってしまったのかもしれないと思うのだったが、それでも何か虫のような、じりじりと這いのぼる気配は感じられたのだ。そのうち、輪ゴムが頭を這いのぼってゆく動きは、少しずつはっきりと感じられ、少しずつ早くなり、むずがゆい感じはそれにつれて次第に高まっていった。すると、そう思う間もなく、輪ゴムは急に頭の頂点にむかって駈け足で這いのぼってゆき、それにつれて、むずがゆさも、背すじを伝わって全身に痺れたような感覚をひろげ、もうこれ以上我慢できなくなって、思わず私はきゃっと声をあげながら、座蒲団の山から飛びおりるのだった。その瞬間、輪ゴムがぱちんとはじけ飛び、私は、こうして飛びおりながら、きっと舌を噛んでしまうわ、きっと舌を噛むわ、という閃きに似た想いが走りぬけるのを感じた。事実、私は、そうして飛びおりると、きまって舌を噛んでしまって、しばらく口を半開きにしたまま、冷たい空気を口のなかに何度も吸いこまなければならなかった。

私は今も、輪ゴムの不安な動きを髪のうえに感じながら、夕づいてゆく空にひびく製材所の遠い機械鋸の音や、高架線を走ってゆくボギー電車の響きをきいていた瞬間を憶いだすことができる。西風の強い日、一段と濃くただよってくる湿っぽい材木の匂いは、運河の匂いとともに、私の窓のところまで流れてきたのだ。私はそうやってどの位の時間を費したことであろうか。おそらく時間などは忘れてしまって、この輪ゴムのむずがゆい動きに全身をちぢめるようにして、惑溺していたのであったろう。こうして私が沈んでゆく青い微光を漂わす淵は、氷河の裂け目のもつ底なしの深さを示し、大人たちのどのような理知の光をもってしても、その底を照らすことはできなかったのではあるまいか。遊び呆けた子供が、夕食に呼ぶ親たちの声にひきもどされるとき、この世に蘇生した人の定かならぬ眼ざしをしているのは、そのためなのかもしれない。子供たちの眼には、まだ彼らの見てきたこの青い微光にみちた世界の記憶が海藻のようにゆらめいているのにちがいない。事実、私は、時やに呼ばれて食堂にむかって歩いてゆくあいだ、自分が睡りから覚めたときと同じとまどいを感じていたのだ。

そのころ私は、長い散歩に出かけるときも、飛行とびに熱中するときも、自分の傍から離すことのできなかったロシアのある物語の本に読みふけっていた。それは父母に買ってもらったのでもなく、また贈物として誰かに貰ったというのでもなかった。私はそれを例の鉄の大甕のある中《なか》の土蔵で見つけたのだった。おそらく叔母の誰かが買って、読みわすれて、土蔵の書庫の端に、およそ物語や詩などと無関係な一群の書物のあいだに、ながいこと放置されていたのだ。それは背が暗紅色の模造レザーに金の飾り文字を押した大判の本で、その表題を示す飾り文字は、蔓やひげの多いゴシック風の字体で、一劃一劃の尖端が魔法使いの靴のようにそりかえっていた。それは金の花茨に覆われた繁みのようで、よく見ると、森の実をついばみにきた眼に見えない小鳥たちが、その茨の鳥籠のなかで、枝から枝へ伝わりながら歌をうたっているような感じがした。その堅い表紙は、貝殻の裏のような淡い虹色に彩られ、濃い楕形の枠で縁どられた中央の部分に、青い天使と赤い天使とが天秤を持って立っていた。その天使たちの子供じみた顔も翼も腕も衣も、すべて枠と同じ太い濃い輪郭線で示されていて、荒い網目を通してみているような気がした。今でもどうかして聖ゲオルギオス教会のステンド・グラスを見たり、市立図書館で中世紀の古写本の飾り文字を見たりするごとに、あの本の背文字——暗紅色の地に金箔で押した花文字や、蒼い固い顔をしたミカエルや、寒く凍えはじめるロシアの林や田園や、靴屋のセミヨーンの人のいい、小さな眼を、不意に思いだすのであった。おそらくこうしたゴシックまがいの花文字、魔法使いの靴じみた飾り文字の方が、中世紀の写本の文字から若い装釘家の手で写しとられたものであったのであろうが、私にとって、本ものはかえって、あの中の土蔵で埃りをかぶっていた一冊の童話集であるように感じられたのだ。市立図書館の油を塗った清潔な寄木床をきしませながら、司書が車付き運搬台で運んでくるあの十三世紀の＊＊黙示録写本を、後になって、私が幾日も幾日も眺めいるようになった真の原因は、遠く、はるか遠く、このとるに足らぬ金箔の花文字の記憶にあったのであろうか。おそらくそれは、その全部とは言わないまでも、その一半の理由に、十分なりうると私は思う。なぜなら、いかに愚かしい幼い考えであったとはいえ、私という存在がただ一つのものであって、そこからしか世の中を見渡すことができないと信じていたその素朴な眼ざしが、その後幾つかの疑わしい考え方や見方を経験した今の私にとって、ようやく帰りついた故郷の谷間のように思われ、この暗紅色の地に押した金の花文字こそは、いわば疑いえない真実の一つの証しのように見えるからなのである。まさしくその本の厚ぼったい感触、古めかしく組んだ活字の字づら、不安な黒白のひきのばされた線で描かれた版画風の挿絵こそは、唯一の、身を託するに足る実在として、そこから昼も夜も（おそらく眠ったあとには、切れぎれに訪れる夢のなかで）果汁を吸いあげていた母体にほかならなかった。それを他の何かにくらべて、よしんば、後年私が追想したり、批評したりできたとしても、そうして捉えられたものは、私が腕にだきしめ、砂場の傍でも離すことのなかったあの本とはまったく別ものだったと言っていい。あの童話集、あの貝殻の裏の虹色にステンド・グラス風の青天使と赤天使を描いた表紙の童話集は、私にとって、それ一冊しかなく、それはあの屋敷が燃えあがったとき、他の思い出とともに灰燼に帰したのではあったが、なお私のなかで生きつづけ、眠りがたい夜半に、あの樟のざわめきとともに私の耳もとに囁きつづけてやまないのである。
それにしても、どのようにして私はあの頃——あのほの暗い屋敷のなかをさまよっていた時代、あのように熱中し、没入して、蒼い固い顔をした天使ミカエルや、靴屋のセミヨーンの話に惑溺できたのであろうか。母は、夜、私が熱にでもうなされるように、寝言にまでミカエルの名を口走るようになると、何度か、私の手からその本を取りあげようと試みた。ある晩、母が私のうなされているのを聞きつけて部屋に入ってきたとき、私は、はっきりと叫んだ（と、後に母が私に語ってくれた）。「ほら、セミヨーン、あいつの後ろに死神が立っているじゃないか。」

母はそれをきいて真実ぞっとしたということだった。しかし母のそうした試みも私の熱中の前には効果がなかったどころか、最後には、私は、自分で読むだけで満足できず、風の吹き荒れる夜、屋根の上に立ちさわぐ樟の葉群れの音をききながら、母に声をだして読んでもらうまでになったのだ。まだ若かった母は、私を蒲団のなかに寝かしつけると、「それじゃ一章だけよ。」と念を押してから、まるで遠い空の奥から聞えてくるような静かななつかしい声で、読みはじめるのだった。まるで蒼ざめたミカエルの頭のうえで、樟の大樹がごうごうと吹き荒れているようだった。ミカエルが死の天使を部屋の隅に見つめたとき、あんな寝言を口走ったにもかかわらず、私は思わず寒気がして母の手を握ったものだ。そんなとき、母は読むのをやめて、私の頰に軽く触れ、「心配なんかしなくていいのよ。ミカエルは心の卑しい人だけを悲しんでいるのだから。」と言ってくれたとき、私はどんな感謝の気持をこめて、その手を握りしめたことであろう。それにしても幼い愚かしい私は、なんとあの不思議な靴屋の徒弟に驚いたことか。そしてそれがミカエルだったとは。天使ミカエルだったとは。私が母の声をききながら、それがどこか遠い空の奥でたゆたい、舞いをまっていると思ったのは、もう私が睡りのなかに入っていたからだった。そして母が、「もう寝たの？」と囁くと、そのときだけ、自分でも何を喋っているのか分らないで、夢うつつに、「まだ眠ってなんかいないわ。もっと読んでよ。」と答えるのだ。しかし、そのときはもう安らかな寝息をたてていて、ただ夢のなかに（そして、それは今も時おり憶い出のなかでそうであるように）静かななつかしい声だけが暗い空の白い鳥たちの飛翔のように漂っていた。樟の大木のざわめきがそこにかすかにまじっていたのではあるけれど……

もちろん私はその後、本好きの気質にまかせて、どれほどかの本を読んだにはちがいなく、その年齢に応じて好きになった小説や物語も少くなかったのに、あの蒼い顔をしたミカエルの話や、その頃読んだ二、三の物語、たとえばあの足の刺すように痛んだ青い北の海に住む姫の物語、また切られた首が不気味に語りだす千夜一夜の数々の物語ほどに、私を魅了し、恍惚とさせたものがあったであろうか。あの嵐とランプのゆれる不吉な小説はどうだったろう。あの霧に閉ざされた暗い大都会をさまよう孤児の物語はどうだったろう。枯草や家畜たちの臭いのなかで不貞な笑い声をあげる人妻の宿命の物語はどうだったろう。たしかに、その一つ一つは、それに読みふけった当時の気持を伴って憶い出されてはくる。しかしあの遠い時代、あの樟のざわめきのなかで、若い母の声が語っていった物語にくらべると、それはなお、あまりに知的であり、あまりに明瞭であり、あまりに説明されすぎていた。そこには昼の世界、割り切れる世界、物と計量の世界しかなかったのだ。

だが、いったいそうした陶酔はどこにいってしまったのだろうか。それは、ただあの一冊の、古い、金文字に飾られた本のなかに隠された何か秘密のようなものであって、あの本がなくなった今となっては、どこにも求めることができないのであろうか。私は、その消えはてた不可思議なものを、自分の手のひらのなかに見ながら、そこに何一つなく、何の痕跡も見当らないのを、悲しむ気にもならなかった。それどころか、その頃の私にとって、それがこの世の当然の成りゆきであって、私がもう愚かな飛行とびなどに熱中する幼い娘ではないのだということを、自分に確かめるよすがともなったのだが、時おり不意に私の中を吹きすぎる風——それはたとえば、この都会の市立図書館で＊＊黙示録写本を見るようなときおこるのだが——を、私はどう考えたらよいのであろうか。それを私は悲しみの風とは思えない。いや、むしろ明るい追憶の気分でさえあると言っていいのだ。にもかかわらず、それが過ぎたあと、私はなぜか自分がひどく空虚にとりのこされているのを感じるのだ。そこに多少の悲哀の色が漂うと言ってもいいかもしれない。ちょうど華やかな騎馬行列が走りすぎていったあとの広場のように……

とはいえ、私は決してその風の吹きすぎたあとを追おうなどと思ったことはない。私はむしろこの空虚さを自分に引きうけて立っていたいと、その都度、考えたものだ。だが、ただ一度だったが、私は、それを——そのミカエルの話を、読みなおしてみたいと思ったことがあった。

それは戦争が終って何年もたったころのことで、私がかつて読んだあの古めかしい童話集などは、よほどの古本屋にいっても捜しだすことなどはできなかった。ところが、たまたま私はある場末の古本屋の書棚に、その暗紅色の背表紙に押したゴシック体の金文字を見つけたのだった。そのとき私のなかを通りすぎた甘美な痛みの感覚をまざまざと思いだす。私はその一瞬、自分があの古い樟のざわめく屋敷のながい廊下を歩いてゆく幻覚にとらわれた。私は息のつまるような気持でその本の方へ手をのばした。私には母の声や、部屋の隅にうずくまる蒼いミカエルの顔が見えるような気がした。が、そのとき、何かが私の手を押しとどめた。私は急に身動きできなくなった。まるで夢からさめた人のように、はっとして、そこに立ち、ひんやりした冷たい感触を身体のどこかに感じながら、私はその本を遠く自分と無関係のもののように眺めていた。どうしてそんな気持になったのか、わからない。不意に襲ってきた追憶にまけて、なんらかの感傷に溺れるのに、私が急に羞恥を感じたのか。それとも、その本に触れることで、自分が持ちつづける幻影が崩れるのを危惧したのか、その辺のことはわからない。私はただ身をさけるようにしてその本棚の前を離れると、本を手にもとらず、店を出ていったことを憶えているだけだ。

もちろんそうした追憶は、かつて自分が住んでいた世界を不意にかいま見させることはあったけれど、なぜかそれは私にある種の悔恨に似た痛みを感じさせた。古いトランクの底から見つかった貝殻は、夏の光や海や島の家を突然私の眼の前によびおこして、私は思わず息をのんでしまったし、古い本の頁のあいだに残っていた黄葉した銀杏のしおりは、従姉とひそかに、生涯結婚などはしまいと誓った日のことを、いきなり蘇らせたりしたのである。しかし、そうした追憶の情景が、雨に打たれる木の葉のように、濡れて、なまなましく光って感じられれば感じられるほど、私がそれを忘れはて、別の世界に移り住んだことが、不実、裏切りとして実感された。たとえば、あの中の土蔵で見つけた人形芝居などはそのもっともいい例と言えるだろう。

それは兄がながいことかかって組み立てた小舞台で、そこで人形劇を上演して、自分の誕生日に大人たちをあっと言わせようとしたものだった。

兄の計画は私にもかくされていたため、時おり、昼間から廊下の雨戸をたてきって暗くした兄の部屋の障子に、電気の光がぼっとうつっているのを訝しく感じていた。ある日、その障子に赤や青の色電気がほんのりとさしていて、その形は定かでなく、また動きもしなかったが、まるで火をとぼしたまわり燈籠のように、はかない、夢のような美しさがあり、私は、息をこらし、足音をしのばせて、兄の部屋のそばに近づいた。中では、しきりと独りごとを言っている兄の声がきこえ、時どき「だめだな。」とか「では皆さん、いよいよはじまり。」とか、前後の脈絡のないことを喋っているのだった。障子の色電気の数は少くなったり多くなったりしていて、その色彩の数がふえると、障子はステンド・グラスの光を浴びているように、一面に、赤、青、黄の色斑に染まった。そして兄のかげや、兄の動かしているもののかげが、黒く、その色彩の反映のなかを横切っていった。私は好奇心から自分を押さえることができず、障子の外から「お兄さま。」と声をかけた。すると、私の声にそうした作用がありでもしたかのように電気がぱっと消えて、一瞬暗闇になるとともに、兄の悲鳴のような叫びが私をちぢみあがらせたのだ。

「ばかっ。どうしてこんなところへ来たんだ。来ちゃだめじゃないか。前に言っておいたじゃないか。早く、むこうへ行けったら。早く、早く。」

私は兄のこうした激怒にもかかわらず、時おり廊下の遠くから、兄の部屋に映る五彩の色電球を見ないではいられなかった。いったい兄は何をしているのであろう。何をつくっているのであろう。私はそれを母にたずねても、女中にただしてみても、誰一人知らなかった。

兄の誕生日には何人かの従兄妹が、赤萩の叔父叔母につれられて集まった。そのころ箕輪の叔母はまだ結婚する前で、二階の一間に住んでいた。大人たちは祖母の部屋に集まっていて、時おり赤萩の叔父が太い声で度はずれた調子で笑うのが、部屋の外まで聞えていた。私たちは鉄棒や隠れんぼやトランプやゲームをして午後いっぱい遊んだ。しかしそんなときにも、兄は、急にどこかへ姿を消して、ながいこと出てこなかった。すると、従兄妹の誰かが気づいて、私たちは裏庭から築山のある奥の庭までぞろぞろと列をつくって捜しまわる。私たちの声が庭から庭へ、部屋から部屋へと伝わってゆく。そしてどこにも兄の姿が見あたらないと、まるで本当に隠れんぼでもしているような気持で、胸をどきどきさせながら、そっと納戸の戸をあけたり、書院の襖をあけたりした。しかし兄は煙のように消えてしまって、どこを捜しても見つからなかった。こうしてみんなが捜しつかれ、がやがや騒いでいるころになって、兄は、どこからか、ひょっくり現われた。もちろん兄はどこへ隠れていたか絶対に言うようなことはなかった。こういうときの兄はまるで大人のように分別があって、黙ってにやにやしていることができるのだった。

兄が人形芝居を見せるとみんなの前で言ったのは、夜の食事の直前のことだった。

「どこでやるの?」

赤萩の上の従姉が訊いた。

「中の応接間だよ。これから仕度にゆくからね、誰も入ってきちゃいけないよ。」

兄はそういって姿を消した。私は急に動悸が激しくなるのを感じた。

「そうだった。あれは人形芝居だったのだわ。」と私は心のなかで叫ばずにいられなかった。「赤や青や黄の電球がうつっていて、お兄さまがぶつぶつ何か喋って、黒いかげが動きまわっていたのは、このためだったのだわ。時どき私の持っている端きれがなくなったり、古洋服の裾が切りとられていたりしたのは、このせいだったのだわ。いつか台所の大竈でお兄さまが新聞紙をどろどろに煮ていたっけ。私が『新聞紙を煮てどうするの? 喰べられるの?』ときいたら、『ばか。新聞紙が喰べられるか。』ってどなられた。そうなんだわ、あのときからずっと人形をつくっていたんだわ。板を切ったり、木片を集めているのを見たけれど、あれは舞台をつくっていたんだわ。そう言えば手に泥絵具をつけたまま御飯を食べようとして、お母さまに叱られたこともあったっけ。でもお兄さまったら、何でも秘密、秘密だもの。今まで何のことか、さっぱりわからなかった。それに、もし秘密のことを訊こうとでもしようものなら、ひどい目にあわせるんだもの。でも、それが人形芝居だったなんて、ほんとうにびっくりしてしまった。人形芝居ってどんなものだろう。あんなに綺麗な豆電球をつけて、何かがゆらゆら動いているなんて、夢をみているような気になるんじゃないだろうか。でも人形はどんな風に動くのだろうか。私にだってそれはわからないけれど、うまくゆくといいのに。叔父さまや叔母さまたちは何と言うだろう。赤萩の従兄妹たちを驚かすことができるだろうか。もし皆がつまらないなんて言ったらどうしよう。そんなことになったら、くやしいわ。私、秘密をまもることができるんだから、一緒に手伝わせてくれたらよかったのに。もし手伝わせてくれたら、ヒューロイだって、そのかわりに上げたのに……」

食事が終ると、私たちは一人ずつ兄の懐中電燈に案内されて、中の応接間に連れてゆかれた。応接間はまっ暗で、人の気配がするだけで、誰がどこにいるのか、わからなかった。従兄妹のうちの誰かが闇のなかでくすくす笑ったり、動物の鳴き真似をすると、大体どの辺りに誰がいるか見当がつくのだった。兄の懐中電燈の光の輪の中に捕えられるようにして、最後に母が連れられてくると、兄は舞台の方へ進んでいったらしく、暗闇のなかでごそごそ音がした。

私の胸は期待と不安で痛いようにしめつけられた。動悸が高まって、その音を誰かに聞かれそうだった。闇の奥で、兄らしい人物が動いていて、みんなの眼もその方へ向かっているらしかった。すると、突然、私たちの眼の前に（今でも忘れることのできない）小型の舞台が、五彩の豆ランプに飾られ、ぼっと照らされて浮かびあがった。それはきらきら光る銀紙、金紙、クリスマスに使う銀の花飾りで飾りつけた、両端に赤屋根の尖塔をもつ城館を形どった舞台で、城館の壁は赤煉瓦からできていて、その煉瓦の一つ一つの輪郭が白く丹念に描かれていたので、まるでそれは本物と同じように、くっきり鮮やかに浮きあがって見えた。塔と塔のあいだに青い幕が垂れていて、それが上がると舞台になるのだった。私はそれを見た瞬間、思わず、「まあ、綺麗ねえ。」と叫んだ。私はそんな叫びをあげるなどとは思いも及ばなかった。口が勝手にそう叫んでしまったのだった。すると、電気がぱっと消えてしまって、ふたたびまっ暗になると、兄の声が私にむかって激しく浴びせかけられた。

「だめじゃないか、はじまる前に騒いだりしちゃ。しんとしてなければ、気分がこわれるじゃないか。やりなおしだよ。こんど何か言ったりしたら、ひどいよ。」

私はおそらくまっ赤になったことだろう。自分の口がこんども勝手に動きだしそうで、口に手をやって、待っていた。ひどく重苦しい沈黙が応接間にただよっていた。すると、こんども、城の形をした舞台は、鮮やかに、童話じみた色彩で、闇のなかに浮かびあがった。私は息をのんで、その美しさに見とれた。

青い幕があくと、舞台は森の中の場面だった。深いみどりの森に、日の光が差しこんで、光がゆらゆらと躍っていた。そこに一匹の狐（私ははじめ狼だと思っていた。頭は茶色で、うちのシェパードのクロに似ていた。しかし兄の説明で、それが狐なのだということはすぐわかった）が、ひどく、ふわふわと、あたかも空中に漂っているかのように、その森の中にやってきたとき、私のよろこびは胸の痛くなるほどに高まって、手で口をいっそう強く押さえなければならなかった。

闇に区切られたこの枠の中の明るい舞台——その明るい舞台は森なのであり、森のなかには、ふわふわと（兄の手の動きにつれて）歩いている一匹の狐がいるのだ。本当に、そうやって、そこにいるだけで、そうやって歩いているだけで、こんな甘美な歓喜をよびおこすとは、いったいどういうわけであろうか。いまこの世にあるものと言っては、その光に照らされた森と狐のほかには、深い暗い闇だけなのだった。その舞台を照らすのは、夕日のような、黄色い、静かな光で、そこに色ランプが、打ちあげられた花火がそのまま中空にかかったように光っているのだ。そしてそのほかには、ただ闇があるだけで、その闇のなかに、私も、従兄妹たちも、樟のさわぐ家も、明日も、宿題も、早く起きて学校へゆくことも、何もかも呑みこまれている。しかも、その闇から舞台だけが浮かび上っているということ、それは何か信じられない魔法のような感じだった。森のみどりと、ふわふわ動きまわる狐、それに白い輪郭のくっきり浮きあがる赤煉瓦の城壁、二つの尖塔などは、ただそこにあるというだけではなく、闇のなかに消えた一切を代償に、その分だけ濃厚に、稠密に、鮮やかに凝集している感じだった。それはもちろん色や細々した形の美しさについてもいえることだったが、私は、それらが何よりも幸福とか、楽しみとか、お菓子の国といったものと直接に結びついているような気がした。誕生日の午後とか、葡萄入りパンとか、雪の日曜のあたたかいココアとか、夏の海辺での冷たいジュースとか、そうしたのどかで、怠惰な、うっとりした気分を呼びおこすものが、兄の人形芝居の舞台にはかくされているように思えたのだ。その背景の森や動かない白い雲、狐の退場した後から現われる猟師（藁帽をかぶり、藁靴をはいていたのは、後に雪の場面がつづくためだった）、こうしたものは、ただそこにあるだけで、もう十分に私の歓びを高めてくれたが、そのうえ狐や猟師が兄の声色であたかも本当に喋りでもしているように身体を動かすと、そのたびに、幸福感が、白く、羽毛のように、私の身体を包んで舞いあがった。

兄はどこで覚えてきたのであろう。妙なせりふを使って、時どき、舞台の上の人形を、誇張した身ぶりで動かして、みんなを笑わせた。たとえば食いしん坊の狐はすぐ物を拾って喰べてみる。「ほほう、これはオツな味がするわい。」と言って、両手で交互に胸をたたくような身振りをして、舞台をひとまわりする。あるいは「妙なアンバイに葉が散っているぞ。」などと猟師は両手をすり合わせて叫んだりするのだ。その話は兄が自分で考えたものか、何かの本から翻案したものか、もともとそんな話があったのか、それはわからなかったし、今もわからない。ただその話は今から考えれば単純なもので、森のなかの狐が猟師に狙われている。猟師は罠をかける。食いしん坊の狐は危うく油揚げを喰べそうになる。友だちの栗鼠がそれは罠だと教えてくれる。狐はそれでも惜しそうに立ち去れない。そこで森の仲間の鳶に飛んできてもらう。鳶は油揚げを狐にやらないで、くわえたまま、いってしまう（叔父がそのとき暗闇のなかで、「ほほう、鳶に油揚げとはこのことか。」といったので、みんながどっと笑った。気むずかしい兄も笑ったにちがいない。しばらく舞台の上の狐が空を見ながら、せりふも言わず、くっくっと震えていたのだから）。猟師はこんどは落し穴を掘る。狐はこんども友だちの栗鼠に教えてもらう。そこで目じるしの枯枝を別のところに立てなおしておく。そこへ猟師がきて、自分で落し穴におちてしまう。やがて森は秋から冬になり、背景が紅葉の森から枯木の森になり、最後に雪がふってくる。雪片の中に時どき銀紙がまじっているらしく、きらきら、きらきら、と輝きながら落ちてくる。そして幕がおりた。

闇のなかから拍手が起り、従兄妹たちが、衛門ちゃん、うまいねえ、自分でつくったの、またやってよ、と口々に叫び、椅子をがたがたいわせて立ち上る気配がした。

あかりがつき、兄のまっ赤になった、照れくさそうに笑った顔が、舞台の後ろに現われた。従兄妹たちは人形芝居のまわりに集まり、狐や猟師や栗鼠を持ったり、動かしたり、着物の裏をのぞいてみたりした。明るい電燈の下で、みんながとりかこんでいる舞台からは、暗闇のなかで、照明されていたときの、あの不思議な神秘さは消えていた。父の大机のうえに蜜柑箱に似た木箱があって、そこに泥絵具で描いた書割が貼りつけてあるだけだった。二つの尖塔をもつ城も、城壁の白い輪郭をとった煉瓦も、青い幕も、つい今しがた見た通りのものにはちがいなかったが、それは、この部屋の他のもの、椅子や本立や地球儀や花瓶などとまるで同じただの物にすぎなかった。乾いて埃りのかかった剝製のふくろうや棚の上に置き忘れた電気スタンド、動かなくなった置時計などと大して変らない、当り前の木箱であり、青い端布であり、ボール紙の絵であった。私は、はじめは、自分の放心から急に醒めることができず、いくらかぼんやりと、兄や従兄妹たち、叔父叔母たちが舞台をとりまいて、賞讃したり、驚いたりしているのを見ていた。それから、ふと、さっき見ていたものと今眼にしているものとの信じがたい差異に気がついて、胸をつかれるような気持になった。やがて、それが私を新しい放心のなかに投げこんだ。「それでは、これで終りなのだろうか。そうなのだ。もうそれは終ってしまったのだ。もう森もなければ、狐もいなければ、猟師もいない。いまみんなが触っているのは、さっきの人形劇とは何の関係もないものなのだ。お兄さまは、この人形や舞台を使ってあの話を上演したにはちがいない。でも、今こうしてここに力なく横になっているのは、ただの物なのだ。」

私はそうつぶやいて、机や床に転がっている人形たちをじっと眺めた。たしかに、さっき私を眩惑したあの不思議な世界は、もうどこにも見当らなかった。それは、こうして机の上に残骸をぬぎすてたまま、どこかへあわただしく逃げさってしまったのだ。私はおそるおそる猟師の人形をとりあげた。おどけた、大きな眼は、いつまでたっても、動きも、まばたきもしなかった。でも、さっきは、この眼がぎょろぎょろ動き、目配せをし、物まで言っていたのだ。それをみんなが面白がっていたのだ。それなのに、いま、こうして猟師の眼が、死んだ魚の眼のように、うつろに見開かれていても、誰もなんとも感じないのだ。なぜなら誰もこのことには気がつかないからなのだ。兄のつくった舞台に、私たちの世界とは別の世界が生れていたのに、誰も気がつかないからなのだ。しかし誰も気がつかないとしても、それは、今、私が住んでいる世界とはまったく別の独立した世界であることに変りなかった。この世界か、あの世界か、のどちらかを選ぶほかないほどに、それは異なった世界なのだ。それなのに、このおどけた、眼の大きな猟師は、ただの人形として、机の上に横になっている。置時計や電気スタンドと並んで置かれている。それはもはや眼も動かさなければ、物も言わない。なぜなら、それがあの世界からこの世界に転落してきたからなのだ。あの別の世界は消えてしまったからなのだ。青い幕が、きりきりと割箸の心棒のきしる音をたてて下りたとき、あの世界は終ったのだ。世界が終る——それはなんと不思議な、理不尽な、理解のできないことであろう。私は、その後、兄が人形芝居を見せてくれるたびに何度となくこうした思いを味わわなければならなかった。

私が女学校に入り、兄は東京の中学の寄宿舎にいっていて、すでに家にいなくなった頃のある日、私は、この昔の人形芝居を偶然中《なか》の土蔵の二階で見つけたことがある。それは前に私たちが本箱や玩具箱に使っていた千代紙を貼った木箱のなかに入れてあり、舞台の土台と枠はがたがたにゆるみ、城館の書割は乾いてそりかえっていた。そこには鮮やかな丹念な白の輪郭線をひいた赤煉瓦の壁面がえがかれていたが、その色も褪せ、埃りをかぶり、背景の森は、青葉のも、紅葉のも、裸木のも、やぶれたり、折れたりしていた。青い幕は割箸の心棒にからまったまま舞台の枠組の外へはみだし、金紙や銀紙の飾りはばらばらにはがれて、木箱の底に落ちていた。その底には、他に、あの狼ではない狐が、首だけ、やはり狼みたいな風に見えて転がっていた。首にくくりつけた洋服、兄の手がその中に入って、親指と小指で両手が自由に動くようになっていたあの洋服は、狐の首に、だらりと前掛のようにくくりつけられたままだった。それは昔の私のスカートの裾を切りぬいてつくったものだった。私はふと、赤や青のランプの明滅する兄の部屋が見えたような気がした。「来ちゃだめじゃないか。早くむこうへ行けったら。早く行けったら。」そう叫ぶ兄の声が聞えるような気がした。しかし、もうあれから何年か長い歳月がたっていて、私の前に転がっているその狐の洋服は、虫の食いあとがぽつぽつと穴になっているのだった。私は猟師や栗鼠や、兄が後からつくった動物たちを箱から出して、一つ一つ土蔵の床にならべた。まるで落盤か何かがあって、地底に閉じこめられた人々を、一人一人助けだしているような感じだった。あるいは、それは、時間と忘却の重い地層の下から、事実、そうして掘りおこしてきたことになるのかもしれないのだ。私は、まあ、狐さん、久しぶりね、まあ、猟師さん、あのときのまま、剽軽な顔をしているわね、などと思わず独り言を言いたくなるほどに、それはどこか遠くから戻ってきた懐しいものの顔をもっていた。いや、なかには顔のないものもいたが、しかし昔のままの一座なのだった。

私はその人形芝居のがらくたを木箱ごと自分の部屋に運んでいった。私は狐や猟師や栗鼠やその他の動物たちを丁寧に掃除して、舞台をなおし、書割は裏に厚紙をあて、もう一度、しっかりした城館型の舞台をつくりあげた。狐には、私の好きな灰色の洋服の残りぎれで、前とはちがって、もっとずっと恰好のいい洋服をつくってやった。猟師にも他の動物たちにも、私は、新しい、色とりどりの衣裳を新調した。しかし昔の衣裳を私は棄てる気にはならなかった。私はそれを洗濯し（人形の着物よりも簡単に洗えたのだ）アイロンをかけ、きちんと畳んで、小さな箱のなかにしまった。私はその箱に、「お兄さまのつくった人形劇の衣裳」と書いて、本箱の上段の、ガラスのネックレスや木の実のブローチのしまってある透し彫りのついた小箱のわきに置いた。

銀紙や金紙、それに赤や青の豆ランプは新しく買って、昔兄がやったのと同じように、舞台のまわりに、ちょうど星座が中空にかかって光るように、とりつけた。私は雨戸を閉め、兄がしたと同じように部屋を暗くして、そこで舞台に照明をあててみた。障子には、あのときと同じように、赤や青の光がぼんやりとうつっていた。舞台は青葉の森を背景に夏の朝の気配であった。この小さな舞台は、この世界とは関係ない、別のもう一つの世界なのだった。この世界よりもたのしげに、夏の光がそこに輝いているのだ。今にも、そこに、ふわふわと漂うような歩き方で、狼ではないあの狐が歩いてこなければならなかった。「そうなのよ。お前は、あのときと同じように、そこを歩いてこなければならないのよ。」私は自分の手にはめた狐に向かってこう言った。「お前は、あんなお蔵の片隅に忘れられていてはいけなかったのよ。こうして、この小さな、たのしげな、何の害もない、いや、害だって愉しみであるような、そういう無邪気な世界に、生きていなければならなかったのよ。そして私たちが笑ったり、泣いたり、おこったり、愛したりするのが、決して害のないものになりうることを、お前は教えてくれなければいけなかったんだわ。それは、ほんとに小さな世界なのに、このお城の二つの尖塔に切りとられた明るい場所は、どんなことでも、私たちの慰めになってくれる。お前だって悪さをするし、猟師だって決して本当にいい人かどうかわかりはしない。それなのに、お前たちは、その一つ一つの行いや言葉によって、私たちを笑わせたり、はらはらさせたり、しんみりさせたりする。お前たちの愚かさも悪さも、善良さと同じように、許されるばかりか、それを愉しい、甘やかな、ばら色の糸毬か何かのような感じで受けとっているんだわ。そしてこのばら色の糸毬は、舞台のうえで、物語のつづいているあいだ、私たちの心のなかを、なにか愉しげな音楽と一緒に、踊りでも踊るように動きまわっているのだわ。そして何もかも終って、あかりが消えて、それが夢と同じように、本当に一時のまぼろしにすぎないことがわかっても、それでもなお、私たちは、お前や、お前の歩きまわる背景の森や、猟師の生活や、鳶の悪知恵や、栗鼠の友情を、いつまでも忘れないで憶えている。なぜって、お前や、お前たちの住んでいるこの小さな世界、この舞台というものだけが、どんなことでも無邪気な、愉しみの色合いに変えることができるんだもの。もしお前がこの世に住んだらどうだろう。お前は猟師にすぐつかまってしまうし、あんな友情に厚い栗鼠だっていやしない。私だって本当にお前が好きになれるかどうか、わからないわ。ただこの舞台という枠があって、その中にお前が暮しているときだけ、このもう一つの世界の中にお前が生き、そこの清浄な、甘美な、詩的な空気を吸っているときだけ、お前は、私たちをたのしませてくれるものになるのよ。そうなのね、それだから、お前は忘れられないし、また忘れてはいけないのね。お前やお前の住むこの小さな明るい世界を憶えてさえいれば、もしこの世にどんなことが起っても、お前の世界を舞台の枠で限って眺めたように、この世を同じような枠で区切って、遠くから眺められるようになるかもしれないからね。そして、そうやってこの世の事柄を舞台の枠で囲んで眺めることができるようになれば、どんなつらいことも、そのままで、愉しげに見えてこないともかぎらないのだもの。私はまだそんなことができるとは思えないけれど、いつかきっとそうすることを覚えるわ。でも、それまではお前と一緒に遊ぶだけよ。お前たちをいつも私のそばにおいて、もう二度と忘れてしまわないようにね。二度とお蔵のなかで埃りにまみれたりしないようにね。」

　私は誰も見ていない舞台のうえに、狐を登場させた。それは兄の口調をそのまま真似したせりふだった。「おや、これはオツな味がするわい。」とか、「なんだか妙なアンバイに葉が散ってくるぞ。」とか、私がはじめて耳にしたとき、どうしても意味のわからなかった妙な言葉を、私はまるで一言も忘れていないかのように、再現していったのだった。

　物語が終って、舞台が冬景色となり、裸木の森となったとき、雪は降らないままに、青い幕が、こんども、割箸の心棒をぎしぎしと軋ませながらおりてきた。幕をおろすと、私はあかりを消し、その闇のなかで、ぐったり疲れて坐っていた。それはかつて兄が演じてみせたときと同じように、終ってしまった。指から砂がこぼれるように、刻々と流れつづけ、そして終ってしまった。それはつい今しがたまで生きていた一つの物語の世界であり、森があり、栗鼠や狐たちが住んでいた明るい場所なのだ。私は闇のなかにぐったりと疲れて坐りながら、今まで、そこに、私の声と指と光によってつくられていたものは何だったのだろうか、と考えた。そして、兄がやったときと同じように、今もまた、あんなに生きいきとしていたものが、まったく死にたえている、ということが、何か信じられない出来事に感じられた。

　私は部屋にあかりをつけ、その電燈の下で人形芝居の一座をながめた。青い幕をあげると、舞台はただの書割の森が立っているだけだった。それは単なる木箱にすぎなかった。狐も猟師も栗鼠もその他の動物たちも、私には無関心に、大きな眼をあけたまま、そこに転がっていた。それは空虚な、疲れた、物質のむきだしになった姿だった。私はそうした無意味な、固い、暗く窪んだような物体を見つづけることができなかった。私はふたたびあかりを消して、暗闇のなかに坐ると、顔を両手に埋めて、こうつぶやいた。

「明日から毎日お前たちを愉しく生かしてあげるわ。こんな残骸になって、お前たちが自分の運命に驚いてでもいるかのように、固くなり、空虚になるなんて、あまりにひどいわ。私はきっとお前たちを救ってあげる。お前たちを生かしてあげる。いろいろお話も考えるし、衣裳だって、他につくってあげるわ。そうやってお前たちが生きつづけることができれば、もうこんな固くなって、転がっていなくていいのよ。そうよ、お前たちだって、独り立ちで生きることができるようになるかもしれないものね。」

しかし何度か私はそうやって、人形芝居を上演してはみたものの、それが終ったあとの空虚さは、幻影が生命にみちていればいるだけ、いっそう深かった。私はそのたびに狐や猟師やその他の動物たちを抱いて言ったものだった。「こうなるのも当り前ね。こんなにながいこと、忘れていたんですもの。そうすぐ元気になろうなんて無理なことね。でも、そのうちお前たちだって元気になるわ。元気になって頂だいね。私ももう決してお前たちを忘れないからね。決して忘れないわ。決して忘れないわ。」

たしかにある期間、私はあの樟の葉群れを鳴らして雨の降りこめる午後など、狐や猟師やその他の動物たちと、森や町や、私が新しく工夫した幾つかの場所、泉や牧場や川のそばで、小さな明るい愉しげな世界をつくって遊んだのだ。春になれば、そこには自由に花の香りが流れていた。冬になれば、兄がしたように雪は降らさなかったけれど、そこには北風も吹き、木の葉が舞い、子供たちは背をまるめて、家路をたどっていったのだ。たしかに私はそうして狐や猟師たちと一緒に愉しげな世界をつくっていた。私にとってばかりでなく、それは人形たちにとっても、仕合せな短かい期間だったにちがいない。なぜなら私があのように誓い、あのように人形たちに同情を覚えていたはずなのに、いつか――いつとは決して思いだすことのできないある日――私は狐や猟師や友情に厚い栗鼠を取りだしてやるのを忘れていった。それればかりではない。あの城館も二つの尖塔も、金紙や銀紙も赤や青の豆ランプも、いつか忘れていった。その後、それらはその頃の多くのことと ともに――樟のざわめきとともに、私の心の外に出ていってしまった。私があの人形劇の舞台をながめたその眼ざしも、その忘れさっていったものに含まれていたと思いあたったのは、ずっと後になってではあるけれど……

第五章

私が住みなれた古い樟のざわめく家のなかで、果して大人たちがどんな暮しをしていたのか、私には、いま思いだせないのは、奇妙な気がする。それはまるで、その屋敷の広さが祖母や父母の存在を稀薄にしてしまっていて、よしんば祖母なら祖母の姿をさがそうとすると、奥の書院にも、香のたちこめる仏間にも、あるいは、まぶしく紅葉《もみじ》の若葉が照りはえる下《しも》のお席にも、同時に祖母は坐っていて、上体をまっすぐにしていたが、しかしそのどれもが本当の祖母ではなく、いわば祖母の分身がいたるところに、同じ恰好で、同じ上体をまっすぐにした姿勢で、坐っているような印象をうけたのである。父については、記憶はさらに曖昧で、夜おそくまで書斎の障子にうつっていたあかりと、妙にひっそりしたなかでの咳こむ音のほか、とくにこれと言って思いだすことはないのだ。学校にゆく前、いくらか蒼い顔をした、疲れた表情の父を、内玄関から、廊下の向うに見ることはあったが、そんな父に声をかけたことも、声をかけられたことも、記憶にはない。そういうときの父は、無口で、静かで、何かを考えるような眼をして、庭の方か、渡り廊下をこえた向うの築山や、古い樟の大枝に差しこむ朝日を見ていたのだ。それは、父が夜ふかしをし、結局は本をよみあかして迎えた朝だったわけで、蒼ざめた父の顔に、疲労とともに、考えに落ちこんでいる人の集中と放心とを見ることができたのである。

父が果してそうした日の朝、いつものように、祖父以来の店に出ていったのか、あるいは午後になって出かけたのか、私は知らないが、すでに祖父の代で、数代つづいていた古い商家の重みが、複雑にからむ植物の巨大な根のように、そうした朝の父の肩にのしかかっていたのであろうことは、いまの私にはわかっているのだ。

そうした父のそばで、母がどのように暮していたのか、それも、今の私には、ところどころ彩色の残っている古い絵巻のように、おぼろげに思いうかぶだけだ。奥の書院の一間を機屋《はたや》に改造して、そこで終日、ころん——ぱたり、ころん——ぱたり、と単調な音をたてながら、機を織っていた母の姿のほかに、どんな母が浮かんでくるだろう。父が書斎にこもっていたように、母も書院に入りこんで、私などは、学校から帰っても、あまり顔を合わせた記憶がない。もちろん例外は何回もあったのであり、私がようやく学校に入ったころ、母が冠木門の外で待っていてくれて、二人で友だちのように抱きあって、ふざけながら、土塀にそった玄関の道を歩いたこともあったのだ。私はそういうとき、授業の話や、途中でみたびっこの赤犬の話や、深い編笠をかぶった懲役人たちに会った話などをし、くぐり戸をあけたり、しめたりして遊んだ。それは冠木門のわきの木戸で、古い鉄の鎖の一端についた黒い木の錘りの力で、自然と、しまるようになっていた。私は、その錘りにひかれて、鉄の鎖が、一輪ずつ、ごとり、ごとり、ごとり、と音をたてて、ゆっくりしまるのを見るのが好きだった。私は母にそれを見せて、「ほら、ごっとり、ごっとり、ごっとり。」と鉄の輪がずり落ちてゆくのに合わせて叫びながら、それが終りに近づくと、急に早足になって閉まるのを眺めたのだった。母が私と同じ興味をそれに示したかどうか、わからないが、少くとも、そういうとき、私と一緒に、普段はおそらく注意もしないような鉄鎖の動いてゆく音に、耳をかたむけていた。そして時おり、その閉まってゆく木戸と、それを面白がる私とを、半々に見くらべて、私に理解できない、真面目な、思いつめた表情をしていることがあった。で、私が、母に同意を求めるように笑いかけると、母ははっと気がついて、とってつけたように笑って、私の気持にこたえようとし、私を友だちのように抱いてくれたが、それは、なぜか、いつもよりずっと激しく、息苦しくなるような抱き方だったと、いまでも私は思うのである。

私たちはこうして遊んでから、やっと内玄関に入るのだが、母の手も私の手も、鉄の錆で赤く汚れていて、家にあがるまえに、私たちは台所の大甕から杓子で水をくんで、手を洗わなければならなかった。そういうとき私たちをいちばん怪訝な顔でみるのは、婆やだった。婆やの表情には、私と友だちのように遊ぶ母を、何か母親の資格のない女をでも見ているような様子があり、母は母で、そういう婆やの様子に、ひどくどぎまぎするのだった。

私が祖母や両親についての曖昧な記憶にくらべると、婆やや時や杉たちの記憶の方が遥かにはっきりしているのは、彼女たちが私の日常ともっとも多く交渉があったためであろうか。それとも私なりの愛情がそこに大きく働いていたためであろうか。それはわからないが、あのころの私の周囲から婆やたちの姿をとりさるなどということは、ほとんど不可能な試みだと言えたろう。

私は事実あの大竈をすえた広い台所の隅の階段に坐って、婆やが火をたきつけたり、時や杉が料理をつくったり、皿を拭いたりしているのを見るのが好きだったが、とくに離屋《はなれ》の座敷に客のある日の、ごたごたと忙しい台所で、祖母や母が時おり自分から何かを言いつけたり、注意したりするのを見るのが、何より気にいっていたのだ。そこは、裏の鉄棒や、ヒューロイのいる池や、製材所を見おろす屋根の上などと同じく、私にとって、巣のように、自分にしっくり合った場所と感じられていた片隅だったのだ。私はその階段の中段に坐って見た大釜から立ちのぼる湯気や、竈からはじける焰や、天窓から太梁にさしこむ午後の淡い日ざしや、その日ざしの線条のなかを渦まいてゆく煙を、いまも眼の前に見るような気がする。口数の少い働き者の婆やが薪を割ったり、火を見たり、雑巾をかけたりしているあいだに、杉が時を助手といった恰好で使いながら、野菜をゆでたり、いためものをしたり、まな板をひびかせて大根や人参を切ったりする姿が、煤けた梁や壁や広い冷えこむ土間とともに、なお鮮やかによみがえってくるのだ。

私たちの家の使用人のなかで、おそらく婆やが年齢から言ってもいちばんながく勤めていたのであろうが、単にそうした勤めの長さのためばかりでなく、その山国の気質のせいも多分にあって、婆やのなかには、かなりかたくなな、負けず嫌いな独立心があって、ことごとに、自分のもの、自分自身の所有物をもたないと気がすまないのだった。たとえば私たちが婆やの花壇、婆やの仏壇、婆やの犬、婆やの部屋と呼んでいたのが、そうしたものなのであって、婆やの花壇は裏の土蔵のそばにあり、春になるとタンポポがぼたんのような花をつけ、ここだけに咲く仏前用の花が春から秋にかけて絶えることがなかった。私の兄もよくこの花壇から幾輪かの花をむしりとったが、少くとも私は、そのたびに、いくらか婆やに対して気の毒なことをしたような気がした。それは母や兄の花壇でたとえばスイートピーが芳香を放って蜂や虻を集めているときに、いかにも婆やの花壇は花の色もくすみ、貧しげで、葉や茎だけがやたらに繁茂しているように見えたからだ。しかし婆やは自分の花壇と母や兄の花壇の差について無関心ではなかったのであろう。私はある日婆やが兄のチューリップの花壇にむかって、拳をつきだし、こんなもの、なんでもない、とでもいうように、こわい顔をして睨んでいたのを、見かけたことがある。もっとも、この婆やほど屋敷内の空いている地所を借りて、自分の領土の発展をはかっていた人物もめずらしかったのだ。まるやお茶（婆やの飼犬）の住む犬小屋とか、仏壇のある中二階の婆やの部屋とかは、何か神聖不可侵の場所であって、婆やをものともしない兄ででもなければ、わざわざそこに近づこうとはしなかったのである。中二階の仏壇には、婆やの良人と戦死した一人息子の位牌が置かれていて、婆やの花壇の花は、もっぱらこの仏前を飾るためのものだった。私はよく花立の水をかえ、階段をぎしぎしのぼってゆく婆やを見たが、そういうときの婆やの顔には、やはりある種の寂しさのようなものがあり、いつもよりは、ずっとこわい顔をしていたように思う。婆やの仏壇は、祖母の仏間にある豪華な両開きにひらかれた仏壇にくらべると、ほんの小箱のようなものだったし、位牌も仏具も花立も小さく貧弱だった。

そしてお盆とか命日とか年の暮れとかには、汗かきの坊さんが台所からとびこんできて、汗をふきながら中二階の階段をのぼり、仏壇の前に坐るやいなや、とぶような早さで、お経をよみはじめるのだった。坊さんは読経をおえると、婆やがおそるおそる差しだす紙包みを、その場でひらき、内をあらため、二こと三こと、お愛想を言うと、また階段をころがるように駈けおり、外へ出ていった。何かあわただしい風が台所口から吹きこんで、たちまちのうちに出ていったような感じがした。

それはたしかに祖母の仏間でまる一日読経をし、講話をし、ごちそうをたべ、茶菓をとり、談笑してゆく僧侶たちとは、様子も態度も、ちがっていた。

私がそのころすでにそうした相違をどの程度に理解していたのか、わからないが、それでも、祖母の部屋から出てゆく僧侶たちの足袋の白さと、婆やの部屋から駈けおりてゆく坊さんのゆがんだ頭や骨ばった顔とのあいだにある別個の印象には、気がついていたのだと思う。

もちろんそうした事柄のなかで、当時は何も気づかずにいて、あとになって、あれこれと真相に思いあたることも少くなかった。たとえば、私たちがもと住んでいた新宅（そう呼ばれていたのだ）から、祖父のいた本宅へ移ったとき、私たちと一緒に連れてきた女中の時やが、本宅の女中たちのあいだで、いつも小さくなっていたということ、また婆やはながいこと邸に勤めていたにもかかわらず、仕事は風呂焚き、庭掃除など外廻りの雑用ばかりで、女中たちも大体その仕事のわりふりが決っていたことなどは、当時、私は何も知らなかった。そのころ女中頭のような格だったのは、杉やと言って、細ぶちの眼鏡の、冷たい、無口な、痩せた女中で、女中と言うよりは、学校教師とか看護婦とかに見え、御用聞きたちは杉の前では頭もあげられなかった。いつもむっつりしている婆やにしても、泣き虫だった時やにしても、私は、その笑顔を憶いだすことができるが、杉が笑うなどということは、ついぞ考えることもできない。杉の眼鏡の奥の眼も冷たかったが、杉が通っていったあとの空気も、ひんやりと冷たくなっているような気がした。

祖母について私が今もなまなましく記憶しているのは、早暁、祖母が仏間であげる読経の声であって、それが時おり何の脈絡もなく、ふと聞えるような気がすることがあるのだ。それは一つには、祖母の晩年があまりにも死の匂いを濃くただよわせていたためであろうが、そうしたことは、子供の魂には、意外に深く刻印をあたえるものであり、それをどの程度頭で理解したかということとは、あまり本質的な関係はないようである。私は夜ふと眼ざめて、祖母の足音を、樟が風にざわめく音とともに聞くおり、あの黒い、名づけようもない、不吉なものが、祖母のまわりに浮かびただよっていて、不思議と、祖母を孤独な、寂しい、小さな存在に感じるのだった。それは紅葉のある庭にむかって背をまっすぐにして端坐している祖母とは、とても同一人とは思えない、ひどく頼りない、影のうすい感じだった。

祖母の読経は朝五時からはじまるのだが、冬だと、それはまだ深夜の感じの残る、暗い、星の凍りついて光る時刻であり、仏間のあかりが庭の方へ流れ、暗い池の端から石燈籠が浮かびあがっていた。私は何かのおり（多分、修学旅行か何かで早暁に家を出たときだったろう）そうした光景を見たのであり、それは祖母の読経の声とともに、私から離れられぬものになっているのだ。まるでそれは前の晩から徹夜で、そうして煌々とあかりがついていたのではないかと思われるほど、そこには、何かがすでに、ずっと前からはじまっている感じがしたのだ。閉まった障子の向うからは、すでに祖母の読経の声がきこえており、それははじめは低く、つぶやくようにはじまるが、いつか次第に高く激しく、ある熱烈な調子にかわってゆくのだった。私は早暁の床のなかから、夢うつつに、そうした祖母の声を何度も聞いたが、その声には妙な若々しさ、妙なすべすべした張りがあって、それがなぜか祖母にふさわしくないように感じた。それはまるで肉体がだんだんと老年にむかって衰えてゆくのに、声だけが昔のままに残っていて、年齢とはまるで無関係に、いつまでも若いような気がしたのだ。しかし今でも私の耳に残っているのは、その声の若々しさもさることながら、その仏間で「おつとめをする」ときの祖母の読経の激しい、ひたむきな調子である。それは夢うつつの耳に、まるで泣きながら、何かを訴えつづける女の声のように聞えたのだ。「いいえ、どんなことだって、どんなことだって、いたします。必ずいたします。」祖母の若い、つやのある声が、肉体という深い井戸の底から響いていて、その声の主は、実は、その深い古井戸の底に立っていて、そこから外へ出ることを懇願している、といった調子に聞えたのである。「お願いです。お願いです。お願いです。ここから出して下さいませ。ここから出して下さいませ。」

しかしそれは次第に高まってゆき、熱気を帯び、なりふりかまわぬ訴え、とりすがるような調子になってゆくのだった。それは祖母の中にもう一人の若い女性が住んでいて、祖母の肉体が滅びるとともに、自分も滅びなければならないので、その深い井戸のような肉体の底から、救いをもとめているようにさえ思えたのだ。私は早暁のそうした眼ざめからまた睡りのなかに沈んでゆきながら、ふと夢に、若い女が真っくらな空中を、海底に沈む人のように、もがきながら、落ちてゆくのを見るのだった。だが、私がそのとき耳にしたのは、本当に祖母の声だったのであろうか。いや、それとも、ほかに、人間のなかには、ほんとうに永遠に生きのびる誰かがいて、肉体がほろびることがなければ（あるいは別の元気な肉体にうつることができれば）なお生きつづけることができるというのであろうか。そしてそうした永遠に生きうる誰かが祖母のなかにいて、ほんとうに懇願しつづけていたのであろうか。もしそうだとしたら、その誰かとは誰だろう。その誰かは、祖母が死んで、灰褐色の骨と灰になったとき、いったいどうなったのだろう。結局は救いだすことができなかったのであろうか。祖母とともに、ほろんでしまったのであろうか。

冬の夜、いや、それはもう早暁だったわけだが、その凍てついた、星のきらめく、痛いような寒さのなかで、庭へあかりを投げている仏間から、聞えていたその声は、いまもなお、樟の大枝のざわめきとともに、虚空をさまよう精霊のように、私の耳にきこえてくる。次第次第に高くなり、熱を帯び、懇願するような調子に変りながら。「お願いです。お願いです。お願いです……」すると、私は、それだけは耳にしてはいけないものを聞いた人のように、不安と陰鬱な恐怖が、ゆっくりと、私の心の片隅から身をおこしてくるのを感じる。私はずっと昔にそうやったのと同じように、耳をふさぎ、蒲団のなかにもぐりこみたいような衝動を覚えるのだった。

昼間、祖母を見るとき、こうした印象はまるで感じなかったのは、たしかに奇妙なことだった。祖母の外見には、そんなことを感じさせるものがまったくなかったか、それともそうした不安は、光の訪れとともに、消散する性質のものであったためであろう。むしろ祖母がお席にいたり、花をいけたり、来客を迎えたりしているときは、広い家のなかに、一種の重苦しさがあって、いわば祖母の支配が見えない形で、部屋から部屋へと、のしかかってゆくような感じがしたのだ。

それは、ある年の秋のおわりのことだったが、私たちは幾夜も幾夜も、屋根を鳴らしてゆく不思議な音を聞いた。そうしたある一夜、私はふと夜なかに目ざめて、屋根のうえを川水でも流れるような、絶えまない、さやさや鳴る音を聞いた。それは耳を澄ますと、屋根に鳴り、庭に鳴り、私たちの家を包んで、さやさやと鳴りつづけた。夜半に降りだしたしぐれの音であろうか。それとも、どこか夜を通して渡ってゆく渡り鳥の羽音であろうか。しかしそれは雨音にしては、あまりに軽やかであり、渡り鳥の羽音にしては、あまりに絶えまなくつづくのであった。「なんだろう。風でもでたのだろうか。樟がざわめいているのだろうか。」と私は耳を澄ましてみるのだが、樟のざわめきと違って、それは、ひとときも止むことなく、高くなりも低くなりもせず、幾時間も幾時間も同じ音で鳴りつづけているらしかった。

たしかにそれは、時には、急ぎ足で空をわたってゆく、何かせわしない季節の足音のようにも受けとれた。しかし何よりも、やはり、それは、遠くを流れる瀬音に似ていて、たえまなく、家をつつみ、透明な音をたてて、夜を通して鳴りつづけた。私はそうした音を耳にしながら、また深いねむりのなかに落ちていったが、そういうとき、私のまわりを、まるで澄んだ川水が流れていて、その音をききながら、身体が上へ上へと浮かびあがってゆく夢を私はみるのだった。

やがて翌朝、私が廊下から外をみると、庭も屋根も燈籠も垣根も、いちめん、一夜に落葉しつくした夥しい銀杏の葉で、黄色く、分厚く覆われているのだった。私は一瞬息をのんで、そのいちめんの落葉をみつめた。ちょうど深い雪が、ものの形を覆いかくすように、その黄色い落葉の層は、丹念に、すべてを覆いつくしていたのだ。

たしかに、昨日、一昨日あたり、銀杏の葉が風につれて、透明な光のなかを、ひらひらと舞いおちていたのは、私も気がついていた。しかしそれがある寒い晩秋の夜、羽音をたてて南へ去ってゆく渡り鳥の群れのように、一時に、夜を通して、ひたすら降りそそぐように散りつづけていたということ、そしてそのさやさやと屋根に鳴る音が、まるで家をつつんで、瀬音のようにきこえていたということ、こうしたことは、私に、自然の、限度をこえた激しい力を感じさせた。

こうした初冬の光景が祖母にどのような影響をあたえたのか、私にはわからなかったが、しかしたとえば老年というものが、自然からさまよい出た人間がふたたび自然に近づいてゆく過程であるとしたら、その夥しい落葉は、また祖母の心に、私とは異なった印象をあたえていたにちがいない。祖母はよく「年をとると、ほんとうに春の日ざしが待ちどおしい。」と言っていたのだから、あるいは自分が自然のめぐりと一つになるのを感じていて、春になって草木が萌えはじめるとき、自分の身体にも元気が戻ってくるのを敏感に知っていたのかもしれない。もしそうだとすれば、この銀杏の一夜のすさまじい落葉は、祖母の身体から、何ものかが大きく欠落してゆくのを、おそらく感じさせたのではあるまいか。長い廊下を行きがてに、足をとめて、祖母がほとんど呆然とした表情で、このいちめんの落葉をみつめている姿を私はおぼえている。一夜の津波で流れさった自分の家あとをみる漁師の面持で、祖母は、霜のくる前の冷えて澄んだ空の青さをながめ、庭の面へ眼をかえした。祖母が顔にあらわしたその表情は、あるいは単純なおどろきであったのかもしれない。しかし私はそのとき、なぜか、そこに暗い、ひどく陰気なものを感じた。そしてそれが、あの暁闇のなかで、若い、なまなましい声で読経する祖母の姿と重なってみえた。祖母の姿は普段よりは一まわりも二まわりも小さくなって、頼りなげに、そこに立っていた。その姿には、背をまっすぐにして端坐する、強い、冷たい祖母の面影は感じられなかった。

もちろん私自身がとるに足らない子供であった以上、細かい印象を、そのとき、どこまで理解しえたか疑問だが、それらは、私のなかにその姿のまま定着されて、後になり、あれこれと考えたり判断したりするもとになったのである。そうした子供の印象は、よしんば忘れさられることがあったとしても、なおそれが心につけた一すじの傷であることには変りなく、ながい忘却のあとで、それをふたたび見いだすようなとき、その傷は年とともに大きくなり、傷痕となっていて、かつて気づかなかった多くのものを、そこに発見することがあるものなのだ。祖母の暗い表情が私の心に一すじの傷となって残ったとすれば、それはおそらくそれから半年ならずして訪れた祖母の死が、それを強く補っているからにちがいない。それは私が知った最初の死というものの姿であり、いや応なく、私たちは、自分の身うちの死によって、自らの死ぬべき宿命をそこに読みとらなければならないように、今も感じるのだ。おそらく祖母の死は、なお愚かしく幼い私の眼を通して眺められた死であるだろう。しかしそれがどのような眼を通してであれ、このような出来事を経ることによって、私たちは自分の無知な、幸せな、平穏な世界から別れをつげる。自分がもはやいつまでも飛行とびに熱中していられないこと、日ねもす築山の下の池で亀と遊んではいられないこと、いつかは学校の宿題や、叔母たちが悩まされていた試験を、同じようにやりとげなければいけないこと、などを漠とした形で理解するのだ。私たちは本能的にそれにおびえ、それを嫌悪し、それから脱れようと努めるのだ。私たちは急に学校にゆきたがらなくなったり、寝床のぬくみを懐しがったり、自分の部屋に閉じこもったりする。しかし心のどこかでは、それが無益な抵抗であり、幼い我儘であることを感じてもいるのだ。だから、たとえば従兄妹の誰かが、すでに級長になったり、一番になったり、むずかしい本をよんだりしていて、それが両親や叔父叔母たちの口で賞讃されるのを聞くと、いつか自分の気持も、そうした大人たちの見方と一つになろうとして、学校にもはげみ、ミカエルの話などではなく、もっと退屈な、しかしずっと有益な本を読むようになるのだ。それはちょうど谷間の渓流で遊んでいた人間が、谷間を見おろす高い場所へのぼってきたのに似ていた。水遊びの面白さにくらべると、眺望なぞは何の価値ももたないように思えるのだ。しかし多くの人々はその遠望のあちこちに巨大な都市や工場や港湾を指さして、その素晴しさを強調するうち、いつかそうした見方に慣れていって、かつての水遊びのたのしさは忘れられてゆく……。

たしかにこの時期の私たちのまわりには、祖母の死が私にあたえた印象と同じような働きをする幾つかの出来事がつづくように思う。私たちはそれを通って、いわば幼時というものから決定的に離れてゆく。あのように執着したやわらかな寝床のぬくみも、いつか私たちがかつて感じていたような、あの幾重にもまもられた感じをあたえなくなるのだ。私は前に箕輪の叔母から貰った人形をどこへゆくにも持っていった時期があり、そんなことで、人形はぼろぼろになり、眼も口も鼻も手垢で真っ黒によごれていた。母から他に幾つか同じような人形を貰ったものの、私はこの汚い人形を離す気にはなれなかった。しかしある日のこと、私は人形をもって紅葉の木にのぼり、その枝に忘れたまま、夜になってそれに気がついたのだった。その夜は豪雨が降って、私は一晩じゅうあの人形がどんな思いで枝にぶらさがっているかを考えると、ろくろく睡ることもできなかった。屋根を打つ雨の音と、樟の大枝のゆれる音を、私はその夜まんじりともせず聞いていたのだ。そのくせ翌日、人形が雨にぬれたまま、逆さになって枝にぶらさがっているのを見ると、それを取りにゆく気持になれなかった。たしかにその人形に私は一種の恐怖を感じたことも事実だろう。人形が私をうらんだり、のろったり、なじったりしていた様子が、その濡れそぼった、気味のわるい姿のなかに、感じることができたのだった。しかし私がその人形をとりにゆかなかったのは、自分でも説明のつかない突然の変化、突如として生れた心変りのためだった。私は自分で信じられない程に、人形に対して冷淡だった。何の愛着も湧かなかった。一晩じゅう、あんなにも悩んだのに、雨にぬれたその姿を見ると、何の理由もなく、私はその哀れな犠牲者を見殺しにしたのだ。それは、愛する人形を忘れたという忘恩行為を、そこで正当化しようという衝動によって、突然、愛していた人形を、愛さない人形へと変えるような心の動きが、自分のなかに起ったのかもしれない。それはともあれ、私は人形を無視し、そこに忘れてきたことに気がつかぬふりをし、雨があがってからも、それを取りにゆくことをしなかった。私たちはこうしたことによって、自分のなかにひそむ残忍さ、冷酷さにぶつかり、自分自身に傷つくことがあるのかもしれない。私の場合は、ただ枝から逆吊りになった人形におびやかされるということで、ながいこと復讐をうけたのだ。それは日がたつにつれて、依怙地に人形を無視しようという気持に私をかりたて、またそういう気持になっただけ、私は自分を正当化し、はじめから人形なんか愛していなかったと思いこもうとしたのだ。

人形は最後には雨にうたれ、風にさらされて、形もなくなり、一片のぼろぎれのようになって、枝にかかっていた。そのうち私もいつかそれを忘れ、かなり後になって、そうした残酷な、忘恩の行ないを思いだして、憐憫やうしろめたい気持にかりたてられて、その木の下までいってみると、人形らしいもののかげは何もなく、ただ白っぽいしみが、その枝のあたりにこびりついているのが見られた。後年私はそのことを思いかえすたびに、私がそうやって一つ一つ失っていったものの姿が、その枝の白いしみに集約されていたように思ったものである。

*

幼少期が一つのながい眠りの期間であり、その安らかな夢想が、樟のざわめきをこえ、製材所の音の染みる西空の遠くまで、自在に羽ばたくことができたとしても、そうした無限の時間や空間に対して、おそかれ早かれ、何らかの制約、苦がい限界が訪れなければならないのは当然であり、その予兆は、舞踏会の夜の仮面のように、不意に木下闇から現われては私たちをおどろかし、あっという間に、また闇にまぎれて消えてしまうものなのだ。私の場合、それはまずあの駿《すぐる》の異様なマスクをとってあらわれたのではなかっただろうか。

駿は祖母のところに以前いたことのある女中の末《すえ》の息子で、末が私たちの家に手伝いに呼ばれていたとき、一緒に連れてきて、女中部屋に住まわせていたのである。それは末の良人が戦死して、家業の菓子商をつづけるか、末の郷里にかえるか、決心のつかなかった一時期であり、私たちの家の方でも箕輪の叔母が結婚して、はじめての子供を産もうとして祖母のところへ戻っていて、なにかと人手が足りなかったため、自然と話が末のところにいったのであったろう。もちろんこうしたことだけだったなら、子供の私などに関知するところも少かったし、記憶にのこるようなこともなかったにちがいない。しかしたまたま、この駿が私と同じ年恰好であり、知能のおくれた子であったりして、そんなことからその前後のことはかなり鮮明に思いだすことができるのである。

私は末がくる前からこの子のことを母からきかされていたように思う。末さんの子は普通の子供とちがって、病気のために、頭の働きがおくれた子だから、そのつもりで親切にしてあげなければいけない、と母は私や兄に言っていたのである。だから私が他の子供とちがって、動作ものろく、ものを見る眼もひどくぼんやりしているその子を見たとき、さして驚かなかったし、そういう子供たちを私は学校の特殊学級で見なれていたのも事実だったのだ。しかし学校で見るときは、やはりそれなりの距離があり、口をきいたり、そばにいったり、ものを貸したり借りたりしたことはなかった。ところが同じ邸内にその子が住んでいるというのは、もはや二人のあいだに共通する何ものもなくなっていたとしても、やはり他人ごととして無視するわけにゆかなかった。

私が下の土蔵の前でよくみかけたその子は顔色がわるく、手足もやせ、粉のふいたよごれた肌をしていた。頭の形はいびつに歪んでいて、額は狭く、その寄り合った眼は、いつまでも同じところを見つめているように見えた。そばに寄ると、脂肪《あぶら》っこい、白けた匂いがし、私を見る眼になんの反応もなかったので、私は、はじめのうち、不気味な思いもしたし、また、人間ではなく、なにか別の動物が、この家にまぎれこんできたような感じがしたのだ。しかしあるとき、末が母にむかって、この子のために、どんな苦しみをなめてきたかを話しているのをふと立ち聞きしてから、以前のようには、気味わるく感じなくなった。たしかに私は末が、時やとは別の意味で好きだったし、いま思いだしても、優しい気持の女だったと思うのである。末はよく私が学校にゆくとき、冠木門のところまで送ってきて、「どうか駿《すぐる》の分まで勉強してきて下さいましね。」と言うのだった。「あの子はあんな風ですから、学校にゆこうにも、ゆけませんわ。あの子が学校へでもゆけたら、どんなに心強く、私の気持もはれるでしょうに。」

　私はそういう末を見ると、あの頭のいびつな、どんよりした眼の子に、何か親切なことをしてやりたいと、心底から思ったものだった。すくなくとも、駿のことを、犬か何かのように考えたりするのは、やめなければいけない、と決心するのだった。

　駿は一日の多くを女中部屋の片隅ですごしていたが、夕方になると、まるで光の薄れてゆくのを敏感に反応する動物のように、外へさまよいでてくるのであった。そのどんよりと暗い眼で、青桐のあたりまで歩いていって、そこで道を失ったように佇んでいたりする。たとえ私がそばに近づいていったとしても、感情の動きらしいものは、その表情にあらわれることがなく、重そうな、いびつな頭をうなだれて、何を考えているのか、そこへじっと立ちつづけているのだった。

　しかしそういう駿の頭上を遠く、たとえば鳥のかげなどが横切ることがあると、まるで特殊の感覚がこの男の子のなかにそなわってでもいるかのように、敏感にそれに反応して、空をふりあおぎ、あ、あ、あ、と叫ぶのであった。私は、そのとき、駿の表情をみたす歓喜に似た輝きを、なにか信じられないものを見たように感じて、はたして、この黙りこくった、陰鬱な、うずくまる小動物のような男の子のなかにも、普通の人間とかわらない感情の動きがおこるのか、と、おどろきもし、また同時に、そうしておどろいたことを、ひそかに恥ずかしくも思ったりしたのだ。私はふと前に、もみじの庭の奥にある蛇のひげのうえで冷たくなって死んだクロに感じたのと同じある痛ましい感じを、この駿の歓喜の表情に感じたのだ。クロはそのころすでに死期が近く、ほとんど動くこともなく、終日、台所の隅の大竈の火のぬくみの残っている場所にじっとうずくまって、眼をとじていた。私がまだずっと小さかったころの、毛並の光った元気な姿――庭をはねたり、父がかえる前に門のところで吠えたり、砂場のまわりをかけたりした姿が、まだ眼にのこっていた。しかし老犬になってからは、歩くその足どりまで力がなく、私たちを見あげる眼は悲しげであった。私は、そういうクロの、つぶらな、うるんだ、黒い、物悲しい眼を見て、よく思ったものだ。「クロはいったい何を言いたいのだろう。何をうったえようとしているのだろう。だって、こんなに思いつめた眼をしているんだもの。きっと何か言いたいことがあるにちがいないんだわ。ねえ、クロ、お前、何を言いたいの。どうして何も喋らないの。」私のこうした言葉がわかるかのように、クロの眼は、いっそう物悲しく、じっと私を見つめるのだった。

私は時おり、そうしたつぶらな黒い眼に、人間の眼を感じることがあった。まるで、なにかの罪で、誰か、本当は心のやさしい人が、その犬の身体のなかに閉じこめられていて、喋ることもできず、なに一つ思ったことを伝えることはできないのに、それでも、その魂は、人間と同じように感じたり、考えたりできるというように――。すると、私はそのつぶらな黒い眼が、まるで私の心の動きをすっかり読みとっているように思え、気味のわるい思いがすると同時に、またひどく、クロの中に閉じこめられている誰かが痛ましく感じられてくるのだった。私には、ものをうったえるようなその眼を見ていると、いつか、私の考えが疑いない真実のものに思えてきて、思わずクロの頸にだきついて、その耳にこう言ってやるのだった。

「ねえ、クロ、お前って、本当は誰なの。そしていったい何をそんなに言いたがっているの。きっと何か言いたいことがあるんだわね。それが何であるか、知れたらねえ。」

しかしクロも死ぬ前には、もうそうした眼で私を見ることもしなくなっていた。ただあてもなく眼をさまよわせ、外界にはまったく無関心となり、時どき、なにかきたないものを裏庭に吐いたりして、婆やがそれに灰をかけて、掃除しなければならなかった。それなのに、日によると、クロは庭のあちらこちらをとぼとぼ歩きまわることがあった。いったい何を捜しているのだろう、と、私は、そうした力ないクロの姿を見ながら考えたものだ。そういうとき、この物言わぬ動物のなかに、めしいた生命の哀れさを私は感じたのだ。

こうした同じ思いを、この空を横切る鳥かげに、うめくような声をあげた男の子へ感じたと言っても、なにも私が駿を動物視していたのではなかった。むしろ動物も家畜も、幼い私の眼には、人間の変形に感じられていた、という証拠と言えないまでも、痕跡だったとは、言えるような気がする。駿には、さすがに不思議と、はっきり感情のよみがえる瞬間があり、しかもそれは沈黙し、陰鬱に沈みこんだ平生の状態であるだけに、なにか瞬間に、ほとばしりでる激しい集中を感じた。私は、そうした感情が、顔色のわるい無表情な顔の壁をつきやぶって、あふれ輝くとき、ようやく駿が人間たちのなかに帰ってきたような気持になった。たしかにそれは不気味ではあったけれど、それでも私の心を動かさずにはいない一つの事実であった。それに、そうした魂が厚い表皮をつらぬいて、自分をとりもどし、外にあらわれるということが度重なるにつれて、私は、駿の閉じこめられた人間が、それだけ恢復してゆくのではないか、と思ったのだ。ちょうどそれは壁のなかに生きたまま閉じこめられた人間が、なにか不思議な透視力によってよびおこされるとき、何度も復活しようとこころみて、その度に元に引きもどされ、最後に、はげしい集中によって、ようやく蘇生するという、あの奇怪な物語のように、駿のなかに閉じこめられた人間の、何度も、くりかえして外に出ようとするあがきに似た努力が、そうした瞬間の感情の迸出だったのではないかと思ったのだ。駿のこうした感情奔出の瞬間がたび重なって、連続してゆけば、あの物語にある壁のなかの人間のように、駿の身体をかりた人間がよみがえってきはしまいかと、真実考えたのだ。古いぬいぐるみの犬や兎を駿に貸してやったり、ばねではねるバッタや自動車の玩具を持っていってやったりしたが、それはただ駿をよろこばせたいためだった。しかし駿の気持がそれによって動くことがあったにせよ、多くの場合ながつづきはせず、ぬいぐるみの動物などはよく引きさかれて捨てられていた。一度など私がなお愛着をもっていたゴムの握りのついた蛙の玩具を貸してやったが、駿は蛙がはねとぶたびに、あ、あ、あ、と声をあげて狂喜したのだ。しかし、しばらくしていってみると、蛙はあとかたなく引きさかれ、ゴムの握りも、ゴムの細管もばらばらになっていた。私は思わずかっとして、それを駿の前につきだしながら、「え？　どうしたの？　どうしてこんなことをしたの？　わけを言って頂だい。」とどなった。しかし駿は黙って私の顔をみているだけで、そこには何の反応もみられなかった。

　そのころまだ離屋《はなれ》の池に飼っていたヒューロイが生きていた。すでにながいこと私の手で飼いならされていたこの亀は、私が一枚石の橋までゆくと、池の端から首をのばし、ゆっくりした動作で歩みよってくるのだった。

「ヒューロイ、お前は今日なにをしていたの。樟の青大将と喧嘩なんかしなかった？　お前がいくらえばったって、蛇にはかなわないのよ。おとなしくお池のなかで遊んでいなければいけないわよ。」

　私は夕方になると、橋の上で、ごはん粒や煮ぼしをヒューロイにやりながら、そんな風に話しかけた。亀の方は亀の方で、眼を上目づかいにして、私の言うことがわかりでもするかのように、首を上下にふっていた。

　このヒューロイがどうして駿の眼にとまったのか、なんとも不運と言うほかないが、ある夕方、橋の上にいって、いくら待ってもヒューロイが出てこなかったこと、まさか駿の手につかまえられているとは夢にも思いつかず、池から流れだされたのかもしれないと思って、暗くなるまで、池水の流出口の鉄柵から落葉やごみを取りのけて捜しつづけたことなどを思いだすと、私はいまなお、当時と同じような不安な、心細い気持を感じる。私はなさけない気持で築山から樟の老木の根元、あちらこちらの庭の隅、縁の下まで捜しまわった。そして最後に婆やたちにその行方を知りはしないかと訊くつもりで、台所に入っていった。ところが、ヒューロイはその台所へぬける途中の中の土蔵の石段のうえに、じっとうずくまっていたのだった。私は安堵やら歓喜やらでヒューロイを掌のなかに入れて思わず土蔵の前のたたきのうえを跳ねとんだが、安堵感がすぎるとすぐ、無性に腹立たしい思いがこみあげてきた。私は台所で杉や時たちに当りちらしながら、「誰なの？　こんなところへヒューロイをつれてきたのは？　誰がやったの？」とどなった。

　その時だった。それまで台所の隅で、無感覚な動物のように坐りこんでいた駿が、突然、私の方を指さしながら、あ、あ、あ、と叫びながら、よたよたと近づいてきたのだ。口からよだれが垂れ、顔には、私がそうなることを願っていたあの喜悦の表情があった。

「あ、あ、あ。」駿はなおそう叫んで、後《あと》じさる私に迫ってきた。私はヒューロイを胸にあてて、駿の手からのがれようと、台所から土間へ逃げた。そのとき、駿のうしろから、末が抱きかかえるように押さえた。駿は母親からとめられたと知ると、突然、見たこともないような激しさであばれはじめた。駿は「あっ、あっ、あっ。」と私を指して叫びながら、とびかかろうと、身をもがいた。杉は駿のふりまわす手に顔を打たれて、そこにうずくまってしまった。私は生きた心持もなく、土間の隅に立ちつくした。

「お嬢さま、申しわけございません。どうか、あちらへ、駿から見えないところへ、逃げて下さいませ。」

末はあばれる駿を押さえながら、息を切らして、そう叫んだ。駿はなおも私にとびかかろうとした。

「早く、お嬢さま、早く、早くお逃げ下さいませ。」

しかし私は足がすくんで動くことができなかった。時やが私をかかえて納戸にひきずるように連れていった。台所から、駿の叫びと末の懇願する声とが入りまじって聞えた。

「すぐる、すぐる、お願いだよ。おとなしくしておくれよ。何をあげようかね。すぐる、すぐる、おとなしくして、かあちゃんを困らせずにおくれ。」

そうした末の言葉にもかかわらず、駿のうめき声はつづき、なにか激怒する獰猛な獣のように、みたされぬ欲望のままに荒れくるっていた。物の倒れる音がし、誰かが悲鳴をあげ、末の声がまじり、やがて戸がはずれる音がした。駿は戸外へとびだしたらしく、末の声が、それを追って、裏の方へ遠ざかった。急に台所も土間もひっそりして、そのときになって、私は急にヒューロイに湿った池の泥と水の匂いを感じた。

もしこうした出来事がなく、末を可哀そうに思う必要もなければ、私はヒューロイを駿に貸しあたえようなどという気にならなかったかもしれない。しかし末の哀れさや駿の喜悦の表情を考えると、気が鎮まるまでヒューロイを貸してやってもいい、という気持になった。「駿はどうせすぐ飽きるし、それにヒューロイは丈夫だから、ばらばらに引きさかれるはずもない。」と思った。私がそのことを時やに話すと、「まあ、お嬢さまったら。」ともう綺麗な黒い眼に涙をためて、私を見つめた。「そうして下されば、お末さんは、どんなに助かるでしょう。お末さんはどんなにお嬢さまに感謝しますでしょう。」

時がそう言って私から亀を受けとって、末や駿の方へ出ていったあと、私は、駿がヒューロイをみて、動物じみた叫びをあげてかじりつくだろうこと、末がほっと肩を落して、このめしいた獣のような子供を見つめるだろうこと、時は時で、末にむかって、「お末さん、しっかりしなければいけませんわ。いまに、駿ちゃんだって、気ながに待てば、きっと、もっとよくなりますわ。」と言っているだろうことを想像した。下の土蔵の前のあたりに三人は立っていて、お互いに何も喋らず、じっとしているかもしれない。末も時も、そうやって、立って、黙って、泣いているのかもしれない。そう思うと、私はヒューロイのことが気がかりではあったが、それでも、やはり駿に貸してやってよかったと思った。そして明日はヒューロイのために新しい隠れ家をつくらなければならないと考えた。

もちろん駿の挙措のなかに、当時の私の眼にも、何か異様な、不気味なものを感じないではなかったが、それでも、その重苦しい肉体の奥から、人間らしい、明るい魂が、いつかあらわれてくるにちがいないと信じていたのも事実だった。私がヒューロイを駿に貸しあたえた動機のなかには、優しい末に対する憐憫が含まれていたとしても、それよりも、もっと多く、私が、駿の喜びの表情を高めてやり、その閉じこめられた魂を、重苦しい肉体から解放してやりたい、と考えていたためであったと思う。駿の陰鬱な、土色をした顔に浮かぶ微笑、空をかすめる鳥をみて笑う微笑は、なにか無垢の、柔和な、ういういしい微笑であり、やさしいものが唇のあたりにほころびるような笑いであった。私は駿のこうした微笑のやさしさ、単純さを信じることは、もちろん、できたのだが、夜になって、また、樟の大木がざわめくのを聞くと、よたよたと歩いてゆく、いびつの頭をかしげた駿の異様な気配が思いだされて、私は不安になりはじめた。それは不吉な、落着かない、妙な胸さわぎであったのだ。

私はそれまで人間の身体を鈍い重苦しい肉体であるなどと思ったことはなかった。祖母や両親や叔父叔母の誰にせよ、女中や学校友達の誰にせよ、そこに肉体という存在を、わざわざ、その当の人から切りはなして、感じるなどということはなかったのだ。私たちはふつう、お互いの話や考え、心配ごと、よろこびや悲しみを伝えあって生きていて、いわばこの物体の水準よりは、ずっと高いところ、肉体や物質をあからさまには感じないところに、立っている。健康な人が肉体を意識しないのと、それはまったく同様である。肉体などという自明なものは通りこして、いきなり生活の内容に結びついているのだ。

ところが、そういう人でも、ひとたび病気にかかると、いや応なく、自分の肉体を感じないわけにゆかなくなる。私が駿に感じた重苦しい鈍い肉体という感じは、ふだんならば自明の透明な前提となるこの身体を、砂袋のようなものとして感じていた、ということに他ならない。それは、ちょうど、かつて女中部屋に、甘ずっぱい、黒ずんだ異種のにおいを感じて、自分と異なる別の生活環境や人々が、この世にあるのだ、という事実を理解していったのと同じだった。私ははじめ暗い途方にくれた気持になり、やがて次第にそれに慣れていった。私は自分の肉体というものをあらためて、両手で確かめてみないではいられなかった。風呂のなかに沈めながら、ようやくふくらみはじめた胸のあたり、まるくなりはじめた肩のあたりを、信じられないもののように眺めた。自分の考えや感じとは別に、妙な重い他の生きもののような肉体があるということ、それは、その後ながいこと、私には、最後まで、なじむことのできない事実となったのだ。

しかしともあれ、夜、樟の大枝が風にざわざわと音をたてると、駿のもっている肉体の不気味さが、まざまざと感じられて、私を不安に陥れたのであろう。あののろのろした動き、よたよたと歩く足どり、よだれを流す口もと、そうしたもののもつ物体感、肉体感が、私を、あらためて虐《さいな》んでいたのであろう。しかしこの奇妙な不安の思いに虐まれたのも、翌日、ヒューロイが池の一枚石の橋のうえで、甲羅を割られて死んでいるのを見たとき、理由のないことではなかったのを知らされたのだ。可哀そうに、ヒューロイは、青い液体のようなものを引きずって、それでも、三十糎《センチ》か、五十糎か、最後の苦しみにあがきながら、這いずっていったあとが残っていた。私はそれをみると、急に、胸がむかついて、蔦のからんだ岩のかげに何度か吐いた。おそらく私は蒼ざめ、穴の奥でおびえている小動物のように、そこにうずくまっていたにちがいない。私には、ヒューロイの死を悲しむ力も、駿の残忍さを怒る勇気もなく、ただ、空をうつして光っている池を、遠く、小さく、見つめていただけであった。

末には気の毒ではあったが、駿を早急に何とかしなければならないということは、祖母や両親のあいだでも、すでに幾度か話題にのぼっていたし、離屋《はなれ》にいる箕輪の叔母などは、駿が築山のある庭に入ってくるのをいやがって、その都度、末を呼んでは、逆上したような調子で（ときには泣きだしそうな調子で）「なぜ駿を裏で遊ばせておかないの？　ここにこさせないようにって、あれほど言ってあるじゃありませんか。」と言うのを、私も、よく耳にしていた。末も、十分に注意はしたのであったろうが、いつか眼を離しているあいだに、築山や池のある奥の庭に入りこみ、離屋の廊下を、蒼い、やつれた顔をして通ってゆく叔母の眼にふれるのだった。

それは、私が蔦の覆った大岩の根元で、亀のヒューロイの墓をつくっていた午後のこと、渡り廊下を通ってゆく叔母が、不意に、うずくまり、手すりに身を支えて、廊下の外へ何かを吐こうとしていたことがある。私は前にもよく何度か、叔母の苦しそうな、喘ぐような嘔吐の声をきいた。しかし身体を痙攣させる叔母の姿を見たのは、そのときがはじめてだった。それは、ふだんのやさしい、綺麗な箕輪の叔母と同一人物であると思うことはできなかった。蒼ざめた顔は発作のたびにゆがみ、まわりの黒ずんだ眼は焦点の定まらぬ風に、あたりをさまよっていた。離屋から杉が駈けてきて、叔母のからだを後ろから支えた。杉に背中をさすられながら、それでも、何度か、廊下の外へ吐こうとして、身体をひきつらせた。

発作が落ちついたとき、叔母は池の向う岸のどうだんの繁みのなかに、駿が、重い、鈍い動きでやってくるのを見たのだ。叔母は悲鳴をあげて杉にかじりついた。

「どうしてまた駿をここで遊ばせておくの？　あれほど、いけないって、言ってあるじゃないの。私は、ふだんなら、駿を見たって平気よ。可哀そうだとさえ、思ってあげるわ。でも、いまは、いやなのよ。いまは、だめなのよ。駿をみていると、私のおなかの赤ちゃんまで、あの子みたいに、腐ってしまって、重く、鈍くゆがんでいってしまうように思えるんだもの。お願いよ。私、いやよ。あんな子を産むのなんか、いやよ。どうかお願い、お願い、どうにかしてよ。どこかに連れていってよ。見えないところに、押しこめておいてよ。ああ、たまらない。

たまらないわ。あんな子を産むなんて。思っただけで、気が変になる。私だったら、殺してしまう。殺してしまう。殺してしまうわよ。」

どうしてそんなことになったのか知らない。叔母は逆上してこう叫んでいるうち、真っ蒼になって、ひきつり、杉の腕のなかに倒れてしまった。私は呆然として祖母や母や女中たちが電話をかけたり、廊下を急いだりする姿を、遠い出来事のように眺めていた。しばらくして、私が裏にまわると、中の土蔵の前の段のところで、末が畳に突っ伏して泣いていた。泣きながら畳を掻きむしっていた。私はそっとそこを離れ、砂場にきて、鉄棒にのぼり、飛行とびを二、三度して遊んだ。末の声はその鉄棒のところまできこえていた。それは、そこからは、泣き声と言うより、絶えだえのうめき声にきこえた。血のような、どす黒いかたまりが、喉の奥から吐きだされるたびにあげられるような、そんな断続した、うめき声であった。

叔母の容態が普通でなくなったことが、こうした出来事と関係していたのかどうか、その辺のところは確かではないが、もともと娘時代に療養生活を送ったことのある叔母が、早くから祖母のもとに帰っていたところを見ると、叔母の健康はそれほどすぐれたものではなかったのであろう。しかしこの出来事があってから、叔母の神経的な昂奮は病的なものになっていったように思う。私はよく離屋で叔母が激しく泣いている声を聞いたし、仏間に祖母とこもって、ながいこと読経していたり、台所で女中たちに当りちらしていたりするのを見ていた。それは、あのやさしい叔母に何かがのりうつったような風に見え、たとえば、「まだ駿をおいているの？　早く出して頂だい。どこかへやって頂だい。あんな子がそばにいると、いい子なんかうめないわ。あんな白痴がうまれるわ。早くどこかへやって頂だい。早く、早く、出ていって。」と叫ぶ姿をみると、叔母の方が痛ましく狂いはじめているのではないかと思われたほどだった。

夜、母が不在で、父は書斎でいつものようにおそくまで障子に電気スタンドのあかりを投げているようなとき、私は、屋根のうえを、樟の繁みをざわざわと揺らして渡る風の音をききながら、「今は、叔母も落着いたろうか。祖母はどうしているだろうか。末や駿は女中部屋の隅で障子のかげにかくれるようにしてねているであろうか。末は今後駿をどうするつもりだろう。駿はまだよくなる見込みがあるのだろうか。」などと考えていると、不意に、風の音にまじって、叔母の悲鳴がきこえるような気がした。私は、はっとして、耳を澄ますと、ただ聞えるのは風の音だけであって、それは空耳だったにちがいなかったが、それでも、どこか空中に、叔母の声がさまよいただよっていて、風の吹く夜、樟のざわめきとともに、泣きさけぶような気がした。

黒ずんだ隈《くま》にとりまかれた、ぎらぎら光る熱を帯びた眼で何かを見るというのではなく、ただあてもなく、落着きなく庭や屋根や空にさまよわせながら渡り廊下に立っている叔母を、私は、おそろしいものを見るように、遠くから眺めた。

それはまるで、かつての綺麗な叔母の中に、もう一人の別の人物が住みついていて、いつか叔母にとってかわって、表面にあらわれてきた感じがした。箕輪の叔母は様子の綺麗な人でもあったが、いまでは、髪はほつれ、眼のぎらぎらした、蒼い、やせこけた顔は、病的な、荒れはてた感じをあたえた。私は母から、そういう叔母は数カ月後に子供をうまなければならず、そのため叔母が精神的にも肉体的にも大きな犠牲を強いられているのだ、というふうに説明されていたが、もしそうだとすると、出産という女に課せられた仕事は、私には、異様に神秘な苦悩にみちた世界であるように考えられるのだった。

もちろん私には、こうした叔母の変化の実体はわからなかったけれど、しかしこうしたことは、すべて、女たちにとって、大へんな仕事であり、山を築いたり、岩を動かしたりするような、大がかりな、汗みどろの、ながい歳月をかけた仕事と同じような性格をもっていると、なぜか漠然と感じていた。そして叔母の蒼ざめてはいるが、落着いた、すがすがしい顔をみた翌日、信じられないような苦悶する姿、あの憑かれたような、ぎらぎら眼を光らせた叔母をふたたび見たりしたのだ。

ある日のこと、祖母の激しい声や、母の電話をかける様子や、杉や時たちが廊下を走ってゆく気配から、なにか変ったことがおこったらしいことを、私は子供なりに直感した。

母がめずらしく私のことを忘れたように顔をこわばらせて、離屋にいったり、女中たちに物を言いつけたり、父に電話したりしていた。その日、私は不安な暗い午後を部屋にこもって送った。夜になって、時やが私を近所の闇森《くらやみのもり》神社の縁日に連れていった。

縁日からかえると、家の前に黒い箱型の自動車がとまっており、玄関から奥へ、いつもひっそり闇に沈んでいる部屋部屋に、煌々と灯が入っていた。

私たちが裏にまわり、中の土蔵にそった露地を入ってゆくと、杉が勝手口から外へ駈けだそうとしているところだった。

「いったい、どこへいっていたの。離屋の奥さまが流産なさったのよ。それに、駿がまた見えなくなって大騒ぎよ。早く駿を見つけてきてよ。」

杉はそう激しい口調でいうと、また奥へばたばたと駈けていった。私には杉の言った流産という言葉が理解できなかった。しかし女中たちの声をひそめた話し方や、離屋のひっそりした感じから、叔母が待っていた子供は、なにか不幸な偶然から、生れなかったのだということは、はっきりわかったのだ。

私は台所の隅の階段の途中にすわって、不安な、暗い気持にとらわれていた。いったいどんなことが起ったのであろうか。駿のような子をうみたくないと泣き叫んでいた叔母は、そんなことが原因《もと》で、急に子供をうみたくなくなったのだろうか。それともうみたかったのに、なにか故障があったのだろうか。あるいは、望んでいた赤ちゃんとは別なものが生れたのだろうか。なにかぶよぶよした黒いものだとか、毛のはえた兎のようなものだとか……。私は思わず声をだして、違う、違う、と叫ばないではいられなかった。しかし一度自分で想像したこの気味のわるい黒い軟かな感触は、いくら手で追いはらっても、私の心の中を去らなかった。

そんなとき、台所のガラス戸をあけて、駿がよたよたと入りこんできたのだった。暗い電気の光がその土間の先まで十分に照しだしていなかったため、はじめは、私も、駿が何を手にもっているのか、よく見えなかった。しかし駿が台所の板の間にあがり、奇妙な叫びをあげて、私の方へ手を差しだしたとき、私は、首をたれた生れたばかりの仔猫を見たのだった。濡れた灰色の毛なみや、縮んだ眼鼻や、小さな肢をみると、私は急に胸が悪くなるのを感じた。声をだすことも、立ちあがることもできなかった。ただたえず、心細く、胸がむかむかして、何もかも小さく遠くなってゆき、身体には、おかしいほど力がなかった。私はそうやって失神し、階段の下へすべり落ちていた。


私と兄とは学年は二年違ったが、年子だったので、ほとんど差別を感じさせないように、男の子のように育てられたが、それは、あの控え目な母がもっていた人知れぬ好みでもあったのだ。私はつねに灰色か紺の洋服を着ていたし、靴は男の子と同じ深編上靴だったし、ランドセルも兄と同じ黒い特別に上等の皮だった。鉄棒は兄よりも私の方がうまく、飛行とびは最後まで兄にはできなかったが、木のぼりや屋根を伝わって遊ぶことにかけては、兄の方がうまかった。ただ兄はそうした遊びからは早く遠ざかって、自分の部屋で飛行機の模型を組みたてたり、顕微鏡で虫の足を見たりするのを好み、学校に入ってからは、私とあまり遊ばなくなった。私が飛行とびに熱中していたころ、兄は昆虫採集や幼虫飼育に夢中になっていて、兄の部屋はナフタリンと乾いた草原の匂いがまじり、標本箱や展翅板や捕虫網などが机のうえと言わず、本箱のうえと言わず、つみ重ねられていた。畳のうえには、ボール箱に蚕が盲にでもなったような様子で頭を動かし、乾いて縮んだ桑の葉に疑わしげに触っていた。広口壜のなかには黒いさまざまな昆虫がいたし、青い草の葉のなかに、かまきりがじっととまっていて、下腹のあたりをひくひく呼吸させていた。

兄は時おり気がむくと、こうした標本を私に見せてくれたし、顕微鏡で花粉などをのぞかせてもくれた。しかし、それはごく機嫌のいいときであって、多くの場合、私を誘うどころか、頼んでも決して見せてくれるようなことはなかった。しかもその秘密主義が徹底していたので、私が前に毛虫であると思っていたものが、いつか蝶になって、目も鮮やかな鱗翅を標本箱のなかに飾るようになっていたことも、まるで知らずにいるなどという事態もおこったのだ。で、私が、「この前見た気持のわるい黒い毛虫、まだいる?」などと訊こうものなら、兄は顔じゅうに軽蔑の色を浮べて、「毛虫がいつまでも毛虫でいられるかい。もうあげは蝶になって、この箱のなかにおさまってらあ。」と叫ぶのだった。

しかし、こうしたことはまだまだはじめの段階であって、兄の後年の好みのごく僅かな、かすかな徴候といったものにすぎなかった。子供の科学雑誌や園芸雑誌、小鳥通信、愛犬新聞などが兄のところに送られてきたし、子供のくせに、どこからおぼえてきたのか、図書館の本のように、ラベルを貼って、それらを記号別、番号別に整理することなどもはじめていた。兄が写真をとったり、現像をはじめたのは、いつごろだったか、私ははっきり記憶していないが、一時写真に熱中したことのある父のところから、黒い、ずっしりと重いドイツ製カメラを自分の机のなかにもってきて、しまっていた。誰からどうやって教えられるのか、兄は中の土蔵の隅に暗室をつくって、一日じゅうそこから出てこなかったり、ぬれた写真を廊下で陰干ししていたりした。時どき、耳の大きな、頭のうしろが絶壁となった坊主頭の書生の遠藤が、兄の相手になって、汗を拭き拭き、将棋を差させられていた。この遠藤がきたとき、杉が母のところへ苦情をもってきたのを私は憶えている。杉はこう言っていたのだ。

「こんどの書生さんは、とても真面目で、よく働いてくれますのですが、あの、何ですか、変な癖がございまして、いつも、あの、新聞を、どういうわけなんでございましょう、読みながら、あの、赤鉛筆で線をひくのでございます。そのうえ、あの、二重まるや三重まるを、つけるので、新聞が、真っ赤になってしまいまして。それに、ながいこと独りごとを言って、なかなか読ませてくれません。」

母が杉の言葉をどのように遠藤に伝えたかわからないが、この無口で真面目で、いくらか鈍重な書生は、兄の気に入りであったのだ。兄は遠藤を暗室で手伝わせたり、標本を買いにつれていったり、何か新しい計画を話したりしていた。私はこの書生のおかげで前よりいっそう兄たちのところから閉めだしを食ったので、遠藤がにくらしくもあり、ねたましくもあった。

耳の大きい遠藤は夜になると、女中部屋とは納戸一つを隔てている玄関わきの小部屋で、法律書などを読んでいたが、私がのぞきこむときは、かならず机のうえにうつ伏せになって眠っていた。赤萩の叔父などは玄関で遠藤に靴の紐をむすんでもらいながら、こんな調子で話をする。

「これからは、努力しないで偉くなれると思うかね。」

「いいえ、努力しなくては、偉くなれませんです。」遠藤は身体を固くして言った。

「そうだろう。どのくらい偉くなれると思うかね。」

「さようです。どのくらい偉くなれますでしょう？」

「奏任官ぐらいまでゆけば大したものだ。」

「さようです。大したものだと思いますです。」遠藤は結んでいる叔父の靴のうえに頭をさげて、そう答えた。

兄がなぜこの遠藤を好んで相手にしたのかわからないが、いつ何時《なんどき》でも、兄が呼べば、すべてを投げだしてやってきたこの書生の、どこか風変りな生真面目な様子を、あるいは兄は気に入っていたのかもしれない。そういえば兄のなかにも、打ちとけにくい、暗い、無口なところがあったし、私などが兄をじっと見るのを極端におそれていたらしいし、その点、遠藤は、兄のもっとも気をゆるせる人物の一人だったのであろう。

兄はまだそのころ採集や写真に熱中することがあっても、そのあいまには居間にいて雑誌を読んでいたり、私と一緒に婆やにいたずらを仕かけたり、廊下に蠟を塗って祖母をすべらせようと計画したりしていたのだ。家庭教師が来たり、習字の先生が来たりすると、兄は土蔵にかくれて、一時間も二時間も出てこなかった。結局私ひとりが鉛筆をけずったり、墨をすったりして、時間をもてあましながら、兄のかわりに授業をうけた。私はいまなお八字髭をはやした羽織姿の老人が、「よいかな、筆は垂直にな、手のひらには卵をもっているような心持でな、よいかな、肘を高く、高く、もっと高く……」と言っている声が聞えるような気がする。習字は時には母も紙をのべて、私と一緒にやることもあったが、そんなときは、奥の書院の一間があけられて、そこに静かな午後の日が差しこんでいた。初夏の樟の若葉のにおい（なぜか私にはそれが初夏でなければならないような気がする）、墨のひんやりした香り、老人の莨《たばこ》のにおい、若い母の真剣な、眼をこらして筆の行方を追っている眼ざし、池で水のはねる音、遠くかすかに唸っている製材所の機械鋸の音、そうしたものとともに、私のまわりを、明るい、静かな、みたされた時が流れていたような気がする。「よいかな、肘を高く、高く、もっと高く」と言っている老人の声が不意に思いだされるとき、私は、樟の家のはてしない午後のながさを思わずにはいられない。

　しかし兄はそのあいだ姿を見せるということはなく、私も気が散りだすと、兄のことや兄の新しく買った鉱物標本のなかにある赤い石や青い石の美しさなどが頭について、はなれなかった。もちろん私は半ばこうした兄をうらやみもし、畏敬の念《おも》いにとらえられてはいたが、その真似をしようという気持はまったくなかった。それは一つには私が女だったからということもあっただろうが、それだけではなく、そのころ私は自分のまわりにある自分の嗜好や愛着とは別の世界を、ごくおぼろげな形ではあったが、気がつきはじめていて、なんとかそれに適応することが自分の務めの一つなのだ、という風に感じていたためであろう。

　私は兄のように宿題を無視したり、投げだしたりはしなかったし、成績表をやぶって、父に激しく叱責されるようなこともなかった。兄にとっては、学校も、宿題も、成績も、まるで意味のないもの、存在しなくてもいいものだった。母はそういう兄に対して、いつもの真剣な、しかし静かな眼ざしをむけるだけで、ことさら注意したり叱責したりすることはなかったが、厳格な父には、時おり、その放恣に見える行動が、どこか腹にすえかねたらしく、書斎に呼びつけて、きびしく叱ることがあった。兄はそんなとき黙って頭をたれていたが、父のところから帰ってきても、何ごともなかったように、顔色ひとつ変らなかった。ただ兄が無視した学校にせよ、実際の生活にせよ、それが存在し、なんらかの力をもつ以上、当然、それを無視しただけの復讐なり罰なりは受けなければならなかった。兄はごく少数の教師たち、理科や地歴の教師たちから可愛がられるほかは、ほとんど劣等生と見なされたし、そのうえ性格的に不安定な生徒だという風評にさらされていた。

　そういう兄の評価に対して、私の存在は、かならずしも好ましいものではなかった。私の名前が優等生として呼びあげられるとき、列席者の大半は、それと対照して、兄の暗い、反抗的な、打ちとけない態度を思いだしたし、私が運動会で飛行とびをしたり、競走に勝ったりすると、反対に、無気力に走っている兄の姿が一際目立ったのだ。

　私は今でも兄のこうした生き方、態度に反対したいとはいささかも思わないが、それでもそのころ私がすでに感じたこと――土蔵の暗室のなかや温室のなかでそうであったように、なぜ学校でも快活で男らしく振舞うことができなかったか、その原因は何か、と問うことはできるように思う。事実、兄は暗室や温室の外では、ひどく頼りなげな、不安そうな様子をしていたのだ。学校ではますます暗い、いじけた、無口な生徒と見なされるようになっていた。しかし、なぜそうでなければならなかったのだろうか。兄がそれほど無益で無価値だと思った学校なら、そこでどんなに成績がわるくても、平気でいられたはずだし、また平気でいなければならなかったのだ。私は兄のために今でもそう願わずにはいられない。それは、なにも私が学校でいい生徒だったり、八字髭の老人のそばでおとなしく習字をしたからそう言うのではないのだ。

　これと同じ感じは、もっと後になって、母の弟である叔父にももったことがある。この叔父は大学を中退していて、私の家にきていたころは、父の知っているある通信社のようなところへ勤めていた。

　その若い叔父は蒼い顔をし、痩せた身体つきで、細い曲った脚をしていて、外出するときは、ベレー帽をかぶっていた。杉だったか、婆やだったかが、叔父のところには刑事がついているのだ、と、なにか恐しいことのように私に話してくれたか、あるいは自分で私がそう思いこんでいたのか、ともかく、叔父はひどく訪問者に対しては神経質で、それがどんな男か、何を訊いたか、どんな服装をしていたか、根掘り葉掘りきくのだった。そしてそんな日は一日じゅう、その蒼い痩せた顔を暗くして、妙にびくびくした風で暮していた。

　出勤はあまり正確ではなく、かなり怠惰であったように思う。叔父が平日も家にいるようなことはしばしばあったし、私が学校から帰ると、庭をぶらぶら歩いている叔父とよくぶつかったものだ。

「叔父さま、もうお帰りになったの？」

　私がそうきくと、叔父は妙な具合に笑って、

「いや、今日は休んじゃったのさ。つまりその何だね、ずる休みっていうやつだね。」

　と言った。しかし私には、叔父のそういう笑いは、単に照れかくしといったものではなく、もっとかげのある、暗いものであることを、なぜか早くから知っていたように思う。それは、母が、兄の場合とはちがって、この叔父には、なにか低い沈んだ調子で、懇願するようなことを言っていたのを、私は、何度か聞いたことがあったからであろう。

　叔父は私や兄といるとき、逆立ちをしたり、鉄棒で蹴上りや大車輪などをしたり、縄とびで遊んだり、まるで私た

ちと年が違わない人に見えた。機嫌のいい日など、屋根にのぼって私たちに高等学校の寮歌をうたってくれることがあった。婆やや杉たちにも叔父は必要以上に親切で、よく母にむかって女中部屋の日当りや通風について非難めいた言葉を口にしていたのを聞いたことがある。

しかしそういう叔父は、いわばその一面にすぎず、多くの場合、唇の端を妙な具合にまげて、薄笑いを浮かべ、わざと無関心を粧ったり、急に腹をたてたり、また皮肉になったり、不自然に周囲を無視したりするのだった。

それは兄がちょうど本格的な温室を裏の土蔵のそばにつくってもらったところで、叔父はそうした子供に不似合いな温室を好まなかったにもかかわらず、兄の偏屈な、ひたむきな、人間嫌いな情熱とは、どこか深く共鳴するところがあったのであろう。兄が温室で栽培をはじめた蘭や熱帯植物や草花の種類を図鑑で調べたり、標識札にラテン語名を書きこんだり、ボイラー小屋に石炭を運んだり、兄と一緒に百貨店や専門店に出かけたりして、かつて書生の遠藤が受けもっていた相棒役をそっくりそのまま引きうけていたのである。

兄は、ずっと小さかった時分、「わが家の新聞」という自筆の新聞（小さなわら半紙の、タブロイド型新聞を真似て幾段もの欄やコラムや見出しなどがついていたのだ）を発行していて、ニュースがなくなると、自分で悪戯をして、お茶やまるにメリケン粉をかけて真っ白にしたり、天窓から杉の葉束に火をつけて落したりしたことを、自分でニュースにして書いていた。もっとも、この杉の葉束のときは、あいにく女中の一人が天井の下で揚げものをしていて、火はその油にもえうつり、女中が火傷をするやら、危く火事になりかけるやらで、家じゅうが大騒ぎをしたのだったが、兄は早速、号外と称して「女中の美枝さん火傷、台所の大火事」と書きたてた速報を出して、父母を啞然とさせたことを、私はいまも忘れられない。にもかかわらず、このころの兄はまだ明るい気質が残り、凝りに凝って発明に熱狂したり、蒐集に眼の色を変えても、たとえば家じゅうの時計という時計を片っ端から分解してしまうとか、夜になっても電気がつかず、書生や可児《かに》さん（店からくる手伝いの人）がヒューズを捜しても、蠟燭を捜しても駄目で、宵の口の何十分か邸のなかが真っ暗だったりする程度の悪戯でしかなかったのだ。

しかし温室を本格的につくりはじめるようになったころ（それはおそらく父にはとうにわかっていたことだろうが）兄は一種の厭人的な、暗い、病的な熱中を示しはじめ、温室のある裏庭には、婆やや女中はおろか、父母や私まで入ることを禁じていた。温室の奥に花や植物にかこまれた小部屋があり、そこに机や本やベッドを運びこんで、気に入ると、三日でも四日でもそこにこもって暮していた。ある冬の一日、いまから憶うと、兄の機嫌が相当によかった日であったろうが、私はその温室を見せてもらったことがある。温室はL字状にできた白塗りの鉄枠にガラスをはめた明るい無機質な細長い建物で、天井や窓壁に日よけ用の滑車やロープがつき、天候や温度によって自由に日よけをかけられるようになっていた。内部は花屋の店のように、むっと甘く湿っていて、土や水の匂いが季節に先がけて、春めいた、やわらかな、沼のほとりのような気分をあたえた。私は高価な蘭の幾棚や、根別けして小さな鉢に植えてあるゼラニウムや、すでに花を開いているアネモネや三色菫などを見てまわった。淡いあたたかな日ざしが戸外の木枯しとは無関係に、斜めに、静かに一群の花や葉のうえに差しこんでいた。兄は私に何の説明もせず、先に立って歩いていたが、時おり足をとめ、手をのばして棚から鉢をとり、注意深く、まるで陶器か何かに見入る人のように、その花や葉群れを眺めた。

もちろんこうしたことはごく例外のことであり、そのころの兄は夕食時でさえ顔を合わさないことが多かったのだ。兄は学校から帰ると、温室の小部屋に入り、婆やに食事やお八つを運ばせ、あとは机に向かったり、温室の棚に如露で水をそそいだり、花を写生したり、肥料をまぜたり、煉瓦造りの燃料小屋でボイラーを調整したりしていた。

私は夜になって、屋根の向うにざわざわと樟がざわめくような時刻、兄はいったいあんなところにいて寂しくないのだろうかと考えた。私の方は、まるで兄がどこか遠い地方へ旅行にでも出かけてしまったような、ひっそりした、空虚な、ほかのものでは埋めきれない、頼りない広さを感じていたのである。時の話だと、兄はおそくまで電燈をつけていることがあり、その煌々と輝くあかりが青桐の影を黒くえがきだしながら、中庭の上へ白い光芒をのばしていたということだ。

叔父がこういう兄に対して、はたしていい影響を及ぼしたのか、それとも悪い結果をのこしたのか、いまでも私にはわからないが、すくなくともその当時、兄にせよ、叔父にせよ、他の人々から避けて自分のなかで暮すという点で、暗黙の、深い共感と信頼がうまれていたことはたしかで、私は叔父が園芸用の鋏やシャベルをもって裏庭に花壇をひろげ、兄と二人で黙々と球根を植えているのをよく見かけた。叔父は以前のように、私に会っても、困ったような曖昧な笑いをうかべることもなく、ひどく真面目な顔で、「やあ、お帰り。どう、だいぶ拡がっただろう？　ここはずっとチューリップ畑にする予定だよ。他はまぜないでね。赤いチューリップなんだ。きっと、素晴しいよ、いちめん赤いチューリップが咲くのは。」と、あたかも風にゆれる花畑を眼の前に見ているような様子で、花壇の黒々と掘りかえされた土を眺めるのだった。

母がそれに対してどんな態度をとっていたのか、私は知らない。私にわかっていることと言えば、そのチューリップ畑が花盛りになり、蜂や虻がせわしく明るい光のなかを飛びかう季節に、兄は東京の寄宿制の学校にやられていたこと（これは父の厳格な性格から、兄を放任できなかったからでもあるが、母もそれを望んでいたのだ）、また、あんなに花盛りのチューリップ畑を見たがっていた叔父は、まだ黒い湿った土塊のあいだから、白い芽が出ないうちに、満洲か、どこか、そういった遠い地方（父母は正確にその話を私にしなかった）へいってしまったことくらいである。兄の場合はともかく、叔父のほうは、自分からそうした僻地の仕事を求めたのか、父母が何らかそこに関係していたのか、私のような子供には知るよしもなかったが、ただ兄や叔父のいない温室や花盛りのチューリップが、私に、なにか説明のできない空虚な、はかない、無力な気分を与えたことは確かだった。叔父は出発の日、玄関を出てゆくとき、送ってゆく母にむかって、「姉さん、もういいよ。駅まで来て、泣かれちゃ、たまらない。場所が変れば、ぼくの気持だって一変しないともかぎらない。いや、心機一転するよ。心配しなくていいよ。ぼくだって、最後まで堕落したわけじゃない。最後まで腐ったわけじゃない。なんとか自分をくいとめる機会はあるよ。そりゃね、姉さん、ぼくは、まるで、大きな機械のあいだに挟まれて、自分でも知らないどこかへ運ばれてゆくみたいな気がするけれどね。でも、人生ってものは、誰の場合だって、多かれ少かれ、そうしたものだろうからね。ぼくは、よろこんで出かけるんだ。ぼくは機会をつかむよ。ぼくには、なんだか、いいことが、むこうで待っているような気がするんだ。」

そういって、笑ったが、私には、その笑いが、決して明るく晴れやかなものだったとは、思うことができなかった。いや、明るく晴れやかであるどころか、心細い、不安な表情が、その笑いを歪めていたのを私は見たのだが、それは、どこか軽薄な、人の気を読むような、なさけなく打ちのめされた風であったと、私は、感じたのである。叔父は痩せた、脚の曲った、寒そうな恰好で玄関を出ていった。母や私のほうへ、もう一度、ふりかえりながら、頼りなげに手をふったが、それは、どうして引きとめてくれないのだい、とでも言っているように見えた。車が叔父や叔父のトランクを運びさった後も、しばらくのあいだ母は放心して、玄関に立ちつくしていた。私はその母の顔に浮かんでいた悲哀と言うか、憐憫と言うか、諦めと絶望のまじりあった表情をいまも忘れることができない。おそらく母は叔父の運命を知っていたのであろうし、それがどうすることもできないことも知っていたのであろう。事実私たちが叔父を見たのはそれが最後であったし、その後幾らかの便りはあったにせよ、それはほとんど音信不通になるのを前提にしたような形式的なものであった。

私が兄や叔父からどのような影響をうけ、また兄や叔父をどのように考えていたにせよ、無意識のうちに兄たちに似まいとしていた自分を考えると、奇妙な気がする。私は決して兄や叔父を父が言うほどには、だらしがなく、ぐうたらで、偏屈だとは思っていなかったが、叔父が昼間から庭を歩きまわっていたり、兄が教室で立たされていたりするのを見ると、いくらか情けない気持になったのだ。なるほど兄の陰鬱な、ひたむきな情熱や、精巧な模型をつくるのに払う異常な注意力などを讃嘆にみたされる思いで見ていた。しかし東京の、兄の行っているその寄宿制の学校で、自由に生徒の創意や意志をのばすという特殊な教育方針の結果、兄がよい成績をとっているという話をきいても、なにかそれがごく限られた、甘やかされた環境のなかでの出来事であるように感じて、言葉どおりに信じることができなかった。私には、いつか、兄や叔父が自分の気ままに生きることができても、周囲の堅固な、忍耐のいる仕事や習慣にたえられない特殊な人の姿として映っていたのだ。私がもはや飛行とびに熱中したり、ヒューロイを遊ばせて築山の庭でながい午後を過したりすることがなくなったのも、一つには、学校の宿題や予習が時間をとったからには違いなかったが、もう一つには、兄や叔父の姿を通して、いつかはっきりと、この動かしがたい学校や社会や習慣や人間関係などが、我儘なぞ許しえないものとして、不機嫌な重い物体のように存在しているのを、私が知るようになったからであったのだ。

私はちょうど鉱夫にとって鉱山や採鉱という仕事が動かしがたい厳とした現実であり、農夫にとって大地や農耕が同じく不動の現実であるように、私にとっても、黒々と堅い現実が存在しているのを理解したのだ。そうした現実は、泣いても叫んでも、何一つ与えてくれない。ただ鉱石をとるためには、坑道にもぐって採掘するほかないように、私たちがこの不動の黒々とした現実から何ものかを手に入れるためには、泣いたり叫んだりするかわりに、それに従い、それに働きかけることしかないのだ。私が夜おそくまで父の書斎の灯を見ながら勉強していたころ、もちろんこうした事柄をはっきり理解していたわけではなかったが、それでも、樟をざわめかせて夜風が渡る音をききながら、私が考えたのは、こうした自分がいま一人でいること、この一人が問題だということだった。

祖母が亡くなったのは、叔父がいなくなってからどのくらいたった頃だったか、いま、はっきり記憶していない。あるいはまだ叔父がいたのかもしれず、ただ私の記憶にだけ叔父が祖母の死と結びついていないのかもしれない。祖母の葬儀に集まった親戚のなかに、この叔父の顔を思いだせないのを見ると、やはり叔父が少くとも出発してからあとのことでなかったかと思う。

私はその祖母の突然の死を思うと、いまでも何か黒ずんだ、冷たい、不吉な、たとえばかたくなった粘土とか、墓石とか、立ち枯れた木とかを連想しないわけにゆかないのだが、それは何よりその死が私に与えた最初の印象と関係しているのだ。

それは夏のある暑い日の午後のことで、私は祖母があけ放した下のお席に、暗い、陰鬱な顔を、すこしうつむけるようにして坐っているのを、青桐の下を通りすがりに、ちらりと見たが、その姿は、後からそう思ったのか、そのときそう感じていたのか、はっきりしないが、私には、ひどく力のないものとして記憶されているのだ。肩のあたりの力がなく、いつも背中をまっすぐにした祖母に似合わしくなく、まるく、小さくなっているように見えたし、私が庭を通っても、何か考えにふけってでもいるように、こちらを振りむかず、自分の前に眼をこらしているように見えた。もちろん私はその祖母に変ったところがあると感じたのは、あとになってからだし、そのときは、ただ漠然と、祖母が、陰気で黒ずんでいると思ったにすぎない。しかし私が祖母の生きた姿を見たのはそれが最後で、祖母はそれから数時間後に渡り廊下を離屋にゆく途中で倒れ、そのまま意識をうしなって、翌日の早暁、離屋の祖母の部屋で亡くなったのだ。

私は外から帰ってくると、家じゅうが普段とちがって、妙に重苦しい雰囲気に包まれていたのを、今でも、はっきりと憶いだす。内玄関には、小日向の叔父叔母をはじめ、赤萩の叔父たち、従兄妹たち、その後子供に恵まれない、蒼くやつれた箕輪の叔母など、父の妹たち、その良人や子供たちがすでに来ていて、靴や草履がぎっしりと並んでいた。

親たちが離屋に集まっていたので、居間のほうには私たち子供だけが残っていて、いつの間にか、祖母が危篤だというのも忘れて、ふざけたり、トランプをしたり、兄の話をしたり、正月にでも集まるのと同じような、はしゃいだ気分になったこと、離屋から叔母たちが出てくるとき、誰の眼も真っ赤に泣きはれていて、とくに箕輪の叔母は私たちのところに戻ってきてからも、ハンケチをたえず眼に当てていたこと、杉や時がたえず電話に出たり、外に急ぎ足で出ていったり、父母から何かを言いつけられたりしたこと、祖母をずっと診ていた主治医のほかに、大学から黒服を着た老人の先生が呼ばれて、離屋の一角がなんとなく息づまるような期待と緊張でふくらんででもいるように感じたこと――こうしたことが、いま私の眼の前にはっきりと思い浮かんでくる。しかしそれらに較べても一段と鮮明で、忘れがたく心に刻まれているのは、翌日の早朝、私が洗面所で歯をみがいていると（なぜか、そのときの洗面所の湿っぽい木の匂いや、石鹼や髪油の匂い、小窓の外に葉を繁らせているもみじの色と一緒になって）蒼い、沈んだ顔をした母が、私に、祖母が明け方に亡くなったので、食事の前に、お別れに離屋にくるように言ったこと、香や線香の匂いの立ちこめる離屋の冷んやりとほの暗い、樟の葉の青さのただよう祖母の部屋で、白い布をかけられた祖母の姿を見たとき、その一枚の白布の異様な気配、まるでこの世のすべてから、その一枚の白布がそこに横たわる人を切りはなし、覆いつくしているような、重く、厳粛で、妙に虚しい気配を感じたこと、父の手で静かにあげられたその白布のしたから、祖母の、眼を閉じた、いくらか残念そうな表情の顔があらわれてきたとき、私は、その黒ずんだ蒼さ、なんとも名状しがたい蒼白い硬さ、人間でありながら、もはや一個の物体でしかなくなった、一種の紫を帯びた灰暗色に、ほとんど肉体的な嫌悪と恐怖を覚えたこと、そして母に手をとられて、その白くなった祖母のかさかさの唇に水を湿さなければならなかったとき、その水を含んだ綿から、一滴の水が祖母の唇から顎をつたわって流れるのを見て、私は思わず祖母が冷たかろうと思い、その一瞬、はじめて祖母は死んでいて、そんな冷たさなど感じないのだと思いかえし、我にもあらずぞっとしたこと、などである。

この蒼白い硬い祖母の顔の印象は、死というものの具体的な姿として、その後、眠れない夜とか、樟の大枝がざわめく夜半などに、ふと記憶のなかに浮かびあがって、私は思わず頭をふり、その陰気な映像をはらいのけようとしたが、なるほどそうした祖母の、眼を残念そうに閉じた顔は消えたとしても、そのとき感じた、物体の硬い冷たい肌ざわりに似たある感触は、ちょうど冷血動物の湿って冷んやりした肌に触れたあとのように、いつまでも私のなかから消えなかった。それは言ってみれば、それまで生きていた祖母の生命が、枯れて、音もなく折れた、その灰暗色の断面のようなものであり、祖母の死と言うより、何か死そのものの姿を、そこに感知したとも言えるものだった。

これにひきかえ、祖母の葬儀の記憶は遠い夢のようにぼんやりしている。その理由はわからないが、私はただ黒い衣服の叔母たちが、いつもよりいっそう細っそりした姿で、互いに寄りそうように立っていたこと、それに対して、叔父たちは逆に普段よりはずっと元気で、勢づいているように見え、大勢の会葬者の一人一人に頭をさげ、そのなかのある人々とは、列の流れから外へ出て、前にそう話していたと同じように、祖母の臨終の話を繰りかえしていたことなどが、明瞭な記憶といえる程度のものだ。

読経や、盛花や、会葬者の列や、冠木門の外へ、坂道の下の方まで並んだ花輪、暑い日ざし、気の遠くなるような蟬しぐれのなかを立ったり、坐ったり、横切ったりする喪服姿の人々、白い棺がゆらゆらと人々の列の間を通ってゆくこと、はじめから終りまでひそかに線香や香の匂いにまじって執拗においつづけた黒ずんだかすかな屍臭（そしてそれは一切が終り、家のなかががらんと空虚に広くなってからも、どうかして、ふっとにおってくることがあったのだ）、台所や納戸に並んだ夥しい食膳や食器、塗椀、酒器、それに杉や時や婆やの他に、赤萩や小日向の家から手伝いにきている女中たち——そうしたものが、秩序なく入りみだれて、私の眼の前を影のように動いているだけである。

郊外の火葬場にながいこと待たされて、泣きはらした叔母たちに囲まれた父が、沈んだ顔で、白く包んだ骨壺をもって現われたとき、すでにあたりは宵闇になって、私たち子供のいた待合室には、ひどい藪蚊が襲っていた。私たちは何台かの自動車に分乗して火葬場を出たが、途中で、最後まで残った叔父叔母たちも別れ、家にきたのは、箕輪の叔母だけであった。叔母はこの数日のあいだに、急に面変りがしたようにやつれて、その夜も、仏壇の前に坐って、遺骨箱を両手でさわりながら、「お母さま、こんな風におなりになって……とうとう、こんな風におなりになって……」と啜り泣いていた。

祖母のいた離屋も、渡り廊下も、書院も、下《しも》のお席も、ひっそりと暗く、不気味なほど空虚で、仏間と、居間と、父の書斎と、女中部屋だけに、あかりがついているだけだった。私は眠る前に洗面所で歯をみがくのが、その晩は、ひどくこわかった。樟の大木は、いつもよりいっそう暗く、黒々と、月光のなかに枝をひろげ、時おり、その月光を細かく光らせて、生ぬるい夜風に、ざわめくことがあったが、あとは死んだように、むし暑く、しずまり返っていた。

私が死というものの物体的な感触を感じるようになったのは、むしろこの葬儀のあとからだったと言ってもいい。祖母がいなくなってみて、私は、はじめて、いかに祖母が私たちの邸のなかで、幾つもの部屋部屋を専有していたかを知ったほどだった。それほどにも、祖母がいなくなってからあとの部屋部屋の空虚感は、深く、濃かったのだ。そのうえ私は、この不在という感じ、この居ないという感じに、すぐには慣れることができなかった。それは、ちょうど祖母のいたそこだけの空間に、真空のように空洞ができていて、あたかもポンペイの火山灰が逃げおくれた住民たちの姿を空洞の形で保存していたように、その不在感が、妙になまなましく、存在感以上に感じられてくるのだった。

祖母の死後、兄は東京の寄宿制の学校にかえり、父は商会のほうに出かけることが多かったので、家には、母がひとり書院で機を織ったり、中の応接間で、新しい織物の図柄のために花のデッサンをしたり、時には居間で本に読みふけっていたりするのを、学校から帰った私は見いだすのであった。祖母の死を挟んでいたせいか、その年の夏は、ひどくあわただしく、親戚が集まったり、法事がつづいたりして、家のなかがひっそり静まりかえったころは、すっかり秋になっていた。父の帰りがおそい夜、母と二人きりで、その広い邸のなかに住まなければならないことが、いかにも心細く、不安に思えたのはその頃のことだ。離屋も書院も、昼間から、たいていは閉めきったまま誰も入らなかったから、渡り廊下にも築山のある奥庭にも、どこか荒れたところが目立って、まだ光のあるうちでも、なぜか急にこわくなることがあるのだった。樟の大枝やどうだんの繁みをうつした池には、一枚石の橋の下に落葉がたまり、空を鏡のように映した水面には、雲が白く冷たく浮かんでいた。

週に一度、離屋や書院があけはなたれて、杉や時が掃除する姿を見かけたが、そんなとき私はすっかり取りかたづいた祖母の部屋を何かめずらしいものを見るように見てまわった。しかし、そういう私自身も受験準備の補習があって、その秋は暗くなってからしか、家にかえってこなかったのではなかったかと思う。

母は月明りの夜に、よく築山の庭に面した中の応接間のガラス戸をあけて、暗いなかで、じっと坐っているようなことがあった。虫の音が母をとりかこんでいて、そうしたなかに冴えてりんりんと鳴く鈴虫の音が、私の窓にも聞えていた。

私の記憶するかぎり母の生甲斐と言えば、ただ書院の一室を機屋に改造して、そこにこもって、新しい意匠の布地を織ることしかなかったのであろうが、それも、身も世もあらぬという激情にとらわれて、それに没頭するというのではなく、むしろどこか諦めと言うか、遠慮と言うか、幾分か冷ややかな距離をおいて、自分の仕事や作品を眺めていたように、私には思えるのである。事実、私は今にいたるまで、この母ほど物静かな人を見たことはなく、母が情に激したり、取りみだしたり、笑いこけたりする姿は、記憶に残っていない。叔父が遠く大陸のどこかへ出かけてゆくときにも、母はただ黙って立っていただけだったし、従兄妹たちが集まって、みんなで馬鹿笑いするようなときにも、母だけは、ほんのかすかに微笑するだけであった。むろんそう言っても母が冷淡に周囲のものを無視していたというのではなく、たえず自分を押さえ、弱々しく人々のそばに立っているといった印象の方がはるかに強く、叔母たちでさえ、母に対しては、「お義姉《ねえ》さまは、あんまり遠慮なさりすぎるわ。もっとずけずけおっしゃってもいいと思うわ。」などと言ったりしたのだ。

母が御用聞きや出入りの商人たちに一種の敬慕を感じさせていたのも、その弱々しい性格から出ている思いやりや親切のためだったのであろう。母は女中たちが釣銭を間違えたり、母の望んだ買物をせずに、もう一度買いなおしにやられたりするときなどには、憂鬱な、ぼんやり放心したような表情をすることがあった。私はそういうときの母が何を考えているのか見当もつかなかったが、その表情は、いま思うと、一種の悲しみの表情ではなかったかという気がする。もちろん何に対しての悲しみであったのか、知るよしもないが、母はよくそういう放心した暗い顔をしていたのは事実だったのだ。

その樟のざわめく家のなかで、まだ祖母が生きていたころ、母がどのように暮していたのか、私は、漠とした記憶をたどるほかないが、そのなかで幾つかの、前後の脈絡のない断片になった映像が、奇妙な鮮明さで残っている。たとえば私は、機屋になっている書院の一部屋が、埃りだらけで、機にも布が織られている様子もなく、雨戸のたてきった薄暗がりのなかに沈んでいたのを見た記憶があるが、それがいつごろのことか、母が機を織らなかった時期がどのくらい続いたのか、という点になると、私はなぜか母に訊ねそびれたまま、今も知らないのである。もっともそれが本当にそうであったのか、あるいは何かを誤って記憶しているのか、その辺のところも確かではないのだ。ただ私には、その書院の裏側の廊下から、上の土蔵につづく庭の、湿った匂いのする地面やざくろの花を集めるためにのぼった白い築地塀や、青い苔や、繁みにかくれた石燈籠をよく見たのは、この機屋に人気のなかったことと無関係ではなかったろうと思えるのだ。機を織るあの一種の調子をもった、ころん――ころん――ぱたり、ころん――ころん――ぱたり、という響きを、この陰気な庭と結びつけることができないからである。

私は学校にゆかないころ、雨の日には、母と折り紙やぬり絵や姉さま人形で遊んだことを記憶しているが、それは機のことなどまったく忘れているような母だったことを思うと、あるいは母にそうした染織を放棄した時期があったとすれば、私が学校にゆく以前のことだったのかもしれない。ただ私はそうして私や兄と遊ぶ母に、妙に真剣な、本気で子供になっているような、息苦しい気持を感じたが、それは、いかにも戸外の青葉をしとどに濡らして降る長雨と、母のそうした張りつめたような気持とが、似つかわしいように思えたのである。母はよく自分の指から指ぬきをとっては、それをこまのように、机の上で上手にまわして面白がっていたが、それは兄や私などよりも、夢中になって、面白がっていたのではあるまいか。私は後年、自分で時おり指ぬきをはめたり、店先で見かけたりすると、何気なく、それをこまのようにまわしてみたいような気持になったが、それは必ずしも私が思い出をたのしむというよりも、指ぬきをこまにしてまわすというような単純な事柄を通して、母から娘へと、何か説明しつくせないある感情、言ってみれば、女であることの言いつくせぬ感情が受けつがれ、伝えられていたのを、あらためて思いしらされたからである。こうした感情は、小さな首飾りや、指輪、あるいは匂いのこもる古い優美な着物から細かい端布にいたるまで、さまざまの形を通して、心のずっと奥、本人でさえ気づかず、あえて言葉にとらえることもしない、影の部分にうずくまって、世代から世代へと生きのこりつづけるものではあるまいか。私は青葉を濡らして降る雨の午後のことを思うと、自分が女であることを知ったのは、そうした母の張りつめたような悲しみの感情を通してであることがよくわかる。それがなぜであるのか、またどんな風にであるかを十分に説明はできないのだが、私たちが女であるということは、単に自然からそのように決められたからではなく、こうした自分でも気づかぬ形によって伝えられ、受けとったのだということとは、はっきり感じられるのである。

それよりも前だったか、あるいはずっと後になってからだったか、兄が私に、夜になると蛇が天井裏を這いまわるのだ、という話をしてきかせた。

「それ、私たちにもわかるの？」私はびっくりして兄の顔を見つめた。

「わかるさ。夜になると、天井裏を、ざわざわって這ってゆくんだ。蛇の這う音がするんだ。」兄は顔をしかめ、大へんな秘密を洩らしているんだぞ、という表情をした。

「でも、それは樟の葉の音じゃない？　ざわざわというのは。」

私は驚いてきいた。

兄は口もきけないというように呆れた顔をして言った。

「ばかだなあ。樟があんな音をたてるものか。もっと重い、ざ、ざ、ざ、という音がするんだ。葉っぱのゆれる音とは違うんだぜ。」

兄はついでに蛇が全身真っ白であって、樟の洞に住んでいて、夜になると、天井裏の鼠を食べにくると言うのだった。

そのことがあってから、夜半にふと目覚めて、樟のざわめく音をきくと、ひょっとして、あれは兄のいう白蛇が赤い眼をらんらんと光らせて、鼠を求めて、天井裏を這いまわっている音ではなかろうかと、背すじが寒くなるのだった。もちろんこうした目覚めと恐怖は私の信じていたほど長くはなく、あるいは、ほとんど夢と似たようなものだったのかもしれないが、それでも時には蒼い顔をしたミカエルや、よたよた歩いてゆく駿のいびつな頭などを部屋の隅に見たような気がした。おそらく、そうした不安な夢のなかのことだったのであろうが、私は時おり、夜風が樟にはげしく吹きつける音のなかに、母が悲しげに啜り泣く声を聞くような気がした。それはいかにも悲しげに、私たちのために母が泣いているのにちがいなく、私もまた、母のために涙を流したのだ。私は自分の眼から涙がとめどなく流れ、枕がぬれていたのを感じたのだから、自分はいま目がさめており、母は、夢ではなく、本当に啜り泣いているのだと思ったが、実はそれも夢であったらしく、次の瞬間に、暗いしんとした闇のなかで、私は目をさました。私は本当に泣いていたので、枕はしめっていたが、部屋のなかでは、兄の寝息がきこえるだけで、白蛇でさえそうした夜は天井を這ってはゆかないらしかった。私はこんな夜、自分ひとりが目をさましたことに、なぜか罪深い気持を感じて、枕に頰を押しつけて、むりに眠りのなかにもぐりこもうと努めるのだった。もちろんその眠りは、薄い煙の皮膜のようであり、その下に入ると、自分では半ば目覚めていながら、半ばは私を重くつつんでくる眠りを感じるのだが、その下にさらにまた次の薄い煙の皮膜があって、それにももぐりこもうと自分では努めるのだが、その途中で、ふと、まだ自分は本当には眠ってはいないのだ、と思って、眼をあけてみようとする。すると、眼はもう一度闇のなかに開かれるが、見開いていると思っているのは、実はもうそういう夢をみているのであって、やがて闇のなかを、重々しい、ゆっくりした動きで、なにか黒い動物のようなものが歩いてくるのを見ているのだった。私は自分で眼をあこうなどと思ったことを悔やむのだが、その黒い動物は容赦なく私の前へ近づいてくる。それは両側に黒い高塀のつづく細い道であって、よくみると、その黒い動物は牡牛なのであり、さらに気がつくと、その牡牛には、首がないのだった。その切られた首のところから、重い粘液のような血が、一滴一滴とたれていた。その首のない牛は、そうやって血をたらしながら、黒い高い塀のあいだの狭い露地をゆっくり遠ざかってゆくと、私は、自分が言いようのない悲しみにみたされているのを見いだすのだった。いつか、どこかこの世のはてで、冷たい風にでも吹かれて立っているような悲しさが、私の身のうちにあふれて、その牛の去った闇を見つめると、樟をざわめかせて吹く夜風はそこにも吹きあれていて、その風にまじって、あの啜り泣きがまた聞えるように思ったのだ。

私にとって、こうした大人たちの世界をかいまみる機会があるにしても、それは前後の脈絡のない断片以上のものではなく、そこで話されている言葉は、あまりにも意味のとりにくいものだったし、意味がまがりなりにのみこめたとしても、本当はどういう意味なのか、理解できたとは言えなかった。とくに私があの樟の大枝の覆う古い静かな家で、父のことを憶いだそうとつとめるとき、それはいっそう漠とした霧につつまれていたと言ってよかった。私が父について、もっともはっきりと憶えているのは、その書斎兼用の応接間であって、昆虫の棚や、陰気な木彫のついたガラス張りの本箱や、植物標本の入っている戸棚や、試験管や壜やコップやその他のガラス製品の置いてある一劃、羽のぬけた犬鷲の剝製のある大机などが、陰鬱な午後の光のなかで、父のぬぎすてた殻のように、乾いて、古ぼけた、埃りの臭いのなかにひしめいていたのを、いまも眼の前に思いうかべることができる。大机のそばには、石仏や仏頭や化石や、その他わけのわからない石が整理されている箱があって、そこからも、また標本箱、戸棚からも、乾いた薬品の刺戟的な臭いや、ナフタリンの匂い、古い書物の匂い、埃りの匂いが立ちのぼっていた。祖母が死んでから（だと思う）種々の理由から、商会の仕事に専念しなければならないため、決定的に放棄するまで、父はしばらく、ある中国奥地の遺蹟の発掘や研究に従事していた一時期があって（それは私などのまだごく小さかったころだ）、そうした研究の仕事が、不本意ながら中断され、また翌日すぐ取りかかれるという恰好のまま、一年たち、二年たったというような父の書斎の様子を思いうかべると、私は、それなりに、いまも、母に対するのとはちがった感慨を覚えずにはいられない。そこでは、私はあの奇妙な文字、赤い輝かしさと端麗な黒さを感じさせる文字、それが何を意味するのかも知らず、どう読むのかも知らなかった文字、そしてながいこと、そのままの形で私の心の奥底にしまわれていて、あたかも、一度地下に消えてからふたたび現われる砂漠の河のように、記憶の表面に浮かびあがってきた文字――そうした文字が、厚いファイルの背や書物の背に並んでいたのを憶いだす。「資料」とか「報告」とか「発掘」とか「計画」とかいう文字が、その端麗な文字の下や上に加えられていて、その文字を後になって私が理解してからも、それは決して単独で存在するということはなく、父の古い書斎の匂いを私の心に呼びおこさずにはいなかったのである。

私はそこで父がやったことについては何一つ理解しなかった。まして父が商会の仕事と、そうした学問の仕事のあいだに立って苦しんでいたなどということは、後年になってやっとわかった事柄なのだ。しかし父の考えたこと、感じたこと、言ったことは理解できなかったが、私は父の書斎で、どの標本棚でどの虫が繭をかけているか、どの蝶の翅がいたんでいるか、どの棚の書物が一番重いか（雨の日に、私は、その陰気な木彫のある本箱のなかから、重そうな、厚い本をえらんで、一つ一つ秤りにかけて遊んだのだ。そして「ヴィコの哲学」とか「赤光」とか「柿本人麿」とか「語原探索」とか、その他古い、かび臭い書物の大群を、仏頭や小石仏のあいだに、つみ重ねたのだ）などということについては、何から何までよく知っていたのである。それは大人たちの世界が子供に閉ざされていると同じく、大人たちののぞくことのできない子供の世界に属することであったのだ。

私は父がここで仕事をしていたのを時どきしか見かけなかったのではないかと思う。とくに商会の方へ出かけるようになってからは、夜になってかえると、和室の書斎のほうに引きこもることが多かった。それに兄ほどには、私は、父が調査旅行に出かけたという記憶をもっていない。兄は、父の留守のあいだの長い、おそろしい静けさについて、よく話していたが、それは兄の空想か、そうでなければ、母が話してきかせたものだったにちがいない。中国奥地への旅行がもちろん短時日ですむはずのものではなく、もしそれが続けられたとすれば、私も父の不在を味わうことになったはずである。もちろん私たちは父のこうした学問の仕事を中断させた商会の仕事がどうなっていたかについて、はっきり知らされていたのではない。私はただ漠然と下の土蔵のなかにつみあげられているあの書類の山を思いうかべて、それが父に何か重大な責任というか、脅迫というか、そういった力で働きかけていたように思ったのである。

こうして父が使わなくなった書斎で私は遊ぶことが多くなっていったが、それはさらに、そのころの私の遊びには恰好の篏木床の洋間であったことも原因していた。築山と池をへだてて向かいあった母屋の角にあり、庭を全面に見わたせる一枚ガラスの重い戸がしまるようになっていた。父が徹夜したような日の朝、すこし髯ののびた、疲れた、放心した表情の父を私が見たのは、このガラス戸のところであり、そういうときの父は、樟の頂きに差しこむ朝日をまぶしそうに見あげているのであった。

祖母が亡くなり、兄も東京の寄宿学校にいってしまった樟のざわめく静かな家で、父は、時おり池にそって散歩した。何か考える風で、顔も暗いままに。私はそうした父から、商会の仕事が決して順調にすすんでいないこと、それが途中からその仕事へ向かわなければならなかった父に重荷であったらしいこと、一度流れた人生というものは、もはや決して元に戻せない思いを噛みしめているにちがいないことなどを感じとれる年ごろに、いつか、なっていたのだ。しかし一方では私はもう音をたてて散る青桐の幹に耳をつけて、初夏のころのあのほの温かい樹液の流れにかわって、遠くどこかで鳴っている風の音のようなものを、そこに聞くこともなくなっていた。裏庭で飛行とびに熱中したのも、遠い昔のことになったし、蟬の殻を集めたり、池で亀に餌をやったことも、もう半ば忘れかけていた。私は樟のざわめきにも、天井を走る蛇の音にも、心を動かすほどに幼くなかったのを、むしろ誇らしく思う年ごろに達していたのだ。

私はそのころ書斎のガラス戸のむこうに、背をこちらにむけて、書きものをしている父の姿を、池ごしのどうだんの繁みから眺めたものだ。白く光ったガラス戸の奥に、父のスタンドの灯だけがくっきりと見えていて、まるでランプの火屋《ほや》のなかの焔のように見えたが、その白く光るガラス戸の全面は、池水の面のように、夕方になると、空が赤々と反射して、その夕空のなかに、樟の大枝が、まるで六双の屛風にえがいた横枝のようにのびていて、父の姿と明るいスタンドの光と重なって見えるのだった。ちょうど池の倒影をながく眺めていると、その池の奥に、もう一つ別の空が拡がっているような気がするように、私は、ガラス戸の何枚かの上にうつる秋の終りの寂寥とした赤い夕焼けをみていると、そのうち、父の姿が、向うをむいたまま、そのまま遠ざかってゆくような気がした。しかしその赤い雲が次第に色をうしない、宵闇があたりに深くなるにつれて、そのガラス戸の奥は、急に実在感をとりもどし、書棚やスタンドや犬鷲の剝製などが、まるで舞台照明を浴びた一角のように浮かびあがってきたのだ。だが父の向うをむいた姿は、そこでも、一つの黒いかげであり、ほとんど動くとも見えず、何かそうした人形《ひとがた》の置物が、古びた書斎に置き忘れられたような印象から、私は離れることができなかった。

第六章

支倉冬子の追憶をこうして整理してみると、なぜ彼女があのように執拗に過去に消えていった人々へ新しい愛着を感じたか、よくわかるような気がする。それはまさしくあの古い北国の都会《まち》と、ひっそりと歴史の外に忘れられているギュルデンクローネの城館の雰囲気とによって、あらたに生命と意味を与えられて甦った一つの生なのである。

ここで支倉冬子が樟の大木におおわれた家にくりひろげられた人生絵図を、あの人形芝居に見いったとき感じていた世界——現実世界とは別の独立した世界——と同じように見ていたであろうことは、彼女の筆づかい、呼吸、眼ざしからうかがうことができる。しかしそうした人生への感じ方は、いつか彼女の過去だけではなく、現在の生活をも、この一般の日常生活と切りはなした、独立の世界と見なすようになったであろうことは容易に想像できるし、またそれは、むしろ自然の成りゆきであったように思う。その証拠と考えられるような日記の一節も見いだされる。たとえば七月初旬に次のようなことが書かれている。

〝人間の生とは、閉ざされた部屋のようなものだ。各人が自分の思い思いの装飾を壁にかける。天井には青い空や雲を、夜になると月や星を、また都会の屋根屋根、隣人たち、田園、小川、森、鳥の声などを。そして誰もこの部屋に入るわけにはゆかない。私は母や叔母たちが教えたように、壁や天井に絵をえがき、本でよんだように、部屋のなかを人々や犬や猫でみたす。こうして誰もが自分の部屋の装飾は、ほかの人の部屋の装飾とまったく同じだと信じている。互いに天井には青い空が描いてある、と話しあえば、二人は同じ装飾があると信じるのだ。もしこの二人が互いの部屋に入って、これらの装飾を比較することができたら、余りの相違に驚くことだろう。〟

また同じころの二、三日後にはこんなことが書かれている。

〝私たちが生きているのは、何か蜜のように甘美な同じ質料でできた拡がりを少しずつひろげているようなものだ。私たちは一人一人が大洋に浮かんでいる島なのだ。そしてこの島は少しずつ大きくなる。けれどもその島に住み、その島を知るのはただ一人の人だけなのだ。すくなくとも私たちの生はこうした閉じた一つの庭園なのだ。〟

もちろん私はこれだけの記録からただちに冬子が現実に目をふさいでしまって、自分のなかに閉じこもったのだとも、また、観念の世界に逃げこんだのだとも結論しない。なぜなら支倉冬子の内面の推移を眺めてきた私の眼には、彼女のこうした発言は、自己を喪失していたかつての自己に対する、新たに恢復した自己の主張の意味合いが強いことを、知っているからである。彼女が追憶のなかにもぐりこんだのも、別の言い方をすれば、この恢復された自己の領域を、はっきりさせるための探索であったと言えないこともない。

むしろ冬子はこうして自分の世界のかけがえのなさを見いだしてゆくとともに、彼女をとりまく現実の人物、事物、出来事に対して、もはや冷淡な、無関心な態度をとることをせず、それにむかって自分の内面のすべての感情を使いはたそうとしているかに見える。これには（冬子も書いているように）マリー・ギュルデンクローネの考え方、態度なども大きな影響をもっていたのであろう。たとえばすでに私たちは冬子の日記から、マリーが都会《まち》の貧民街や病人たち、労働者などに特別の関心を払っていたのを見て知っている。こうしたマリーの態度は、冬子が自己の生命のかけがえのなさに目ざめてゆくに従って、今まで以上の意味をもちはじめてきたように見える。おそらくこういう考え方、見方に影響された冬子が、閉ざされた部屋と言うとき、それは彼女のまわりに疑いなく動き、活動し、実在しているこの世界そのものを意味していたのではあるまいか。そしてこの「閉ざされた」という言葉によって、かけがえない現実のどのような部分とも、深い親密な関係を結ぶ態度をあらわそうとしたのであろう。最後の頃の支倉冬子は、野の道の傍らに立つ、夏の微風に葉をゆらしている一本の白樺にさえ、無限の愛着を感じたことを告白している。

夏の休みのあいだ、冬子がマリー・ギュルデンクローネとしばしば車で都会《まち》まで出かけたのは、彼女のこのような態度と無関係ではなかったのだ。マリーは図書館に勤めるかたわら、ある種の団体と関係をもっていて、そこの仕事として、主として城壁下の地区の老人や病人たちを見舞ったり、世話したり、慈善バザーを開いたり、若い娘たちと読書会や討論会を主催したりしていた。もちろんマリーができること、また、していることといえば、老人の話し相手となったり、病人に本を読んだり、町の噂話を伝えたりする程度の仕事でしかなかった。しかし冬子の心に、ギュルデンクローネの城の森閑とした書庫の片隅で、黙々と古い物語の翻訳をつづけている若い女性が、その瞑想や集中をすてて、暗い階段を掃いたり、拭いたり、病人にほほえんだりするのを見るのは、何か信じられぬ事柄と思えたのである。

冬子はマリーとともに訪れたある家での出来事を日記のなかで次のように記している。

〃私たちの訪ねたのは城壁下のある老婆の家だった。その家は、この界隈でも一段と貧窮した幾家族の住んでいる家の一つで、建物の正面は黄土色の陰気な壁で、上塗りは剝落し、ぼろぼろになっていて、家全体が皮膚病にでもかかっているように見えた。階段の窓は小さく、午後の薄日が辛うじて差しこみ、廊下は暗く、ひんやりしていて、葡萄酒の匂いがただよっていた。

私たちの入った部屋は西日の入る暑い角にあって、壁紙はそのため色褪せて、ばらの花がかいてあったのに、今は、赤いしみが点々と薄れ、かすかに残っているだけだった。

床に横たわっている老婆は、蒼い透きとおるような顔色と、やさしい表情をしていた。

マリーが老婆の身体をアルコールで拭いたり、下着やシーツをかえたりするあいだ、私はお湯を鉢にとったり、新しい着がえをバスケットから出したりした。私はベッドの裾に立って、やがて遠くない死を待っている一人の老婆を見つめていた。それは単純な自明な事柄にちがいなかったが、しかしそこに感じられる事実の重さ、厳粛さといったものを、私は十分に理解できるだけに成長していないような気がした。このむきだしの部屋、何一つ飾りのない部屋、それだけに、あまりにも生活の肌をむきだしにしている部屋――そうした部屋そのものに私は圧倒された。どんな言葉も観念も、それだけの単純な事実の重さに打ちかつことはできないように思った。そこには、こうした言葉をこえた、ひどく厳粛な、頭を垂れさせるようなものがあった。隣りの小室に行くドアが半開きになっていて、そこから食器戸棚と、小さな調理台と、流しが見えていた。下着や、枕カヴァが、そこの紐に吊ってあった。そのドアのかげに尿瓶がのぞいていた。そこには一人の老いた病女の生活が、何一つ美化されず、かくされもせず、ただそのままに示されていた。まるで生物の標本のように、死の床の老婆は横たわっていた。

このベッド――いま死を迎えるために、その乾いた軽い身体では、ほとんど撓《たわ》ませることもできない、飾りのない、この木製のベッド、そのベッドは、長い年月のあいだに、何を見てきたであろうか。生誕や愛欲や苦悩や病気を見ただけだろうか。おそらく貧困のために蠟燭もつけない暗い寒い夜々を見てこなかったであろうか。酒に酔った男の悪態や、壁を這う青かびに似たすっぱい体臭や、餓えにふるえる子供の泣き声や、若い女の黒ずんだ眼のふちや、乳呑児の甘い白濁した匂いを知らなかったであろうか。ただ一本の蠟燭を老婆の誕生日の祝いにもってきた足の悪い孫娘を見なかったであろうか。その母親は市の病院に入っていて、良人は戦死して、ただその娘だけが川向うの工場で働いているのを見なかったであろうか。

私はマリーが老婆と何か話しあっているのを聞いていた。暗い、低い、気息音の多いこの都会の言葉が、か細く、とぎれがちに、老婆の口からもれていた。マリーは吸い口で果汁をあたえ、小さくビスケットを折っては、それを一つずつ老婆の皺にかこまれた口へもっていった。その顔は、やさしく、柔和だった。静かで、上品で、おだやかだった。どこか従順な、単純な、自由になった感じがあった。

この老婆についてマリーは、ここへくる道々こんな話をきかせたのだ。

「そのお婆さんはね、小さいときに両親をなくしたので、学校を出るまで孤児院にいっていたのね。やがて幾らか年長になると、孤児院で下の子供たちの世話をして、そんなことをして小学校を出たのよ。その後は、女工をしたり、住込み店員になったり、女中をしたり、子守りをしたりして、職を転々としたのね。それから若い男と結婚して、しばらく幸福だったのに、その人が会社のお金のことで間違いをおこして、それで会社をやめさせられて、それから飲んだくれになってしまったんですって。アル中の良人と、脳のわるい男の子と、身体の弱い女の子を養うために、彼女はまた仕事に出たのね。こんどはもう家政婦の口しかないので、朝から晩まで、牛か馬みたいに働いたのよ。でも脳のわるい男の子は、まだ小さいうち、近所の工事場で、石が頭に落ちてきて、それがもとで死んでしまって、アル中の良人は、それを妻のせいにして、いじめぬくんですって。その良人は、気の小さな、善良な人だったと牧師さんなどは言っておられたけれど、その人は、本当は、ひそかに脳のわるい男の子を愛していたのかもしれないわね。せまい家のなかで、身体の弱い女の子は、蒼ざめ、蠟のようにやせて、ただ泣くだけだし、良人は酒乱で手がつけられないし、自分は子供をなくした悲しみでいっぱいだし、職は毎日あるとは限らないし、僅かばかりの貯えは良人が何とかして捜しだすと飲んでしまうし、あのひとは、本当にどうすればよいのか、途方に暮れたのね。何度も神さまに命をお召し下さるようにお願いしたこともあるんですって。もうこのまま眼をつぶって、翌朝、目がさめないように、と祈ったあとで、次の朝、自分の眼にうつる室内、窓、戸棚などほどに、自分にみじめな敗北感を味わわせたものはなかったそうよ。あの人は、良人も、良人の一族も養ったし、後には、不幸な結婚に破れた娘や、その孫娘の面倒をもみなければならなかったのよ。言ってみれば、あの人は生れたときから不幸のなかにいたし、すこしよくなりかけると、その分だけ、前よりいっそう不幸になってしまうのだわ。あの人が一度も不幸でなかったことはなかったのね。あの人はいつもせっせと働いたし、こんど病気になるまで、養老院などに行く気をおこすどころか、留守番や子守りや下仕事をして働いたのよ。不況がきたり、戦争があったりして、その不運な生涯は、波浪のように翻弄されたのに、その不運が吹き落ちるということはなく、あの人のところにだけ、じっと足をとどめているように見えたのよ。ただ私はあの人の話を問わず語りに聞いていてね、おどろくのは、私の知るかぎり、自分の不幸のことを他人のせいにしたり、神さまの悪口を言ったりすることが一度だってなかったことよ。不幸を余分にわけられたその不公平に対して、あの人はじっと耐えているのね。それはいまも変らないわ。あの人を見ていると、冬の暗い夜に、蠟燭をつけて、それにじっと手をさしのべる姿が見えてくるのよ。娘がそばで宿題をやっているとき、それを見ながらね。でもそうやって自分が暖をとっただけ、それだけ光が弱くなりはしないかとおそれてでもいるように、おずおず蠟燭に手を近づけているあの人の姿がね。」

この老婆は、ただ見ただけでは、死の床にいる人とは思えなかった。ましてマリーの話の中の人であるとは信じられなかった。彼女は、こういう言い方がゆるされれば、今の病気をさえ、心をこめて自分の身に引きうけているような様子をしていた。彼女のまわりには、この都会に感じる澄んだ静けさがあった。その人は孤独であるだろうし、また、かつてと同じく、これからも不幸の中にいるわけだが、それは、この人にとって、避けなければならぬもの、いまわしいものと考えられていないように見えるのだった。マリーが私のことを話したとき、そのやさしい眼は、にっこりして、私の方へじっとそそがれていたのだ。

しかし通りに出たとき、マリーは老婆の部屋の窓を見上げるようにして言った。

「昨日ね、あの人、粗相をしたのよ。看護尼が朝のうちくるものだから、ひどく叱ったらしいわ。あの人、それを、とても苦にして、すまながっているのよ。でも、職業だから、そんな扱い方も仕方がないけれど、あの病人にむかってなんとかほかに言いようはあるはずだわ。」

私はドアのかげに見えていた黄色い尿の入っていた瓶を思いだした。人間はこうして死に向かって這ってゆくのであろうか。こんなにまでして、じっと耐えて、死んでゆかなければならないのであろうか——私は老婆の静かな眼を思い、そんな考えが頭からはなれなかった。

それから二カ月ほどした後の日記に次のような一節がある。もちろんこの老婆は同一人物であるように思われる。

〃昨夜、あの老婆が亡くなったとマリーがしらせてくれた。彼女は雨のなかをお通夜に出かけていった。私は黄色い尿瓶や、割れた床石や、ひしゃげた湯たんぽや、貧しい、さっぱりした部屋を思いうかべた。深くくびれた口もとや、落ちくぼんだ暗い眼窩や、蒼い冷たい固くなった顔を想像した。あの歪んだ、薄暗い、古い家に、いま雨が降りこめている。その静かな夜、誰も知らず死んでいった老婆のうえに、どのような天使が訪れてくれたのか、私は知らない。窓の外に降りしきる雨を見て彼女は何を考えていたのだろうか。若いころの思い出だろうか。孤児院のことを考えていたのだろうか。それともただ翌朝くる厳しい看護尼に叱られることをおそれていただけだろうか。——だが私には、あの老婆のやさしい静かな眼を忘れることはないだろう。彼女は、そのやさしい眼で、降りこめる雨を最後に眺めたにちがいない。彼女を苦しめ、そしてなぐさめてくれたこの北国の寂しい雨の夜を。こうして終った生涯は、小さな、とるにも足らない、誰ひとり知ることのない死であるのかもしれない。花環一つない、寂しい、寒々とした最後であるのかもしれない。足のわるい孫娘が、今夜は泣きながら、蠟燭を一本持って、訪ねてくるだけなのかもしれない。しかし私には、この人が死の床で見ていたものに匹敵できるほど充実したものが、他にこの世にあろうとは思えない。そのようにして眺められたものだけが真に存在する——なぜか私にはそう思える。真に事物を存在させるためには、こうした死を必要とする。このような死だけが死に価するものだ——そんな気もする。もしそういう死であるなら、私たちはそれを白い花でおおう以外にどんなことが許されよう。またそうした死以外のどんな死を願えよう。それがたとえ、あの人の死のように、その終りにむかっての、ゆっくりした苦しい足どりであったとしても。私には、あの黄色い尿瓶が、冷たく、なにか生の象徴のように、そこに立っているような気がする。〃

私がこうした日記を引用するのは、何も支倉冬子の死が刻々に近づいているという理由だけではない。彼女の日記のなかに、こうした種類の記録が事実多くなっているのである。しかし私はそこに冬子が眺めた人間なり、人間の宿命の姿なりを感じられるような気がしてならない。

おそらく冬子があの夏の静かな夜々、ギュルデンクローネの館《やかた》で、森にざわめく風の音をききながら「グスターフ侯年代記」の翻訳をつづけたのも、こうしたマリーの考え方や態度、あるいは人間の宿命なり、変転なりに示した関心と切りはなしては考えられないのである。

私は、支倉冬子がエルスとS＊＊諸島を出航する最後の事件を述べるだけとなった今、ここで冬子の真の遺稿とでも呼ぶべき「グスターフ侯年代記」の翻訳の一部を引用して、間接の方法ながら、彼女の最後のころの気持をぜひとも知りたいと思う。

この年代記そのものは、この地方伝承のサーガの形式をもち、古雅簡朴な散文で書かれているという。全篇ではかなりの量に及ぶものであるらしいが、冬子が夏のあいだに訳したのは、例の「グスターフ侯のタピスリ」に関係のある十字軍に関した部分（これはごく一部分）及びとくに冬子の興味を示した死神遊戯の挿話（これは全篇七話を全部含んでいる）だけである。もちろんマリー自身がなおその仏訳を完成していないし、今も前半をティリシュ夫人と共同で手を入れているということだ。（なお最近のマリーからの手紙によると、パリの「南方手帖《カイエ・ド・スュド》」誌にその抜粋が掲載されたそうで、近々それが送られてくるはずになっている。）

冬子はこの仏訳から日本語に訳したわけで、おそらく原文の古雅な味わいは喪われたのではあるまいか、とこれは自分で言っていたそうである。そのためマリーに原語の暗い重い、時には嘆くような音調を読ませて、それにじっと耳を傾けたり、一語一語の意味を聞いたりしていたということだ。

私としては冬子が苦労したかもしれないそうした言語的な問題に関しては、まったくの素人であるし、どのように評価してよいかわからない。ただそこに私は私なりに、冬子の心の動きが読めればそれでいいような気がする。したがってここでは何の解説も加えず、その訳文だけを示したいと思う。


『グスターフ侯年代記』

一、グスターフ侯、出陣の事、及び諸々の驚異のあらわれる事。

グスターフ侯の十字軍に参加の挙は、かねてより、諸侯、諸公子の間に広く憂慮と論議をまきおこしていたが、当地にては、侯の奥方、姫君はじめ御血統の方々の慰撫、御説得も空しく、侯の御大願と不抜の御意志はいささかもゆるがず、侯の手勢五百、騎馬百、弩《いしゆみ》隊百を率いて、出陣の事と相成った。出陣前夜、侯が城内広間にて別離の宴をはられているところ、折からの明月が突如血のごとき色に変じ、皎々と明るかりし前庭、城中の庭々、城外の広場に、不吉な暗闇が訪れ、折しも、東方の地平線より彗星の長き尾を曳けるものが北天に向って走りさり、宴につらなる方々、流石に案じ顔にて、侯をうかがうに、主座に坐せる侯は、顔色いささかも変ぜず、さてこそ雹霰など降るとも意に介せじと仰せ出されしに、突如、一陣の風吹ききたって、広間の燭台の焔という焔を消したれば、暗黒のなかを、すさまじき響きにて、雷鳴とともに雹の降り来り、天地を閉ざして鳴りどよもしたのであった。されば、人々、今回の挙は神意にあらず、いささか思いとどまらんことを、と再度、侯に言上せしに、侯の言いけるは、かかる異変こそ、神意のあるところにして、ながき征途の苦難辛労を示されしものならん。されば兜の緒をしめてこそ征でたたんと人々を励まされるのであった。

………………

………………

一、グスターフ侯、十字軍本陣に入らざる事、及びそれにまつわる諸々の紛議と煩労の事。

侯は帝国領内に入られしも、十字軍本隊と合流するに、いささか障害が生じ、侯の計画は早くも変更を余儀なくせられた。その主たる原因は、領内諸侯の多くはヴェネツィア、ジェノヴァよりの飛脚、風説にて、今回の十字軍の挙は、三王国間、また帝国領内の諸侯間の確執によりて、なお集まりたる軍団は数えるほどにして、これらの兵らの士気も挙らず、逃亡相つぎ、諸侯のうち、すでに長征を断念せられ、故国に軍をかえされしものもあるという事情にあった。十字軍も今や諸侯の思惑と確執により、昔日の荘厳華麗な隊伍戦列を期待するはおろか、軍の体をととのえるのがようやくという状況であった。さればグスターフ侯は帝国内の諸侯と合流するを見合わせ、ただちに峻峰幽谷を南にとりて、北伊に入られ、ヴェネツィアの本陣に合流されんことを決められ、前後一カ月の旅程ののち、ヴェネツィア近郊に野営の篝火をたくことができたのである。

されどヴェネツィア本陣にては、なお侯を憤激せしめるに足る出来事が生じたのであり、その一つは軍団輸送の艦船に関するヴェネツィア共和国の拒否であり、またその一つは、この拒否を利用して船舶を巨大な報酬と引きかえに供与しようとするヴェネツィア人船長、船主らの挙動であった。彼らは長路の危険と難航に対する法外な代償を要求し、それに応じれば、共和国の指令に反して出帆することも辞さないであろうと言明したのである。ヴェネツィアは当時ユダヤの商人、金貸し、トスカナの銀行家、企業家、金工家、ジェノヴァの船主、インド人、黒人、フランス人、ドイツの傭兵など無頼漢や悪党や詐欺師にみちていて、東方との交易を一手に引きうけた大貿易市であった。交渉の遷延にともない、野営も長期にわたり、侯は手勢の秩序と規律に厳重な態度で臨みしも、暴行、傷害、窃盗、逃亡など日夜、事件の絶えることなく、侯の憂慮は一段と深まったのである。折しも侯の遠縁にあたるS＊＊老侯の死に際会せられた。老侯は聖地に骨を埋めんものと、病軀と老齢をおしてヴェネツィアに来られたのであったが、如上の事情にて一向に出航のことは決らず、宿営の館に赤い落日を眺められては、今日も聖地へむかいえなんだ、と涙を落されしに、さる日、ついに御悲願も空しく、館の窓辺にて、黄金色に輝く大運河の彼方に、落日を背にしてならぶ艦隊にお恨みの言葉を述べられつつ、御他界に相成った。グスターフ侯の嘆かいもさることながら、厚き御信仰とともに、激しい御気性の持ち主ゆえ、ヴェネツィアの船主、船長、船員、商人衆にむかって激怒したまい、予一人たりとも、聖地へ赴くべしと仰せいだされ、ただちに野営をとかれ、ブリンディジへの出発を許られた。

……………………

一、グスターフ侯、ヴェネツィア出帆の事、及び高位聖職者、商人らとの協調、その失望の事。

侯のヴェネツィア発進は、船主らに大きな動揺を与えたが、たまたまさるフランスの高位聖職者にして巨額の財貨をもって一船を求め、かつ聖職騎士団の協力と指揮にふさわしき人材を物色されておられし御人、グスターフ侯の急遽の発進の事情を耳にとめられ、急ぎ軍を追って使者をたてられ、侯のヴェネツィア帰還を要請し、かつ一船の提供を申し出られたのであった。その代償としては、聖職騎士団の人々とともに首都をめざすことただ一事なるのみ、と申しこされたのである。さればグスターフ侯もヴェネツィアよりの出帆を決意され、軍をかえして、高位聖職者と行を共にすること、首都をともに奪還することを誓われた。さて船上にての討議の席にて高位聖職者の言われるには、拙僧の壮挙はただかかって首都の聖遺物の遷移にあり、そのため万難を排しても目的を達せねばならぬ、たとえトルコ人、回教徒らを懐柔し、籠絡するとも、その手段はえらばぬ、と。されど資性高邁にして気性激越なるグスターフ侯は、この言葉を容易に聞き流す能わず、申さるるには、もし目的のために手段をえらばぬとすれば、聖地にての戦いそのものはいかなるものにてもよろしいか。基督教徒にふさわしき行ないこそ、この長征の窮極の目的ではないか、と。高位聖職者は笑って申されるよう、貴下の申さるるは、いと徳高き心、まことに基督教徒にふさわしき考えである。拙僧とて貴下のかかる心情に組し、かつそれを讃うるに、他に伍して、おくれをとることはあるまい。されど、聴くところによれば、今や聖都は蛮族の囲むところとなり、また聖地もトルコ人らの破壊を蒙ること多し。もしそれ、このままに放置せんか、すべての聖遺物、聖画は煙塵に帰し、主なる御方の記憶をとどめるもの、その痕跡すら失わるるに到るやも計りがたい。これは拙僧として、極めて残念に思うところである。能うべくんば、これらの聖なる遺物、画像、布、細工品にいたるまで、西なる我が郷土に持ちかえって、その遺徳と深き御教えを伝えることこそ、基督教徒にふさわしき壮挙である。グスターフ侯はこれをきかれ、なお反論されて言わるるには、されど、その持ちかえりようは、ただ基督教徒にふさわしい形にてなされるべきであって、目的のために手段をえらばれぬとは、これはいささか心外の言葉である。さらに貴殿は首都を蛮族によりてうばわれ、聖遺物のすべてが破壊されるのをおそれらるるが、主は、偶像崇拝はみとめられず、ひたすら心情の高邁さのうちにあることを勧められた。さるを、いま、聖遺物なる具体物を目ざされるとは、いささか拙者の思いいたしかねるところである。むしろ聖遺物は失わるるも、蛮族らに、聖戦の鋭鋒をみせ、かつ主の御旨を拡め、伝えることこそ、このたびの長征の意図ではあるまいか。高位聖職者はグスターフ侯の申さるることに大きくうなずかれて、答えられるには、拙僧いかにも貴下の心ばえには打たれ申した。まさしく貴下の心こそ、基督教徒にふさわしきものと申されるべし。されど、拙僧はなお西方の故地において、信仰の高まりを強め、その兄弟らの結束を固め、教会の権威を高むる務めも残されておる。拙僧はそのためにのみこの聖遺物の破片なりともにぎにぎしく故地へ遷移せねばならぬと存じておるのじゃ。信徒らはすべて貴下のごとき心ばえの士のみとはかぎり申さぬ。ただ聖遺物に触れ、奇蹟を願うという者の数こそ、信徒の実態と申すべく、拙僧は、この実態を見ずして、ただ高潔なる心に生きらるる貴殿が羨しく存じておるのじゃ。かく高位聖職者の申されしとき、グスターフ侯のみ心、ひどく憂悶に閉ざされ、以後、日々の勤め以外には、かの僧と会われることもなく、船室にこもられて、ひとり深い思念にとらわれておられた。また同船せし商人ら、侯の率いる部将以下番卒にいたるまで、酒肴にてねぎらい、首都にては、ただ金銀細工、絹布、宝石などをのみ集めたまえ、厚き報償にてそれと取引せんとぞ言いしに、かえって士気の盛んに挙るを見て、グスターフ侯の憂苦はいよいよ募ったのである。

……………………

……………………

一、グスターフ侯、首都に入城の事、及び部将らの騒乱と、首都住民らの失意落胆の事。

十字軍の将兵は多かれ少かれグスターフ侯と同様の運命にめぐまれ、部下の統率と自己軍団の孤立、無秩序になやみたれば、聖地を通過せるは、ただ一群の野盗の戦列のごとく、かくてただコンスタンチノポリスへ集結すべく行旅を急がせたのであった。げにかのビザンチウムの首都こそ厚き高き城壁と要害堅固なる地の利をもて、数万の東方蛮族の十重二十重の攻略にも、いささかも動揺の色なく、地上の奇蹟として永《と》しえ《こ》にながらえる如く見えし都にして、永劫の美の結晶として、全都これ黄金と宝石をもって飾られたるごとくに想像されたのである。されば首都をのぞみし西方よりの基督教軍団の鑽仰と驚異はいかばかりなりしぞ。されどそれに増して、ながき戦に耐え、窮乏を生きたりし首都コンスタンチノポリスの住民こそ、基督教軍団の到来をのぞみ、いかに心強く思いしか、想像に余りあるところである。遠望すれば、聖十字の黄金の旗をなびかし、戦列をつくり、騎馬に美々しく打乗った甲冑の部将たちも、近寄ってみれば、グスターフ侯の憂慮の因となれる孤立し、統制なき軍団の集合にすぎず、また各将卒は首都の財宝を故国に持ちかえり、またヴェネツィアの商人らに売らんと心積りせる盗賊にすぎざる事実を、いかにして窺知し得ようぞ。されば飲料水の搬入のために、ボスフォロス門を開扉せる首都側の信頼を裏切って、いまや飢渇せる豺狼のごとく、狂乱疾駆せる怒濤のごとく、城門をなだれ入った西方の聖軍団は、さながら一個の盗賊の集団と化し、略奪、暴行、放火、破壊、殺戮の信ぜられぬ愚挙を、この首都、彼らが救出に赴きしこの都のさなかにおいて、行なったのである。グスターフ侯は手勢をひきいて、都内各所にて、彼らを罵倒し、愚挙を押さえ、叛乱をとり鎮め、縦横に走って秩序を取り戻さんと努めたのであるが、衆寡敵せず、首都内の各所より煙立ちのぼり、焔は軒をはって、逃げまどう無辜の住民たちは口々に西方の仮面をつけたる十字軍の将兵をのろい、かくなりせば、基督教徒より、いかばかり回教蛮族の方が優れたりしぞ、回教徒にこそ城門を開かまほしけれ、と叫ばしめるにいたったのである。さればグスターフ侯は各所にて怪我人を収容し、難民を救済せるのみならず、東奔西走、各寺院の門をかため、基督教徒による基督教教会の破壊からまぬがれしめたのであった。

　　………………

　　………………

一、グスターフ侯、帰還の事、及び憂悶去りやらぬ日々の事事。

出陣以来二年ぶりにて帰還されたグスターフ侯は、ただちに城内の高天守にこもられるや、斎戒沐浴と瞑想のほか、奥方、姫君、近親の方々と顔をあわされることなく、日々を孤独のなかで送られた。美々しく出陣した三分の二は遠い僻地で失われ、侯とともに帰還したものも、疲労困憊、衣服は破れ、甲冑は破損し、瘠身にて顔色すぐれず、幽霊の一群か、死の舞踏者の到来かと、町の人々も戦慄を禁じえなかったのである。まして侯の憂悶と蟄居は、出陣の日の天変地異を人々に想いおこさせ、何ごとか侯の身辺に起ったかと、風説は風説を生んで、町の人々もともども深い憂慮に沈んだのであった。

　故国の静寂と雲多い暗い日々は、侯の心身を休め、憂慮を軽減したかに見えたが、日が進むにつれて、ヴェネツィアの滞留のあいだ目撃せる商人、船主らの狡猾、厚顔と聖職者らの利己心と策略、ビザンチウムの首都の火焔、叫喚、逃げまどう住民が夢寐《むび》のあいだも眼をはなれず、あたかも一場の悪夢のごとく去来するのであった。

　侯をもっとも苦しめた思い出は、かの首都コンスタンチノポリスを奔馳して、治安を恢復せしめんと努めし折、たまたま聖ゲオルギオス寺院の門前にて、かのフランスの高位聖職者とその騎士団が、聖遺物の黄金象牙に宝石をちりばめた箱を運びさろうとするのを目撃したことであった。盗みだされた教会の権威の品は、そのまま西方で信徒たちの信仰を支えるというこの奇怪な矛盾に、侯は悩まされたのである。侯の眼には、遺物を手に入れて昂奮し、歓喜しているかの聖職者の顔がまざまざと浮かんでくる。侯自身の意図如何にかかわらず、侯もまた、この略奪に手をかしたことになる。侯は聖遺物の搬出を阻止できなかったのであるから。侯は思う、はたしてあの遺物の中に、真の信仰の保証があるのか。ないとしても、それを求める多数のために、それを否定もせずに搬出してゆくのが正しいことであるのか。それにしても首都の住民たちが、異教の蛮族らをむしろまだしもと観じたあの基督教徒らの背信行為は何として弁護できるであろうか。いかに多くの金銀象牙、宝石、硬玉、絹布、金糸銀糸に飾られた織物、聖像、聖画が剝奪され、略取され、運びさられたことか。ヴェネツィアの異常な隆盛はどうか。広場広場には町人や役人の子女が着飾ってあふれ、運河運河をゴンドラが唄をうたいながらすべってゆく。毎日が祭のような賑やかさ、陽気さである。ここでは力業士《ちからわざし》が鉄球を持ちあげていると、あちらでは火を吹く男が客を集めている。こちらでは猿まわしが芸をみせていると、あちらでは軽業の一行が梯子のりをやっているといった具合である。しかもその繁栄はすべて東方の国々から奪取した、いや強奪した交易の上に成りたっている。これが聖なる長征として、幾多の血や汗や命を代償に得た結果であるのか。これが純真なる青年、信仰に燃える老将、聖地への悲願に生きた兵隊たちの魂の報償であるのか。よしんば、こうした諸々の姿があったとしよう。これが地獄絵さながらだとしても、ひとまず、あったこととして認めよう。そうしたうえで、なお、かの信仰はどこにあったのか。神はどこにその御顔を示しておられたのか。グスターフ侯はそう自問した。余は果して神の御顔を仰ぎに聖地へ出かけたのであろうか。聖地に何を期待したのか。自分と同じように熱烈にして純真なる信仰に燃える聖騎士団の軍団を見たかったのであろうか。聖地恢復という行為におのれの信仰をためそうとしたのであろうか。そして余はそれを見たのであろうか。信仰は保証されたのであろうか。いま、いかに強弁しようとも、あの辛苦と憂悶の長征のあいだ、神は御顔をあらわされたといえるか。神は、いったいどこにおわすかを余は知りえたのか。否、否、余が眼にしたのは、神の在しまさぬ地獄であった。狂気と貪欲と血と病気と死がのたうちまわる地獄であった。もしその揚句のはてに、神の御顔を仰ぐことができれば、この地獄めぐりも、いかに心打たるる壮挙であったことか。されど地獄の果の果までいって余の見たものは、神の不在の姿であった。神が在ますと求めていった方角に、地獄しかなかったということはいかなることであるのだろうか。ああ神よ、爾はいずくに在わすか。余は爾を心から認めえられる日こそ、死をもおそれず、深き安息のうちにこそ死するを得るであろうに。神よ、神よ、爾はいずくに在わすか。かくて侯は天守の礼拝堂に打ち伏して、暁の星の窓辺に白く残るころまで、終夜、祈りを捧げたのであった。

…………………

一、グスターフ侯、日夜研鑽の事、及び各地より学者相集まる事、不吉なる風説の事。

かくてグスターフ侯は日夜研鑽と瞑想の生活を送られ、城内に一大書庫を備え、各国よりの著述を集め、ギリシャ、ラテンの諸書をはじめ、遠くアラビア、エジプトから書写生とともに、豪華な写本を求められたのであった。さる砂漠の修道院にて筆写され、精巧絶妙な彩色をほどこせし聖書写本をはじめ、ギリシャ語による諸哲学書、神秘なアッシリアの星占術、カルデアの錬金術、カルタゴの航海術、エチオピアの刺胳術、エジプトの医学治療術、造園水利術、ヒッタイトの乗馬術、農耕術よりなる各写本、またローマの諸詩人の手になる農耕詩、寓意詩、修辞学、風俗文学まで、あるいは厚い金襴の巻物《ロチュルス》、あるいは金文字を打ちだした革装の羊皮紙の華麗な書冊《コデックス》の形で、書庫を飾ったのである。書庫には、各書棚にならぶパピルス本、羊皮紙本のかすかな乾いた匂いがただよい、中央に天球儀と望遠鏡が置かれ、星占術を学ばれるとき、侯は終夜ここにとどまっておられたのである。書見台、大机、天秤、錬金術の各種器具などがこの書庫の片隅にひしめいていた。侯は各地より訪れる学者を歓迎し、客として迎え、幾日幾夜となく、向学好奇の心に燃え、学者からもはや学ぶもののなくなる瞬間まで、その話に耳を傾け、質疑に時を忘れるのであった。されば、時には遠くアラビアの数学者、エチオピアの刺胳師、アッシリアの星占術師、アレクサンドリアの文献学者らが訪れることがあり、侯は年余にわたり、彼らの知識と技術を修得せられたのであった。かつての武将たりしグスターフ侯の剛毅不敵、高邁激越なる面貌も、いつか白きものに取りまかれ、瞑想と研究と思索の日々は、侯に新たに沈鬱、禁欲、厳粛さを刻みこんだのである。されど侯の燃ゆる眼、光鋭き眼は、一日として安らかなりしことなく、研鑽の重ねられるに従いて、かえって、ビザンチウムの首都にて眼にせし地獄絵がなお虚空にありありと見ゆる心地を与えたのであった。人呼んでグスターフ叡智侯といい、歴代君主のなかでも一際高潔英邁な君主とたたえられたのであったが、時には、ひそかに都人のあいだでは、侯は夜な夜な悪魔や悪霊たちと魔法に興じ、夢魔とまじわっているなどという風説もまことしやかに流れていたのである。

…………………

…………………

一、グスターフ侯、トルコ人武将と遭遇の事、及び七夜の闘技の不思議なる開始の事。

さるほどに、侯の日夜懊悩せしは、やがて侯の身辺に忍びよる死について、いまだ何らの明澄なる思念にも、また諦念にも達しておらぬという一点であった。死は蒼白き顔もて王者をも貧民をも等しく訪れると言えることがあるが、侯もまた死の訪れをさける能わず、また逃ぐることも不可能であった。されば侯はひたすら死について、そがいかなるものなるか、単なる肉体の衰頽、腐蝕なるか、また霊魂の救済は可能なるか、を知らんと努め、そのため新たに霧深きブルターニュ、イングランドより謎めいた学者、神秘家、呪術師らが招じられたのである。

されど神において何ものも侯の心をみたしえないのと等しく、死においても、何ものも侯の心をみたすことができないのであった。学者が意見を一つ加えるごとに侯の心は動揺し、呪術者が新たな解説を説きすすめると、侯の憂悶は一段と深まるのであり、一冊の書物は迷路を複雑にする新たな迷路となったのである。かくて侯は日夜憂苦のうちに解決の道を見出されんとされしも、短かい夏の夜はすでに白々と明け、また長い冬の夜ですら、侯にとっては、幾束かの薪が白くなるだけの時間でしかなかったのである。

かかる憂慮に明け暮れするさる夏の一夜のこと、侯が城の奥の広間にて、瞑想にふけられし折、突然、露台に向かって開かれし大扉の口より、一人の見なれぬ大男が現われたのである。大男は丈余の身体を持ち、頭に白いターバンを巻きつけ、赤い袖口のふくらんだサテンの衣服をまとい、金襴の帯、金銀の頸飾り、水晶の耳飾りをつけ、右手に半月刀を冷たく光らせ、顔貌はあくまで蒼白にして、ほとんど土気色を帯び、鼻梁高く、その全身からは、夏なるにもかかわらず、なお凍りつく冷気がただよっているのであった。侯は驚きて、思わず壁側に走り、三叉の鉾を手にするや、やよ、何者なるか、何の仔細でここに来るか告げよと申された。くだんの蒼白なる大男は、微かな声にて、グスターフよ、おどろくこと勿れ。この者は地上にありし仮の姿じゃ。余の本性は死にして、陰府を司る者である、というのであった。されば侯はいたく驚き、爾はでは死の神なるか、余の命をうばうべく今宵、この城に現われたるか、と申されしに、死神、深くうなずきて、左様、今こそ、我は爾の命をもらいうけるべし、そは爾が出生の日より定まればなり、と答えた。これを聞きしグスターフ侯のおどろき、周章、悲哀はいかばかりなりしぞ。むろん研鑽と瞑想を経し侯のことゆえ、おのが身ひとつのために悲しまれもおそれもされなかったが、ただ、己が死を迎えんとき、死の何者なるかを見きわめ、知りつくしておかんものと念願せられし身にしましませば、いま突如、蒼白なる死神、トルコ人の武将の装束にて現われしとき、侯の驚愕と周章は察するに余りあるというべきである。

ここにおいて、グスターフ侯死神にむかいて申されるよう、余すでに生を享けて六十余年、いささかのおそれも未練もあるわけではない。ただ、しばし余が心中にて祈念せしことあり。こが祈念を果すまで、あとしばらくの猶予を与えられることは許されぬであろうか。広間の中央に立ちし死神は、凍る冷気を放ちつつ、かすかなる声にて、そは虫のよき願いではないか、グスターフならずとも、いかなる賤が家の卑奴、卑女にいたるまで、汝と等しく、いましばらくの猶予を乞わぬものがあろうか。さればじゃ、爾は爾の言い分もあろう。爾の思惑もあろう。余はここに七夜の闘技《いくばく》を爾に申し出でん。もし爾七夜の闘技に敗れざれば、なお幾許かの命を得るならん。もし爾七夜のうち一夜でも敗れることあらむか、余ただちに爾の命を申し受くべし。爾において異存なきや、と言いしに、グスターフ侯も同意せざるを得ず、ここにおいて侯は七夜の闘技を誓約せられ、かくて蒼白なる死神、夜風にとけこむ川原の霧のように消えはてたのである。

一、グスターフ侯、第一夜の闘技の事。

闘技の行われた第一夜は、死神のあらわれた翌夜、おそい月がのぼってしばらくした深更であった。闘技はまず剣で行われた。侯は約束の城内の大広間に、愛剣を手にして待つこと数刻、やがて一陣の凍りつく風とともに蒼白なる死神は、ふたたびトルコ人武将の装束にて現われた。手に半月刀を光らせ、さらば、と言って、近より進みしとき、侯はにわかにかつての聖地、また首都コンスタンチノポリスにおける戦のさまを思いおこした。侯は異教徒の大軍のなかに斬り入って、半月刀の下をくぐり、槍ぶすまの間に身をおどらしたのであった。されど、首都の背信を眼のあたりにした侯は、以来、刀を棄て、槍をかえりみず、もっぱら内省に日を送って今日に到りしばかりか、かつて聖地を占拠せるトルコ人に燃やした己れの敵意、憎悪にいささかの自責、悔恨をおぼえていたのである。されば、いま死神がトルコ人武将の姿をとって、侯の眼前に立ちしとき、侯は思わず自己の剣がひるむのを感じられたのである。されど死神はいささかも容赦する気配もなく、半月刀の切っ先は鋭い音をたてて、侯の左右上下へと打ちおろされた。侯は辛うじて身体をかわしつつ、じりじりと広間の一隅に追いつめられ、剣を打ち合う割れるような金属音が広間にひびき、そのたびに飛び散る火花で、侯の汗にぬれる顔が光ったのであった。窮地を脱して、ようやく広間の中央にとってかえすと、休む間もなく、蒼白き死神は、執拗な半月刀の攻撃を浴びせ、ふたたび侯をじりじりと広間の一隅に攻めたて、侯の必死の反撃ものかは、半月刀の鋭い切っ先をただ剣にて受けとめるのが精一ぱいであった。かくて戦は数刻に及んだ。侯はそのたびに窮地を脱し、いささかの勝利の機をつかまんと努めたれども、それは空しい願いであった。死神の刃をかわし、剣にて受けとめ、じりじりと押されてゆくのが精一ぱいの戦いであった。グスターフ侯は剣をとっては、この地方随一の武将であった。たとい思索瞑想の生活に隠遁すること久しきに及んだとはいえ、その太刀すじにいささかの狂いのあるはずはなかった。されど死神の半月刀は、はるかに侯の腕をしのいだ。侯はしばしば己が命を断念せざるを得ぬ羽目に陥った。ただ侯の希求の激しさ、純一さが、己が命を死神の刃から救いだしたのであった。

かくていつかあたりは白みそめ、広間の窓や戸口より露台にのびている木々の梢が黒く見わけられるようになり、遠く城内の森々も夏の不吉な闇のなかから姿を現わしはじめていた。されど広間にては最後の攻撃が侯の上に加えられていた。侯は肩で激しく息をつき、全身の力をふりしぼり、死神の打ちおろす半月刀を剣で受けとめた。そのとき、黒い鋼のくだける不気味な音とともに、侯の剣は柄《つか》もとから折れて、大広間を半転して、あざわらうような響きをたてながら、石の床の上を転がった。冷ややかな死神の顔に一瞬自足したような微笑の通りすぎるのを見たグスターフ侯は、もはや後退する余地はなかった。侯は思わず観念の眼を閉じられたのであった。

されどそのとき侯は半月刀の次の一撃がいっこうに己が頭上に感ぜぬのをいぶかりつつ、ふたたび眼をひらかれると、鶏鳴のおちこちにする中に、まさにそのとき、地平線に、夏の早い黎明が金色の光を一すじ、アポロンの矢の如く、大広間の一隅へ射しつらぬいているのであった。侯はすでに死神が朝の光とともに立ち去らねばならぬのを知っていたが、それが今の瞬間侯の上に訪れたのを見ると、二あし三あし広間の中央へ歩まれ、そのまま一夜の疲れと困憊から、どっと打倒れ、深い睡りの中へ沈まれたのである。

一、グスターフ侯、第二夜の闘技の事。

第二夜は城内の切石を敷きつめた中庭で、槍を用いての闘いであった。すでに夜の闇にのまれた城内は森閑たる静寂の中で睡り、夏空の星のみが燦然と輝き、前夜より一段と欠けた月が地平線に傾きつつのぼった。

待つこと数瞬にして蒼白き死神はトルコ人武将の衣裳にて現われ、ただちに槍をかまえると、侯をめがけて突きかかった。グスターフ侯は槍をもっても当代に名だたる武人であった。されど死神の槍先は電光の鋭さをもって侯の胸もとを襲い、あるいは槍にからみつく蛇のごとく、あるいは斜に空から舞い下りる鷹のごとく、秘術をつくして、攻めたてるのであった。侯の顔貌はふたたび汗にまみれ、その形勢は侯にとって思わしくなかったのである。されど侯は死力をつくして戦われた。侯の悲願はかくも激烈であって、かつての侯の資質の一端がここに現われたかと思われた。かくて戦いは数刻に及び、侯はしばしば窮地を脱して反撃し、槍先をかわし、相手の手もとを襲われたのであった。されど数刻の後、さすがの侯も体力は尽き、中庭の一隅の泉水の前に追いつめられ、辛うじて相手の槍先をかわしておられた。このとき、蒼白き死神が、これを最後と突きだす槍の穂先が胸元の鎧をつらぬき、侯は仰向けに泉の中へ、水しぶきとともに打ち倒れたのであった。しかるにこの時、鶏鳴ふたたび四所よりあがり、黎明の光が泉の水を薔薇色に染めた。侯は泉のなかからずぶ濡れの姿にて立ち上られたが、死神はすでに姿を消していた。侯は鎧の胸元をあらためると、死神の槍は厚い胸甲を見事につらぬいてそのまま侯の肉体をも刺しつらぬいていたはずであった。しかるに侯の胸にかけられた黄金の十字架がその鋭い槍先を受けて、かすかな傷あとをとどめ、折からの朝日にきらきら輝いていたのである。

一、グスターフ侯、第三夜の闘技の事。

第三夜は城中の馬場であった。侯は馬術を北方草原の民族の名人たちに幼少時から薫陶を受け、さらに後年アラビア、ヌビアの馬術を修得され、侯の乗馬を見たほどの者は、果してそこに乗るは人か神かと見まがえたのである。侯は疾駆する馬上から容易にとびおり、また容易にとびのることができた。また走りくる馬の胴下に吸いつくようにとびこまれて、そこからひらりと馬上に現われることもあった。疾走する馬上に、突如として侯の姿が消えることもあれば、人馬もろとも、高々と空中にとびあがることもできたのである。されば死神と馬術にて争われるとき、侯はいささか成算をもたれたことには疑いの余地はないのである。

この夜も星はさんらんと輝いていたが、月はようやく戦いのはじまる時刻にのぼった。侯は全身雪のような純白の馬にまたがり、死神の到来を待った。やがて城中の黒い森の木立を一陣の風がざわめかせつつ、死神は蒼い馬に乗って現われた。蒼き馬は筋骨隆々として、威圧するごとき足なみをもって歩み入った。このとき侯の愛馬はあたかも怪獣の出現におどろき、わななく動物の本性をあらわし、絶叫に近い恐怖のいななきとともに、棒立ちとなり、眼は血走り、一刻として侯は手綱に従えることはできなかった。白馬は馬場のあなたこなたをただ馳せめぐり、侯の叱咤も何の甲斐もなく、かくて死神は蒼き馬をかりつつ、ふたたび半月刀をかざして躍りかかったのである。さればこのとき白馬もろとも侯の身体も両断されたと見えたのであるが、一瞬辛うじて剣で受けとめた侯は、逃げまどう白馬の顔へ衣服をぬいで眼かくしを為したまい、かくてようやく白馬はただ侯の手綱のみに従いて縦横に疾駆しはじめたのである。侯は眼かくしせる白馬をあやつりて、いまや五分と五分の激烈な戦いを交わされたのであるが、あわれ、侯の愛馬は、その激しき休みなき疾駆と跳躍に加うるに、己が眼の見えざる苦痛は、いかに畜生なるとも、侯の白馬をして疲労の限度にまで追いやったのである。されどかの名馬は、動物の本能もて、己が主人の危機を知ったのであろう。全身汗に光りつつ、よろめきつつ、息を荒げつつ、侯と一体となりて、蒼き馬と戦い、あるいは身をかがめて走り、あるいは横ざまに身体をひねってとび、あるいは後足で立ちあがり相手を威嚇したのである。かかる戦いも数刻に及ぶやついにかの白馬も息はつき、足はよろめいたが、侯の手綱が命を伝えるや否や、また最後の力をふりしぼって疾駆するという有様であった。かくて今や馬場の一隅に駈けさりし白馬は片膝を折って地につき、侯のゆるしを乞うがごとく頭を垂れた。このとき侯は愛馬の可憐な心根をいたく哀れと思召され、死神が蒼き馬もて、最後の一太刀をと、馬場の彼方から走りくるもかまわず、愛馬の眼かくしをとり給うや、その頸をかき抱かれた。そのとき白馬の潤んだ黒眼が金色に光って、遠く森のかなたに現われた夜明けの光を反射した。白馬が眼を閉じたのと、蒼き馬もろとも死神が消えさったのはまさにそのときだったのである。

一、グスターフ侯、第四夜の闘技の事。

第四夜は城中の大広間につづく球戯場で死神とのあいだに九柱戯を争わねばならなかった。たまたまその昼は城中で姫君たちののどかな球戯が行われたのであって、明るい夏の光、石の建物に冷んやりと吹きこんでくる風、つめたい果汁、氷菓、泉のようにあふれる音楽など、ふだん静寂と森厳の気配のただよう城館に、時ならぬ幸福な笑いと陽気な歌をもたらしたのであった。その中にただ黙々と坐るのはグスターフ侯ひとりであった。侯はいま姫たちが興じるこの子供じみた遊びが、その夜、己が命をかけねばならぬ闘技の一つになるのかと思うと、奥方や姫君や美しい侍女たちと笑い興ずる気にもなりなさらなかったであろう。

かくて夜、夜半をすぎてようやく上った歪んだ月が、わずかに光を窓からそそぐ暗い、ひっそりした球戯場で、侯は死神を待ったのである。昼間の球戯会では、いちばんふさぎこんでいる侯が、どの勝負にも勝つのであった。されば姫君などは、こはまたいかなる御事ですか。父上は近ごろになく御不興げにわたらせられるのに、今日ほどの見事な球戯をなさったことも私どもの見なかったところです。まるで父上は獲物をねらう鷹のよう、いいえ、追いつめられてじっと敵を見つめている窮鳥の眼をなさっている。あれは遊びではなく、まるで真剣勝負のようです、と申されしは、まことに、ことわりあるお言葉であった。されば夏の夜の静寂と暗黒のなかにあるとはいえ、昼間のさざめきが、かすかに漂い残っている果汁の甘い匂い、正餐の油っこい匂い、香料の匂い、女性がたの香水の匂いとまじって、今もなおそこに聞えるような気がしたのである。

さるほどに、死神は球戯場の入口を暗くふさいであらわれ、二人は、かくて勝負をはじめたが、グスターフ侯も死神もともども九柱を倒しおえぬということなく、かくて戦いは坦々として、緊張と沈黙のうちに進められたのであった。かくて夜明けの気配の近づくとともに、ようやく侯の顔にも疲労の色が浮かび、汗がふたたび全身に流れていたのである。されど侯は最後の気力をふりしぼって、一球一球を慎重にころがした。ところが最後の一球が、額からしたたる汗で手からすべり、空しい音を曳きながら、グスターフ侯の失望落胆の気持をそのままに転がってゆき、八柱を倒して、ついに一柱を残してしまったのである。さればいよいよこんどこそ最後の時である。余は死に対して何事も知りえなかったことが、ただ心残りである。されどここで死なねばならぬなら、それらしく立派に死に果してやろうぞ、と球戯場の一隅に腰をおろしたのであった。されば死神はおもむろに重き球をとりあげて、さて一足ふみだしたとき、昼のあいだに置き忘れてあった胡椒の大椀につまずき、蒼白き森厳な死神は思わず飛びちる胡椒の粉を吸うや否や、二度三度大きなくしゃみをしたのであった。このとき球がちょうど死神の手をはなれて、ころがりはじめたために、百発百中の死神に、不慮の一失が生れたのである。折からさしのぼる朝の光のなかで、死神の倒し残せる一柱は、遠く聖都エルサレムのダヴィデの塔さながらに、薔薇色に輝いていたのである。

一、グスターフ侯、第五夜の闘技の事、及び第六夜の闘技の顚末の条々。

第五夜は城中のはずれの、馬場につづく矢場において弩の腕くらべが行われた。すでに死神のあらわれた夜半にも、なお月はのぼらず、標的は暗く、さしものグスターフ侯も、一瞬途方に暮れられたのであるが、たまたま夏の夜のこととて、森を出でたち、流れにそってとぶ蛍の大群は、矢場へと群れ集い、標的にとまり、まるい形をそのままに、闇にほんのりと描きだして明滅するのであった。時おり死神の発する氷のような冷気が蛍の群をとび立たせるのであったが、なお流れから、明るい光点の群は、上になり下になりして輪舞しながら、矢場へ集まってきたのである。かくて互角の勝負がつづくうち、一匹去り、二匹去りする蛍はふたたび森へ消えて、最後の一匹が淡い銀黄色の光を薄明のなかにえがいて飛びたったとき、折しも暁の曙光が黄金の矢をひたと、標的に射とおしたのである。かくて第五夜はつつがなくグスターフ侯の前をすぎていったのであった。

第六夜は城中の泉水のある中庭で相撲が行われたのであった。グスターフ侯は上半身、裸となり、死神もまた白ターバンをまいた上半身の裸体姿であらわれた。かくて月暗き夏の夜半、侯と死神は死力をつくし、その秘奥の技を競って相争った。グスターフ侯は死神の身体と牡牛のごとく組みあったとき、その身体は氷のごとく冷たく、それに触れた肌は、まるでしびれたように無感覚になるのを覚えた。されど死神もまた侯のごとく息を荒くついており、心なしかその蒼白の顔貌にかすかな汗をすら浮かべているのであった。侯はこの六夜のあいだ一言だに言葉を発せざる敵に対して、ある種の友情のごときものを覚えた。けだし武人が勇武なる敵を賞讃せずんばやまざるあの心情のおのずからなる動きであろう。が、その瞬間、死神は侯の身体を高く投げあげた。侯の身体は軽々と空を一転して石のごとく中庭へ落ちた。されどグスターフ侯は、生来、重心の低い、容易に倒れることを知らぬ身体の所有者であった。その身体は猫のごとくいかなるところから落されても、半転して地上に立つことができた。侯はこの利点をさらにマケドニアの力士たちと研鑽され、一つの妙技に鍛えられたのであった。侯は相手の力を利して、容易に、相手方を四、五米も投げとばす術をはじめとして、立技、寝技、横転技、逆転技など、その入神の境に達した諸技を自由自在に駆使された上、この相撲は、死神のごとき大男に対して、もっとも効果ある技であったがため、さすがの蒼白き死神も、侯の変幻自在の活躍に、しばしばたじろがねばならなかったのである。かくて数刻の時が早くもすぎて、侯の全身は汗でぬれたが、死神もまた大きく息をつきつつ、されば、しばし共に休息せん、とて、かたわらの泉にゆきて、杓子をとり、一口、二口、水をのみしに、折しも、オーロールの光は杓子の水に黄金に反射しつつ揺れたため、死神はやや周章しつつ、彼方、暁闇の残る西の方へ急ぎとけ入ったのであった。

一、グスターフ侯、第七夜の闘技の顚末とその心境の変貌に関する条々。

さて最終夜の第七夜がめぐりきたり、場所は第一夜と同じ城中の大広間であった。広間中央には大いなる黒白市松のチェス盤がすえられていた。第七夜は死神とともにチェスが戦われることになっていたのである。さればグスターフ侯は暗き大広間に坐して、蒼黒き夜空より花のむれた香りを漂わす夜風が吹きこむ大扉口をじっと眺めつつ、死神の到来を待たれたのである。

侯にとって、死神が出現してよりわずか七夜が経過したにすぎず、その間死神と口一つききかわすこともなかったのであるが、この七夜のあいだに、死神に対する侯の気持のいかに変ぜしか。昨夜はよき戦いの相手として賞讃の念すらおぼえたではないか。心気高き武人は、よき敵手に出会うことをこそ無二の誉れとこそ念じ、その手に倒れむことは、いささかの恥辱であるどころか、大いなる名誉と観じている。さればこそ侯もまた死神に対してかかる友情を感じたのである。今宵はチェス盤を囲みて、なおいくばくかの言葉をかわしうる時間ももちうるにちがいない。されば、余の年来の疑惑を、死神その人を前にして問いただすことも可能である。ましてそこにおいて余の疑義の氷解せんか、死神はむしろ余にとってなつかしき心友ですらある。されば、今宵こそ余の待つべき唯一の夜となるかもしれぬ。かく侯は思案しつつ、戸口を見守りていたのであったが、夜はすでにすぎ、かのおそき夜明けの月が白くのろのろと地平線に歪んだ細い顔を出しても、なお死神はあらわれないのであった。グスターフ侯はチェス盤の向いの空席を眺めつつ、死神はなぜ余を見すてたのであろうか、と危惧した。今宵こそ心落着けて、死神と相対しうる唯一の晩である。しかるを、死神は余をまさに見すてんとしている。見よ。早や鶏鳴はあたりにひびき、黎明の気配はすでにみちわたっているではないか。左様、黒い森からは一群の早起き鳥がつぶてのように飛び立ったのである。かくて暁の光は森の梢をこえ、露台をこえて、大広間へと差しこみ、空しく一夜を待った死神の空席を赤く染めたのであった。グスターフ侯は呆然として死神がすでに侯を見はなした故に、侯はいくばくの生を得たというむなしい実感にとらわれた。暗い大広間に一夜のあいだ、不吉に沈んでいた黒と白のチェス盤は、いまや朝のかがよう光のなかで、青と薔薇色の模様にかわり、そこに立ちならぶ駒たちは、物々しい深夜の黒い影から、今は爽やかな午前を躍る一群の舞姫へと変ったのである。

………………

………………

一、グスターフ侯、森にて木を切る男に出会う事、及びその問答の詳細の事。

叡智侯グスターフの瞑想は、死神の退去をもっていささかの動揺も示さず、さらに一段と深さを加えたとも申されよう。侯はいまや城中の高櫓なる書庫にても俗塵の身に迫るのを感得され、城外をさる数十里の山奥に石室をつくられ、聖書一冊をともなわれて、日夜瞑想と祈念にすごされたのであった。

されば、侯の顔貌は山野の風に厳しく鞣され、眼光鋭く、白髪白髯におおわれ、粗末なる革衣をまとい、かつて美々しき甲冑を帯され聖地長征に赴かれし侯とは、いかに歳月の径庭ありとはいえ、御同一人と見たてまつれなかったのも当然であろう。ただその鋭き憂苦にみちた眼ざしは、魂の激しき力を物語り、侯の求道のひたむきな心を示していたのである。されば侯が朝夕歩かれる道のべに、小鳥が舞い集い、さわやかな歌を囀っては、侯をなぐさめようとしたのであった。さるほどに、侯は一夕、遠く森の奥にて、何者かが木を切り倒す音を聞かれたのである。それは一斧一斧、澄んだ音となって、遠く山や谷にこだましていた。侯は久しき孤独なる暮しの揚句にわたらせられたので、今や、いくばくかの話を、賤が木樵りと交わさんものと、森の道を進まれた。森の奥には、一人の身分いやしき男が、大斧にて、数本の木を倒し、これからそれを引こうと準備しているところであった。されば侯は男に問われて、汝は何人なるか、この倒せし木は何になすやと申さるるに、男は答えて、私めは、城外に住むさるしがない猟師でございますが、この日頃、鳥も獣も野山に隠れて見えず、私めの放ちます矢は、ただでさえ獲物を失いますのに、矢までが私めを見はなすのか、藪に見えなくなり、流れに落ちて失い、ほとほと難儀が重なりました。また僅かばかりの田畑も、日照りと洪水で、種まけば枯れ、芽が出れば流され、いっこうに生活のめどがつきませなんだ。私めには病める妻と飢えた子が二人おりますが、これらに石や木を食わせるわけにもまいりません。お代官さまはそれでも貢物は日時計よりも正確にとりたてに参られる。前年の借金は利子がついて重くなる。日がたてばたったで、ただで過ぎてゆくこの世でないことが、私めには悲しくて、とうとうある日のこと、御禁猟のお城の森に忍びこみ、兎、猪、鳥、獣たちを獲り、妻にはあたたかい猪汁を、子らにはやわらかい兎の肉を、こころゆくまで食べさせてやりました。それをたまたま借金をとりたてにきた町の商人に見つかり、これだけの馳走を家内で食うて、借金の利子を払えん道理はないと、私を代官所に訴え出て、私めはとうとう御禁猟をおかした旨、白状いたしたのでございます。御承知でもございましょうが、御禁猟をおかしますれば、死罪でございます。しかも自分みずから、絞首台の木を切りまして、台をつくり、そこで自分でくびれなければならないのでございます。それで、ごらんの如く、私めは木を切っておるのでございます。

この話を聞かれたグスターフ侯は大いに驚かれて、されば汝は自らの絞首台の木を切りだしておるのか。汝はそこにてくびれて死ぬのか、と申されしに、憐れなる猟師は、静かに答えて、さようでございます、と首をたれた。侯は重ねて、されば汝は自らくびれ死ぬことが苦痛ではないのか、それに悩まされぬのか、と問われしに、猟師の答えて、お裁きがありました以上、私めには、何ともなりませぬと申上げるのであった。侯はさらに、しかし汝とて人の子、自らくびれ死ぬとあらば、なんらかの思いもあろう、まして自らの手で絞首台の木を切りだすとは、と問われしに、猟師の申すには、私めはこのようなお裁きを知っていて御禁猟の森に入ったのでございます。されど私めは御禁猟の森に入らなければ妻子を養うことはできませなんだ。これは止むを得ないことでございましたが、禁を犯しておりましたのも事実でございます。私めは妻子への愛憐に従いましたように、いままたお裁きに従うよりほか道はございませぬ。いやいや、愛憐に従いて禁を犯しましたことは、お裁きに従うことを前提としておったのかも知れませぬ。されば、私めは今やお裁きに従い、自らくびれることを、とやかく言うすじ合いはございませぬ。

　侯はかく申し述べる猟師の言葉を聞きおえると、深い瞑想にふけりながら、石室へと帰ってゆかれたのであった。この猟師の考え方も生の一つの諦念である。花が咲き花が散るように、この男は裁きを引きうけ、また愛憐の促しをそのままに受けている。この男は裁きの不当について不平を鳴らすこともない。禁猟の是非について非難がましい声をあげようともしない。この賤が男は、ただそれをあるがままのものとして受けている。それに従おうとしている。自らの絞首台をすら黙々としてつくろうとしている。それはあたかも、一夏の生命を終えんとする蜂や蝶のごとくである。数日のはかない生命を咲きほこる薔薇ははじらいの深い莟のなかで、その開花の純粋、無償な行いについて、短かい生命の輝きについて、思いまどうであろうか。蟬は一夏を鳴きあかして、やがて固い骸となって林間の空地に転がるのであり、輝く美しさで咲きほこる花は季節の空しさを嘆くことも知らず、ただ生命のままに散りはてるのである。されば、などて人のみが己れの死について思いなやむのであろうか。われらは空とぶ鳥のごとく、野に咲く花のごとく、おのが生命を空に開くことはできないであろうか。池水が雲をうつし、睡蓮を花咲かしめるように、おのが生命を開き、野や山や町や人々の運命《さだめ》をうつすことはできないであろうか。かの賤が猟師のごとく、ありしままの宿命を引きうけることはできないであろうか。われらの望むのはただ己れ自身であり、また己れの未来だけである。ああ、などてわれらは空とぶ鳥のごとく、己れから逃れさり、とびさる能わざるか。などて己が未来を半ば望みて、現在《いま》のさなかに花のごとく開かざるか。されば見よ、余は神を求めて海路千里、聖地へ赴きしも、神の御顔はついにあらわれなかったのである。されば見よ、死を知らんとて追いもとめしも、死はいまだに正体を示すことはなかったのである。されば、我をして空とぶ鳥のごとく自己の外へ逃れ飛ばしめよ。野に咲く花のごとく現在《いま》のさなかに全き開花を遂げしめよ。現在《いま》のさなかへの開花にこそ、未来ははらまれるを知れ。そこにはもはやグスターフもなく、グスターフの死もなく、グスターフの憂慮にみちた未来もないのである。そこにはただ光があり、風があり、野のひっそりした道があり、雲があり、雨にしぶく窓があるのみ。道が白く光り、村々が草深く埋もり、町が城壁のかなたに身をよせ合う。余は、かくて、光と闇の、花と雲の、別離と邂逅の、あけ放った明るい水面となるのである。

　かく考えられつつ石室に着かれた侯は、ようやく深まり来る秋の気配にあらためて驚かれつつ、久々に、森を去って、城内に還られんことを思いたたれたのであった。

………………

…………………

一、グスターフ侯の大いなる死についての条々、及び鳥と花の不思議の事。

グスターフ侯の還御は、城中の諸公子、諸騎士をはじめ城内外の町方衆にまで大いなる吉事として迎えられたのであった。なお侯の帰還を祝賀して、大赦令が発せられたのはいうまでもないことであって、かのあわれなる猟師は辛き生命を救われたばかりではなく、城主より金子数枚を贈られたのである。されば国の内外に瑞兆はあふれ、夏は日に輝き、秋はたのしき収穫を迎え、冬は豊かな薪と貯えに人々の生活は下々まで潤ったのである。

されど侯の健康はこの冬を迎えてすぐれず、大いなる天蓋付き寝台に伏され、昏々とした眠りに過されることが多かった。眼ざむればなお侯の眼は輝き、この日頃、侯のもとに献上せられし名匠の織りなせるタピスリを深く観照せられ給いて、早咲きの花をその前に飾られなどしたもうた。

かくて一夜大雪のしんしんと降りこめる日、奥方、姫君、近縁の諸公子を枕頭に集められて申されるには、余はいまやこの世に最後の挨拶をなすべき時に立ちいたった。これより母なる闇の大地へふたたび帰りゆく。なぜなら余は卿らと等しくそこから生れきたった者だからである。されば余は今やよろこばしき大いなる死を死せんと思う。卿ら、等しく余を清浄の花にて覆いたまえ。かく言われると、眠るがごとく瞑目された。時あたかも、暁の光、大雪に埋まる城内城外を薔薇色に染めたが、鳥も森よりいっせいに歌い飛びたち、また早咲きの花たちも厚い雪をやぶって、色とりどりに咲きいだしたのである。

…………………

…………………

第七章

その年の夏はいつもの夏と変りなくはじまったように思う。祖母が死んだあと、島の家にゆく前に、書院の奥の廊下を、一列になって鞄やバスケットをとりにゆくという習慣もいつかなくなっていた。夏のはじめの物うい午後、樟の青葉のきらきらした輝きが、ほとんど金緑色の魚鱗のような細かさで光っているのを、私は学校から帰ってくる道々、遠くから眺めながら、こうして汗ばんで学校から帰ってくるのも、もうあと数日の辛抱だと考えたりした。

私たちが島の家にゆくようになったのは、祖父の代からのことで、もちろん私などは記憶にないころから、島の夏を知っていたことになる。叔母たちや従兄妹たちの話すその頃の出来事は、記憶されているはずがなかったが、何度か繰りかえされるうち、いつか自分もそれを憶えていて、「そうだよ、＊＊ちゃんはお池に逆さまに落ちて、鯉と頭をぶつけたんだよ。」とか「＊＊ちゃんは水上飛行機に乗りたがって泣いたんだよ。」などと言ったものだった。

私の記憶に残っている島の夏は、もう祖父が死んだ後だったから、叔母たちの話すような私たちの家の最盛期はすぎていたが、それでもなお祖母が生きているあいだは、東京や関西や九州から幾組もの叔父叔母が子供たちを連れてきて、一夏を水泳や魚釣りに過すことになっていた。

私たちは次第に集まってくる親戚を迎えに島の駅まで出かけた。夏のはじめには、私たち兄妹と母だけだったのに、七月終り近く、その頃東京の学校にいっていた箕輪の叔母を迎えにゆくときには、総勢二十人近くになっていた。駅は木の柵を立てただけの閑散としたプラットフォームがあるだけで、柵の向うに淡紅色の立葵が強い太陽の光を浴びて透明な感じで咲いていた。

その頃は母も叔母たちもまだ若く、子供たちは誰も中学生になっていなかった。駅で叔母を待っているあいだも、私たちは、鬼ごっこをしたり、陣取りをしたり、駈けたり、叫んだりして、一瞬もじっとしていられなかった。列車が着き、女学生姿の叔母が降りてくると、私たちはわっとそのまわりを囲んで、鞄やトランクを我勝ちに奪い合って、島の家まで騒ぎながら歩いていった。

こうした夏、子供たちは林間学校のような共同生活をすることになっていて、箕輪の叔母がその監督に当っていた。日課表が貼りだされていたり、何日にはピクニック、何日には夏祭り見物、と予定表が黒板に書かれたりして、私たちはちょっとした小さな寄宿舎にいるような気がしたものだった。朝のうち勉強を終えると、午前の海水浴、昼食、昼寝、午後の海水浴と日課通りに一日一日は進んだ。後になって、私が童話や物語に熱中するようになると、こうした日課がいくらか窮屈に感じられたし、また従兄や兄が私の本をかくしたり、本を読んでいる部屋でわざと相撲をとったり、大声で歌をうたったりして邪魔をした。私が夏の午後、島の家の裏手のせんだんの木にのぼって、そこでよく本に読みふけったのは、そのためだった。

　その頃はもうあのセミヨーンの話ではなく、美しい都会へ来た少女の物語や、南海の島に船出する海賊の物語に読みふけったが、頁がだんだん薄くなってゆき、終りが近づいてくるのが、残念だった。それはちょうど箕輪の叔母のつくる蜂蜜を塗ったとろけるようなプリンが次第になくなってゆくときと同じような感じだった。

　夜は夜で、私たちは大きな蚊帳のなかに入って寝た。昼の疲れで、私たちは健康な深い睡りのなかに落ちたが、それでもはじめのうち、私たちは興奮していてなかなか寝つかれない夜があるのだった。そういう夜、従兄弟たちはクスクス笑ったり、羊の鳴き真似をしたり、枕をぶつけたりした。

　こうした夏の生活が頂点に達するのは、私たちが全員で、二艘の和船に分乗して、島から、外海の砂洲までピクニックに出かける日だった。それは毎年、休暇をとって島の家にやってくる叔父たちを待って行なわれた。私たちは前日から弁当をつくったり、冷たいお茶を水筒につめたり、輪投げや縄やシャベルを用意したりした。

　島の掘割をぬけ、内海を横切って、外海の砂洲まで一時間ほどで到着する。そこから私たちは袋やバスケットやビーチ・パラソルなどをめいめいで持って、砂洲の背をこえて、外海の側に出るのだった。そこは砂丘状の丘になっていて、灌木や浜防風などがまばらにはえていた。この丘をこえると、次第に眼の前にひろびろと外海の濃い水平線がひらけてくる。砂洲の海岸線が弓なりに左手にのびて、レースのように、白い波がその海岸線にそって砕けていた。

　私たちは砂丘の斜面にビーチ・パラソルを立て、喚声をあげて波打際に走っていった。叔母たちも水着姿になって、波のなかへ水しぶきをたてて駈けこみ、私たちと一緒になって、笑ったり、叫んだり、水を掛けたりした。しかし若い叔母たちより水泳の上手だった母は、真っすぐ波に向かって歩いてゆき、それから沖へと泳ぎだしていった。私たちは母の黄色い海水帽が波の間に小さくなるのを不安な気持で眺めていた。しかし母は間もなくゆっくりした泳ぎ方で戻ってくると、身体から水滴をしたたらせながら、私たちのほうへ眩しそうな眼をむけて、波から上ってくるのだった。私たちは毎年のように母から泳ぎ方を教わった。母がビーチ・パラソルに戻ると、私たちは波乗りをしたり、ゴムボールを投げあったりして遊んだ。浮輪にのって波の上にゆれていたり、従兄弟たちに足をすくわれてひっくり返されたり、海に飽きると砂丘のほうで輪投げや西瓜割をして遊んだ。

　兄はもうそのころから釣りに夢中になっていて、叔父たちと並んで、遠くはなれた波打際に、長い竿を構えて立っていた。打ちよせる白い波に足を洗われながら、大人臭い、真剣な眼つきで、波にゆれている浮きを見つめていた。

私たちは喉が渇くと、ビーチ・パラソルに戻って、冷たいお茶やジュースをごくごくと飲んだ。首すじを温かい水滴が一すじ流れていったり、砂が乾いて皮膚から剝がれたりする感触は、やはりそうした日の午後の楽しさと一つになって残っている。

私たちは砂の城をつくったり、それに飽きると、綺麗な貝殻を拾ったり、すべすべした石を集めたり、打ちあげられたほんだわらを海へ投げこんだりした。時おり私は漂着した空壜や靴の片足や木ぎれや船具の破片を見つけたが、そんなとき、時やの家へ遊びにいった幾日かを思いだした。そして海で溺れたという時やの父や兄の船体の一部が、こうしたもののなかにあるのではないかと思った。

私たちは貝殻集めに飽きると、また浮き袋につかまって泳ぎ、波に巻きこまれて悲鳴をあげた。鬼ごっこをしたり、水しぶきをたてたり、歌をうたったり、子供同士で相撲をとったりした。そしてまた思いだしたように砂の城に戻ってきて、厚い城壁をつくったり、濠を掘って湧きだす海水を汲みだしたり、広い内囲いを築いたのだ。その内囲いのなかは子供がひとり寝られる広さがあり、私たちはかわるがわるそこで仰向けに横たわった。私が最後にそこに横になってじっと眼をつぶると、絶えまない波の音と、遠くで騒いでいる子供たちの叫び声が、どこか円天井にでも反響するように微かに聞えていた。微風がかすめ、時どき外航船の汽笛などがそれにまじっていた。眼をひらくと、その青い空の奥に雲が眩しく光り、ほとんど動くとも見えなかった。そこには深い、はてしない休息があるような気がした。私はふたたび眼をとじ、ながく深々と息を吸った。爽やかな潮の匂いがあらためて私を幸福な感情でみたした。そうやって仰向いたまま、私にはこうした瞬間がいつまでもつづかないのがなぜか信じられないような気がした。鷗の声、波の音、子供たちの叫び、そしてたっぷりと過ぎてゆく夏の時間が、いつか私たちから奪いさられるということが、信じられないことに思えたのである。

しかしそれは他の多くのことと同じく、いつか気がつかないうちに、消えさっていった。祖母がなくなってからあとは、時代もいくらか慌ただしくなったために、島の家には、ただ母と兄と私と、それに誰か女中が一人来るくらいであった。そういう夏々に、私たちが外海へ和船で出かけても、海は荒れた感じで、風だけが強く砂丘に吹きつけていた。かつてあのように愉しかった夏の日は跡かたもなく消えはてていた。しかしまた別の意味では、そうした静かな夏を母などは好んでいたのではなかったかと思う。島の家にも一間だけ機屋《はたや》に改造した板敷の部屋があり、母はそこで涼しい午前ちゅうよく機を織っていた。

島の家は、私たちの祖父の代からのものだったから、時代もたっていたし、夏の他の季節には、特別の場合をのぞき、使われたことがないので、毎年、私たちが住む前に、幾らか手入れをしなければならなかった。風のよく通る座敷が幾間かと、居間と、台所と、湯殿があり、玄関わきに洋間が一つあって、これは南西に面していたので、午後は、西日をさえぎるために、鎧戸をおろし、いつも薄暗くひっそりとしていた。夕方になると、西側の鎧戸から反射する細い幾すじかの金色の光の帯によって、ほのかな縞目をつけられて明るむなまぬるい澱んだ空気が、ぎしぎしする籐の肘掛椅子やニスのはげた古い四角いテーブルや、本箱のなかの辞典や小説や古雑誌から生れる、乾いた、古い、埃りっぽい匂いをとじこめていた。

　私は、記憶にない幼年期のころには、この島の家にきて、はじめて床につく夜に、ひどく泣いたということを母から聞かされたが、思いだしうるかぎりでも、この家ではじめて寝る夜の糊のついたシーツの感触や、耳の下できしんでいる枕の固さや、どのようにむきを変えてみても逆さに寝ているような感じになる寝心地の悪さや、それに遠く、どこか青白い月の光の下で、黒く、動物のように、たえず打ちよせている波の音や、また時によると、底ごもりして鳴りつづける松林をすぎてゆく風の音などは、私の部屋での寝心地のよさ、身体ばかりか、趣味や不安や数々の思い出をすら、やわらかいぬくもりで包んで、外界の寒さ、窓に鳴る風、戸にうちつける雨から護ってくれるあの甘く、すべすべした感触とは、まったく異なったものであることを、刻々と鋭く感じさせてゆき、島の孤独にまだ慣れていない私の感覚を、注意深い、神経質なものにさせた。

　その島は私たちにとって季節のうちのただ一つの表情をしかもっていなかった。ちょうど四季を織りだす四聯の古い壁掛け《タピスリ》や、細密画《ミニアチュール》写本から、あたかも他の三つが欠けていたように（たとえば一つはベルリンの国立博物館に、一つはパリの国立図書館に、最後の一つはヴァチカンにあるというように）私にとって、その島は、ただ夏の光のなかだけでしか記憶されていないのである。

　そしてその島が夏の表情しかもっていなかったとすれば、私たちの家もまた夏の容色、夏の装いにつつまれてのみ記憶されていたわけで、それだけに、いっそう、記憶の断片の上に組みたてられる、幾重にも時間を重ねたモザイクのように見えるのだった。海にゆく前、あるいは夕方の散歩から帰ってよく乗ったブランコは、紅葉の木のそばにあって、大きく漕いでゆくにつれ、ちょうど膝のあたりにその小枝のさきがさわるので、島の家につくと、かならず出入りの植木屋に、そこの部分の枝を刈りこんでおいてもらったが、その翌年になると、また前の夏のはじめと同じように、その小枝のさきはのびていた。夏のはじめ、ブランコをこぐと、そのひんやりした葉群れのなかに身体ごととびこむような恰好になったが、それは私に前の年の夏を思いださせたり、また島の家にかえってきたという感覚的な実感を味わわせたりした。

　たしかに祖母がなくなってから後、夏になっても、島の家はかつての賑やかさを取り戻すことはできなかったが、島そのものも、少しずつさびれていった。戦争がはじまるようになると、海浜ホテルなどは最後には海軍の病院に使われるようになったのだ。

　もちろんそうしたことは当時の私には、どのような変化であるのか、よく理解できなかったにちがいない。子供だった私はただ夏のはじめのまだひっそりした島のあちらこちらを掘割や海岸通りにそって、あてもなく歩きまわるだけだった。その島の夏を特色づけ、他から区別しているのは、あまねく砂の道や夾竹桃の繁みや松林や青いきらめく海をつつんでいる明るい、まぶしい夏の光だった。私には、この光を考えないでは、島の風物を心にえがくことができない。それは初夏の山地や高原に見られるような、純粋な、透明な、それだけに軽々として重さを感じさせない、稀薄な、ひんやりした空気の中を通ってくる光とちがって、同じ純粋で透明な光でありながら、強烈で、じりじりと灼けつき、明るくて、まぶしい光の粒子を四方八方に拡散させる白熱する過剰な力だった。そしてそのため座敷の奥も、家の裏手の物置も、薄暗い土間も、この光の粒子を防ぎきることができず、あるいは戸の節穴から、あるいは板と板の隙間から、あふれ落ちてくるその粒子が、洞窟内の燐光のように、淡い菫色を含んだほのあかりをそこにひろげることになるのだった。日盛りの道をゆく行商人の麦わら帽子は金色に燃えたつような色で輝き、乾いた砂の道は、浜へ向かう道も、駅への道も、透明にゆれるかげろうの中に半ば形を失っていて、もしそのまま道をまっすぐ歩いていったとすると、私たち自身が、そのなかでゆらゆらと透明に燃えあがって、そのゆらめく光の踊りから立ちかえったとしても、もはや元の形のままではいられないのではないか、と思われた。道端の草地のみどりは、乾いた砂地のなかで、朝夕、光が弱まると、どこよりも先に涼気の戻ってくる場所だったが、日中は、道や広場や畑よりも、いっそう暑気を集めていて、ほとんど銀灰色の光の埃りをかぶって、強い濃い草いきれを絶えず吐きつづけていた。駅から私たちの家までの道は、鉄道線路の下のガードをくぐってこなければならなかったが、ガードに入る手前に、鉄橋の巨大な橋梁台のコンクリートが打ちこんである草のおおった斜面があって、そこには、潮がのぼってくるせいか、一部の草は立ち枯れていて、草地の向うの低くなっている辺りから、濃い潮の匂いが草いきれにまじっていた。枯れた草の葉や茎に、紙や、布ぎれや、海藻のようなどろりとした、みどりの、黒ずんだものがぶらさがり、乾いていたが、それは鉄橋から投げる列車の乗客たちの紙屑や空壜の破片であって、島の中でも不潔で、陰気な印象をあたえる唯一の場所だった。だから兄から、ここで漁師の娘が投身自殺をはかったことがあるときいても、さして意外な感じがしなかった。

　島のなかには幾すじかの水路が通っていて、それにそって、島の別荘の簡易な船つき場がならび、夏のさかりには、ボートや和船でひしめき、掘割にそった道々には、よしず張りの氷屋も何軒か店をだして人々で賑わっていたが、しかし夏のはじめの人気ない桟橋の上からみると、細い、ひっそりした水路には、見るともなく潮がながれ、その鏡になった静かな水面には、真昼のあかるい積乱雲と、幾艘かの舟のかげがひっそりと映っているだけだった。しかし、ずっと桟橋に近い水面をみると、空の反映の奥に、水底のやわらかい砂地がところどころに黒い瓦礫や石や錆びた鉄具の頭をのぞかせながら横たわっていて、そこに太陽が、どうかした拍子に、金色の波紋をゆらゆらえがきだすことがあって、そういうとき、それはちょうど砂地のなめらかな起伏にそって、甘美な旋律が鳴りひびいていて、それが水底であるために、響きとなって聞えてこないとでもいうように、幾重にも、淡い金色の輪となって、ひろがっていった。また時には、一群の銀色のきらめきが、耳にきこえぬフルートの音のように、水にうつる雲の奥をかすめて過ぎていったが、それは、やがて兄と四ツ手網でとることになるどんこつやはぜの群れなのだった。

夕方になると、私たちは掘割の石垣の蟹をつかまえにいったが、そこはまた、小さな芝えびの集まる場所であって、兄が四ツ手網を沈めているあいだ、私は小さな網で、船つき場の板のうえに腹這いになって、芝えびをすくった。芝えびは半透明な身体を斜めにして水中をはねとんでゆくが、それはまるで道化た、ぎこちない甲冑をつけてでもいるような様子で、また石垣の苔の上に密集してくるのだった。私は、頭に血が重くさがってくるのを感じるまで、片手に網をもったまま、顔を水面に近づけて、水中のこの世界の小さな出来事をのぞきこんでいた。しかし、ふと眼の前の水面にうつっている自分の、血の重くさがった、陰気にふくらんだ顔に気がつくことがあったが、その背後には、暗くかげになった顔とは反対に、明るい淡いサーモン・ピンクの雲が、まるで食欲をそそるクリームのように、水にうつっていっそう冷たく見える青ざめた空の奥から、ゆっくり盛りあがってくるのだった。

島はいたるところ砂地だったが、夾竹桃の群生する荒地をひらいた乾いた白い畑地が、漁師の部落のまわりには多かった。天然に群生する夾竹桃は、むしろ野生的な、荒々しい感じで高くのび、風の激しい日には、白い葉うらを返して、気が違ったように大きく揺れ、いちめんに咲き乱れた花が、泡立つ波間に投げこんだ供養花のようにいっせいに身もだえていた。そういう嵐の日には、いたるところの松林がごうごうと鳴って、まるで島全体が鳴りどよんでいる感じがした。私は、あわただしく走りぬける雨脚のすぎさった間をねらって、髪の毛を吹きみだされながら、夾竹桃を見に外へ出てみるのだった。まるで酔いでもしたようによろよろする足は、重い液体かなにかに似た弾力ある湿った風圧のなかを、前のめりになりながら、海岸のほうに向かうのだった。雨を含んだ風が、潮の匂いを濃くただよわせて一段と激しく吹きつけると、私は、途中の松の幹や塀に背をもたれて、まるで吹きとばされてきた紙が壁にひたと貼りつくように、いかにも中空に、風の力でとめられているような気持になるのだった。海の近くでは、夾竹桃の繁みは、片方へ激しくなぎ倒されたまま、身をふるわし、もだえ、ざわめき、声をあげていた。それはまるで風の追い手をのがれようとして、右へ左へと散乱して、手をのばしたり、身体をよじったり、頭をふったりしているように見えた。私たちは大人であるよりも、子供であるときの方が、一般に、より多く自然に近づき、自然と一つになっていることが多いのであり、ちょうど夕暮れに鳥たちが黒ずんだ森へ水平の線をえがきながら戻ってゆき、また、赤く染まる西空に、鴉がごまをまいたように渦巻きとぶのに似て、子供たちもまた、一日の日の長さを惜しむかのように、夕暮れのひととき、ひときわ声高に、喧しく、熱狂して遊び呆ける時間があるが、それも子供たち自身の習癖よりは、なにか、よりいっそう自然に所属した一群の生物が、光の弱まりとか、あるいは空気中の温度や湿度の変化とかによって、とつぜん鳴き叫んだり、飛びたったりするのと同質の、盲目的な、根源的な動きを感じさせるのである。こうした子供たちの本性は、おのずと天候の異変に対しても信じられない敏感さを示すのであり、あるいは血のしたたるような夕焼け空がひろがるとき、あるいは楕円にゆがむ赤い月が浮かびあがるとき、あるいは雷雨や雹が限度をこえて荒れるとき、早く眠りについた子供でさえ、悪夢のなかで叫び泣くのである。暗い森のなかで鳥たちが羽音をたてて鋭く鳴くのを、私は、そんなときよく連想したものだ。嵐の日に私が味わったあの興奮、あの異様な昂揚感は、こうした子供の本能と切りはなしては考えることはできない。私は風のなかに立ち、風圧によろけながら、風にむかって突進し、喚声をあげ、手をふり、まるでそれが一人の大きな人間であり、そうすることで巨人を打ちたおすことができるとでもいうように、ますます昂揚し、ますます快活になってゆき、最後には、風のなかで踊りまわり、くるいまわって、あげくの果てに、息をつき、片手で松の幹に身体を支えながら、泡だらけの海をながめるのだった。海はごうごうと鳴り、獰猛な波が牡牛のように砂浜に突進して、咆哮し、崩れ、もみ合い、押し合いして、波打際を荒れまわった。対岸の岬も、町も、灰色に垂れた雲の下にかくれ、その灰色の雲も、よく見ると、幾層かに重なっていて、淡い灰色の地の前に、暗紫色を含んだ濃い灰色の帯が、ゆるやかに形を変えながら動き、さらにその手前を、黒ずんだ雲の断片が、いっそう足早やに、黒い帆をはらんだトリスタンの葬列のようにすぎさっているのだった。

　母は自分の部屋での機織りに疲れると、よく海浜ホテルのテラスで午後の時間を送っていたが、それは、そこが海水浴客のなかにいながら没交渉に時間をすごすことのできる唯一の場所であったばかりでなく、ホテルの支配人が私たちの家とどこか遠いところで何かのつながりがあって、ずっと以前から母も面識があったからである。時おり母は気をかえるためか、あるいは特別な食事をとりたいと思ったのか、昼か夜かに、ホテルの食堂にゆくことがあり、それは兄や私にとって、やはり幸福感を押さえかねる出来事ではあったのだ。昼には、私たちは海とは反対側の、暗いポーチをこして大きいヒマラヤ杉の並んでいる中庭にむかったテーブルを予約したが、それは、風がよく通るというばかりではなく、そこからだと、母の考えによれば、海に向かって開いている窓ガラスいっぱいに、青い海と、その青よりは一段と淡く、それだけに軽く、上に浮かびあがったかと見える晴れた空が広く見えていて、単純化された装飾壁面の見事な背景をつくっていたからだった。夕食は逆に窓際のテーブルにつくことが多かったが、それは、夕焼けの美しさが、食堂のシャンデリアによって、食堂の奥からだとさえぎられて、十分見えないためだった。ここから見る夕映えは窓をばら色に染め、海を金色の動揺と真紅の輝きの反射にかえ、流れる雲を金の羽毛に燃えたたせる、壮麗な、広々とした、官能的な夕焼けなのだった。私たちが席につくとき、年をとった背の高い給仕長が自ら母のところに挨拶にきて、若い給仕と半々で皿を運んだ。私はこの老人の給仕長が好きで、彼はいつも紙ナプキンで折った兜や三宝や帆かけ船を私のスープ皿の上にのせておくのだった。私はテーブルにつき、それをみて思わず老人の方をふりむいて笑うと、これは二人だけの黙契ですぞ、誰にももらしてはいけませんぞ、とでも言うような表情で大きな眼をぎょろつかせたが、それはなにか果物の種でものみこんで狼狽しているように見えるのだった。

夏のはじめは、なお海浜ホテルには客が少なく、海岸は主に土地の子供たちや、近在の町から集まる人たちが多かった。私が海から上ってくると、母はテラスの奥でたいていは本を読んでいた。時おり私のためにジュースを若いボーイに頼んだり、本を伏せて海を見たり、客たちを見たり、指先でテーブルの上になにか字のようなものを書いたりしていた。母は日盛りに砂浜を歩くことはあったが、海に入るのは、早暁か、夕方ほとんど暗くなってからだった。母は波打際からまっすぐ沖に向かって歩いてゆき、胸のあたりまできてから、ゆっくり沖へと泳ぎだし、ほとんど海岸からは見えないほど沖まで出てから、またまっすぐ岸に泳いでくるのだった。母が泳ぐそうした時間には、砂浜にはほとんど人の姿は見えず、海も沖の方は暗い菫色を帯びた灰暗色であり、海岸近くは濃い緑青色に沈んで、冷えびえした波が打ちよせ、砂浜は黒く濡れていた。早暁、光がようやく地上に達しようとする夜明けのばら色の空を背景にした母が、波から立ちあがり、ゆっくり歩いてくるようなとき、海はすでに暗いかげを失って、銀青色のさわやかな波をきらめかせ、母のしなやかな身体からしたたり落ちる水滴はほとんど金色と赤に染まるのだった。私にはいまも、朝、水平線にあらわれる太陽の赤い球を背にして、きらきら輝く黄金の海から全身をばら色に染めながら現われる若い母の裸身が眼に見えるような気がする。私の差しだすタオルで身体をくるんだ母は、いくらか色の変った唇をかんで、海水帽の下にほつれた髪が頬にぬれてまつわりついたまま、昇ってくる太陽をふりかえる。金色に、ばら色に照りはえたその顔は、ながい遊泳の疲労から、どこか偶然海辺の砂から掘りだされた古代彫刻の首のように、表情を失って、ただ太陽の方へ向けられているにすぎなかった。

しかし夕方おそくなってからだと、母が波からあがってくるとき、海はもう暮れていて、波は暗く重くうねり、いくらか疲れて、ゆっくり波を踏んでくる母の姿は、黒い見わけがたい影でしかなく、それはまるで遠い海の向うの楽園を追放された女が、悲嘆と悔恨の重みに打ちひしがれて、海を渡ってこちらの陸地にあがってくるのに似て、孤独な、頼りない、黙々とした足どりに見えるのだった。

母はよく夜私たちをつれて、あかりの残るホテルの方から、海岸にそって長いこと散歩することがあり、兄は花火をしたり、模型づくりに熱中したりして、家に残ることが多かったが、私はいつも母と一緒に出かけた。もっとも兄がこの散歩に出かけたがらないのにも理由がないわけではなかった。母は散歩のあいだ、たとえば燈台の光をみたときとか、漁火が暗い海に鬼火のように揺れていたりするときとかに、「きれいね。」とつぶやくぐらいで、あとはなにか考えこむように黙りこくっていた。私がこうした母と散歩を好んだのは、母の沈黙のなかに不安な神秘な雰囲気があったためか、私自身そうした雰囲気に憧れていたためか、それはわからない。松林を通って私たちが海岸に出ようとするときなど、月がまるく、白く、大きく、ちょうど海の上にのぼったところで、砂丘が黒く盛りあがっているために、海はまだ見えず、月の前に松林の黒いかげが松傘形に打ちだした同じ模様のように、ある一定の幹の傾きと枝ぶりを見せて並んでいた。空は夏の夜らしいびろうどのような艶を含んだ黒ずんだ藍であり、古い版画のように、深く落ちついた幾重にも色をかさねた不思議に澄んだ夜の気配なのであった。私たちの歩いてゆくかたい砂の道は、海からの風に湿っていて、砂の粒がきらきら光り、草は露で白くぬれていた。波が黒い砂丘の向うから、低いつぶやきとなって聞えていた。

私はこうして母と歩く夜々、島の家も、ホテルもひっそりと静まりかえり、ホテルのあかりも二つ三つ洩れているだけであって、暗い海の漁火は、私たちの前にゆれている赤い鬼火の列であり、私たち自身ももうとっくに死んで、そうした鬼火の一つになって、こうしてさまよっているのだ、と言うような気がした。

その年の夏はこんな風にしていつもより静かに過ぎたように思う。その年、私がとくに記憶していたのは、母が春のうち、しばらく神経症で入院していた病院に、週に一度、汽車に乗って診察を受けにいったということである。もちろん外見には何の変りも見られなかった。幾分、黙りがちであったこと、毎夏、朝夕欠かしたことのない水泳をその夏は余りしなかったことなどが、変ったところと言えば言える程度であった。ただ後になって気がついたことであったが、その夏、母はめずらしく機を織らなかった。私は機に糸がかけてあり、布地が途中まで織ってあるのを見て知っていた。だから、母は、なにかの理由で、その機を織りつづける気力がなかったに違いない。こんな風にして八月になると、時おり空は晴れているのに強い風が吹き、波の荒い日がくるようになった。飛びこみ台の下につないであるボートは右に左にもみぬかれて、波しぶきの下で今にも顚覆しそうに見えた。船つき場まで出てみると、防波堤にならんだ船のマストはゆっくりゆれているだけで、そこには思ったほど波はなかった。ただ防波堤には、外海の波が雨のように降りそそいでいた。海岸には、波乗りをしたり、ゴムボートを乗りだそうとする人々がいたが、ボートはすぐ岸に打ちつけられ、転覆して、人々は総がかりでそれを海に押しだそうと騒いでいた。

そうした日々、夾竹桃の繁みを波立たせ、白い葉をかえして、さわやかな風が立ち、雲の白い輝きにも、ひんやりした翳りを感じた。午前など、ホテルのテラスから事務所のある奥を眺めていると、まるでオランダ派の室内画のように、水のように澄んだ落ちつきがみちていて、窓枠の黒さやガラスの輝きが、中庭の光にさやぐ木立ちを背景に、ひときわ引きたって見えた。

その頃になると海岸に出ていても、町を通ってゆく太鼓の音がよく聞えた。それは島の夏祭りが近づくのを告げる太鼓だったが、私たちの家の門燈にも赤い提灯がゆれるようになった。駅前広場には見世物小屋がたち、土産物や雑貨玩具の露店も並んでいた。雲の多い、風の強い日、見世物小屋の幟《のぼり》はいっせいにひらひらと揺れ、天幕張りの小屋は、まるで大きな帆か何かのように風をはらんで波打っていた。背の低い陰気な男が口上台のうえに坐って、しわがれた声で通行人を呼びとめていた。その小屋のまわりには、厩に似た臭いや、アセチレンの臭いや、生ぐさい水の臭いがただよっていて、暗く、不潔で、じめじめしていた。私は駅前の店をひとわたり見て歩くと、またホテルまで帰ってきた。夜になると花火があがり、それは私たちの頭上で大きく開くので、まるで暗い夜空をおおう火のドームのように見えるのだった。その一すじ一すじの青や赤の火箭が蜘蛛手に開いて、大きく、ながく、のびてゆくとき、私は、自分の身体のほうがすっと上にのぼるような気がした。そして上に身体がのぼりきったときに、乾いた、耳に痛みをあたえる鋭い音で花火が鳴りひびき、それは遠く暗い海にこだました。こうして花火が大きく開くたびに私の身体は夜空を斜めにのぼっていったが、その空は、花火が消えると、月はなく、満天きらめく星で埋まっていた。そのおびただしい星は、きらきらと濡れたように光り、星座を形づくる星と星のあいだにも無数の星屑がひしめき、夜空が一段と濃く狭くなったような感じがした。

祭りの前後には近在の人が集まって、神社の境内は駅前と同じように露店で賑わっていた。杉や欅におおわれた境内は湿っていて、山道も、石段も、鳥居も、燈籠も、苔が青々と冴えていた。木立ちをすかして海がきらめいていた。夕方になって、日が入ると、夕焼けが大きくひろがり、それは杉木立や社殿や苔むした石垣や露店のあいだを歩く人々を赤く染めていて、古い雑誌のなかの色刷り頁のように、赤い色だけが輪郭から外にはみだして、人も木も家も赤く隈どりされたようになっている――ちょうどそうした感じにそっくりだった。夜になると、兄と私は女中と夜店を見にいった。私たちは金魚や虫屋の前でながいこと足をとめた。玩具屋では、お面や鉄砲や磁石や日光写真や笛やめんこが裸電球の下にひしめいていて、子供たちは店の前から離れようとはせず、物ほしげな眼、ずるそうな眼、人のよさそうな眼、気の弱そうな眼が、きらきら輝きながら、あるいはお面から水鉄砲に、あるいは人形から笛に、あるいは軍人将棋から水中花へとさまよいつづけるのだった。あたかも、汗まみれの手に握りしめた銅貨の与えてくれる快楽の可能性をしゃぶれるだけしゃぶろうとでもしているように。彼らは、そのあげく、もうそこからしぼれるものをしぼった滓ででもあるかのように、首をうなだれて、その銅貨を、店の、眼の赤い老婆の皺だらけの手のひらに渡すのだった。

私はまたアセチレン・ランプの下でさしている将棋をかこむ

大人たちを眺めた。その大半はこの辺りの漁村の人々で、黒く日やけした顔には一様に、寛大な嘲けるような微笑が浮かんでいて、なかには、将棋の駒を握っている若い男にむかって、舌うちでもするような調子で何か声をかける人もいた。しかし、たいていは黙りこくって、あるかなきかの微笑を浮かべ、ぎっしりと顔を集め、暗い焔の下の盤上の勝負を見つめていた。相手の人物は、四角い顔の、口髭を短かくたくわえた、教頭とか代書人とかいった感じの男で、腕を組んだり、わざと相手の気をそぐように笑ったり、片方の肩をそびやかしたりした。私はふと、そうした顔の集まりが、薄暗いあかりの中に重なりあって、吊りさげられている仮面のように見えてきたのだった。あたかも仮装舞踏会が終ったあと、城館の屋根裏部屋に、ピエロも大臣もサルタンもアラビア人も一束になって、天井から吊りさげられ、あたりは埃りと静寂しかないのに、彼らだけが、まだその華やかな晩と同じように、笑ったり、眼をむいたり、道化たりしているように……

私たちは縁日の人ごみの中でホテルの老人の給仕長に会った。彼は制服ではなく着物をきて、手に団扇をもっていたので、役を終って化粧や衣裳をはずした役者に出会ったときのように、地の彼の方が、いかにも仮りの姿であって、どこか物足らない落着きのわるい感じをあたえた。老人は私たちに鈴虫の籠を買ってくれた。籠の中に輪切りにした胡瓜が二切れ入っていて、その上に二匹の鈴虫が眼をきらきら光らせていた。私たちがそれを持って帰りに暗い道を歩いていると、いきなりそれが鳴きはじめた。しかし二匹のうちのどちらが鳴いたのか、あかりにかざして見ると、その声はやんで、二匹とも籠のむこうからじっとこちらを見ていた。いかにも驚いたというように、触覚をたえず動かしつづけながら。

夏祭りが終ると、ホテルでも海岸の管理人のあいだでも、「これであとお盆までだあね。」という言葉が交わされる。夏場の稼ぎも、旧盆がくるまでだというほどの意味で、そのころになると、みんなが挨拶のようにこの言葉をくりかえす。おそらく今年はよく稼げたとか、思ったほど客がでなかったとか、これで今年の夏も終るのか、とか、それぞれの感慨が短かいその言葉にこめられていたのであろう。

えびす屋の裏の畑ではすでに裾まわりから黄ばみはじめた胡瓜の葉が、白い、剛い、針のような毛を光らせながら、崩れかかった棚から垂れて、じりじりする午後の日ざしの中で、白く乾いた地面に横たわる熟《う》れすぎた胡瓜のいくつかを、あたかもヨナにかげを差しだす瓢《ひさご》の葉のように隠していた。草地という草地ではヒメジョオンが白い花を咲かせたまま、一夏の踊りに疲れた踊り子たちが、眠気と疲労から、いくらか汚れた薄い舞台衣裳を着て、前後もなく重なり合って眠りこけているように、ここかしこに、なだれをうって倒れているのだった。私は、犬のいない犬小屋や、一匹だけが草をたべている片眼の兎のいる小屋をのぞき、風にさやさや鳴る唐黍畑のそばを通り、夾竹桃の繁みのある空地の水溜りをのぞき、青空に浮かぶ雲が、白く、そこにうつって流れてゆくのを眺めた。

駅前にいってみても、夏祭りの賑わいはなく、露店も、夏のはじめから出ている二、三の氷屋をのぞくと、すべて姿を消し、見世物小屋もなくなっていた。石材をつんだ荷馬車が広場の隅で日を浴びてとまっているだけで、耳のところに穴をあけた古い麦わら帽子をかぶった馬が、時おり、頭を大きく上下にふり、耳をぴくぴくふるわせては、私の方をふりかえって眺めていた。駅には鶏頭が赤く咲き、イチモンジセセリが狂ったように舞いながら花のまわりをまわっていた。列車がとまることがあっても、降りる客は少く、町へ買物にいった婦人たちや老人が降りてくるくらいだった。駅員室には誰もおらず、ただひとりで電信機がことこと鳴っていた。私は、乾いて木目が浮きだし、その木目も多くの人々の手によってまるく滑らかに磨滅した改札口の木組を、なにか新しいものであるかのようにさわってみた。

おそらくこうした改札口の木目の記憶は、その年の夏、何度か都会の市立病院に通っていた母を送って、島の駅まで来たことを意味したのであろう。母が最後に島の駅をたったのは八月の終りだった。私たちもあと一週間ほどで家にかえることになり、島の家の二階は、もうほとんど雨戸を閉めきっていた。

私は兄と二人で、都会の家に帰る前に、もう一度、和船で外海の砂洲まで出ることに決めた。私たちは心のどこかで、なお今でもそこに、あの夏の賑やかな一日が残っていて、行きさえすればそれとふたたびめぐり会えるような気がしていたのかもしれない。

私たちは風の吹きすさぶ砂丘を幾つかこえて、ようやく最後の高みから、この荒れた外海を見おろした。砂洲の頸部ははるか左手に遠ざかり、その広い海岸線には磯釣りをする疎《まば》らな人かげのほか、家も小屋もなく、半ば崩れた舟小屋が砂丘のかげに見えていたが、それすら使えなくなって何年もたっているものだった。砂丘の斜面には、はげしい風にさからって、乏しい草や木がこびりつき、露出した岩は白く風化して水平なすじ目が刻まれていた。砂丘の斜面に露出するこうした岩の一つに途中私たちは、おびただしい鳥の白骨をみつけた。もちろん、もはや鳥の姿態を想像させるような骨は一つもなく、注意しなければ、砂か小石の堆積としか思わなかっただろう。小さな頭蓋骨らしいもの、細い骨らしいものはなくはなかったが、しかし私をぞっとさせたのは、そうしたものではなく、そのおびただしい骨の数であった。それはおそらく数百羽、数千羽の鳥が、そこで死に、そこで太陽にやかれ、風化していったものにちがいなかった。もちろん、どのようなことが起きて鳥たちがここで死んだか、私にはわからなかった。私はただ、幾日も幾日も飛びつづけた渡り鳥が、ある日、この岩の上に最後の翼をとどめたのが想像できるだけだった。彼らは疲れからか、病気からか、他の鳥に襲われたのか、一夜をあかすつもりで、この岩の上に翼を休めたにちがいない。夜明けとともに、黒く渦巻く無数の群れとなって、南をさして飛びたつつもりでいたのかもしれない。しかしその夜明け、彼らはすでに冷たい死骸となって、岩の窪みに横たわっていたのであろう。その翼は動かず、羽毛は朝風に吹かれながら。こうして彼らは腐爛し、乾き、風化し、白骨となり、骨片とくだけていったにちがいないのである。たしかに、それは誰一人知るひともない自然の一隅の些細な出来事であり、あえて考えてみるまでもない事柄だった。それは無数の葉が秋とともに凋落し、春とともに生きかえる、そうした自然の自明な出来事にすぎなかった。しかし私に感銘をあたえたのは、やはりその数の夥しさであった。十羽、二十羽の鳥ならまだ私にも納得ができたかもしれない。しかし、そこには数百羽、数千羽の鳥が白骨となって横たわっているのだった。この砂洲の岩という岩に、こうした白骨が横たわっているとしたら、ここに死にはてた鳥たちの数はどれほどであったろうか。

吹きすさぶ風のなかに立って、私は兄に寄りそうようにして、砂丘の斜面を見おろした。鳥たちの白骨や、荒れた海辺の風物のせいで、私は、ふと、いつか兄と二人きりで松茸狩りから帰ってきた夕暮れの、孤独な、わびしい気持を思いだした。この地上で、私が兄と二人だけで取りのこされたような、心細い思いが胸のなかに忍びこんできたのだった。

砂丘の斜面には、前の夏と同じように、流木や漂着物が散乱し、船具の破片や、靴や、壜や、空罐などが半ば砂に埋れていた。私たちは風に吹かれながらその斜面をおりていった。海は荒れ、波は泡を嚙みながら崩れおちていた。私たちはしばらく黙って波打際を歩いた。砂の城をつくる気もしなければ、波乗りをして遊ぶ気にもなれなかった。

そのうち兄は「おや、あれは難破船じゃないかな。」とつぶやいて、遥か遠くの海岸線のつづきに、黒い点になって見えている岩のようなものを指さした。「岩かもしれないわ。」私はおそるおそる言った。「いや、岩なら、もっと波が打ちあげているはずだ。」兄は分別臭くそう言った。それから私たちはその黒いものを見に、ながいこと海岸線にそって歩いていった。近づくと、それはやはり難破船の残骸だった。

それが浜に坐礁したものか、半ば浸水して打ちあげられたものか、よくわからなかったが、その船体は半ば砂に埋没し、舳先を高く空にむけ、海に向かって進み入ろうとしているように見えた。打ちよせる波が船腹にひたひた当ると、船はいまにも生きかえって動きだすかと思われたが、甲板も船室も舵もマストも、およそ船についているほどのものは何もかも剝ぎとられていた。漁船であったらしいがっしりした木造の船体だけが辛うじて形を保っているだけだったが、それでさえ、斜めにかしいで、より深く砂に埋った右舷の船腹は、おそらくその形もすでになかったのかもしれない。

私たちはその難破船の上に乗って、自分がこれから大洋に乗りだしてゆく様を空想した。朝焼け夕凪に飾られた海原を、こんな船に帆をはって走ることができたら、どんなにすばらしいことであろう。帆をかすめて飛魚が銀色にきらめき、いるかの群れが道化た身ぶりで舷側のそばに躍りあがるかもしれない。南海の碧緑の波をすかして大くらげが白く幻影のように流れてゆき、鱶の青白い腹が不気味にそりかえってゆくのを見るかもしれない。嵐が怒濤を巻きあげ、木の葉のように船を翻弄することがあるかもしれない。風が疾駆し、波頭が砕け散り、帆柱がきしり、帆綱が雲の乱れる空に異様な音をたてて唸るかもしれない。あるいは時に北の海の入江に錨をおろすことがあるであろう。切り立つ峡湾の静けさのなかで、鷗が舞い飛ぶのを見るかもしれない。また南洋の港でジャンクや帆船の群れのあいだから、物語にあるような金モールの筋の入った制服の船長や、肥った貿易商や、裸足の労働者が歩いてゆくのを見ることがあるかもしれない。もしそんなことが本当に実現するのだったら、なんてすばらしいことだろう。ひょっとしたら私は本当はこうした船に乗って、世界じゅうを旅してまわるように宿命づけられている人間なのかもしれない。そうしたら私はいつか世界の国々の不思議な物語を集めた本を書くようになるのだ。めずらしい港の風俗や、遠く異郷に暮している孤独な人間の話を、私はきっと本に書いて残しておくのだ。そうした南洋の港には、どんなに多くの男や女が、物語のような生涯を送っていることだろう。私はいつかきっと本を書く人になって、あの青ざめた靴屋の話や、雨の降る大都会をさまよう孤児の話と同じように、こうした海洋の物語、東洋や南洋の港の物語を書くのだ。きっと書くのだ……。

　私は舷側にひたひたと打ちよせている波の音をきいていた。そしてそうした波に耳をすませ、舳先に立っていると、ふと船が大海原を進んでいるような幻覚にとらえられた。

　砂丘を駈けおりてくる人影を私が見つけたのは、ちょうどそんな空想にふけっている最ちゅうだった。その人影はなかなか私たちのところには近づかなかった。しかしその姿が次第にはっきりしてくると、それは島の家に働きに来ている植木職人だった。その老人は息を切らせながら私たちのところへ来ると、

「お宅からすぐお帰りになるように電話がございました。」

と言った。兄は未練がましく船の甲板に立って、なお舳先などを撫でながら、

「すぐじゃなくたっていいじゃないか。」

と答えた。植木職人は、私たちを連れてきた船頭と二こと三こと言葉をかわした。

「坊ちゃん、さ、急いで帰らなければいけません。お母さまの容体がお悪いんですよ。」

　実直な船頭は兄に向かってそう言った。兄もその言葉に一瞬驚いたようだったが、すぐには船からおりてこなかった。しかし私はその言葉が毒をもった矢のように胸をつらぬいていったのを感じた。なぜその瞬間、反射的に、私が母の死を感じたのか、よくわからない。が、船頭の言葉をきいたとき、私は、もはやどうにもならないことが起っているのを知った。ああ、なんとその船頭の言葉が口にされる前には、仕合せなことがみちわたっていたのであろうか。その言葉が口に出ると、そこには乗りこえることのできない仕切りが生れていた。それ以前のことは、どんどん過去のなかに繰りこまれ、手をのばしても、もうつかむことはできなかった。ああ、どうして、もう一度、その前の状態にかえることができないのか。そのとき突然、悲しみの発作がこみあげてきた。あの静かでやさしかった母、いつも機屋に坐って庭の青木に降りそそぐ雨を見ていた母、つい先

日まで島の家にいて、私たちと一緒に歩いていた母——その母が死んだのだ。もう二度と会うことができないのだ。もうどこにもいないのだ。船頭の背におぶわれて、ゆらゆら砂洲の背をこえてゆくあいだ、私はひたすら泣きつづけた。

私はこうしてその年の夏の終りに母を失った。翌日早く私たちは列車に乗り島の駅をたった。駅を出ると間もなく、私たちは鉄橋を渡った。それはあの賑やかだった夏の日々、私たちが従兄妹たちを送るために島のはずれまで出ていって、ハンケチを振り合う場所になっていた。しかしその日、島の家のあたりはひっそりとして人影も見えなかった。外海にのびている砂洲は鉄橋からは逆光のなかに青く霞んでみえた。砂洲の先端に白い燈台があり、そこに、外海の水平線がしばらく見えていた。しかし鉄橋を渡ると、もう夏らしい気配は急に消えた。海の色も、松林も、海岸の小屋も見えなかった。

こうして私たちは夏と別れをつげた。母の葬儀が終り、祖母の死のとき以上に樟のざわめく家がひっそりしたとき、私の感じたのは、すぎさったのは夏だけではなく、もっと大切な何かだったということであった。しかしそれが何であるか当時の私には理解することはできず、ただ季節の喪失感だけが心にいつまでも空白な映像となって残っていた。

終章

私は伝記作者でもなければ、歴史家でもなく、単に一個のエンジニアにすぎないが、こうして支倉冬子が死んで以来三年というもの、彼女の日記、手紙類を整理し、とくにこの半年、それを引用し、抜粋して、私なりの註解を加えながら、彼女の生涯を跡づけてきてみると、いよいよその最後にふれなければならない今、多少の感慨をおさえることができない。私は故郷の家の座敷でこの仕事に夜の時間と休日の午前を当ててきたのだが、前後十数回しか会ったことのないこの女性に、今は生前以上の愛着を感じていることは事実である。ここで彼女に関する二、三の報告を終えれば、もはや支倉冬子について書くことがなくなるということは、何よりもまして悲しいことだ。私がもう少し文筆の才に恵まれ、冬子との十数回の出会いから、ながい一篇の作品でも書けるのであったら、どんなに仕合せなことであろうと思う。しかしそういう気持があるだけで、ただエンジニアの正確さを偏愛する気質から、冬子の書いたものを配列しえたにすぎない。ともあれ、そこには、少くとも彼女自身による彼女の人生が幾分かは示されているはずである。私はそれで満足すべきであろう。もともと私は彼女のなかに何か心を打つものがあったがゆえに、その実体を知り、またそれによって彼女の誤解を解こうと思ったにすぎなかったのではないか。

とすれば、ここで最後に、やはり同じようにして私は冬子の手紙（私宛のもの）を示すことによって、この記録をしめくくるべきではあるまいか。この手紙はたしか前にも触れたように彼女がＳ＊＊諸島からフリース島へヨット周航に出かける前、そこで書いたものである。もしあの夏の終り、私が支倉冬子に会っていれば、この手紙は書かれなかったかもしれない。しかし私はずっと冬子と会えなかったし、また、その頃彼女の意見に対して、私なりの考えを書いておきたかったりして、その夏、ギュルデンクローネの城館にあてて手紙を出しておいたのである。冬子はそれの返事としてこの手紙を書いたのである。

〝ご親切なお便り、ありがとうございました。あなたのお考えになる都会についてのご感想は大へん興味ぶかく読ませていただきました。たしかに一つの都会というものは、刻々に表情をかえ、まるで私たちのなかで生きているもののように思えさえいたします。たとえば戦没者記念堂が突然市役所に変ったり、普通の家並に大学の建物が出現したりするというような極端な場合もあるのです。

私がいまこれを書いておりますのは、都会から河にそって車で二時間ほどの港から、船で半日がかりで着く、ある小さな島なのです。あなたのお手紙は、実は、こちらに廻送されてきたので、一週間ほども受けとるのがおくれてしまったのです。

この島の住民がどれくらいいるのか、どのくらいの広さの島なのか、そうしたことは私はまるで知りません。全島が漁民で、貧しい小さな低い粗末な石造の家に住んでいるのです。島は東へいっても西へいっても、あるものと言えば岩ばかりで、その硬い、白い、すきとおるような鋭い岩におおわれていて、遠くからみると、北海に浮かぶ最初の流氷の巨塊かと見まごうほどです。島には二台のバスがあるだけで、これが朝夕定期的に動き、あとは何かあると臨時に運転されます。

私たちはこの島の郵便局長の家にとまっています。私たちというのは、私と、エルス・ギュルデンクローネです。このエルスたちの家の遠縁に当るのが、郵便局長なので、夏の終りのヨット旅行をするために、私をここへつれてきたというわけです。私ははじめ夏休みのあいだイタリアやフランスへ廻ってみるつもりにしていました。が、それより先に、私はギュルデンクローネ館《やかた》に住むことに決めてしまいましたし、このヨット周航の計画もそこからおのずと生れてきたものなのです。ヨット旅行の主な理由は、一つには、今まで考えてきたことを、もっと荒々しい自然のなかで、もう少し検討してみたいということもあり、またこの島は貧しい何一つとれない島ですが、この国で有名な織物が、この島の女のひとたちによって、きわめて原始的な方法で織られていて、それが私を強くひきつけていたこともあるのです。今日はあなたのお便りをよみながら、ふと噴水のある広場のアーケードの下のカフェでよくお喋りした問題のつづきを、あれこれとお話したいような気持になりました。

私の問題はあれから、あまり前進してはいませんけれど、すくなくとも跡切れることなく続いていたことだけは事実なものですから。

この島はいま書きましたように、全島が白い硬い岩でできていて、岩山が島の中央に連なり、その岩角に、一日じゅう東から吹く風が鳴っています。ヒースに似た低い草と、黒ずんだ灌木が岩の割れ目を埋め、それが遠くから見ると、白くさらされた地肌のところどころに、なおさらし切れないしみが残っているように見えます。平坦な海岸線には、怒濤がたえず白いしぶきを叩きつけ、それが霧となって、バス道路まで流れてきます。港の防波堤の先には鷗が群れをなして高く低く飛んでいて、そのしわがれた引きさくような声が、風のまにまに聞えます。私たちの部屋の窓からは、港の一部と、広い白い海岸線と、うねる黒ずんだ海が見えています。どこを見ても荒涼としていて、空が晴れていればいるで、雲が垂れていればいるで、風景のなかに、何か暗い不気味な底光るものが感じられます。たとえば胸を病んでいる人の肌が、異常に蒼白くすきとおっているようなとき、その蒼白さの底に感じられるような、不思議と澄んだ暗さというようなものなのです。空も青く晴れ、海も濃青に重くうねっているような日、白い硬い島は、海の上に、伝説の島のように浮いているのですが、そんな日にも、このほの暗さが、風景の全体にただよっているのです。それは夜がなかなか訪れない、あの白夜特有の奇妙な感じが、昼になっても、私たちの感覚にまといついているせいかもしれません。この明るい夜は、はじめ私には不安で、ただ明るいというせいではなく、しばらく眠れない夜がつづきました。風の音、波のとどろきをきいていると、窓の外には、暗い夜がとざしているように思えるのに、カーテンをそっと開いてみると、薄明のなかで、色を失って、ただかげのように蒼ざめている白い岩や荒れさわぐ波が、どこか幽暗な地の涯の風物のように、見えてくるのでした。

島の男たちが厳しい暗い表情をしており、若いのに、もう年寄りのように深い皺を顔に刻んでいるのは、ここの現実生活の苛酷さを物語るばかりではなく、この島のこうしたほの暗い不思議な自然のせいだと考えないわけにいきません。ひとりで波のしぶく岬に半時も立っていると、この世の涯にいるような寂寥感に襲われて、いやでも自分や、自分の過去のことを考えずにはいられなくなります。ちょうど離れ島に置きさられた人の気持って、こんなかしらと思うようなこともあるのです。

そのせいでしょうか、島にある家々の内部では、外とちがって、暖かい色彩の織布を多く飾りにつかって、心地よい、落着いた気分をつくっております。これは暗い厳しい自然を前にした人間の、ほとんど本能的な防禦作用なのかもしれません。私は波しぶきに濡れながら、海のうねるのを眺めてきたあとで、こうした織布の暖かな心地よい色彩を見いだすときほど、心のくつろぎを感じるときはありません。たとえばそこにヴァミリオンの華やかな色の筋が織りこまれていると、それは単なる感覚的な色彩というだけではなくて、すっかり孤独のなかで冷えきった心に、じかに語りかけてくれる相手のあたたかな心づくしという風に感じられるのです。同じ青や紺や緑の織りこまれた掛布をみると、それは濃紺にゆれうごく北の海や、ほの暗い青空とはちがって、それを織りこんだひとの息づかいや、甘い息や、ためらいや、物想いが、私の冷えきった頬をかすめてゆくように感じられるのです。一方が自然という物質の冷ややかさであり、他方が毛織のあたたかな感触だという素材的な相違はもちろんあるでしょう。しかし私が言っているのは、そうした素材の相違ではなく、人間がつくるその平凡な色彩の組合せ、配置のなかには、それをこえて伝わってくる、その人物の血の暖かさとでもいうものがあるのだ、という驚きなのです。外から帰ってきて、誰もいない部屋の中に入ってさえ、そこに、人声や、陽気な笑いや、寂しそうな溜息などが聞えるような気がするのです。私はこれまで、織物のもつさまざまな表情や、その感情をもりあげた図柄、色彩を、普通の人よりは、数も多く、それに内部的にも幾分つっこんで眺めてきたのですが、この島でのように、何か素朴で、直接的な感じで、それと触れあったことはなかったように思います。ここでは、私は織布を見ているという感じはまるでありません。私が見たり、感じたりするのは、そこにある生あたたかい息づかいであり、身体のぬくもりであり、冷えきった身体を抱いてくれるあたたかな腕や身体の動きなのです。それはまた幾らかしわがれた暗い声でうたう静かな歌であり、ゆらゆら影を壁にうつしだしている暖炉の火であり、深くこころよく組みあわされた指と指との感触であり、すべすべした頬にさわる唇の乾いた甘さであり、長くのばされた脚と脚のしなやかな感触でもあります。あるいはまた布地の織り目、触感、幾何学的な図柄、複雑に織りこまれた紺と暗紅色の組みあわせから、私は、この島の女たちの、暗い嘆き、つきることない生活の苛酷さ、つぶやき、うったえ、諦めを感じます。私は島の織り女たちが機を踏みながら唄うという機織り唄をきかせてもらいましたが、それは織地の複雑な色彩、暗く深く、それでいて、どこか異様に澄んで冷たい色彩、の感覚と、なんと似ていることかと驚いたものです。この国の人々は、いったいに、南国の人とはちがって、ある種の淡白な、簡素な、飾り気のない、率直な魂の表現を好みますが、そのせいか、彼らの織地は、たとえば衣服の襟とか袖口とか裾まわりとかの帯状の飾り、あるいはショール、帯、あるいはテーブル・クロスの縁どりとか、壁布でも、同じ図柄を繰りかえしたもののように、余白の空地の広さのなかに、その色彩を効果的に使うのを好みます。それは織りの効果というより、むしろ刺繍の効果に近いものですが、その簡素さが、かえって現在この島での織物を、単なる民芸品として以上の価値を与えているのかもしれません。もちろんいまでは専門の織り女たちもいるのですが、もともと島の女たちはすべて小さいときから見よう見まねで機を織ることを学びます。昔、私たちの国でも、田舎では、どの家の裏の部屋にも、古い黒ずんだ機が置いてあったものですけれど、この島では、現在でも、それと同じなのです。もちろん専門の織り女と言っても、手機をつかって、他の女たちと同じように織っているのですが、ただこの人たちは、島の外からの需要にこたえて、それを日夜仕事にしているというだけのことです。私たちが専門家というと、仕事そのものが独立してしまって、生活全体から切りはなされ、その専門の分野のなかだけの規則や習慣、仕きたりが生まれてくる場合のことをいうのですが、ここでは、そうした織り女たちも、他の女たちと同じような暗い荒れた自然と戦うことを余儀なくされているのです。専門の織り女だからと言って、とくに彼女たちを別格にしたり、切りはなしたりすることはなく、また彼女たち自身も、そんなことを思ってもみないでしょう。他の女たちが網をつくろっているのに対して、彼女たちはただ手機を踏んでいる、といった相違があるだけなのでしょう。でも、このことは、織り女たちが、この島の伝統的な図柄や色彩を、そのまま引きついで織っていても、いささかも機械的にもならず、惰性的にもならず、つねにある素朴な情感をつたえることができる原因かもしれません。なぜなら伝統的に次第に洗練され定着されてきた図柄や色彩こそが、この白い岩に風の激しく吹きつける島でのさまざまな情感を刻々に鋭く率直に表現しようとして辿ってきた道程の結果であるからです。ただそうしたものが固定した形式とならないためには、こうした情感の生きて辿ってきた道と同じ道を今も辿ってゆく必要があるのです。しかし多くの場合、一度伝統なり様式なりがつくりあげられ、完成した形で定着され、固定してしまうと、その創造の体験の生きいきした内容は、失われるのが普通ですけれど、この島では、いまもなお、そうした伝統がうまれたときと同じ条件に置かれているので、それが内側から、生きた体験として支えられているのでしょう。

島におりますと、一種の離在の悲しみと一つになって、自分の魂が、明るい飾り窓の光のこぼれる大都会の夜とか、暖かな燈火のもれる窓とか、恋人たちの手紙とか、よみふける本とか、談笑しあう居間の方にさまよってゆくのがよくわかります。おそらく島人たちのこのような憧れの感情は、あの黙々とした暗い表情の下に流れているのではありますまいか。彼らの笑いの人なつっこさ、善良さ、眩しいものを見るような目ばたきなどからもそれは分りますし、また、ここの織物が暗い色調のなかに、スペクトルの中に見える輝線のように、一すじ二すじ暗紅色や、時には暗朱色の帯状の縞を織りこんでいるとき、それは、そうした押さえられた感情の下の激しい情感の迸りであるような気がします。暴風雨が近づいて、空の気配が普通でなく、黒い雲があわただしく連なって走ってゆくような夜明け、その白々と冴えた激しい風のなかで見る朝焼けは、暗い雲間のなかににじみ出る僅かな赤い糸のようなすじ目の縞でしかありませんが、その赤い幾すじかは、希望を半ば失いかけた漁師の妻たちにとって、いわば辛うじてすがれる吉兆の一つであり、彼女たちが浜によりそう黒い影は、点々として、夜明けの赤い雲の色に、はかない祈りを託しつづけるのです。そうした雲を染める色は、そのまま織物のなかにも織りこまれていますが、様式化されていて雲の形とは見えないものの、それでも羽毛のように斜めにずれてゆく菫がかった赤紫の、かすりに似た模様などは、そのどこかに、この嵐の朝の不安と希望とのこもごもの思いがこめられていることを感じさせるのです。あの皺に刻まれた老婆たち、無表情な、浅黒い、沈黙した老婆たちは、風につけ、雨につけ、沖に出る良人や息子たちの生命を気づかってこのような激しい感情を味わったため、いつかそれは次第に身体の奥深く沈みこんで、ちょうど休火山の奥に、なお灼熱する熔岩がかくされているように、それはただ織物の中に、一点、火をとぼすような色彩を加えることによってのみ、鋭く噴出することができるのだというような気がします。

この島にきて、私は、はじめて素朴な、生活に密着した、まるで潮の干満のような感情の動きを眼のあたりにしたような気がします。ここでは、感情の動きに――悲しみや歓びに――なんら人工的な味わいも加える必要もなく、また抑制する心理の屈折もなく、どこか蒼古の悠久な感じ、太古の人々の健康な率直さなどを呼びおこすような自然らしさで、それらは動いているように思えるのです。それは潮の干満、風の動き、雲の流れに似た何か大きな自然の動きなのです。先日の夕方のことでしたが、夕焼けが次第に色あせて、空には樺色の雲や菫色の雲が帆をおろした船のように連なる頃、私はエルスと港を出はずれて、しばらく海岸の平坦な砂地を散歩しておりました。海は暮れかけていて、さっきまで薔薇色に染まっていた鷗の翼も刻々に闇のなかにまぎれてゆくのでした。そのとき私は、はるか遠くに、何か黒いつみ藁のようなものが、点々と十幾つか並んでいるのを眼にしました。私は思わず傍らに歩いていたエルスの方をふりかえりました。彼女のいうところによると、難破した身内をもつ女たちがその命日に浜に出て供養しているのだということでした。黒衣の女たちは低く単調な憂鬱な歌をうたっていました。私は彼女たちのそばを通りながら、その単調な歌になんという悲しみがこもっているのだろうと、胸をつかれました。ここでは事件はあまりに少く、住民の数もわずかで、時間はのろのろと這うようにしか進んでゆきませんから、死んでいった者たちは、つねに、彼女らのかたわらに濃い現存感をもって残っているにちがいありません。良人や親の難破した日、彼女たちは浜辺でそうやって死者と悲しい対話をかわすのでしょう。あるいは死者たちは、死者となって、かえって彼女たちの心のなかに、よりはっきりと生きはじめたと言ってもいいのです。そして、ただ愛する者だけが死者をこうして生かすことができるのでしょう。私はかつて祖母が死んで、その土色をした肌や、深く内側へくびれた唇や、組みあわされた手の蠟のような蒼黒さをみたとき、それを、なにか生からの脱落、喪失という風に感じました。その死が一切を終りにしてしまう。死はあらゆるものにもまして暴力的で、その前では、いかなる言葉も無意味だ、と思ったものでした。祖母の死が、祖母を愛する人にとって、たとえばあの端正な父にとって、祖母が、より身近かに、心の中に生きることだ、などとは思いも及びませんでした。死が一切の終りだという痛いような感じ、この苛酷な喪失感は、小さな私の心に決定的な影響をあたえました。それは後になればなるほど、はっきり自分でわかってくるのでした。そうした死という事実、もしくは、それに匹敵するような苛酷な事実、の前では、言葉や空想や観念などは、煙よりも実体のない、無力なものに感じられるのでした。あの当時、私は、この苛酷な事実、動かしがたい事実、この岩や鉄や病気や暴力のような事実というものに、とりつかれ、悩まされ、ふりまわされていたのでした。たとえば、私にとっては、橋をつくったり、道路を切りひらいたり、ダムを築いたりするといった仕事、あるいは奥地へいって医療活動に従事するとか、巨大な行政機構を動かすとか、船を航行させて物資を輸送するとか、航空機で大陸と大陸とを短時間で結ぶとかいうような仕事こそ、単なる空想や言葉の遊びではない、真に客観的な（私はこの言葉で、祖母の死に象徴されるような苛酷な事実を指ししめすことにしていました）仕事だと思われたのでした。それでいて、私は、母がそうだったように、自分も、いつか何か美しいもの、心に豊かさをもたらすもの、甘美な永遠を感じさせるものをつくりたい、という気持をも強くもっていたのでした。ところが、こうした美的な仕事は、橋をつくったり、ダムを築いたりする仕事とちがって、自分がただ美しいと思ったものをつくってゆく仕事ですから、言ってみれば、それは自分の判断だけで決めてゆかなければならぬ、純粋に自分だけの仕事です。その仕事の内容を決定し、支え、保証しているのは、この自分だけなのです。それがもし橋とかダムとかだったなら、あるいは耐久力とか、あるいは用途への適応度とか、実際的能力とか、いろいろその価値と性格を判断する基準がはっきりしています。逆の言い方をすれば、橋もダムも、そうした客観的な基準によって、支えられていると言ってもいいのです。どんな美的な空想や、途方もない気まぐれが設計者の頭の中に生れても、それは力学的な設計上の制約を無視することはできません。その橋の形態は、単なる気まぐれな美的要求よりも、まず構造的な要求の方が優先します。美的な要求は、ただその範囲の中においてのみ働くことをゆるされているにすぎないのです。この点では橋やダムの設計者は芸術家のように自由ではない、と言えそうです。彼らには無際限の自由は与えられていません。少くとも芸術家のような自由は与えられていないのです。あなただったら、大いに、この自由の重要性を強調なさるでしょうが、私にはこの無際限の自由に不安を覚えるのです。設計者にとって制約と感じられ、自由を拘束するものが、私には、むしろ外部からの暖かい保護の手、支え、という風に感じられるからです。と言うのは、芸術家に与えられている自由とは、言ってみれば、まったくの自由、無際限の自由であって、そこには制約など何一つないのです。カンヴァスを横にしようが、斜めにしようが、黒一色で塗りつぶそうが、それをナイフで切り裂こうが、一切はゆるされているのです。何でもできるのです。白地のカンヴァスのまま提出することだって許されているのです。それでもそれが芸術だと信じられれば、その人は芸術家でいられるのです。だって、芸術家って、完全な自由を持っているのですもの。だから、彼がその作品をつくるのは、ただ芸術家自身がそう確信し、それを支えている結果です。その芸術家をのぞいては、誰ひとりそれを支えている者はありません。鑑賞者や同調者がいるということは、何らこの本質を変えるものではありません。

芸術家の自由は、いわばこうした無防備の自由です。風のなかに吹きさらされた自由です。その自由には、どこか荒涼とした感じがあるのです。考えてみて下さい。その芸術家が、かりに、書かない自由、画面や形体をつくらない自由の故に、自分がただ歩きまわることで芸術をつくっているのだ、と主張して、毎日、大都会の雑踏の中を歩いたとします。それはたしかにこの芸術家にとって、芸術制作の行為であるのかもしれません。しかしその人を雑踏のなかに見いだしたときの私自身を考えると、いささか憂鬱です。彼は歩いている。彼は大股に闊歩している――そこには何か彼の表現欲求がうずいているのかもしれません。しかし彼は歩いているだけです。そしてそれをその人は芸術であると信じ、自らを芸術家だと信じる理由もあるのです。

しかし作品がまったくの自由の中に置かれている以上、たとえ伝統的なモチーフや様式を用いるにしても、それが、この歩いている芸術家、書かざる芸術家と本質的に何一つ異なるところはないということは、十分考慮されなければなりません。たしかに何人か、何十人か、時には何万人、何十万人が、芸術家が芸術であると確信するところの作品を認めてくれることもあります。しかし零を何倍しても零であるという意味において、主観をいくら集合させてみても、真の客観的基準には達しません。多くの人々の保証も、所詮、芸術家その人が与えた保証以上に、何の効能もつけ加えてはいないのです。

私は、自分が美的な仕事にたずさわっていたにもかかわらず、少くとも、このような事実の重さによって、しっかり支えられ、疑えない保証を得たいと望んでおりました。これは明らかに大きな矛盾した願いでした。なぜなら美的な仕事は自分の確信の上に成りたっているし、ただ自分だけが是認して、虚空に孤立せしめるような趣きを持っておりますのに、それを外界の事実というものによって支えようというのでしたから。でも私は恣意の波の中に沈みたくありませんでした。それにそうした恣意の中にいることが不安でした。自分が信じるだけで作品になるという虚無の中での力業には、とても耐えられそうにありませんでした。私はそれほどにも祖母の死以来、この世の事実の重さをじわじわと味わわされていたので、この苛酷さ、抵抗感をもたないものは、現実に意味のあるものと思えなくなっていたのでした。

こうした私が、あなたにむかって、よく、中世のカテドラルをつくった巨匠やタピスリを織った名匠たちを羨しがって話していたのは、当然だったと思って下さるでしょう。中世のカテドラルを築いた人々にとって、上はその建立を命じた王侯貴族や大司教から、下は一介の石工にいたるまで、そこに、神を象徴する集会《エレクシア》の場をつくろうという、はっきりした純一な意図と熱意があったのです。そこには芸術などという曖昧な、疑わしい観念なぞ、微塵も混入してはいなかったのです。それは建築という事実上の制約も大きかったのです。これは橋の場合と同じです。さらに付属する彫刻、浮彫にしても、芸術家の全き自由にゆだねられているのではありません。そこには個人をこえたその時代の、その地方の（いいえその工房の、と言った方がいいのですが）様式が確乎として支配していました。それは彫刻なら彫刻の、型の規範のようなものとして受けとられていました。そしてさらに、そのカテドラルの全体の目的と秩序にしたがって――正面の浮彫は最後の審判であるとすれば、左のタンパンの浮彫はマリアの生涯に、右はキリスト受難にという風に――つくられなければならなかったのです。その細部や、あるいは大きな構成についても、芸術家たちの創意、つまり自由にゆだねられている部分は、もちろん少くなかったにちがいありません。それでもなお形式、図柄、様式は伝統の重みの中にあったのです。ここで私に大切に思えるのは、そういった外面的な制約ではなくて、個々の芸術家が、自由な創意にゆだねられている時でさえも、彼の心情が神という中心の観念に敬虔に身を託し、神の家なる映像を自分の中に熱く感じ、その観念を実現しようとして、無言の石に、雄弁な形態を与えようとした、その姿勢なのです。建物の正面に一人の聖人を彫刻するというのは、決して現代の芸術家が裸婦を彫ったり、トルソをつくったりするのと同じ意味ではありません。教会装飾を彫る石工は、十字軍の篝火が町々に燃えた時代、巡礼たちが聖地を目ざして宿場を遍歴していった時代での、一つの疑いない事実――神の存在――を眼に見える形で、示そうとしたのです。現代の芸術家は、からみあった針金と八方に突きだす鋭い鉄のとげによって、それを裸婦と名づけて出展することもできますが、それとこれとでは、まったく精神の様相がちがうのです。現代の芸術家のは、自ら激しく緊張してもちこたえている力業であるのに対して、石工の方は、神の懐に安らかに憩う自然の生業であるのです。この石工には、もちろん自我の意識もなかったでしょうし、独創などという野心もなかったにちがいありません。彼を支えているのは、ながい、厳しい、苦しい徒弟時代に習得して、もはや彼の肉体の一部のようになった技術だけです。彼は隣家の靴職人が靴をつくってゆくように、そのようにこつこつと、疑いない事実に保証され、まもられて、聖人なり装飾模様なりを彫ってゆくのです。その目的も役割もはじめからきちんと決っていたのです。それにもかかわらずそこには芸術作品がうまれました。そこには、その無名な石工の、生きた精神のあとが、くっきり刻みこまれていますし、またたとえばその細長い、飄逸な姿態、様式化した衣の表現などに、その石工の属していた時代の好みといったものが、愛らしいものに触れたときの人間的な温もりの感動をともなって、感じられてくるのです。

私がこういう中世の芸術にどんなに憧れていたか、あなたがいちばんよく知っていて下さいます。私は氷のような暗黒の虚空で、ただ力業によって、自分の世界を支えている芸術家という存在に、不安や疑惑を感じれば感じるほど、この中世の職人たちの充足した仕事ぶりや、その力強い表現力が、現代のどのような作品よりも、私を魅きつけるのでした。私が「グスターフ侯のタピスリ」に魅かれた理由もこれと同じです。作品がただ当人の恣意だけで支えられるのではなく、事実という確実な根拠の中に立っていることを、私は願ったのでした。

しかし作者の任意な情熱ではなく、そのような必然の流れの如きもの、芸術作品を根底から支えてくれるものは、いったいどこにあるのでしょうか。もしそれがあるとしたら、私はそれに身を捧げ、それにみたされながら仕事ができるはずです。それはしかし私だけの必然ではなく、十字軍の時代の神のように、いわば個々人をこえた、時代全体、民族全体の根拠であり、中心でなければならないものでした。

もちろん現在は神を喪った時代、神々の死を迎えた時代です。そうした暗い空虚な時代のなかで、私たちを支えているもっとも確実なものと言えば、祖母の死に象徴されるような苛酷な事実というものです。この事実、この客観性と言ったものが、神の死んだ時代の、神の座に立ちはだかったものなのです。科学と言い、技術と言い、すべてこの苛酷な事実と同質な苛酷さ、確実さをもつ故に、それらは、この時代の支配者になりえたのです。あの橋梁工事のような事実、その事実を可能にする力学や工学や化学やもろもろの技術やまた労働といったものが、私には、疑いえない根拠に立つものに思えたのでした。私が美術学校にいるころ、自分の美的な仕事が任意な、曖昧な、根拠の薄弱なものに感じられてくるようなとき、なんど私は医学部とか工学部とか農学部とかに学んでいる学生たちを羨しいと思ったことでしょう。私があなたのお仕事がうらやましいと申しあげたのは、まさにこの意味からだったのです。根拠あるもの、動かないもの、確実なものを私は望んでいましたし、そうしたものに力を尽すことが、ちょうど鉱夫が鉱脈につるはしを打ちおろすように、意味もあり、生産的でもあると思われたのでした。私が学校を一時休学しなければならなかったのは、家のこともありましたが、それ以上に、こうした問題を解決できなかったからでした。休学しているあいだ、私はこうした認識や技術と、作品とが融合しえないものだろうかと考えてみました。また、作者の恣意をこえた美の法則性を求めて、本をよみあさったり、考えたりしました。その結果、私が知りえたのは、こうした問題に当面しているのは自分だけではなくて、実は時代そのものなのだ、ということでした。と言って、それが時代状況だというだけでは、なんの解決にもなりません。私はむなしい努力だとは思いましたが、なお自分の恣意をこえるもの、確乎とした美の必然性といったもの、にむかって、手をさしのべようと努めたものでした。その私を励ましてくれたのが、中世の暗い空に立つカテドラルであり、また百合の香る広間を飾っている「グスターフ侯のタピスリ」であったのです。

しかしそのうち、こうした私の努力のなかに、ある動揺、疑惑が生れているのに気がつきました。それは、私がこうして自分の恣意をこえた客観性、法則、事実の重みを求めているあいだに、いつか、自分自身が感じたり、真底から生きたりすることが、軽視され、二の次になっていったということでした。

もちろんこうした傾向は美術学校に入ってからはじまったものではありません。祖母の死が、私に、苛酷な事実というものを教えてくれてから、（あるいはもっともっと前から、と言ってもいいのですが）ずっと、それは私の心の奥底にひそんでいて、この事実からはずれたこと、事実に匹敵しえないもの、を、無価値なものと見なす習慣を育くんでいったのです。

以前に、たしか私は、あなたに、祖父の家——あの樟の老樹が葉群れをざわざわと鳴らしている古い家で、母の死後、ただひたすら学校の勉強にはげみ、世間という事実に適合しようと努力したことを、お話し申しあげたような気がします。私は、寄宿舎に送られた兄や、どこか満洲か遠い外地へいった叔父や、自殺した母などより、よほどはっきりと苛酷な事実、動かしえない事実を知っていたような気がします。おそらく私は、父よりも、ある意味では明白に、そうした意識をもっていたのかもしれません。

それは母も死んで、家のなかに父と二人で暮すようになった戦争末期のことでした。私たちは、もうながいこと書院も離屋も使わず、ただ母屋の幾つかを使って暮しているにすぎませんでした。人手もなく、植木職人も庭師も来ませんから、池はどんより濁り、一枚石の橋は朽葉でおおわれ、庭はいたるところ荒れ放題でした。植込みものび、軒や雨戸には蜘蛛の巣がかかり、築地塀も崩れたり、瓦が落ち、そのまま湿った泥に埋まったままになっていたりしました。私はもう鉄棒にのぼって飛行とびをやらなくなったように、すでにその頃は、築地塀を伝って屋根にのぼったことも、無花果《いちじく》の木をすべり下りて、婆やに赤チンを塗ってもらったことも忘れていました。婆やはとうの昔、亡くなっていましたし、婆やの花壇もそれ以前から姿を消していたのでした。

時どき私は休みになると、書院の雨戸を開けて、風や光を家のなかに入れることがありました。そんなとき、離屋へゆく渡り廊下に立って、いつか一度思いきって池の水を入れかえたり、朽葉をさらったり、庭木を手入れしたりして、昔通りとは言わないまでも、もう少しなんとか恰好のつくようにしようと思ったものでした。「これでは、まるで化けもの屋敷だわ。」と私は独り言を言ったものでした。しかしこの「いつか」はなかなかやってきませんでした。そのうち都会にも空襲が激しくなると、とてもそんな時間もゆとりもなくなりました。私は配給品を取りにいったり、防空演習にかりだされたり、出征兵士を見送ったりしました。

ちょうどその頃、港に近い地区に住んでいた末《すえ》が白痴の子供の駿《すぐる》ともども焼けだされて私たちの家に住むようになりました。駿はかつての私の願いとは反対に、年だけとり、身体は大きくなりましたけれど、気の毒なことに、知能の発達はとまったままでした。光のない眼も、涎のたまった唇も、よたよた歩く歩き方も前の通りでした。

たしかに駿が私たちの身近かに現われたことは、余り気持のいいことではありませんでしたけれど、それでも末が私たちの食事や身の廻りの仕事を引受けてくれるようになったことは、勉強に打ちこみたかった私にとって、望むことのできないような幸運でした。勤労奉仕や野外作業などで勉強時間は少くなる一方でしたが、末のおかげで私は家で父の蔵書を読み暮すことができるようになりました。

私はいまでも上《かみ》の土蔵の地下室で、暗い電気の下で読みふけった陰惨な暑苦しい犯罪の物語、雨に打たれる夜の大都会をさまよう孤児の物語、あるいは朝霧のなかで乳しぼりの女たちの影が現われてくる田園の物語のことを憶いだします。それは大部分、ながい、憂鬱なあの空襲の夜々に読まれた書物なのでした。雨もよいの夜空を圧した、不気味な、底ごもる、いつ果てるともない爆撃機の響きに気がついて、私は、時おり眼がさめたように、本から顔をあげることがありました。そんなとき、防空壕の隅に末に抱かれた駿が頭巾をかぶったまま睡っており、末は暗い一点をじっと見つめて、何か考えこんでいます。父は父で、昔買った「赤光」などを読み、また時には「テンペスト」などを開いていました。

こんな風の生活が何カ月つづいたことでしょうか。私は今では正確に憶い出せません。父のことですから、世間の疎開騒ぎがはじまって後、店に残っていた可児さんやその他二、三人の人が手伝いにきて、簞笥とか納戸の唐櫃などを何個か疎開させました。父の考えでは、三つの土蔵に分けておけば、わざわざ家財すべてを疎開させる必要はないと思われたのでしょう。それに、事実、駅では疎開荷物が滞貨していて、火災の危険があるという警告もでていたのです。

それは戦争の終る年の青葉の季節のある夜のことでした。私も父もその頃は空襲に慣れていましたし、蒸し暑い地下室に入る気はしないので、母屋の一室を二重に遮蔽して、そこで本を読むことにしていました。しかしその夜は、なぜか、いつもより爆音が低く近く聞え、どーんと胸にしみこんでくるように響いていて、それがあとからあとから押しよせてくる感じがしました。

「冬子、ちょっと今夜は様子が違うね。防空壕に入ったほうがいいかもしれないね。」

父がそんなことを言ったときでした。私たちは、地面がゆらぐような衝撃を感じました。父はあかりを消し、遮蔽幕をあけました。外は照明弾の光で青く異様な明るさに照しだされ、樟の繁みが黒くそのなかに浮きだしていました。そのとき、末が廊下を這うようにしてやってきました。さっきの地響きにおびえて、様子を見に出てきたというのです。父は、私たちもこれから壕に入るところだから、そんなにこわがらなくても大丈夫だと言ってやりました。私たちがそんなことを話しているうち、底ごもった爆発音とともに地響きが二度、三度と伝わってきました。ちょうど父の書斎の角まで来て、その廊下から私たちが空を見あげたときでした。異様なしゅるしゅる空気の軋るような音が連続して聞えてきました。私は思わず父の身体にしがみつきました。それはあっという間もない瞬間の出来事でした。銀色に輝く火花が私たちの周囲にとび散りました。書院の障子が見る見る赤くなりました。私は本能的に防火用水のほうへ走っていきました。父が何か叫ぶのを聞いたように思います。でも私は台所の大甕まで走ってゆき、二杯のバケツに水を入れると、それを持って書院へ走りました。しかし書院はもう火の海でした。私は父の腕にだきとめられました。銀の火花は庭でも噴きだし、渡り廊下へ火が燃えうつっていました。

「冬子、この火は消えはしない。それより早く逃げなければいけない。末にもそう言いなさい。」

父は書斎から二、三の重要書類と非常持ち出しの箱をもって、廊下から中《なか》の土蔵へ廻りました。末はバケツで火を消そうと何回か台所から水を運びだしていたのです。私は咄嗟に柱時計をはずし、茶簞笥に入っていた茶碗類（疎開させるつもりですでに箱詰めにしてありました）をとると、それを持って、裏庭の空井戸へ走ってゆき、なかに投げこみました。今から思うと、なぜ柱時計などをわざわざはずして、空井戸へほうりこむ気になったのか、説明がつきません。あるいはただ、その瞬間、最初にそれが眼についただけだったのかもしれません。しかし結局、その家のなかで助かったのは、この空井戸のなかに投げこまれた柱時計と茶碗だけだったことを思うと、それには何か象徴的な意味があるような気がしないでもありません。

ともあれ、もうそのときは書院も離屋も火の海で、狂ったような炎が欄間を走り、軒から赤い舌を動かし、乾いた木の燃えるごうごういう響きが聞え、樟の葉群れがはじけるような音をたてて燃えていました。

そのときでした。末が台所から廊下を走って、「駿っ、駿っ。」と叫びながら、火の海の前で気が違ったように、火叩きを振りまわしているのに私は気がつきました。私は空井戸から父のところに走ってゆき、そのことを父に叫びました。父は庭を横切って廊下に駈けあがると、末を抱きかかえ、引きずるようにして、裏庭へ連れてきました。

「旦那さま。駿が地下室に寝ております。駿があっちにおります。駿があっちにおります。助けないと、助けないと。ああ、ああ。」

末は身悶えしていました。しかし火は書院から出たので、上の土蔵と母屋の間はまっ先に通れなくなっていましたし、それに煙が今はあたりを低く這いまわって、家のそばに立っていることもできませんでした。父は嗚咽する末の背中をかかえ、私の手をとり、家の前から五百米ほど離れた神社の境内に逃げました。火に追いたてられた人々で、境内はごった返していました。火の手は八方にあがり、時々、どこか遠くに消防のサイレンが聞えましたが、これだけの火の海を消し去るには余りにかすかな力しか感じさせませんでした。火事は刻々に家々を襲い、熱気と煙が神社の境内まで迫っていました。人々のあいだで誰言うとなく、ここは危いから運河まで逃げろという言葉が拡がりました。人々は恐怖のどん底につき落されていました。子供たちが泣き叫び、老人が声を立てて泣きながら歩いていました。人々は境内から雪崩れをうって運河のほうへ駈けだしてゆきました。しかし父は私の手をとり、末の肩を抱きかかえ、石燈籠のそばに残っていました。私たちは手拭を水でしめして顔にあて、そこにじっとうずくまっていたのです。炎は神社のそばまで迫りましたが、それより一段と激しい勢いで、運河のほうへ燃えひろがってゆきました。そうやってどのくらい時間が立ったか知れませんが、気がつくと空気の軋るような音も、暗い夜空ではじけ、花火のように拡がりながら、妙にゆっくりした感じで落ちてくる焼夷弾も、いつか跡絶えていました。なお雲の奥に重い爆音がつづいていましたが、それですら刻々に遠ざかる感じでした。末はうずくまったまま時おり嗚咽をもらしていましたが、あとは死んだようにひっそりしていました。

やがて長い長い夜が明けてきました。夜が薄れてゆくなかから現われてきたのは、一面の焼野原でした。いたるところからぶすぶす煙がいぶっていました。しかし境内に近い一劃には、道路と風の加減で焼けなかった家々が奇跡的に残っていました。私たちは今思えばその家々のおかげで助かったわけです。(運河に行った人たちの多くは、煙にまかれて焼け死んだのです)しかしそれをのぞくと、見わたす限り、焼けただれた廃墟でした。黒こげの電柱とか、崩れた石塀とか、灰色に焼けて立ち枯れた木立とか、屋根のぬけた土蔵の残骸とかが、眼に入るすべてでした。

私たちは夜が明ける前に郊外の祖父の生家に向けて歩きだしました。もはやあの古い樟におおわれた家には何一つ残るものはなく、そうやってひとまずどこかに身を寄せる以外にどうすることもできなかったからです。私たちは夜明け近くから降りだした雨の中を黙りこくって歩きました。やがて私たちの家が遠望できるあたりで足をとめたとき、父はふと誰に向かって言うともなく、こう言いました。

「いや、あれでいいのだ。あの家は焼けたほうがいいのだ。駿が焼け死んだことは気の毒だった。しかしあの家は焼けたほうがよかったのだ。あの家が焼けて、私たちはやっとあれから自由になれたのだ。」それから私を振りかえると「冬子。私たちはもうこうした過去に蓋をしてしまおうね。私たちはこれから新しい未来にむかって歩きだそう。ちょうど今こうやって歩いているようにね。もう過去に未練を持つんじゃないよ。いいかい。」と言うのでした。

私が樟の家をふりかえったとき、夜明けの薄明りの中で辛うじて樟の太い幹の一部が土蔵のそばに立っているのが見えるだけでした。鬱蒼とした木立も、屋根の深々とした勾配も嘘のように消えはてていました。それは信じられない光景でした。末が嗚咽を嚙みころしていました。私の眼にも涙があふれてきて、見るまにその焼け残った樟の幹がにじんで見えなくなりました。

そうです。私はこうしてあの樟のざわめく古い広い家を失ったのでした。父の言ったように、それは私の眼の前から失われると同時に、私の心の中からも消えていったのでした。しかしそれはまた、なんという恐しい苛酷な事実が、むきだしになって、私たちを襲いかかった瞬間だったのでしょう。私はその瞬間夢想や空想の無意味さと無力さを痛いほどに感じました。祖母の死にはじまった苛酷な事実は、こうして最後には、この樟のざわめく家そのものを滅ぼし、そこにまつわる一切の思い出を消し去ったのでした。

私がこの苛酷な事実を自分の生き方の基準にしたのは、家が焼けるより以前のことでしたが、家が焼けたことによって、それがさらにいっそう徹底したものになっていったのです。こうした生き方、考え方の結果がどんなものだったか、私は、あなたに、織物の制作が次第に困難になり、不可能になっていった過程に触れながら、たしかお話し申しあげたと存じます。そうなのです。私は自分の過去を見すてることによって前に進みでたわけですが、この過去とは、多くの場合、前へ進む力を汲みだす深い豊かな源泉であることがあり、それに私は気がつかなかったのでした。

この事実に気がついたのは、「グスターフ侯のタピスリ」を見にこの都会へ来てからでした。とくに私がマリーやエルスと知り合い、ギュルデンクローネの館《やかた》で暮すようになってからでした。

すでに新聞でご存じのことと思いますが、この夏、ギュルデンクローネ家の仮装舞踏会の夜、思いがけぬ偶然から、火事が起り、その火事で、ある憐れな白痴の小人が焼け死んだのでした。その瞬間、私は自分が炎と熱気に吹き倒される思いで、突然、あの樟のおおった祖父の家の燃えあがる姿を思いだしたのです。白痴の駿まで、私ははっきりと思いだしたのでした。

そうなのです。その瞬間、私はあの父の言葉の呪縛から解かれたのを感じました。私の前に過去は蓋をひらき、どっとあふれでてきたのでした。同時に私は、この古い都会やギュルデンクローネ家において、かつて無益なもの、無意味なものとして、自分の中から棄てさっていったものが、かえって人々の中で愛しまれ、保存されて、生きつづけているということを見いだしたのでした。それはいわば私の喪った過去、棄てさった過去と出会うのに似ていました。あの澱んだ、ひっそりした、人の気配のないような空気、ものにじっと囲まれて生きている老人たち、沼の底のように、枯葉が積み重なり、朽ちてゆく閉じられた部屋部屋——そうした気分こそ、私がずっと以前に身近かに持っていて、すこしずつ、自分から脱落させ、消失させていったものに他ならなかったのです。

私には一人の兄がおりますが、この兄は、昔私たちの家の別荘のあった島へ引っこんで、そこで魚類の養殖や花の栽培をしています。学校を中退して、しばらく叔父の住んでいた土蔵に暮していましたが、そのうち私たちからも離れて暮したかったのでしょう、この島の家に移ってしまったのです。私はこの都会に来てから、よく、まざまざと島で送った夏の美しい日々を思いだすようになりましたが、それにつけても、あの無垢な兄に、しきりと会いたい気がしてなりません。こんなことは、いままで一度もなかったことなのでした。ただスイートピーの畑にうずくまっている兄を見るだけで、私にとっては、もう付け加えるもののない、充実した姿に、ふれられるような気持になるのです。もし兄が学校を中退もせず、また子供の頃夢みていたような橋の設計者や、建築技師になっていたとしても、今の私の眼には、スイートピーの畑にうずくまる兄とさして大きな相違はないように見えます。おそらく兄はそのどちらの場合にも、あの人形芝居に熱中したと同じような、子供じみた純一さを喪うことはなかったでしょうから。

この都会やギュルデンクローネ姉妹が教えたことを要約すれ

ば、私たちが現実と考えているものは、私たち自身がつくるのだ、と言うことでした。変幻するこの暗い古い都会や城館を見たときに、私はその端緒がつかめたような気がしたのです。それは、私が、現実という苛酷な事実をこえて、なお自分が参加し働きうる力を持っているのだという自覚を、すこしずつ恢復していった道程と見られなくもありません。私は都会や城館のいたるところから自分の過去の断片を拾い集めた、と言ってもいいほどです。その、とっくの昔に喪った自分の世界を見つけると、それだけ自分のなかに、働きかける力が増えてゆくような、そんな気がしたのです。

かつて恣意のまま、勝手に感じたり考えたりすることを、あのように無意味だと痛感させられていた私——その私が、逆に、感じられ、自ら考えた世界だけが、実は、存在する世界なのだ、と思えるようになったのは、こうした過去を取り戻した結果です。私の喪った世界、ヒューロイや人形やセミヨーンの本にみちていた世界、決して外に流れでることのない、円をえがいて時間のたゆたっていた世界、人物や風物がただ挿話として感じられた世界、木や草花が本文の挿絵のように庭や道のべを飾っていた世界——そういう世界は、私自身によってつくられていましたから、私がそれを消失させようとすれば、容易に霧散する性質のものなのでした。たしかに道のべの花を見ても、それが頁の余白にかきこまれたやさしい花と感じられるためには、その花が自分自身の本の頁に書きこまれている必要があるのです。しかし誰しもが自分の本の頁にこうした映像を見るとは限りません。私は、ずっと以前に、自分の書物にかきこまれた青い海や、淡紅色の立葵や、廊下にうつる青葉の色を知っていたような気がします。夕日に照らされて、まるで多色刷りの、赤だけがずれてしまった絵本のように、木立も、人々も、家も、赤にふちどられていた風景を、私は自分の本の頁のなかに、大切にしまっていたように思います。たしかにそれは橋や道路やダムをつくるには役立たない、一頁一頁に閉じこめられた世界ではありますけれど、橋やダムをつくった人たち、それを使って生活する人たちが、最後にやってくるのは、この本の頁に閉じこめられている世界なのです。

この都会に来てから、私は、毎日、工芸研究所に通いました。自分に追いすがってくる雑念から逃げるようにして、技術の習得に没入しました。その間、実習で美術館にゆく以外、自分からそこへ行ってみようという気にはまるでなりませんでした。私はこうして全身的にこの国の伝統的なメチエの習得のなかに自分を忘失しているあいだに、今述べましたような変化が徐々に起っていましたし、また起ることを私はじっと待ってもいたのでした。

……それはこの島に来ることが決った初夏のある夕方のことでした。私は、突然、灼けつくような激しさで、「グスターフ侯のタピスリ」を見にゆきたくなったのでした。私は美術館に急ぐあいだ、そのタピスリについては何一つ考えまいとしました。私はただ自分のなかに刻々に高まってくる渇いた欲望のようなものをのみ下すだけで精いっぱいでした。美術館はいつものように人の気配もなく、広い大理石の階段や、大シャンデリアや、広間広間の磨かれたガラス・ケースが、美術館特有の冷たい理智的な光のなかで、しんと静まりかえっておりました。私は正面の大階段をのぼり、扉を幾つかすぎて、例のタピスリの間に入ってゆきました。何か判決を受けるような気持でした。

　しかし私がそのタピスリの前に立った瞬間、一切は消えて、ただ葡萄葉文様がからみ合ってつくる不思議にしんと澄んだ世界がそこに現われていたのでした。それは一年前に見た色褪せたタピスリでもなければ、美術学校の図書室でみた色刷りのタピスリでもありません。

　そこにはこの布地やガラス・ケースや陳列室をこえた別の世界――異様に澄んだ甘美な別世界が、ちょうど水の底にゆらめき現われるように、現出していたのでした。私は自分が今どこにいるかということを忘れました。自分の見ているのが糸を織ってつくった布地にすぎぬことも忘れていました。私は、そうしたものの中を通って、不意に、その向こう側へ出てしまっていたのでした。ですから、私の見ているのは、タピスリをこえて、そのタピスリのなかに湛えられた水底の世界のような、澄んだ別世界だということができるのでした。

　私は息をつめて春の農耕図を見つめました。以前、そこに優美な中世風の様式を感じていましたが、いまこの種まき、耕作、飼育の三つの動作をする農民の男女を、後景から前景に開くようにして配列した構図を見ていると、そこに同じような線のつよさ、簡潔さ、いくらかのこわばりを感じました。その人物たちは写実風というより、ギニョールの人形のように眼も大きく、様式化され、それだけに、どこかおどけた様子、誇張された表情が感じられました。それだけにこの雄大で素朴な気分にふさわしく、煩雑な細部を無視した単純さのなかに、私は、後の時代の、写実風で、ただ優美さを狙った農耕図よりは、ずっと生活の本質に近い、瞑想的な、深い、暗い、重苦しいものを感じました。それは色彩版や写真版でみていたときに感じたゴシック国際様式風に優雅にまとめられた作品ではなく、織りの荒さ、粗野な生活の匂いのじかに残るかたい手ざわり、つまり石造の農家の裏の機屋《はたや》で、生活の合間合間に織られた無意識の作品なのでした。もちろんそこには巨匠の手腕を感じます。無意識といっても、決して無技巧だというのではありません。枠組みの図柄はもちろんのこと、その構図の配置、配色、素描の確かさ、織りの技巧など、第一級品のもつ言いしれぬ品のよさ、洗練された軽み、洒脱さを含んでいるのです。だから、そういうものを認めたうえで、なおかつそれが無意識だというのは、そこに、まだ生活から切りはなされた孤立する芸術家意識がない、ということに他なりません。この織匠は、大工が家を建て、指物師が大机をつくるのと同じ気持で、せっせとこの織物を織りあげていったに違いないのです。彼は汗を流し、慎重に機の技巧を駆使したはずです。しかしそこには、どこか子供じみた無心さ、単純な熱中を感じます。彼はただ専心このタピスリを織っていたのです。私には、織り屑や、糸屑を身体につけた、この肥った好人物の巨匠を感じます。この巨匠には、可愛い忠実な妻と、五人か六人の子供がいたような気がしてなりません。おそらく何よりもこの人物は妻や子供たちとの生活を愛していたことでしょうし、時には狩りにいったり、隣りの靴職人と将棋をさしたり、織匠組合でビールを飲んで歌をうたったり、町ゆく小娘にうっとり見入ったりしたにちがいありません。ただこの織匠の心が人なみはずれて鷹揚であり、調和がとれていて、あたかも眠っていると、その自分の身体のなかを、農民や軍隊や町の商家の人々がぞろぞろ行列をつくってゆくような、どこか壮大なパノラマを無意識のうちに感じていて、構図をスケッチすると、そうした無意識の視野のなかに、この四季の人々の生活があらわれてくる、という結果になったのでしょう。この構図も、人物の形象も、情念が自然の運行と同じある自然な動きだとすれば、やはり自然の動きから生れたものを感じさせます。その織匠が生活や四季の自然の運行と一致し、その中に単純に無意識にとけこんでいて、それを愛し、そこに生きているので、その織匠の身体の律動や魂の動きを通して、おのずと、自然のリズムが伝達されているのだ、という感じがするのです。

夏の図では、私は、何よりも光への讃歌を感じます。汗と労働と休息がここでは生活の歓ばしい律動となっています。まるで牧畜という地を這う困難な仕事ではなく、太陽とたわむれ、大地の香りにむせびながら、羊たちの生殖や出産、成長や繁殖のなかにおのずと現われる変転する自然の生成に歓喜している姿として、それはえがかれているのです。秋の図でも冬の図でも、何よりもこの単純な、瞑想的な、その内面の生活感情、自然感情を表現しようとする態度は変っておりません。私はそこに人間の生の輪郭を感じます。

この肥った織匠が人生のすべてに対して、遠い森や雲や村落や教会に対して、また日々の農民の営みに対して、それを自分の外部にある、無関係な、独立した存在とは感じていたのではなかったことはたしかです。この織匠にとって、風や雨や季節の移りやそこで営まれる人間の黙々とした姿は、冷たく敵対する硬い存在物ではなくて、彼の心情の動きをうったえてくれる、表情にみちた色彩であり、形態であったのではないでしょうか。たとえば彼が早春に雪どけの川岸に黄色に花筒を開いて、雪の上に光っているクロッカスを見ると、それはまぶしいような心の歓喜をあらわしているのであり、それは、単に花をそこに無感動に認めるのとは全く別のことなのです。このタピスリの表現の強さは、何よりも作者のそうした、この世界の万象に対する共感から生れているものなのです。畑も労働も農夫たちも、この肥った織匠の眼には、あるいきいきした見えないもの、神の歓ばしい意志のようなものを、表現しているように見えていたのです。たとえば寓意画のなかで、知恵が裸体の美しい女であったり、愛が寝そべる小肥りの女であったり、悩みは青ざめた老人であったりするような場合、裸体の美しい女は、かかる女体であると同時に、知恵でもあるわけだし、老人は同じく青ざめた破衣の老人であると同時に、悩みでもあるわけです。この種の絵では、その形態に意味があるよりも、裸女なり老人なりの表わす寓意の内容に意味があるわけです。私はなにもこのタピスリの寓意性を強調するわけではないのですが、ここに織りだされた農夫たちや遠い森や雲や村や教会は、ずっと後代になって描かれる同じモチーフ、同じ主題とまったく異なっていることを言いたいのです。なるほどその遠い雲を織りこんだ灰色や青や薔薇色は色もあせ、ところどころ糸のすりきれている部分もあり、全体の印象にのみこまれていて際立って見えるのではないのですけれど、ふと何かの拍子に、そこに眼がゆくと、私たちは、いつかずっと昔、そうした一切の風景に接したことのあるような、不思議ななつかしい気持をそそられるのです。それは何と言ったらいいでしょう、単なるなつかしさとも違った、妙に心をうつろにする郷愁のような感じです。いわば私たちも持っていたにちがいない調和した、落着いた、甘美な充実を、その織匠は生活のなかにおのずと持っていて、彼が花を見ても、家を見ても、人々の生活をみても、それがそのまま甘美な調和を表現している――そうしたおのずからなる表現のみずみずしさが、その形象の一つ一つ、色彩の織り目の一つ一つに感じることができたのでした。

　こうして私はそのタピスリの前に立って、時間を忘れ、自分を忘れて、静かな、香りにみちた空気の中に没入しておりました。気がつくと、あたりは異様に赤く、タピスリそのものまで、いつもより、ずっと濃い赤みを帯びているのでした。私はおどろいてふりかえりました。すると、そこに――赤い見事な輝かしいもう一つのタピスリが、どこかコンスタンチノポリスの遠望ででもあるような図柄を織りだしているのでした。私は一瞬そう思ったのでした。しかし次の瞬間、その四角いタピスリは、ただの開けはなった窓の外に、赤々と燃える夕映えが、雲を染めて拡がっているのだということがわかりました。しかしそうわかってもなお、私はその黄金色と赤に色どられた架空のコンスタンチノポリスを遠くに眺めるのでした。私はそこにあの甲冑の面頬《ヴィジエール》を深くかぶったグスターフ侯や兵士たちが輝かしい大十字架を担って行進しているように思いました。歓呼の叫びや、歌声がそこにみちわたるように思えました。ボスフォロス海峡に黄金の帆を張った軍船がみちみちていました。歌声や歓呼の叫びはそこからもおこっているようでした。美しく装った騎馬の行列が城門から黄金の馬具や剣や甲冑をきらめかせて入城していました。家々の窓は輝き、燃えたち、黄金のドームは炎のように赤みわたって輝いていました。やがてどこか遠い海の方から潮がさしてくるように、ある大きな影が、その燃えあがり輝きわたるコンスタンチノポリスの上にのびてゆきました。美しい騎馬行列は歓呼する群衆のあいだを駈けぬけて、そのあとに、あわい菫色の一すじの雲を残してゆきました。家々の窓はいつか少しずつ閉められてゆきました。あちらの広場、こちらの町角という風に、人々は話しかけ、挨拶し、うなずきあい、それから別れてゆきました。海峡の方には、青い海が、帆をおろしはじめた船団を浮かべて拡がっていました。いまではただ幾つかのドームが、菫色に沈む町々の上に薔薇色に染まって、それが次第に淡く白く変ってゆくのでした。歌声や歓呼はなお聞えました。遠く城壁をかこんでいる大軍団からまだ挨拶が送られてくるのでした。しかしコンスタンチノポリスは今は蒼ざめた菫色の一団の雲の群れでした。わずかに、進軍するトルコ軍の遠い樺色の旗が地平線にたなびいているだけでした……。

それは一枚の架空のタピスリの上に織りだされた風景なのでした。そしてその風景がもはや見わけもつかぬ暗灰色の空虚な宵空にかわってからも、私は、なおぼんやりと消えさった幻影をそこに追いつづけておりました。

そのとき、私はふと誰かが肩に触ったような気がしました。思わず振りかえると、そこには、顔見知りの守衛長が立っていて、片眼をつぶって閉館時間をしらせました。あるいはそんな時間はもうとうに過ぎていたのかもしれません。館内はすでに薄暗く、架空のタピスリばかりでなく、「グスターフ侯のタピスリ」ももはや見わけることができないほどでしたから。

たしかに、私は、このように現実の世界をありのままに見ること、そこに橋をかけダムをつくること、そこで役に立ち力になりうるように学ぶこと——そうしたことを、確実な、人間の生に価することだと思ってきました。それは今も変りありません。しかし今は同時に、こうして、現実を、ありのままの苛酷な事実という見地から見ることも、実は、現実を見る多くの見方のなかの一つだということにも気がついています。

ありのままの世界——無色な主体によって見られた平板な、凡庸な、退屈な世界——大まかな、埃りっぽい、共通の世界、そうした世界を認知する判別力はたしかに必要です。しかしそのために、私がそうであったように、自分の心情、自分の眼ざし、自分に属する世界を失うことがあったら、それも一つの頽廃だといわなければなりません。私たちがこの世にあるということは、私たち一人一人に与えられた世界を深く、意味深く生きることに他なりません。それはちょうど赤く燃える夕焼雲に、思わず我を忘れて、黄金のコンスタンチノポリスを夢みるような、たわいのないことかもしれません。あるいは貧困と不安の中世の農耕を、甘美な花の香りにみたして、太古的な剛直なふちかざりで取りかこんで、描きだすことであるかもしれません。しかしそのように生きた一人の人間の魂の高揚が、あたかも落日が地上の町々を美しく輝かすように、それら物言わぬ事物の上に光を投げ、彼らの眼には見えない言葉をそこに読みだすことだとすれば、それ以上に人間らしい仕事は考えられるでしょうか。

これが、あのアーケードの下のカフェで噴水を見ながら、あなたにお伝えすることのできなかった私の、残されていた言葉です。私は、ただこれだけのことを知るために「グスターフ侯のタピスリ」を見にきたのかもしれません。たしかにそれは、ある人にとっては徒労なことだと思えるかもしれません。また余りにも労多くして、かち得たものが少なすぎると考えるかもしれません。しかしそうしたことは、今の私には本当はどうでもいいのです。なぜなら私は、いまようやく生れてきたような気がするからです。あるいは、かつて在った自分の世界へ、いまようやく還ることができた、と言った方がいいのかもしれません。

いま、この白い硬い岩におおわれたS＊＊諸島で風の音と波の音を聞きながら、私の感じているのは、こうした自分の世界とのめぐりあいの歓びです。かつて私は、夏、母や兄と島の家で、長い休みを送りました。時間のとまったような、甘美な遠い幸福な日々でした。その日々が、いま、厳しい、ほの暗い、この北の海の孤島で、戻ってきたような気がします。

……私はまだこの秋からの仕事について十分に考えぬいておりません。プランも図柄も何もかも投げだしたままにしてあります。

いま私の書いている窓の外で、いつか夜が明けようとしています。風が港の帆柱に鳴り、はしけのぶつかり合う音や、波が突堤に打ちあげられる音が聞えます。

ずいぶん長いお手紙になりました。やがて夜明けの光が、差しこんでくる時間です。でも私には、これからどのような夜明けがくるのかわかりません。ただ私には、自分がこれから本当の意味で制作の時に入るだろうことがわかっているだけです。

私の夜がこうして終ったとすると、いったいまたどういう夜があるのでしょうか――それはわかりませんが、私はこの手紙を書きおえたら、真昼の永遠の光の下で眼をさますために、深いねむりに入りたいと今はそれだけを考えているばかりです。〃

支倉冬子がエルスとこのS＊＊諸島を出航したのは九月十日の早朝である。ヨットは順風にのって峡湾をぬけ、大小の島影を眺めながら、K＊＊海峡を東進、バルト海に向かっていた。その夜から朝にかけて、異常に早い秋の訪れを示す気圧の谷間がボスニア湾からバルト海にはりだし、海面は白い牙をむきだす波におおわれ、風は東北から冷たく雨を含んで吹きつのっていた。エルスたちはおそらくどこかスエーデン側の港に待避する予定であったらしい。しかし専門家の推測によると、この程度の天候で遭難した点からみて、不慮の事故を考えなければならないという。そして事実、操舵上の事故、もしくは他船との接触、坐礁等が考えられたが、しかしいずれもヨットの船体、それに二人の死体が確認されないところから、それらは単なる推測の域を出なかった。なんらかの形で遭難ということであれば、船体の一部ぐらいは発見されるはずだというのが専門家たちの一致した見解であった。

しかし一カ月に及ぶ捜索にもかかわらず、救命具の一部が確認されただけで、何の手がかりもつかめなかった。ジャーナリズムが騒いだ最大の原因はこの辺りにあったようである。しかし臆測はどのようであろうとも、ついに死体も船体も確認されないままに捜索は秋の終りに打ちきられた。

私はその最後の捜索船に乗ってフリース島付近まで行ってみたのである。船にはマリー・ギュルデンクローネも一緒だった。私たちは捜索というより、冬子やエルスが最後に見た海をこの眼で見て、それに別れを告げたいと思ったのである。

フリース島は白い岩から成る切り立った崖に囲まれた小さな島であった。専門家の推定ではこの島へ接触した可能性がもっとも強いというのである。

船が島に近づくと、無数の海燕が乾いた声をたてて岩から飛びたつのが見えた。それは黒い渦となり、海面を高く低く旋回しては、また岩肌に吸われるようにへばりつく。雲の低く垂れた空の下で海は荒れ、船首のくだく波しぶきが、冷たい烈風に吹きとばされて、甲板にいる私たちのそばをかすめていった。

「もうエルスも冬子も帰ってきませんね。ここにきて、やっとそんな納得できる気持です。」

私は海面を見つめているマリーにそう言った。

「本当にそうですわ。私もいまそんなことを考えていましたの。でも二人は何か一つのもので結ばれていましたのね。そのことも、ここへ来て、よくわかりましたわ。二人は同じものを愛していたのです。それを見つめたら、もう二度とこの世へ帰って来られないなにかを。」

私はマリーの言葉をどうとっていいものかよくわからなかった。その言葉から私は、あの手紙にある「深いねむり」という言葉を思いだした。私はポケットに押しこんだままの冬子の最後の手紙をとりだした。マリーになんとなくそれを話して聞かせたい気持がした。しかし私の手はそのままとまった。というのは私はなぜかその言葉にはふれてはならないものをふと感じたからである。

私たちの船は島の周囲をゆっくりとまわり、汽笛を低く鳴らした。その音に驚いた海燕の群れが黒くいっせいに空を暗くして舞いたち、海面すれすれに不気味な旋回をつづけた。私は手紙をしまうと、そのまま、しばらく烈しい風のなかに立って、冬子の中を通っていったもののことを考えながら、島に波が白く砕けるのを眺めていた。その波は激しく身もだえしながら、岩に白く砕けていた。それはあたかも何か告げられぬ思いをそこに打ちつけては砕いている空しい努力のようにも見えた。私は最後の汽笛を鳴らして島を離れていく船から、その波の白さをいつまでも眺めつづけた。しかしそれもやがて、飛びかう海燕の群れとともに灰色の空の下に遠ざかり、孤島のようなフリース島もまもなく私たちの視野からその姿を消していった。

安土往還記

森　有正氏に

I

私が以下に訳を試みるのは、南仏ロデス市の著名な蔵書家C・ルジエース氏の書庫で発見された古写本の最後に、別紙で裏打されて綴じこまれている、発信者自筆と思われるかなり長文の書簡断片である。原文はイタリア語であるが、私はC・ルジエース氏の仏文の試訳に基づいて日本訳を行なった。古写本そのものについてはすでに二、三の研究が発表されているが、その前半一五〇葉ほどは、一九三一年にドロテウス・シリングによって発見されたルイス・フロイスの『日本史』古写本（サルダ古写本A）に綴じこまれているディエゴ・デ・メスキータのポルトガル文紀行『一五八二年に日本からローマへ赴いた日本使節に関する記録』の異筆写本である。後半の一五〇葉の部分は現在リスボンのアジュダ図書館所蔵のイエズス会日本布教区関係写本、記録類と比較研究が行なわれているが、現在までのところ、筆者、書名ともに不明である。近い将来、ローマのイエズス会文書館、マドリッド国立図書館、エスコリアルのサン・ロレンソ図書館、あるいはその他の日本関係古写本の蔵書家の書庫で、同系の古写本が発見されるにちがいない。ちょうどシリングがフロイスの『日本史』写本を、トゥールーズのポール・サルダの書庫とリスボンのArchivo Histórico Colonialの書庫とで、ほとんど同時に捜しあてたように。しかし私がここに訳出した書簡については、おそらくそうした異本が存在しないのではないかと思う。それはまずこの発信者がイエズス会の聖職者でないばかりでなく、キリスト教布教に関してはほとんど無関係であり、時にかなり批判的であって、むしろ十六世紀の航海冒険者の系譜に属する人物であること、第二にこの書簡がなんら公的機関に対しての報告ではなく、単なる私信であって、聖職関係者の観点からはまったく無価値であること、第三にこれがルジエース古写本に綴じこまれたのは、この書簡が発送される前に、発信者がなんらかの理由で（病気、死、その他）そのままそれが書かれたゴアの聖パウロ学院に残され、他の報告書類のなかに偶然まぎれていた結果であると推定されること（報告書は主としてポルトガル語、スペイン語により書かれ、イタリア語で書かれたものが少かったことも、本書簡が記録のなかにまぎれこんだ理由になるかもしれない）等の理由が考えられるからである。

にもかかわらず私がこの書簡断片をあえて訳出しようと思ったのは、現在までに発見され、翻訳されているイエズス会聖職者たちの確信にみちた、細心正確な日本教区の報告とは異なる視野と気分で、十六世紀末の日本が描きだされているからである。もしここに新しい時代の鼓動にふれた人間の声が低くしか聞えないとしたら、それは重訳のためというより、ひとえに訳出者の時代的な制約のためであろうと思う。

II

この前、貴兄に手紙を書いたのは、何年ごろだったろうか。〔一五〕七三年か、四年か、そのころだったように思う。私はその手紙のなかで、マラッカから日本へ渡った経緯について、かなり詳細に書いたように記憶している。(実は、最近、といってももう一年半になるが、このゴアに来てから、君の書いた『フィレンツェ、ヴェネツィア、ナポリ公国における政体比較研究』を手に入れることができた。そのなかで君は、私がジェノヴァを出て、ノヴィスパニアを経、モルッカ諸島まで遍歴した航海記録を全面的に収録してくれたのを見いだし、ほとんど狂喜に近い気持を感じた。第一に、不定期なポルトガル船に委託する郵便物の不確かな運命については、誰よりも当のこの私がよく知っているからであり、あの長い記録を書いた当時、それが確実に誰かの眼に触れるだろうとは思ってもいなかったからだし、第二に、君がそれを友人B・F＊＊の記録として、政体研究の有力な証拠に用いてくれたからだ。しかし何よりも私はそこに君からの返信を感じとったのだ。おそらく君も私あてに書信を送ってくれているにちがいないが、遠い異郷を転々としている私の手許に達する可能性はまず考えられない。だからこそ、この著作のなかで君はまるで私に語りかけるかのような数節を書いているのであろう。たしかに印刷される書物のほうが、はるかに広く人間の眼にもつこうものだからだ。君の目的は達せられた。私は、自分の航海記が君の手に無事渡ったことを知ったばかりではなく、君がそれを喜んでくれたことを知りえたのである。)おそらく同じようにしてFirado(平戸)から書いた手紙も入手して貰えただろうと思う。しかしそれ以来、私はなんら記録を書く時間もなく、その気持もなかった。それに日本に関して私の知りえたところがあまりに少いように思われたが、それほどこの王国に関する諸事情は特殊で複雑であった。

しかし正直のところ私はこの地に来てはじめて自分が足を停め、ひょっとしたら何か生きるに価するものを見いだせるのではないかと思ったのだ。

たしかにノヴィスパニアでは、私は三年のあいだ、あの片目の総督のもとで、指揮官の一人として働いた。私は何週間も乾いた岩山や涸れた谷を灼熱の太陽にやかれながら行進した。北部で叛乱が起ったとき(あの有名なキューバ島での叛乱だ)私はホンデュラスの密林のなかを、来る日も来る日も、歩きつづけたものだった。湿気と暑熱、それに熱病と飢えが、私の軍隊を苦しめた。私たちは沼を渡り、まつわりつく蔓を切りはらいながら進んだ。出発の日、紅顔を輝かしていた若者まで黄色く瘦せおとろえ、老人のように鈍い動作しか示さなかった。部隊全員が泥人形になり、喘ぎ、よろめき、うめきながら進んだ。

それでも私はなお総督の命令をまもりつづけた。部隊の半数が熱病に冒され、あるいは沼のなかに沈み、あるいは叢林のなかへ頭を突っこんで死んでいっても、私は部隊を引きかえすことはしなかった。私にはそれが自分の運命への挑戦だと感じられたからだ。

私が軍隊を離れてモルッカ諸島へ出帆するスペイン船団に加わったのは、片目の総督に対する失望もあったが、それ以上に私は、自分の宿命をぎりぎりのところまで追いつめたいという狂暴な気持に駆りたてられていたからである。だから私にとって、あの太平洋の不気味な広さは、刻々の運命の表情にほかならなかった。私はすでに十数年の航海経験者であるにもかかわらず、帆柱のきしりはじめるあの大時化の前の、黒い雲の動き、次第に高まってくる波のうねりを、完全な冷静さで見ることができない。そんなとき、胸の奥に一種の冷たい重いものが、黒ずんで、うずくまっているのを感じつづけるのは、あまり気持のいいものではない。まして地の涯かと思われる二十日、三十日の航海の揚句の荒涼とした海で、ただ風の吹きおこるのを幾日も待たなければならないようなとき、どんな老練な船乗りでさえ、自分の無謀な航海を、心のどこかで悔まずにはいられないのだ。

だが友よ。私が少くともこのような生涯を選んだ理由があるとすれば、まさにそのような瞬間に、断乎として宿命と戦おうとする意志を自分のなかに確認するためだった、といえるであろう。私が故郷のあの懐しい港町の裏通りで、妻と、妻の情夫を刺し殺したとき、私はいささかの悔恨を覚えることなく、もしそれが私の宿命であるならば、なんとしてもそれに屈しまい、なんとしてもそれを捻じ伏せねばならぬ、と誓ったのだ。私は法に対しても、慣習に対しても、ジェノヴァの沈鬱な実利主義に対しても、断じて屈しまいと決意したのである。

それはなにも私という一個の人間が法と秩序の外へ逃亡し、辛うじて身の保全を計ろうという意図によるものではない。私にとっては、というより私の愛情にとっては、妻の裏切りは、当然、死によって贖《あがな》われなければならぬものに思われる。もし私がそれを罪と感じ、法に服するとすれば、私が抱いた愛情といい、人間としての誇りといい、すべて泥土のなかに投げすてることになる。また同じようにして、私がそのような宿命の暗い力に支配され、その結果に、かかる行為を強制されたと信じれば、私の内なる自由も、激しい情念も、はじめから存在しないことになってしまう。私は愛の激情から妻とその情夫を刺殺した。しかもそれは私の自由意志により、私の自由な選択によって行なわれたのだ。

私はジェノヴァの官憲の手を逃れて、リスボアへ渡った。リスボアで私は荷かつぎをやり、港の倉庫の隅でねむり、町を歩きまわり、馭者の鞭で叩きのめされ、女たちに嘲笑された。時には私は人の前に這いつくばり、酒場で物乞いをし、露天の雑貨をかすめとった。そうなのだ、私は殺人を犯したばかりではない、乞食となり、こそ泥をやり、もっとも恥ずべき仲間にさえ身を売ったのだ。だがそれは私自身の意志で選びとったというただそれだけの理由で、私は運命に支配されているのではなく、逆に、私のほうが、自分の運命を捻じ伏せ、運命に軌跡をえがかしていることになるのだった。運命より、一足、前へ出て、運命の鼻づらを自分の思いのままに動かしているのであった。

しかしそれは運命との刻々の鍔ぜり合いであり、私のほうが一瞬でもためらったり、おびえたり、自信をうしなったりすれば、すべてが反転して、逆に私が首の根を運命に押えられ、振りまわされなければならないのである。

そうなのだ。私は自分に襲ってくるすべてのことを（たとえ道で石につまずこうが、馭者たちに身ぐるみ剝がれようが、それをさえも）、自分が意志し、望んだことととして、それにかじりつき、もぎとり、自分の腕にかかえこまなければならないのだ。どんなに運命が私に追いつき、私の先を越そうとしても、私は必死でその前へ出て、「私がそれを望んだのだ。それは私の意志なのだ」と叫ぶのである。だから私がリスボアから新大陸探険のための航海者の募集に応じたのも、自分の誇りをまもるためであり、逃亡ではなく、挑戦であった。ひたすら自分の宿命に対する挑戦のためであった。私は自らを正当化するために、地の涯まで流れていったのではない。私にはまもりぬかねばならぬものがあり、いわばその義のために戦いつづけるのを自分の仕事として課したのである。

そしてまさに、かかる理由から私の予想もせぬ日本滞在がはじまり、そして同じ理由で日本を去ることになったのだ。そのことを思うと、今の私は感慨無量である。ながい日本滞在のおかげで、私は日本語にかなり熟達したが、現在はその語学力によって、当地の聖パウロ学院で、日本布教区へ派遣される聖職者たちに、この東方の官能的な、柔和な言葉を教えている。私の部屋からはゴアの外郭をめぐる厚い堅固な城砦が、白く眩しく見えている。灼熱の太陽が黒い影を狭い路地に濃くきざみこんで、その影のなかに首をうなだれた驢馬が佇んでいる。海の風の吹きとおる城壁のうえに、黒ずんだ点となって、守備隊の一人がゆっくり歩くのが見える。白い壁と灰褐色の屋根屋根、一段と高く聳える聖フランシスコ教会とインド副王の宮殿、それらが狭い路地をはさみ、身を寄せ合い、ぎっしりとこの小さな要塞島にひしめいているのだ。狭い海峡をこえてゴア王国の町々が望まれ、間近に迫る仄青い山脈を背に、回教寺院の崩れた円屋根が見えている。春もなければ冬もない、常夏の暑熱が、碧緑の海を眩しく霞ませ、単調無為な時間が、重く、のろのろとすぎてゆく。時おり学院の坂下の共同井戸から女たちの喧騒の声が聞えてくる。しかしそれも途絶えると、暗い室内を飛ぶ蠅のうなりと、遠い海のつぶやきが暑くだるい昼さがりの町の静寂を破るだけだ。ポルトガル船もここ三カ月というもの姿を見せない。今月予定されていたサンタ・マリア号もまだ姿を現わさない。だが、それが姿を見せたとしても、どれほどのなぐさめを私にもたらしてくれるだろうか。たしかに今の私はゴアの暑熱と無為に倦んでいるのかもしれぬ。だが、もしそうだとしても、私は、自分がそれ以上に自分のなかに大きく穿たれた空白を、埋めつくせないでいるのを知っている。そしてそれが日本で起り、いまにつづいていることを知っている。私はいま君に日本に関する政体研究、比較風俗の研究を書き送れないのを残念に思う。私のなかに、こうした空白感が起ったことは、いまだかつてないことだった。それだけに私は、現在、ただ私のうしなったものについてだけ君に書いておきたい気がする。あるいはひょっとすると、それは私が地上に捜しあてた私自身だったかもしれぬという気が、頭のどこかに残っているためなのだ……。

私があの王国に上陸したのは［一五］七〇年の初夏であった。本船から艀《はしけ》で陸に近づいてゆくと、人々は十字架を持ち、数珠を掛け、感激を表情にあらわして、波打際に駆けおりてきた。私はその土地へはるばる伝道にきたカブラル師、オルガンティノ師を送りとどけるのが役目だったのである。

私たちの着いた口の津港も、その後日本船で訪れた志岐も、静かな入江を前にした穏やかな清潔な村落であった。ポルトガル語を流暢にあやつる何人かの日本人修道士がおり、小さな会堂が村はずれに立っていた。

日本人は色が白く、慇懃で、よく笑い、清潔好きであるような印象をあたえた（これは後になっても大して修正する必要がなかったように思う。ただ慇懃で、温厚な態度は、ヨーロッパ人のそれとはやや異なり、時に鋭い軽蔑を含んでいる場合がある）。志岐の会堂の裏の、日の当らぬ部屋で、そのころ、ちょうど病床にあった老トルレス師――いまゴアやマラッカで聖人扱いにしているあの政治的な布教家と一緒にこの王国に伝道して、以来二十年、僅かの米と、干し大根と、野菜の屑をたべながら、風雨にうたれ、戦乱のあいだを逃げまどい、坊主たちに襲われ、町の人々からののしられて、それでもようやくシモの地方（九州）に一つの教区をつくりあげ、ミヤコへも出かけた老トルレス師――が、いくらか元気を恢復して、カブラル師やオルガンティノ師の来訪を、涙を流して喜んでいたのだった。

「よく来て下されたの。よく来て下されたの」

老人は日焼けして、もはやヨーロッパ人とは見別《みわ》けられぬ皺だらけの顔を、涙にぬらして、そうつぶやくだけであった。新来の神父たちに対して、この謙遜な老人はただ、いかにキリシタン宗門に未聞の土地であり、戦乱や無知や偏見にわざわいされたとはいえ、イエズス会総会長や全会員の希望に十分応えられなかったことは残念だったと言った。

「私はもう老いてしまった。そのうえ病いにとりつかれて、二度と街頭で人々に呼びかけることもできまい。何もせぬうちに、私は老いてしまった。それが私には残念でならぬ。本当に残念でならぬ」老人は言った。「ミヤコではパードレ・フロイスがひとり残って、キリシタンの人々の心を支えている。早く誰なりとミヤコへ出かけて、パードレ・フロイスを援助してほしい。ミヤコにパードレが足りぬのが、ただ一つの心残りだ。師よ、早く誰なりとミヤコへ派遣してほしい」

私は老トルレスのこうした言葉をすでに何度か聞いた。彼の頭が老耄したのか、あるいは肉体の衰弱にもこうした執念がしみこんでいたのか、彼は人さえみると、うわ言のように、そう繰りかえした。

カブラル師がオルガンティノの病気がなお十分に癒りきっていないのを知りながら、彼を都へ派遣するよう命令したのは、明らかにこうした老トルレスの願いがあったからである。老人が死んだのはそれから四カ月後の十月二日であった。黒く日焼けし、皺だらけになった老人の屍体は、小さくなり、固くなって、すでにそのままミイラになっているようであった。暗く窪んで閉じられた眼は、むしろながい苦痛をのがれた人の苦がい静けさが感じられた。

私は老トルレスの顔を眺めながら、オルガンティノのことを考えないわけにゆかなかった。彼はもともとブレシア近郷の農家の出身で、陽気な、屈託のない性格で、冗談なども好んだが、小肥りした身体に似ず、よく病気をした。すでにゴアからの航海のあいだ、彼は船酔いに悩み、暑気にうたれ、腹痛をおこし、船底を転々として苦しんでいた。オルガンティノが日々の聖務を船中で果したのは、日本教区の布教長カブラル師が同行していたためだといっていい。このポルトガル貴族出身の神父は、厳正で苛酷、人を許すことを一切しなかった。おそろしい長身、鋭い灰色の眼、突きでた鼻、への字に結んだ口、ながい南海の船旅に日焼けした肌などから、私たちは神父というより、さながら一個の禁欲的な中世の戦士を想像したものである。

彼は私たち船員をこの世でもっとも自堕落な人間ときめつけているらしかった。個人的には、むろん私は彼が好きになれなかったが、彼に異常な精神力と、一種独特な説教の才があることは認めた。それは激しい火のような熱弁で、眼のあたり堕地獄を描いてみせる映像の豊かさをもち、倨傲に、峻厳に、人々の罪を糾弾するのであった。

これに対してオルガンティノはまったく平民的で、親しみやすい人物だった。彼には、私の不信心でも容易にわかってもらえそうな、そうした心安い、気らくな信頼が感じられた。時どき青い、まるい、人の好い眼を、きょろりと、真面目な表情にして、人を見つめる癖があった。私はほとんど同郷といっていい彼とは、ゴアで出会った最初から気があった。マラッカに碇泊中、町で私は賭博がもとで大喧嘩をし、相手を三人傷つけたが、その事件を穏便におさめてくれたのは、このオルガンティノであった。彼がいなければ、私は船の職をうしなったばかりか、またモルッカ諸島のどこかの島に、懲役兵役へ出なければならなかったであろう。たしかにそれは酒のうえの愚行ではあれ、オルガンティノに恩義を感じないわけにはゆかなかった。そのうえ航海がながびくにつれて、オルガンティノの病気は一進一退しながら、少しずつ悪化してゆくように思われ、私は日本に到着する数カ月というもの、オルガンティノにつききりだったといっていい。私が志岐までオルガンティノを送っていったのもそのためだったのである。

しかし私はそこで老トルレスの最後に立ちあった。日本人の信徒たちは会堂の床に身を投げて慟哭していた。厳かに、沈痛に、鐘が静かな志岐の入江に響いていた。

私にはその眼の落ち窪んだ、皺だらけの、日焼けした顔が、どうしても十分に自分の生涯を生ききった人間の顔に見えなかった。それは一生何ものかに負い目を感じ、身を苛み、びくびくと生きてきた男の表情のように思えた。そしてなぜかその顔が、あの人の好いオルガンティノの顔と重なった。船酔いの最中にも、無理に笑おうとし、冗談をみつけて、私を笑わそうとしているオルガンティノの歪んだ顔と重なったのである。

もちろん私は、遠い異郷へ伝道を決意した彼の精神的な内面へ立ちいろうなどとは一度も考えたことはなかった。ましてそのような生涯を選んだ人間に対して、私が一片の感傷を感じたとしたら、それはとんでもないお笑い種だ。それはむしろ私自身の生涯に用意しておいてもらいたいものだ。私はただ老トルレスやオルガンティノが、いわばそのけがれなさというべきもののゆえに蒙る単純な傷を正視できなかったのだと思う。あたかも仔犬が、飼主の放つ気まぐれな矢に刺しつらぬかれ、腹わたを赤く引きずりながら、声もなく、ただ驚いて、それでも飼主に向って、よたよたと歩いてくる、そうしたときの無言の愚かしい信頼をこめた顔をみるような気持が、私をかすめたのだと思う。

おまけに志岐から口の津へ帰る途中、オルガンティノが異教徒たちの一団に襲われるという事件がおこった。私がたとえ現在の船の船長と仲がわるく、帰りの航海になんの責任ももっていなかったとしても、日本に滞在する理由などは何もなかった。少くともその当初には何もなかったのだ。それを不意に私に決意させたのは、口の津の会堂に運びこまれてきたときのオルガンティノの血にまみれた土気色の顔だった。そのとき理由も何もなく、ただこのブレシアの百姓の子とともに、ともかくミヤコまでは行かねばならぬという気持が、反射的に私のなかに生れたのであった。

カブラル師はもともとこの王国の人間たちをゴア王国、マラッカ王国あたりの土民たちと大して違ったものとは考えなかった。いかにあの政治的な布教家や老トルレスやビレラ師が長文の報告書や書簡をゴアの聖パウロ学院に送って、この王国の価値を説明したところで、新任の傲慢で厳格な布教長はいささかも自分の意見を変えなかったのである。そして最初のオルガンティノ攻撃事件が彼のこうした信念をますます不動のものにした。彼は一般信徒はもちろん、日本人修道士とも食事をともにすることはなかった。老トルレスが米や粟を食らい、干し大根を嚙って、農民や浮浪人と一緒に生活したのに較べると、カブラル師は、つねにポルトガル貴族の生活様式を変えようとはせず、肉とチーズと葡萄酒をかかしたことがなかったのである。

オルガンティノは私の申し出をなんとしても受けつけようとはしなかった。彼は以前から私に、早く故郷へ帰るように言っていた。そして私がミヤコまで彼を送ってゆきたいと言うのに対して「ジェノヴァも変りましたよ。私たちの国も変っているんです。一度ぐらい故郷を見てやったっていいでしょう」と答えるのだった。「それにあんたは私を護衛するというけれど、あんたを見ただけで、相手が逃げだすというふうにも見えないですよ」

　そこで私はオルガンティノを会堂の裏に連れていった。そこは五十歩ほどの菜園になっていて、一方の端が石垣で仕切られていた。私はその石垣の前に身体につけていた銀のメダイヨンを置いた。メダイヨンにはジェノヴァの守護聖人が浮彫りにされていた。私はそこから五十歩離れ、雑嚢のなかから小銃《アルカブス》をとりだし、装塡し、発火し、狙って、引き金をひいた。轟音とともに、銀のメダイヨンはけしとんだ。私はそのよじれた銀の破片をオルガンティノに差しだした。

「ほら、ジェノヴァはもう影も形もない。ぼくはあんたに随いてゆくほかないですよ」

　私はノヴィスパニアにいたあいだに、測量や築城法とともに射撃術をも学んでいた。そして射撃は一時私の情熱をかりたてたことがあり、五十歩離れてイスパニア金貨を射ぬくことができたのである。

　オルガンティノは流石に驚きの色をかくせなかった。

「いったい、あんたはどこでこんなことを学んだんです？　船員のあんたが……」

　それでもオルガンティノはなかなか私を連れてゆこうとは言わなかった。しかし最後に彼は、ミヤコに着くまで、という条件で私に同行を許した。その後は、来年のポルトガル船の来航次第、私はそれに乗ってヨーロッパに帰ることを約束させられた。そのときの私は、それも悪くないと真実考えていたようである。


　オルガンティノのミヤコ派遣についてどのような会議が開かれたのか、どのような指令がカブラル師のもとに届いていたのか、私は知らない。ただ病気の癒えないオルガンティノが老トルレスの葬儀の後、間もなく旅立たなければならぬことを知っていただけである。私たちはほかに日本人修道士二人、信者で諸道具の運搬に当る者五人ほどで、海路で口の津を立った。平戸でながいこと滞在し、そこから陸路を辿り府内へ出て、ふたたび海路に出た。

　航海は概ね平穏であったが、途中何度か私たちは不快な思いを味わった。ある男は私たちが邪教の徒である故に同船をことわるべきだと船頭に申しいれた。ある女はちょうど臨月に近かったが、私たち邪教の徒とともにいると形相のおそろしい子が生れるであろうから、すぐにも私たちを海に投げこむべきだとわめいた。また事実、小銃で威嚇するまでに到らなかったが、二度、三度と男たちが乱暴をしかけてくることがあった。しかし中には私たちに木の葉に包んだ米のめしを食べるようにとすすめる老婆などもいた。

　私がオルガンティノからこの王国について話をきいたのは、そのときが最初ではない。ながいゴアからの船旅のあいだじゅう、彼は熱にうかされたようになって、日本のことを話していたのだ。それはいずれも先任の神父たちが都や豊後からゴア宛に、またコインブラ宛に書きおくった厖大な量の報告書による知識であった。ビレラ、フロイス、アルメイダたちが老トルレスのあと都で布教するかたわら、王国の歴史、風俗、人情、生活様式、食事、衣服、家屋、政治形態、都市制度、土地、そしてとくに仏教と呼ぶ宗教について、克明に報告していたのである。

しかしながらそうしたオルガンティノの言葉をはっきり理解するようになったのは、この平穏な内海の船旅のあいだだった。私はそこでダンジョードノとか、ミヨシドノとか、クボーサマとかいう耳なれない言葉を聞いたが、それが現在ミヤコで騒乱をひきおこしている大身たちだということであった。しかしそうはいっても、オルガンティノ自身まだその詳細な対立関係や依存関係は理解していないらしかった。

私たちは旬日の後、堺の港に到着した。港にはながい石垣を組んだ防波堤があり、その先端に燈明台が立っていた。港内は大小さまざまな船で賑わい、旗を立てたのや、出てゆくのや、入ってくるのや、横づけになるのや、綱を投げているのでひしめき、たえず叫んだり、銅鑼を鳴らしたりしていた。

波止場には、一人の瘠せた、日焼けした、小柄な、びっこの老人が私たちを待っていた。彼はそのうえ片眼が見えず、残ったほうの眼も辛うじて物を判別する程度であった。それが、オルガンティノがよく話していた日本人修道士ロレンソ老人であった。彼は老トルレスとその生涯をともにして布教に専念した最も古い修道士の一人であった。見えないほうの片眼は深く窪み、もう一方の眼は、細く灰色に見ひらかれていた。彼は老トルレスが死んだ報せを受けとると、その両眼から涙が静かにあふれてきた。

私たちは堺の大通りに面した宏壮な商人の屋敷に導かれた。この町で有力な商人の一人で統治委員会《コンソラート》の構成員をつとめていた。鷹揚な肥った人物で、態度にはどこかジェノヴァの金融業者に共通する曖昧な狡猾な感じがあった。後になって気がついたことだが、この町の人間たちは、共通して傲慢で尊大なところがあり、ひどく上等な衣服を着て、そのことをあからさまに誇る様子があった。現世的で、しきりと感覚的な享楽を求めている点も、私の故郷の町を思いださせた。しかしそれは懐しさを感じさせるよりも、一種の嫌悪を呼びおこした。私の妻が不貞に走るような雰囲気を、この町ももっているような気がしたのだ。

しかしながら、私の嫌悪がつのろうと、またオルガンティノの気持がしきりと都へ向っていようと、私たちはすぐ堺を離れることはできなかった。ロレンソ老人が私たちを堺港で出迎えてくれたのは、歓迎のしるしであるとともに、そこで足どめを命じるための生きた歯止めとなるためだった。いまは都は大へんな騒ぎなのです、とロレンソ老人は言った。いま都では二つの勢力が対立し、町々は略奪され、郊外の村落は焼かれ、黒い煙がたえず空を覆い、通りから通りへ影のように騎馬の兵隊たちが走りぬけ、鐘が鳴り、家から走り出す人、家財道具を車で運ぶ人、裏庭に穴を掘って財宝をかくそうとする人、叫ぶ人、泣く人で町は騒然としているのです、と彼はつづけた。

「その都にパードレ・フロイスはとどまっておられるのですか」

オルガンティノは思わず声を高めた。

「左様、いまこそキリシタン宗門の方々はパードレを必要としているからでございます」とロレンソ老人は言った。「パードレは宮廷《コルテ》に赴き、王と面会され、キリシタン宗門の保護を願いでられるばかりではない。都の内外隈なく宗門の方々を慰められ、空屋同然の会堂に帰られては、残された古い祭具でミサをおこなわれております。いまもしパードレ・フロイスが都を離れられたら、宗門の方々は心の支えをうしなうも同然。折角ここまで築かれた宗門の礎がいつ崩れ落ちるとも判りませぬ。(ロレンソ老人はオルガンティノの言葉をさえぎるようにしてつづけた)さればでございまする。パードレは私をこちらへ差しつかわされました。私はパードレと一心同体になって布教にいそしんできた者でございます。パードレの私に申されるには、いま日本語も喋れず、王国の事情にもうといあなた様に混乱の都へ来ていただくより、何よりもまず言葉を巧みに修得せられ、王国の政情を深く理解されることこそ肝要とのこと。さればこの町に私とともにしばらく滞留なされて、パードレの御意図を体《たい》されますように」

「だがそれは……」とオルガンティノが言った。「カブラル布教長の御命令に反することになるのです。私はただちに……」

「それはよく判っております。パードレもそのことを心得てお られるからこそ、私をここへよこされたのでございます。パードレ・カブラルは優れた見識と強い意志の持ち主と私どもも前前から承っております。されど、日本にはじめて御到来のお方であってみますれば、まして都の変転するさまを眼にされておられませぬからには、パードレ・フロイスのようには、先をお見通しになれぬのも道理。ここは私どもが布教長殿に責任をとらせて頂きますによって、なにとぞ堺の町におとどまり下さいますよう」

私たちは結局この港町にしばらく滞在しなければならなかった。ロレンソ老人の言葉をまつまでもなく、この町は、水をたたえた深い掘割と高い城壁にかこまれ、厳重に警備された都門を通ってのみ外部と接触することができ、その橋も夜は刎ね上げられて、傭兵たちが番所を固め、ほとんどヴェネツィアに匹敵する自衛能力をもっていた。それにキリシタンに対する迫害もなく、ここにとどまる以上に安全なことはなかったのである。

町の中央を十字形に大通りが走り、それにそって碁盤状に町すじが通っていた。大通りには宏大な商店や市場や取引所が並び、港にそって魚市場、米市場、船工場、木材市場が連なり、人々が入ったり、出たり、話したり、取引きしたり、荷をかついだり、それをおろしたりしていた。町のなかを歩くと、鍛冶屋があり、糸屋があり、染物屋があり、薬屋があり、金融業者がおり、版木で印刷を試みる者もいた。しかし私の興味をひいたのは町の北に軒をつらねた武器製造業者たちで、彼らは火をおこし、鉄板を叩き、鉄棒を曲げていた。町の北端に雑草のはえた乾いた広場が土塀に仕切られていて、一方が厚みのある土手になっていた。それは武器製造業者たちが新しい長銃《エスピンガルダ》を試してみる試射場であった。

私はロレンソ老人に町を案内されながら、町の人々の多くが、都で起っている戦争を利用して大急ぎで商売をしようと狂奔しているのに気がついた。鉄砲製造業者たちの働きは昼夜兼行で、職人たちは交代で工場に入り、ふいごを吹き、鉄を打った。どこにいってもあわただしく、何かに憑かれたような感じがした。食糧品を満載した車が幾台も幾台も港から倉庫へ、倉庫から港へと動いていた。そして彼らになぜそんなに働くのか、と訊ねると、一様にVoary（尾張）の大殿《シニョーレ》から厖大な矢銭（軍事費）が割りあてられているからだ、といまいましそうな表情で答えるのだった。そして私が、そのオワリの大殿《シニョーレ》とは誰なのか、どんな人物なのか、と重ねて訊ねると、彼らは口々に、それは今まで現われた最も残忍で冷酷な武将であり領主である、と答えた。

またある一人の貿易商は顔をしかめて、大殿《シニョーレ》は自らの手で実弟を殺し、養父を追い、多くの家臣を殺害し、そうした血のなかで生きるのを快楽に感じているような人物なのだ、と言った。「戦えば相手方を一人残らず容赦なく斬りすてる。町々は焼き払い、仏寺は破壊する。物怪《もののけ》がついたのでなければ、生れながらの天魔にちがいない。いや、いま思ってもぞっとする。大殿《シニョーレ》が二万貫の矢銭を求めたとき、町の委員会《コンソラート》は一致してこれを拒み、橋を刎ねあげ、門をとざし、防砦を立て、人々は武器を手にしたのだ。ところが都にはそのとき五万の軍勢が控えていて、一挙にこの町を焼き払おうと待ちかまえていたのだ。あれに較べれば三好殿、弾正殿のほうがまだましだ。大殿《シニョーレ》ときたら、神もない、仏もない。ただ焼き払い、ただ殺害する。それだけなのだ。なんという恐しい人間が生れたのだろう。なんという妖《ばけ》怪《もの》が人間の形をして現われたのだろう」

貿易商は昂奮したように早口になりながらそう言ったが、それだけで、自分の身近に災害でも迫ったかのように、不安そうにあたりを見まわし、急に不機嫌になってしまうのであった。

おそらくコジモ・デ・メディチだってこんなには嫌われなかったろう、と私は思った。ネロかネブカドネザルか、それとも血に飢えたあのフンの王族たちか。私はふと蒼白く、冷たい肌をした、陰気な偏執狂の顔を想像した。小男で、せむしで、片方の手には満足に指がないのかもしれぬ。そんな男が、町々を焼く炎にじっと見いっている姿が思いうかんだ。そういえばコルテスにしても、フランシスコ・ピサロにしても、なんと土民たちを殺害してきたことか。十人、二十人が死ぬのではない。何百人、何千人の人間が一時に殺されるのだ。村を焼く。町を焼く。それにしても彼らは一様に暗い顔をしている。陽気を粧っていたとしても、彼らの暗さはどうしようもない。尾張の大殿《シニョーレ》もそんな男なのか。コルテスのような男なのか。それともピサロか。はたしていつか私はその男に会えるだろうか。私が会ったときのコルテスはもう老いぼれだった。口の端から涎をたらして、甘い菓子を欲しがっている好々爺にすぎなかった。ノヴィスパニアで二十万の軍隊を震えあがらせた将軍の、それは晩年の姿だった。あの片目の総督にいたっては、もはやコルテスどころではなかった。せめて私が若いコルテスにでも会えていたら……そしてもし……

私は堺の町にとどまっているあいだ、何度かこうしたもの思いにとらえられたのを思いだす。

他方、オルガンティノはロレンソ老人を相手に日本語の修得にかかりきり、四ヵ月後、私たちの宿泊する宏壮な屋敷の一角（奥まった最上階の広間）で説教がおこなわれるとき、彼はロレンソに助けられると、たどたどしい日本語で喋れるようになっていた。彼は町へ出ると、広場ででも、市場ででも相手かまわず話しかけた。私にはもちろんその意味はわかりかねたが、しかしそれは彼独特の気楽なブレシア訛りを聞いているのと同じ感じがした。事実、話しかけられた人々はいずれも愉快そうな表情をし、なかには声をだして笑うものもいた。

はじめの頃、私たちが町を歩くと、人々は立ちどまり、仕事をやめ、門口まで出てきてはじろじろと見たものであった。子供や女たちは私たちの後からぞろぞろついてくるほどだったが、オルガンティノが日本語の片ことを話せるようになると、彼らのこうした無遠慮な好奇心は急速に減じ、しばしば市場や商店や港で何人かの顔見知りから挨拶されるようになった。

私が執政員《コンソール》の一人である豪商のTzuda（津田）と出会ったのもこの頃である。津田は大柄の、堂々とした、耳の厚くて大きい、ぎょろ眼の四十恰好の男だった。

私は彼と会うずっと以前に、この町の鉄砲製造の発達に感心して、その製作工程を見せてもらうよう頼んだことがあった。しかし人々は秘伝と称して、それを関係者以外には公表したがらないのを知った。それで私は例の特技を鉄砲試射場で製造人たちに披露し、その結果、逆に彼らの製造過程を点検してまわる人間として、そこに招かれるようになったのである。津田はそこでつくられた武器、弾薬を大口に販売する商人の一人だった。

私は彼の前でもう一度、酒の小瓶を小銃《アルカブス》で撃ちぬいてみせた。彼は私の技倆にも驚いたらしかったが、それ以上に、私が愛蔵する最新のイタリア銃に眼を光らせているのがわかった。

津田は私に、小銃《アルカブス》が長銃《エスピンガルダ》とどう違うのか説明して欲しい、と言った。私は新型銃が採用しているばね附き歯車による発火装置を、銃底を開いて、説明してやった。硝薬、火縄、鉛弾をまとめて紙包にくるみ、それを一瞬に装塡するには、長銃《エスピンガルダ》より、はるかに小銃《アルカブス》のほうが有利であることを、実際やってみることで示した。

津田はその後で私を宏大な彼の邸へ連れていった。高い塀にかこまれた邸は、塀の外に掘割がめぐらされ、きれいな水が流れていた。幾間もある部屋は、金色の戸で仕切られ、花や動物を描いた豪華な板戸が廊下の左右に並んでいた。庭には花と石にかこまれた池があり、池に迫って小山が築かれ、小山のうえには小さな四阿《あずまや》がたっていた。

宴席のあいだ津田はゴアやマカオとの取引の実情などをいろいろと訊いた。彼はマカオから硝石を大量に輸入したいのだと言った。私は私で、日本に来るまで、この王国で火器がこのように発達し、広く普及しているとは予想もできなかったと言った。

「いったいあなたはそれをどんな領主や将軍たちに売るのですか」

　私は津田にそう訊ねた。すると津田の表情のなかに、なにか曖昧な、薄笑いのようなものが浮んだ。それはたしかにこの町の商人特有の狡猾そうな、かけ引きをするような顔つきには違いなかった。

　しかしその薄笑いは、そうした表情ともどこか違って、もっと根拠のない、もっと説明のつかぬ笑いであった。強いていえば、それは笑いの動機をもたぬ笑いとでもいうべきものだった。私は津田がその薄笑いを無意識に浮べているのに気がついた。彼は私が商売の機微について質問したから笑ったのではない。そうした商習慣の相違はお互いさまのことであるし、あえて私が商売上の秘密に立ち入ったのであれば、相手はそれを告げて、その返答を断わればいいのである。すくなくともここには滑稽な要素はなかったのだ。だが私の理解をいっそう困難にしたのは、津田が私の予期に反して、その商取引の内容を話しだしたことだった。

「他言されると困りますが、あなたからは新式銃の御説明をしていただいたわけで、いわば取引仲間。そこで打明けて申しあげますと、Cubōsama（公方様）、Matzinanga（松永）殿、Mioxen（三好）殿、それに本願寺のBonzos（僧侶）。また尾張の大殿《シニョーレ》にも……」

　しかし彼のそうした言葉をきいているうち、私にはようやく津田の薄笑いの意味がのみこめてくるような気がした。彼は敵対する二つの勢力のそれぞれに武器を売りわたしている——もちろん私にはその敵対関係の複雑な構成をのみこめるだけの予備知識はもっていない。だが、彼の薄笑いが敵対する両陣営と取引きするという事実からうまれていることは推測できた。とすれば、それをどう解釈すればいいのか。なんらかの狡猾さの象徴であろうか。だが商取引をする以上、たとえそれが武器であろうと、より多い利潤に従って売買されるべきは当然であろう。それともこの堂々と見える男の魂胆のどこかに、それが武器であるからには、どちらか一方に組するべきだという考えがひそんでいるのであろうか。まるでフィレンツェの染物屋の娘が一人の男を想い通してでもいるかのように。それとも有利な一方に賭けるのがおそろしいのか。いずれにせよ首鼠両端の態度のなかには、笑いの動機は見当らない。もしあるとすれば、彼が自分のそうした二股掛けを、何らかの意味で、悪いことと感じる、そうした通俗的な道徳感覚から生れている。このような道徳感覚にしたがえば、二股掛けは、まさしく背信行為となる。敵対する両陣営に武器を売るのは、明白な裏切り行為となるのだ。だが問題はここにある。

　もしそれが背信であり、悪であると感じるなら、そのような自分に従うべきである。通俗的であろうとなかろうとあくまでこの道徳基準に従わねばならぬ。他方、もし両陣営に武器を売りこむ決意をする以上、それをよしとする自分がいるはずである。いなければ、それをつくらなければならぬ。それをよしと判断できる道徳基準をつくり、それを断乎として守りぬかなければならぬ。道は二つに一つしかない。

ところが津田は二股掛けを悪いと感じつつそれをあえてしているのだ。ということは、低い道徳感覚を抱いているにもかかわらず、それに従うこともしないし、また新しい道徳をつくりだそうともしないということだ。私は妻を殺害した。妻の情夫を刺し殺した。だが、その瞬間、私はそれを悪とする道徳基準をも打ち砕かねばならなかった。こうして私は新しい道徳基準をつくったが、こんどはそうした新しい基準を支え通すために、私は自分のすべてを賭けなければならなかった。そこには人間の品位がかかっている。人間の意味がかかっている。私はそう感じた。私にとって、この支える意志のみが一つの生きる意味だったのである。

とすれば私は断乎として津田の態度に同ずべきではない。津田がもっと冷厳であり、暗く厳しく私に対するのであったなら、また話しあう余地も残されているかもしれぬ。彼がその全人格をかけて守りぬこうとする基準に即して行動するのであるなら、私もそれにふさわしい態度をとりうるであろう。だが彼はそうした一切をもたないのである。

宴席が終るころ、彼は相変らず薄笑いをうかべながら、私に、例の小銃を譲ってもらえまいか、と言った。どのような代価を支払ってでも、それが欲しいのだ、と繰りかえして言った。私が断わると、津田はさまざまな条件を出した。揚句のはて、私がこの町で小銃製造に乗りだしてはどうか。津田はその販売だけを引きうけさせてもらえば、それで十分だ、などと切りだした。彼は必要以上に卑屈な態度で、この取引を成立させようとしていた。

しかし私は最後までどんな条件をも断わった。新型銃はいずれポルトガル船が運んでくるはずで、それまで待つことだってできるではないか、と私は言った。

「これほど申しあげてもですか」と津田は顔を紅潮させながら言った。私は首をふった。彼はぶるぶると身体を震わせながら立ちあがった。

「どうしても譲っていただけませんか」

「私は、いや、と申しあげているんですよ」通訳が私の言葉を早口に相手に伝えた。

津田は突然、何かを大声でわめきはじめた。むろん私にはその意味はわからなかった。が、大体それがどんな言葉であるか見当はついた。津田は激昂した。そり返った。威丈高となった。私を威嚇した。それはつい先刻とは手のひらを返すような変り方だった。しかし私の気持には何の反応も起らなかった。言葉がわからないせいもあった。だが、わかったとしても、私の心は動かなかったに違いない。妙に私は気持が冷たく冴えかえっていた。津田の邸を出たとき、一種の空虚な感じとともに、しきりと尾張の大殿《シニョーレ》のことが思われた。なぜか理由はわからない。日本酒でいくらか酔った頭に、その憎悪されている男のことが、しきりと浮んでいたのである。

京都のフロイス師から待望の手紙がもたらされたのはそれか

ら四カ月ほど後の〔一五〕七一年はじめであった。私たちはすぐに堺をたった。道々、私たちは焼け落ちた村落や、まだ煙をあげている民家や、畑地や街道をぞろぞろと歩く難民や、その間を駆けぬけてゆく騎馬武士などを見かけ、この辺りがつい最近まで戦場であったことを知らされた。夜になると街道の諸所に篝火がたかれ、その火影のなかに、甲冑姿の武士たちが黒々と浮びあがった。彼らは関所をつくり、砦をつくり、砦の前衛となって防備をかためているのであった。

ロレンソ老人の説明によると、それらはいずれもVazadono（和田殿）の守備兵であり、和田殿はいま京都の宮廷に入っている大殿《グラン・シニョーレ》麾下の総大将《カピターノ・ジェネラーレ》の一人だということだった。フロイス師はすでに前の年、ロレンソ老人とともに大殿《シニョーレ》に謁見を許され、布教に関して種々の便宜を与えられていた。この大殿とフロイス師の間を取りもっていたのが和田殿であって、事実、私たちが都に着くまで和田殿麾下の若い武士と兵十人がずっと護衛の任に当ってくれたのである。

私は堺を出て京都に向って馬を進める道々、ロレンソ老人の携えた皺だらけの古地図を拡げ、城や砦や町や村落を確かめていった。大殿《シニョーレ》に敵対しているMioxendono（三好殿）は南の方角から京都へ圧力を加えており、同じく北の方角からAsaydono（浅井殿）、Asacuradono（朝倉殿）が大殿を圧迫していた。このような南北挟撃に対して大殿自身は北方の侵入軍を反撃し、この和田殿が南方の三好軍と戦っていたのである。

「和田殿こそデウスが私たちにお遣わし下された御人に違いございませぬ。陰になり日向になりしてキリシタン宗門の徒を守り給う和田殿がおられませなんだら、戦乱のなかで、私どもの生活は、いまよりも、もっと苦しいものとなったでございましょう」

ロレンソ老人は和田殿の陣屋の一つを過ぎるとき、そう言った。それからつづけて、和田殿そのひとはキリシタンに深い同情を寄せているにもかかわらず、キリシタンではないのだと言った。

「なぜでしょう。なぜ異教徒《ゼンチヨ》なのに、私たちに好意を示されるのですか」

オルガンティノは人の好い青い眼で老人にたずねた。冬なのに、その短い丸い鼻の頭には汗がにじんでいた。

「和田殿はすべての人々に対して愛情をもたれる方だと聞いております。和田殿の憎まれるのは、ただ頑な偏見と我執だけであると、さる近侍の者が申しておりました」

「それならば、デウス御宗門にむかわれるのに最もふさわしいかたであるように見えますね。そういうかたをこそ私たちは真の友としたいものです」

オルガンティノとロレンソ老人がこうした話を交しているあいだ、私は兵卒に引き立てられている何人かの剃髪した男たちを見た。

「Bonzos（坊主たち）です」と老人は言った。彼らは形こそ僧侶でありながら、事実上は職業的な戦闘員であり、北方侵入軍に対しては比叡山の僧たちが、南方侵入軍に対しては石山本願寺の僧たちが、それぞれ同盟を結んで、大殿《シニョーレ》に反抗しているのだという。泥まみれの法衣、暗い陰惨な顔、ゆがんだ坊主頭、血まみれの裸足、よろめいてゆく一足一足、彼らを数珠つなぎにした太綱――そういったものが眼に焼きついた。

「彼らはどうなります？」

私は老人にたずねた。老人は首を前にのばすような恰好をして「斬首です。大殿《シニョーレ》は僧侶たちにいささかの容赦もなさらぬのです」と言った。私がその理由をたずねると、ロレンソ老人ははっきり嫌悪の情をあらわしてこう答えた。

「大殿《シニョーレ》ならずとも、坊主たちが真実を究めることを怠り、無益な議論、空虚な経文の解釈に時間を費し、それも自らの虚栄心を満足させるためであるのは、容易に見ぬくことができます。彼らは原則として妻を持ちませんが、しかし若衆を抱え、時には女たちをも引きいれて、淫楽に耽っているのは、いまでは、誰ひとり知らぬ者のない事実なのですから」

そしてフロイスやビレラやロレンソ老人その人が都から追放されたのは、ただに彼ら坊主たちの陰険な誹謗と画策のためなのだ、と言った。

私たちはこんな風にして京都に入っていった。町に近づくころから雑踏がはじまった。郊外から荷を引いて帰ってくる家族が幾十組といて、彼らの話から私たちは戦乱がひとまず小康状態に入っていることを知ったのである。

都は堺の町より広かったが、あの都市の秩序も、清潔さもなかった。私たちの通ってゆく道すじには焼けた家があり、崩れた家があり、半壊の家があり、破壊をまぬがれた家も荒廃していた。人々は町角に群がり、物を呼び売り、不安げに走りまわり、子供たちは泣いていた。路地にうずくまる老人や、髪を乱して行方知れぬ良人を捜す女や、歩きまわる男や、喚き散らす老婆がいた。時おり群衆がどっと通りを走ってゆくのを見たが、それは三好殿の残党が駆り出され捕えられたという噂が伝わってきたからだった。

私たちが会堂に着いたとき、フロイス師はすでに門前に出て私たちを待っていた。

「よく来られましたな」

彼は一言そういっただけでオルガンティノのずんぐりした身体を抱擁した。フロイス師は中背の、几帳面な表情の、活動的な人物で、たえず歩きまわり、説教をし、集会を司会し、そうした仕事のないときは、寸暇を惜んで書きものに没頭した。彼が書きおくるイエズス会総会長あての書簡は、その詳細な観察と柔軟な表現力とで、すでに全会員のあいだに知れわたっていた。オルガンティノはゴアに着任する以前にビレラ書簡につづいて、フロイス書簡の評判を耳にしていた。そしてゴアの聖パウロ学院で東洋布教の特別教育を受けるあいだ、彼はフロイス書簡の写しを何度もくりかえして読んだのである。そこには不思議と聖職者特有の空虚な形式的文飾が感じられず、簡潔な筆致で、必要な事実だけが記録されていた。しかもそれは決して無味乾燥な文体ではなく、細かい観察者の視線にそって、ぐんぐん文章がのびてゆくような、一種の速度をもった文体であった。オルガンティノはフロイス書簡に描きだされた日本事情にも興味を呼びおこされたが、それ以上に、Ximonoxima（九州）からYamaguchi（山口）へ、山口からミヤコへと布教の旅をつづけながら、その困難を誇大に感じるでもなく、異教徒への嫌悪や生活習慣の相違から生れる偏見をもつでもなく、自由で活潑な好奇心を働かせているフロイスその人に、いっそうの興味をかきたてられたのである。

この書簡に報告されている九州、山口の内乱の描写の的確さはどうであろうか。一切の余剰物を剝ぎとった人間たちの、明確な行動の軌跡だけが「記録」として記されている。そこには疲れることを知らない観察者の眼がある。この眼に映る人間の行動には善もなければ悪もない。そこでは人々はただ動いている。人々は信じるか、信じないか、だけなのである。ある人々は謀反する。また他の人々は反撃する。町が焼かれ、砦が落ちる。そして敗れさる人々があり、短い勝利に酔う人々がいる。こうして一日が来り、一日が去ってゆく。何か静かな水の流れに似た時の経過なのである……。

それがフロイスの態度だった。それが最も困難な布教区で辛苦をなめている人の態度だった。なんというすばらしい人格だろうか。なんという驚くべき精神力だろうか。オルガンティノは聖パウロ学院でその書簡を読むたびにそう思ったのである。

それ以来、すでに二年の歳月がたつ。その間一日としてフロイスとの対面を考えない日はなかった。そしていま彼はそのフロイスを自分の眼の前にしているのである。フロイスはいくらか早口で、喋っているあいだにも、部屋の端から端へとたえず歩きまわっていた。

「いま都がどんな状態であるか、よくお判りでしょう。都は荒廃のどん底にあります。もうここ百年来、都は荒廃のままなのです。子は親を失うし、親は子を戦で失っている。家は焼かれ、作物は荒らされ、家財は略奪にまかせられている。それがこの王国の現状です。だからこそ、ふだんにまして人々は心の平安を求めている。不安を救う確かな証しを求めている。キリシタン宗門の戸を叩き、人々がデウスの御宗門を有難く聴聞するのはそのためです」

フロイスはあたかも血まみれの重傷者を前にした老練の外科医のような態度に見えた。彼の眼は混乱した日本王国の全体を一眼で見渡しているようであった。誰の勢力がどこへ向い、誰の勢力がそれに逆らい、また誰の勢力がその対立を利用しているか、という政治のからくりを、彼は慎重に、的確に見ぬいているようであった。フロイスの説明によると、いま日本王国は一つの巨大な転回期にさしかかっているというのだった。それは渦巻のようであって、その全体がどの方向へ進行しているか、理解することはできないという。「ただこの王国を大きな疾風怒濤が襲い、全体が鳴動し、激昂し、新しい時代を産もうと歯をくいしばっているとは言えるのです」とフロイスは一瞬足をとめ、両手を前へさしだして言った。

「そのなかで私たち宗門のとるべき道はどこにあるのでしょうか」

オルガンティノはフロイスと話しているという興奮から、赤らんだ人の好い顔が一段と赤くほてり、青い丸い眼はますます大きく見開かれた。

「私たちに残された道は一つしかありません。すでにロレンソからお聞きでしょうが、この王国の仏教徒たちが私たちを邪教と譏《そし》り、彼ら自身の堕落腐敗は棚にあげて、私たちの迫害にとりかかっているのです。彼らは宮廷《コルテ》に勢力をもち、支配者《ゴベルナトーレ》を味方にひきいれて、合法的に、全面的に、キリシタン禁圧に乗りだしているのです」

「その次第は老人からよく承っておりますが」オルガンティノはブレシア近郷の農民の子らしい真正直な怒りを外にあらわして言った。「彼らと宗論で争う道もないのですか」

「いや、一度、Foque（法華）と宗論したことはあります。しかしそれは、尾張の大領主《グラン・シニョーレ》のもとで行なわれたのです。この大殿《シニョーレ》をのぞけば、支配者もその同盟者たちも、キリシタン宗門については厳しい弾圧の態度を変えないのです。したがって当然ながらこの大殿の興廃は私たち宗門のそれと密接に関係しているのです。しかし重要なのは、彼がキリシタンを理解しもしなければ、信仰《ヒイデス》の何たるかも知ろうとしない点です。彼は表面上は仏教徒ですが、地上のもの、眼に見えるもの以外、何も信じようとはしません。彼は無神論者です。それは彼自身が誇らしげに私に向って言ったことなのです」

「それなのに、なぜキリシタン宗門を保護しようというのですか」


オルガンティノはフロイス師の動きから眼を離さずにたずねた。フロイスは部屋の端から端へ歩くのをやめようともせず、言葉をつづけた。

「それは一口には言えません。ただ私に言えるのは、彼が異常な好奇心と探究心を持っているということ、徹底して僧侶たちを憎悪しているということ、だけです。しかしこの事実から私たちは十分に行動の原則をひきだすことはできるはずです」

しかし彼はそう喋りながら、この尾張の大殿《シニョーレ》の話になると、不思議なほど熱中してゆくのに私は気がついた。フロイス師の話をきいていると、この領主ほど明敏で、決断力のある政治家《レプブリカーノ》は他にいないということになる。この領主だけが異国の宗門を許可している。そして彼だけが外来人や外来宗教に対して柔軟な理解力と好奇心をもっている。彼だけがパードレたちの無償の努力を認め、金品をまきあげる坊主たちと対比して、彼らを賞讃している。そして彼だけがこうであり、彼だけがああである、とフロイス師はつづける。これは堺での評価と大した相違である。堺では憎悪と恐怖の的であり、ここでは、このような観察家の口から賞讃の言葉がもれる。私はふとコルテスのことを考えた。若いコルテスだったら、あるいは……。

フロイス師は部屋の端までゆき、そこからくるりと向きをかえ、とめどなく喋りつづけた。尾張の大殿《シニョーレ》は年のころ三十七、八。長身で、骨張った敏捷な身体つきをし、色は白く、細面で、髯はない。彼の声は高く、発音は明瞭で、日夜剣をふり、槍をふるい、馬術にはげんでいる。態度は荒々しく、家臣たちはその一挙手一投足に恐れ、おののいている感じである。しかし本人は正義を行なうことを好み、ひどく些細な愛情に感動する。ただ他人の言葉には絶対に耳を傾けず、自分の考えや判断に対しては、ほとんど信仰的な信念をもっている。たえず新しい工夫にみたされ、前に考えついた規則や事実を平然として棄てさる。それはあまりたびたびなので、そばで見ていると、単なる気まぐれのように感じられる。しかしそうした目まぐるしい変化の底に一貫している彼の個性に気がつくと、その迅速な変貌も納得がゆく。Faxibadono（羽柴殿）という寵臣などは、大殿《シニョーレ》のこうした気質をのみこんでいるばかりに、気に入られている。彼は部将たちが酒を飲むのを許し、彼らがこの王国の作法にしたがって、泥酔するまで酒盃を強いるのを大目に見ているが、彼自身は酒を飲んだことがない。彼はまた自分にこだわることもなく、自分の意見や面子にもこだわらない。およそ虚栄心というものを持ちあわせず、いつも質素な服装をし、たえず納得のゆくことを信条としている。彼は二、三十人の若武者だけを連れて、たえず軍団から軍団へ、城砦から城砦へと移動している。彼らが一団となって騎馬で疾走する姿はまるで領主に従う鋭敏な猟犬の群のようだという……。

　フロイス師のこうした言葉のなかに、私は、彼が大殿《シニョーレ》から布教許可状を得たという感激がこめられていると感じたが、それにしてもそこには不思議と人のこころを酔わせるような調子があったことも事実である。私はそれに参らされたとは言うまい。だが、堺について以来、事にふれて、私の内奥に目ざめた一種の好奇心を、いっそう煽りたてたとはいえるであろう。私はコルテスの話をきいたとき、やはりこうした酩酊感はあったように思う。

　私はフロイス師の話をききながら、現在、南北を包囲され、明らかに苦境にあるこの大殿《シニョーレ》が、どのような方策によってそれを切りぬけるのか、深い興味を感じた。私はノヴィスパニアの三年のあいだに一度だけ、キューバ総督の叛乱が起り、叛乱軍討伐の苦しい戦いに出たことがある。マラッカから送った記録に詳細に記してあるあれだ。そのときの状況が、ちょうど現在の大殿《シニョーレ》の陥っている南北包囲の状況に酷似していた。つまり私たち討伐隊はホンデュラスの密林を突破して北に向ったが、南では本隊が動揺し、いつ謀反するかわからない状態にあったのだ。

　大殿《シニョーレ》の場合もまったく同様で、南の包囲軍団は背後の西方地区からの食糧、武器の補給をうけており、北方軍団は嶮岨な山岳地を根拠にして、伸縮自在な陣形で大殿《シニョーレ》を圧迫していた。北にむかえば南が蹶起し、南を抑えると北が蠢動するのである。

　一時戦乱が小康を得たのは、和田殿が南方軍団を掃蕩した結果、北方の浅井殿、朝倉殿と和解が講じられていたからである。ロレンソ老人の集めてくる種々の情報から見ても、この一時的な均衡はいつ破れるかわからなかった。フロイスとオルガンティノはこの短い平穏な時期を十二分に活用するため、ほとんど不眠不休の活動をつづけていた。彼らの活動は主として会堂の修復と、信者たちの結合を再組織することに向けられていた。

肉親を失い、家を焼かれた信者たちも多かった。神父たちは日々のミサをとりおこなうばかりではなく、流民となった信徒たちに衣食住の世話をしなければならなかった。しかし彼らはそれにとどまらず多くの難民たちが集まる六条河原に出て、大釜に粥をたきだしたのである。私は主としてオルガンティノとともにこの仕事に従事した。

オルガンティノがようやく京都の布教活動に慣れはじめるのをみたフロイス師は、Goquinay（五畿内）の信者たちとの連絡を恢復するために京都を離れた。フロイスの留守のあいだ、オルガンティノは夜おそくまで燭台の灯をかきたてて、報告書の記述にあたった。彼は生れて以来はじめてのような感激を味わった。彼は自分の力がいま多くの人々にどんなに必要であるかを、日々刻々、痛いように感じていたからである。

京都の暑い夏が終りかけていた。南で疫病がはやり、村ごと火をかけられたという噂が流れていた。京では、若い娘が老母に酒をのませ、泥酔したところを刺し殺して土中に埋めるという事件が人々を驚かしていた。人喰鬼が北郊の村々に出没するという流言が飛び、それは遠いTamba（丹波）からやってくるという話であった。放火や強盗、強奪のない日はなかった。町は乾き、河原には辛うじて細々と水が流れるだけであった。何人も行き倒れが荷車で郊外に運ばれていった。なお片附けおわらない屍体を狙って、遠い郊外では鳥たちが鳴き叫んでいた。いたるところ異臭がただよい、夜になっても暑気は去らなかった。兵隊たちは汗まみれになって、そうした町を移動していた。不安はなお人々の胸に重くよどんでいた。

そんな日のある夕方、私が会堂の横手で小銃《アルカブス》の手入れをしていると、表からロレンソ老人が飛びこんできたのである。

「パードレはどこにおいでです？」

老人は肩で激しく息をつき、声が嗄れていた。オルガンティノは奥から飛び出してきた。

「どうされました」私はそう言って老人の身体を支えた。

「和田殿が……昨夜……討死……されました」老人はそう言って床に坐りこんだ。

オルガンティノの顔色が一瞬変った。

「和田殿が亡くなられた？」彼は独りごとのように言った。

「そんなことがあっていいものだろうか」

私たちはしばらく茫然として口をきくこともできなかった。

和田殿の死は私たちにとって二重の損失であった。それは彼が篤厚な人格をもち、近い将来、キリシタン宗門に帰依するであろうという希望をのぞいたとしても、第一に彼なくしては京都、および五畿内での活動はまったくの危険にさらされるからであった。戦乱が一時おさまっているとい条、京都をとりまく近江、伊勢、摂津では、たえず土民の一揆が蜂起し城砦を襲い、糧道をおびやかし戦線を攪乱していた。事実、フロイス師が京都を出発するに際しても、わざわざ和田殿のほうから護衛の派遣を言ってきてくれたほどである。第二に和田殿の死は南方軍団、西方軍団に対する圧力の解除を意味した。それはとりもなおさず脆い平衡状態が突然崩れさることを意味したのである。

　私たちのやるべきことは、とりあえずフロイス師と連絡をとることだった。ロレンソ老人はただちに数人の信者を呼びにいった。私たち自身すでに町に出ることさえ危険であった。町には和田殿殺害の噂が流れ、早くも戦乱の近づくのに怯える人々の群が郊外へ向って動いていた。別の流言によると、三好殿の南方軍団と、浅井殿、朝倉殿の北方軍団とが都の周辺に迫っているというのだ。そうした流言を裏づけるように、町々の守備兵たちは通りという通りに逆茂木を並べ、古材や土俵をつみあげ、騎馬武士の動きが激しくなっていた。

　町々を歩きまわったロレンソ老人の報告をきくと、私たちも戦線が近づいているのを信じないわけにはゆかなかった。私が小銃《アルカブス》の手入れをするような気持になったのも、なにかの予感だったかもしれない。私としては、少くともオルガンティノを混乱から守らなくてはならぬという内奥の義務のようなものを感じつづけていたのだ。

　しかしオルガンティノ自身はロレンソ老人より楽天的であった。彼はここ数ヵ月たらずのうちに日本語が驚くべき進歩を示したということもあり、また日本人と接触してゆくにつれて、彼がますますこの民族に好意を寄せはじめたということもある。彼の生来の陽気な、開放的な性格は、信者以外の日本人の好感を集めていた。私の見るところ、日本人は私たち外来人に対してはほとんど警戒心をもたず、むしろ好奇心にみちている。しかしただそれだけ、というところがないではない。彼らは悪意なくじろじろと私たちを見る。だが話しかける者はない。言葉が異なるということはある。しかしそれはむしろ彼ら特有の遠慮深さと、一種の臆病さの結果だといっていい。その証拠にはオルガンティノが誰かれの区別なく日本語で話しかけると、堺の町角のときと同じく彼らは好意そのものを表情に表わして喋りだす。喋りだすと、とめどがなくなるのである。

　だがロレンソ老人は不安そうに首をふって考えこんでいる。彼には、フロイス師の不在が何よりも懸念の種なのである。午後おそくなって、老人はオルガンティノの部屋に入ってきた。彼の顔にはただならぬ気配が感じられた。

「パードレ。私はこれから岐阜の大殿《シニョーレ》のもとまで出かけてまいります。このままでは私たちは身動きできません。和田殿がおられなくては、仏教徒たちがどんな迫害をまたはじめるかわかりません。私は殉教をおそれるものではありませんが、最後まで手だてを尽すのがキリシタンの道であると、こう、亡くなられたトルレス師がよく申されておりました。私はこれからただちに岐阜へ参り特別な保護を願い出ます。大殿《シニョーレ》と顔を見知ったのはフロイス様と私の二人しかございません。しかしフロイス様のお帰りを待つだけの時間は、いま、もう残されていないのです」

　オルガンティノは老人の言葉に従うほかなかった。彼として為しうることは、老人に、若い日本人修道士をつけて、騎馬で、比較的安全な街道をやること以外、何もなかったのである。旅仕度はただちに調えられた。若い修道士がえらばれ、夜にまぎれて彼らは出発した。〔一五〕七一年九月十一日（当地暦）のことである。

　他方、日本人修道士と数人の信者がフロイス師を迎えに逆の方角へと馬を走らせていった。

　私たちは急にひっそりした会堂内で、まんじりともしない夜を送った。フロイス師やロレンソ老人の身に迫る危険を思うと、眠ることもできなかった。

　私が東山の北方にあがる異様な煙を見たのは翌日の午後であった。それはかつて私が見たホンデュラスの大密林を焼いた山火事にも似て、黒煙は、見えない現場の火勢を示すように、みるみる中天に巻きあがり、渦巻き、反転し、のたうちながら、太陽を暗くとざして、京の町の上空へひろがった。おびただしい火の粉の群が、空中にただよい、町へ火山灰のように舞いおりてきた。黒煙に白煙がまじり、白煙は見るまに黄色く変った。信じられないほどの厖大な量の煙があとからあとから湧きあがり、盛りあがり、上空へ奔騰した。人々は外へ走り出、茫然としてこの煙を見あげた。何が起ったのか誰にも見当がつかなかった。これは山火事でないことは、火勢が強くなりこそすれ、移動する気配もないので、すぐわかった。何か町か村が焼けているにちがいなかった。オルガンティノは町に出て人々をつかまえて訊ねた。

「あの方角には何があるのかね。何が焼けているのかね」

　声をかけられた人々は、オルガンティノの青い眼と、黒い服を見ると、おびえたように口をつぐみ、袖をふりきるようにして行ってしまった。最後に一人、年配の肥った商人風の男がオルガンティノを憎々しげな表情で眺め、「あれは延暦寺の堂塔が焼けているんでしょうよ。たしか叡山はこの見当だから。だが、そりゃ、お前がたの仕業じゃないのかい。あいつらがいなければ、寺銭も一段と多くなるからな」と言いすてて立ち去った。

　夜に入ると、赤々と空が焦げ、東山から北山への稜線の木々の梢が黒い影絵になってはっきり見わけられるほどだった。暗い夜空は地平線から上空へ向って、赤黒く輝き、その赤黒い反映のなかで絶えず煙が動いていた。時おり赤味が薄れ、ただ闇の中で動く煙の気配だけが感じられるときがあるが、突然、前よりも一段と明るく赤々と空が焦げはじめるのであった。

　翌朝、ロレンソ老人が帰り、事の仔細が判明した。尾張の大殿《シニョーレ》は平衡状態が崩れる瞬前に、先手を打って、北方軍団と連絡して戦う僧侶たちを擁する仏教の拠点Fiyeizan（比叡山）の破壊を企てたのである。

　煙は翌日も前日と劣らぬ火勢に煽られて中天に舞いあがっていた。北方から驚くべき情報が続々と入ってきた。それらを綜合すると、Fiyeizanを埋めつくす寺院、塔、霊社、僧坊、大学などが一挙に焼き払われたばかりではない。そこに住む僧俗男女子供数千人が一人残らず斬り殺されたというのだ。京都の街《がい》衢《く》が雷に打たれて震撼しているようであった。通りという通りから人影が消え、河原の難民たちも橋の下、石垣の下へ身を寄せあって、乾いた石のうえに時おり火の粉が舞いおりていた。

私たちはこの情報をよろこんでいいのか、悲しんでいいのかわからなかった。それはあまりに衝撃的であり、あまりに意表をついた出来事であった。しかし私は別の意味で衝撃が身体をつらぬくのを感じた。それはこの窮地に立つ大殿《シニヨーレ》のとった作戦の大胆さと決断の早さであった。

私はすでにロレンソ老人から日本人がこの仏教の聖地に抱いている迷信に近い畏怖について教えられており、そこがCoyasan, Gozan（高野山、五山）と並んで大学所在地であり、無数の美術品、建築物、経典、偶像神を所有していることを知っていた。聖地に立てこもる僧侶たちも、それを攻める攻撃軍の将兵たちも、ともども、その聖域の「聖性」には触れえないことを暗黙のうちに了解しあっていたのだ。でなければ、京都の町々のこの恐慌ぶりは説明できない。人々は震えおののき、神仏の罰がいまにも落ちるものと怯えきっているのだ。

しかしそれをあえてやったとは。ホンデュラスの密林で、私たち討伐軍が悪疫に冒され、疲労と食糧欠乏に悩み、結局キューバ叛乱軍を討つこともできず、本隊の叛乱にも対処しえずに壊滅したのは、このような電光石火の一撃を行ないえなかったからだ。あのとき、どのような手段でもいい、強行突破して南なり北なりの一方に打撃を与えなければならなかったのだ。それなのに、片目の総督にはそれができなかった。彼は北と南をともに意識しすぎ、その決断の時機を失ったのである。若いコルテスだったら、それをやっただろう。この尾張の領主と同じように……。

そのことを思いかえすにつれ、私はこの大殿《シニヨーレ》の果敢な行動力に打たれたのだ。私の中の好奇心がいつか感嘆の思いに変り、なんとしても彼に会おうと思ったのはこの事件の直後からだといっていい。

フロイス師が無事京都に帰ってくると、私たちは今後の問題を討議した。フロイスはあくまで京都にとどまることを主張した。大殿《シニヨーレ》は決して京都を放棄することはあるまいし、和田殿が死んだ今となっては、大殿《シニヨーレ》に直接の庇護を受けるほか仕方がない、と彼は言った。フロイスのもとには摂津のDariodono（高山殿）、丹波のJoandono（内藤殿）などキリシタン大名からの招聘があったにもかかわらず、彼の方針は変らなかった。オルガンティノの驚嘆していたように、こういう混乱のさなかにおけるフロイスの判断には、恐しいような明晰さがあらわれていた。彼はそれをもっぱら詳細な観察から得ていたのである。

事実フロイスの予想どおり大殿《シニヨーレ》の軍団は京都に姿を見せると、各町の米倉を開いて、市民に米の貸与を開始した。人々は狂喜し、通りという通りは数日来の恐怖を忘れたような騒ぎになった。朝夕の冷えはじめる季節だったが、上半身裸になって、太鼓を叩き、歌をどなりちらす男が現われたり、老婆が声をあげて泣きながら米袋を抱えていったり、笛や鐘を鳴らして浮かれ騒ぐ若者たちも見られた。大殿《シニヨーレ》の人心に対する敏感な反応は彼の軍略家としての資質以上に、政治家としての資質を感じさせた。

あたかもそんなとき九州から教会の特別便が届いた。それによると、九州の巡察をおえたカブラル師が近々京都、五畿内を巡察するというのだった。私はカブラルの尊大な姿を考えるだけでも、うんざりした。彼はその手紙のなかで、彼の手で洗礼をほどこした大名、大身の者たちの氏名をあげ、それを誇っているかのように思えた。といって、私は会堂をほかにしては身を置くところはない。オルガンティノに私の憤懣をぶちまけたが、彼は笑って問題にさえしなかった。カブラルの傲慢な態度も時には布教に必要なことがあるのだ、というのだった。

しかし私が大殿《シニョーレ》に思ったより早く会うことができたのは、このカブラルの来訪のおかげだった。彼は京都に到着早々、会堂の規模が貧弱であること、室内の装飾が簡素でありすぎること、日本人修道士を優遇しすぎていること、などを指摘し、激しい譴責の口調で、フロイスの注意を喚起した。またオルガンティノについては、私を連れてきたことを譴責した。彼によれば、私は教区の予算の食費でまかなえるような存在ではないというのだった。

しかしとも角、オルガンティノの取りなしもあって、〔一五〕七二年私はカブラルの岐阜訪問にフロイス、オルガンティノ、ロレンソ老人に従って参加することができたのである。もちろん立案者はフロイスだったが、主賓はあくまで日本布教区長のカブラルであった。

岐阜は都より馬で四日の行程である。途中私たちは巨大な淡水の湖をみた。人々はそこを近江と呼んでいるが、この湖の北部地方に浅井殿、朝倉殿の軍団が勢力をはっているのだという。岐阜は人口約一万。広大な都や整然とした堺を見た眼には、それは古代バビロンの喧騒を思わせるような町である。狭い通りには市が立ち、人々が雑踏し、押し合う者、叫ぶ者、雑踏に馬を乗り入れる者、それを罵倒する者、呼び売る者、笑う者、突き倒されて泣く者、荷を担ぐ者、地面で食事をする者、荷をつける者、荷をとく者、賭博する者、商人たち、遊び人、女たち、子供づれ、他国者、牢人たちが、昼となく夜となくひしめいていて、私たちが何か話さなければならぬときは、相手の耳もとで叫ばなければならないほどだった。

私たちは喧騒の町の一角の旅館に入ったが、これでは到底眠ることもできまいといって、カブラルの部屋だけが城下の大身の家に移された。

私たちが宮廷《コルテ》に入ったのは翌日の午後である。濠に臨んだ巨大な石垣のうえに、銃眼をもった白い胸壁がつづき、胸壁には、そりの美しい瓦が並んでいた。同じような巨大な門を二つくぐると、劇場のような宏壮な建物が広場に面して建っており、建物の両側に大きな果樹が植えられていた。

私たちはそこから宮殿《パラッツォ》のなかへ入ったが、入口に三十人ほどの武士が坐って私たちを迎えた。

この宮殿の奥の、迷路のような長い廊下を家臣団に取りかこまれ私たちは幾曲りもしながら進んだ。廊下の両側は杉戸を閉めてあったり、開けてあったりした。杉戸には墨、もしくは単純に緑、白、茶を用いた簡素な絵が描かれていた。その画題は多く鳥獣、植物であった。広間には金色の戸がめぐらされ、床は一種の莫蓙で敷きつめられ、その周囲の縁は美しい布で飾られていた。庭には泉水を囲んで石と木により、日本人が自然を模したという、特異な様式の造園をほどこし、白い石をしきつめた泉水には魚が泳いでいた。

大殿《シニョーレ》の座席は広間中央にあり、金の屏風を立て、唐机を前に椅子が置かれていた。カブラル師とフロイス師の椅子がそれと向い合い、通訳のロレンソ老人の椅子がその間に置かれた。私はオルガンティノの後に坐った。

私たちが席に着くと間もなく、正面の引き戸が左右に開くと、家臣団に囲まれた長身の人物が入ってきた。フロイス師の言葉のように、蒼白な、面長の、引きしまった顔立ちで、鋭い眼をし、右の顳顬《こめかみ》がたえず病的にひくひくと動いているのが目についた。それが「彼」であることは一目瞭然であった。彼は部屋に入るなり、片手で家臣団に合図をした。すると一瞬のうちに彼らはそこから退席した。あたかもその片手の一ふりが魔法の一撃ででもあり、彼らが瞬時にして掻き消されたような感じだった。

私は彼のなかに聖域を焼き払った果敢な軍略家の姿を見いだそうと努めたが、上機嫌でいるらしい現在の彼からはそうした風貌は感じられなかった。彼は贅沢ではなかったが、さっぱりした簡素な衣服を着けており、態度はきびきびして、むしろ快活であった。彼が活動家で観察家であるフロイス師に好意をもつ理由がわかるような気がした。

巧みなフロイスの日本語と、流暢なロレンソ老人の通訳によって、大殿《シニョーレ》との会話は活潑に交わされた。話はむしろ大殿《シニョーレ》その人からはじまり、フロイス、カブラル、時にオルガンティノがそれに答えるという恰好であった。

彼はフロイス師がえらんだ贈りものを、嬉しそうに受けとった。それはまずポルトガルの帽子（ビロード裏つき）、砂時計、諸種のガラス器、遠眼鏡、拡大鏡、コルドバのなめし革、ビロードの財布、刺繡入り手巾、壺入りの金米糖、上等の砂糖漬、ポルトガルの黒マント、伽羅、沈香、フランドルの羅紗、毛氈などだった。それをフロイス師はひとつひとつ丹念に説明した。砂時計はこの前の目ざまし時計よりは操作は簡単だから使えるだろう、と彼は笑いながら言った。フロイス師の話によると、大殿《シニョーレ》は以前、ヴェネツィアの目ざまし時計を、自分には複雑すぎて十分使いこなせないから、と言って、返してよこしたということだった。フロイス師が説明しているあいだ、私たちがたえずはらはらしていたのは、ポルトガル貴族出身を誇るカブラル布教長の態度であった。彼は自らの書簡のなかでは、あのように諸侯と交際し、その何人かに洗礼をほどこしたことを誇っていたのであるから、さぞかし大殿《シニョーレ》との会見では自尊心を満足させるであろうと私などは考えていた。しかし大殿《シニョーレ》に会い、私たちが彼の庇護を乞わねばならぬということになると、カブラルの尊大な性格に、それは我慢ならぬ屈辱とうつったのであろう。彼は頭をそらし、大殿《シニョーレ》の質問にもほとんど答えないか、答えても、その調子にはなんの親和の念もこめられてはいなかった。オルガンティノの膝は心なしか震えているように見えた。

ながい船旅をともにした彼のことだから、どれほど気をもんでいたことだったろう。

「ところで貴公らヨーロッパ人は主食に肉を食されるときくが、貴公ら宣教師はどうであるか」と大殿《シニヨーレ》がたずねた。

カブラル布教長は傲然と頭をそらせて言った。

「あなたのお尋ねでは、まるで肉を食するのが悪いことのように聞えまするな。むろん私どもは肉をたべております」

大殿《シニヨーレ》の顔に、一瞬（気のせいかも知れぬ）何か幕のようなものが横切ったような気がした。私は思わず腰を浮かせた。が、次の瞬間、大殿《シニヨーレ》は乾いた声で笑った。

「さよう。当国では、宗教者が肉類を食することは禁じられている。が、何も一般の人間が食するものを宗教者が食してならぬという法はない。それに」と彼はにがにがしくつけ加えた。「当国においても坊主どもは内緒で食っているのだ」

それからしばらくして大殿《シニヨーレ》は私に何を職業とするかをたずねた。フロイス師が私を聖職者としてでなく、世俗者として紹介していたからである。

私は航海者、探険家としての経歴を簡単に話し、ついでに聖域焼却の果敢さについて讃嘆の気持を表明した。オルガンティノが傍らから私の小銃《アルカブス》射撃の技倆を吹聴した。カブラルの尊大な態度に対する埋合せを彼はそんな話題によってやろうと思ったのであろう。大殿が長鉄砲《エスピンガルダ》について異常な関心を示していることは、私たちの間ではすでによく知られていたからである。

事実、オルガンティノのこの言葉は大殿《シニヨーレ》のうえに異様な効果をあたえた。彼は私にその銃を持参しているかどうかをたずね、その実技を早速に披露してほしいと言うのであった。

私はフロイス師をかえりみた。彼は即座にその懇望にこたえるように言った。私が翌日宮廷に持参する旨こたえると、彼は満足そうに立ちあがり、手を叩いた。家臣団が魔法のように現われて彼をとりかこんだ。

「別室に食事の用意がさせてある。肉類もたっぷり供されているゆえ、ゆっくり寛いでいただきたい」

彼は破顔し、身をひるがえすようにして、広間の外へ消えた。私はオルガンティノが太い息を吐くのを耳にした。

翌日、私はロレンソ老人と二人でふたたび宮廷に入った。こんど通されたのは、簡素な頑丈な造りの広間で、床は板張りであり、広間に面した中庭は、石垣に囲まれた馬場と練兵場になっていた。

その日は大殿《シニヨーレ》は近侍十人ほどを引きつれているだけだった。私は五十歩ほどに標的を置き、二挺の小銃《アルカブス》をならべ、連続してそれを射撃し、二発とも的を射ぬいた。大殿《シニヨーレ》は何度となく私の技倆を賞讃した。近侍の一人が扇子のうえに銀子をのせて私に差しだした。彼は、躊躇し、はにかんだ様子をして、それでも足りぬほどだが、ヨーロッパ人に何をとらせるべきか、適当な思案がないので、それだけでも取っておいてほしい、と言った。私は銃に対する彼の異様な執着と、このような一瞬のはにかみとが、頭の中で一つにならずに、いつまでも残った。

大殿《シニヨーレ》は私に小銃《アルカブス》と長鉄砲《エスピンガルダ》の長所短所を説明するようにと懇望

した。そこで私は言った。長鉄砲《エスピンガルダ》のほうは二百歩、三百歩においても的を狙うことができるが、しかし長大であり、操作が緩慢である。これに対し小銃《アルカブス》は距離は五十歩が限度であるけれども、弾丸こめ、発火、撃発の操作は敏捷に行ないうるし、いま披露したごとく、一度に二挺の操作も可能である。平地戦において、鉄砲隊に対する唯一の弱点は、発射後から弾丸を装塡し発火にいたる時間の空白である。この空白をどのように援護するかが平地戦においてヨーロッパ人が工夫をこらす一点である。普通、それを援護するのは大弓隊の仕事となる。しかし弓隊の効力には限界がある。したがって次に考えられるのは鉄砲隊を二重、三重に編成し、第一隊が発射し、装塡する間、第二、第三と発射し、第三隊の発射が終ったとき、ふたたび第一隊が装塡完了して発射するという段どりである。しかしさらに至近距離において活躍しうる小銃隊を編成すれば、兵力の激突の瞬間までに、相手の戦力を半減以下にすることが可能である。現在、ヨーロッパで用いられている戦術の一つは大略このようなものである。とくにフランス国において、騎馬銃隊と、歩兵銃隊が新しく編成されている……。

　大殿《シニョーレ》はその間なんどか私の話を中断し、その野戦の地形、陣形の種類、展開の長さ、縦列の可否、集団と集団の結合法、また集団の分散法、銃砲に対する防禦法、砦の種類、尖兵の使用法、大砲に関する戦術等を質問した。最後に私は、この小銃《アルカブス》を誰か他の者に示したか、とたずねられた。私は、堺での逐一を語った。すると大殿《シニョーレ》は直ちに何ごとかを近侍の一人に命じ、その小銃は売却、ないし貸与してもらえまいかと言った。私は、むろん銃と、その他技術一切を大殿に献じるつもりでここに持ってきたのだ、と答えた。

　旬日の後、私はふたたび宮廷に呼びだされた。驚いたことには、小銃《アルカブス》が新たに数挺つくられていた。手にとると、それは寸分の相違もなく、私はその驚きを大殿に告げた。

「その出来ばえを試してみてほしい」

　大殿《シニョーレ》の白い顳顬のあたりはたえずひくひくと動き、その眼は光っていた。

　私はそのうちの一挺をとり、標的を狙った。しかしそれは銃身に狂いがあって、使いものにならなかった。他の一つは銃底の撃発装置が狂い、発火しなかった。結局できあがった銃のうち、使用しうるものは二挺にすぎなかった。しかし新たに二挺つくられたということは、火器製法のかなりの進歩を示すものであった。私は岐阜の町に滞在しているあいだ、ロレンソ老人から、大殿が新たに軍団を編成し、演習に余念がない旨知らされた。

　しかしロレンソ老人は京都に帰らなければならなかった。私はすでに簡単な日本語は喋れるものの、老人に行かれては唖も同然であった。私は困却し、本気で日本語を学ばねばならぬと思うようになった。私は通訳なしで大殿《シニョーレ》と話したかった。彼の精神のなかを素早く横切ってゆく多くの考えに、私は自分の感覚でふれたいと思ったのである。

　私がこうして岐阜にとどまり、ひたすら日本語の習得につとめているあいだ、聖域の焼打ちで辛うじて均衡をとり戻していた両陣営の対立に、新しい動揺が生れていた。それは東方からXingendono（信玄殿）の軍団が行動をおこし、これに呼応して、南方侵入軍と北方軍団とが同時に圧力を加えはじめたのだ。いままでこの包囲陣を背後で指揮していた支配者《ゴベルナトーレ》（公方様）は、覆面をかなぐりすてて、大殿に対する敵意をむきだしに表明していた。

　岐阜の町の喧騒にも不安の色が濃く感じられた。早くも家財道具を車で運びだす者が見られたし、早く品物を売りさばこうと、金切声をあげて、投げ売りをはじめる商人たちもいた。軍隊が出動するのが毎日毎日町で見られた。東方から迫る信玄殿の軍団は、大殿《シニョーレ》の聖域焼却に対する復讐として、岐阜の町を焼き払うのだ、という噂が流れていた。軍団の数は二万ともいい、三万ともいい、ある者は五万と言っていた。それは何か不気味な、ひたひたと静かに迫ってくる潮のような圧迫感であった。私は岐阜の宮廷《コルテ》で若い武士たちに射撃術を見せたり、教えたりしながら、ふたたび近づいた危機を、大殿《シニョーレ》がどのように切りぬけるか、手に汗をにぎる思いで見まもっていた。

　こうした状況を利用して、各地の一揆がいっせいに蜂起していた。大殿《シニョーレ》の当面の敵は、信玄殿の二万といい、三万という軍団であった。戦線はとりあえず東に向って敷かれなければならなかった。岐阜の町へ匕首《あいくち》をつきつけるようにして迫る東方軍団に対して、なんとか手を打たなければならないのである。私は毎日焦燥の思いで私に委託された一握りの小銃隊を訓練した。しかし彼らはまだ十分に装塡と射撃の自在の動きを身につけていなかった。実戦で敵を眼前にしたとき、そうした動きは、無意識のうちにできなければ役に立たないのを、私はホンデュラスの討伐戦で学んでいた。そのためには時間が要《い》った。ただ時間が要ったのである。

　しかし私たちが不安に思った最大の理由は、東方軍団を迎え撃っているあいだに、京都の支配者《ゴベルナトーレ》公方様が、北方軍団を率いて、背後から大殿《シニョーレ》の軍団をつくであろうと予想されたことである。しかも美濃、尾張の平地戦では、単純に戦力の差が勝敗を決することが多い。したがって東方軍団の二万、あるいは三万に対して、大殿《シニョーレ》は自己の軍団を分割することはできないのである。

　大殿《シニョーレ》はいったい、どうされるだろうか。私は夜、櫓に出て、ながいこと東の闇を見つめた。そこには見えない軍団の力が、ひしひしと迫っているようであった。時おり、暗い夜空を斜めにながく光って星が落ちていったが、ふとそれが大殿に迫る運命のような気がして、私はかつてない不安を感じた。

　ある朝、私が宮廷《コルテ》の広場に出ると、軍団は一夜にして出動していた。しかもそれは東方に向けてではなく、誰も予想さえしなかった京都にむけてなのである。私は感嘆するというより、ただ茫然としていた、といったほうがいい。たしかに京都には支配者《ゴベルナトーレ》公方様がいて、こんどの新しい包囲作戦を指導していた。しかし包囲側では、東から信玄殿の戦力が近づいているとき、それを無視して京都に来られるはずはない、と踏んでいた。

そのうえ京都は、北方軍団と南方軍団に挟まれて、文字通りの窮地を意味していた。京都にくるということは、袋の奥にむかって、自分からもぐりこんでゆくことにほかならなかった。そこへ、意表をついて、大殿《シニョーレ》の軍団が京都に現われ、支配者《ゴベルナトーレ》の宮殿を囲んだのである。

私は京都からくる刻々の使者たちの報告を人伝てに聞いた。オルガンティノとロレンソ老人が三箇《さんが》に避難しているのはすでにわかっていた。しかしフロイス師はあくまで京都にとどまる決意をし、その後、行方がわからなくなっていた。

京都の混乱は極点に達していたらしかった。大殿《シニョーレ》の軍団が現われるという噂が流れると、ここでも人々は家財を郊外の村へ運びだした。女たちは恐怖のあまり泣き喚き、別の女たちは赤子を棄てて逃げたと噂された。

使者は、大殿《シニョーレ》が公方様と停戦を交渉している旨、伝えてきた。しかし包囲作戦が完成し、現に刻々に包囲の輪のせまっているとき、公方様が大殿《シニョーレ》の申し込みを受けようとは考えられなかった。しかしそれでも大殿《シニョーレ》は辛抱強く四日間待った。公方様は宮殿にたてこもり、一向に和議に応じる様子を見せなかった。

五日目の一番使者は、ついに大殿《シニョーレ》が京都の周辺の町村九十余を、七人の部将に命じて焼き払わせたことを伝えてきた。さらに翌日、上京《かみぎょう》が放火のため焼け落ちたことが報告された。支配《ゴベルナ》者《トーレ》が大殿の和議に応じたのは、この上京の大火の後である。

しかし公方様は北方軍と南方軍の挟撃を期待して、一時的な和議に応じたのは、誰の眼にも明らかであった。彼は時間を稼ごうともくろんだのである。しかし南方侵入軍が京都の近郊まで迫っているのをみると、彼は京都を脱出し、南方軍の一翼となって、ふたたび戦旗をひるがえした。北方軍団も京都に迫ろうとしていた。他方、この間にも背後の東方軍団は潮のようにひたひたと岐阜を目ざして押しよせていた。大殿《シニョーレ》の運命はほとんど最後の一点にまで追いつめられていた。少くとも私は岐阜の宮廷《コルテ》の櫓で、そうひしひしと感じたのである。

ところがある日、突然信じられないようなことがおこったのだった。大殿の背後から迫っていた東方軍団が、なぜか急にその進撃をやめてしまったのである。潮のように攻めあがってきた大軍団は、ちょうどその潮のように、こんどは静かに国境から遠ざかっていった。数日して間諜の一人が軍団の総帥 Xingendono（信玄殿）の病没を伝えた。軍団は喪を秘して、いま黙々とした歩みを故山に向けているのだった。

それはまるで信じられないような出来事であった。コルテスでさえ、こうした幸運には一生めぐりあうことはできなかった。それは闇から光へ、重圧から解放への、突然の回転であった。締めつけていた包囲の輪が、突如として、はじけとんだのだった。

大殿《シニョーレ》がこの一瞬の機会をうしなうはずがなかった。彼は大軍を擁して淡水の湖の北へ向った。北方軍団にむかって突然襲いかかったのである。それはまだ夏がはじまったばかりのころであった。そして浅井殿、朝倉殿の城砦が火を噴き、軍団が殲滅されたのは、それから一季節が終らぬうちだった。北方軍団の占拠した淡水の湖の北部地方、北近江、越前の山々に秋が訪れ、落葉が谷々に舞いおちる頃、大殿《シニヨーレ》の掃蕩軍は村々に落武者たちを追跡していた。

　私はその翌年〔一五〕七四年の正月、はじめて日本人が新年の宴とよぶ室内の祝典に参加した。宮廷《コルテ》の内部は念入りに掃き清められ、松を門々に飾り、縄と紙飾りからなる簡素な装飾が戸口や室内にかけられた。宮廷には早朝からDaymeos（大名）、総大将《カピターノ・ジェネラーレ》、諸将《ジェネラーレ》が新年の祝詞をのべに集ってきた。その身分位階に応じて、それぞれ定められた部屋で酒や豊富な料理を供された。私も人々にまじって参賀し、広間で大殿《シニヨーレ》に挨拶を申しのべて、フロイス師、およびオルガンティノから送られた祝辞と瓶入り金平糖、ガラス器を差しだした。大殿《シニヨーレ》は私にÇacazuqui（盃）に酒をついで飲みほすようにと言った。

　後になって私は、その新年の夜会で、大殿《シニヨーレ》が酒宴の肴にと、先年討ちはたした浅井殿、朝倉殿の頭蓋骨を床に飾ったという噂を耳にした。その頭蓋は黒漆でぬられ、金粉がまぶされていたというのである。事実、北方軍団の殲滅戦は執拗なほど徹底した形でおこなわれ、諸将《ジェネラーレ》以下兵卒にいたるまで一人残さず殺害するように命令が下されていた。そしてこの敵将を殺害しただけでは足らず、その首を斬り、それを髑髏にし、そのうえに黒漆を塗り、金粉をまぶしたという行為のなかにも、何か異様に残忍なもの、徹底したものは感じられた。そういう噂をささやきあった人々の表情にも、暗い恐怖感がのぞいていた。またそれは一般の人々だけではなく、私が個人的に親しくしていた総大将《カピターノ・ジェネラーレ》（たとえばフロイスと親しかった佐久間殿、荒木殿）なども、大殿《シニヨーレ》の残酷さは度をこえているのではないか、あなたはキリシタンの国から来られたのであるから、こうした慈悲の一片すらない行為を非難されるであろう、と言うのであった。彼らは比叡山焼き打ちや、京都周辺九十町村の焼き払いや、また北方軍団の殲滅作戦に、強い衝撃をうけているのは明らかだった。彼らのある者は、とてもあの残忍さは人間のものではない、と言うのだった。それを聞くと、私は、はじめて大《シニ》殿《ヨーレ》の噂を耳にしたあの堺の町人たちを思いだした。

　しかしそうした戦術戦略をひとり彼の残忍さに帰すべきだと考えるには、私は、彼の子供のようなはにかみ、率直な好奇心、探究心、快活な態度、細かい思いやりなどをあまり知りすぎていたのだ。私はむしろ大殿《シニヨーレ》が決して我意や個人的な単純な怨恨から残忍な殲滅を行なうはずがないと感じていた。

　たしかに、大殿《シニヨーレ》を前にすると総大将《カピターノ・ジェネラーレ》、諸将《ジェネラーレ》から一兵卒にいたるまで恐れおののいているのは事実である。そこには絶対君主の面影さえあるといってもいいのだ。しかし絶対君主という言葉からペルシアやアッシリアの強大で狂暴な君主を想像してはならない。むしろ私たちはあの冷徹なコジモ・デ・メディチの面影を想起すべきかもしれない。私は彼と話した印象から、彼が極めて道理に耳を傾ける人であることを保証したい。さらに彼は、自らの主義、主張さえも、理にかなった真理の前では、なんの躊躇もなく、なげすてる。私はノヴィスパニアにおいて片目の総督が、いかに自分の偏見や、みずから言いだした主張をかたくなに固守するかを眺めてきた。彼は理にかなった事実をさえ認めようとはしない。たとえ心のなかで、ひそかに、それを道理にかなったものと思ったとしても、彼は、自分の体面をまもるために、誤った主張をひっこめようとしないのである。こうした総督や将軍たちを見てきた私は、大殿《シニョーレ》が自己の体面などまるでかまわずに、ひたすら事の道理を求めるのをみて、深い感銘をうけたのである。

あの聖域を焼きつくす昼夜をわかたぬ焔と黒煙を見たとき、私はすでに、一般の人々とは異なる予感を持っていた。おそらくそれはオルガンティノのそれとも異なったであろう。だが、それは、私が大殿《シニョーレ》と会うようになり、私の日本語理解がすすむにつれて、次第に正しかったことが証明されていったように思う。

彼が神仏を信ぜず、偶像を軽蔑し、眼に見えるもののほか、何も信じないというのは、なによりも、彼が理にかなったことのみに従うという証拠ではないか。その意味では、大殿《シニョーレ》はカルロ五世よりも現実的であり、ルイ十二世、アンリ八世とかけひきしたミラノ公国のアルフォンソより徹底的である。しかしそこには私の父などが言っていたように、神は信じないが、教会とトラブルを起すのは愚、という理由で、教会へ出かけるのとは違った、ほとんど求道的といっていい真摯さがあふれていはしないか。私の父のような現世主義者、現状肯定者、軽率なエピキュリアンには理解しがたい心境が、そこにありはしまいか。現世主義者にとって、うまい酒なり、女なり、安楽な生活なりは、いってみれば至上の目的であり、それが生の意味ともなるのだ。酒や女や安楽をおびやかすものに対して、彼らは恐慌状態となり、どんな手段をとってでも、酒や安楽を保とうとする。現世に執着する男の顔に覆いがたい卑しさのあらわれるのはこのためである。

しかし大殿《シニョーレ》の場合、彼が執着するのは現世ではなく、この世における道理なのだ。つねに理にかなうようにと、自分を自由に保っているとでもいえようか。ちょうど風見の鶏が風の方向に自在に動けるようにとまっているのと同じだ。彼にとっては、理にかなうことが掟であり、掟をまもるためには、自分自身さえ捧げなければならないのだ。大殿《シニョーレ》はこの掟を徹底的に、純粋にまもる。いかなる迷いもなく、いかなるためらいもなく、いかなる偏見もなく。彼は理にかなうことのためには――彼が掟とさだめたことのためには、自分をさえこえる。生命をさえ捧げるであろう。

いま大殿《シニョーレ》の頭のなかには、チェス盤を囲んだときと同じ力と力のぶつかり合いが全体の見取図の上に書きこまれているのだ。彼には、この力と力の嚙み合う歯車をどのように操作してゆくか、が唯一の関心事なのだ。すべてがこの力の作用に還元されて考えられている。たとえば彼が私の小銃《アルカブス》を見ると、そこに一つの強い押力を感じとる。それを二倍にし、三倍にすることによって、ほとんど数学的な正確さで、ある力に対立する力が、蓄積されてゆくさまを、見ることができるのである。

彼にあっては政治の原則は一つしかない。すなわちこの力の作用の場において、力によって勝つということである。だが、ひとたび彼がこの原則をうちたてるや否や、彼は、この原則にかなうことに全力を傾注するようになったのだ。彼という一個の人間さえ、この力の法則に捧げられる。彼は戦にやぶれた場合にも、いささかも取りみだすことはなかったという。彼の近侍たちは私に口を揃えてそう証言している。彼は口惜し泣きに泣くということもなく、種々の後悔がましさももっていないらしいというのだ。それは彼が敗北を単なる力と力の作用に限定して考えているためではないか。そこでは、より強い力と、より劣った力とがあり、自分が、より劣った力であったという事実があるだけである。そして力と力がぶつかった結果、それが明らかになったとすれば、その敗北の瞬間、次になすべきことは、すでにはっきりと決っている。すなわち劣った戦力を増強することである。

彼の蒼白い緊張した顔にみられる一種の沈着さは、ホンデュラスを横切ったコルテス総督や、私の父がフィレンツェで親交があったというヴェスプッチのような、たえざる危機と直面し、理にかなうことを唯一の武器として、それを乗り切った男に共通の特徴だといっていい。

とすれば、大殿《シニョーレ》が聖域を焼却して僧俗男女を一人残らず殺害したことも、北方軍団を壊滅させその総帥の首を冷然と見つめることも、ただ一つの原則――すなわち反対勢力を無に到らしめ、力の対立を完全に解消すること――を、数学的な明晰さによって押しすすめたにすぎない。大殿《シニョーレ》にとっては、この原則に純粋に忠実であることが――歯を食いしばってもこの原則をつらぬきとおすことが――それだけが、彼の人間的な意味でもあり、精神の尊厳をまもる所以でもあったのだ。

大殿《シニョーレ》がまったくの孤独にとらわれるのは、諸将の多くが、その敵対者のなかの和を乞う者、恩赦を願う者、降伏する者に対して、なんらかの減刑を嘆願してくる場合であった。そのなかには諸将の姻戚、知人、縁者である場合も少くなかった。しかしながら大殿《シニョーレ》は決してこの原則を崩すことがなかった。それはちょうど建造物が地面にぴったりと接している土台の部分から計算と理にかなった石組みによって、上へ上へと伸びてゆくのと同じく、どこか一カ所で原則に反するとすれば、その全体が一挙に崩れなければならないからである。

彼は勝利にのみかじりついているのではなかった。勝利は彼にとっては、理にかなうことの結果に与えられたものにすぎない。彼に意味があるのは、理にかなうこと、だけであった。彼が仏徒を憎んだのはそのためだし、私たちに好意を寄せたのは、鉄砲のためであり、鉄砲隊編成のためであり、カラヴェル船の造船技術のためであり、天体観測器のためであり、航海術のためであり、諸学術の成果のためである。その証拠に、ある日大殿《シニョーレ》がヨーロッパの教育状況や学校制度について質問した折に、詳しくパドヴァ、ボローニア、パリ、サラマンカ、ローマ、フェララ、クラカウの諸大学《ユニヴェルシタ》について述べ、とくに自然学に関する研究にふれると、彼は身体をのりだして、その一つ一つについて質問した。それから腕をくみ、床の一点をみつめて、ながいこと何か考えにふけっていた。私がしばらくして日本の大学《ユニヴェルシタ》では何を学んでいるのか、と反問すると、彼は吐きすてるように、この世で最も無益な外国語をただ日本語に置きかえて、それで何か人間にふさわしい仕事をしたと思っているだけだ、と言った。それは後になって私が詳しく知ったところによると、日本の大学《ユニヴェルシタ》はヨーロッパのそれとは異なり、僧侶を養成する場所で、教育内容は主として経典の解釈にあるため、大殿《シニョーレ》はそれを指してあのように言ったのであろう。

この年、私はなんどか宮廷《コルテ》に呼ばれ、鉄砲隊編成について参考意見を求められた。実戦演習に、私の小銃隊がはじめて参加し、三段銃撃を中心にして編隊の散開、集結が訓練された。演習は岐阜の南の広くひらけた平原で行なわれ、鉄砲隊、弓隊の攻撃と、長槍騎馬隊の側面攻撃との結合を完全なものにするのに全力が傾注された。鉄砲隊の三段にわたる正面攻撃、敵の騎馬隊を阻止する逆茂木の設置、一時的退却、それにさそわれて攻撃してくる敵に対し、左右から行なう長槍騎馬隊の側面攻撃——それが基本の戦術となっていた。

私が伝令の一人によって大殿《シニョーレ》の陣屋に呼びだされたのは〔一五〕七四年六月二十三日の未明であった。夜明け前の青白い光のなかに、黒々と動きつづける軍団の列を私は見た。汗ばんだ兵隊たちの体臭が、なにか獣の一群が通ってゆくのに似て、むっと荒々しく鼻をかすめた。騎馬隊の列が幾つも堤のうえを走りすぎた。篝火はなく、青白い薄闇のなかで進軍は黙々とつづけられていた。私はうすれた北極星を仰ぎ、軍団が南へ向っているのを知った。秋に北方軍団を壊滅させて以来、北に対する脅威はひとまず取りのぞかれていたし、京都の南方では支配者《ゴベルナトーレ》公方様が敗北、すでに追放されていた。また東方軍団の圧力は総帥信玄殿の死で一時的に緩和されていた。残るのは、京都南方から侵入を計る三好殿、及びその同盟軍であり、武器食糧の補給者である西方軍団の Mōridono（毛利殿）であった。

しかしこのころ、ようやく私にも理解されてきたことだが、この包囲軍と同盟し、影になり日向になりして協力していたのが、仏教徒一向宗の軍団であった。かつてオルガンティノとはじめて京都にむかった日、私が眼にしたあの仏僧の兵たちの土色になった顔を思いだした。その顔は恐怖にゆがんでいた。しかし彼らは大阪の石山城をのぞくと、ほとんどがゲリラ活動をしていて、せいぜい砦か土塁を設けるだけで抵抗する。そして相手の力が手ごわいとみると、一挙に解体、退却して、村落に逃げこみ、どんな詮索によっても、その行方をしらべることはできなかった。まるで乾いた砂地にしみる水のように、村落や町の雑踏のなかに消えてしまうのである。

しかし一旦その詮索がゆるむとみると、魔法ででも呼びだしたかのように、どこからともなく、兵隊たちが一人、二人現われ、小さな組織となり、小さな組織が結びついて小隊となり、それがみるみる巨大な軍団に編成されてゆくのであった。しかもこのゲリラの集団は包囲陣と結合し、呼応し、連絡して、たえず奇襲や待伏せによって、本隊の弱点をつくのであり、その損害は決して少いものではなかった。

ところが、包囲軍団の大半が一時的にせよ影を薄れさせると、いままでその背後にかくされていた仏教徒軍団の意外に根強い広範な抵抗が、大きく前面にあらわれてきたのである。

　私がその朝、岐阜の南方へ向う軍団に加わったとき、ただちに知らされたのは、大阪石山城と呼応するもう一つの仏教徒らの拠点Nangaxima（長島）へ攻撃がむけられているということだった。

　私が大殿《シニヨーレ》の陣屋についたとき、すでに夜は明け、夏のはじめの涼しい風が幾十、幾百となない長旗をはためかせていた。軍団は大河の河口に臨む長島の城砦を囲むようにして、長く厚く展開していた。河口は幾つかの水流にわかれ、平坦な湿地原がそのあいだにひろがっていた。いたるところ葦が深く茂り、葦をわけてゆくと、平坦な湿地に出、湿地の先は、砂洲になっていて、そこには、夏の空を冷たくうつした水が、大小の池になって溜っていた。

　長島の叛乱軍は、この河口と湿原とを利用して、過去二回、大殿《シニヨーレ》の軍団を撃退していたのである。ここには、いたるところ身をかくす葦の群があり、それは奇襲と退却のためのこのうえない隠れ蓑となり、大軍団が戦列を展開するには、どうすることもできぬ障害物となった。そこでは単に視界がとざされるだけではなく、奇襲によりたえず戦線が断ちきられ、無数の水流が集団活動の円滑な展開をはばんだのである。

　こうした地形を利用して、長島を中心拠点とした仏教徒は、四カ所に城砦を築き、各所で奇襲を試みようとしていた。

　大殿《シニヨーレ》の指揮する中央軍は北から包囲するように前進。朝、日が出るか出ないかに前線は敵の尖兵と接触したらしく、はるか前方の葦の茂みをゆらせて鬨《とき》の声が聞えてきた。東側面を大殿《シニヨーレ》の第一子が、西側面をSacumadono《サクマドノ》、Xibatadono《シバタドノ》等の諸将《ジェネラーレ》が水流をどっと渡って攻撃した。叛徒たちは小舟をたくみにあやつり、堤から堤へとび移り、槍を低くかまえて、攻めのぼる兵隊たちを迎えうった。しかしそうした小人数の攻撃にそなえて、攻撃軍のほうは戦線を自在に変化させ、きわめて迅速な前進後退を行ない、敵の小隊をたえず包囲し殲滅していった。そして広大な葦の茂みに達すると、鉄砲隊が呼ばれ、ながい銃列を敷いて、葦のなかにひそむ見えない敵に対して、一斉射撃をあびせた。その銃弾の前に数十人の伏兵が血をふきだして倒れた。

　こうして長島討伐の前哨戦は、以前とは異なり、仏教徒側にただ一回の反撃の機会も与えずにはじまった。重い鎖の輪がじりじりしめつけるように、戦線の幅が長島を中心とする河口のデルタにしぼられていった。幾つかの島が焼き払われ、民家に火がかけられた。

　しかし夜になると、叛徒たちの戦線は活溌に動きはじめ、攻撃軍にも少からぬ戦死者をだした。

　大殿《シニヨーレ》が水軍に出動を命じたのは、前哨戦の勝利が確定して、五カ所の城砦を包囲する態勢が整えられたときであった。私は大殿《シニヨーレ》の陣屋に近い野戦に寝起きしていたが、その夜明け、河口をひしひしと取りかこむ大船小舟が、長旗を風にゆらせ、無数の長槍を輝かせて押しよせているのを見いだしたとき、思わず息がとまるような気がした。そこには大殿《シニョーレ》の全軍団が投入されていたにちがいなかった。その大船団は日の出とともに一斉に天地にとどろく鬨の声をあげて、河口へ攻撃を開始、まず鉄砲隊の乗りこむ船隊が、中洲の土手に敷かれた戦列に近づき、一斉射撃をこころみ、その硝煙の消えぬうちに、次の一斉射撃がおこった。その硝煙のあいだから仏教徒たちの後陣が、血にまみれた屍体をこえて突進してくる姿がみえた。しかし次の瞬間、ふたたび連続して銃列が火を吹いた。轟音とともに半数の仏教徒が倒れた。そして残りが一瞬ためらうところを、四度目の一斉射撃がおこった。すでに後続の船団は河筋へぞくぞくと押しよせ、銃撃によって崩れはじめた敵の戦線に、水しぶきを立てて攻撃した。一カ所が突破されると、全線が動揺し、他の幾組かの軍団が守備を突破して上陸する間隙がうまれた。いたるところで入りみだれた野戦がはじまり、敵の大半は砦のなかに戦いながら退避した。中洲には本城の長島を囲むようにして四カ所の砦が築かれていたが、いずれも土塁を高く築き、そのうえに木塀や逆茂木や高櫓をめぐらし、矢狭間からたえず鋭い矢が射かけられていた。中洲での殲滅がおわると、長鉄砲《エスピンガルダ》隊が銃列を三段に敷き、弓隊が後に備え、その後陣に長槍隊がひかえていた。砦は十重、二十重に包囲され、その陣形には一分の隙もないように思われた。

大殿《シニョーレ》からの伝令が前線の総大将《カピターノ・ジェネラーレ》に伝えられた。彼はそれを大声で全軍に読みあげた。すなわち、この叛乱に加わった者は、女子供であろうと、断じて容赦することはならぬ。隠れる者があれば草の根をわけても探しだし、これを死に到らしめなければならぬ。片腕を失う者があれば、残る片腕を斬りおとさなければならぬ。首と胴が共にあるごとき屍体を残してはならぬ。眼をあく者は眼をえぐれ。首しか残さぬ者は耳鼻をそぎ落せ。あえて敵の腹を裂く勇気のない者は、自らの目をおおってもそれをなせ。長島に属するものは一木一草とても形をとどめしめてはならぬ。すべて焼きつくし、すべてを破壊しつくさねばならぬ……。

布告が読みおえられると、一瞬、異様な沈黙が全軍を支配した。が次の瞬間、どっと鬨の声があがり、河口にこだました。戦闘が開始された。長鉄砲《エスピンガルダ》の第一列が火をふいた。土塁に土煙があがり、幾つかの木塀が射ぬかれた。ついで第二列が火をふいた。高櫓からゆっくりと身体をのりだし、それから斜に身体をひきずるようにして倒れる敵兵の姿が見えた。第三列が火をふいた。そのあと弓隊が火矢をいっせいに飛ばした。木塀がつぎつぎに燃えあがり、黒煙が砦をつつんだ。何人かの人影が黒煙をくぐって現われ、火矢を叩き落そうとした。長鉄砲《エスピンガルダ》の第一列がふたたび火をふいた。轟音がとどろき、河口に遠く不気味な余韻を残した。木塀がはじけとび、数十人の人影が土塁のうえに折りかさなって倒れた。長槍隊が全速力で土塁にとりつき、それにつづいて、大河の堰が切り落されるように、全軍が鬨をつくって、その突破口に突入した。櫓から飛びおりた若い百姓は頭蓋を割られ、血を吐いて倒れた。一人の僧は長刀をふりまわし、攻撃側の何人かを倒したが、自らは長槍で脇腹を刺されて、前へのめりこんだ。別の兵士が僧の頭をたち割り、その血しぶきが槍をつきたてた男にも飛び散った。一人の若い女は泣き叫び、兵士の前に倒れて、助けて、助けてと嘆願したが、瞬間にして、背中を刺され、虫のように身をそらせた。しかし砦の抵抗は意外に強く、攻撃側にも多くの死傷を出した。砦が殲滅したのはもうほとんど夜になっていた。

大殿《シニョーレ》の陣屋から再三、再四、伝令が各軍隊に飛んだ。夏の夜風が海から吹き、篝火がゆれた。前線一帯にきびしい警戒線が張られ、砦間の連絡や、奇襲を監視した。

短い夜が明けると、翌日から全軍は動く気配をみせなかった。戦闘態勢に入ったまま、全軍は鳴りをひそめていた。残りの砦からは時おり矢や罵声がとんできたが、攻撃軍のほうではそれを全く黙殺した。不気味な沈黙が河口と中洲の葦の茂みと四つの砦を支配した。急に河波の音が聞え、時おりさやさやと葦が鳴り、よしきりが巣を求めて、鋭く鳴きながら、その茂みを突っきっていった。

船団もまた河口に浮び、鳴りをしずめた。天も地も不気味に静まり、夏の太陽だけが、ゆっくり移動していった。午後になると雲が岐阜のほうに湧き、まぶしく光った。

風のほかに動くものはなかった。いままでは砦のなかも死に絶えたように静まりかえっていた。糧道を断った飢餓攻め(干殺《ひごろ》し)がはじまったのである。すでに間諜の一人によって、長島討伐が不意をついた作戦だったため、長島籠城軍の食糧がせいぜい一月もつか、もたぬかであるという報告がもたらされていた。しかし大殿《シニョーレ》はこの作戦を長期的に、徹底的に継続するように布告していた。四方に飛ばされている間諜からは刻々として京都をはじめ諸地方の動静がもたらされていた。それからみても、この作戦を継続し、完全に掃蕩する機会は十分にあると彼は判断していた。

夏も後半に入ると、午後から夜になって風が出、遠くで雷鳴が聞えるようになった。時には黒い雲が北から空を覆って、激しい雷雨が襲うことがあった。

そうしたある豪雨の夜、――哨戒に当っていた兵の一人が青白い閃光のなかに、何か黒い人影のようなものが動いたように思った。横なぐりの雨にゆれる葦のかげかも知れない、と思いなおし、次の閃光のひらめくのを待っていると、いきなり肩口へ鋭い衝撃を感じ、彼はそのまま意識をうしなった。

しかし次の瞬間、呼び子が鳴りひびき、全軍が一斉に立ちあがった。砦からの全員の脱出が告げられ、横なぐりの雨のなかで、激しい戦闘が開始された。攻撃軍は合言葉を叫びつつ、夜陰のなかに逃れようとする叛徒たちを追った。葦の根元で背中を刺しつらぬかれる老人もいれば、肩から断ちわられた女がいた。踏みつぶされた子供もいれば、全身を切り刻まれた僧もいた。そして彼らに共通していたのは、男も女も糸のように痩せほそり、生きながら骸骨になっていたということであった。

翌朝、全域にわたって豪雨に打たれた屍体があらためられ、男女千余人が切り殺されたことが確認された。

残る三砦にあっても事情はほとんど同様であり、何度か降伏を申しでたが、そのたびに使者たちは磔にされて、砦の前面にさらされた。

夏がこうして終り、河口の葦のそよぎにも乾いた音がまじるようになったが、全軍はその戦闘態勢をいささかもゆるめることなく、長島三砦に対峙していた。

雲の動きが変り、白い鰯雲が海から陸へと流れるようになった。夜になると、空気が冷え、月が白く光り、しきりと虫が鳴いた。

すでに三カ月の籠城がつづき、城砦内の人々の半数が餓死したものと見られていた。しかし城砦からは打って出る様子はなかった。長島包囲戦を一挙に決しなければならぬ時期が迫っていることを、諸将たちは感じた。とくに東方に一時しりぞいていた武田の軍団がふたたび行動を開始するという情報がもたらされていた。

そんなある日、大殿《シニョーレ》の陣屋から軍使が走り出て、城砦へ矢文をとばした。その後包囲軍は全軍にわたって撤退を開始したのである。砦からの最後的な降伏の申し入れがついに認められたのだった。あきらかに砦では安堵と歓喜の動揺がおこっているようであった。中洲を埋めつくした軍団は船に乗り、船は河口へと遠ざかった。

最後の軍隊が撤退して小半時すると、堰をきったように砦の大門が開かれ、男女がどっとあふれだし、小舟に乗り、対岸へ逃れはじめた。それはあたかも蝗の大群が、ものにとりつき、群がるのに似ていた。そしてそうした騒ぎの一瞬が経過した後、突然、包囲軍の船団から一斉に銃撃がおこったのである。水しぶきがあがり、何人かが河に転落し、何人かが舟の中に倒れた。

城砦からあふれだした人々は銃弾の前を右往左往した。そして倒れた人々のうえを、後からあふれてくる人々が押しあいながら踏みこえてゆく。それを狙って三列の長鉄砲《エスピンガルダ》が交互に火をふいた。そのたびにおびただしい水煙があがり、人々が折りかさなって倒れた。

人々の一団は舟から流れにとびこみ、他の一団は中洲からいきなり河にむかって身をおどらせた。人々は、はかられた、はかられた、と叫んだ。しかし叫びながら人々は河へ身をおどらせた。河はみるまに泳ぎわたる叛徒たちの群で埋められた。ある者は急流にのまれて沈み、ある者は渦のなかでもがき、またある者は傷口から血を噴きだしたまま、最後の力をふりしぼって流れを泳ぎ切ろうとしていた。河の半ばはこうした叛徒たちのおびただしい数で埋められた。それは大群をつくって湖水を泳ぎわたるという飢えた鼠の群にも似ていた。多くの者が水をのみ、水の下に沈んでは、また浮びあがり、手足で水面を打ちながら強い水流に押しながされていった。

包囲軍の船隊が彼らの中に進んだのは、叛徒たちの先頭が河の半ばに達するか、達しないころであった。船隊は泳ぎ逃れようとする人々の背から長槍をつきさし、長刀をふるった。その大半が飢餓のために河の中央までも泳ぎでる体力もなく、黒い藻のように水流に巻かれて舟のあいだをかすめていった。そうした仮死体にむかっても、包囲軍は槍をふるい、長刀で斬りつけた。河は彼らの血でみるまに赤く濁って、異様な生ぐさい臭気がたちこめた。女たち、老人たちの多くは彼らのあいだを別けて進んでくる敵方の舟に手をあげ、救いをもとめ、泳ぎ寄ろうとさえした。彼らは死にもの狂いで舟縁《ふなべり》に手をかけ、泣きわめき、絶叫し、懇願し、慈悲を乞うた。しかし兵士たちは彼らを槍で突き放し、刀をふるって、舟縁にしがみつく彼らの手を切断した。包囲軍の舟という舟には、こうして切りとられた手が、石の手のように蒼ざめて、なお舟縁を固く握ったまま、十、二十と残っていた。

　女たち、老人たちがこうして死んでゆくのを見た砦の主力は、刀をぬいて船隊を攻め、なかには舟にとりつき、兵士たちをつぎつぎと追いおとしてゆく男たちもいた。彼らの反撃はなにか突風が渦巻いて走りぬけるようであり、さすがの包囲軍も浮き足たち、船隊が混乱した。彼らはその間を風のように突進し、対岸の厚い包囲を破った。

　長島の城砦に残る病人、女子供たちが一人残らず斬首されおわったとき、ほとんど夜になっていた。宵闇のなかで、火をかけられた城砦が、すさまじい炎をあげて燃えつづけた。

　長島の本城がこうして壊滅したのをみて、残る二砦は固く門をとざし、最後まで戦う決意を固めたらしかった。しかし本城が落ちたいま、もはや戦力はほとんど残されていなかった。叛徒たちは、包囲軍が砦の周囲に枯柴、藁束を山と積みあげるのを、ただ見ているほかなかった。

　その二つの砦が長島の本城と同じく火をかけられたのはそれから間もなくである。煙にまかれ焼きころされた男女の数は万をもって数えたという噂であった。

　長島の仏教徒の叛乱は十月には完全に一掃された。最後の攻撃の際、反攻に成功した七、八百人の僧や百姓をのぞくと、あとは全員殺害された。聖域の全山焼打ちと等しく、ここでも反対勢力は根こそぎ抹殺されたのである。

III

友よ。宮廷《コルテ》というものは、フィレンツェであろうが、ミラノであろうが、リスボアであろうが、同じように孤独なものだ。そしてこのGuifu（岐阜）の宮廷《コルテ》においてもそれが例外でないことを知るのに、私は半年を要さなかった。たしかに大殿《シニヨーレ》は三十人ほどの近侍にかこまれ、彼らと親しげに談笑しようとすることはある。また酒宴や茶の会もしばしば開かれてもいる。さらに、鷹匠を連れて、騎馬による狩も行なわれ、宮廷《コルテ》の女官たちもその参観を許されることがある。そして何より、大殿《シニヨーレ》の姿は訓練する鉄砲隊や、騎馬隊のあいだに見いだされるのがつねだった。にもかかわらずそうした大勢の人々の中にある彼の姿は、周囲から孤立し、冷ややかな空気につつまれ、そのまわりに、一種の不可視な障壁のようなものが立ちはだかっているような印象をうけたのである。彼が廊下を通りぬけてゆくとき、青白い顳顬のひくひくする動きや、鋭く一点を見つめるような眼《まな》ざしとともに、冷たい空気の揺曳が、見えないヴェールででもあるかのように、あとまで黒ずんだ感触を残していった。おそらくそれは、多くの家臣たちが味わっていた実感だったに違いなく、私は、事実、二、三人の人々からそれに似た印象を聞かされたことを憶いだす。家臣たちのほうも大殿《シニヨーレ》から声をかけられたというだけで、顔が緊張にこわばり、なかには、頬が痙攣したり、頸ががくがく震える者もいたのである。また、私の見るところ、家臣一般はむろんのこと、重臣団、将軍《ジエネラーレ》たちも大殿《シニヨーレ》と会ったり、話したりする場合は、一間へだてた控えの間に座を占めるのが普通であり、大殿《シニヨーレ》にまつわる畏怖を、彼が積極的に利用していたふしもなくはない。たしかにこういう大殿《シニヨーレ》を眺めていると、私が堺にはじめて着いて以来大殿《シニヨーレ》について噂された残忍さ、冷酷さが、いわばその蒼白い、背の高い姿の中に、化身となっているような感じがした。しかし日々彼に接する旧臣たちも多かったことを思うと、彼の周囲にただようこうした暗い、冷んやりした雰囲気をつねに感じさせるという事態は、異様といえば異様だったように思う。

私が岐阜に着いた当初から、最後のころまで、よく言われたことは、大殿《シニヨーレ》がフロイス師やオルガンティノに対して、なぜあのように親しげに振舞われるのか、ということだった。たとえばカブラル布教長の儀礼的な訪問の折にも、彼は私たちとじきじきに会って、同じ卓を囲んで話したし、フロイス師がはじめて岐阜を訪ねたときは、まだ少年だった大殿《シニヨーレ》の息子たちが、師のために茶菓を運んできたということだ。そこには、遠来の客をねぎらおうとする配慮が働いていたことは当然だが、それにしても、こうした接待や言動のなかには、重臣や家臣に示すのとは全く異なった彼の性格、態度が現われていた。私などが受ける大殿《シニヨーレ》の印象は、むしろ敏感な、知的な、内省的な人物のそれであり、そこに一片の残忍さ、粗雑さ、平俗さも混ってはいなかった。彼はよく諧謔を好み、私がするジェノヴァの艶話なども、もどかしい日本語なのに、辛抱づよく耳をかたむけ、とくに僧侶が女のもとに出入りし、薪で叩きだされるような落ちには、真実、愉快そうに笑っていたのである。また時には、どこで仕込んだか知れぬ似たような話を、彼自らすることがあり、そういう時の大殿《シニョーレ》の顔には、自分の話の効果をたのしんでいるような、上機嫌な、人のいい優越感が、手放しで、現われていたように思う。そしてこういう態度を彼は家臣の誰にも見せたことがなかったため、その変化がなぜ私たち異国人によって引きおこされるのか、彼をとりまく人々には理解されなかった。たとえば後になって、石山城攻撃の折、新たに着任したジョアン・フランシスコ師をながいことその陣屋にとどめ、話に熱中していたときなど、大殿《シニョーレ》はキリシタンとなられたのではないかという噂が、かなり広くひろがり、相当の人たちまでそれを信じたほどだった。

　こうした変化は、一つには、私たちが彼と無関係の異国人であるという点から由来している。たしかに私たちに対して格別畏怖を与える必要もなく、また統制者としての規律を体現する要求もない。しかし別の考え方からすれば、異国人なるがゆえに、私たちに畏怖を与え、統制者としての冷ややかな距離を置く必要はありはしまいか。少くともノヴィスパニアやモルッカ諸島で総督が示していた態度はそれだった。とすれば、大殿《シニョーレ》が私たちに示した親しみは、ただそれだけの理由から生まれたものではない。むろん武器、戦術、航海術、自然諸学に対する彼の異常な関心が働いてはいた。しかし私にとって最大の理由と思われるのは、私たちが、大殿《シニョーレ》に対して、なんらの偏見も先入主もなしに、一個の人間として対処し、話しあうことができたからではなかったか、という点である。たとえば、家臣団の過半は、大殿《シニョーレ》の名を聞いただけで、顔色が一瞬変り、表情は固く緊張する。まして大殿《シニョーレ》が傍を通るとき、彼らは地面に平伏して頭をあげようともしない。よしんば大殿《シニョーレ》のそばに呼びだされ、何か声をかけられても、彼らは容易にそれに答えることもできず、唖のようになって、床に頭をすりつけているのだ。彼のまわりにいる二、三十人の近侍たちでさえ、話題のなかへ踏みこんでゆこうとはせず、ただ紋切型に応答するか、妙にぎこちなく、甚だ生彩を欠く話し方しかできなかったのである。

　私は大殿《シニョーレ》が板張りの部屋に独り寝るのだとも、また夫人や子供たちと生活をともにするのは月のうち数日あるかないかだとも、聞かされていた。おそらく彼の肩に重くのしかかっていた義務や目的や、さらに一刻の油断もゆるさぬ危機が、彼を駆って、たえず仕事や計画や自己集中に向けたであろうことは容易に推測される。衆愚の高みにのぼった魂は孤独に罰せられるというが、大殿《シニョーレ》の場合、それがあまりに鮮明に刻印されているのに私はいまなお驚きを感じる。大殿《シニョーレ》のなかに明滅する人間的な感情（そこには弱点といえるものも含まれるのだ）を一向に理解することができず、ひたすら自分たちのつくった恐怖の映像を相手にしている家臣団をみるにつけ、私は、大殿《シニョーレ》を包んでいる陰鬱な、冷ややかな空気が、大殿《シニョーレ》自身の雰囲気というより、周囲がおのずとそこにつくりあげたものであることを確信しないわけにゆかなかったのだ。これに対して私たち異国人にとって、彼がいかに残忍な王であろうと、多くの人間たちの一人としてしか眼にうつらなかった。それは、剛勇なコルテスが宝石の美に魅惑されていたり、冷静なコジモ・デ・メディチが美麗な細密画に涙ぐむほど感動したりするような意味での、弱点も欠陥も備えた一個の人間として彼と話ができたということである。大殿《シニョーレ》が私たちに示した厚意や親密感には、たしかに多くの理由が考えられるが、少くとも私には、こうした一個の人間として接する私たちの態度のなかに、彼がある種の安堵感、自然らしさ、くつろぎを感じたためではなかったか、と思われるのである。それでなければ、なぜ彼があのようにたびたび私を宮廷に呼びだしたのか、そして後になって、Azuchi（安土）にセミナリオがつくられたとき、なぜ彼が朝となく昼となく学院を訪ねて、オルガンティノや私と話しこんだのか、説明がつかなくなる。彼は、君主として、宮廷の孤独や、臣下との儀礼的な接触には慣れていたし、その戦略や統制計画に見られるような数理的な明晰さを愛してはいた。しかし同時にその感じやすさ、人懐っこさ、善良さが自分でも気づかぬ場所で、自らの伴侶を求めていたことは考えられるのである。政治、軍略に関してあれほど自己に対し苛酷であり、人にもそれを要求した大殿《シニョーレ》が、心の内奥で、こうした人間的な触れ合いを求めていたことは想像できる。それは、あれから十数年経過する現在でも、私には、確かなことのように思えるのである。

大殿《シニョーレ》のこうした内奥の欲求を最も正確に見ぬき、あえてそれをやってのけたのは寵臣 Faxibadono（羽柴殿）ぐらいであろう。この人物は一種の得体の知れぬ活力のようなものにみたされた、眼の大きな、浅黒い小男で、風采はあがらなかったが、陽気さと、意地の悪い率直さと、才智に恵まれていた。そして彼は大殿《シニョーレ》のこうした内奥の心の動きをよく見抜いていながら、全く知らぬ振りをして、大殿《シニョーレ》が近ごろは肥ったとか、痩せたとか、食事が過度であるとか、足りぬとか、要するに、日常の取るにたらぬ話題を口にしては、時おり大殿に叱責されたが、彼にとっては、こうした叱責はもちろん計算に入っていたのであって、叱責の重なるたびに、羽柴殿の寵愛は深くなったのである。彼は戦略家としても一段と他の重臣たちより優れていたし、一介の農民の息子として出生したという彼の経歴を考えれば、その異常な立身からも、彼の才智のほどはうかがわれる。

私は岐阜に来てほぼ一年するうちに、大殿《シニョーレ》を取りまく重臣団、家臣団の構成、系統などをおのずと理解するようになった。もちろんすべての重臣たちと知り合ったわけではないが、宮廷《コルテ》内での振舞い、占める場所、大殿《シニョーレ》の態度からかなりの事柄は推測されたし、何人かの私の補佐役から事情の細部を説明してもらったこともある。それによると、大殿《シニョーレ》を取りまく重臣団、総大将《カピターノ・ジェネラーレ》、Daymeos（大名）、諸将《ジェネラーレ》のうち、第一は、大殿《シニョーレ》がOvari（尾張）の領主《ゴベルナトーレ》だったころから従っていた家臣たち（その代表が羽柴殿だった）、第二は、大殿《シニョーレ》が支配権を拡張するあいだに、その権力下に入った諸侯、家臣たち、第三は京都の支配者《ゴベルナトーレ》公方様と関係が深く、公家貴族《フィダルゴ》ないし武家貴族《ジエンテ・ノーブレ》に属し、伝統的な学問、文学に関心を寄せる重臣たち――の三派がはっきり大別できたようだ。当然この区別からはみだす人物、その中間にある人物などもいた（たとえば、佐久間殿などは第一の党派に入るべきだが、キリシタンの同情者という点で、むしろ第三の党派に近かった）が、大体においてこの三派がそれぞれ共通の利害に結ばれた「党派」を形成していたと見て差しつかえあるまい。私はこの見解をオルガンティノに伝えたが、彼は多くの点で私に賛意を表してくれた。

この三派のなかで、当然ながら大殿《シニョーレ》と最も親密な関係にあったのは第一の党派だが、大殿《シニョーレ》が戦略と統治の面で信頼を置いていたのは第三の党派の人々だった。この点は最後まで私によく理解できなかったが、おそらく彼らは、自分たちが本来依存すべき京都宮廷《コルテ》の権力の空無となった時代に生まれ、ひたすら虚しい家名の重さを背負って生きつづけなければならなかったため、勢い軍略と政治の技術家として腕を磨かざるを得なかったし、また、ただその技術のみで自分を諸侯《ゴベルナトーレ》に売りこむことに慣れてもいたからだったにちがいない。その意味では彼らは教養ある人士《ジエンテ・リンパ》であり、ヨーロッパの宮廷でも十分やってゆける礼節と打算を身につけていた。彼らが多かれ少なかれキリシタン宗門に対して関心をもち、フロイスやオルガンティノとも個人的に親しかったのは、彼らの「教養」が新しい宗教や考え方に対して無関心でいるわけにゆかなかったためである。

この点、大殿《シニョーレ》がフロイスらを愛するのと決定的に違っていた。大殿《シニョーレ》もむろんフロイスやオルガンティノから天地創造説や霊魂不滅についての教説を聞きはしたが、彼はそれを多くの説明のうちの一つとしてしか受けいれなかった。彼は当初にフロイスに言明していたとおり、眼に見えぬものは信ぜず、理にかなうものだけを重んじたのである。むしろ大殿《シニョーレ》がフロイスやオルガンティノに好意をもったのは、彼らが、自ら信じるもののために、身命を賭して、水煙万里の異邦にまで来て、その信念を伝えようとした熱意であり、誠実さであったといっていい。事実、私は、彼がたびたびそう言っていたのを聞いたことがある。大殿《シニョーレ》は、誰ひとりフロイスらを理解することなく、彼らが見知らぬ異郷で苦難と孤独をなめているその時に、ほとんど直観的な洞察によって、彼らの心情を理解したのである。

大殿《シニョーレ》によれば、フロイスやオルガンティノは、信じるもののために、危険をおかし、死と隣りあって生きていたのだ。「彼らが何ものをも求めぬのを見よ」大殿《シニョーレ》は仏僧たちを非難する折、かならずフロイスらを引きあいに出してそう言うのがつねだった。もちろん私はすべてがすべて大殿《シニョーレ》の考え方が正しかったとは思わない。しかしローマで権勢を追ったり、またはアブルッチの片田舎の教区で葡萄酒を飲むほか仕事らしい仕事もせず、惰眠と安逸と肥満のなかにずり落ちている僧侶たちを見るにつけ、禁欲と克己によって日本王国にまで信仰を伝えようと志す彼らの態度には、たしかに大殿《シニョーレ》の共感を呼ぶに足る激しい燃焼があったのである。

私が第三の党派に類別した重臣たちがフロイスやオルガンティノに示した熱意や献身は、一見すると大殿《シニョーレ》のそれと似ていながら、その意味合いからみると、全く別個であったと私が主張するのも、ひとえに、大殿《シニョーレ》の心がフロイスたちの生き方の激しさ、厳しさに向けられていたのに対し、第三の重臣たちのそれは、むしろキリシタンの慈悲や愛に向けられていたからに他ならない。大殿《シニョーレ》がキリシタン宗に対して好意を寄せているにもかかわらず、慈愛《ミゼリコルディア》を説き、摂理《プロヴィデンツァ》を敬う教義そのものに何の関心を示さぬばかりか、恩赦の一片をさえ敵方に与えず、皆殺しにするという態度には、これら重臣のみならず、当の庇護をうけているキリシタン大名、武士、もしくはキリシタン同調者のあいだでも、眉をひそめる者がいたのである。彼ら一人一人の胸のうちには、和を乞い、帰順を示す相手を斬殺しなければならぬ理由が見いだせなかったし、むしろ彼らを帰順せしめることによってのみ、戦後の処理が進むものと思われたのだ。なかでも佐久間殿、Dariodono（高山殿）、Araquidono（荒木殿）、Aquechidono（明智殿）、Fosoquavadono（細川殿）はこうした大殿《シニョーレ》の剛直な決断に対して、柔軟な処理を望む人々として知られていた。

大殿《シニョーレ》はある日彼らの一人（おそらく佐久間殿と噂される）に対して次のように言ったと伝えられる。

「汝は合戦を行なう以上、ひたすら合戦に勝つことを願わなければならぬ。これは自明の理である。合戦の事があるか、または、合戦の事がないか、二つに一つしかないのである。汝が合戦のあいだ敵方に慈悲をあたえることは、いかにも人間の道にかなうようではあるが、そもそも合戦そのものを考えれば、そこに慈悲のあるはずはない。合戦とは相手に勝つためのものであり、相手を打ちはたすためのものである。合戦がある以上、もはや慈悲はない。もし慈悲のみあるならば、合戦のあるべきようはない。慈悲が人の道にかなうと汝が思うならば、汝はいかなれば合戦の事に身をいれるのか。また合戦に利あらず和を乞う者があれば、さきに合戦を願い、いままた慈悲を願う怯者といわねばならぬ。すなわちさきには慈悲の一片すらあずかり知らぬ者が、突如として、慈悲のことを口にするのである。合戦の事に入るならば、いかようなりとも、はじめより終りまで合戦のことでなければならぬ。あたかも木匠《こだくみ》の家を建てるに、家の事に終始し、また画工の襖に筆をふるうに絵のことに終始するのと同様である。木匠の木を刻み、木口を組みあわせるは、兵法家の合戦におけると等しく、画工の筆をとるは、兵法家の槍をとるに等しい。我ら兵法家に油断懈怠ある場合は、合戦において敗北の汚辱を蒙るは必定。また木匠、画工において油断懈怠ある場合は、彼ら等しく事成らずして、自ら深い汚辱を蒙らねばならぬ。されば、事の成る、成らぬは、ひとえに、道理《ことわり》に適《かな》う、適わざるに依る。名人上手といえる人は、ひたすら木の道、絵の道に終始して懈怠あることなく、道理《ことわり》を求めて自らを恃むのである。かくてはじめて事が成るのである。事成ってはじめて人々がそれを受けるのである。事成るに於てはじめて名人上手があるのである。されば兵法家が合戦において慈悲を思わぬは、画工がひたすらに絵の道にとどまるのと同様である。もし絵の道をほかにして画工の気魂が生きえぬとすれば、合戦をほかにして兵法家の気魂の生きうる道理はない。合戦において慈悲を思わぬは、ただただ兵法家の気魂を生かしむるためである。ひとたび合戦にて相対する者、また兵法家であるとすれば、彼らに慈悲をかけることなく、討ち果してこそ、彼らに兵法家の名をあたえ、誉れあらしめるものである」

私は大殿《シニョーレ》のこの言葉が噂の通り佐久間殿に向けられたものか、あるいは他の誰かに向けられたものか、正確に察知できないが、少くともそれが大殿《シニョーレ》の言葉であることは保証できる気がする。私もそれに似た言葉を前に聞いていたし、また大殿《シニョーレ》が名人上手といわれる芸術家に対して、このうえない敬意を払い、戦乱のさなかにあっても、彼らが心して自分の仕事に精進できるよう厚い庇護をつづけ、たびたび褒賞をあたえて彼らの労をねぎらったことは、すでによく知られているからである。

大殿《シニョーレ》が言う「事が成る」という言葉ほど、彼の行動のすべてを説明するものはない。そして彼は、事の道理に適わなければ、決して事は成らぬ、と信じていたのだ。私は大殿《シニョーレ》のことを、あの当時、天魔変化とののしった人々に対して、言ってやりたいが、大殿《シニョーレ》ほどに繊細な感情をもち、この兵法家として名人上手の道を極めるために、自らの感情をこえていった人を知らない。彼はただ非情になることによって、人間に、なにごとかをもたらすという困難な道をえらんだのだ。そして彼がこの道に踏みこめば踏みこむほど、周囲の人々は彼の非情を理解しなくなった。彼は自らに厳しくこの戒律を課したために、どのような階層に属し、どのような仕事に従おうと、ひとたび懈怠のある場合は、死罪をあたえることとさえしたのだ。私はフロイス師から大殿《シニョーレ》が、留守中にその勤めを怠り、寺社に参詣した奥女中たちを斬首に処したという話をきいたが、これなどは大殿《シニョーレ》の厳しさを示すもっともよい例であるかもしれぬ。

私は大殿《シニョーレ》の愛顧のゆえに、このような理由を書き綴っているのではない。前にも書いたように、安土城下にセミナリオができたとき、彼はしばしばそこに立ちよっては、音楽に耳をかたむけ、陽気なオルガンティノの人のよい冗談に笑い、私にながい航海冒険談を語らせ、天体観測器の使用法や、臼砲による城砦攻撃法などを熱心に学びとろうとしたのである。私は多くの日本人に会ったが、大殿《シニョーレ》ほど「事の成る」ことをもって、至上の善と考えた人物を見たことがない。彼は近侍二、三十名ほどの騎兵隊に囲まれて、野山を疾駆して作戦を指導するし、また彼は飾りのない単純な衣服を着用する。それがただ「事が成る」のに適っているからである。そしてまさにそれこそは私のような冒険航海者が危険と孤独と飢餓のなかから学びとった真実——すべてから装飾をはぎとった、ぎりぎり必要なもののみが力となるという真実——にほかならないのだ。私が大殿《シニョーレ》のなかに分身を見いだしたと言ったとしても、友よ、それを誇張とは受けとらないでくれたまえ。私は彼のなかに単なる武将《ジェネラーレ》を見るのでもない。優れた政治家《レプブリカーノ》を見るのでもない。私が彼のなかにみるのは、自分の選んだ仕事において、完璧さの極限に達しようとする意志《ヴオロンタ》である。私はただこの素晴しい意志をのみ——この虚空のなかに、ただ疾駆しつつ発光する流星のように、ひたすら虚無をつきぬけようとするこの素晴しい意志をのみ——私はあえて人間の価値と呼びたい。

友よ。この大殿《シニヨーレ》は若いころから、酒に酔い興に乗ると、扇子を片手に次のような歌をうたって舞をまうのが好きだったということだ。その歌というのは「人間五十年、下天の内をくらぶれば、夢幻《ゆめまぼろし》の如くなり」というのである。彼はすでにしてこの世界の虚無に直面し、夢まぼろしの世界をいかに生きるかに心していたといえまいか。この虚無に立ちむかい、死に挑んで、自己の意志と能力の極限まで達しようと努めていたといえまいか……。

私が京都のオルガンティノから手紙を受けとったのは、〔一五〕七四年の暮である。長島討伐のあと、岐阜の宮廷《コルテ》では東方軍団に対処するための軍略会議が何度かひらかれ、鉄砲隊の訓練は以前にまして強化されていた。私の小隊も長島の実戦を経て、小銃《アルカブス》の操作に一段と進歩をみせ、とくに三段連続の射撃と前進後退を組みあわせた新しい戦術は全鉄砲隊に採用された。もしあのときオルガンティノが私を京都に呼びよせなかったなら、私は東方の武田軍団との戦闘に参加することができたし、京都をはじめ遠く南方の Satzuma（薩摩）まで広く噂された長篠会戦における鉄砲隊の目ざましい働きをも、この眼で確認することができたであろう。しかし私は京都でオルガンティノが新たに直面している種々の困難を思うと、岐阜の宮廷《コルテ》に軍事顧問としてながくとどまってはいられぬことを感じた。

京都ではフロイス師もオルガンティノも昼夜をわかたぬ働きをつづけていた。私はそれをオルガンティノからの手紙でも知っていたし、また京都からの伝令によっても時おり知らされた。とくにキリシタン宗門に共感を寄せる将軍《ジエネラーレ》たち（佐久間殿、高山殿、荒木殿、柴田殿、村井殿等）が岐阜を訪れる際に齎らしてくれる詳細な情報によって、ある意味では、京都にいるよりも、布教活動の全体が理解できるのであった。

しかしそうした報告から、私は、オルガンティノが相変らず過労から病気がちであるのを推測しないわけにゆかなかった。というのは、そうした報告のなかに、しばしばオルガンティノの名が欠けていたからである。また事実、彼が病気をしているという報告も時おり伝えられた。たしかに支配者《ゴベルナトーレ》公方様の追放後、京都の小康状態はつづいていたし、五畿内の領主たちのあいだにもキリシタン宗門の帰依者がふえていて、フロイスかオルガンティノかどちらかは、たえずそうした領主たちの城下を訪れなければならなかった。京都に残れば残ったで、早朝のミサ、午前の祈禱、種々の葬祭の連禱、その後、集まる信者たちへの説教がつづいた。午後は祈禱のあと、教会の諸儀式に関する説教があり、異教徒たちのための特別の説教もこの時間に組みこまれていた。キリシタンの準備をしている人々の懺悔聴聞がこれにつづいたが、その数は日ごとに増大していたため、フロイスたちは時には食事をとる時間を見出せないこともあった。フロイスは夜の時間を多くゴア宛の長文の報告書の作成と、種々の著作にあてていた。彼自身の語るところによれば、著述に没頭して夜明けの光が部屋に仄白く忍びこむのにも気がつかぬことがしばしばあったという。オルガンティノのほうは到底それだけの体力はなかったが、しかし気力のかぎり日本語の習得につとめ、貧民街をおとずれ、病人を見舞い、異教徒の家にも乞われれば喜んで足を運んだ。

オルガンティノはそういうとき仏教僧のような黒い法衣をきて、素足にJoris（草履）をはいて出かけた。それが私たちヨーロッパ人の眼に異様に見えたのは当然だが、日本人の眼にも奇異な姿にうつったらしく、信徒のなかには、彼がパードレにふさわしくポルトガルの黒マントに鍔広の帽子をかぶってもらいたいと申し出る者があった。しかしオルガンティノはそうした意見や批判を笑って受けつけなかった。彼の言うところによれば、この奇妙な「南蛮僧」の姿は、日本人の警戒心や畏怖感を解くには最良の方法なのであった。「なぜといって」とオルガンティノは、ある日、私の質問に答えて言った。「日本人は私のこうした恰好から容易に坊主を想像しますし、そうした想像から、彼らはごく容易に、私たちが、いわば一種の坊主のごとき存在、つまり宗教者であることを納得するからです。そしてこの姿は、彼らの見慣れた法衣に似ていますから、そこに親近感を彼らは感じはじめるのです。しかも善意に富んだ、心のやさしい彼らは、私のごとき異邦人が、あえて彼らの習俗に従い、彼らのQuimonos《キモノ》を着たということに、ある種のLusinga《ルジンガ》（自尊心のくすぐり）と満足とを味わうのです。そのうえ私のその姿が多少滑稽であるとすると、彼らは敏感にすぐ笑いだしますが、しかしその笑いには、自分たちと同じ風習になじむことによって滑稽になった異邦人への、同情と親愛と身贔屓が含まれているのです」

彼のこうした観察のなかには、フロイスとは違った、農民の子らしい抜け目ない現実感覚が働いていた。しかし彼の意見の正しさを証拠だてるように、オルガンティノの気楽な、形式ばらぬ、庶民風な態度は、京都の人々に好感をもって迎えられた。彼らはキリシタンにならぬまでも、少くともオルガンティノの心やすい態度には、たえず善意をもって報いていたようである。彼らは河原で粥の炊きだしを監督するオルガンティノのまわりに集っては、生れはどこであるか、その生国は天竺よりも遠いのか、そこでは人々は何をたべているのか、山はあるのか、町はどんなか、人々は商売をするのか、戦争はあるのか、などと口々に訊ねるのであった。

カブラル布教長の指摘をまつまでもなく、こうした状況のなかで、あの古ぼけた、隙間風の吹きこむ会堂で聖祭をつづけ、説教を行なうのは、いささか不便でもあり、手狭でもあった。そして多くの信徒たちが望むように、教会を新たに建立して、宗門の荘厳と慈愛を外形で示すことは、差しせまった必要となっていたのである。私が受けとったオルガンティノの手紙は、こうした会堂建設計画が生れるまでの種々の経緯と、ある仏教寺院の買収が不成功に終った顚末と、最終的に新会堂を建築する案が聖職者、信徒全員により決定したことを報らせてきた。

「私はブレシアで神学校に入るまで大工の見習をしたことがあります。その後、聖トマスの真似をしたわけではないが、私は大学で建築術も学びました。新会堂の建設を私が強く望んだのも、多少、私なりの自信と成算があったからです。もちろん今でも私は十分に会堂建設には自信をもっています。しかしただ不安なのは、聖職に加えて、この建設事業を直接に支配し、図面を引いたり、工事を監督したりして、果して健康が完成まで保てるかどうか、という点です。私はむろん病気や過労をおそれるものではありませんが、しかし万一の場合、新会堂が私たちの望むように完成させられるかどうかは大いに疑問です。今の私は、なんとしてでも、こんどの会堂をヨーロッパの建築術にふさわしい壮麗なものに仕上げたいのです。資金や資材、建築家、大工などの点で、なお多くの困難がありますが、しかしそれは何とか解決しうるはずです。ただヨーロッパ建築の技術を知る人間がそこから欠けたら、それこそ全体がどのようなものになるか、わかったものじゃありません。ところで、貴兄もまた建築技術の心得があり、ヨーロッパの教会堂構造をよく知っておられる。私は、会堂をより完全なものにするためにも、また私のこうした不安をのぞくためにも、貴兄にすぐ京都に帰ってもらうことを、建立のプランが練られはじめた当初から考えていたのです。大殿《シニョーレ》にはフロイス師から改めてお願い申しあげるから、貴兄におかれては、ぜひ会堂建立のため京都に帰ってほしい。いますぐそれが不可能なら、可能になり次第、すぐにも帰ってきてほしい……」

私はオルガンティノの手紙を読みおえた瞬間から、すでに京都へゆくべきだという考えははっきりしていた。しかし東方から武田軍団が迫ってくることが明白な事実となっている現在、はたして大殿《シニョーレ》は私に京都ゆきを許可するかどうか——問題はそれだけだった。もっとも私の鉄砲集団はすでに長島で十分にその成果を実証していたし、あとは彼らが各鉄砲隊に配属され、そこで個々に装塡、発射を訓練させればよい段階にまでなっていた。いわば私の役割は第一次的には終っていたのである。

大殿《シニョーレ》がオルガンティノの要請にこたえて私を京都にゆかせたのは、こうした事情と無関係ではない。彼は重臣数人と送別の宴をもうけ、その席で私に、細密画を刻んだ刀を贈ってくれた。私はその宴の翌日、岐阜をたった。十二人の兵士たちが騎馬で私を護衛した。次の日の朝、私は近江の淡水の湖を見た。湖面はおだやかで、冬の冷たい光を反射していた。

京都に着くと、私はまっすぐ会堂へ急いだ。オルガンティノは私の身体を抱きしめると、涙ぐみ、君を志岐で追い払わなくてよかったよ、と言った。古い会堂は変りなかったが、前よりも活気があるように見えた。聖歌を練習している人々がおり、聖堂を清めている女たちがおり、祈っている老婆がおり、修道士のまわりに集っている子供たちがいた。大工の棟梁たちもすでに何人か来て、オルガンティノが図面を示して説明するのにうなずいたり、互に小声で相談したり、腕組みをして考えこんだりした。私も早速彼らと相談し、広さ、間どり、構造、屋根組み、窓、正面飾りなどの細部を検討した。彼らは仕事に熱心であるばかりでなく、謙遜で、理解力に富み、恐るべき柔軟な適応能力をもっていた。

しかしながらオルガンティノのこうした熱意と周到な配慮にもかかわらず、会堂建設のための準備には、それから一ヵ年の歳月が必要だった。私はオルガンティノと相談しながら、何枚もの図面をひいたばかりではない。彼とともに五畿内の諸侯を訪ねては、建築計画を説明したり、木材や石材を調査して廻った。その運搬経路を各地方の担当者、信徒代表と打合せ、人夫、食糧調達、宿泊などについての計画も練らなければならなかった。

岐阜から、武田軍団が長篠で壊滅したという驚くべき報告が届いたのは翌七五年五月のことだった。その報告のなかに「鉄砲隊の活躍ことのほかにて」という一行が私の心にしみた。私はその目覚しい戦捷をこの眼で見たかったが、しかし戦闘自体の帰趨はごく当然の結果であるような気がした。おそらくあれだけの精鋭であれば、ホンデュラスで熱病と飢餓のため四散し壊滅しさった、片目の総督の軍隊をも、十分撃破しえただろう。

私が京都にいて時おり残念だったのは、大殿《シニョーレ》と話す機会がまったくないということだけであった。長篠の会戦に参加していれば、私たちは、戦闘のすべての点を綿密に反省し、検討することができ、新しい戦略をそこから共同して抽きだすこともできたにちがいない。もちろんオルガンティノがいなければ、私はこうした建設資材の買付けや運搬準備に時間を費やす気にはならなかったのは事実だ。私の建築術なり労力なりが少しでも教会のためになったとしたら、それは一重にこの肥った、人の好い、ブレシア近郷の農民の子への友情のせいだった。少くとも私は、彼がその短いまるい鼻の頭に汗を浮べて、会堂建設に奔走しているのを見ていると、長篠会戦に参加しえなかった残念さなど、まるで問題にならぬように思えた。

私たちがいよいよ会堂建設の資材搬入にとりかかったのはその年の終りであり、翌七六年初頭からはすでに建設にとりかかっていた。この会堂建設に最大の貢献を行なったのは、第三の党派に属する重臣たちだったが、なかでも高山殿は、自ら大工たちを督励し、図面を見、木材の供給を引きうけ、山林まで自分から出向いて木挽きたちを励ましたのである。木材は山から馬に曳かれて大河に到り、それを船に積んで大河をのぼって京都に運んだのだが、これを彼は自分ですべてとりしきり、みずからの眼が届かぬところには、息子のVcondono（右近殿）を派遣した。

工事のあいだ、私たちが一番難儀をしたのは、労働者たちが集らないことであった。すでに安土では、大殿が壮麗な宮殿を建設しはじめていた。そのため大工、左官、石工などの職人も不足していたのである。そうしたとき高山殿は、自らの領内から労働者を集めたばかりではなく、荒木殿、佐久間殿などつねづねキリシタンに好意を示す重臣たちに働きかけて、労働人員を募らしめた。

信者たちの熱意や働きもこれに劣らなかった。彼らは信者組織を十二分に活用して、ひとり京都のみならず、近隣の地方まで動員し、それぞれ工事分担、日割、労働時間を決め、組織だった活動を行なった。そのなかのある者は海路、食糧や米の買いつけに出かけたし、ある者は木材の買収に奔走し、またある者は職人の募集に歩きまわった。

女たちは金の髪飾り、帯留めを美しい布に包んで建設基金に加えたし、ある武士は工事現場を訪れて、黄金の鍔を刀からはずして、それを寄進した。富裕な武士や商人たちは多額の金品のほかに、月々、日を決めて交互に食糧や茶菓を供した。貧者のなかには、自らなった縄を届ける者、手一杯の釘をはるばる丹波の国から跣で持参した者、板数枚を運んできた者、家で木綿を織って大工らの衣服にと寄進した婦人、少量の米を糧食にと差しだす老女、自家で使用していた鉄鍋を持参した百姓女、失った息子の武具一式、絹の衣服をその霊魂の安息のためにと寄進する老武士、また長年貯えた銅銭を差しだす商人の寡婦――などがいた。

こうした人々のなかには、京都の町々、河原で、人懐っこいオルガンティノと話をかわしただけの異教徒もまじっていた。彼らは、オルガンティノの心意気に感じたといって、銀数枚を持ってきたり、労働奉仕をしたりしたのである。

もちろん妨害も頻々として起った。投石、雑言、いやがらせにいたっては数限りなくあったが、そうしたことは実害がさして伴わぬので、私たちは問題にしなかった。ただ、夜半材木や石材が盗まれたり、建築用具が見えなくなるのには手を焼いた。教会側から自警団が編成され、焚火をして終夜警戒に当ったが、京都の総督村井殿も心痛して何人かの警備員を送ってくれた。

この京都総督は小肥りの温厚な人物で、大殿《シニョーレ》の意向もあったために、教会の保護には手をつくしていた。彼は京都に資材搬入の際に支払う税を免除したばかりでなく、上記のごとき事件から、工事にともなう一切の事件を小まめに解決してくれた。彼自身よく工事現場に足を運び、日本建築と異なっている箇所などを目ざとく見つけて、オルガンティノや私に何かと質問するのであった。会堂建設が予定より早く進捗したのには、この温厚な老人の配慮が大きく働いていた。

また重臣たちの好意は会堂建設のいたるところで示されたが、その一つに、私たちが後まで憶いだして笑った次のような出来事がある。それはすでに上棟式も終って、三階建ての会堂の構造が人々の眼を奪っていた頃のことだ。ある日、京都の長老たちが集り、村井殿に面会を求め、キリシタン会堂の建設許可の取消しを要求してきたのである。彼らの理由は、会堂は二階の上に最上階をそなえていて、寺院や民家を上から見おろすことになり、不快であり、不名誉でもある。早速、取りこわしてもらいたい、というのであった。それに対して温厚な村井殿は、長老たちをなだめて言うには「貴公らの考え方はいささか偏頗である。彼ら異国人が来て建物をたてること自体、京都にとって名物がふえることであるのに、彼らはそのうえ異国風の新しい建物を計画し、これを建築している。われわれとしてはむしろその意を壮として、彼らを尊敬すべきではないか。思うに、彼らの住居を会堂の最上階に加えたのは、町なかの住宅密集した地域のことでもあり、敷地を十分にとることができなかったためで、彼らの計画にはやむを得ないものがある。もし最上階の建設が京都にとって好ましくないというのであれば、すでにある高い建物はすべて破壊しなければならぬ。もし長老たちがそれに同意するのであれば、私としてもキリシタン会堂の最上階の取りこわしを貴公たちに命じるであろう」

村井殿のこうした返答を聞くと、長老たちはもはや京都総督を相手では埒があかぬと判断してか、直接、市の参事会の名のもとに会堂最上階の取りこわしを命令してきたのだった。私たちはこれに答えて、次のように反駁した。

「もし最上階を建設するのが好ましくないというのであれば、なぜ工事を開始する前に、そう申し出なかったのか。私たちは岐阜の大殿《シニョーレ》にも、京都の総督あてにも、建築図面は提出し許可を得ているはずである。最上階といっても、ただ二階屋の上に小屋をのせてあるのではない。上の部分は下の構造と密接に連繋しているのである。もしこれを取りのぞくとすれば、建物全体の構造設計を変更しなければならず、それに伴う出費と損失は重大である。すでに建築許可が出ている以上、そのような損失をあえてしてまで卿らの命令に服する義務はないものと考える。万一卿らにおいて何らかの手段に出られるならば、私たちは岐阜の大殿《シニョーレ》と京都総督に卿らの取締りを要求するであろう」

こうした私たちの強い意志表示を見ると、彼ら長老たちの重だった者四十人ほどが、贈与品を山と持って、安土の宮廷《コルテ》（ちょうどその年の春、岐阜から安土へ宮廷が移されていた）へ直訴に及ぼうとした。多くの人々の噂によれば、長老たちをたきつけたのは都の僧侶だったということだ。彼らは単に建設許可を取り消させるだけではなく、キリシタンを讒訴《ざんそ》して、一挙にパードレ、信徒らを京都から追放させようともくろんでいたという。

この情報が誰からもたらされたのか、よく憶えていないが、とも角、彼らに先んじて、誰かが安土に出かけて、なんらかの工作をしなければならなかった。ロレンソ老人では、急を必要とする騎馬旅行は無理であった。そこで若い日本人修道士パオロがフロイス、オルガンティノの手紙を持ってただちに安土に向けて出発した。長老たちの出発に先立つこと二日であった。安土でパオロは第三の党派に属する重臣たちと会って、事の次第を説明した。重臣たちは笑って、事態の収拾は引きうけたから安心するようパードレに伝えよ、と言った。「万一、大殿《シニョーレ》の前で讒訴に及ぼうと、決してパードレたちに迷惑のかからぬよう努める所存だ」彼らはそう確言した。一方、京都総督の村井殿は、長老たちが安土へ直訴に向かったという報告を受けると、まだ早春の寒さも厳しく、彼自身すでに老年に入っていたにもかかわらず、馬と早船を乗りついで安土へ急いだ。彼にしてみれば、大殿《シニョーレ》の庇護の厚い異国人に対して、京都の町が反感を持っていることを、あからさまに大殿《シニョーレ》に知られたくなかったのである。長老たちが安土へ到着し、宮廷《コルテ》に入ると、京都総督がすでにそこに居合わせ、温顔をほころばせているのを見て、彼らは一驚した。それでも長老たちは顔見知りの諸侯に泣きつき、陳情をつづけたが、結局、大殿《シニョーレ》に取りついでくれる者は見いだせなかったのである。

「いやはや、あのときの長老たちの顔ったらありませんでしたよ」と若い修道士パオロは言った。「町の噂によりますと、長老たちは昼日なかには京都に帰れないので、暗くなってから、こっそり町へ入ったということです」

こうした妨害や反感にもかかわらず、春がようやく終ろうとする頃、私たちは中央の大梁材を上げる上棟式まで漕ぎつけることができた。会堂の全構造の中心をなし、すべての重量を支えるその梁材は、高山殿の領有林から切りだした大木でつくられ、太く、重く、長大であるため、七百人をこえる人々がこれにかからなければならなかった。温厚な村井殿からは、人員が足らなければ、千人であっても、直ちに派遣する旨の伝言が届けられ、親戚すじに当る高位の武士が彼の名代として上棟式に参列した。彼らは美麗な衣服をまとい、多数の従者とともに、酒、肴、菓子、果物を携えてきたのである。人々は梁材を検討し、木口の嚙み合いを確かめ、太綱を点検した。いよいよ棟上げの時刻が近づくと、ある者は諸肌ぬぎになり、ある者は手に唾と泥をつけ、ある者は四股《しこ》を踏み、またある者は自分の綱をぶるぶると揺らした。また笑う者があり、叫ぶ者があった。さらにまた押し合う者、興奮から泣きだす者、飛び上る者、肩をおさえる者、腰をおろす者、梁の重さを推量する者、それに反対する者、足をすくう者、倒れる者などが、それぞれ太綱の端を持ち、大工長の声がかかるのを待っていた。この工事場の騒ぎを取りかこんで、京都の町という町から、数千の見物人が押しかけていた。その大半は異教徒たちであったが、彼らはむしろこの建築に対して好意的だった。町内の異教徒たちまで、いままでの反感や妨害を忘れたように、祝儀の品々を持ちこんできた。彼らは、自分の町が京都じゅうの関心をひいたことに、ひとかたならぬ満足を感じていたのである。

やがて歓声のうちに、上棟が開始された。大工長の掛け声のもとで、人々が一せいに太綱を引いた。幾十すじもの綱がぴんと張り、巨大な竪機《たてばた》の糸目のような綱の列となった。そして最初の、人々の掛け声がとどろいた。大工長がそれを受けとって、律動的な調子で掛け声を返した。人々がそれに応じ、ふたたび声をあわせて綱をひいた。梁材がまるで生きてでもいるように、ゆっくりと身をおこした。大工長の律動的な声。つづいて人々のとどろく声。ゆらりと上ってゆく梁。もう一度、大工長の声。そして人々の短い掛け声。大工長の声。人々の短い掛け声。そして途中から、思わず力のはいった見物人の声援が、人々の短い掛け声と一つになった。"Yoo-i-jo! Do-quei-jo!" 掛け声は繰りかえされ、そのたびに中央梁はゆっくりと苦しそうに上っていった。時おり重さを失ったようにゆらゆらと揺れ、やがて一段と高くあがり、反対側の綱の列が徐々に引きしめられていった。数刻の後、中央梁が円柱の上に固定され、他の人々によっておこされた第二の梁と結合されたとき、それは急にがっしりした堅固さをとりもどしたように見えた。ついで直ちに第三、第四の梁が太綱でおこされ、中央梁に連結された。大工たちが小枝にとまる鳥のように高い梁のうえで動いていた。大工長の合図とともに、いっせいに幾百本の太綱がはずされた。しかし太綱がはずされても、建物の梁と柱はあたかも大きな痩せた木馬のような恰好で、そこにじっと立っていた。それはただ建物の単純な骨組、輪廓にすぎなかった。しかしとも角、そこに、いままで形さえなかった物が、はじめて形をとって存在しはじめたのである。一瞬人々は茫然として立っていた。次の瞬間、誰からともなく歓声がおこり、それは見物人たちのあいだにも波及した。フロイス、オルガンティノをはじめ修道士、信徒たちは膝をつき、上棟の完了を感謝して、ながいこと祈った。

建物の輪廓がこうして人々の眼の前に描かれるようになると、工事現場は以前にまして活況を加えたように見えた。鉋の音、木を削る音、釘を打つ音は早朝から新会堂の内外に聞えていた。外壁が塗られ、新たにシモの島（九州）から届いたポルトガル製塗料が軒飾りや軒蛇腹に塗られた。オルガンティノや私が設計にたちあっていたため、会堂の形態も、前屋根、正面、軒、窓枠、外壁飾り等はポルトガル風というより、はるかにイタリア式であった。敷地の制約から完全なバシリカ型をとることはできず、やや方形に近い、重苦しさをとどめる建物となったが、しかし基本の構造はまったくローマの諸会堂と等しいものである。最上階は鐘楼に接し、部屋は西から東へ六室並んでいた。

会堂で最初のミサが行なわれたのは［一五］七六年八月十五日のことだった。会堂は最上階、内壁装飾がまだ完成していなかった。しかしそれはほぼ完成したと見なしてもよく、オルガンティノは教会堂を聖母マリアに献じ、聖母被昇天教会《アスンツィオーネ》と名づけた。まだ梁のみえる工事半ばの会堂の天井をこえて聖歌が響いたとき、人々の頬がひとしく涙にぬれるのを私は見た。会堂の内外にあふれた人々はオルガンティノの巧みな日本語の説教を聞いた。暑い日ざしのなかで鐘楼の上に立つ金色の十字架がはるか郊外から望まれると信者たちは誇らかに語りあっていた。

こうした会堂建設のあいだに私は高山殿父子、荒木殿、佐久間殿と知りあった。高山殿は小柄な、落着いた、痩せた老人で、顔、首、腕などに無数の傷痕をもっていた。彼はしばしば自分が戦場で愚かしい若年の日を送ったことを後悔していた。かつて自分がいかにこのような傷痕を誇りに思ったかを考えると、それだけ恥しさが増すのだと言っていた。

私がこの頃知り合った三人の重臣はいずれも温和で品位のある人物だった。篤信家である高山殿は当然のことだが、異教徒である荒木殿、佐久間殿にしてもキリシタン宗門には同情的であり、かつての和田殿と同じ役割をフロイスやオルガンティノのために演じていた。この二人のうち、佐久間殿のほうは背の高い、柔和な、声の穏やかな人物で、武将というより学者《ウマニスタ》のような感じであり、ジェノヴァでなら、さしずめ市参事会議長といったところだろう。

これに対して荒木殿は色の浅黒い、がっちりした肩の、背の低い老人で、言動に幾分短気で、頑固なところがあり、緊張すると、首ががくがく震える癖があった。ふだんはきわめて温和で、むしろ陽気でさえあった。私は一、二度、彼の居城にオルガンティノに連れられて出かけたことがあったが、館での彼の生活は明るい幸福そのもののように見えた。上半身を真っすぐにした上品な老夫人と、美しい娘たち、孫たちに彼は囲まれていた。荒木殿はまだ幼児にすぎぬ何人かの孫を抱いたり、頬ずりをしたり、舌を出してみせたりした。私は日本滞在中、子供のこうした愛撫の仕方を下層民のあいだでは何度か見たことがある。しかし武士階級、とくに上層武士のあいだでは絶対にかかる光景は見ることはできなかった。子供がすでに言葉を話しはじめるようになると、彼らは、事の是非を、対話によって教えようと試みる。十歳の子供を、あたかも老成の人間と見なしているが如くに話すのである。また子供たちが理性に順応するさまは、ヨーロッパのいかなる国においても、その比を見ないほどである。この事実は、日本王国に来て、私が最も驚いたことの一つであった。

ところが荒木殿の館では、子供たちは天性の陽気さ、大胆さ、明るさを取りもどして、誰からも一言の叱責も受けなかった。私たちがくつろいで話しあっている折にも、子供たちは荒木殿の肩へよじのぼり、背後にまつわりつき、肩から膝へと墜落してきた。子供らは笑い、喚声をあげ、耳をひっぱり、髯をとらえ、懐のなかに入りこもうとした。そんなときにも荒木殿は子供たちの相手をし、その鼻をつまんだり、足を引いて転がしたり、腕の下に抱えこんで悲鳴をあげさせたりしていた。

母親たちがそれに気づくと、私たちに詫びを言って、子供を連れさろうとするが、荒木殿のほうがそれを残念がっているような様子だった。荒木殿の娘のうち、一段と美しい、母親に似て姿勢の真っすぐな、静かな挙措の婦人がいた。彼女はここの城下ばかりではなく、京都でも評判の美女であることをオルガンティノが教えてくれた。

「私にとっては、こうして一家が賑やかに栄えているのが何よりです。家臣たちが和合するのは言うに及ばず、領民の末まで安楽に暮すよう望みます。賑やかな暖かさ、陽気さ、安楽さ、それが家のなかにあればそれで十分。そうです、暖かく眠ること。仔犬が身体を寄せ合っているように、くつろいで、仲良く、平凡に、凡庸に、野心なく生きること。それを私は望みますね。野心なく、そうです、野心なく、凡庸に眠ること」

いつだったか、荒木殿を訪ねた折、彼は私にそう言ったことがある。以前、荒木殿は和田殿を襲ったのだとも、また大殿《シニョーレ》に巧みに取り入っているのだとも、聞かされていたが、それにもかかわらず彼が野心を棄て、凡庸な眠りをねむりたいと洩したこの言葉は、妙に彼の本心を示しているようで、あとまで私の心に残った。オルガンティノの話によると、荒木殿はかつて領民を一人残らず仏教の一宗派に帰依させようとして、「これをなさざる者は罰せらるべし」と命令したことがあったという。彼のなかには、ひとたびこれと信じると、どんな障害があってもそれをやりとげる異様な執念が宿っていたのであろうか。彼はそれを自分一人にしまっておくことができず、いかに理不尽に見えようと、他人に強制せずにはいられぬ我儘な性急な執念があったのであろうか。彼の短気といえば私はある光景を思いだす。それは私がオルガンティノと彼の居城を訪れている間のことだったが、一度、孫の一人が庭に並べてある鉢につまずいて額に怪我をしたことがある。荒木殿はそれを見ると、私たちの前からいきなり庭へ裸足のまま飛びおりて子供を抱き起した。その態度には異様に取り乱したものがあったが、そのあと、鉢をこのような場所へ誰が置いたかを問いただす段になると、彼の激昂はさらに募っていた。私は当然の連想からノヴィスパニアでの片目の総督の激昂を思いうかべたが、荒木殿に較べれば、彼のほうがなお怒りを演出しうるだけの抑制力があったといえる。荒木殿は最後には激昂のあまり口がきけなくなり、首ががくがくと震えはじめたのである。

もちろんこうした怒りの根拠はきわめて単純なものであり、容易にそれを除くことはできたにちがいない。荒木殿本来の善良さを考えれば、このことは疑いえないが、しかしこのような単純さ、短気、偏執が後に悲劇を引きおこす原因だったことを思うと、荒木殿の居城での光景はいまでも何か忘れがたい色合いで思いだされる。

新会堂で最初のキリスト降誕祭が祝われた七六年の十二月二十五日、（そのとき私はすでに京都にはいなかった。私はその日の模様をオルガンティノからの手紙で詳しく知ったのである）その日を待って現われたかのように、新たに赴任したジョアン・フランシスコ師が京都に到着した。人々は立ちあがり、口々にサンタ・マリアを唱えて、涙を流した。オルガンティノ自身日本語でフランシスコ師を信徒たちに引きあわせながら、その声は何度かとぎれた。オルガンティノは彼の使命がようやく一段階終えたことを、そのとき感じていたのだった。彼は自分がフロイスのもとにやってきて、その困難な布教に従った当初のことを思いだしていた。あのころはまだ古い破屋しかなかった。世間もまだまだ不安や飢餓や戦乱で怯えていた。ビレラ師などは紙に書いた十字架を壁にはって、椀に水をくんで、それで洗礼をしていたのだ。まるで遠い昔の夢のようだ。それにしてもこの若いフランシスコ師の感激はどうであろう。宏壮美麗な会堂のなかに迎えられて、彼は、自分が日本にいるのを忘れると言っているのだ。そうなのだ。この会堂を私たちはつくりあげた。それだけ信者たちの数も増大した。おそらく次の年はこれ以上に新しい信徒が増えるだろう。布教は新しい時代を迎えているのだ。新しい段階に入ろうとしているのだ。なんという神々しい聖歌であろう。高らかに、それは主を讃えているのだ。この遠い東洋の涯の小さな王国のなかで——オルガンティノはそう考えていたのだった。そう考えながらまるい赤らんだ頰を涙で濡らしていたのだった。

私がこうして教会堂建設のために日夜没頭しているあいだにも、この王国の（フロイスが私に言った言葉を使えば）疾風怒濤はとどまることを知らずに、大殿《シニョーレ》のまわりに荒れくるっていたと言っていい。武田軍団が壊滅した年の秋、北方越前の仏教徒たちの叛乱が一月足らずで掃討されると、大殿《シニョーレ》の目的はただ一つVozaca（大坂）石山城に拠って反抗する仏教徒軍団と、それを背後から援助する西方のMōri（毛利）軍団と対決することにしぼられていった。この仏教徒軍団は、長島や越前の叛乱をたえず呼びかけ、大殿《シニョーレ》の反仏教的な政策と態度に対して全面的な抗戦を指令していたのである。彼らはいわば現在なお大殿《シニョーレ》を包囲する作戦の主要な立案者、実践家であり、武田軍団が壊滅し、仏教徒の叛乱が鎮圧されたあと、なお北方のUesuguidono（上杉殿）に働きかけていたのだ。事実、上杉軍団の動向は決して予断できないものがあり、大殿《シニョーレ》の背後の脅威となって、たえず彼の軍団の動きを牽制していたのである。

　しかし間諜たちの伝える情報から判断すると、それはなお時日を要する作戦であり、とくに、淡水の湖の北方の防備はすでに十全にほどこされていた。したがっていま南方へ全軍団を投入しても、北方の脅威は直接迫ってくることはない。問題は南方への一撃が、ながびいてはならぬということだ――こうして石山城の仏教徒軍団を一挙に壊滅させようと、配下の全軍団に進撃の命が下ったのは、［一五］七六年春、ちょうど私たちが教会堂の棟上げを盛大に祝っている最中であった。軍団は石山城を囲んで城砦を設け、他方、海上からの補給路を切断する作戦が展開された。私は工事場から抜けだして、大坂へ急ぐ軍団に属しているはずの旧部下の鉄砲隊員たちに会いに出かけたが、すでに先発していたらしく、それらしい部隊には出会わなかった。しかし鉄砲隊は私が見なかった一年ほどのあいだに、装備は単純化され、その人員も増加していた。彼らは合図一つで縦隊にも横隊にも編成できるような敏捷な動きを感じさせた。私は、その一瞬、岐阜の練兵場で起居した数ヵ月が眼の前に浮んだ。長篠であれだけの戦功をあげた彼らのことであるから、石山城攻撃も月ならずして決着するであろう――すべての人々とともに、私も鉄砲隊が威容を示して通りすぎるのを見たとき、そう思った。

　しかし五月に入って、攻撃が開始されるとすぐ京都にもたらされた報告は予想に反した戦果を伝えてきた。

　石山城の攻撃軍は、突然現われた万余の大軍に数千の鉄砲を一斉に撃ちかけられ、明智、荒木、松永らの先陣部隊は将棋倒しになったというのだ。仏教徒側は大殿《シニョーレ》が長篠で採用した鉄砲隊の三列射撃の編成を早くも学びとっただけではなく、精度のいい長銃《エスピンガルダ》を多量に所有し、火薬・弾丸も相当量貯えていたのである。そして彼らは柵を設け、攻撃が激しくなると後退し、射撃で主力を打ち倒すと、その木柵を前進させた。攻撃が開始されて間もなく、原田、塙、丹羽などの各部隊の将軍《ジェネラーレ》が戦死し、戦況は逆に押され気味で、明智殿のまもる天王寺砦まで仏教徒軍は迫ってきた。

　全軍苦戦の報が京都の大殿《シニョーレ》のもとに届くと、大殿《シニョーレ》はただちに近侍百騎とともに京都を出発、前線に向かった。大殿《シニョーレ》にしてみれば緒戦の帰趨は全軍の士気にひびくばかりでなく、背後に控える毛利、上杉軍団への軍事的な牽制にも大きく関係していたのだ。彼が前線に到着した翌々日、みずから陣頭に立って攻撃軍の指揮をとったのは、こうした事情があったからである。

　大坂からの伝令の報告によると、その日は朝から蒸し暑い曇った日であった。早暁の薄闇をついて、大殿《シニョーレ》の率いる攻撃軍は三段銃撃の陣容で石山城の南方に迫っていった。西面を海でまもられ、他の三方は巨大な濠に水をたたえている石山城は、厚い石垣と土塁、高い木柵、矢狭間、櫓を構え、城廓内は寺院、僧坊、門前町からなる一大都市を形成し、堺と並んで、その独立不羈を誇っているという。私は堺のあの整然とした街衢を思いだしたが、石山城の場合は、過去すでに二回、大殿《シニョーレ》の軍隊を撃退しており、その後の情況からみても、ひたすら抵抗を強化するためだけに、増築され、補強されていたことは容易に想像される。

その日の攻撃は夜明けとともに開始され、もっぱら激しい銃撃戦に終始した。大殿《シニョーレ》は戦列のなかを、身をかがめて走り、攻撃目標、前進後退、散開集結を彼自ら命令した。いたるところで銃声がとどろき、白煙が渦巻き、叢林の向うで喚声があがり、小高い丘の土が銃弾を浴びて、乾いた土煙を噴きあげた。土手の斜面から仏教徒たちの一軍が槍をふるって飛び出してくるかと思うと、葦の茂みの奥から、百挺に余る銃口が一斉に火を吹いてとどろく。そのたびに攻撃軍の一翼が崩れ、戦列が危うく浮き足立つ。大殿《シニョーレ》は後陣に向って一分隊の前進を命じる。時には銃弾の雨を浴び、地面に伏したままの小隊に、急速な退避を命じる。駆ける者、倒れる者、身をかがめる者、濠へ転がり落ちる者、のけぞる者、突進する者、匐い進む者、射撃をつづける者などの映像が、蒙々と立ちのぼる煙のなかに、一瞬に現われ、一瞬に消える。顔を歪めた仏教徒たちの大隊が、突然、数百、数千と重なり、大殿《シニョーレ》の軍団の側面に襲いかかる。激しい喚声、ぶつかり合う音、槍のひらめき、刀、血のしぶき、叫び、押し寄せる力、押し返す力、牡牛のような地響き、ふたたび銃声、切れ切れの叫び、ほら貝の音、走りゆく軍団、銃声、弾丸の唸り、地に匐う将兵たち、死体の群、そしてふたたび開始される激突。突然、大殿《シニョーレ》の軍隊の退避がはじまる。それを追って三千の鉄砲が一斉に火をふき、煙が晴れぬうちに次の銃列が火をふく。大殿《シニョーレ》の右足を銃弾がかすめたのはそのときである。彼は畑の窪みに倒れ、仰向けに転がり、それから起きあがった。痛みというより、何かひどく重い感覚が足にまつわりついた。彼は駆け集る近習たちに、砦への退避を命令した。軍団は銃火の間をくぐって天王寺砦に向った。戦いながら、彼らは戦列を保って移動してゆく。砦に全員が退避したのは正午に近かった。

しかし小休止をとっただけで、大殿《シニョーレ》はふたたび東方から石山城への攻撃を命じた。彼は仏教徒軍と接触して戦えば、敵の鉄砲隊に発砲する機会を与えないですむ旨を諸将《ジェネラーレ》に強調した。「敵兵と立ちまじって戦う以外には、この銃火から味方をまもる手段はないのだ」

午後の戦闘ははじめから果敢な突撃につぐ突撃であった。戦列は二段に整えられ、第一列の攻撃が山場をこえると、第二列が激突していった。流石に仏教徒の銃列もこの彼我入りまじった乱戦のなかには弾丸を撃ちこむことはできず、戦闘が押されてゆくに従って、彼らの戦線も後退した。こうして大殿の軍団は執に食いさがる猟犬の執念深さで、仏教徒の大軍をほとんど石山城の戸口まで追いつめたのである。

夕闇が訪れるにつれて、天王寺砦には激闘の後、優勢を辛うじて持ちこたえた部隊が、疲れはて、傷ついて引きあげてきた。伝令が各砦から大殿《シニョーレ》のもとに飛ばされたが、報告は、いずれも天王寺砦のそれと大差なかった。全軍が第一日目から苦戦を強いられていたのである。

天王寺砦で開かれた作戦会議では、仏教徒側の火砲の強化が問題となった。それは攻撃側の数を上廻っているかもしれなかった。しかも守備側は堅固な城砦を構え、逆に包囲攻撃軍は平坦地に、ほとんど裸同様で立たされていた。すべては長島討伐の状況と逆転していた。長島の叛徒には鉄砲がないうえに、補給路がまったく絶たれていた。しかし石山城の場合、西の海上からは強大な毛利軍団が水軍を派遣して、たえず弾薬食糧を補給しているのだ。もし第一日の戦略としてある程度戦果を挙げたこの接触戦をつづけるとすれば、全戦闘の最後の決着をつける会戦ならばともかく、城砦攻撃の手段としては、あまりにも犠牲が多すぎる。この際、なんとか別途の、長期的な戦術が考えられるべきではないか――大体それが、その夜の会議の一般的意見であった。大殿《シニョーレ》は蒼白な顔をじっと一点に固定したまま、諸将の意見を聞くだけで何も発言しなかったという。おそらく彼の胸中になんらかの計画が浮んでいたのであろう。

戦闘は翌日から早くも膠着状態に入った。包囲軍も動かなければ、防禦側も息をひそめていた。ごく稀に斥候同士が叢林の外れで接触して、喚声が聞えることがあったが、戦線全体にわたって、むしろ不気味な沈黙がのしかかった。暑くなりはじめた太陽が、砦を守る兵士たちを照りつけ、乾いた石垣の上を、青い蜥蜴《とかげ》が走り、土塁の間に蛇が金色の眼を光らせて動いていた。海からはたえず微風があり、丘のうえの新緑の叢林が揺れ、そのたびに砦の兵士たちは息をのんだ。昼になると風がとまって暑気があがった。物蔭で兵隊たちは腰をおろし、汗をぬぐっていた。

こうして一月が経過した。大殿《シニョーレ》はひとまず安土へ帰還した。彼にははじめたばかりの安土の宮殿《パラッツォ》建設がそのまま残されていたのだ。私たちの会堂建設とは異なり、王国の権力を象徴する宮殿《パラッツォ》造営の規模と速度は大へんなもので、京都の人々の噂によると、小山のような石塊が二千、三千と安土へ運ばれているということだった。

こうして建設の進む安土へ毛利水軍の出現を告げる急使が走ったのは、その夏の盛りであった。毛利水軍は八百艘の大小舟艇を率いて石山城に接近、弾薬兵糧の補給を開始したのだった。むろんこれは当初からすでに予測されていた事態だった。しかしここでも予測しなかった結果が現われたのだ。第二の急使が伝えるところでは、大殿《シニョーレ》の水軍――長島討伐の折に、あの威容を誇った水軍――三百艘は毛利水軍の銃撃、大砲、火矢の攻撃にさらされ、全船が燃えあがり、多数の将兵が失われたというのである。それは緒戦の蹉跌につづく手痛い敗北であった。しかもこうした危機はかならず集中して訪れるものだ。北方で微妙な動きを見せていた上杉軍団が、毛利軍団と呼応して、大殿《シニョーレ》を挟撃すべく行動を開始したという情報が、相ついで安土へもたらされた。

岐阜に城廓を備えているとはいえ、安土の宮殿、城廓はまだ北方軍団に備えるだけにも完成していない。しかも石山城は無限に補給源をもち、いかに包囲がながびこうと、びくともしない。しかも包囲を嫌って攻撃に出れば、精巧な長銃《エスピンガルダ》の数千の銃口の前でむざむざ死ななければならないのである。

それは以前、大殿《シニヨーレ》が京都に包囲され、東方に信玄殿の圧力をひしひしと感じていたときの状況と、なんと似ていることだったろう。だが、ある意味では、あのときよりも条件が悪いとはいえまいか。なぜなら、あのときはなお大殿《シニヨーレ》の軍団は無敵であり、敗北の味を知らず、将兵全員に必勝の気概が満ちわたっていたからである。聖域の焼打ちにせよ、長島討伐にせよ、その徹底した殲滅作戦は、佐久間殿、高山殿、荒木殿らのひそかな批判を受けてはいたものの、全般的には、むしろ戦意の昂揚に役立っていたのである。

しかし今度の場合、すでに毛利水軍の前に大殿《シニヨーレ》の水軍は跡方なく消えさってしまったのだ。その結果、現在攻略している石山城は、ほとんど抜くべからざる堅塁となっている。軍団の士気は沈滞し、いまだ見たことのない動揺が各部隊のなかに見られる。

私は聖母被昇天祭《アスンツィオーネ》の翌日、オルガンティノの了解を得て安土に向かった。彼にしてみても大殿《シニヨーレ》の危機は、キリシタン宗門のそれと一つであることをよく心得ていたのだ。

安土は巨大な工事現場であった。そこは淡水の湖に望み、三つ瘤駱駝が伏せているような小丘を背負った平坦な地域で宮殿《カステ》城廓《ルロ》はこの小丘の頂きに建設されていた。いたるところ巨石が並び、木材、石材、砂利、砂などが積みあげられ、職人、労働者の小屋が並び、そのあいだを木を切る者、削る者、鑿で刻む者、木材を運ぶ者、土砂をもっこで担ぐ者、石を刻む者、荷馬を曳く者、車を押しあげる者、綱を引く者たちがまるで蟻の集団のように働いていた。工事監督と兵士たちが工事場単位に仕事を督励し、全体の秩序と組織を保ち、工事の綜合的な計画に従って、指令を伝達していた。

私が宮殿の一廓に着いたとき、大殿《シニヨーレ》はちょうど何人かの人物とともに会議を開いているところであった。大殿《シニヨーレ》は私が安土を訪れたことをよろこぶとともに、いずれ近々私を京都まで迎える所存であった、と言った。それから言葉をついで「ここに集めたのは、いずれも鉄砲製造の首脳者たちである。主として堺と国友村の製造人である。他に鉄砲製造に従う町村からも必ず製造した鉄砲を持参するように申しつけたのである。ところで、ここに石山城で奪った叛徒らの長銃がある。この長銃を製造し石山城に販売する者があれば、私はただちに断罪し、その製造工場を破壊し、全町村を焼きつくす積りであった。だが、見られよ。彼らの製造する鉄砲のなかには、石山城の鉄砲は見いだせないのである。もちろん私は製造地に調査官を派遣して彼らの申したての真偽を調べてはいる。しかしおそらく彼らは潔白であろうと思う。あなたは銃器の製法にも詳しいのであるから、これらの長銃、小銃のうち同系統のものがあるかどうか、一つ吟味願いたい」
大殿《シニヨーレ》の言葉が終ると、重苦しい沈黙が部屋のなかにのしかかってきた。製造人たちはじっと私の挙動を見守っていた。私は彼らが持参した銃を一つずつ点検した。銃身部、銃口の型、口径、撃発部、火蓋、火皿、押金、銃尾等にはいずれも堺なり国友なりの特徴が顕著であった。国友銃には私の小銃《アルカブス》の撃発装置がすでに取りいれられていた。しかし石山城の銃器はたしかにそのどれにも属さなかった。それはただ一目で私にはわかった。型式からいえば堺銃に似ているが、銃の材質が堺銃よりは劣っていた。それに型式としては最も古いものに属する長銃《エスピンガルダ》なのである。

私は首をふった。似ていない。全く別の製造場の鉄砲である――私はそう言った。製造人たちのあいだから、ほっとした溜息が洩れるのを私は聞いた。

「ではやはり」と老齢の鉄砲製造人が言った。「ではやはり、それは、あの……あのSaigua（雑賀）の……？」

「さよう。そう考えるほかあるまい」大殿《シニヨーレ》はじっと一点を見つめて言った。青白い顳顬がひくひくと動いていた。

そのとき大殿《シニヨーレ》の頭のなかを駆けめぐっていたのは、いかにして石山城の鉄砲補給を断絶するか、ということだった。彼は数千挺の鉄砲を短期間に製造しうる能力をもつ製造地を探索した。紀州雑賀は仏教徒たちと連合して大殿《シニヨーレ》に叛いていることは早くからわかっており、そこで製造される鉄砲が諸国へ流布していることも知られていた。しかし石山攻防戦が開始されてはじめて、その製造規模が堺や国友村に劣らぬものであることがわかったのだった。いや、それは私のこの吟味によって一段と明白になったといっていい。

すでに大殿《シニヨーレ》の作戦に関して幾らか知るところのあった私には、彼が、この危機を切りぬける方策として、まず雑賀の鉄砲製造工場を狙うであろうことは直観的にわかった。だが雑賀を壊滅させたとしても、毛利水軍が健在な以上、石山城の補給は微動だにしないではないか。銃器の補給がなくても、現在の銃火器の能力でも、すでに攻撃軍は手も足もでないのである。とすれば、次には毛利水軍を撃破しなければならないはずだ。だが、どのようにして？ どんな方法によって？ 上杉軍団が刻々に迫っているのに、なにか名案はあるのか。あったとしても、時間的に間に合わないのではないのか。

私はかつて岐阜の宮殿《パラッツォ》の櫓から武田軍団の接近を感じながら、大殿《シニヨーレ》のために心を痛めた一瞬を思いだした。あのときでさえ彼は大胆果敢な手段で、一挙に難局を解決したではないか。いやいや、あのときは奇蹟がおこったのではなかったか。そうだ、奇蹟がおこり、突如として武田軍団は進撃をやめたのだった。潮がひくように、彼らは音もなく軍をかえしていったのだ。そうなのだ、あのときは信玄殿が突然に死んだのだった。だが、今は違う。上杉軍団は健在なのだ……。

私は大殿《シニヨーレ》の顔を見た。その顔は異様に暗かった。彼がこのような顔をしたのを私は見たことがなかった。長島討伐で叛徒殲滅の布告を出した朝も、彼はこのような暗い顔はしていなかった。その暗さには、何か人を畏怖させるようなものがあった。

その後、私は京都の会堂建設が終りに近づくと同時に、ふたたび大殿《シニョーレ》の傍近に加わることになった。私の任務は毛利水軍の用いた銃撃と大砲に対して、十分に防禦しうる軍船製造に協力することだった。さらに国友老人と協力して、船舶用の大砲を製造することを委嘱された。

私が大殿《シニョーレ》からその委嘱を受けた日、私には彼の顔を暗くするものの正体がわかったような気がした。彼は、立ちはだかる困難に対して、綿密な、長期の、忍耐の要る計画により、それを克服しようと決意したのだ。それはいわば時間の綱のうえを、意志の力業《ちからわざ》で渡りきってゆく曲芸に似ていた。しかも計画の歯車は一つ一つ現実の事態と明確に嚙みあってゆかなければならないのだ。問題は、その綱を最後まで渡り切れるかどうか、であった。それはヴェネツィアの目ざまし時計のような細かい歯車の装置のようなものだった。その迂遠な計画の一つ一つが嚙み合って、最後の、目ざす歯車が廻りだすまで、油汗を流しながら、歯をくいしばって、自分を支えつづけられるかどうか、が問題なのであった。おそらく大殿《シニョーレ》の顔を暗くしたのは、この異常なことへの決意であり、これの完成を自らに誓う自己誓約の厳しさだったにちがいない。

軍船建造のため、私は安土をたって伊勢の海に向かった。その海域で働く船大工たちを動員するとともに、Cuquidono（九鬼殿）の指揮下に入るためだった。九鬼殿はこの海域を支配し、海賊団を統合して、大殿《シニョーレ》の水軍の主力を構成していたのである。

私は軍船の範として、最初にリスボアから乗りこんだ三本マスト横帆型式のカラヴェラ船を選んだ。私を新大陸に運んだこの船は、船体側面を鉄板でおおわれ、甲冑を着た騎士を連想させたものである。

私は従来の日本船を船大工らとともに点検して、それとカラヴェラ船との間に構造上の決定的な差異があるのを発見した。日本船には竜骨、肋骨に当る構造がなく、船底から棚が上段へ向かって積みあげられてゆく。そこで私は日本船の構造を取りいれたカラヴェラ船をつくり、それを装甲することを船大工たちに提案した。彼らは竜骨、肋骨の組立て構造によるヨーロッパ式船体構造に讃嘆の声を惜しまなかった。彼らの言葉によれば、それは大いにやってみる価値があるというのだった。しかし船大工たちは鉄板を船体にとりつけることには反対した。それでは軍船に必要な船足の早さを鈍らせるだろうというのだった。この点については、私はとくに異論を申したてなかった。基本的な点で意見が一致すればよいと考えたからである。

こうして船大工長たちの図面が作成され、私がそれに改訂を加え、さらにそれを全員で検討し、いよいよ船材が切りだされてきたのは〔一五〕七六年も終りであった。そして私たちのところに、大殿《シニョーレ》の軍団が雑賀の叛徒を壊滅させたという報告のとどいた翌七七年二月には、すでに巨大な船底部の組みたてが終り（全部で六艘の船が同時に建造されていた）、早く進捗した船では、最下部の根棚の建造がはじまっていた。

私はその後、半年にわたって近江の国友老人とその鉄砲製造仲間のところで暮した。船舶用大砲と長銃《エスピンガルダ》を設計製造するためであった。私たちにとって、砲身の鋳造から弾丸の製造、火薬の処理にいたるまで、一つ一つが全く新たな製造過程であった。砲身の精度に関しては、国友老人は天才的な技術と勘のよさを持っていた。彼はすでに彼独自の大砲を製造していたが、それをさらに大型化し、船へ搭載するように改良するにはなお時間が必要だった。

私は時おり大殿《シニヨーレ》の暗い顔が心に浮ぶたびに、なんとか早くこれらの準備が進捗せぬものかと焦燥の思いにとりつかれた。とくにその年八月、松永殿が石山城と結んで謀反したとき、私は大殿《シニヨーレ》の心を思って、かつてない焦慮を感じた。この謀反は、石山攻撃の戦線がすでに一年半にわたって膠着していたこと、また上杉軍団の戦力がいよいよ明瞭に大殿《シニヨーレ》の背後に迫ったこと等から必然的に生みだされたものであった。いわば大殿《シニヨーレ》の戦略、戦力に対する密かな疑惑が、動揺、不安を軍団の内部に醸しだしていたのが大きな誘因だった。幸いにして松永事件は二カ月足らずで解決したが、それが与えた影響は決して小さくはなかった。もしこのまま戦線を膠着しておけば、第二、第三の松永が出ないとは誰も保証できない。この際、少くとも沈滞した各部隊の士気を鼓舞することはどうしても必要だった。それは至急に必要なことの一つだった。

大殿《シニヨーレ》が松永殿自刃の直後、軍団を西に向け、直接、毛利攻撃に踏みきったのは、こうした内部の状況が大きく作用していた。石山城はいまだ陥落せず、北方から上杉軍団が刻一刻と迫っているとき、毛利軍団と直面することは、やはり大きな賭けにはちがいなかった。もちろん九鬼水軍の進捗状況は大殿《シニヨーレ》のもとに報告されてはいたが、それが果して予定通り完成し、予期したような成果を挙げられるかどうかは、その時になってみなければわからないことだった。しかし人々が躊躇する瞬間に、的確な決断を下して迅速に行動するのが大殿《シニヨーレ》の昔からの遣り方だった。そしてこの場合も彼はほとんど本能的な閃きに促されて、西方軍団の最前線に躍りかかったのである。左翼の海沿いを羽柴殿が、右翼の山地攻略を明智殿が、それぞれ分担して、この急進撃を指揮した。山地の攻略は困難をきわめたが、海沿いの戦線はつぎつぎに陥落した。

私たちが大砲三門を完成して伊勢に運んだのはその年の冬である。私たちはそれを伊勢の船大工たちの前で実験した。五百歩離れた小屋が轟音とともに吹きとんだ。これをみた船大工たちはしばらくは茫然として口をきくこともできなかった。彼らはこのような雷電の威力をもつ火砲があるとは思ってもみなかったのだ。しかしそうした火砲がある以上、船は装甲し海上砲撃戦に耐えるものでなければならなかった。こうして私たちのカラヴェラ風三本マストの日本船は鉄板でびっしりとおおわれることになったのである。

私にはなお多くの仕事が残されていた。大砲を船に搭載すること、砲撃訓練を行なうこと、三本マスト横帆の操作を訓練すること、鉄砲隊を乗りくませて船上の戦闘訓練を行なうこと、七艘の船団（後に一艘加わることになった）の戦闘体形を訓練すること、それに伴なう信号を調整し、教育すること——それは夜を日についだ怱忙の日々であった。私は暗い、蒼白な大殿《シニョーレ》の、一点を見つめた顔を思いだしては、自分を励ました。大殿《シニョーレ》の危機は一介の異国人にとって何の関係もないものかもしれぬ。毛利軍団が勝とうが、松永殿が謀反しようが、そんなことはどうでもいいことかもしれぬ。だが、少くとも私には、彼がただ一人で寡黙に支えつづけているものの重さがわかるのである。そしてもし人間に何か生きるに価することがあるとして、それが人間に与えられているとすれば、それは、こうした重さを自分の重さと感じることではないのか。（私はオルガンティノの心情のなかに立ちいったことはない。だが、あの人のいいブレシア近郷の農民の息子にしても、支えなければならぬ重さを課せられ、それを彼なりに担いとおしてきた。だからこそ、私は彼にも魅かれるのだ。）そこには、なりもふりも構わぬ、一種の狂気じみた激しさがある。だが、この狂気をほかにして、一体何が「事を成さ」しめるだろうか。人はそれを信念と呼び、また押しと呼ぶであろう。だが、重要なことは、彼が担うべき重さを感じているということである。彼はこの重さを自分の肩に担うことを選び、それを最後まで引きうけようとしているのだ。そうなのだ、彼は自分自らと格闘しているのだ。彼にとって爾余の評価はどうでもいいことなのだ。彼がこの重さのなかでいかに燃えつきるか——その燃焼の激しさにのみ、すべてがかかっているのだ。大殿《シニョーレ》の暗い顔には、そうした極限への意志が燃えている。彼が虚空の一点に眼をこらすとき、そこに見つめているのは、一体何であったかと今も思う。ただ私は、あの海辺に烈風が吹きつのるとき、また激浪に向って帆船をあやつるとき、九鬼水軍の五千人の将兵が夜明けの海にむかって船団を乗りだすとき、少くとも私の心はかつてない充実を味わっていたとは言えるような気がする。私は帆のきしり、風のうなり、潮の色調の変化にも、刻々に満ちわたる生命を感じた。

　こうして私たちは半月の航海ののち、紀伊の水域に到着したが、そこで最初の戦闘が待ち受けていた。が、戦闘の経過はほとんど記録するにあたらない。それはインドの巨象が叢林を踏みしだいてゆくさまに似ていた。紀伊の入江から出撃してくる大小の舟艇は、七艘の巨船に向かって矢を射かけ、鉄砲を乱射した。しかし船団は沈黙し、戦闘体形に並んで静かに進んでいった。私たちの装甲船団には、それは何の効果も及ぼさなかったからだ。こうして彼らを十分に引きつけ、船団の包囲のなかに置いてはじめて、九鬼殿の乗る船に赤い長旗がひるがえった。次の瞬間、沈黙していた七艘の巨船の舷側から長銃《エスピンガルダ》が一斉に火を吹いた。白く水煙の立ちこめるなかで、小舟が揺れ、折りかさなって倒れる敵方の将兵の姿が見えた。銃撃は一瞬の休みもなく、火を吹いた。甲板からは油に火を点じた火矢が、つぎつぎに混乱した敵方の船隊のなかに射込まれた。やがて大砲が轟音とともに、発射された。全海域にひびく砲声が私たちの頬をふるわせ、舷側にひびいた。炎と煙が海上に立ちこめ、そのなかを紀伊の船隊が逃げまどった。先頭の三艘の巨船からは、その逃げる船を追って、大砲が間断なくうちこまれた。ある一船は船尾をくだかれ、声をたてる間もなく沈んだ。また他の一船は炎につつまれたまま、海上にいつまでも焼けただれていた。九鬼水軍が船隊を組みなおして出発したのはその日の午後おそくである。海峡に吹きこむ順風をうけて、三本マストの帆船隊は、さながらコルテスの率いる軍船のように見えた。

オルガンティノも後に堺港で九鬼水軍の帆船を見たが、彼はそのとき私に向って、これはまったくポルトガル船のようだ、と言った。彼にしてみれば、私が伊勢で一カ年に近い歳月を送っていたことなど、夢にも考えなかったのである。

たしかに九鬼水軍の出現によって、石山城の補給路は封鎖され、城廓は孤立した。秋のおわり、毛利水軍の全船団がこの封鎖を突破しようと試みたが、逆に九鬼水軍の七艘の装甲船隊によって壊滅的な打撃を蒙った。毛利軍団の最前線が意外に強い抵抗をしめし、羽柴殿の左翼も、明智殿の右翼も、ともに苦戦をつづけているとき、この海戦の勝利と大阪水域の制海権の把握は、大殿《シニョーレ》の危機をひとまず切りぬけたことを意味した。ましてその同じ年の春、北方の脅威であった上杉軍団の総帥 Kenxindono（謙信殿）が、ちょうど武田軍団の場合と同じく、大殿《シニョーレ》攻略の軍をすすめているその陣中で病没していた。ながい不安の冬が、いま大殿《シニョーレ》のうえにようやく終ろうとしていた。そしてその春の最初の息吹きが、熊野の海から現われてきた九鬼水軍だったのである。

石山城攻防のあいだに、松永殿をはじめとする謀反人が何人か現われたことは、この戦線の膠着が、いかに勝敗の帰趨を混沌とさせ、将兵の心をまどわせていたかのよい証拠である。松永殿につづいて別所殿が、さらに荒木殿、高山殿、中川殿が相ついで石山城と結んで謀反した。とくに荒木殿はすでに上杉軍団が軍をかえし、他方、九鬼水軍が出現したその年の十月になって、叛乱を企てているのである。もちろん人々が後まで噂していたように、毛利軍団が圧倒的に優勢であるという判断が、戦線の膠着のあいだに、謀反人たちの心に生れていたのは事実だろう。だが松永、別所殿の場合はともかく、荒木殿がはたしてそのように単純に毛利の優勢を信じたであろうか。私はそれよりもオルガンティノが話していた荒木殿の大殿《シニョーレ》に対する不信、憎悪のほうを、真の原因とみたい。オルガンティノの話によれば、謀反直前、荒木殿は大殿《シニョーレ》の苛酷な攻撃命令を拒否して、それは無益な殺傷をくりかえすにすぎないと答えたというのだ。私は以前、まだ宮廷《コルテ》が岐阜に置かれていたころ、将軍《ジェネラーレ》というより学者《ウマニスタ》のような感じの佐久間殿や、温厚な高山殿や、短気で好人物のこの荒木殿などから「大殿《シニョーレ》の冷酷な殲滅作戦をあなたがたキリシタンの国の人々は、いかに思いますか」と訊ねられたことを思いだす。そしてそのとき私はごく漠然と、いつかこうした感情の違和は表面化し、はっきりした対立にまで進むのではあるまいか、と感じたものだった。もちろんそのころはまだ宮廷《コルテ》の党派も勢力関係もわからず、一人一人を認《イデンティフィカーレ》めることもできなかった。にもかかわらず大殿《シニョーレ》のまわりに、こうした一群の人物がいることは深く印象に残った。しかも彼らに共通した温厚さ、善良さが、おのずとキリシタン宗門への関心をかきたて、とくにオルガンティノと親交を結び、その結果、私とも何かと交渉ができたということは、この国の言葉でいうIngua（因果）なのであろうか。

　荒木殿謀反の報せをきいたのは、私が九鬼水軍の仕事を終えて、ひとまず京都の壮麗な新会堂に帰ってきたときだった。私は例によって、裏の小部屋でイタリア小銃《アルカブス》の分解掃除をしていた。そこへ日本人修道士の一人が顔色を変えて飛びこんできた。この修道士はかつて三箇《さんが》の武士で、フロイスによって洗礼を受け、かなり後になって修道士を志した男だった。ちょうどオルガンティノも会堂に居合わせた。そして修道士の報告をきくと、「信じられぬ《インポシービレ》。信じられぬ《インポシービレ》」と母国語で叫んだ。しかし私たちが自分の耳を疑ったのは、修道士が荒木殿の謀反につづいて高山殿も謀反されるであろうと言った言葉だった。

「ダリヨ（高山）殿は荒木殿によって高槻城主になられたお方。したがってダリヨ殿はひとかたならぬ御恩義を感じられているのは必定です。そのうえ」とこの旧武士の修道士は五畿内の政治勢力を説明しながら附け加えた。

「そのうえ子息ジュスト殿は、御妹君と御子を荒木殿の拠る有岡城へ人質に差し出されているのです。高山殿にとっては二重に荒木殿へ加担される理由があるのです」

　私はオルガンティノの表情が変るのを見ていた。みるみるうちにまるい童顔から血の気がなくなった。彼は何かを言いかけ、手をあげ、それからすべてを投げだしたように、だらりと両手を垂らし、しばらく茫然と立っていた。

「ジュスト殿が……ダリヨ殿が……まさか《インポシービレ》……まさか《インポシービレ》……」

　事実、その翌日、修道士の推測どおり高山殿が高槻城に拠って叛旗をひるがえしたことが報らされた。

　石山城攻撃と毛利進攻の全戦線にわたってどのような混乱が起っていることであろうか。私はすぐ大殿《シニョーレ》の心を思った。彼は激怒しているであろうか。荒木殿の忘恩を軽蔑し、憎悪し、呪詛しているであろうか。あるいは困惑し、狼狽しているであろうか。それとも憐れんでいるであろうか。私には、そのどれもが当っていないように思えた。私には、ただ彼の暗い顔が見えるだけだった。その顔はいまもどこか虚空の一点を見つめているような気がした。その顔は決して憎悪も激怒もあらわしていなかった。憐憫さえあらわしてはいなかった。それは強いていえば悲しみの表情に近かった。その悲しみを浮べた蒼白な顔は、ただ暗いだけではなく、ひどく寂しげに見えた。私はふと彼が荒木殿を愛していたのではないかと思った。そしてどこか大《シニ》殿《ヨーレ》が呼びかけている声が聞えるような気がした。「老人よ」とその声は言っていた。「なぜお前はおれに叛くというようなことをしたのだ。おれがお前を憎んでいるとでも思っているのか。蔑んでいるとでも思っているのか。おれが今までに一度だってそんなことを思ったことがあったか。お前が細川と二人して、あの愚昧な虚栄心の強い男を追放した直後、おれを迎えに逢坂まで出向いてくれた。あのときはおれは事実お前たちの好意が嬉しかったのだ。細川は京都の宮廷《コルテ》に関係が深いし、お前は古くから五畿内に勢力がある。おれはあのときただひたすらに自分の理想を追いつづけて、自分の周囲を顧みる暇もなかった。だが上品な慈父のような細川や、賑やかな癖に質実なお前に会って、おれはいかに自分が孤立無援で戦ってきたかを知ったのだ。それというのも、荒木老人よ、おれはお前が好きだったからだ。お前の浅黒く太陽に焼かれた顔、親しみやすい皺、人の好さそうな陽気な眼、いかにも下積みで鍛えたという感じの逞しい身体、頑固そうな顎、そうだ、老人よ、おれはお前のそういう全部が好きだった。お前の田舎臭さも、短気も、一徹なところも。お前がその皺だらけの日焼けした顔で、お前の愛している孫たちの話でもすれば、おれのこの暗い孤独も、たとえ一瞬であっても、なごむことがあったろうに。お前は、おれを冷酷な男と思っている。残忍な男と思っている。そしてお前は、そういうおれに可愛い孫たちの話など通じはしまいと考えているのだ。なるほどおれは、お前が助命を申しでた者を赦すことはなかった。おれは草木の根を分けて敵を探索することを命じた。いや、一人たりとも赦すことなく殺害することを命じもした。だが、いつかお前に話したように、それは温情によって合戦の厳しさ、神聖さをけがしたくないからなのだ。おれは下劣な温情に堕すまいと、ただ一人、この暗い虚空に立って、自分を支えているのだ。その暗い虚空のなかを、白い水母《くらげ》のように、怨恨にみちた眼をして、亡霊たちが漂っている。そしておれのほうに手をのばし、赦せなんだか、赦せなんだか、と叫びかけてくるのだ。なんと多くの亡霊が暗い虚空に漂っているのであろう。老人よ、そのとき、おれは何と答えるか、判るか。おれは亡霊たちの群にむかって、こう言ってやるのだ。貴様たちをまた捕えて、布切れのように引きさくことができるなら、こんどは叫びもあげられぬまでに、引きさいてやろう。もしお前たちを杵、臼でひきつぶすことができるなら、こんどは二度と形をとれぬまでに、ひきつぶしてやろう、とな。すると、どうだ。一陣の風が吹いてきて、物悲しい叫びを長々とひいて、亡者の群は暗い夜空のどこかに消えて、あとに残るのは、このおれ一人、というわけだ。だが老人よ、その風の冷たいこと。その暗い夜空を吹きぬけてゆく風の、なんという冷たさ。その氷のような冷たさを、おれは暗い虚空のなかで、一人で耐えているのだ。いいか、老人よ、荒木老人よ、人間は、温情を与えることで下劣なものに成りさがることがあるのだ。ただ温情という言葉にすべてを託して、人間を下劣にすることは——それは許されぬことなのだ。たとえ、そのために誰かが虚空のなかに、光もなく、望みもなく、一千年も二千年も磔にかかろうと、それは許されてはならないのだ。いいか、おれは血をいたずらに求めているのではない。おれの求めるのは、人間の極みに達する意志なのだ。完璧さへの意志なのだ」

私はただ妄想をそのとき弄《もてあそ》んでいたのではなかった。というのは荒木殿謀反の報せが安土にもたらされるとすぐ、荒木殿と親しかった明智殿、羽柴殿を、二度、三度と荒木殿のもとに派遣し、その翻意をうながしたからである。それは京都で取り沙汰されたように、単に戦線の混乱を収拾するためだけではなかったであろう。それだけのためなら、あのような意を尽した説得は行なわれなかったであろう。

人々は荒木殿が恭順の意をあらわせば、一旦は赦されるかもしれないが、いずれ冷酷な復讐を受けただろう、とも言っていた。だが、私はそうは思わない。それは高山殿の場合をみてもよくわかる。高山殿は同じように謀反した。しかも親子ともども謀反したのである。これに対して大殿《シニョーレ》はオルガンティノを説得役に選んだのだ。このことも多くの人々が言っているように、高山殿がキリシタン信徒であるため、もし高山殿が翻意しなければ、オルガンティノはじめキリシタン宗門を断絶すると大《シニ》殿《ヨーレ》が脅迫したという事実はない。少くとも私が見聞したかぎりそんなことはなかったように思う。万一それに似た言葉が出たとすれば、オルガンティノが説得に派遣されたというその事実から、聡明で内省的な高山殿が自身でそう推測したのかもしれぬ。高山殿がそういう事実はないのかと訊ねたのに対し、オルガンティノがブレシア近郷の農民の子らしい現実的な判断から、そういうこともありうるかもしれないという予測を、否定しなかったのかもしれない。もともとオルガンティノは大殿《シニョーレ》のこの調停役の委嘱を断っているのだ。カイゼルのものはカイゼルへという教会の原則を彼は大殿《シニョーレ》に説明してきかせたのである。それに対して大殿《シニョーレ》は、ただあなたが出かけてくれればいいのだ、あなたであることが必要なのだ、と繰りかえして言ったという。これは、荒木殿に対して明智殿（この両家は姻戚関係にある）をおくったように、高山殿にオルガンティノをおくって説得させた、という単純な意味しかない。そこに自然と政治的な斜面にそった動きが生れるとしても、それはあくまで別の動機から出た結果なのだ。この関係を逆にすることは正しくないように私は思う。

ともかくオルガンティノの説得によって高山殿は翻意したが、大殿《シニョーレ》は高山殿を罰するどころか、むしろその勇気と決断を賞揚したのだ。また父ダリヨ殿に対しても寛大な処置をとっている。ということは、彼があくまで自分に叛いた者の心を、とり戻そうと努めていたことを示してはいまいか。それはただ謀反人を呼びかえすというには、あまりにも心がこもりすぎている。彼はあくまで自分の真意を理解してほしかったのだ。

私はオルガンティノと安土へ呼ばれた日のことを思いだす。あのとき湖水を望む窓の一つから、大殿《シニョーレ》は遠く湖面を渡る風の行方を追っていた。おそらくその眼には湖に刻まれる波の白さが、ついに触れえぬ人間同士の心の冷たさと映っていたにちがいない。

私の眼には、いまも、荒木殿一族の処刑の様子が昨日のことのようにはっきりと残っている。荒木殿が有岡の城郭《カステルロ》をすて尼崎の城郭へ逃げのびたとき、大殿《シニョーレ》は有岡に残された荒木殿一族、家臣団、郎党、侍女にいたるまで人質として捕え、この全員処刑を命じたのである。

私たちが尼崎城郭《カステルロ》に近い七本松に着いたのは、十二月の寒い朝まだきで、空は晴れ、海から身をきるような寒風が吹きすさび、空の高みに、淡い雲が白くはりついていた。柵をめぐらした刑場のまわりには近在の人々が、雑踏していた。彼らはいずれも荒木殿一党の悲運を語りあい、誰某は尼崎城廓に立てこもる息子に手紙を書いたとか、誰某は女房の命請いをしたため、ともに処刑されることになったとか、またある妻女は喜んで良人のために死ぬという手紙を書き送ったとか、いう話を口々にしていた。

ちょうどおそい冬の太陽がのぼり、霜のおりた地面に、赤みがかった弱々しい光をなげかけはじめたころ、刑場の遠くにざわめきが起り、やがてそれは私たちのところまで伝わってきた。百二十二人の女たちが白いキモノを着、後手に縄をかけられて、刑場に入ってきたのである。長い白い女の列を囲んで、兵士たちの姿は黒く不吉に見えた。オルガンティノは地面に膝をつき、祈りをとなえつづけた。彼女たちのなかには京都の会堂で親しかった何人かの信徒も含まれていたのだ。

女たちの顔には一種の沈鬱な静けさがあった。見物の男女はそれを quenangue（健気）だといって泣いていた。女たちの一人は柵のそばで十字架を差しだしているオルガンティノに気づき、軽く頭をさげ、目礼した。

白装束の女たちはいずれも高い柱にしばりつけられ、その柱はつぎつぎと兵士たちの手によって刑場の中央に立てられていった。激しい風のなかで、百二十二基の磔は、そこだけが音の無くなったような不思議な沈黙を感じさせた。まるで、昔からそうして磔が立っており、白い着物の端が風にひらひら揺れているそのままの姿で、いつまでも、この状態が停止しているような、そんな静寂が、そのとき刑場を支配していたのである。なにか長い時間がたってゆくようであった。

そのとき、鋭く太鼓の音が響いた。私が眼をあげたのと、鉄砲隊が高々とはりつけられた女たちを銃撃したのとは、ほとんど同時だった。私の眼に、赤い短い炎と、硝煙とが見えた。轟音がとどろき、一瞬にして女たちの白装束が黒い斑点を浴び、血しぶきに染った。何人かの女の首が、まるで軟かい物体のように、がっくりと前へ、うなだれた。しかし磔のうえから、次の瞬間、信じられぬような悲鳴がおこった。血まみれた女たちは苦痛から首をそらせ身をもだえて絶叫した。そのとき鉄砲隊の後に控えていた兵士たちが槍をかまえて、女たちのほうへ走っていった。彼らの槍がひらめくたびに、女たちの絶叫は、火の消えるように、急に途絶えた。しかしなかには、それら兵士の槍に突きたてられ、血に装束を赤く染めながら、なお身もだえ、絶叫しつづける女も何人かいた。それは手負った盲目の獣がうめき泣くのに似て、私たちはそこに立っているのがようやくだったのである。

私たちはその数日後、下層武士、下郎、その妻女たち五百十数人が、四軒の家に押しこめられ、まわりに枯れ草、薪束をつんで、それに火をかけて、家ごと焼き殺された、という話を聞いた。烈風に煽られて火勢は凄まじく、人々の叫び、うめき声、歎願する声が焔の音にまじり、黒こげになった家と屍体の山のなかから、なお人の声が洩れ、虫のようにうごめく者があったという。

しかし私がいまでも忘れられないのは、六条河原で処刑された荒木殿の美しい娘たちとその子供らの姿だ。彼女たちは処刑直前、車にのせられ京都の町々を引きまわされたのである。なかでも二番目の車にのったあの一際美しい女性は、その日もかつて会った頃と同じように静かに上半身を真っすぐにして正坐していた。町の人々も、どこか憂鬱な感じのある、その高貴な美しい顔に、思わず言葉をのんだ。私はその日は到底六条河原に出かける気にはならなかった。処刑を目撃したあるキリシタン信徒の話によると、彼女たちは最後までその挙措に品位を失わなかったということだ。

「あのお子たちも同じように静かな最期をとげられました」とその信徒は言った。「私たちの最期の場所はここなのか、とお子たちは兵士たちに申しましてね、膝をそろえ、まるで何事もないように、素直に、首を前へおのばしになるのです。ああ、あの幼い魂をデウスさまがお受けとり下さいますように」

もちろんそれは、いつか荒木殿の肩にまつわりついていた孫たちの誰かであっただろう。あの自然のままに育った子供たちも、やはり上層武士の子らしく死んだことに、私は一種の感銘をうけた。

だがこうして叛きさった荒木殿が大殿《シニョーレ》の心にうがった孤独な空洞は何ものをもってしても埋めることはできなかった。たとえ彼が荒木殿を追い、最後の最後まで追いつめ、荒木殿一族を磔にさらし、斬首し、刺殺し、郎党を家に閉じこめて焼き殺そうと、この孤独はついにいやすことができなかったのである。

すでに触れたように大殿《シニョーレ》がフロイスに好意をもち、オルガンティノと冗談を言うのを好み、のちに巡察使として日本に来た美貌のヴァリニャーノを愛したのも、彼らがキリシタン布教というただその一事のために、幾年にもわたる危険な航海を冒して、はるばる遠い異国へきたそのひたむきな態度に打たれたからである。見知らぬ異郷の寒風のしみる破屋で説教し、病人たちに粥をあたえ、貧民に衣服をわけ、女子供を人買いから救いだすのに、彼らはただその生涯をかけたのである。大殿《シニョーレ》にとって、それは、合戦の道において、非情であるのとまったく同じことに思えたのである。大殿《シニョーレ》がしばしば「彼らこそはキリシタンの名人上手である」と言っていたのを私は耳にしたが、その真意はおそらくこうしたところにあったのであろう。

「そうなのだ。温厚な荒木よ。お前はおれの無慈悲を責め、おれの無情を責める。だが事をして成らしめることがなかったら、そのような慈悲とは、そのような温情とは、いったい何なのか。もういまから何年も前のことだ。お前も憶えているはずだ。お前たちと近江へ馬を走らせていたことがある。あのとき、街道ぞいに、一人の盲目の足なえがいた。木の根がたに小屋をかけ、雨にうたれ、いかにも哀れな様子であった。そのとき、おれはどんな合戦の帰りであったか忘れた。ただその足なえの哀れさだけが妙に胸にこたえたのだ。おれはそれが忘れられなかった。おれがその足なえに木綿二十反を与えたとき、温厚な荒木老人よ、お前はなんという顔をしたのだ。お前は人に言ったそうだな。殿が合戦においてあれだけの慈悲を与えられれば、古今の名将であろう、と。だが、雨に打たれる盲目の足なえの哀れさに胸をつかれることと、合戦において非情であることとは、まったく同じことなのだ。荒木よ、合戦において、真に慈悲であるとは、ただ無慈悲となることしかないのだ」

おそらくこうした大殿《シニョーレ》の孤独の思いを考えずには、それから起った事件は説明がつかない。

石山城の仏教徒たちが討伐された直後、その攻撃軍の総大将《カピターノ・ジェネラーレ》の一人、あの学者《ウマニスタ》のような佐久間殿が突如追放されるという事件が起ったのである。この出来事は、重臣団をはじめ士卒の端々にいたるまで、激しい衝撃を与えずにはおかなかった。本来ならば論功行賞を授けられてしかるべき勝利の将軍《ジェネラーレ》が、その温厚慎重さのゆえに面責され、追放に処せられたのである。大殿《シニョーレ》自ら筆をとったと噂される十九条の面責書の一条に「武者道の儀、格別たるべく、か様の折柄、勝ち負けを分別せしめ、一戦を遂ぐれば、諸卒苦労をも遁れ、誠に本意たるべきに、一篇に存じ詰めし事、分別もなく、未練疑いなし（註）」と糾弾されているのである。（註　訳文に文献中の適当と思われるものを当てたが、テクストとは正確に照応していない。（訳者））

むろんこうした事件のあと大殿《シニョーレ》の日々の生活になにか特別変ったことが生れたというのではない。生活に関するかぎり、むしろ前よりいっそう簡素になり、几帳面になったというべきかもしれない。起床や就寝の時間なども一分一秒と狂うことはなかったし、それは京都にいるときも、石山城攻撃を陣中で指揮する際にも、厳しく守られていたのである。日々の日課にしても、たとえば朝食前の馬術だとか、午前の執務のあとの戦術の研究だとかは、ほとんど実直な銀行家か財務官のような正確さで倦むことなく続けられたし、たとえどんなに興が乗ろうと、一定の時間がくれば、なんの未練もなく、それをやめたのである。

私はジェノヴァで父や父の友人の実務家たちが、これと同じ意志的な勤勉な日常生活を続けていたのを知っていたし、それに伴う平俗な、陰鬱な実利主義に気がつかないでもなかった。にもかかわらずノヴィスパニアの片目の総督やモルッカ諸島の傭兵隊長たちの日常がその日その日の気まぐれで動き、嫉妬や虚栄にとらわれやすく、部下の甘言に容易に乗ぜられるのを知っている私の眼には、大殿《シニョーレ》がこうした原則を尊重し、気まぐれや刻々の当てにならぬ感情を無視しようとする態度は、やはり貴重なものと映ったのだ。

もちろんこうした日々の生活のなかに、癒しがたい孤独を感じとることは容易である。それは石山城を攻略し、差しせまった危機が回避され、名実ともに天下の覇者と見なされるようになってから、一段と濃くなったと見ていい。大殿《シニョーレ》の側近は以前にまして畏怖にとらえられていたようだし、大殿《シニョーレ》自身、冗談を言うようなことも稀になっていた。家臣たちはただ敏捷で真面目であり、ひたすら大殿の意向だけに耳を澄ませているように見えた。

しかし佐久間殿の追放事件以後、私などには、その孤独が大殿《シニョーレ》その人のこころを深く犯しはじめたような気がしてならない。それはなにも大殿《シニョーレ》が深い寂寥感になやまされ、人々のあいだにさまよいでてきたからではなく、逆に一段と日々の克己と激しい訓練のなかに入っていって、家臣団や重臣たちと話すときにも、そうした冷ややかな、距離をおいて見るような態度から脱けだすことがなかったからである。重臣たちのなかには、そうした態度を、佐久間殿や荒木殿に対する不信から生れた一種の猜疑の表われであろうと考える者もいた。とくに第三の党派に属する人々に、こうした考え方が顕著だったように思う。

しかしながら大殿《シニョーレ》が本来その性格のなかにもっていた人懐っこさ、子供っぽい率直さ、好奇心、あたたかな信頼感というものは、誰よりも私やオルガンティノがよく知っている。前にも書いたように大殿《シニョーレ》は冗談や笑話を（むろん限度を心得ていたが）好んだし、決して陰気で無口な性格ではなかった。だからこそ、大殿《シニョーレ》が家臣団のなかで前にもまして孤独の影を深くしてゆくようになると、こうした性格や感情の動きは、それだけ集中した形で（以前よりも、一段とあらわな形で）オルガンティノやフロイス師や私などにそそがれたのである。重臣たちの多くは、それをオルガンティノが高山殿を誘降せしめた功績によるものと考えていたし、また他の人々は坊主たちに対する大《シニ》殿《ョーレ》の憎悪の結果であると見なしていたが、もしそれだけだったら、次にのべるような大殿の態度は十分に説明できないのではないかと思う。なぜならそこには単なる恩賞や知遇以上の、なにか噴出するような愛情があるのを、私などは感じたからである。

私がオルガンティノともども安土に大殿《シニョーレ》をたずね、その宮殿《パラッツォ》完成の祝詞をのべたのは〔一五〕八〇年の盛夏のことである。

石山城の攻防戦はその春に終り、大殿《シニョーレ》に敵対する勢力は西方の毛利軍団だけであった。なるほど東方には武田軍団がひかえてはいたが、長篠会戦による徹底的な壊滅からまだ立ちあがることはできなかった。したがって差しあたっては、西方の毛利軍団との対決が唯一の課題であり、そのため大殿《シニョーレ》は寵臣の羽柴殿を海岸地方から、明智殿を山岳地方から、攻めこませていたのである。

その戦況はかならずしも楽観できるものではなく、前哨の城砦群はしばしば手強い抵抗を示した。しかし戦況は困難だといっても、政治的な局面は打開されていたし、大殿《シニョーレ》を東西南北から包囲しようとする連合体制もすでに崩壊していた。問題は武田軍団が深傷《ふかで》からいつ恢復するかにかかっていたが、永年にわたって蓄積された実力は過小評価をゆるさなかったとしても、彼らが真に攻撃力を恢復するのは、なお先のことと見てよかった。とすれば、当面、解決すべきは毛利軍団の抵抗だけといってよかった。

いま思いかえしても、石山城攻略に成功するまで、三重、四重と仕掛けられた戦略の機構が本当によく嚙みあって動いてくれたものだと思う。私などはヴェネツィア製時計の歯車装置の一つにすぎず、定められた時までに、定められた仕事を遂行すればよかったが、それにしても、そうした戦略があちらこちらで一見無関係に進められ、その揚句にそれらが統轄され、一つの力に集中していったのは見事だった。

石山城包囲戦はその意味では、単なる戦力と戦力のぶつかり合いではなく、綜合された作戦規模の争いだったといえる。私は安土の宮殿《パラッツォ》までの道々、オルガンティノを相手に大殿《シニヨーレ》の作戦がいかに広大で、複雑だったかを話したのだった。たとえば鉄砲補給源の雑賀の基地を攻撃したり、補給路を切断するために強大な水軍をつくったりして、徐々に城砦を窮地に追いこんでゆく作戦は、それが成功した後では、単なる理詰めの戦法のように見えるが、あの困難な状況のなかでは、よほどの巨大な視野と持続力がなければ、考えつけるしろものではないのだ。そして一瞥しただけではまるで関係のないように見える船舶用大砲の研究と製造を、石山城包囲戦に織りこんでゆくというごとき戦略規模の大きさは、大殿《シニヨーレ》の驚くべき明察の力から生れていると言うほかない。事には運、不運がつねにつきまとうものだが、このような明晰の判断の前には、単なる整然たる事物の進行が見えるだけで、そこには必然的結果として成功、不成功はあっても、計算の外にある運の介在は、ほとんど無視されているのである。

私は石山城の陣中で大殿《シニヨーレ》のもとに北方軍団の統帥上杉殿の病没を報じる密使が到着したのに出会ったことがあるが、本来ならば、刻々に北辺の危機を深めつつあった当の敵将が死んだのであるから、なんらかの喜色を浮べるはずであるのに、大殿《シニヨーレ》はむしろそれを沈痛な表情で聞いていた。おそらく事物の厳密な進行を眺めることに慣れていた大殿《シニヨーレ》のごとき人物にとっては、かえって、上杉殿の死は、純粋に、一人の偉れた人格の死として感受されたのかもしれず、その故にあの沈鬱な表情となったのであろう。すくなくとも、それを自己の卑近な利害と結びつけて考えるごとき視点からは、完全に解放されていたにちがいない。

安土城廓の造営も、ある人々の意見によれば、全国に覇をとなえた王者にふさわしい豪華な城館の設営によって、威光と権力を象徴させたのだと言うが、古代アジアの王たちならいざ知らず、大殿《シニヨーレ》のような人が単純に権力を宮殿で誇示しようとしたとは考えられない。私などはむしろ石山城の苦戦のさなかにこの城廓《カステルロ》が営々として築かれていたという事実のほうを強調したい。言葉をかえて言えば、大殿《シニヨーレ》は石山城を殲滅し、その結果に権威を内外に示そうと考えたのではなく、石山城を攻略するのと同じ論理にしたがって、安土の宮殿《パラッツォ》をつくろうと思ったのだ。石山城の殲滅が必要であるのと同じように、安土の宮殿の設営も一つの必要であった。行政的にも戦略的にも、広い意味の政治的立場からも、安土に宮殿をつくることが必要だった。それは一王者の虚栄心によって営まれる宮殿建設ではなく、むしろ現実政治の要求から生じた一つの結果であるにすぎなかった。大殿《シニヨーレ》はそれを事物進行の必然の動きとして考えていたのであり、そこには大殿自身の虚栄、誇示、権勢、自尊などの欲求はほとんど介入する余地がなかった。それはあくまで力と力との角逐の場での、一つの力として置かれた、冷静な熟慮の結果の、布石だったのである……。

　私が安土までの道々、オルガンティノに話したのは、およそこのようなことであった。

　安土の城廓《カステルロ》が見えたのはミヤコを出た次の日の昼過ぎだった。すでに私は何人かの教会関係者からその壮麗な外観や豪華な室内装飾について聞かされていたが、現実に眼の前に近づいてくる城廓は、そうした一切の印象や説明をこえていた。小高い山のうえにある宮殿は、遠くからは青く光った宝石か何かのように見えた。やがてそれは、青瓦を配した幾層かの塔が、輝くばかりに白い城壁をめぐらした一群の城廓のうえに聳えているためだとわかった。かつて工事場だった山の麓には区劃整理された街路にそって、家臣団の住宅が並んでいた。いずれも石垣をめぐらし、その上に白い胸壁がつづいていた。

　湖水の入江から深い掘割が引きこまれていて、帆船が数艘、そこに錨をおろしていた。これはいずれも京都への早船として使われるものであった。

　掘割にそった湖岸通りには米蔵や船蔵、その他の各種の倉庫がならび、旅館や市場もそこからはじまっていた。家臣団の住宅地区はちょうどこの掘割で終っていて、そこから先に、商人や一般市民の住宅街が並んでいた。

　市場には人々が群がり、通りには商人たちの往来がはげしかったが、なお建築中の家が多かったし、住宅地といっても、ただ区劃割りがしてあるだけで、田畑や雑木林がそのまま残っていたりした。いたるところに普請場があり、大工が木材を切り、板を削り、左官が壁土をこねていた。

　湖岸地区では土工が何百人となく埋立工事に従っていた。山から掘りだされた土砂を籠に背負い、またもっこをかついで、彼らは幾列にもなって、湖岸まで運んでいた。

　私たちが安土まで来る往還でも、道路工事がすすんでいて、街道は広く地ならしされ、両側に柳と松が植えられていた。

　安土の宮殿《パラッツォ》は近くから見あげると、山の斜面を覆う繁みごしに、青い瓦屋根をそらせた七層の巨大な塔が、黒漆に黄金の窓飾りをつけた城廓の建物のうえに、壮麗な姿で聳えたっていた。山頂近く巨石を積みあげた石塁のうえに、銃眼をうがった眩しいほどの白い胸壁が宮殿《パラッツォ》の外廓をくっきりと際立てていた。宮殿そのものは華麗な印象を与えるにもかかわらず、その辺りには清らかな静けさが支配していた。時おり湖面を渡ってくる風が、斜面の繁みをさやさやと吹きかえして過ぎていった。

　ちょうど私たちが安土に赴いたのは、難攻の石山城が陥落、炎上した直後だったこともあって、城廓の参観に集る人々で安土山の道は賑わっていた。私たちが馬で城門に近づくと、人々は道をあけ、驚いて見あげる者や、指さして叫ぶ者や、笑いかける者などがいたが、一様に、彼らの表情に浮んだのは、異邦人である私たちが造営間もない宮殿に姿を現わしたことに対する意外の面持ちであった。

　城門への道は巨石を組みあげた石塁のあいだを三百段に近い石段でつづいていた。私たちを出迎えたキリシタン武士の一人は、そのなかでもとくに巨大な幾つかの石をさして、それらが運びあげられるのに四、五千人の人夫が動員されたのだ、と説明した。

「私が直接見たのではありませんが、一度、構築の際に、石が滑り落ちて百名以上の人夫が下敷きになったという噂です」

彼はそう言って、あたかもあたりの巨石にその痕跡でもさがすかのように、頭をめぐらした。

城門は黒塗りの鉄具《かなぐ》を打ちつけた頑丈な厚い扉で開閉できるようになっており、物見櫓をそなえた建物が、門を見おろすように、その上辺にのしかかっていた。その青瓦の反りは美しく、先端の鬼瓦には金色の装飾が輝いていた。その白壁にうがたれた窓には黒塗りの鉄格子がはめこまれ、死角を防ぐ無数の銃眼が黒点のように並び、ひとたび戦端がひらかれ、城門が閉められるようなとき、それは不落の城砦に早変りするだろうことは、オルガンティノのように物に頓着しない人物の眼にも容易に見てとれたのである。(彼は声をひそめて、私にそれをたしかめたのである。)

城門をぬけると、中の楼門をこえて壮大な七層の楼閣が威嚇するように迫り、幾つかの建築がそれをとりまいて並んでいた。食糧倉庫と清潔な厩舎がその裏につづき、武器庫がその奥に、さらにもう一重の厚い城壁に囲まれて建っていたが、それは後になって、城内を案内されたとき、はじめて私たちはそれと知らされたのである。

宮殿《パラッツォ》の玄関を入ったとき、私の眼をうばったのは、黄金の飾りに縁《ふち》どられた朱塗りの太柱であり、金箔の地に花鳥や自然をえがいた襖や屏風であり、精緻な黄金の金具で飾られた黒塗りの格天井であった。私が三年前に訪れたとき、すでにこの高楼の外廓はつくられていたが、室内装飾はまだ何一つ加えられていなかったので、まるで新しい建物を訪れたような気持がした。私たちが通ってゆく大小のおびただしい部屋には、いずれも、金地の仕切りがあり、見事な調度が置かれ、ある部屋は落着いた色調に、ある部屋は華麗で豪奢な色調に、またある部屋は簡素な色調につくられていた。

オルガンティノとロレンソ老人と私が通されたのは、そうした幾部屋をこえた奥の、明るい庭に面した一室であった。庭には緑の美しい小山があり、小山をかこんで池が木立の影と空をうつしていた。小山の奥に、稜堡の一つらしい建物の屋根の青瓦がかすかに覗いていた。

私たちが座につくと間もなく、若い家臣団を従えた大殿《シニョーレ》が廊下から部屋に入ってきた。麻の上着に袴をつけ、いま馬場から帰ってきたというような様子に見えた。鋭い眼ざしや、蒼白な、面長の、引きしまった顔立ちはいつもと変りがなかったが、表情はいきいきと動き、あの顳顬のひくひくする病的な動きはほとんどその日は目立たなかった。私はここ数年来、大殿《シニョーレ》の苦悩に刻まれた陰鬱な表情を見ていただけに、この上機嫌は、雨季の後、久々で仰ぐ明るい空のような感じがした。

「どうかな、この宮殿《パラッツォ》は。気に入りましたかな」

めずらしく大殿《シニョーレ》は笑いながら、天井や周囲の襖絵を眼で差し示すような様子をした。私たちは口々に眼をうばわれるばかりだと答えた。

「これほどの見事な宮殿《パラッツォ》はヨーロッパの最も壮麗な宮殿と較べましても、ひけはとりません」

とオルガンティノが言った。

「ヨーロッパの宮殿にもひけをとらぬ？」大殿はオルガンティノの言葉を受けとって、満足そうに笑いながら言った。「もしそうだとしたら、ヨーロッパの人びとにも、ひとつ、安土に新しい城郭がつくられたことを報らせてもらいたいものだな」

「それは、もちろんでございます。私どもは大殿の御庇護の逐一とともに、この宮殿のことを報告いたす所存でございます」

このオルガンティノの言葉を聞くと、大殿は、私のことはともかく、宮殿のことはぜひ詳細に報告してほしい、と言った。

「もし必要なら、正確に写した絵をつくらせてもいい」

大殿はそうつけ加えた。

私たちは大殿自身の案内で、高楼の一階一階を隈なく見てまわった。

私たちは広間広間の装飾とともに、その広さ、複雑な組合せ、おびただしい部屋数に驚かされた。

「なんという広さでしょう。これだけ歩いただけでもう元へ帰ることはできません」

オルガンティノが言った。すると大殿は笑って、

「いや、私もよく迷ってしまうのだ。そのために、部屋ごとに装飾をかえ、見おぼえやすいように、仏像を置いてあるのだ」

と言った。

窓からは舟の行きから淡水の湖が青く望まれ、幾つかの小丘を島のように散在させた平坦な湖岸の平野が周囲にひろがり、その遠くに山脈が青白く、日に背いて、霞んでいた。

室内の柱はすべて黒漆で塗られ、黄金の金具で飾られていた。重厚な格天井はその区劃ごとに見事な天井画が描かれていた。大殿に従っていた工事監督にあたった老人は、私たちのために、高楼の各階の障壁をかざる絵の図柄について説明した。

老人の言葉によると、その図柄は多様をきわめ、自然の風物、鳥獣、草木から仏教の人物、支那古典の寓意画にまでわたるが、上層にのぼるにつれて、その画題は写実的なものから教訓的なものに変っていると言うのだった。

私たちが五階にのぼったとき、老人は言った。

「ごらんなさいませ。この階には、もはや花鳥もございませんし、自然風景、植物、動物もございません。すべて仏陀の事蹟を表わしたものでございます」

「この図柄のプログラムには、どういう意味がこめられているのですか」

私は老人にたずねた。すると老人はオルガンティノとロレンソ老人をふりかえって、

「それはむしろキリシタンの皆さんに説明していただいたほうがよろしいようですね。ここでも、天に近いところに、より深く、より直接に魂と結びつく画題を置くことが考案されているのです」

この老人の説明を大殿《シニョーレ》は満足そうに聞いていた。老人は以前、

大殿がオルガンティノにむかって、デウスや霊魂の存在を問いただしたとき、その傍らにいたことがあったのである。

こうして私たちは最上階に出たが、そこからは、青い屋根を縦横に組みあわせた、目覚めるばかりに美しい城廓の建物全体が、安土山の木立にかこまれて、一望のうちに眺められた。山麓から切りひらかれた市街地の区劃が、緑の平地に白い筋目をひいていた。人々が市場に集まり、入江で船をひき、建築場で働いている姿が豆粒ほどに望まれた。

そのとき、オルガンティノが叫んだ。

「まったく見事な眺めですな。いや、こんな壮大な意図で建造された城廓を私は見たことがありませぬ。市街の建設が着々とすすんでゆくのが、ここからなら、一目瞭然ですな。それに、安土の都市はもうこの王国の中心にふさわしい風格をそなえているように感じられます」

オルガンティノは、いかにもブレシア近郊の農家の子らしい素直な感激の仕方で、高楼の窓から市街地を見おろした。

大殿《シニョーレ》は大殿で、オルガンティノのこうした陽気な、屈託のない性格が気に入っていたのである。

「殿《シニョーレ》」と、そのときオルガンティノは大殿の前に頭をさげるようにして言った。「おりいって、お願いごとがございます。これは、実は、前々から考えていたことでございますが、私どもキリシタン宗門のため、安土の市街に教会堂の建立をお許し願えませぬでしょうか。王国の中心にふさわしい会堂を建てることができますれば、ひとり私どもも日本王国のキリシタンのみならず、遠くゴア、マカオ、またヨーロッパにまで大殿の御声名はとどろくことと存じます」

その言葉を聞くと、大殿《シニョーレ》は一瞬考えこむ表情をした。おそらくオルガンティノの突然の申し出の真意をはかりかねたのであろう。

「むろん許さぬではない」と大殿《シニョーレ》は言った。「安土に壮麗な街衢をつくるのが目下の急務であることは、卿らにも十分にわかって貰えよう。京都のキリシタン会堂に優るとも劣らぬ会堂が安土に建てられるとすれば、それは何より、この壮麗な町にふさわしいものになるにちがいない。ひとつ会堂に適した土地を選んで、十分の広さを提供しよう。どの辺がふさわしかろう」

大殿はそう言いながら、オルガンティノの立っている窓から市街地を指さした。「山寄りか、それとも湖岸寄りか。いずれにせよ、早速調査させることにしたい」

大殿《シニョーレ》は黒漆塗りの階段をおりながら、ロレンソ老人を振りかえって、「教会としては、山寄りがよかろうか。それとも湖岸寄りがよかろうか」と訊いたりした。

その日、私たちは上機嫌の大殿にすすめられるままに、日の入りまで宮殿のなかを見てまわった。その豊饒華麗な建築の細部については、ここで詳記することはできない。私に言えることは、安土の宮殿《パラッツォ》造営には、ミヤコをはじめ岐阜、尾張から名人上手と呼ばれた建築家、大工、彫刻家、指物師、画家、石工、装飾家、工芸家が集められ、その建築のどのような片隅にいたるまで、彼らの精妙な腕が振われたということである。一例をあげれば、鶴が水辺に遊んでいる図柄をえがいた広間の欄間は、松林や岩や流れを細密画のように透し彫りしたものだったが、その松林のなかに、安土の宮殿《パラッツォ》と同型の建物が彫りこまれており、そこには一階一階を明確に彫りわけた楼閣まで見ることができたのである。こうした欄間の透し彫りも多くは彩色され、華麗な印象を高めていた。

私たちは大殿からの通達を待って、数日を安土の市街で過した。城廓のそびえる南面の斜面を起点にして、南と東の湖岸へ市街は拡がっており、街路は広く、正確に区劃され、人夫たちが朝と夕方、清掃していった。入江や掘割や往還の出入口には、市がいたるところに立ち、旅館や木賃宿が軒をならべていた。京都はじめ各地の町々、城塞、出城からの使者が昼となく夜となく、安土の往還をぬけ、山頂の宮殿に馬を走らせていった。非番の侍たちや、新しい都市を見るために集った男女の流れがぞろぞろとつづき、その雑踏をわけて、荷を担った馬や、荷担ぎ人足が往来していたが、これらの荷のなかには、遠国から届いた大殿への贈物や、猿、鸚鵡、犬、各種の馬、珍獣なども含まれていた。

オルガンティノやロレンソ老人は寸暇を惜んで、安土に移住したキリシタン宗門の人々を訪ね、新会堂の建築許可がおりたことを報告し、また町角で説教を行なった。その間、私はかつての鉄砲隊の部下を訪ね、彼らから石山城の降服や、その後に起った叛徒の抵抗、そして最終的に石山城全体を灰燼にした大火災などについての話をきいた。そうした侍たちのなかには九鬼水軍でともに働いた何人かの戦闘員もいて、酒がまわるにつれて、彼らは水軍が船を漕ぐときにうたう単純で素朴な歌を唱和した。

大殿からの使者がオルガンティノに次のような意味の手紙をもたらしたのは、それから三日とたっていなかった。

「先日は遠路新しい宮殿《パラッツォ》を訪ねてくれて嬉しく思っている。その折、話した会堂建設地の件だが、当市街の中央にFoque（法華）の寺院が現在建っている場所がある。私としてはこの寺院を取りこわすことは一向に差しつかえなく、むしろそこにキリシタンの会堂が建設されれば、これに越したことはないと思っている。もし同場所が気に入らぬようであれば、遠慮なく申しのべてもらいたい。いずれにせよ満足ゆくよう取り計らう所存である」

私たちは早速その法華寺院を見に出かけた。他の主だったキリシタン宗徒も何人か従った。寺院はたまたま市街地の中央に位置していたが、オルガンティノの意見によれば、それはあまり宮殿《パラッツォ》から離れすぎていた。彼は、会堂はもっと宮殿に近く、大殿《シニョーレ》の庇護を象徴するような場所に建てたいのだ、と言った。

「安土の教会堂は何よりもまずわれらキリシタン宗門が天下公認の宗門であることを示すような、そうした外観なり特権なりを持つ必要がありはしないかね」

彼はロレンソ老人にそう言った。

「左様でございます。私もどこか安土山に近い、宮殿《パラッツォ》の下に教会が建ちませば、と考えます」と老人は見えないほうの眼をしばたたきながら言った。

　すると信徒の一人が口をはさんだ。

「私どももそれは願わしいことと存じますが、なんでも聞くところによると、安土山寄りの地区には、宗教関係の建物は一切これを禁じるとか。果して山寄りの計画はいかがなものでしょうか」

「いや、それは心配する必要はありません。大殿《シニヨーレ》は私どもにできる限りのことは約束されたのですから」

　オルガンティノはそう答えて、私の同意をうながすように、こちらへ顔をむけた。おそらくそのときオルガンティノが言いたかったのは、荒木殿の謀反の折、高山殿を翻意させた功績のことだったと思う。たしかに石山城の危機は、あの瞬間の、高山殿の帰趨にかかっていたといってもよかった。そして事実、オルガンティノの説得で、高山殿を荒木殿の戦列から離脱させたことは、九鬼水軍が毛利水軍を破るのにも匹敵する意味をもっていた。

　オルガンティノに対する大殿《シニヨーレ》の信頼や友情がその後どのように深められたかは、側近の大身たちが私に語っていたことからもよくわかる。大殿はどのような重要な事を部将《ジェネラーレ》らと話しているときにも、オルガンティノやフロイス師がやってくると、すぐに自分の部屋に呼びいれて、そうした部将たちの前で、デウスや霊魂不滅について議論したり、地球儀を出させて、ポルトガルからゴアを経て日本王国にいたるまでの順路や各地の風俗、地理、天候などを質問するのであった。とくに地球儀は大殿の気に入ったものであって、それを出しては私ともよく航海術や天文学、ノヴィスパニアの風俗、地理、土民討伐などについて話しあった。

　側近の話によると、ある日、オルガンティノたちと議論していた大殿《シニヨーレ》が、外の廊下まで響くような大声で、「いや、私の敗けだ。私の敗けだ」と叫んだことがあるという。大殿はもともと甲高い声の持ち主であり、感情がたかぶると、処かまわず大声をあげるのがつねだったが、その大殿がいかにも感に耐えたような声をあげたことは、後にも先にも、このときだけだったという。それは、ひょっとすると、巧妙なロレンソ老人に霊魂不滅を説得されたのかも知れず、あるいはそんなことに関係のない全く別の論題だったのかも知れない。しかしその内容がどういうものであれ、大殿はオルガンティノやフロイス師らと話すのを好んだし、議論するようなときにも、身をのりだすようにして話し、相手方の言葉を実に注意深く聞いていた。そういうとき、大殿は口癖のように「うむ、理にかなっている」とつぶやきながら、腕を組み、時には、自分と対話でもしているように黙りこんで、前をじっと眺めていることがあったのだ。

　事実、大殿《シニヨーレ》が好んだ話題といえば、この「理にかなう」事柄に限られていた。地球儀を好んだのも、鉄砲術や築城術、また自然学の話題を好んだのも、それが「理にかない」、納得できるものだったからだ。私はいまも日蝕、月蝕について話したときの大殿《シニヨーレ》の真剣な表情を忘れられない。彼は腕を組み、じっと自分の前を見つめ、ただ「よくわかる。よく納得できる」と繰りかえしつぶやいていたのである。

こうした大殿《シニョーレ》であってみれば、オルガンティノが安土山の山麓に近い埋立地を望んだとしても、おそらく枉げて承知して貰えるであろう。少くとも私にはそう思えた。前日、高楼の窓から見おろしたとき、大殿《シニョーレ》は場所はどこを選んでもよいと言っていたのである。

「いや、それは多分大丈夫だと思います。もしその土地がよい場所にあれば、それを願い出るべきでしょうね」

私はオルガンティノの言葉を保証するように、信徒にむかって、そう言った。

その土地は山麓につづく沼を埋めたてた地域にあり、宮殿《パラッツォ》は目と鼻の間にあって、市街全体に対して、ちょうど開いた扇の要の部分に当るような地点であった。

オルガンティノはその地所を歩きまわり、一も二もなく気に入った様子を示した。他の信徒たちも、「もしここをお許しいただければ、願ってもないこと」と口を揃えて言った。その地域一帯は家臣団の住宅街に当てられていたため、すでに多くの家々が新築され、商店地区にくらべると、空地や雑木林や田畑はずっと少かった。

オルガンティノがロレンソ老人を連れて、宮殿《パラッツォ》を訪ね、この埋立地の土地を願いでると、大殿はむしろオルガンティノに気に入った土地があったのをよろこんでいる様子に見えた。「では早速、その土地を見てみようではないか」と言って、自分から先に立って、高楼の窓から市街を見おろした。

「あの梢ごしに見える埋立地でございます。道が交叉しているその先でございます。家が並んでおりますが、その間に、空地が見えております」

オルガンティノは窓から身体をのりだすようにして、眼の下に見える市街地の一角を指さした。

「あの白壁の家のところだな。ふむ。あそこが気に入ったのか。なるほど、あそこのほうが私のところからも近いし、たびたび訪ねることもできるわけだな」大殿はそう言って笑った。「だが、どうだろう。あれでは少し狭すぎることはないだろうか。もう周囲はだいぶたてこんでいるし、会堂の規模が大きいものだとすると、あれだけでは十分でないように思うが。いや、思うような会堂を建てるとなると、あれだけでは不十分だ。ひとつ、隣の白壁の家二軒と、その向うの畑地を立ち退かせよう」

大殿《シニョーレ》はまるで自分がその会堂を設計してでもいるかのように、地面のうえに、あれこれと建物の幻影を思いえがいているように見えた。大殿《シニョーレ》の眼には京都のバシリカ型教会堂が浮んでいたのかも知れぬ。オルガンティノが以前なにかの機会に、その地所が十分に広くなかったため、本来のバシリカ型よりは、ずっと方形に近いものになったというようなことを話していたのを、大殿《シニョーレ》はそのとき思いだしていたのかも知れぬ。そして安土の会堂は、オルガンティノらの思いのままに設計された壮麗な建物にしたいと考えていたのであろう。オルガンティノが「いいえ、わざわざ立ち退いて頂くようなことをしなくても」と言いかけたとき、大殿《シニョーレ》が朗らかな、きっぱりした口調で「いや、心配はいらぬ。立ち退いた者たちには十分の償いを致すから安心するがよい」と言ったのは、おそらくこうした気持が動いていたためだと思われる。

「明朝にでも、私が土地を検分しよう。早速にも、建築にかかれるよう、整地をしておく必要がある」

大殿《シニョーレ》は側近の一人にそう言った。

私は翌朝オルガンティノとロレンソ老人、それに信徒代表十数人と埋立地で大殿《シニョーレ》を迎えた。

大殿《シニョーレ》は馬からおりると、地所を見わたし「会堂を建てるにはここはなかなかいい場所ではないか」と言った。それから地所のなかをせかせかと歩きまわり、この立木は切り倒すように、とか、この石は除くように、とか、立ち退く家の補償はこれこれ、立ち退き先はこれこれと、大殿《シニョーレ》特有の早い口調で、側近に指示をあたえた。

そうやって一通り地所のなかを歩きまわると、大殿はもう一度その全体を見わたした。

「この土地をキリシタンの僧たちに与えようと思うのだが、お前らはどう思うか」

大殿はまわりに従っている家臣団に訊ねた。そのなかの一人が言った。

「ここにキリシタンの会堂が建つのでございますか」

「そうだ。お前はどう思う？　ここに会堂を建てることを……」

その若い美貌の近習が何か言おうとすると、彼はそれを言わせずに、押しかぶせるように言った。

「私はこの会堂が安土を美しく飾るものになるだろうと思う。安土には、ぜひ壮麗な会堂が必要なのだ」

こうした大殿《シニョーレ》の言葉には、どこか命令するような、激しい、断乎とした調子が感じられた。その翌日、大殿がふたたび数人の側近を従えただけで、オルガンティノにも知らせずに、その土地を見てまわり、近隣に住む家臣たちを呼びあつめ、「会堂建設に当っては、あらゆることにわたって、キリシタン信徒を援助しなければならぬ」と語ったということを私たちは後になって知らされたのである。

「大殿《シニョーレ》がみなさまのことをお話になるときには」と、そのときの模様を詳しく報告してくれた信徒の一人が言った。「まるでご自分の兄弟か何かのような口ぶりでしてね、なんどか、あの尊敬すべきとか、勇気にみちたとか、そんな言葉をお使いになりました。それにちょうど側近と一緒に高山殿も来ておられまして、高山殿には会堂について色々と質問されておりました。そのときには、みなさまのことを、万象について理にかなった説明のできる人たち、というふうに言っておられました」

こうした話をいま思いだしてみても、大殿《シニョーレ》がいかに私たちに真底からの信頼と友情を示していてくれたか、それがまたいかに単純率直な形で示されたか、驚くばかりだが、それにつけても当時、大殿《シニョーレ》のこうした態度は、ただまったく政治的配慮のためだとか、坊主が憎いためだとか言っていた人々が意外に多かったことも忘れられない。そのなかには学者《ウマニスタ》に似た温厚な佐久間殿もいたが、こうした人々は結局のところ、大殿の気持を理解することができなかったのであろう。彼らは大殿《シニヨーレ》の本心を読んでいると思いながら、かえって率直に現われているものを、ねじ曲った形でとらえようとしていたのだ。このことは、大殿がいかに多くの誤解のなかに置かれていたかという証拠にもなるが、あの頃の大殿を包んでいた孤独の影——あの冷んやりした黒ずんだ影——も、実はこうした誤解から生みだされていたことをも語っている。私はそれを思うにつけても、大殿《シニヨーレ》がオルガンティノや私に示した、人懐っこい、打ちとけた友情の意味について考えずにはいられない。

私たちと別れるときにその顔にあらわれる微笑は、たしかに孤独に浸されていたようにも思えるし、また、いつか大殿《シニヨーレ》が一人で渡り廊下を歩いてゆくとき（たまたま私は馬場で鉄砲隊の訓練を見ての帰りだった）大殿の顔が暗く陰鬱な表情に見えたので、思わず声をあげそうになったこともある。それは私たちの前では決して見せたことのない厳しい、暗い表情だった。そうした暗さは石山城が苦戦だったころと、いささかも変っていなかった。いや、それ以上に、別の何かが加わっていた。それが正確に何であったか、いまも言いあらわすことができないが、あえて言えば、一種の苦悩の刻印のようなものだった。もちろんそこには石山城の陥落にともなう種々の政治的な困難や、なお継続している毛利軍団との対決などが濃く影を落していたにちがいない。しかし大殿《シニヨーレ》の顔に刻印された苦悩の表情は、そうした外部から来たものではなかった。それはむしろ内部から——大殿《シニヨーレ》自身の生き方から、うまれているように見えた。言いかえれば、それは大殿《シニヨーレ》が自分の極限にむかって、たえず自分を駆りたてている、その緊張した生き方から、必然的にうまれているように見えたのである。

安土にセミナリオができてから、私などと航海術や天文学、自然諸学について話しあうとき、知識に渇いている人のように、根ほり葉ほり質問をする大殿の態度には、かつて私が鉄砲術や築城術、各国の戦術を説明したときと同じ熱心さが感じられた。ひょっとすると、当面の戦争に役立てるという緊急の必要がなかっただけに、知識そのものへの関心はいっそう強まっていたのかも知れぬ。おそらく大殿《シニヨーレ》はそうした知識が鉄砲をつくり、巨船をうみだし、地球の涯まで人々を導いてゆくという、その力に打たれたのであろう。大殿《シニヨーレ》が仏教徒や坊主たちを眺めるとき、一種の不潔な、けがれた獣でも見るような眼つきをしたが、そんな折、彼の口からきまってとびだすのは、「あいつらの知識は全くの空念仏にすぎぬ。何ものも動かすことができぬのだ。私に必要なのは、その知識が真実であって、それによって、実際に物事を動かしうるような知識なのだ」という言葉だった。

それだけに大殿《シニヨーレ》の生活のなかには、空疎な、事を成就させぬような、そうした無意味な議論や行動は見いだせなかった。早朝、起床して、馬を乗りまわすことからはじめられる彼の生活は、就寝まで、戦争と政治に占められていた。戦略会議、前線から伝えられる情報の検討、武器製造の計画と強化、食糧管理と輸送、五畿内の土地整理、課税体制と徴税系統の整備、各都市の治安対策、農村の統治体制の調整、道路、橋梁、治水等の土木工事の監督、交通、宿駅制度の改革など、仕事は毎日あとからあとから彼の前に殺到していた。なかには瞬間に判断し、対策を講じなければならぬ緊急問題もあれば、長期的な計画編成を必要とする根本的問題もあった。大殿《シニョーレ》はそういう問題を何人かの重臣たちの合議にかける場合もあり、また彼ひとりで決裁することもあった。ただそのいかなる場合にも、大殿《シニョーレ》は「事が成る」という見地からのみ、問題をながめた。明智殿が大殿《シニョーレ》の寵臣として羽柴殿とならぶようになったのは、その冷徹な戦略と攻城戦の巧みさのためであったが、さらには、土地整備や徴税体制の調整に示した行政手腕にもよるという噂もあるくらいだった。

大殿《シニョーレ》はこうした現実の問題を処理する立場の人間として、たえず「事が成る」ための力を必要としていた。事を成就せしめぬような知識はがらくたにすぎなかった。彼は眼を光らせ、渇いた人のように、事を成就させる知識を求めたが、同時に、そうした知識をつくりだす態度の厳しさにも関心をもったのだ。「キリシタンの僧たちが大海に乗りだすように、その同じ勇気をもって、仕事に当れ」

大殿《シニョーレ》は近習たちと雑談の折、そんな言葉を洩らしたと伝えられている。たしかにオルガンティノをつかまえて、大殿《シニョーレ》は「あなたはなぜこのような遠くの国まで、危険な大海を渡って航海してくるのか、それが知りたい」とよく言っていた。彼は布教のためであれ、その他の目的のためであれ（彼は笑って「他国へ盗賊となって侵入するとしても」と言っていた）、生死のぎりぎりの地点に立ち、「事が成る」というただそのことに力を集中して生きるその厳しさ、緊張、生命の燃焼に、強い共感をもっていたのだ。

大殿《シニョーレ》は「事が成る」ために自分のすべてを――自分の思惑、感情、惰性、習慣、威信、自尊心までを犠牲にした。そしてそうした態度をあえて他の部将、将軍、大名などにも要求した。このことに関しては、大殿《シニョーレ》は徹底的な献身を要求した。「事が成る」ため、誰もが自分を殺し、自分をのりこえ、「理にかなう」方法を遂行しなければならなかった。

私が大殿《シニョーレ》のなかに見た苦悩の刻印は、一方では、自分のなかのこうした不断の克己、不断の緊張の結果だった。が、それは同時に、そうした苛酷な要求が次第に周囲に畏怖をうみだし、その畏怖のため、人々は大殿《シニョーレ》に近づくことができず、そこにおのずと孤独の黒ずんだ影が生れていたという事実を、物語っていたのである。

しかしそれを正確に裏がえしたものが、オルガンティノや私などに対する大殿《シニョーレ》の態度でなかったであろうか。安土会堂の建設について示した大殿《シニョーレ》のあのような態度を、私は、それ以外に、どうしても説明することができない。あの峻厳で苛酷な大殿《シニョーレ》がオルガンティノにも知らせず、自分だけで、会堂の敷地を見にゆくなどということを、いったいどう説明すればよいのだろう。いかに親しかったにせよ、またいかに政治的配慮があったにせよ、一王国を統御する男が、教会堂の建設予定地を歩いて検分してまわるということ――そのことは何を意味するのだろう。

大殿はおそらく敷地のあちこちを歩きながら足で小石を蹴って地所のそとへ出したり、棄てられた塵埃を清掃させたり、建築資材の残りなどを片附けさせたりしたにちがいない。時どき立ちどまっては、そこに立つ会堂の姿をあれこれと想像したにちがいない。ながいこと黙って、そこに立ち、近習たちが敷地を取りかたづけるのを見ていたにちがいない。そういう大殿《シニョーレ》の姿に、人は何を感じるであろうか。私はなぜか荒木殿の謀反の報告が安土に届いた日、まだ室内装飾もない高楼の一室から、ながいこと、湖面に刻む白い波を見ていた大殿《シニョーレ》の横顔が、そこに重なって見えてくる。あの蒼白な、陰気な顔は、そのまま会堂敷地を見つめている大殿《シニョーレ》の顔に重なって見えてくるのである。これは私の推測にすぎないけれど、その会堂について大殿《シニョーレ》が話したいと思ったのは毛利軍団との戦闘を指揮している羽柴殿か明智殿であっただろう。羽柴殿だったら、それは大殿《シニョーレ》の気まぐれか、酔狂だと言って、会堂建設を冗談半分の話題にしてしまい、どうせ建てさせるからには、豪勢な大建築をつくらせせなさいなどとすすめたに違いない。大殿《シニョーレ》は心のどこかでは、こうした陽性な、楽天的な、それでいて、どこかひりひりする辛辣な批判を求めていたことは事実だ。だが同時に、その半面では、明智殿のように冷静にものを判断し、退屈かも知れないが、決してはぐらかしたり、茶化したりしない人物と話したかったにちがいない。明智殿だったら、大殿がオルガンティノに抱いた友情を理解することができたろうし、安土教会堂の意味を十二分に推察したにちがいない。

ともかく、大殿《シニョーレ》が示した好意がまったく異例なものであることは誰の眼にもはっきりしていたが、その理由となると、キリシタン信徒や家臣団にもそれは理解できなかった。オルガンティノ自身にしてからが、大殿《シニョーレ》がこれほど乗り気になり、自ら建築の指図までしようという様子を見せるなどということは想像もしていなかったのである。しかしその理由はどうであれ、大殿《シニョーレ》がこれほど気を入れている教会堂建設は、ここまでくれば、もう先に延ばすようなことは絶対にすべきではなかった。

ただオルガンティノの考えでは、前の年、日本教区巡察使ヴァリニャーノがシモの島（九州）に到着していて、その地区の巡察を終え次第、京都にも来ることになっていたため、本格的な大建築の計画は、その後に取りかかるつもりだった。

これに対して、キリシタン信徒、とくに上層の階級に属する武士たちが、大殿《シニョーレ》の異例の好意に応えるためにも、即刻、安土の会堂建設にとりかかるべきだと主張した。「もし教会が大殿《シニョーレ》の命《めい》で安土に建てられたということになれば、キリシタン宗門に対する一般の考え方に一段と尊敬と信頼を与えることになりましょうし、信徒を追放しようなどという頑固な意見も姿を消すことになるでしょう。それに教会側の信用、名誉という点でも、即刻、建築にかかればそれだけ重さも増すものといえます」

人々はそう言って、オルガンティノの決意をうながした。高山殿もそれを引きとって言った。

「私が個人でできることは何でも致します。木材、漆喰、石材類、運搬力、人夫など、必要なだけ、すぐにも取りそろえましょう。教会にとり、いまが一番大切なときと存じます。大殿《シニヨーレ》の好意にここで十全に応えることができれば、それは、さらにいっそう私たちキリシタンのうえに伸ばされるにちがいありません。それに、一度願い出て、許可をもらっておきながら、工事に取りかからないというのであっては、私たち大身のキリシタンの信用にもかかわります。大殿《シニヨーレ》がひとりで建設予定地を歩きまわられたという噂を、皆さんもお聞きでしょう。大殿《シニヨーレ》がまるで幼児のような気持で、会堂の建設を待っておられる、と申しあげれば、皆さんはお笑いになりますか。いいえ、私が見たところ、大殿《シニヨーレ》は本当にそうした気持で建立を待っておられるのです」

むろん私も、即刻、教会堂の建設にとりかかるべきであるという意見であった。ただ私の場合は、オルガンティノや信徒たちとは違って、特別な理由があったからではなく、そうしなければ、大殿《シニヨーレ》の暗い孤独感は深まる一方であろうと思ったからにすぎない。

ちょうどそのころ、ミヤコの教会堂に附属する宣教師館やセミナリオを建築するため、建築用木材が集められていた。しかもその大半はすでに大工によって切り込みが終り、棟上げを待つばかりになっていた。

私はオルガンティノにこの木材を安土に運んではどうかと提案した。ミヤコの会堂が現在ではすでに手狭になっていることは事実だが、とも角そこには会堂があるのである。たとえ宣教師館を建てたところで、不便が解消されることはあっても、信徒や一般民衆、とくにBonzos（仏僧）に対する影響の点から言えば、ほとんど零にひとしい。したがってその同じ材料を安土に運んで建造することは単に期日の短縮、工費の節減になるばかりでなく、現在の時点で、もっとも効果的な処置となりはしまいか。私はオルガンティノにそう言った。

もちろんオルガンティノもそれを考えないではなかったが、そのためには新たに到着したヴァリニャーノ巡察使の指示を仰がねばならず、また京都の信徒たちの了解を得る必要もあったのである。しかし大すじの点では、オルガンティノはじめ信徒代表の意見は一致した。

「これ以上にいい解決策があろうとは思えませぬ」と高山殿などは膝を乗りだして言った。「なるほど順序から言えば、教会堂が建立され、その後、宣教師館やセミナリオが建てられるべきでしょう。でも今はそんなことより、安土に一刻も早くキリシタンの建物が建てられることが肝要と存じます。それにここにセミナリオが建てられましたら、私の城下からも、早速多くの少年たちを送って学ばせたいと思います。そのことを考えると、いまから胸が躍るような気持です」

おそらくこの言葉はその会議に集った信徒全体の気持であったのだろう。彼らは高山殿の言葉に何度も深くうなずいた。高山殿は事実その建築資材運搬のため、急遽千五百人の人夫を京都に送った。他のキリシタンの将軍《ジエネラーレ》、大名たちも次々と人夫を送りこんだ。一般信徒たちが聖母被昇天教会の建立のときと同じく労力奉仕を申しでたのはもちろんである。

ヴァリニャーノ巡察使からは折かえし許可の手紙が送られてきた。すでに一部は許可状のくる以前から運搬を開始していたが、正式の許可があると、待機していた数千人の人夫や信徒たちが、いっせいに車を曳き、馬車や牛車を使って、安土に資材を運びはじめた。

石山城陥落以後、しばらく大がかりな隊列の移動を見なかったミヤコの住民たちは、十字の旗に飾られたこの木材運搬の大行列に驚かされた。その列はあたかも蟻の行列のように蜒々とつづき、ようやく整備された安土への往還を東へすすんだ。

資材が到着すると、ほとんど修正も変更も加えられず、そのまま木材は組みあわされ、棟上げされた。聖母被昇天教会の場合とちがって土地は十分に与えられており、また基礎工事の資材もたっぷり用いられたので、組みあがった宣教師館の規模はその界隈のどの大名、将軍《ジェネラーレ》の邸宅よりも巨大であった。

この工事の合間合間に馬に乗った大殿《シニョーレ》が何度か立ちよったが、そんなとき驚いて手をとめる大工や人夫たちに、そのまま仕事をつづけるように言って、自分は棟梁や工事監督の説明をききながら、建築現場のなかを見てまわった。時にはオルガンティノや私がこの建物の特色を説明することがあったが、大殿《シニョーレ》はそんなとき私たちにイタリア式建築の特徴を根ほり葉ほり問いただした。たとえば宣教師館は三階建で四面が垂直の壁面になっており、玄関の突出部分と鐘楼をのぞくと、ほぼ正確な立方体であった。大殿《シニョーレ》は日本建築ならば一階より二階は小さくなり、二階より三階はさらに小さくなっていて、それぞれの階層は屋根で飾られるであろうと言った。「そのほうが構造としても安定があり、外観も美麗であるように思うが」

これに対してオルガンティノは答えた。

「たしかに日本建築の優美さ、複雑さ、精巧さにはしばしば舌を巻きます。とくにその屋根組みの美しさはヨーロッパのどの建築も及びますまい。しかし私どもは建築物を垂直線と水平線の組合せによる単純な構造に還元いたします。ヨーロッパでは建築資材に主として石材を用いるということも、かかる構造原理と関係していると存じます。ともあれ、この単純な構成は、建築内部にふくまれる空間を十二分に活用することと、構造上の堅牢さを保つこととの二点に眼目がございます。たとえばこの建築法によりますと、三階に三十四の個室をとることができ、周囲には露台と申しまして一種の側廊を備えることができます。しかも堅牢さの点から申しましても、二百人が一時に起居しても柱は軋み一つ立てませぬ。日本様式にいたしますと、同じ量の資材を用いましても、堅牢さの点はともかく、個室の数は半数以下となります」

大殿《シニョーレ》はこうした説明を注意深く聞いていた。私は直接大殿《シニョーレ》がそれについて批評めいたことを言ったのを聞いたことはないが、彼は他の場合でも、注意深く耳を傾けることはあっても、黙ってそれを考えていることのほうが多かった。そしてこれは何か、あれは何かと絶えず質問を発し、説明が腑に落ちないときは納得ゆくまで問いただした。

地球儀を持ちこませて、私たちに航海や諸外国の地理風俗の話をさせるときと同じ態度がここでも見られたが、違っていたのは、建築の進捗を大殿《シニョーレ》が自分の建物でもあるかのように愉しげに見守っていた点である。

ある日のこと、大殿は鷹狩りの帰途、鹿皮の乗馬袴のまま工事場に姿を見せると、棟梁の一人に、この建物の瓦にはどのようなものを用いるのか、と訊ねた。

「京都の会堂に用いたと同じ普通の黒瓦でございます」と棟梁は頭をさげていった。「時間と費用の点から、特別誂えの瓦を焼くことは不可能と存じます」

「それは、そのほうの一存か」

「いいえ、オルガンティノ様はじめ皆さまのお考えでございます」

「では、早速黒瓦の件は変更して、安土城廓《カステルロ》と同じ青瓦を用いるように。瓦の数量、形態については後ほど申し出るがよい。瓦をそろえることで、城廓《カステルロ》と会堂は互に映りあって、美しく見えるにちがいない」

大殿《シニョーレ》のこの命令は京都に一時帰っていたオルガンティノのもとに即刻報告された。オルガンティノはこうした大殿《シニョーレ》の好意をどう解釈してよいのかわからなかった。彼はフロイス師がよくやっていたように、部屋のなかを歩きまわり、あれこれ大殿《シニョーレ》の心を推しはかった。しかしオルガンティノはブレシア近郊の農民の子らしく他人の心の裏を読むことは得手ではなかった。たしかに大殿《シニョーレ》の心の動きのなかには、オルガンティノならずともわかりかねる部分が多かった。彼はそのことで私によく訊ねたものであった。青瓦の一件にしても、単なる好意以上のものが感じられた。たとえ装飾の効果の上からだけでも、中央の城《カス》廓《テルロ》と同じ色彩を輝かす建物がそのそばに見うけられれば、そこに特別の配慮、特種の庇護が加えられていることは一目瞭然である。おそらくあの学者《ウマニスタ》に似た佐久間殿なら、そこに大殿《シニョーレ》の打算を読みだそうと試みたかもしれない。しかしオルガンティノは自分が善良であっただけに、つねに他人をも善良な存在と考えたし、好意は単純に好意としてしか受けることができなかった。彼が部屋のなかを歩きまわりながら、青い、人のいい眼を輝かしていたのはそのためである。

「いや、これは有難くお受けしなければならぬ。そのうえでいずれフロイス師に頼んでヨーロッパの貴重品を大殿《シニョーレ》に贈らなければならぬ」

オルガンティノはそう独りごちた。

もちろんこうした気持は信徒一般に共通していたといっていい。それは日々の工事の進捗に端的に表われた。彼らは一日も早く宣教師館を完成させることで、自分たちの感謝の気持を表明しようと考えたのである。工事場には、夜の明けぬうちから焚火をたいて、木を削ったり、壁土をこねたりする信徒たちの姿が見られた。日があがると、工事場は足の踏み場もないような騒ぎで、棟梁たちの声がたえず槌音にまじって聞えていた。彼らが一刻でも指揮をおこたれば、ただちに人々は混乱におちいったにちがいない。それほどにも大工や左官にまじって信徒たちが大勢働いていたのである。

私が青瓦の一件について聞いたのは、淡水の湖の北岸の小旅行をおえて安土に戻ったときであった。むろん私は信徒たちが口をそろえて大殿《シニョーレ》の庇護と好意に感謝し、オルガンティノともどもそれに報いようとしている態度に異を唱えるつもりは毛頭なかった。ただ私がその話を聞いたとき最初にきた反応は、信徒たちのそれと違って、一種の寂寥感と沈痛さであった。私にはそれが単に青瓦装飾によって建物外観をととのえるという問題ではなく、なにか、もっと大殿《シニョーレ》の心の奥の事柄と関連しているように思われたのである。それはあたかも戦士たちが戦闘の合間に友情の証しとしてとりかわす頸にかけた十字架とか、肌につけた小画像とかを私に思いださせたのだ。

私自身、あのホンデュラスの密林で、最後まで私を補佐した若い下士官に母の形見に持っていた金の細鎖をやったことがある。そのときの私の気持は決して若い下士官の機嫌をとるでもなく、その労をねぎらうでもなかった。私はこの若い男が泥にまみれ、旬日にして老人のような姿になりながら、それでも必死になって自分を支え、部署や任務を遂行していたその孤独な努力に打たれたのだ。そこには何ひとつ華々しいものはなかった。あるのは、ただ生き残って、一尺でも勝利へ向って歩こうという徒労とも見える営みだけだった。しかし若い下士官はそれをやりとげようとした。不平ひとつこぼさず、あたかも私の命令の実行のなかに、生きる意味のすべてが懸っているかのように、彼は密林を突破し、弾薬を背負い、兵卒たちを叱咤した。夜になると、彼は死んだように眠った。月光に照らされたその老人のような顔を見ると、私は奇妙な親近感を覚えた。私はすでに片目の提督の命令に絶対的な意義を見いだすことができず、ただ契約の義務を人間の限度まで果そうというそれだけの気持から、この困難な行軍を指揮していたのだが、それは何か空しい、孤独な、報いのまったく考えられぬ行為であった。私はただそうやって空虚ななかで自分を支える行為だけにすべてを尽した。だが、月光で眺める老人じみた若い下士官もまた私と同じような孤独な作業に耐えている。それを外に表わすこともなく、彼の義務を果している――そう思うと、私はなぜか今まで感じた以上の親しみを、この若い下士官に感じたのだ。いたわりでも、阿諛《あゆ》でもなく、また同情でもない。孤独な傷を見せあい、舐めあうのでもない。それはいわば独りで前をむいて歩いているその姿勢への共感というべきものだった。私はそこに何か血の近さのようなものを感じた。それは同時に相互がいかに切りはなされ、それぞれの孤立のなかに立たねばならぬかの確認のようなものだった。だが、それは不思議な近さを私におこしたのである。

私が青瓦の一件を聞いたとき思いだしたのは、こうしたかつての自分の心情であった。むろん私の場合は上司の指導の誤りから敗戦を余儀なくされた一指揮官の孤独な心情にすぎない。しかしそこには何か共通するものがあるように感じた。すくなくとも青瓦の一件はそれを示しているように思われたのである。

とまれ、宣教師館の建設は一カ月ならずして完成した。各階の窓には鎧戸が備えられた。建物は三階建の中央棟に一段と高く聳える鐘楼と、中庭をかこんだ廻廊が附属していた。鐘楼と廻廊の屋根には、大殿《シニョーレ》から使用をゆるされた青瓦が高く鮮かに輝き、安土の城郭《カステルロ》のそれと呼応していた。外壁は総板張りのうえ、志岐に到着したポルトガル船から運ばれた灰色の塗料で仕上げられ、窓枠はヴェネツィア風に白く縁《ふち》どられ、鎧戸、扉は緑であった。

私はかつて九鬼水軍に属していたころの部将《ジェネラーレ》たちに呼ばれて志摩にいたため、宣教師館の完成祝いには出席しなかった。オルガンティノの手紙によると、式典には二万人近い信徒が集まり、なかには京都や五畿内からやってきた者もいたという。しかもこの三層の建物は城郭《カステルロ》をとりまく家々のなかでも一段と高く色鮮かに浮びあがっていたため、安土の往還の遠くから、はじめてこれを眼にした信徒たちは涙を流して喜びあったということだった。

「この建物の影響は私の考えていたより遥かに広大なものがあります」とオルガンティノはその手紙のなかに書いていた。「安土宮殿《パラッツォ》のほど近く、同じ青色の甍で飾ることを許されたということは、とりもなおさず大殿《シニョーレ》がキリシタンとなられたのだ、いや、これからなられるところだ、などという噂がしきりと取りかわされる結果となりました。なかには、それは大殿《シニョーレ》ではなく、大殿《シニョーレ》の息子たちだと主張する連中もおります。私は事実、先日、大殿の息子たちからいますぐにも岐阜へ会堂と宣教師館をつくるよう督促されましたし、大殿《シニョーレ》からも賞詞とともに、早速こんどは教会堂を建立するように、という懇請が届けられているのです。このぶんではキリシタンだった者や、これからキリシタンとなろうとする者たちは当分安土から離れられますまい。宣教師館に集り説教をきく者のなかには、異教徒の大名、将軍《ジェネラーレ》も数多く見うけられるのです。洗礼を受ける者があまりに多いため、私はつい先頃、ヴァリニャーノ巡察使にできるだけのパードレを派遣されるよう懇願したところなのです」

京都の教会堂と安土の宣教師館とは、いまや信徒や信徒志望者によってぎっしり埋められ、あふれた人々があるいは窓からのぞき、あるいは内部の説教や、聖歌に耳を澄ませた。

それはビレラ師が小さな破屋を借り、障子の隙間から吹きこむ寒風にふるえながら数人の男女に説教し、椀の水で洗礼したころに較べると、同じ宗派の活動とは思えなかった。時代もすっかり変っていた。あの当時はまだ都は戦乱の巷だった。影のように騎馬武士たちが走りぬけ、喚声や鈍く物のぶつかり合う音がたえず郊外に聞え、町村を焼き払う煙が低く空を掩っていた。教会もなかったし、ビレラ師もフロイス師もつねにBonzos(仏僧)や民衆たちに石を投げられ、罵倒され、追いたてをくっていた。

しかしいまや京都の町々には安堵と喜色があふれていた。普請中の家や、新築の家や、模様がえをした家がいたるところに見うけられ、景気のいい槌音が空気をはずませていた。警察力も整備され、町すじごとの警備は厳重にかためられて、野盗の類は姿を見せることさえできなかった。往来で商売をする者が増え、芝居小屋や見世物小屋が賑やかな客足を集めていた。地方から集った遊び女たちが派手な着物を着て客をひいていた。音楽が鳴り、猿廻しが太鼓を打ち、踊りを見せる女もいた。

それは安土の町々でも同じであった。山麓から湖畔の埋立地にかけて、白壁の塀をめぐらした武士団の屋敷がたちならび、林が切られ、藪が開かれて新築の商家が幾すじもの町を埋めはじめた。往還には軍団が移動し、旅行者たちが宿駅にごったがえしていた。その大半は商人で、新たに安土の町の繁栄をききつたえて集ってきたのである。安土に定住する者には各種の租税賦役が免除されたし、その他あれこれと定住奨励策が講じられていたのだ。

毛利軍団は西方でなお強力な抵抗をつづけていたが、戦線が遠のいたということもあって、ミヤコを中心に人々はようやく平穏な日々の味を知るようになった。それは長い荒涼とした冬が去って、一時に爛漫と花咲く春が訪れたような感じであった。事実、宣教師館が完成した翌年の春、私ははじめて日本人たちが「花見」と呼ぶ野外宴に招かれたことがある。桜の大樹が群生したそのミヤコの郊外に、人々は幕を張りめぐらし、長椅子を置き、地面に緋毛氈を敷き、酒を飲み、美麗な箱から食物をとり、歌をうたい、手で拍子をとり、踊り狂い、肩を組んで練りあるき、大声でわめき、げらげら笑い、楽器をかきならすのを、私は眺めたのである。それはながいこと抑圧され、不安におののいていた人々が、一挙に戸外へ踊りでたような印象をあたえた。どこもここも白く桜花が咲きみだれていた。黒い幹に支えられて、空いっぱいに拡がる枝という枝、梢という梢に、淡い紅を含んだ白い細かい花が重なりあい、身を寄せあって、泡のように溢れていた。

私はなんどか酔客の誰かれから酒をすすめられた。オルガンティノやフロイス師が理解に苦しんでいた彼ら特有の酒の強要であった。平生は理性的で、温厚ですらある彼らが、酔いのなかにのめってゆくさまは一種の壮観であった。しかし私はその弱点をもって彼らを律したいとは思わない。弱点の故に愛着するということもありうるからだ。

夕刻、私たちが帰ろうとする時刻に風が出はじめた。風が梢を渡るにつれて、花はいっせいに白く舞いあがり、吹雪のように空中を飛んで、踊り狂う人々のうえに散った。

安土の宮殿《パラッツォ》でも花見の野外宴が開かれたことを信徒の一人は私たちに報じてきた。春はミヤコといわず、安土といわず、大殿《シニョーレ》の治世を祝って華やかに花開いているような感じがした。

美貌の巡察使ヴァリニャーノがシモの島をたって五畿内に姿を現わしたのは、ちょうど桜が野山に咲きほこる〔一五〕八一年春三月のことである。

私はオルガンティノから何度かヴァリニャーノの噂を聞いていた。彼が日本教区の巡察使としてゴアをたつ以前から、その奔放な若年の生活や、激しい野心や、透徹した知性などは、たぶんに伝説化された形で私たちのところに伝えられていたのである。なかでもパドヴァ大学に在籍していたころ、酒場に女たちを引きこみ、酒を浴びるように飲み、喧嘩沙汰、刃傷沙汰は常のことだというような話は、何か堕地獄の物語を聞くような興味で、ひそかに修道士たちのあいだに囁かれていたのだ。私はまた彼が情人の裏切りに激怒して、その顔を切りさいなんだという話も聞いた。その罪をヴェネツィアの牢獄でつぐなっているあいだに、回心が訪れたのだとも、出獄後、顔を傷つけられた女が彼を宥《ゆる》したことによって、愛の意味を悟ったのだとも伝えられていた。

　私はそうした種々の噂を聞きながら、あのジェノヴァの裏町で妻を刺した日の記憶がよみがえるのを感じた。その形は異なっていたが、愛と憎悪のはざまに身を投じて、自らの一生をそこに焼尽させたことは、ヴァリニャーノも私も同じであった。その後の私は、自分の宿命を刻々に先取し、それを激しく肯定することに生活の一切をかけた。ヴァリニャーノは逆に自らの半生を徹底して否定することにその生涯をかけていた。彼は苦行においても学習にあたっても自らの限度に挑むことによって──自分に挑戦し自分を克服することによって、辛うじてその無頼な若年の記憶と戦っていた。かつてヴェロナ一とうたわれた美女が醜く傷つけられた顔を黒いヴェールに包んで、ヴァリニャーノを訪れた日の記憶が、いまも疲れはてた彼の夢のなかに現われることがあった。そんなとき彼は自分のなかのどす黒いものが若年の頃といささかも変らず流れ出てゆくのを見て、いい知れぬ絶望を感じた。自分はあの頃と何一つ変っていない。あの残忍な自分とまったく同一の人間なのだ──そういう思いが夜明けの短い眠りからさめた彼の心を嚙むのである。ヴァリニャーノが不眠不休で教会の雑務を片づけ、苦行を課し、眼を血走らせて教父の著書に読みふけるのは、多くそうした日のあとのことであった。

　ヴァリニャーノが故国をはなれ、インド教区の巡察使を拝受したのは、限度まで自分を切りさいなんでゆこうとする彼のこうした生き方と無関係ではなかった。パドヴァの名門の生れだったにもかかわらず、彼は自分の身分については一切触れようとはしなかった。それはカブラル布教長がポルトガル貴族の傲慢さをまるだしにしていたのと奇妙な対照を示した。

　私たちはすでにヴァリニャーノ巡察使が二年前に日本に到着し、口の津で宗教会議を開いた折、傲慢直情のカブラルと真正面から対立したということを聞いていた。もちろんそこにはカブラルの極端な日本人蔑視や差別待遇や禁欲主義など、布教上の抵抗を増大させるごとき態度の批判が加えられていた。この点に関する非難はすでにオルガンティノから発せられていたものであり、私などもマラッカからの船のなか以来、散々聞かされていた。もちろんヴァリニャーノはゴアですでにオルガンティノからの詳細な報告を受けとっていたであろうし、口の津会議にいたるまで、シモの島の布教状況を精密に観察していたであろう。したがってカブラルとの対立は純粋に布教上の方法、見解の相違とみることもできる。

　だが、私には、会議の席上、激しくヴァリニャーノに反駁するカブラルの内面で、ポルトガル貴族の倨傲と狷介とが、かつての遊蕩児に対する優越感を、どれほど煽ったかがよくわかるような気がした。一人は自信と狂熱のうえに立ち、もう一人は不断に自分の極限をこえようとしていた。一方は熱烈で、苛酷であり、他方は冷静で、沈鬱で、果断であった。

私はヴァリニャーノに会う以前から奇妙な親近感を彼に感じた。彼もまた何ものかを追いもとめて遠い日本王国まで来たことが私には痛いようにわかったからである。

私がはじめてヴァリニャーノに会ったのは、彼が堺に上陸後十日ほどして京都に入ったときであった。

夥しい信徒の群が巡察使一行をとりかこんで、祝祭行列のようにつづいていた。ちょうど前日、高山殿の城郭《カステルロ》で盛大な復活祭がおこなわれたばかりだった。人々はその感激と興奮からまだ覚めていないように見えた。私と顔見知りのある信徒は、高山殿の城郭《カステルロ》の教会にキリシタン一万五千、異教徒二万がつめかけたということだった。身分の高い武士たち、その夫人、セミナリオの少年たちが白衣を着て、手に手に勝利の棕櫚の枝をふり、また聖画を高くかかげて行進の先頭を進んだ。人々は炬火をもち、青や赤の提灯をささげて行進に加わった。侍者の持つ天蓋のしたを聖遺物を抱いたヴァリニャーノが進み、正装をし金襴を輝かしたオルガンティノ、フロイス師らがそれに従っていた。道の両側で待ちうけた群衆は、行列に花をまき、歓呼でこれを迎えた。

それは日本で行なわれたどのようなキリシタンの祝典よりも華やかで豪奢だった。ミサのあと、大宴会が開かれ、人々はあるいは祈り、あるいは聖歌をうたい、あるいは歓談し、あるいは感極まって泣いた。

「私はヴァリニャーノ様が堺に到着されてからずっとご一緒に参りましたが」とその信徒は言った。「集ってくる信徒や一般の人々の数は一日一日と多くなって、それがいっこうに減る気配がないのです。街道にあふれ、川を船にのってつきしたがい、どの町に入っても、まるで気のちがったような騒ぎをひきおこすのです」

私もこの馬上のヴァリニャーノを遠くから辛うじて見たにすぎなかった。群衆を整理するために、温厚な京都総督は警備のため数百人の兵士たちを配置したが、それでも混乱はいたるところでおこり、悲鳴があがったり、喧嘩騒ぎがひきおこされたりした。

とくにヴァリニャーノの従者として天蓋を捧げていた黒人のジェロニモは群衆の好奇心を刺戟したらしく、それを見るために人々はどっと行列めがけて殺到し、溝に落ちて足の骨を折る者、壁に押しつけられて気を失う者などが出た。木塀や柵や門などが押しつぶされた家もあったという。

ジェロニモの評判はまたたく間に京都じゅうに伝わった。私がヴァリニャーノのそばに近づくこともならず、一足先に教会に帰ってくると、そこに待ちうけていた群衆のあいだでもすでに黒人の噂でもちきりだった。

ジェロニモはジェノヴァで少年時代をおくったことがあり、黒人特有の陽気で、屈託のない男で、ヴァリニャーノに心服する前は、彼も荷担ぎや給仕人や傭兵になって各国を転々としていたらしい。ヴァリニャーノとはヴェネツィアで会ったということで、些細な借金のため袋叩きになっているところを巡察使に偶然救いだされたのだった。

　このジェロニモの噂はちょうど京都の宮殿《パラッツォ》にいた大殿《シニョーレ》のもとにも届いたらしい。その日のうちに、大殿《シニョーレ》から黒人に会いたい旨の使いがきた。

「お前さんのためにこの騒ぎだ。おれたちの身体まで押しつぶされそうだった」

　従者たちが教会に辿りつくと、口々にジェロニモに当った。ある者は洋服が破られたといい、ある者は足を痛めたといい、またある者は帽子を失ったといっていた。

　しかし当のジェロニモはこうした騒ぎが満更でもないらしく、大殿《シニョーレ》の使者がくると、オルガンティノから指示されるまでもなく、万事心得ていると言って、自分から進んで宮殿《パラッツォ》に出かけたがった。

　帰ってからのオルガンティノの話によると、ジェロニモの評判は予想以上で、ふだんなら大殿《シニョーレ》在住中の宮殿《パラッツォ》は静まりかえり、陰気ですらあるのに、この日は我も我もと彼らの通ってゆく廊下に並びたがり、あれは墨を塗ったのではないかとか、身体まで真っ黒なのだろうかとか、こんな黒い人間がなぜ生れたのだろうかなどという囁きが穂波のように人々のあいだに拡がっていった。

　大殿《シニョーレ》もさすがにジェロニモの黒さには驚いたらしい。はじめはそれが生れつきの肌の色であることをなかなか信じなかったが、オルガンティノが灼熱の太陽に幾代も幾代も焼かれた結果、このような肌の色となったことを説明して、やっと納得がいったらしかった。大殿《シニョーレ》は例によってお気に入りの地球儀を持ってこさせ、太陽が灼熱して照りつける地域や黒人らが住む土地について話をきいた。

　彼はジェロニモに洋服をぬがせ、上半身を調べると、オルガンティノの話を納得した様子であった。

　後に彼らは大殿《シニョーレ》の子息たちの宮殿《パラッツォ》に伺候し、ジェロニモを披露に及んだが、人々はそのまわりに集り、ジェロニモの肌をこするやら、裸にさせるやら、最後には風呂に入れて身体を洗わせるやらの騒ぎだったという。ジェロニモは芝居気のある男だったので、早速オルガンティノから教えられた挨拶を日本語で言ってのけ、大殿《シニョーレ》の子息をひどく感じいらせ、連日、宮殿《パラッツォ》に伺候するようにと言われた。

　退出に当ってジェロニモは石臼を二つ両腕で持ちあげてみせ、また太綱を身体にまかせ、それを断ちきったという噂もささやかれていた。

　私の見るところ、オルガンティノはあの手この手を使って、大殿《シニョーレ》の気持を引きたたせ、初対面のヴァリニャーノ巡察使の印象をよくしようと努めているように見えた。でなければ、巡察使の正式対面に先だって、黒人の従者を宮殿《パラッツォ》に連れてゆく必要などなかったのだ。

　ヴァリニャーノが大殿《シニョーレ》と対面したのは、その翌々日の午前で、ほかにオルガンティノ、フロイス師、片目のロレンソ老人、三、四人のパードレ、そして私が従った。前からオルガンティノが用意していた贈与の品々が従者の輿に担がれ、私たちの行列のあとにつづいた。そのなかにはリスボアの金色燭台、フィレンツェの毛織物、獅子を織りだした絨緞、ヴェネツィアの硝子細工、それに金飾りのある緋ビロード張りの肘掛椅子などが含まれていた。

　以前、カブラル布教長をともなって、はじめて岐阜へ大殿《シニョーレ》を訪ねたところに較べると、すべては一変していた。大殿《シニョーレ》の質素な衣服や、敏捷な挙止は前の通りだったが、岐阜と京都の違いはあるとはいえ、宮殿《パラッツォ》のなかの雰囲気はまったく変っていた。人々は美々しく粧っていたし、室内の調度、装飾などには華麗な効果をもつものが好まれていた。

　それにカブラル布教長のときは私たちが一人一人神経を緊張させなければならなかったが、ヴァリニャーノ巡察使に関するかぎり、その点はまったく安心だった。オルガンティノのずんぐりした、汗かきの、好人物らしい身体つきに較べて、ヴァリニャーノの体軀は偉丈夫とよんでいいほど堂々としていた。彼は私たちよりも首一つ大きかった。ゴア、マラッカの陽に焼かれた顔は浅黒かったが、彫りの深い、幅広の顔だちには、上品で冷たい瞑想的な感じがあった。彼はオルガンティノのように誰とでも気楽に話し、陽気で、活動的というわけにゆかなかったが、たえず綿密に考え、微細に観察をつづけ、布教状況の全体を正確につかみ、長期にわたる確乎とした計画をつくりあげる才能をもっていた。たとえばカブラル布教長が厳禁した神学校、セミナリオの設立、教理要綱の整備、ポルトガル貿易の収入による教会財政の確保などは、なによりもこの美貌のヴァリニャーノの力に多くを負っていた。

　私が安土セミナリオにおいて自然諸学、数学を教えるようになったのも、ヴァリニャーノの配慮であるし、教会会計の処理を日本人修道士に委託したのも彼の決断によっていた。彼はオルガンティノのように大殿《シニョーレ》に感激することもなく、また打ちこむこともなかった。といって傲慢なカブラル布教長のように、ことさら威厳を保とうとする態度にもでなかった。

　彼はつねに身体の内部の痛みに耐えている人のような様子をしていた。それは沈鬱な冷静な態度であり、一種の距離をおいた敬意であったが、大殿《シニョーレ》のほうは一目でヴァリニャーノのこの冷静果断な人柄に魅せられたようであった。おそらく学識の点では、インド以東に派遣されている全修道士、全宣教師も彼の右に出るものはなかったであろう。彼が一部で野心家と考えられているのは、この該博な知識の量と疲れを知らぬ知力のためだった。初対面の折、早速、大殿《シニョーレ》は例の地球儀を運ばせて、ヴァリニャーノの航海行程をつぶさに質問し、彼の知らぬ王国や土地がその話に出てくると、それを詳細に話すように言った。故郷のパドヴァがオルガンティノや私の郷里とわずか数百レグワ離れているにすぎないというと、大殿《シニョーレ》は三人共通の故郷であるイタリアについても話してほしいと言った。

　ヴァリニャーノはローマの繁栄について、巨大なヴァティカノの聖ピエトロ大聖堂について、そこで行なわれる荘厳な大ミサについて、ヴェネツィアの貿易、商業について、フィレンツェの政治、産業、芸術について、そしてヨーロッパの文明や風土について、例をあげ、比較を用い、比喩を使って、詳しく説明したのである。大殿は、たとえば聖ピエトロ大聖堂の話がでると、それは京都の教会堂の倍ほどのものかと訊ねる。すると、ヴァリニャーノは首をふって「どうして、どうして、到底比較できる規模ではございません」と答える。オルガンティノがそれを受けて「ちょうど安土の大高楼がそのまま石材で建造されたものとお考え下さい」と言う。「そのような建築が果して可能なものであろうか」と大殿《シニョーレ》がふたたび訊ねる。オルガンティノが紙のうえに円屋根や穹窿構造を描き、石材を積みかさねる場合、いかにして天井が構築されるかを説明した。

「まさしく理に適った説明だと思う。だが、それが安土城をしのぐ規模であるというのは、実際にそれを眼にした者でなくては、容易に信じられぬ」

そう言うと大殿《シニョーレ》は腕を組んで、じっとオルガンティノの描いた図面を見つめていた。ロレンソ老人は大殿《シニョーレ》の言葉をヴァリニャーノに通訳した。

「信じられぬ？　聖ピエトロを見なければ信じられぬ？」

ヴァリニャーノはヴァリニャーノで、何ごとかを考えるように、同じくその図面を見つめていた。

私たちの会見は三時間に及んだ。大殿《シニョーレ》の態度はつねに好意的で、オルガンティノや私に対しては、ふだんの打ちとけた様子を隠そうとはしなかった。帰り際に、大殿《シニョーレ》は東国から届いたばかりの鴨十羽をヴァリニャーノに贈った。こうした贈与がこの王国においてどのような意味をもっているか、ヴァリニャーノには十分に理解できなかったが、オルガンティノは繰りかえしてそれが大殿《シニョーレ》の破格の好意を示すものであることを説明した。事実、数刻の後、その噂は京都じゅうに伝えられ、なかにはその鴨が教会堂の正面に吊りさげられているという噂を信じて、わざわざそれを見にきた人々もいたほどであった。

黒人のジェロニモを見物するために、これほどの群衆がつめかけたということ、野山で酒宴がたえず開かれたということ、高山殿の城廓の教会祝典に三万五千の人々が集ったということ——こうしたことはいずれもながい戦乱が終り、ようやく平和な日々を取り戻した民衆の心を端的にあらわしていた。ヴァリニャーノの出現もキリシタン信徒にとって同じような効果をあたえ、復活祭を間に挟んだこともあって、聖母被昇天教会はたえず雑踏していた。ミサや説教の時刻には教会の外にまで人々は溢れた。洗礼を受ける信徒の数も多く、五畿内の都市へフロイス師はじめシモの島から着いたばかりのパードレたちが派遣された。

山ぞいの地方では桜が盛りであった。青い麦畑が拡がり、街道は乾いて白い埃りが突風に巻かれて舞いあがった。

いま思えば大殿《シニョーレ》の治世はその春、咲きほこる花とともに最盛期を迎えていたといえる。もちろん決して止まることをしなかった大殿《シニョーレ》のことであるから、あの不慮の死さえ遂げなければ、最盛期といわれるものは、もっと後の繁栄を指したにちがいない。しかしその翌年の初夏には、大殿《シニョーレ》の死が迫っていたし、またその年は冬から春にかけて東方の武田軍団の殲滅戦が行なわれ、ついで毛利軍団への攻撃が強化されたのであってみれば、まさにこの〔一五〕八一年の春こそが、大殿《シニョーレ》の治世でただ一度の、華麗で豪奢な日々だったと言えるのである。

私はいまもなお京都宮殿《パラッツォ》の東の馬場で行なわれた華やかな騎馬パレードを忘れることができない。私たちはそのパレードへの招待を、例の鴨の贈物をあたえられた翌日、受けたのである。文面によれば、パレードは大殿《シニョーレ》麾下の全部隊によって行なわれることになっていた。

京都の町々の噂では、この騎馬パレードを見物するために、気の早い人たちはすでに一般用桟敷に坐りこんでいるということだった。

パレードのための馬場は南北に細長くつくられ、それにそって東側に武士たちの桟敷、反対側に一般用桟敷がつくられていた。馬場の仕切り柱、桟敷の柱、支柱、土台などすべて赤い布地がまきつけられ、大小の長旗や吹流しがはためいていた。旗にはいずれも騎馬パレードに参加する領主、部将たちの紋章が黒に、赤に、紫に、白抜きに、染められていた。中央桟敷は急造のものであったが、金銀の金具を用い、屋根を葺き、幔幕をめぐらし、庭園の奥にでも設けられた小宮殿をそのまま馬場に運びだしたように見えた。

当日は、早朝から、中央桟敷を囲んで緑や紫や緋の衣服を着た人々が並び、一様に黒い冠をかぶっていたが、ロレンソ老人の説明によると、それは京都宮廷《コルテ》の文官たちであり、Dayri（内裏）にしたがってパレードに臨んでいるということであった。内裏は蒼白な顔をした小男で、たえず眼をしばたたき、時おり傍らの重臣と何ごとかを囁いていた。

私たちは中央桟敷のそばに特別席を与えられ、ヴァリニャーノを中心に、オルガンティノとフロイス師が左右にならび、後列にロレンソ老人や他のパードレが坐った。ヴァリニャーノ巡察使は澄んだ落着いた眼で、桟敷を埋めつくした仏僧たち、大名、領主《ゴベルナトーレ》、将軍《ジェネラーレ》たち、それに反対側の桟敷の一般観衆をじっと眺めていた。それは二十万をこえる大群衆であり、遠くはるばる東国から来た人々もいるという話であった。

私たちが馬場に着いたころは、まだ朝日が出たばかりで、横に長い影が馬場に落ちていたが、やがて明るい爽やかな風とともに、やわらかな光が桟敷に流れはじめた。長旗が馬場のあちこちでひるがえり、遠くで馬の嘶《いなな》きが聞えていた。

大殿《シニョーレ》の到着を告げる太鼓が鳴りわたったのはそれから間もなくだった。二十人ほどの近侍に囲まれて、大殿《シニョーレ》が姿を現わしたとき、私は思わずあっと声をあげた。近侍たちの何人かがそこに運んできたのは、数日前、ヴァリニャーノ巡察使が贈った赤ビロード張りの金色装飾のついた肘掛椅子だったからである。

大殿《シニョーレ》は椅子を中央に据えさせ、それに腰をおろすと人々の挨拶をうけた。やがて大殿《シニョーレ》がヴァリニャーノの贈った椅子に坐っているのが人々の注意をひきはじめた。人々の囁きがあちらでもこちらでもかわされていた。なかには後からそっとロレンソ老人に、ほんとうにそれがパードレの手で贈られたものかどうか小声で確かめる人もいたのである。

老人はヴァリニャーノの耳もとに、あの椅子がいまどんなに場内の評判になっているかを伝えた。「見物人のなかには、あれは大殿《シニヨーレ》がキリシタンに帰依する前触れだなどと言う者もいるそうです」老人はそうつけ加えた。

当然、観衆の眼は体軀の大きいヴァリニャーノに集中したが、彼のほうも落着いた様子で観衆の一人一人をよく観察していた。ロレンソ老人の言葉をまつまでもなく、観衆の心に、こうした反応を呼びおこしたのが、思いも及ばない肘掛椅子の効果だったことを、彼はすでに見ぬいていたのである。ヴァリニャーノ巡察使の澄んだ眼は異様な光り方をしていた。前年の口の津会議で種々の改革案をだして、傲慢なカブラル布教長の方針を弾劾した巡察使は、オルガンティノと同じくシモの地方（九州）を教化する以上に、ミヤコの教化に力をそそがなければならぬという意見であった。しかし実際は、オルガンティノの要請があって、ミヤコへ来たものの、会議の席上ではっきり言明していたほどには、ミヤコの教化の重要な意味を理解していたわけではない。むしろカブラル布教長の方針を批判する戦術として、オルガンティノの布教活動を、ことさら強く支持したようなところがあったのである。

しかしいま大殿《シニヨーレ》が彼の贈った肘掛椅子に坐ったというただそれだけのことで、このような動揺が生れたということは、ヴァリニャーノ巡察使に深い感銘を与えないではいなかった。このとき眼の澄んだ巡察使がどのようなことを考えていたのか、私は知らないが、少くとも彼は、ある異様な驚きとともに、大殿《シニヨーレ》の存在の重さを感じとったことは事実だった。

私はその後何回となく彼がこのときの感銘について話していたのを知っているし、またこのパレードの直後、安土に帰還した大殿《シニヨーレ》を追って京都をたったという事実は、いかにヴァリニャーノの心に大殿《シニヨーレ》の存在が深く刻みこまれたかの証拠であろう。

パレードは大殿《シニヨーレ》の着席後ただちに開始された。すでに前から馬たちの嘶きと地面の遠くを鳴らしてゆく馬蹄の響きが聞えていたが、やがて太鼓の轟きとともに、馬場の北から最初の騎馬隊が姿を現わした。

いずれも背に挿した揃いの長旗をはためかせ、黄金の兜、鎧を輝かした騎馬武士たちが、緋色の衣服をつけ、同じ緋色の手綱、馬具で飾られた馬にまたがって、風のように走りこんできたのである。二十頭の馬があたかも一本の見えない棒に釘づけされているかのように、一直線に横に並んで、一列、二列、三列、四列と、ながい馬場を走りぬけてゆく。重い地響きがあとからあとからと桟敷をゆるがして、濛々とした砂塵が舞いあがった。二十万の観衆のなかから思わず吐息とも歓声ともつかぬどよめきが湧きおこり、やがてそれはとどろくような拍手と歓声に変った。

後尾につづく隊列は砂塵のなかに巻かれて、影絵のようになり、兜の黄金だけが鋭くきらきらと輝いていた。

第一陣が走りぬけると、つづいて第二陣が馬場の入口に姿を見せた。やがて騎馬隊の姿がはっきり見えるようになると、人々の口から感嘆の声がもれた。百騎にあまる騎馬隊の馬がすべて雪のような白馬で占められていたからである。紺青の衣服に黒金の甲冑、同じく紺青の旗差し物を背にひるがえしたその騎馬隊は、青の手綱、青の馬鎧を用いていた。隊形は先端に二頭、次に四頭、次に六頭という菱形をとって、砂塵のなかを白い流れとなって走りぬけていった。

ロレンソ老人のそばに附添った武士が騎馬隊の所属を説明する。それを老人はヴァリニャーノらに通訳していた。

第三陣は金襴の衣に黒い冠をつけた文官風の装束で、馬具も黄金の金具が光っていた。彼らは疾走しながら隊形を自由に組みかえ、左右に入れかわり、また縦列になり、横列になりして、馬場を駆けぬけていった。

それから幾組か、十騎から二十騎ほどの小編成の騎馬隊が、あるいは紫に、あるいは緑に、あるいは黄に、衣服や馬具を飾りたてて走りこんできた。ある騎馬隊は大殿の前面で全騎士がいっせいに馬の片側に身をかくし、あたかも無人の馬が走りさってゆくように見えた。また別の騎馬隊は馬場の中央で隊列を変え、一列の縦隊となると、中央桟敷の反対側に設けられた標的の前を駆けぬけながら、一騎ずつ、背から矢をとり、かくしていた弓でびしっ、びしっと音をたてて射ちぬいていった。全速力で走る馬上からうったにもかかわらず、小さい標的は十数本の矢でびっしり覆われた。最後の一騎には見るからに年少の騎馬武者が乗っていた。彼は濛々たる砂塵のなかを駆け、標的に近づくと、いかにも胸いっぱいといった感じで弓を構えた。人々は一瞬固唾をのんだ。が、次の瞬間、彼の放った矢も見事に標的を射ぬいた。どっと感嘆のどよめきが場内をゆるがした。

ある騎馬隊は豪華な金糸銀糸に縫いとられた衣装に主力をそそぎ、またある騎馬隊は馬につけた手綱を虹色に飾り、宝石や曲玉をそれに貫きとおしていた。曲芸に似た馬術を披露する騎馬隊がいるかと思うと、自在に隊形を変化させながら駆けぬける騎馬隊があった。また馬場に幾組かに円形をつくり、それぞれの組に同じ障害物を置いてその周囲を同じ速度で廻転し、8の字に行進する派手な飾りつけをした騎馬隊もあった。

ロレンソ老人に説明していた武士の言うところによれば、これらの騎馬隊は、現在、毛利軍団を攻めている羽柴殿麾下の軍隊をのぞくと、ほとんど全軍から選抜された騎馬隊で、それぞれの将軍《ジェネラーレ》に率いられているということだった。どの騎馬隊も工夫をこらし、美しさ、華麗さを競い、信じられないような費用をかけていた。たとえば白馬をそろえた騎馬隊のごときは、ただこのパレードの数刻のために、全領有地から白馬を買いもとめたのであった……。

パレードが終り、大殿《シニヨーレ》が退出したあとも桟敷には大勢の人々が残っていた。彼らには、この華やかな騎馬行列が一瞬に走りすぎた幻影のように思えたのである。

だが、それは他ならぬ私自身の思いでもあったのだ。私は、かつて自分が属していた鉄砲隊や九鬼水軍の兵士たちをこそ見なかったけれど、その馬場を駆けぬけてゆく騎馬隊の影像の向うに、あの陰惨をきわめた長島討伐や、苦戦を重ねた石山城攻防戦を見るような思いをしていたのである。あれからわずか十年の歳月が流れたにすぎないが、なんと大きな変化が大殿《シニョーレ》の周辺に起ったことだろうか。私がはじめて堺から京都への道を辿ったころ、まだ戦乱はいたるところで起っていた。温厚な和田殿もいたし、剛直な荒木殿も存命だった。京都には支配者《ゴベルナトーレ》がいて、大殿を包囲しようと画策していた。北方軍団も淡水の湖の向う側から強く大殿《シニョーレ》を圧迫していた。東方軍団が潮のようにひたひたと攻め寄せていたとき、私は夜ごとに岐阜の城廓の櫓に立って、不安に心がしめつけられたものだった。しかしそうしたものはすべて一瞬のうちに過ぎさってしまった。ちょうどつい今しがた、あのように華々しく疾駆していった騎馬隊のように、あっという間に過ぎさり、あとには空虚な馬場だけが残っているのだ。

　もちろんこうした同じ思いはオルガンティノやフロイス師の胸裏を去来したであろうが、眼の澄んだ美貌のヴァリニャーノには、このパレードの華やかさがまったく別のものに見えたことは当然だった。後になってオルガンティノが私によく語ったところによれば、巡察使ヴァリニャーノはこのとき、大殿《シニョーレ》を中心にした広大な日本教区を想像し、日本をインドから以東の一大教区の中心地にしようと構想していたのである。オルガンティノは政治と宗教をその時々に応じて分離させ、また結合させて、自在な布教態度をとっていた。しかしヴァリニャーノは自らが属する貴族の血がそうさせるのか、大殿《シニョーレ》と深く積極的に結ぶことによって、この地球の半分を占める一大布教圏の確立を胸に思いえがいていたのである。彼はゴアからのながい船旅のあいだ、紺青の海をながめながら、ゴアで読んだ日本教区の報告書のことを繰りかえし思いだし、夢のような空想にふけったものであった。しかし実際に日本に到着し、シモの島を巡察してまわると、彼が想像した以上に、日本人が鋭い知性を所有し、風俗人情も温厚で、とくに礼儀の正しさはヨーロッパ人以上であることを見て驚いたのである。彼は安土セミナリオで講話をする折も、よくこれに類した感想をのべていた。彼にしたがえば、安土セミナリオの生徒たちほどに真摯で利発な生徒はボローニアにもサラマンカにもコインブラにも見当るまいと言うのだった。彼は思いもしないようなこうした日本人を見いだして、それだけですでに自分の夢想の一部が実現されるように感じたのである。ヴァリニャーノ巡察使がカブラルに反対して、全国に神学校やセミナリオや修練院《ノヴィシヤド》を設立し、日本人修道士を積極的に養成するように命令したのは、こうした彼の夢がそこに働いていたからだった。

　しかし彼がシモの島をたって京都に着き、大殿《シニョーレ》の好意や友情に触れ、この一大パレードを見るに及んで、その空想は、一段と実現の見込みの濃い事柄であるのに気がついたのだ。ヴァリニャーノが無頼な過去の自分を焼きつくすためにも、この壮大な計画のなかにすべてを投げこんだことは、私にはよく理解できる。それはオルガンティノやフロイス師とはまた異なった驚くべき活動力であって、詳細な教授要綱の作成に没頭するかと思うと、日本語文典の編纂委員会をひらき、セミナリオの時間表の作成に当るかと思うと、五畿内の宣教師派遣のプログラムを検討するというふうであった。また部屋にこもってロレンソ老人を相手にラテン語教本を日本語でつくったり、音楽教育のプランを練ったりした。

彼は堺に上陸するころ、一時病気を得て、蒼黒いような顔色だったが、安土に移ってからは、日焼けした本来の顔色に戻っていた。しかしその顔にはどこか疲労のあとが残り、前夜の不眠不休の仕事ぶりを物語っていた。

ここでも仕事のなかに自分のすべてを燃焼させ、自己の極限に生きようとしている一人の男を見いだし、私はある親近感を覚えないわけにゆかなかった。ヴァリニャーノが安土へと大殿《シニョーレ》のあとを追うようにして出発したときの表情には、壮大な夢にとりつかれた人の、悩ましい、喘ぐような欲情が、私などにも見てとれたのである。

安土で、大殿《シニョーレ》がヴァリニャーノ巡察使に示した友情は、こうした態度をぬきにしては理解することができない。二人のあいだには、急速な相互理解と尊敬とが形づくられたように思う。ヴァリニャーノは鋭い直観力で、大殿のなかの孤独な炎を理解したし、それはパドヴァの刃傷事件以来、彼がひとすじに辿ってきた孤独な道と重ねあわせることができたであろう。大殿《シニョーレ》のほうでも、フロイス師やオルガンティノとは違って、強い政治力をそなえた、広大な視野をもつこの人物の魅力に、別種の牽引を感じたにちがいない。

もちろん若きヴァリニャーノの反抗や絶望や自負を大殿《シニョーレ》が知っていたわけはない。まして厳しい戒律に服す美貌の巡察使がかつて女を傷つけヴェネツィアの監獄につながれていたなどということは何一つ知られていなかった。にもかかわらず大殿《シニョーレ》の言葉や態度のなかには、ヴァリニャーノのこうした隠れた側面を知っている人のような振舞が、時おり感じられたのである。

たとえば大殿《シニョーレ》が鷹狩りの帰途、セミナリオに立寄るようなとき、ヴァリニャーノ巡察使に、若い時期に人がいかに自分でも知らずに孤独に陥っているか、というような話をし、彼自身の粗暴な振舞いも、いま思えば、ひとえにこうした狂暴な孤独感だったようだ、と告白したが、そうした話には、どこか敏感に同類を感じる者の共感が働いていたように思えてならない。

大殿《シニョーレ》はヴァリニャーノが安土に着いたその翌日、オルガンティノやフロイス師、ロレンソ老人、私などとともに彼を安土城郭《カステルロ》に招待した。

すでに私たちは城郭内の主要な部屋を見てまわっていたが、その日は巨大な調理場から倉庫、厩舎まで案内された。調理場では数百人の食事を一時に用意できるだけの設備がととのえられており、大竈《おおかまど》や食器戸棚や料理台や流し台が広い板敷の間に並んでいた。高い天井の奥に、竪坑のように吹きぬけている天窓が四角く開いていた。私たちが厩舎にまわったとき、ちょうど前々日のパレードで喝采を博した白馬のうちの数頭が、淡水の湖を舟で送られてきたところだった。大殿《シニョーレ》はそれらの鼻面を一頭ずつ撫でて、ヨーロッパ産の馬や、馬術についての質問をヴァリニャーノにした。馬術とパレードの見事さについてはヴァリニャーノは心から賞讃の言葉を惜まなかったが、馬匹の体格、能力、育成などはヨーロッパのそれのほうが遥かにすぐれた素質をもっている点を指摘した。

大殿《シニョーレ》の細かい質問に対して、ヴァリニャーノは、かつて馬術に熱中した折の該博な知識を披瀝しながら、その大きさ、骨格、毛並、艶、育成法、飼育法などの細目を説明したのである。

私たちは長い渡り廊下を通って七層の高楼のほうへ歩いているときだった。大殿《シニョーレ》はロレンソ老人やフロイス師が通訳するヴァリニャーノの言葉をじっと聞いていた。

「早速、ヨーロッパ産の馬を届けるようにしてもらいたい。騎馬戦力は鉄砲隊と組合わせることによって、はるかに強大なものとなるはずだ。ぜひ馬を運んできてもらいたい」

大殿《シニョーレ》は私に目配せをしながらそう言った。彼の顔はあきらかに私の同意をもとめている様子に見えた。しかしあの暑熱のながい航海を耐えうる馬など果して存在しうるだろうか。もし日本へ運ぶとなると、ながい航海のあいだ、波浪にもみぬかれ、また半年、一年と灼熱の港で停泊しなければならない。だが、新しい馬種にこれほど熱中している大殿《シニョーレ》の気持をなんとか叶える必要がある。どんな無理をしても、馬を運んでこなければならぬ。ちょうど聖ピエトロ大聖堂の規模の巨大さも、大殿《シニョーレ》に真に信じてもらうためには、直接それを見る必要があるのと同じように。そうなのだ。ぜひ馬は運んでこなければならぬし、聖ピエトロは実際に眼のあたりにしなければならないのだ……。

その日、私たちが七層の高楼を見てまわるあいだ、大殿《シニョーレ》とヴァリニャーノは主としてヨーロッパの寺院や城廓などの大建築について話していたように思う。そして安土城廓《カステルロ》がヨーロッパの城館に較べても決して劣らぬばかりでなく、その独自の配置法や内外の装飾にいたっては、第一級の結構をそなえているとヴァリニャーノは確言した。その言葉は大殿《シニョーレ》に忘れられぬものであったらしい。後になって私などと、築城術に関して話した折、やはり同じ話題が取りあげられたことを思いだす。大殿《シニョーレ》の心に、安土城廓《カステルロ》の精密な細密画を描かせてヴァリニャーノに与えようという気持のうまれたのは、すでにこのころだったと思う。大殿《シニョーレ》にしてみれば、聖ピエトロ大聖堂の話を詳細に聞くにつけ、それを髣髴とさせる絵図のないことが残念だったのであろう。それと同じく、安土城廓《カステルロ》の評判が遥かヨーロッパの土地へ伝わってゆくとしても、絵図なしに、人は真の姿を思いえがくことができるだろうか。

「安土城廓《カステルロ》の絵図はどんなことをしても描かせなければならぬ」

大殿《シニョーレ》は私たちを送りだしたとき、そう決心していたに違いない。

背の高いヴァリニャーノ巡察使が大殿《シニョーレ》からあれほど寵愛をうけたということは、なお私には説明のつかぬ部分がある。それはオルガンティノのそれとも異なり、また古馴染のフロイス師のそれとも違っていた。たとえば彼が安土を離れる日、城廓《カステルロ》の全景を細密に描いた華麗な屛風を与えるとか、盛大な祭典を計画するなどということは、単に来訪した巡察使に対して示す友情としては、明らかに度をこしている。これを説明するのは、同じ孤独のなかに生き、それを限度まで持ちこたえようとする態度への共感以外にない。すでに何度も書いたように、大殿《シニョーレ》は理に適った考えや行動を求め、また一つの事柄を成就させるために、自分や、自らの恣意などは全く切りすて、ひたすら燃焼して生きぬく人間たちに、言いようのない共感を覚えていたのだ。オルガンティノやフロイス師の辛苦や誠実は、いわばこうした生き方の証拠であるし、私が大殿《シニョーレ》のなかに自分の似姿を感じるのも、そのような燃焼の激しさが、刻々の生活のなかで、こちらに伝わってくるように思えたからだ。

　だが、それはあくまで寡黙のなかの友情にほかならぬ。それは孤独になるにしたがって――各人が虚無の闇のなかに立ちはだかるにしたがって――より一層深く結ばれてゆくといった種類の共感なのである。この点、ヴァリニャーノは陽気で人のいいオルガンティノとも冷静な観察者フロイス師とも違っていた。彼は、前にも書いたように、一人の絶望者であり、その布教活動は絶望の刻々の克服でしかなかった。信仰はヴァリニャーノの場合、安定し、静止したものではなかった。彼は活動をつづけることのなかに――激烈な肉体的活動と知的活動とのなかに――信仰の生きた形を刻んでゆくような人間であった。ヴァリニャーノの日々はかつての放縦無頼な自分との一瞬ごとの鍔迫り合いだといってよかった。それがオルガンティノやフロイス師ともっとも異なる点であった。体軀の巨大な、眼の澄んだヴァリニャーノは、その端正で落着いた振舞いにもかかわらず、内面的には、たえずこうした危機にさらされていた。大殿《シニョーレ》がヴァリニャーノに魅せられたのは、こうした自分との戦いに生死を賭しているこの巡察使の孤独な、真剣な、ひたすらな生に共感したからである。私はそれに関して直接に大殿《シニョーレ》の口から聞いたことがあり、その炯眼に驚かされたことがある。（大殿《シニョーレ》は最後までヴァリニャーノの前半生については何も知らなかっただけに、私はその直観の鋭さに驚いたのだ。）

　私はヴァリニャーノが安土宣教師館の奥の一室で夜おそくまでランプの灯をともして、丹念な字体で日本教区に関する報告書や教化計画や教義や教則本を書いていた姿を思いだすが、そうした姿のなかには、どこか自己の極限に必死にのぼりつめる人の感じが確かににじんでいたように思う。

　私たちはすべてヴァリニャーノの新しい教育方針と計画に基づいてセミナリオの日課をたて、授業をすすめていった。実際の教育活動の点では、人のいい、話好きのオルガンティノがすぐれた効果をおさめていた。学院長という職掌からも、彼はセミナリオの生徒たちと起居をともにし、日常にラテン語で会話することをすすめていた。生徒たちのなかでは、ヨーロッパの学生に劣らぬ見事なラテン文を作成する者も何人かいた。オルガンティノはそうした教育効果のいちじるしさに驚くというよりは、むしろ感動していた。ある晩、オルガンティノは生徒の作成したラテン文を私たちの前で読みながら、感情が激して、声が出なくなったことがある。彼はヨーロッパと同質の精神の地平が、ようやくこの王国にひらけてきたことを、そのラテン文を読みながら感じていたのであろう。

　しかしヴァリニャーノは、食卓で、こうした話題が出るとき、あくまでオルガンティノの考えに反対した。

「もちろんそれは驚嘆すべきことに違いない」と、そんな折、ヴァリニャーノは落着いた、低い声で言うのであった。「しかし肝要なのは、ただ頭だけで理解することではなく、実際にそこで生き、そこで呼吸をして、真の精神を深く全身をもって吸収することだと思う。これだけ優れた能力をもった国民のことだ。ローマで、またコインブラで、ボローニアで、サラマンカで生活したら、どれほど多くのことを理解し、消化することであろう。学院《セミナリオ》での教育がいかにも一面的であるのを、私は最近痛いように感じる」

　もちろんそうは言ってもヴァリニャーノの活動が途中で放棄されたというのではない。いや、それは逆に強化されたといっていい。彼は、全身をもってその精神的な高みへのぼりうる唯一の手段は音楽であるという信念を抱いていた。ヴァリニャーノにしたがえば、音楽だけは、いかなる僻遠の地にあっても、ただちに濃密な精神の圏をそこにつくりだすことができるというのだった。彼がとくにクラヴォの演奏に力を入れたのはそのためである。音楽のなかで人々は別個の精神に変形する――そんなふうにもヴァリニャーノは言っていた。

　安土セミナリオでは二十五人の少年が厳しい日課によって生活していた。彼らは灰色の制服を着て、寡黙で、真面目だった。日曜の郊外散策や、湖での遊泳のおりに、辛うじて少年らしい明るい声をあげたが、平生はむしろ冷静で、勤勉だった。私が授業のあいだに冗談を言っても、あまり笑わなかった。おそらく彼らが上級武士の子弟であり、極端に真摯な教育を受けていたことによるが、それ以上に、彼らは自分に課せられた使命の重さのようなものを、妙になまなましく自覚しているためであった。私はそうした寡黙な少年たちを見ていると、前に、京都で処刑された荒木殿のあの可愛い孫たちの姿を思いだした。自分の死に驚きも見せず死んだという子供たちの顔がセミナリオの生徒の顔に、なぜか重なって感じられるのだった。事実、この二十五人の生徒たちの多くは、高山殿麾下の上級武士の子弟だったのである。

　大殿《シニヨーレ》は時間があると、よく宣教師館に立ちよった。城廓《カステルロ》と同じ青瓦をならべ、高い鐘楼をもったイタリア式建物を、大殿《シニヨーレ》はそのたびに眺めて「ここにヨーロッパがあるな」と言った。そして三階のセミナリオの教室で、生徒たちの合奏する音楽を好んで聞いた。彼はそれを聞くたびに、複雑な美しさを感じると言っていた。

　宣教師館にオルガンティノやフロイス師らの顔馴染がいたにしても、大殿《シニヨーレ》が鷹狩りの帰りや市内巡回の折に、あれほど頻繁に足をとめたのは、おそらくこの建物のなかに、どこか大殿《シニヨーレ》の心に触れるものがあったからにちがいない。人々は単にそれを大殿《シニョーレ》の好意とか庇護とか新奇好みとか言ったが、私には、もっと深いところで何かが大殿の心に触れているような気がしたが、この印象はいまも変っていないのである。

ヴァリニャーノは安土に落着く間もなく、ふたたび京都にむかい、さらに高山殿の居城にむかった。彼は能うかぎり広く教会と布教活動の実際を巡察するのが使命だったからである。

ヴァリニャーノが五畿内の巡察をおえて安土へ帰ってきたのは、もう安土山の木々の緑の濃くなった夏のはじめであった。淡水の湖は夏空の下で青いさざ波をゆらせて拡がっていた。セミナリオの日課も夏時間に切りかえ、午後の水浴や運動の時間が多くなった。自由時間を加えたのはオルガンティノであった。彼はブレシア近郊で送った少年時代の夏のたのしみを忘れることができなかった。「彼らもまだ子供なのだ」オルガンティノは汗を拭き拭きそう言って、人のいい微笑を浮べた。

ヴァリニャーノ巡察使は必ずしもオルガンティノの方針には賛成ではなかったらしい。しかし少年たちの日焼けした顔、見違えるように元気にはしゃいでいる様子を見ると、彼はあえて自分の意見を表明するのを差しひかえた。彼は、こうした教育は八月いっぱいに限ることを条件にしただけだった。

私がヴァリニャーノの出発を知ったのは、巡察が終って安土に帰着して間もなくのことであった。私の印象では、そのころのヴァリニャーノのなかには、説明できないある焦慮のようなものがあったように思う。つねに冷静さと落着きを忘れることのなかったヴァリニャーノであったが、その夏のはじめ、彼はなぜかせきたてられるようにシモの島へ帰り、なんとか次の便船でローマに向けて出発したいと言うのであった。

オルガンティノの言うところによると、ヴァリニャーノが近々帰国する旨、大殿《シニョーレ》に言ったとき、その最初の言葉は「また私たちは会えるだろうか」という言葉だった。それに対してヴァリニャーノは「私が急遽帰国いたしますのは、誓って、ふたたびこの国へ帰って参るためでございます」と答えたという。前に触れた屏風の話が出たのはこの直後のことである。大殿《シニョーレ》はほとんど朗らかといってもいい調子で、この屏風のなかには、安土城郭《カステルロ》とともに、宣教師館も描かれているのだと説明した。

ヴァリニャーノの出発の日どりは、途中立ちよる教会での滞在日数もあって、八月初旬に決められた。しかし折りかえし大殿《シニョーレ》から「出発を十日ほど延ばしてほしい。滞在の記念になるような催しをして御覧に供したい」という言葉が届き、私たちは一瞬、戸迷いを感じた。

ヴァリニャーノは明らかに焦燥の色を浮べていた。めずらしく彼は宣教師館の広間を歩きまわり、足をとめては、窓から、濃い緑にかこまれる安土城郭《カステルロ》の青瓦の幾層もの屋根を眺め、また、階上から聞えるクラヴォやヴィオラやラベイカの三重奏や、オルガンの音に耳をかたむけていた。日によると、急に部屋に入って、何ごとかを例の丹念な字体で書きつづけることがあった。

すでに出発の準備はととのえられ、堺まで送ってゆくオルガンティノやフロイス師の荷物も整ったが、大殿《シニョーレ》から、出発すべき日の指定は来なかった。

それは八月半ばのある晴れた日のことであった。私たちが食堂で朝食をとっていると、城廓《カステルロ》から、顔見知りのキリシタン武士が「ながいことお待たせしたが、今夜、日暮れから祝祭が行なわれる。ぜひそれをたのしんで貰いたい」という言葉を伝えた。

私はセミナリオの生徒を湖の水浴に連れていったが、通ってゆく安土の町並は花や提灯で飾られ、城廓のなかでは爆竹の音がしていた。町じゅうが賑やかに浮れたって、市には大勢の人人が集り、見世物が小屋をかけ、呼び売りする男や、鐘や太鼓を鳴らす男などが目白押しに店をひろげていた。

私たちが午後早目に水浴から帰ってくると、町の賑わいは一段と熱気を加えていて、どの通りにも、着飾った女や娘たちがぞろぞろ歩き、市のたつ町々は身動きもできない人出だった。オルガンティノの説明によると、大殿《シニョーレ》の計画で行なわれる夜の祭典はすでに京都まで伝えられ、それを見るための人が集っているのだということだった。

ながい、明るい、華やかな夏の夕焼けが安土山の向うに消えてゆくと、やがて湖のほうから濃い、輝くような宵闇が安土の町々のあいだを這って流れはじめた。しかし大殿《シニョーレ》からの命令で、夜になっても、蠟燭一本、燭台一つともしてもならないことになっていた。突然訪れた濃い闇のなかを、ことさら明るい蛍の群が、青白い光を冷たく明滅させて湖のほうへ急いでいた。どの町角でも、どの戸口でも、人々は息をのんで、じっと待ちつづけた。闇のなかで人々はひっそり囁きかわしていた。何が起るかを知っている人間は、安土の町には一人もいなかったのである。

どのくらいの時間がたったであろうか。私たちが宣教師館の二階の露台に待ちくたびれたころ、突然、安土山のうえに、一すじののろしが赤くするするとのぼり、闇のなかで乾いた鋭い音をたてて爆ぜ、湖の遠くへ反響した。と、それを合図に、突如として、暗闇のなかから、安土城廓《カステルロ》の全貌が火に照らされて浮びあがったのである。私たちは思わず息をのんだ。何百、何千という篝火に、いっせいに火が入り、それが一挙に燃えあがって、安土山を赤々と照しだしたのだった。七層の高楼にはその一層ごとの屋根の形に提灯が並び、それがくっきりと夜空に城の形をえがきだした。

町角という町角から人々のどよめきが起り、安土山にむかって駆けてゆく群衆の波が暗闇のなかに感じられた。と、思う間もなく、城門の一角に輝きだしたたいまつの火が、あたかも火縄を伝わって走る焔のように、城門から宣教師館に到る道すじの形のままに、次々に燃えあがった。その火の列の先端は、みるみる私たちの立っている宣教師館へと近づいてきて、あっという間に、昼のような明るさになった。そのあかりでよく見ると、道の両側には、黒装束の男がずらりと並んで、燃えさかるたいまつをかかげているのであった。

しばらくすると、その焔のなかを、黒装束に同じようにたいまつをかざした騎馬武士の群が、ひとつづきの火の河のように、城門から溢れだし、宣教師館にむかって疾走し、宣教師館の門前までくると、突然火を消して、闇のなかへ溶けてゆくように次々に姿を消し、そのようにして溢れてくる火の流れは小半時もつづいた。

私たちは呆然として火竜のうねりに似たその火の河を見ているうち、一段と明るい焔の群が、宣教師館に近づいてきた。それは矢のような早さで、城門からの火の道を走りぬけると、宣教師館の門前にぴったりとまった。

私たちは思わず自分の眼を疑がった。その光のなかには、同じ黒装束の大殿《シニョーレ》が馬上から、たいまつを高々とかかげヴァリニャーノにむかって挨拶を送っているのであった……。

私はいまでもヴァリニャーノを送って安土から十数レグワの湖畔の旅籠町へいった日のことを思いだす。オルガンティノの留守のあいだ、セミナリオの事務を代行することになっていた私は、そこから一行に別れて、その夜のうちに安土まで戻ることにしていた。

ヴァリニャーノは私の手を固く握り、この王国のすばらしい滞在は終生忘れえないだろう、と言った。そしてさらに、自分にはまだやるべきことが多く残っており、このまま帰ってしまうわけにはゆかぬ。ぜひ再会の機会をもちたいものである、と言った。

彼らは二十人あまりの信徒に囲まれて、遠ざかっていった。ちょうど赤々と燃える夏の夕焼けが淡水の湖のうえに拡がって、金色の雲が炎のように光っていた。ヴァリニャーノの姿は、その夕焼けのなかに小さい点となって消えていった。私は彼らの姿が地の涯に見えなくなり、夕焼けが褪せて、暮色が田や林や街道を包むまで、そこに立ちつくした。

私はヴァリニャーノが立ち去るとともに、彼とともにやってきた華やかなものも、同時に過ぎさっていったような気がした。私が授業をおえて湖畔までの散歩を試みるようなとき、夏の祭典のあとのひっそりした気分が町にあった。湖に出ても、子供たちが波と戯れているほか、賑わいのようなものもなく、帰る道々、安土山の森を吹く風には、この国の秋らしい乾いた冷たさが感じられた。

秋になっても、西方の毛利軍団に対する戦線は依然膠着状態をつづけていた。二、三の間諜からの報告で、東の武田軍団がこの膠着状態を利用して、背後から大殿《シニョーレ》を攻撃するであろうことが予測されていた。長篠会戦からすでに七年、武田軍団もようやくその深傷から癒えたように見えた。

しかし毛利軍団に対する攻撃を主力としていた大殿《シニョーレ》の方針は、そうした報告によっても、いささかも動揺しなかった。攻撃軍団を指揮する羽柴殿に対する大殿《シニョーレ》の信頼は絶対的なものだったからである。それに武田軍団に対する備えとして、家康殿の軍団が現在では大殿《シニョーレ》の配下に属していた。万が一家康殿が謀反するというような事態さえなければ、戦力としては、それだけで十分に武田軍団の攻撃を支えることができるはずである。大殿がさまざまな形で家康殿の心の動きに牽制を加えているという噂は、あるいはこうした事情を考えあわせると、事実だったのかもしれない。〔一五〕八二年の早春、武田軍団を追撃して、Xinano（信濃）に攻めこんだとき、その先鋒は家康殿の軍団が引きうけていたのである。大殿は武田軍団の城砦をつぎつぎに攻略しながら武田殿の所領であるCainokuni（甲斐国）の奥まで進攻し、各地で抵抗する武田軍団を殲滅し、戦闘に加わったほどの者は、将たると兵卒たるとを問わず、殺害した。大殿の軍団が通過したあとには、累々とした屍体が放置された。この戦闘においても大殿は徹底した殲滅を命じていたのであり、全軍への布告も「武田の残党にしてなお生存する者があれば、あえて家郷の門を踏むを恥じよ」と言っているのである。

　安土に刻々もたらされる報告のなかには、長島討伐にまさるとも劣らぬ凄惨な戦況も幾つか含まれていた。私はそうした報告が伝えられるたびに、硝煙や炎のなかで、蒼白な顔をじっと敵陣にむけながら、顳顬をひくひくと動かしている大殿《シニョーレ》の姿を思った。それはどこか安土をたってはるばるローマへ向ったヴァリニャーノの顔と似ているような気がした。ヴァリニャーノ自身がヴェネツィアの監獄にいるころから激しい偏頭痛に悩まされるようになっていたが、そのせいもあって、眼の澄んだ、その端正な顔だちはつねに蒼白で、とくに印度を経てこの王国にくるあいだに焼けた肌は、艶のない黒ずんだ暗い色に見えた。そしてこの両者に共通していたのは、自分の前の一点を見つめるようにするその眼ざしであり、何か考えに耽るとき、二人は同じような眼をしていたのである。

　それは、ものに憑かれ、刻々の状況の変化のなかで自らを支え、「事を成ら」しめるために生命を賭けている人間に共通する表情だということもできよう。大殿《シニョーレ》の側近のなかには、この冷たい緊張した表情を、動じることのない残忍さのあらわれと見る人々もいた。同じようにして、ヴァリニャーノの一種の冷淡さを、内に隠した野心のあらわれだと見る修道士たちもいたのである。

　だが、すでに私が何度か触れたように、それは、あの学者《ウマニスタ》に似た温厚な佐久間殿をすら譴責し処断した激烈な精神――ただひたすら苛酷に事物とむきあった精神から生れるものにほかならなかった。

　思えば、佐久間殿を面責した書状に、私は孤独な大殿《シニョーレ》の心のひびきを聞きとっていたのではなかったろうか。たとえば、面責書のなかで、大殿《シニョーレ》はただ二人の将軍《ジェネラーレ》だけを特別に賞讃して、佐久間殿の優柔不断な態度と対比している。それは明智殿と羽柴殿であったが、おそらく冷静さと陽気さというまったく対照的なこの二人の将軍《ジェネラーレ》のなかに、大殿は、最後に残された友情を感じていたのではなかったろうか。オルガンティノが訳してくれる面責書の内容を聞きながら、私はそう思ったのである。

　私は大殿《シニョーレ》がこの二人についてよく話したのを憶えているが、それはつねに彼らが合戦のことにおいて名人上手であるという話題に終始したように思う。大殿はその武略の道において、それぞれに孤独でありつづけたこの二人に対して、同じ孤独者としての愛情と共感を覚えていたのかもしれない。果断と冷厳さに関しては、この二人は、共通したところを持っていたのだ。たとえ羽柴殿が賑やかな宴席を好み、華美な調度を愛好するのに対し、明智殿は明窓浄机を前にして沈思し読書するのを好むという違いはあるにしても、二人に共通したこの将軍《ジェネラーレ》としての素質は、大殿《シニョーレ》に高く評価されていたのだ——そしてそれこそは「事が成る」ための必要物を、何の感情もまじえずに見うる眼であり、それを実現しうる行動力にほかならなかった。

私が明智殿とも羽柴殿とも深い関係を結ばなかったのは、いま思えば不思議である。明智殿に関して憶えていることといえば、ちょうど安土の宮廷《コルテ》に移ったころ、彼がラテン語の書物を手に入れて貰いたいとオルガンティノに頼んでいたのを見て、おどろいたことくらいである。それがキリシタンの信仰で聞えた彼の息女の一人のための願いであることは、私にもすぐわかったのだ。

この明智殿がキリシタンに帰依しなかったのは、ひとえに、明徹な理知が、事物の理法を見ぬかせていたためではなかったろうか。その点では、繊細幽玄な茶器を好み、足なえに胸をつかれる大殿《シニョーレ》が、その明晰な理知のゆえに、非情な戦闘をあえて命じるのによく似ていた。二人に共通の外観の冷たさは事を成すため、理に従うことに徹しようとする人間の刻印だったのかもしれない。だが、明智殿その人のなかに、キリシタン宗の慈悲《ミゼリコルディア》に共鳴する部分がまったくなかったとは考えられないのである。明智殿はその冷徹な理知のゆえに、大殿《シニョーレ》にまさるとも劣らぬ戦略の苛酷さをあえて遂行しえたが、同時に、佐久間殿のような武将の温厚さ、手ぬるさに対して必ずしも大殿《シニョーレ》と同じ考えであったとは思われない。むしろ同情的であったかもしれない。戦略家として多少の批判は、もちろん彼に対して抱いていたであろうが、反面、その人間的な弱さを愛していたのではなかったであろうか。

明智殿にとって佐久間殿の追放が他の重臣たち以上に暗い衝撃と受けとられたのは、佐久間殿が単にキリシタン宗門と関係が深かったからばかりではなく、彼のこうしたささやかな人間愛に対して、容赦ない否認の断が下されたからでもある。この追放が、荒木殿の謀反後、数年ならずして起ったことも、明智殿の心を暗くしたにちがいない。荒木殿、佐久間殿はともども明智殿のこうした心情と結びついていたからである。

だが明智殿のこの冷徹な理知の眼ざしが——この氷のような虚無の中での一人だけの力業が——その極限を意識しはじめたとしたら、それはまさに、荒木殿、佐久間殿の事件のさなかだったのではあるまいか。彼はその孤独の極限を支えきれない自分を感じた。彼はただその孤絶した高みに自ら保ちつづけるのに疲れはてた。もはや自分で自分を支えつづけるのに疲れはてた。彼は自分をさらに高い孤独の道を辿るように促がす一つの眼を感じた。この眼が鋭く自分をみているうちは、自分は休むことができないのを感じたのである。

私がいまでも思いだすのは、武田軍団を壊滅させた大殿《シニョーレ》の部隊が、つぎつぎに安土に帰還してきた〔一五〕八二年の春の夕方のことである。

町々は勝利に湧きたち、振舞い酒に酔った男たちが神輿をかついで町すじを練りあるき、群衆がそれを取りまいて、波のように渦巻きながら、叫んだり、歌ったり、喚いたりしていた。町はずれの桜並木のしたでは若い男女が毛氈を敷き、酒をくみかわし、輪をつくって拍子をとり、輪のなかで何人かが踊っていた。

私はセミナリオへ帰る途中、たまたま街道から行進してくる部隊に出会ったのである。それが明智殿の部隊であることは、教えられるまでもなく、すぐにわかった。旗差し物をはためかせた騎馬隊につづいて、部将《ジェネラーレ》たちの騎馬がゆっくりと行進していったが、その先頭にいたのが明智殿であった。部隊はたちまち群衆に囲まれ、喝采の波があとからあとから湧きおこった。

騎兵隊も徒歩の兵士たちも頭でうなずき、目配せをしながら行進していた。なかには妻らしい女と手を執り合わんばかりにして進んでゆく兵隊もいた。彼らの顔はいずれも明るく、眼は勝利と生還のよろこびに輝き、髯のあいだから笑いがのぞいていた。

しかし私がいまでも忘れられないのは、そのときの明智殿の顔の暗さである。それは周囲の歓声や笑いや叫びと較べて、あまりに対照的であった。それは憂鬱な、暗澹とした、物を思いつめる表情であった。彼は時おり、驚いたように、自分の周囲をながめ、歓声の波がゆれ、人々が踊ったり、歌ったりするのを眺めていた。

そのとき、彼はこんなことをおそらく考えていたのだ。

「彼らは、ああして踊ったり、飲んだり、愛しあったり、歌ったりしている。時には女房の家に借金にゆき、たまに痴話喧嘩もするだろう。だが、彼らには自分を追いたてるものはない。その日その日が泰平にすぎて、春のつぎに夏が、そして夏のつぎに秋がきて、やがていつか冬となり、短い赤い夕日が沈むように、彼らの生命も消えてゆく。彼らが眠るとき、その眠りはどんなに深く甘美なことであろう。夜半の風の音に耳をすませ、遠い馬蹄にも心を許すことのない我々の夜とは、まったく違うのだ。おれもひたすらいまは眠りたい。深い甘美な眠りにつきたい。疲れはて、気力も尽きはてたのだ。だが、おれを見つめている一つの眼がある。それはどんな闇のなかでも冷たく鋭くおれを見つめている。それは憎悪の眼であろうか。怨恨の眼であろうか。軽蔑の眼であろうか。そうではない。憎悪でも、怨恨でも、軽蔑でもない。それは共感の眼なのだ。ひそかに深い共感をこめて、おれを高みへと駆りたてる眼なのだ。この眼がおれを見ているかぎり、おれはさらに孤独な虚空へのぼりつめなければならぬ。名人上手の孤絶した高みへと。しかしおれにはもはやこれ以上のぼりつめる力はない。ああ、おれは眠りたいのだ。ひたすら甘美な深い眠りのなかに落ちてゆきたい。冬の夜、白い世界の底へ、音もなく、ひたすらに落ちつづける雪のように、おれはひたすら下へ下へと無限の甘美さの中を落下してゆきたいのだ」

私は後になって、明智殿が安土の宮廷《コルテ》を辞去して、Çaquamoto（坂本）の居城へ帰る道々「自分はひどく疲れている。

いまはただ眠りたいだけだ」と言ったということを聞いている。人々はそれをこんどの追撃戦の結果だと考えていたようだが、私にはそうは思えない。安土に帰還した折の明智殿の顔は、単なる戦闘の疲労以上のものを、はっきり物語っていたからである。

　私が、その頃京都に帰っていたフロイス師から呼ばれたのは〔一五〕八二年五月の終りである。その日は妙にむし暑い一日で、授業をしていても、なにか全身がだるく、ほてるようだった。ホンデュラスで悪疫にやられたとき、熱が出はじめる前がこんなふうだった。その日は早目に床につき、翌朝早く出かけるつもりだった。しかし眼がさめると、夜明け前の薄闇のなかに豪雨が降りしきっていた。私は翌日一日、部屋にこもって休んだ。会堂から響くオルガンの荘重な音の高まりが、壁を伝い、身体をふるわせて聞えていた。

　その翌日も雨だったが、私はマントを羽織って馬で出かけた。街道は雨にぬれて、その雨のなかを幾つかの軍隊があわただしく動いていた。その多くは大殿《シニョーレ》に執拗な抵抗をこころみる毛利軍団を最終的に攻撃するため、新たに編成された軍団に所属する部隊らしかった。私は、彼らが馬に糧秣をやったり、軒下にたむろしていたり、食事していたりするのを眺めた。

　私はその翌々日になって、京都で明智殿の謀反を知ったのであるが、そのとき安土の往還で私のみた兵たちの表情にはそうしたものはまるで感じられなかった。後からの噂によれば、そのころ明智殿は愛宕山へ参籠していたわけだが、おそらく彼はそこで自分を見つめていたその眼ざしから——苛酷な共感の眼ざしからただ逃れたいと念じていたのであろう。その眼ざしから逃れることによって、彼はひたすら無限の甘美な眠りの中に融けこみたかったのだ。しかし大殿《シニョーレ》は近侍三十騎とともに安土を出て、Fonnoxi（本能寺）へ向けて疾走していた。すべては変らなかった。すべては進みつづけていた。西へ西へと向って、軍団は進みつづけていた。

　おそらくそれは明智殿にとっては、自分を無限の高みへ駆りたてようとする叱咤の声に聞えたであろう。

　だが、もう休まなければならないのだ。あの眼から逃れなければならないのだ。共感をこめて、高みへと誘うあの眼から逃れたいのだ。あの眼が消えさえすれば、おれは深い眠りのなかに入れるのだ。あの眼さえ消えれば……。そうだ、あの鋭いなつかしい眼は、おれの半身よ、消えなければならないのだ。

　おそらく彼もまた茫然とした思いで青葉のうえに降りしきる雨を見つめていたに違いない。すべては燃えつきて、そして消えなければならないのだ。

　私はその夜、京都に入ることができなかった。なれないこの東方の王国の木賃宿の枕に、私はまんじりともせず雨の音をきいた。夜はなかなか明けなかった。私は夜明けとともに出発した。すでに雨はやみ、曇り空の下に風が冷たく吹いていた。その風に送られて雲の群は低く湖のほうへ急いでいた。そしてその雲の下を兵たちが動揺して、安土の往還を西にむけて動きつづけたのが、いまも、はっきり眼に残っている。そうなのだ、それにつづいた本能寺の炎上、大殿《シニョーレ》の死、壮麗な安土城廓の大火災、安土セミナリオの倒壊、青白い焰のように短く燃えて消えた明智殿の反逆、ふたたび京都の町々を影のように走りぬける騎馬武士の姿、そして城砦から城砦へと潮のように襲いかかってゆく羽柴殿の軍団——それはあたかも壮大な何ものかがひたすら崩れつづけているような日々であった。そうなのだ。すでに、あの日から十数年を経過したいま、友よ、ゴア要塞島の灼けつく太陽の下で、これを書きながらも、あのとき、音もなく崩れつづけていた何ものかの音を、なお聞くような思いがするのだ。

それは東方の一王国の体制が崩れさっていた音だったかもしれないが、しかし私にとっては、ほかならぬ自分自身が崩壊していた音に思えてならぬ。その後のこのゴアで過した無為の十数年がそれを証明するためにあったとしたら、友よ、君はそれをわらうであろうか。君はそれをあわれむであろうか。

とまれ、私は大殿《シニョーレ》の死を知って一年後、季節風に送られる最初の船に乗ってこの王国を離れた。その日はおだやかな日和で、ジェノヴァの船乗りたちが順風《ブレッツァ》と呼ぶ風が海のうえを吹きわたっていた。

解題

本全集の「解題」は、おおよそ次のような原則にしたがって作成した。

1 書誌は底本、初出誌、最初の単行本を記し、その後の文庫本等の二次的刊行物についてはここでは記載せず、最終巻の年譜・書誌に回した。

2 辻邦生は自作に対してきわめて自覚的な作家であった。したがって単行本の「あとがき」、「創作ノート」、その作品に関する手記、対談など、作品理解のうえで、また作品の成立事情を知るうえで重要と思われるものはできるだけ再録し、辻邦生自身による辻邦生論を心がけた。再録文中、引用省略箇所は〔……〕とし、筆者による補記は〔 〕に入れて示した。

3 辻邦生の作品は、完成原稿―初出誌―単行本と進む過程で、加筆・訂正がほとんど見られず、また異稿のある場合も草稿・ノートの性格が強いので、テクストの異同に関する校訂は原則として行なわない。

「廻廊にて」

底本は〈辻邦生作品全六巻〉1（河出書房新社、一九七二〔昭47〕年十一月三十日刊）。

〈近代文学〉一九六二〔昭37〕年七月号から六三年一月号まで六回にわたって連載され（十一月号、十二月号は合併号）、六三年二月、第四回近代文学賞を受賞した。選考委員は、埴谷雄高、平野謙、本多秋五、山室静、佐々木基一、荒正人の六氏である。

単行本『廻廊にて』は新潮社、一九六三〔昭38〕年七月十五日刊。

この処女長篇小説の成立事情について、作者は〈辻邦生作品全六巻〉1の巻末「創作ノート」において次のように述べている。

《『廻廊にて』においても作者は初期の長篇の特色をなす試行錯誤的なジグザグを示し、完全稿にいたるまで、少くとも二種類の異稿《ヴァリアント》を書いている。これは『夏の砦』の場合のごとく一稿ごとに浄書されたのではなく、当時の作者の原稿作成の方法にしたがって、わら半紙、ないし大判西洋紙に細字で認められたまま放置されている。したがってごく下書き、素描といった程度のものである。

しかしこれらの素描ののち、次に示されるごときノートを書きあげ、あとは、このノートにしたがって、毎月六十枚ずつ、素描なしに、じかに書いていったように記憶する。第一回はかなり苦心した記憶が残っているが、二回以後は、わりに楽に筆が進んだ。とくにアンドレ・ドーヴェルニュが次第に主要な位置を占めはじめるにつれて、作者は情熱に駆られて、この作品を書きすすんだ思い出がある。

〔……〕『廻廊にて』を中心とする初期の作品の創作ノートについて、作者はつぎのように書いたことがある。

「ここに示す創作ノート断片は、筆者がパリに滞在した一九五七年から六一年にかけて、たまたま空想裡を横切った主題や情景やストーリーを大急ぎでスケッチしたものの一部である。この小型手帖はスパイラルで綴じた、ヴァーミリオンの表紙をもち、当時つねにポケットに入れて持ち歩いていたものである。

とくにギリシア旅行から帰ってきた一九五九年の秋は、筆者はたえず興奮状態にあり、想念がつぎつぎに浮びでるような心的状況であった。そこでこうした想念を、あたかも蝶を捕虫網でとらえるような気持で、この小型手帖のなかに書きとめ、蒐集しておこうと考えたのである。

むろんそのときは直接このノートが作品になりうるとは考えていなかった。事実、いまそれらを読みかえしてみると、文章も表現もほとんど符牒的な形で書かれ、到底発表できるようなものではなく、発表しても何のことやら理解できないものが多い。

私はその中から、のちに作品の形まで発展し、練りなおされた〈原型〉だけを選んで、ここに再録してみた。作品を読まれた読者ならすぐ気がつかれることだが、これらの手帖に書かれた〈原型〉と作品では、どうにも余りに距離がありすぎ、ほとんど無関係と見える場合もある。

しかしこれを書きとめてから十年の年月を隔ててみると、これらの〈原型〉も、作品の genèse に関心を寄せてくれる読者に多少の参考になるかもしれない、というような気持が棄て切れない。ノートをここに再録する気になったのも、もっぱらそうした気持に促されたからにほかならない」（「早稲田文学」一九七二年一月号）

〔……〕

右のノートをもとにして作者が作品にとりかかったのは、一九六一年二月、マルセーユから帰国の途についたフランス郵船〈ラオス号〉の船室でだった。しかしこれは雑然とした草稿のまま、真の主題にそった発展を見ずに放棄された。その後、前述のごとき試行錯誤を重ねて、ようやく現在あるごとき作品のプランに達したのは、一九六二年の春だったように記憶する。

序詞となったエピソードは、はじめ独立した短篇としてつくられ、『廻廊にて』の主題が明らかになるにしたがって、そのなかに吸収された。》

「夏の砦」

底本は〈辻邦生作品全六巻〉2（河出書房新社、一九七二〔昭47〕年十月三十日刊）。

単行本『夏の砦』は書き下ろし（河出書房新社、〈河出・書き下ろし長篇小説叢書〉5、一九六六〔昭41〕年十月二十五日刊）。オビに次のような「作者のことば」が顔写真とともに載せられている。

《農耕図をえがいた古い壁掛けをみると、四季が人間たちの生のうえに、歓びや苦しみの深い表情を織りこんだ、時間の花飾りを拡げていたことがわかる。時間とは単なる無色の経過の痕跡でしかない。現代は中心を失うことによって、無限の荒地へと追放された徒刑囚に似ている。このはてしない流刑の記憶が無色の時の流れをもたらすとしたら、人間の生とはいったい何であろうか。一人の女性を通して、かかる現代の「失墜」の物語がくりひろげられていくはずである。》

作者自身がこの作品のことを「最初の書き下ろしでもあり、非常に精密なノートをとって用意周到にはじめ」、「かつてあの作品ほど準備を完全に始めた作品はない」と語っているように、厖大な「創作ノート」、第一稿、第二稿がある。紙幅の関係でここでは割愛するが、作品がどのような過程を経て完全稿に至ったのか、〈辻邦生作品全六巻〉2および〈新鋭作家叢書　辻邦生集〉（河出書房新社、一九七一年十一月三十日刊）巻末の「創作ノートについて」から抽出する。

《一九六三年に『廻廊にて』を書きおえてから、作者は次の作品として、現在『夏の砦』として発表されたものの、ごく原初的な形態を漠然と考えていた。これは、主題的には、『廻廊にて』を発展させたもので、素材として、パリ滞在当時、妻が作者に話した幼少期の思い出を用いようと考えていた。

しかしこれを実際に作品化しようと思いたったのは、一九六三年の半ばで、その年の終りに「河出・書き下ろし長篇小説叢書」の一冊として長篇執筆を依頼されたとき、この構想の作品を書くことが、作者のなかで決定的になっていった。

しかしこの作品が作者の初めての書き下ろし長篇であったこと、主題と素材が多面的であって、主題に即した十分な統一的形式が見つからなかったこと等の理由で、その完成にはほぼ三年半の時日を要し、多くのノートとスケッチを書いた揚句、最終的な形態を見出すまでに、三通りの異なったテクストが生れた。

＊

『夏の砦』のためのノートは最初の覚書に用いた小型手帖のほかは、初期はわら半紙、後期は上質のA５判西洋紙に、びっしり細字で書きこまれている。その形式は主として作品の素材となるためのエピソードを書きとめたもの（これは大半は妻の幼少期の思い出に作者自身の空想を混入させたもの）、作品の主題の発展を書きとめたもの（章ごとの題名の並列から各主題を図式化して整理したもの、さらには構成の検討のための下書きまで含まれる）、着想を具体化してスケッチしたもの（前記エピソードを主題の側から発展させたもの、または全く架空に書かれたもの）などが、素描的ノートとして全体の約十分の一程度であり、残りはすべてこの素描をもとに（あるいは突然の着想によって）書かれた荒書きの草稿である。その多くの部分は破棄されたり、変更を加えられたりしたが、たとえば主人公支倉冬子の追憶を構成する部分は、ほとんど草稿の筆勢がそのまま生かされている。このノートは一枚約千字から千五百字見当で、全体でほぼ五百枚に近い。四百字詰め原稿用紙だと千五百枚はこえようか。『夏の砦』はこのノートの山のなかから、さまざまな構成上の曲折を経て、現在の形に達している。作者がこの主題を漠然とした形で書きとめたのは『廻廊にて』と同じ一九五九年、六〇年頃であったが、実際に作品にかかったのは、『廻廊にて』を上梓した一九六三年半ばであった。

「主人公のエピソード」パリで買ったポケット版の手帖に書き込まれている。『夏の砦』に関する最初のノート。これを書きとめたときは、単に妻の思い出を何らかの作品に使おうという程度の気持だったと思われる。

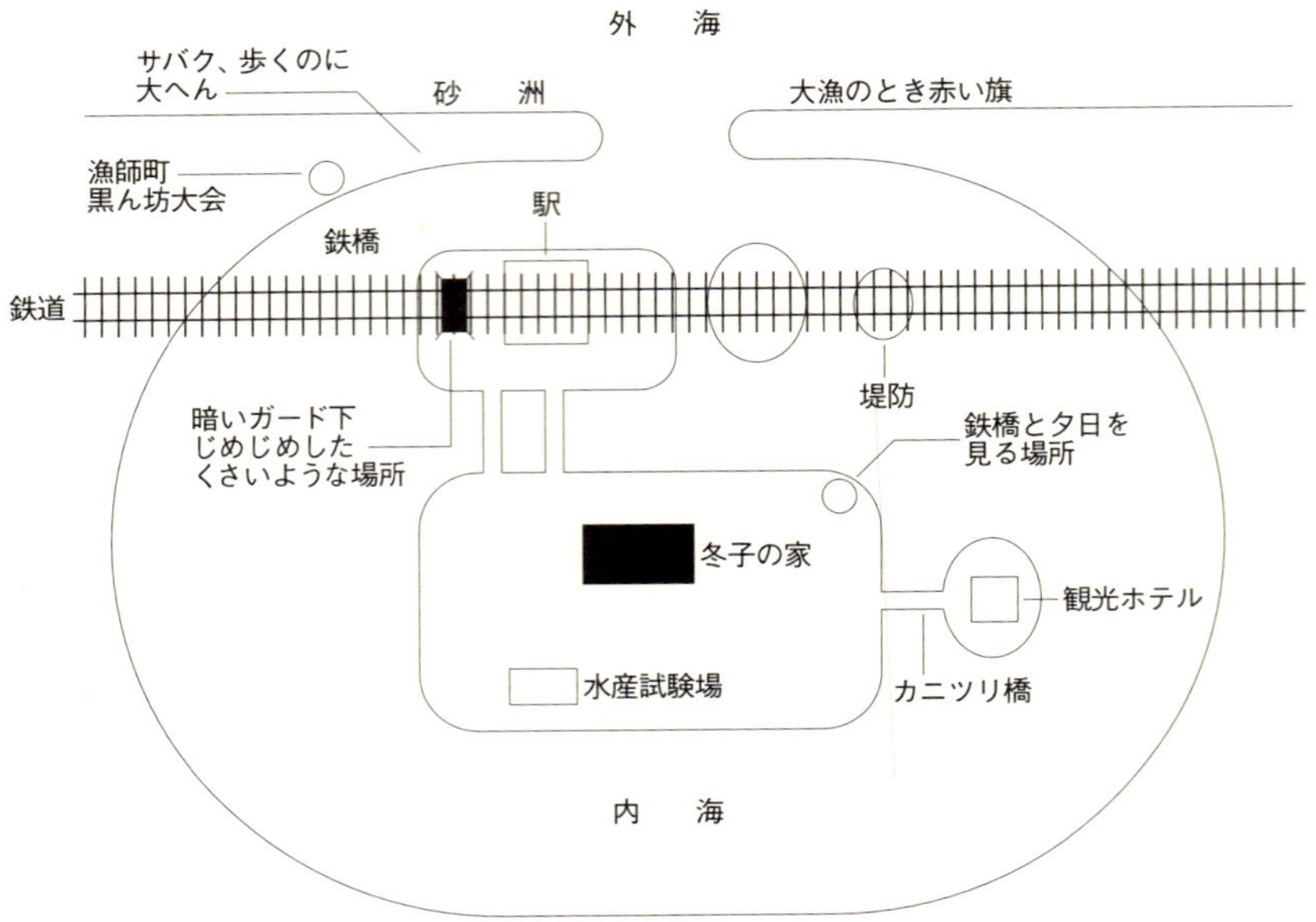

〔ある若い父親の覚書〕この覚書は同じく右のポケット版手帖の二十四頁さきに書きこまれている。『夏の砦』の主題の最初の形。ちなみにこの小型手帖には、ごく数行の着想まで含めると八十八篇の主題、ないしストーリーが書きこまれている。いずれも一九六〇年から六一年春にかけパリで書かれたもの。このうち現在〔一九七二年〕まで作品化されたのは『城』『廻廊にて』『夏の砦』『安土往還記』『夜』など十一篇である。

〔「島」のためのエピソード〕このノートは妻の思い出を聞き書き風に書いていったもの。初期の、すでに変色したわら半紙に書かれている。心覚えのための地図や見取り図なども挿入されている。

〔冬子の家のためのエピソード〕このノートも、微細な記憶に到るまで記録されている。これにも家の見取り図がある。

＊

創作ノートをもとに作者が第一稿を書いたのは、翌一九六四年の夏だったように記憶する。とくにその年は、のちに支倉冬子の幼少時を形成する回想部分にあてられた。第一稿、第二稿とも、現在の完全稿にあるような語り手は登場せず、すべて女主人公の独白で貫かれている点が特徴的である。

作者の記憶によれば、主人公の回想の中の物語は、当初はかなり陰惨な情熱の悲劇として考えられていたが、作品の主題が明確になるにつれて、そうしたドラマが切りすてられ、主題の側からの要求に即したエピソードによって替えられていったように思う。

これはノート断片のなかにもうかがえる。たとえば第二群のノー

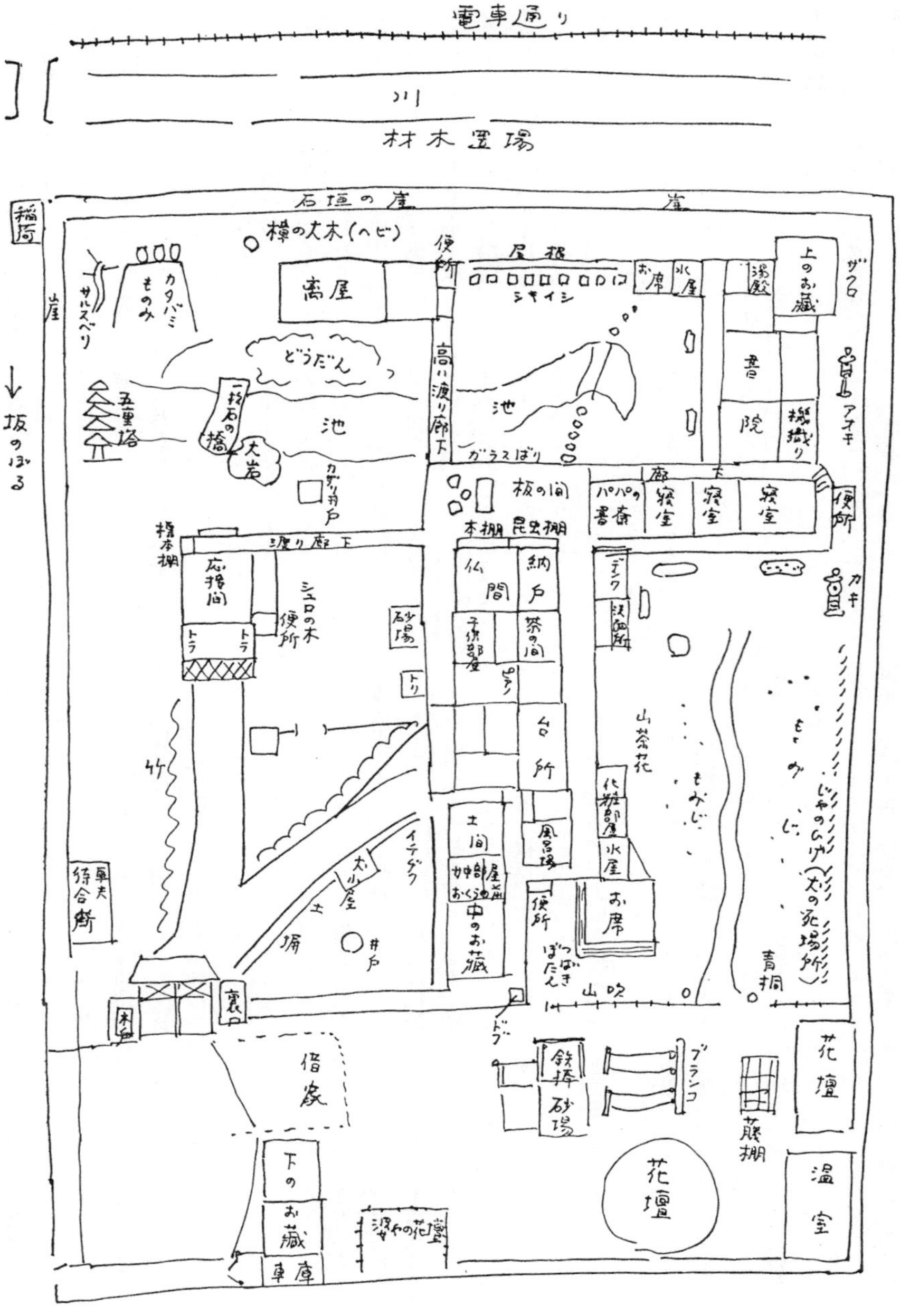
電車通り
川
材木置場
石垣の崖
崖
稲荷
樺の大木（ヘビ）
便所
屋根
離屋
カタバミ
ものみ
サルスベリ
どうだん
一枚石の橋
大岩
池
五重塔
坂のぼる
高い渡り廊下
シキイシ
ガラスばり
池
お席
水屋
湯殿
上のお蔵
ザクロ
書院
機織り
アオキ
廊下
パパの書斎
寝室
寝室
寝室
便所
板の間
本棚
昆虫棚
カザリ井戸
椿本棚
渡り廊下
応接間
トラ
トラ
シュロの木
便所
砂場
トリ
仏間
納戸
子供部屋
茶の間
ピアノ
台所
デスク
洗面所
山茶花
もみじ
もみじ
じゃのひげ（犬の死場所）
カキ
化粧部屋
水屋
風呂場
土間
女中部屋
おくらの前
中のお蔵
便所
お席
ぼたん
つばき
山吹
青桐
竹
犬小屋
イチヂク
土塀
井戸
車夫待合所
裏
借家
ドブ
鉄棒
砂場
ブランコ
花壇
藤棚
温室
花壇
下のお蔵
車庫
姿やの花壇

ト断片に現われている物語は、雰囲気だけを残して、そっくり作品の前から姿を消している。

第一稿には、なお主人公の良人が存在しているが、第二稿では、これが切りすてられ、より完全稿に近い形態を示している。

第二稿が終ったあと、〔……〕一九六六年四月から六月まで第三稿を書き、これを完全稿とした。〔……〕

創作ノートと異稿との関係を明示しようと試みたが、それはほとんど不可能なので、途中で放棄した。しかし作品を劇的に構成し、主題の力が嚙み合うようにするため、作品の章ごとに図形を描いてみたり、ノートを読みかえしたりしたので、おそらく直接どれがどこに結びつくと考えること自体、間違っているのかもしれない。

作者は当時、まず大判西洋紙に細字で原稿を書き、それを訂正加筆しながら、四百字詰め原稿用紙に浄書していった。

第一稿から第二稿にうつる場合、たとえば主人公の回想部分はそのまま括弧に入れられたように、第二稿に挿入され、また「グスターフ侯年代記」は第二稿から第三稿に移るとき、同じようにして、後の草稿のなかに挿入された。

現在手もとにある第一稿二九三枚と、第二稿四七二枚のうち、通し番号で欠けているのは、こうして後の草稿のなかへ加えるため、そこから引きぬいたためである。》

「**安土往還記**」

底本は〈辻邦生歴史小説集成〉第一巻（岩波書店、一九九三〔平5〕年六月二十五日刊）。

〈展望〉一九六八〔昭43〕年一月号、二月号に掲載された後、約一五〇枚加筆された。

単行本『安土往還記』は筑摩書房、一九六八年八月二十日刊。「森有正氏に」の献辞がある。辻邦生のはじめての歴史小説であり、六八年度文部省芸術選奨新人賞を受賞した。

単行本化に際して加筆した事情については、遠藤周作との対談で次のように語っている。

《**辻**　『安土往還記』ははじめ一挙掲載で頼まれたんです。ところが、百二十枚ぐらいまで書きましたら、百枚まではともかく同じ密度で進んだんですけれど、あとの二十枚が、すごい駆け足になってしまいました。それで百枚だけ掲載して、二十枚分を百枚にのばして翌月号にもう一度載せました。結局それで一応終りにしたんですけれども、どうも気に入らないんで、それから本にするときに、さらにもう百五十枚ほど書きたしたんです。

遠藤　というと、一番最後の百五十枚書きたす前は、どこで終っているんですか。やっぱり大殿、信長の死のところで終っていたんですか。

辻　終りは同じですが、その間がとんでいたんです。つまりヴァリニャーノが来て、安土城に行ったりする、あの個所はぜんぜんなかったんです。

遠藤　しかし、その百五十枚があの作品の核というか要みたいなところじゃないですか。

辻　ええ、そういうことになりますが……。

遠藤　あの小説の中で、石山の合戦の場面と、安土城のところで迎える松明を灯しますね。あの場面がとてもぼくは好きでね。テーマとしてはその百五十枚のほうですな。
辻　そのせいかどうか、あとの百五十枚を書くのがほんとうにつらかった……。いまは書けて書けてしようがないなんて、冗談に言いますけれど、けっしてそうじゃなくて、ほんとうにしぼり出すようにして書きました。》
（『灰色の石に坐りて』中央公論社、一九七四年七月十日刊所収）

底本巻末の「『安土往還記』歴史紀行――自作解題風に」で辻邦生は、自らの歴史小説観を簡潔に述べているので、抄録する。

《『安土往還記』が発表されて間もなく、ある年配の方から電話があった。自分はイタリア大使を勤めたことがあり、イタリア語も読めるので、あなたの訳された古文書の原物を直接に読みたいが、それにはどうしたらよいか、という問合せであった。私はそのとき、第I部に、まことしやかにイタリア語による古文書の翻訳であるとの仮構《フィクション》を加えたことが、ひょっとしたら軽率な所業ではなかったか、という反省が閃いた。〔……〕
以来、こうした仮構《フィクション》の古文書を作りあげたのは、決して悪戯や悪意の結果ではなく、あくまで小説創造にかかわる真剣な意図によるものであることをどこかにきちんと書いておくべきだと思った。前述のようにそれは小説の信憑性を作りだす一つの装置として書かれたフィクションであった。私はトーマス・マンに倣って、それを、精神的な遊戯を含むもの、ユーモアを含むものとして自分に許容した。このフィクションのおかげで、私は、書くべき対象からアイロニカルな距離をとることができた。歴史小説をはじめて書く私は、こうした距離感が、かえって架空の存在に現実味を与えることができることを見出し、それを自分の技法の一つにできたことを喜んだ。
その点から言えば、架空の古文書の創出は、読者の側に、本当らしさが与えられるという利点があったし、作者の側には、文書の実在を感じながら書けるという効用があった。こうした効果を除いても、私は『安土往還記』第I部をどうしても書かないわけにゆかなかったのである。
次に私が考えたのは、小説が、散文による他のジャンルの著作とは決定的に異なる姿勢を、読者にとらせるように書かれなければならない、ということであった。たとえば『安土往還記』のなかで、織田信長のことを「尾張の大殿《シニョーレ》」と呼んでいるが、これなどがその典型的な例だ。もし普通の記述のように「織田信長」と書けば、信長に対する読者の姿勢は、従来の歴史書や歴史小説を読むのと同じものになってしまう。その際、最も困るのは、信長にまつわるさまざまな知識、偏見、意見を一緒にそこに持ち込まれることであった。『安土往還記』の人物は、たしかに信長には違いないのだが、あえてそうした先入観を一切持たずに眺めた一人の男――たまたま尾張に生れ、諸国の武将と戦い、全国を統一する直前に、部下の謀反であえなく滅びた一人の男――であってほしかった。そのためにはどうしても「尾張の大殿《シニョーレ》」と表記する以外に方法はなかった。他の部将たちも、日本史の表記と異なる書き方をしているのは、イタリア語の古文書という雰囲気や異国趣味を出す以上に、こうした未見の像をそこに結ばせたいという気持があったからである。〔……〕
私が『安土往還記』でやってみたかったのは、言語の力で、一世界を、無のなかに、浮島のように構築するということだった。

　二番目に考えたのは、まさしくこうした一世界——つまり真実を現前化するために構成・配置した仮構《フイクシヨン》の世界——に信憑性を与え、それを言語の力によって実現するための方法であった。私はとりあえず織田信長の歴史的事蹟を『信長公記』などに当って書きぬいてみた。しかしそれを記述するのでは、他のジャンルの散文の仕事と変りがない。あくまでそれら歴史的事実は、そうした事実として存在しながら、未見の相《すがた》（書き手の眼の前ではじめて発見された相）を持っていなければならなかった。といって、すでに歴史的事実として認められた事物を勝手に歪めることは許されない。そこで思いついたのが「異国叢書」に含まれた『耶蘇会士日本通信』、岩波書店から出はじめた「大航海時代叢書」のアビラ・ヒロン『日本王国記』、ルイス・フロイス『日欧文化比較』、ジョアン・ロドリーゲス『日本教会史』、「東洋文庫」のフランソア・カロン『日本大王国志』などにより、『信長公記』をパラフレーズしてみるということだった。別の言葉で言えば、『信長公記』と『耶蘇会士日本通信』などを二重に焼きつけるという試みだった。

　こうした視線の下に現われる日本が、すくなくともそれまで日本人にも西洋人にも見られたことのない日本であることは間違いなかった。ということは、それは私の想像力によってはじめて具体的映像となり得た世界だということだった。

　たとえば琵琶湖の近くに築かれた安土城は『信長公記』にも記述され、フロイスもまた日本通信のなかに書いているが、私はそれらを同時代のスペインの銅版画に写された安土城遠望図によって修正しながら描写した。この銅版画は筑摩書房から出版された『安土往還記』の単行本のカヴァに使われている。

　こうして私は最初の歴史小説を書きながら、小説が、現に存在する対象を書くのではなく、ただ作者の想像裡に浮ぶものを、「書くこと」によって、具現化する営みであるということを、確認していった。それは『廻廊にて』『夏の砦』によって考えぬいた小説の本質をさらに確実なものにするプロセスとなった。》

（笠松　巌）

＊「廻廊にて」「夏の砦」に言及した文章（『異国から』の「後記にかえて」）は第二巻の解題に全文再録されます。

編集付記

＊本全集は辻邦生の著作のうち、小説、評論、エッセイを精選し、それぞれを原則として刊行年代順に二十巻に編集した初の全集である。エッセイはテーマごとに四巻に分け、それぞれをほぼ発表年代順に収めた。最終巻はアルバム、書誌、年譜、雑纂等である。

＊編集にあたっては、学習院大学史料館の全面的協力を得た。

＊底本は、歴史小説は〈辻邦生歴史小説集成〉全十二巻（岩波書店、一九九二年九月〜九三年十月刊）を、歴史小説を除く初期作品は〈辻邦生作品全六巻〉（河出書房新社、一九七二年十月〜七三年三月刊）を、以上に未収録の作品については、単行本に収録されているものは著者生前最後の版を、単行本未収録の作品については初出の雑誌・新聞・図書等とする。

＊底本の誤植と見られるもののうち、単行本・初出紙誌を参照し確認できるものはそれらに拠って改めた。また、初出時等からの誤植と思われるもののうち、明らかなものは編集部の判断で改めた。

＊作品中の差別的と受けとられかねない語句や表現については、発表当初の著者の意図がそうした差別を助長するものではないこと、作品自体の文学的価値、著者が故人であるといった事情を考慮し、底本どおりの表記とした。

ŒUVRES COMPLÈTES
DE
KUNIO TSUJI

辻 邦生全集

1

発　行
2004年6月25日

著　者
辻《つじ》 邦生《くにお》

発行者
佐藤隆信

発行所
株式会社新潮社
〒162-8711 東京都新宿区矢来町71
電話　編集部 03-3266-5411
　　　読者係 03-3266-5111
http://www.shinchosha.co.jp

印刷所
大日本印刷株式会社

製本所
加藤製本株式会社

製函所
株式会社岡山紙器所

ISBN4-10-646901-4 C0393

辻 邦生全集　全20巻　ŒUVRES COMPLÈTES DE KUNIO TSUJI

1	廻廊にて　夏の砦　安土往還記
2	異国から　城・夜　北の岬
3	天草の雅歌　嵯峨野明月記
4	背教者ユリアヌス
5	ある生涯の七つの場所　1.霧の聖マリ　2.夏の海の色　3.雪崩のくる日
6	ある生涯の七つの場所　4.人形クリニック　5.国境の白い山
7	ある生涯の七つの場所　6.椎の木のほとり　7.神々の愛でし海
8	眞晝の海への旅　秋の朝 光のなかで
	十二の肖像画による十二の物語　十二の風景画への十二の旅
9	春の戴冠　上
10	春の戴冠　下
11	フーシェ革命暦　I
12	フーシェ革命暦　II
13	銀杏散りやまず　睡蓮の午後
14	西行花伝
15	小説への序章　森有正　トーマス・マン　薔薇の沈黙
16	のちの思いに ほか　自伝的エッセイ
17	美しい夏の行方 ほか　旅のエッセイ
18	手紙、栞を添えて ほか　読書をめぐるエッセイ
19	美術と映画をめぐるエッセイ
20	アルバム　書誌　年譜　雑纂